ullstein

Das Buch

Eigentlich sollten Männer und Frauen wunderbar miteinander klarkommen. Schließlich sind sie füreinander gemacht worden. Und das vom größten und genialsten Erfinder aller Zeiten: von Gott höchstpersönlich.
Warum passt es dann trotzdem nicht so richtig? Wie kommt es zu all den Konflikten, Missverständnissen und Kommunikationsproblemen zwischen den Geschlechtern? Hat Gott geschlampt? Waren Adam und Eva eine typische Montagsproduktion? Ausschussware?
In *Angebissen* wird endlich alles erzählt, was die Bibel uns jahrelang vorenthalten hat, und zwar abwechselnd aus Evas und Adams Perspektive. Dabei überschneiden sich manchmal die Geschehnisse, und an diesen Stellen wird deutlich, wie unterschiedlich ein und dieselbe Sache von Mann und Frau interpretiert werden kann. Und Gott kommentiert!

Die Autorin

Martina Paura wurde 1965 in Buchen im Odenwald geboren, wo sie auch heute noch lebt und in einer großen Elektrofirma arbeitet. Mit ihren Romanen *12 Männer hat das Jahr* und *Love Sheriffs* schrieb sie sich in die erste Liga der deutschen Unterhaltungsautorinnen.

Von Martina Paura sind in unserem Hause bereits erschienen:

12 Männer hat das Jahr
Love Sheriffs

Martina Paura

angebissen

Roman

Ullstein

Besuchen Sie uns im Internet:
www.ullstein-taschenbuch.de

FSC
Mix
Produktgruppe aus vorbildlich bewirtschafteten Wäldern und anderen kontrollierten Herkünften
www.fsc.org Zert.-Nr. GFA-COC-001278
© 1996 Forest Stewardship Council

Dieses Taschenbuch wurde auf FSC-zertifiziertem Papier gedruckt. FSC (Forest Stewardship Council) ist eine nichtstaatliche, gemeinnützige Organisation, die sich für eine ökologische und sozialverantwortliche Nutzung der Wälder unserer Erde einsetzt.

Ungekürzte Ausgabe im Ullstein Taschenbuch
1. Auflage Oktober 2010

Umschlaggestaltung: HildenDesign, München
Titelabbildung: Apfel: © Pennyimages/shutterstock;
Angelhaken: © Pinchuk Alexey/shutterstock
Satz: Pinkuin Satz und Datentechnik, Berlin
Gesetzt aus der Sabon
Papier: Holmen Book Cream von
Holmen Paper Central Europe, Hamburg GmbH
Druck und Bindearbeiten: CPI – Ebner & Spiegel, Ulm
Printed in Germany
ISBN 978-3-548-28268-8

Für Michael

Am Anfang schuf ich Himmel und Erde. Ich weiß gar nicht mehr, warum eigentlich. Es schien mir damals das Richtige zu sein. Und als ich nach diesem Schöpfungsakt das Ergebnis so betrachtete, konnte ich ruhigen Gewissens sagen: Na ja – besser als nichts.

Obwohl nichts schön einfach und übersichtlich gewesen war. Pflegeleicht. Damit war es nun vorbei. Jetzt gab es etwas, und sofort zog es einen ganzen Rattenschwanz von Problemen nach sich. Nun brauchte ich Licht, damit man das Etwas sehen konnte und niemand dagegenknallte. Irgendwie trug ich ja jetzt die Verantwortung für dieses Ding, dieses Universum.

Also sagte ich: »Es werde Licht!«, was zu einem meiner berühmtesten Aussprüche werden sollte. Ein bisschen enttäuschend, finde ich. Da strengt man sich an, feilt an seinen Formulierungen und hält Reden, die von höchster Klarheit, Wahrheit, Schönheit und Brillanz durchdrungen sind … und an was erinnern sich die Menschen?

Aber wenigstens zitieren sie mich nicht mit meinem Ausruf vom Schöpfungssamstag, als ich völlig ermattet ausgestoßen hatte: »Ihr könnt mich alle mal, ich mache jetzt Feierabend!« Der kam damals nicht ins Protokoll. Glück gehabt.

Bei Licht betrachtet, fehlte noch so einiges an meinem Projekt Welt. Irgendwie sah alles ziemlich kalt und ungemütlich aus. Aber mit ein bisschen Grünzeug würde es schon gehen. Hier ein Farn, dort ein Regenwald, und schon war es richtig behaglich. Genügend Wasser hatte ich auch bereitgestellt: Pazifik, Atlantik, Indischer Ozean – das reicht für zweimal Gießen die Woche. Und das Beste: Alles geht automatisch, da brauche ich mich um nichts zu kümmern. Wasserkreislauf. Hat ein bisschen gedauert, bis mir das mit der Verdunstung eingefallen ist. Ich will mich ja nicht selber loben (das habe ich – lobet den Herrn! – extern in Auftrag gegeben), aber das war schon nicht schlecht.

Da ich sehr tierlieb bin, erschuf ich als Nächstes die Tiere. Fische, Vögel, Filzläuse. Den Wal mochte ich am liebsten: einfache Form, große, glatte Flächen – nicht so ein Gefriemel wie mit dem Tausendfüßler.

Als mir partout kein neues Tier mehr einfallen wollte (beim Känguru hatte ich bereits angefangen herumzualbern, und bei der Qualle waren mir dann endgültig die Ideen ausgegangen), ließ ich es gut sein. Was wollte ich mehr? Ich hatte den Wasserkreislauf erfunden, die Klimazonen, die Jahreszeiten, die Fortpflanzung, die Evolution. Es war alles perfekt.

Stolz erzählte ich dem Wal, wie mir das mit der Verdunstung eingefallen war. Der Wal fand Verdunstung blöd. Sie machte ihm Angst. Ich fand den Wal blöd. Vielleicht hätte ich ihm ein kleineres Maul und dafür ein größeres Gehirn geben sollen. Passiert mir leider öfter, dass mir in dieser Beziehung die Relationen missraten.

Ich redete mit dem Maulwurf über Kontinentalverschiebung. Ich dachte, tektonische Verwerfungen würden ihn vielleicht interessieren. Der Gedanke, dass die Erde in der Tiefe glutflüssig ist, machte dem Maulwurf Angst. Aber gegen Verdunstung hatte er nichts einzuwenden.

Irgendwie fand ich die Gespräche mit meinen tierischen Freunden unbefriedigend. Sie konnten die Schwierigkeiten, die ich bei der Erschaffung der Welt meistern musste, nicht richtig ermessen. Sie nahmen einfach alles als selbstverständlich hin. Null Feedback aus dieser Richtung. Nicht säen, nicht ernten, nicht loben, nicht preisen, nur immer nehmen, nehmen, nehmen. Ja, wo leben wir denn?

Mit meinen Engeln brauchte ich auch nicht zu reden. Wenn man seit Ewigkeiten zusammen abhängt, weiß man ganz genau, was der andere sagen wird. Das macht jede Unterhaltung quasi zum Selbstgespräch.

Also beschloss ich einen weiteren Schöpfungsakt: die Erschaffung meines Publikums. Ich wollte ein Wesen ins Leben rufen, welches in der Lage war, das Faszinosum seiner eigenen Existenz zu begreifen, das staunen konnte über die Wunder der Natur und wissbegierig war. Vor allem aber sollte es fähig sein zu erkennen, welch – in aller Bescheidenheit – unglaublich gigantische Leistung ich mit der Schöpfung vollbracht hatte.

Zu diesem Zweck benötigte es mehr Verstand, als ich den Tieren – und unter uns: den meisten Engeln – zubilligen wollte. Dieses Wesen sollte mein Meisterstück werden, die Krone der Schöpfung. Ich legte mich sogleich ins Zeug, machte Überstunden, plante, verwarf, plante neu, verwarf neu, bekam schlechte Laune, schrie Gabriel an, erfand aus lauter Frust die Stechmücke und die überfrierende Nässe, stauchte Raphael zusammen und hätte beinahe das Projekt Mensch aufgegeben, um stattdessen lieber einen steppenden Affen zu konstruieren, der während des Steppens mit seinen Darmwinden »O sole mio« von sich geben kann, als mir doch noch der Durchbruch gelang und ich endlich ein zufriedenstellendes Ergebnis erzielte.

Ich hatte einen Menschen erschaffen. Meine Engel mein-

ten scherzhaft, er sei mir sogar ein bisschen ähnlich, womit sie mich natürlich nur aufziehen wollten. Aber das Lachen würde ihnen noch vergehen, denn der Mensch besaß tatsächlich einen göttlichen Funken, den ich ihm in sein Herz implantiert hatte und der ihn über seine Mitgeschöpfe erhob. Ich konnte es kaum abwarten, ihn in Aktion zu erleben.

Behutsam setzte ich ihn in den Garten Eden und unternahm mit ihm einen ausgedehnten Spaziergang, wobei ich ihm alles zeigte und erklärte. Zum Wasserfall und den Flüssen führte ich ihn, ins Gebirge und an den See. Am Seeufer ließen wir unsere Füße ins Wasser baumeln, und ich erzählte ihm von den Ozeanen und brachte ihm bei, wie der Wasserkreislauf funktionierte. Er hörte stumm und ergriffen zu. In seinen Augen konnte ich seinen außerordentlichen Verstand funkeln sehen. Zwei kopulierende Enten brachten mich dazu, ihm darzulegen, wie ich mir das mit der Fortpflanzung, der Vererbung und der Evolution gedacht hatte. Er saugte alle Informationen in sich ein, sprachlos vor Bewunderung.

Es gab so viel, was ich ihm zu sagen hatte, und er war ein so dankbarer Zuhörer. Als ich schilderte, mit welchem kleinen Trick ich die Jahreszeiten hingekriegt hatte (ein leichtes Kippen der Erdachse genügte), lächelte er. Inzwischen war es dunkel geworden, und die Sterne zeigten sich am Himmelsgewölbe. Ich sprach von der Gravitation und der Lichtgeschwindigkeit. Er lächelte immer noch voller Verzückung über die wunderbare Harmonie der Schöpfung, die ich ihm offenbarte.

»Nun, was sagst du, Mensch?«, wollte ich schließlich wissen und klopfte ihm aufmunternd auf die Schulter. »Hast du noch irgendwelche Fragen?«

Er nickte eifrig. »Ja, ein paar Fragen hätte ich schon.«

Das hatte ich nicht anders erwartet. Der Verstand, den

ich ihm gegeben hatte, konnte gar nicht anders, als alles zu hinterfragen, immer weiter zu forschen, immer weiter, so lange, bis auch das letzte Geheimnis gelüftet war.

»Nur zu!«, forderte ich ihn stolz lächelnd auf. »Was möchtest du wissen?«

Der Mensch schaute mich mit seinen klugen Augen an und fragte: »Also, erstens: Wer bist du überhaupt? Und zweitens: Warum erzählst du mir den ganzen Scheiß?«

DER GROSSE RUMROTZ

1 | Was glaubte dieser Gott eigentlich, wer er ist?

Puh, ich dachte schon, der Kerl hört überhaupt nicht mehr auf zu reden. Zuerst fand ich ihn ja noch ganz nett, aber irgendwann zwischen Wasserkreislauf und Erdrotation begann er mir mächtig auf die Nerven zu gehen. Ich hatte einen Riesenhunger, mein Magen knurrte, meine Blase drückte, und der Typ redete und redete und redete. Stundenlang. Schöpfung-Materie-Klima-Energie-Blabla-Magnetismus-Bla-Kontinental-leckmich-Verschiebungs-Blabla. Immer wenn ich ihn unterbrechen wollte, interpretierte er meine zaghaften (ich wollte nicht zu brüsk auftreten, da ich befürchtete, der Alte könnte ernsthaft einen an der Klatsche haben) Versuche einfach als verkappte Zwischenfrage, die er mir quasi in den Mund legte und sogleich in aller Ausführlichkeit beantwortete. Als er dann auch noch anfing, mir die Sterne und Planeten zu erklären und von Lichtgeschwindigkeit, Galaxien, kosmischer Strahlung und Schwarzen Löchern faselte, hätte ich ihm am liebsten eine reingehauen. Urknall – das wäre mein Stichwort gewesen.

Aber ich traute mich nicht. Außerdem hätte er mir das bestimmt übelgenommen und mich in den Wasserkreislauf integriert, indem er meine Einzelteile als Kondensationskerne für die Wolkenbildung in die Atmosphäre geblasen hätte. Oder er hätte einen Kontinent auf mich geschoben.

Dem Gefasel des Mannes weiter zuhören zu müssen war immer noch besser, als mein kaum begonnenes Leben wieder zu verlieren, dachte ich mir. Nach einer weiteren Stunde war ich mir da aber nicht mehr so sicher.

»Und dann das Licht«, schwärmte der Mann mit glitzernden Augen. »Das ist etwas ganz Feines, was ich mir da ausgedacht habe. Teilchen und Welle zugleich. Man denkt vielleicht zuerst, es sei eine elektromagnetische Strahlung, also eine Welle. Und das ist es ja auch. Nur dass es eben auch ein Teilchen ist, ein Photon mit der Ruhemasse null. Allerdings, mein Freund, wie ich ja bereits sagte, befindet sich Licht nicht im Ruhezustand, sondern flitzt mit Lichtgeschwindigkeit durch die Welt, also mit der größtmöglichen Geschwindigkeit, die ich aus der Materie herauskitzeln konnte. Mehr war nicht drin, sonst hätte ich etliche Konstanten neu justieren und die Naturgesetze überarbeiten müssen, und das ist kein Vergnügen, das kannst du mir glauben. Nein, wenn etwas einigermaßen funktioniert, lässt man am besten die Finger davon. Außerdem denke ich, dreihunderttausend Kilometer in der Sekunde, das ist doch auch schon ganz ordentlich, nicht wahr? Na ja, eigentlich sind es nur zweihundertneunundneunzigtausendsiebenhundertzweiundneunzig Komma vier fünf acht Kilometer. Ich will ja nicht übertreiben. Und dann muss man natürlich auch noch dazusagen, dass diese Geschwindigkeit nur im Vakuum erzielt werden kann. In der Atmosphäre bei Gegenwind, haha, wird das Licht natürlich langsamer, da die Photonen mit den Materieteilchen interagieren.«

Okay, scheiß drauf, soll er mich töten! Aber ich höre mir diesen Mist keine Sekunde länger an!

Womöglich sah er, dass ich mit meiner Geduld am Ende war, denn noch bevor ich mich schreiend auf ihn stürzen und ordentlich durchschütteln konnte, fragte er mich, ob ich noch etwas wissen wolle, und gab mir doch tatsächlich die Gelegenheit zu einer Erwiderung. Jetzt nur nichts Falsches sagen! Nur kein neues Thema heraufbeschwören, über das er mir den Rest des Tages elend langweilige Vorträge halten könnte. Ich beschloss, deutlich zu machen, dass ich nicht länger gewillt war, mir dieses blöde Gequake anzuhören. Natürlich würde ich mich besser ausdrücken.

»Also erstens: Wer bist du überhaupt?«, fragte ich den Irren. Er hatte sich mir zwar bereits als Schöpfer vorgestellt, aber was sollte das heißen? Was schöpfte er? Und wohin schöpfte er es? »Und zweitens«, fuhr ich fort, »warum erzählst du mir den ganzen Scheiß?«

Ich hoffte nur, dass das jetzt nicht zu negativ rübergekommen war. Aber mit leerem Magen und voller Blase kann ich nun mal nicht freundlicher.

»Nun, ich bin Gott«, sagte der Mann mit tieftönender Stimme. »Der Erschaffer der Welt. Der Erfinder des Lebens. Der Pflanzer deiner Seele. Der Gärtner alles Wachsenden. Der Heger alles Laufenden. Der Pfleger alles Gebrechlichen. Dein Herr und Gebieter. Dein Vater und Freund. Gott.«

Beeindruckt von all seinen Nebenjobs stieß ich einen Pfiff aus und nickte ihm zu. »Angenehm«, sagte ich. »Ich bin … äh … ich bin … äh …«

»Dazu kommen wir später«, sagte Gott. »Du wolltest wissen, warum ich dir dies alles erzähle. Nun, die Sache ist die, dass ich in Bezug auf meine Gesprächspartner nicht gerade eine große Auswahl habe, verstehst du. Und ich habe dir zwei erstklassige Ohren gemacht, oder etwa nicht? Die funktionieren doch, oder?«

»Schon«, musste ich zugeben.

»Und du würdest sie gerne behalten?«

Die Frage gefiel mir nicht. Natürlich wollte ich meine Ohren behalten. Ich hatte sie zwar erst einen Tag. Aber ich hing an ihnen.

»Äh, ja, allerdings«, antwortete ich mit Bestimmtheit. »Ich brauche meine Ohren. Sonst könnte ich deine hochinteressanten Ausführungen doch nicht mehr hören. Würde mir echt fehlen.«

Gott nickte wohlgefällig und lächelte. »Ich sehe, wir verstehen uns.«

Ja, ich verstand ihn tatsächlich. Er war der Ohrengeber. Und wer die Ohren verteilte, bestimmte auch, was gehört wurde. Es war wohl besser, wenn ich mich damit abfand. Und, hey, was soll's? Es könnte schlimmer sein. Er könnte auf die Idee kommen, mir seine Ergüsse vorzusingen. Dann würde ich ihm aber eigenhändig meine Ohren in seinen geschwätzigen Mund stopfen, so viel stand fest.

Mittlerweile war es dunkel geworden. Wir standen am Seeufer und schauten eine Weile stumm dem Mond beim Herunterscheinen zu. Gott hatte offenbar seinen ersten Mitteilungsdrang an mir ausgetobt und gönnte mir eine Pause.

Er deutete auf den Mond. »Wusstest du, dass er für die Gezeiten verantwortlich ist?«

Mist! Die Pause war offenbar schon zu Ende. Beim Schweigen konnte er sich also kurzfassen, dieser ... dieser ... elende Erschöpfer. Ich hatte zwar einerseits nicht den geringsten Schimmer, was Gezeiten überhaupt sind, aber ich wollte es andererseits auch auf gar keinen Fall wissen. »Klar«, behauptete ich daher abwinkend. »Das weiß ich schon alles.«

Trotz der schlechten Lichtverhältnisse glaubte ich zu erkennen, dass Gott mich erstaunt ansah. Eine leichte Verärgerung lag auf einmal in seiner Stimme, als er mich fragte: »Magst du deinen Mund eigentlich? Würdest du ihn gerne behalten?«

»Erzähl mir von den Gezeiten«, sagte ich seufzend. »Wie genau funktioniert das mit dem bescheuerten Mond?«

Mich anzulügen ist nicht unbedingt das Klügste, was man am ersten Tag seines Daseins tun kann. Herrje, ich bin allwissend! Wenn ich jemandem eine Frage stelle, dann ist die immer rhetorisch gemeint. Reine Höflichkeit von mir. Ich denke, dass auf diese Weise meinem Gesprächspartner eine etwas größere Bedeutung zuwächst, so dass die Diskrepanz zwischen meiner Allmacht und seiner Ohnmacht nicht ganz so deutlich wird. Ich müsste niemanden jemals etwas fragen. Ich bin die Wahrheit der Welt. Sie fließt durch mich hindurch und spült jedwede Lüge hinweg. Ich bin die Wahrheit der Welt.

Allwissenheit – ein schlimmer Fluch. Es gibt nichts Langweiligeres. So als säße man in einer riesigen Bibliothek voller spannender Kriminalromane und wüsste bei jedem sofort, wer der Mörder ist – weil man sie alle selbst geschrieben hat. Sobald ich ein Buch auch nur ansehe, kenne ich seinen Inhalt.

Und deshalb lese ich mit geschlossenen Augen. Ich trickse mich selbst aus, um wenigstens einen Abglanz von dem zu erhaschen, was man Überraschung nennt oder Ungewissheit oder Neugier oder – Leben.

Das Buch des Menschen beispielsweise: Wenn ich wollte, könnte ich das Ende aufblättern und lesen. Aber wie öde wäre das, wie furchtbar öde. Die Ewigkeit ist ein Gefängnis, in das ich eingesperrt bin. Doch erst die Allwissenheit macht es zu einer Qual. Ich kann ihr nicht gänzlich entfliehen, aber ein bisschen. Die Wahrheit ist ein Strom, der durch mich hindurchfließt. Ich stehe an seinen beiden Ufern. Aber ich stehe mit dem Rücken zu ihm. Das ist mein Trick.

Und deshalb konnte der Mensch mich tatsächlich überraschen, als er mir frech ins Gesicht log, er wisse über die Gezeiten Bescheid. So ein Gauner! Ich weiß ganz genau, was er weiß und was nicht. Schließlich hatte ich bei seiner Erschaffung all seine Kenntnisse in sein Gedächtnis graviert oder während unserer netten Plauderstunde vermittelt. Auch Gabriel war mit ihm ein paar Lektionen durchgegangen. Doch das geschah in meinem Auftrag und nach meinen Spezifikationen. Der Engel war bestimmt kein Jota von meinen Vorgaben abgewichen. Engel sind sehr zuverlässig. Sie würden mich auch nicht belügen.

Aber der Mensch war offenbar anders. Sehr schön. Es gefällt mir zwar nicht, wenn man mich für dumm verkauft, aber ich mag es, überrascht zu werden. Ja, in gewisser Weise war ich sogar stolz auf den Menschen und seine Neigung zur Lüge. Immer nur von hundertprozentiger Zuverlässigkeit umgeben zu sein, ermüdet doch etwas auf Dauer. Die ersten paar Millionen Jahre empfindet man es noch als angenehm. Aber irgendwann wünscht man sich fast ein bisschen Ungehorsam oder wenigstens ein klein wenig Schlampigkeit. Was hätte ich nicht manchmal dafür gegeben, einmal einen Engel zu spät zum Dienst kommen zu sehen. Oder eine despektierliche Bemerkung über mich alle tausend Jahre – ist das zu viel verlangt? Von mir aus auch hinter meinem Rücken, das muss doch machbar sein. Aber nein, meine Engel sind fleißig, zuverlässig, ordentlich, gehorsam, liebenswert, es ist zum Verrücktwerden.

Und wenn sie doch einmal aus der Bahn geraten, dann wird es aber auch gleich so richtig übel. Totalschaden. Zum Glück ist es erst einmal passiert. Keine schöne Geschichte.

Der Mensch scheint anders zu ticken. Kaum redet er drei

Worte, schon lügt er mich an. Gut, es war nur eine klitzekleine Lüge, aber der Anlass dafür war ja auch nur eine Nichtigkeit. Weil er sich nicht länger von mir langweilen lassen wollte. Langeweile. Als wenn er wüsste, was das ist! Der Mensch hat keine Ahnung, was das Wort überhaupt bedeutet. Nicht mal ansatzweise.

Ich könnte es ihm erzählen. Er soll sich mal hundert Jahre hinsetzen und einen Stein beim Verwittern beobachten. Und dann soll er einen tausendseitigen Bericht darüber schreiben. Dann hätte er eine ungefähre Vorstellung davon, was Langeweile bedeutet. Vielleicht sollte ich ihm zur Strafe für seine Lüge tatsächlich diese Aufgabe aufs Auge drücken. Er dürfte sich sogar den Stein aussuchen. Ich bin schließlich ein gütiger Gott.

Nein, ich wusste etwas Besseres. Ich wollte ihm eine sinnvolle Beschäftigung geben. Pädagogisch wertvoll. Eine Aufgabe, die seinen Verstand und seine Kreativität forderte. Und vor allem sollte sie ihn ein Weilchen auf Trab halten. Ich war schon sehr gespannt, was er davon halten würde.

»Das kannst du vergessen!«, rief ich, nachdem Gott mir erklärt hatte, womit ich mich die nächsten Tage?, Wochen?, Monate?, Jahre? beschäftigen sollte.

»Ich kann nichts vergessen.«

»Aber wieso ausgerechnet ich?«

Gott quittierte meine Frage mit einem maliziösen Grinsen. »Du kannst die Aufgabe gerne einem anderen Menschen übertragen, wenn du einen findest.«

»Das ist nicht lustig.«

»Finde ich schon. Benutze deinen Humor, den ich dir gegeben habe!«

Trotzig verschränkte ich meine Arme vor der Brust. »Mag nicht. Ich habe Hunger.«

»Lachst du gerne? Willst du deinen Humor behalten?«

»Mir egal.« So langsam kannte ich die Masche. Und ich wollte mich nicht länger erpressen lassen. Von mir aus sollte er seinen blöden Humor wieder einkassieren. Da lache ich doch drüber! Und meine Ohren lege ich ihm noch obendrauf.

»Na gut, du wolltest es so!«, rief Gott mit hallender Stimme, machte einen großen Satz auf mich zu, umschlang mich mit seinen Armen und presste mich an seine Brust. Ich bekam keine Luft mehr. Es war, als stünde ich inmitten eines glühenden Sturms. Ein unheimliches Brausen verschluckte meinen Angstschrei. Mir wurde schwarz vor Augen, und ich glaubte schon, das Bewusstsein zu verlieren, als Gott seine Umarmung löste, der Sturm in sich zusammenfiel, das Brausen verstummte und herrliche Luft in meine Lungen strömte. Ich konnte auch wieder sehen. Und ich sah, dass meine Umgebung sich verändert hatte.

Wir standen nicht mehr am Seeufer, sondern befanden uns in einem Wald. Dichte Laubkronen schirmten das Mondlicht ab, so dass ich kaum etwas erkennen konnte, nur die dunklen Umrisse der vielen Bäume um uns herum. Vor uns lag eine mondbeschienene Lichtung. Während wir darauf zuliefen, blieb Gott ab und zu vor einem Baum stehen und pflückte etwas herab. Offenbar konnte er ganz gut im Dunkeln sehen. Erst als das Blätterdach zurückwich und der Mond außer Gezeiten auch wieder Licht machen konnte, nahm ich ebenfalls wieder ein paar Details meiner Umwelt wahr.

Mitten auf der Lichtung lag ein großer Baumstamm, auf dem wir Platz nahmen. Gott hielt mir eine der Früchte hin, die er vorhin gepflückt hatte. »Probier mal!«

Zögernd nahm ich sie und roch vorsichtig an ihr. Ich hatte Angst, meine Ohren würden abfallen, sobald ich hineinbiss.

Ich wusste nicht, wie ich Gott einschätzen sollte. Eben hatte er noch ziemlich wütend ausgesehen, aber nun saß er ganz entspannt neben mir und wollte ein Picknick machen.

»Du hattest doch Hunger, nicht wahr? Also iss! Das ist eine Banane. Die schmeckt dir bestimmt.«

Was blieb mir übrig? Schließlich musste ich irgendwann etwas essen. Und wenn Gott etwas Übles mit mir im Sinn hatte, dann brauchte er mich nicht umständlich zu vergiften, sondern konnte mich fröhlich pfeifend einfach kopfunter in den Boden rammen.

Mutig biss ich also in die Frucht – und spuckte den Bissen sogleich wieder aus. »Igitt, das schmeckt eklig!«

»Du musst vorher die Schale abmachen.«

Das hätte er mir ruhig ein klein wenig eher sagen können.

»Und wie geht das?«, fragte ich vorwurfsvoll.

»Was?«

»Schale abmachen – wie geht das?«

Gott sah mich merkwürdig an, rieb sich nachdenklich die Nasenwurzel, so als wäre das eine äußerst knifflige Frage, und erklärte dann: »Nun, du legst die Banane auf den Baumstamm und setzt dich drauf, bis die Sonne aufgeht.«

»Oh«, machte ich enttäuscht. Irgendwie hatte ich mir das einfacher vorgestellt. Also, wenn Gott und dieser Gabriel mir nicht gesagt hätten, dass ich mich im Paradies befinde … von allein wäre ich da nie draufgekommen! Wenn das der schönste Platz auf Erden sein soll, möchte ich nicht wissen, wie es in den schlimmen Ecken aussieht. Wahrscheinlich ist dort alles aus grauem Stein, der Himmel voller Rauch, die Flüsse vergiftet, Lärm und Gestank liegt über allem und man muss fünf Tage die Woche blöd herumsitzen, um etwas zu essen zu haben.

Gerade wollte ich die Bananenschale absitzen, als Gott

mir auf die Schulter tippte, mich anlächelte und verneinend den Kopf schüttelte. »Nicht. Das war nur ein Scherz – entschuldige, bitte. Du brauchst die Schale nur abzuziehen. Von oben nach unten, Streifen für Streifen. Ja, genau, so ist es richtig. Sehr gut machst du das. Jetzt kannst du die Banane essen.«

Ich war ein bisschen verärgert, weil er mich auf den Arm genommen hatte. Aber dann hatte er mich gelobt, und das besänftigte mich wiederum und erfüllte mich mit Stolz. Bananen schälen, das konnte ich also. Sehr gut konnte ich das sogar. Obwohl es meine erste Banane war, ganz ehrlich. Offenbar war ich ein Naturtalent.

Und als ich dann abgebissen hatte, zerschmolz mein Ärger vollends und löste sich in puren Wohlgeschmack auf. So etwas Köstliches hatte ich noch nie gegessen. Genau genommen hatte ich überhaupt noch nie etwas gegessen. Aber ich wusste sofort: Essen, das war genau mein Ding. Ich war davon überzeugt, dass darin mein wahres Talent lag, noch vor dem Bananenschälen. Ich hatte mit einem Biss meine Bestimmung gefunden. Danke dir, Gott!

»Schmeckt's?«, wollte Gott wissen.

Vor lauter Begeisterung liefen mir Tränen über die Wangen, und ich ließ mir Zeit mit dem Kauen, um diese delikate Süße bis ins Letzte auszukosten. »Gar nicht mal so übel«, sagte ich schulterzuckend.

»Ja, meine Engel sind auch ganz verrückt nach diesen Dingern. Und außerdem – vielleicht interessiert es dich ja –, als ich dein Geschlechtsteil designte, da habe ich mich von dieser Frucht inspirieren lassen. Und jetzt kaust du darauf herum. Schon verrückt, was?«

Mir gefiel die Vorstellung nicht, die er mit seinen Worten bei mir hervorrief. Anklagend hielt ich Gott die leere Bananenschale entgegen. Schlaff baumelte sie vor seinen Augen.

»Du hast mein, äh, Schlechtteil nach diesem Ding hier geformt? Nach einer Banane?«

»Wäre dir eine Ananas lieber gewesen?«, fragte Gott ungerührt zurück.

Da ich nicht wusste, wie eine Ananas aussah, wollte ich lieber kein Risiko eingehen und ihn nicht mit einer unbedachten Äußerung zu irgendwelchen wilden Korrekturen veranlassen, deren schwerwiegende Folgen dann vor allem ich zu tragen hätte. Außerdem sah eine Banane bei näherer Betrachtung schon ganz stattlich aus. Und dann: Ananas – hörte sich das nicht verdächtig nach Inkontinenz an? »Nein, Banane ist schon okay«, sagte ich deshalb. »Kann ich noch eine haben? Also, zum Essen, meine ich.«

Gott drückte mir eine weiche, pinkfarbene Kugel in die Hand. »Tut mir leid. Aber dieser Pfirsich wird dir mindestens ebenso schmecken. Vertrau mir!«

Leicht gesagt. Wer würde wohl einem wildfremden Mann trauen, der einen nachts in den Wald führte, um ihm irgendwelche süßen Früchte anzubieten? Das ist doch eine ziemlich verdächtige Situation. Nein, ich hatte kein gutes Gefühl dabei – da konnte er sich noch so rührend um mein Geschlechtsteil kümmern. Er wollte doch nur, dass ich seinen dämlichen Job annahm. Aber da konnte er lange warten. Sollte doch dieser arrogante Gabriel das übernehmen. Ich war schließlich hier mit Essen schon voll ausgelastet.

Ich betrachtete die Frucht in meiner Hand und legte gedanklich eine Banane zwischen zwei Pfirsiche. Also, dieser Gott ließ sich ziemlich oft inspirieren, fand ich.

Zum Glück war der Pfirsich nicht so schrumpelig wie sein fleischliches Pendant. Und er duftete auch viel appetitlicher. Allerdings ließ er sich elend schlecht schälen.

»Hör auf, du zermatschst ihn ja«, tadelte Gott. »Die

Schale ist nur ganz dünn. Du kannst sie ruhig mitessen. Nur zu, beiß rein!«

Das ließ ich mir nicht zweimal sagen. Essen – die nächste Mission. Ich war gespannt, ob ich es wieder so gut hinbekam wie mit der Banane.

O ja!

»Ganz schön saftig, wie?«, bemerkte Gott.

O ja!

»Und? Wie schmeckt er dir?«

»O ja!«, sagte ich. »Er ist ...« Ich griff mir an den Hals und röchelte. »Hilfe! Ich ... Luft!« Hustend fiel ich zu Boden und wälzte mich im Gras hin und her.

»Du hast doch nicht etwa den Kern verschluckt?«, rief Gott aufgebracht. »So etwas Dummes! Du meine Güte, wenn man nicht alles haarklein erklärt!«

Ich zuckte noch ein paarmal mit den Beinen und blieb dann still und starr liegen.

»Was denn?«, hörte ich Gott von oben grollen. »Du kannst doch unmöglich so schnell erstickt sein. Hey, Mensch, reiß dich zusammen! Steh auf, ich hole dir den Kern wieder heraus ... Herrje, jetzt ist er mir abgenippelt. Schon am ersten Tag. Das gibt es doch gar nicht! Wie stehe ich denn jetzt vor Gabriel da? Der hat schon immer gesagt, das wird nichts mit dem Menschen.«

»Wenn er sich da mal nicht täuscht«, sagte ich und stand lachend auf. »Entschuldige, war alles nur ein Scherz. Mir geht's gut. Kein Grund zur Sorge. Kann ich noch einen Pfirsich haben?«

Gott kniff drohend die Augen zusammen und zischte: »Ein Scherz?«

»Du wolltest doch, dass ich meinen Humor benutze«, rechtfertigte ich mich. »Na, bitte, jetzt habe ich ihn benutzt. Zufrieden?«

Ich hörte Gott einmal tief durchatmen, bevor er mir antwortete: »Ja, aber du solltest ihn doch nicht bei mir ... Also schön, du hast deinen Humor benutzt. Ha, ha. Sehr lustig. Und jetzt packst du Komiker deinen Humor schön wieder weg. Ganz weit weg!«

Offenbar hatte Gott meine kleine Showeinlage gefallen. Er fand sie sehr lustig, hatte er gesagt. Mein erster Tag hier im Paradies entwickelte sich langsam zu einem wahren Triumph. Ich war sehr lustig. Ich konnte sehr gut Bananen schälen. Ich hatte Talent zum Essen. Dieser Gabriel würde sich noch wundern, zu was ich alles fähig war.

»So, nun, nachdem du dich gestärkt hast, können wir die Aufgabe, die ich dir zugeteilt habe, näher besprechen«, wechselte Gott das Thema. »Kannst du dich noch einen kleinen Moment konzentrieren?«

»Heißt das, wir sind fertig mit Essen?«, fragte ich enttäuscht.

»Allerdings.«

»Aber du hattest doch von drei Bäumen etwas gepflückt.«

»Na und?«

»Ich könnte mich bestimmt viel besser konzentrieren, wenn ich nicht dauernd überlegen müsste, was das wohl für eine dritte Frucht ist und wie sie wohl schmeckt und wann ich sie endlich bekomme.« Ich schaute Gott mit einem flehentlichen Blick an. »Es würde auch gar nicht lange dauern. Ich bin ein sehr guter Esser.«

Ich suchte noch nach weiteren Argumenten, aber das war überhaupt nicht nötig. Mit einem bedächtigen Nicken reichte mir Gott die dritte Frucht. »Also schön. Wenn es deiner Konzentrationsfähigkeit dient. Ich habe die Schale bereits für dich entfernt.« Er lächelte milde. »Am besten, du steckst dir die ganze Frucht in den Mund. Sie ist ja nicht so groß.«

Ich folgte seiner Empfehlung. »Un wasch jesch?«, fragte ich mit vollem Mund.

»Jetzt zerbeißt du sie.«

Kaum hatte ich die Frucht zerbissen, schossen mir Tränen in die Augen, und mein Mund testete die Grenzen seiner Dehnbarkeit.

»Sehr gut«, hörte ich Gott lachend rufen. »Genau so muss man Zitronen essen!«

Der erste klare Gedanke, zu dem ich wieder fähig war, lautete: Essen – ohne mich!

Meine Karriere als Esser war nach dieser Zitruserfahrung beendet. Die Sache war mir dann doch zu kompliziert. Mit Schale, ohne Schale, mit Kern, ohne Kern, süß, sauer. Auf was sollte ich denn noch alles achten? Nein, danke. Da blieb ich lieber beim Bananenschälen.

Etwas später, als sich meine Gesichtsteile wieder beruhigt und neu zusammengesetzt hatten, fielen mir aber zwei Gründe ein, die es mir unmöglich machten, das Essen aufzugeben. Erstens: Bananen. Zweitens: Pfirsiche. Und ich hatte so das unbestimmte Gefühl, dass es da noch mehr zu entdecken gab. Außerdem schmeckte eine Zitrone vielleicht gar nicht mal schlecht, wenn man sie zwischen vier Bananen klemmte.

»Du hättest mich ruhig warnen können«, sagte ich vorwurfsvoll.

»Dann wäre es doch nur der halbe Spaß gewesen«, entgegnete Gott immer noch grinsend. »Du hättest mal dein Gesicht sehen sollen. Ich dachte schon, du leierst es aus und ich müsste dir ein neues machen. Aber zum Glück ist es elastisch genug, um deine Grimassen schadlos zu überstehen.«

»Das war gemein von dir.«

»Hör mal, Mensch, die moralischen Standards lege immer

noch ich fest, verstanden? Das war eine notwendige Lektion. Wie willst du das Süße zu schätzen wissen, wenn du das Saure nicht kennst? Außerdem hast du keinen Schaden davongetragen. Und in der richtigen Dosierung ist Saures durchaus genießbar. Du solltest den Mund eben nicht so voll nehmen, wenn es um Dinge geht, von denen du keine Ahnung hast.«

»Gibt es noch mehr von solchen Lektionen?«, wollte ich wissen.

»Alles zu seiner Zeit«, orakelte Gott. Also musste ich wohl künftig auf der Hut sein. Dem Grinsen nach zu urteilen, mit dem Gott mich bedachte, kamen zitronige Zeiten auf mich zu.

»Der Job, den ich für dich erledigen soll – ist das auch so eine saure Lektion?«, fragte ich misstrauisch.

Gott lachte. »Aber nein. Das ist ein Zeichen meines Vertrauens in dich. Ein Name ist nicht einfach nur ein Name, verstehst du? Gibst du jemandem einen Namen, prägst du ein klein wenig seine Persönlichkeit. Es findet ein Austausch zwischen Namensgeber und -nehmer statt, ein ganz zartes Band wird zwischen diesen beiden geknüpft, unsichtbar, unspürbar, unzerstörbar.«

»Kapier ich nicht.«

»Ich weiß.« Gott klopfte mir aufmunternd auf die Schulter. »Das brauchst du auch nicht. Du musst es nur machen. Benenne deine Mitgeschöpfe!«

Schaudernd dachte ich an die unzähligen Tiere, die ich auf meinem Rundgang mit Gott bereits gesehen hatte. Überall waren sie: im Wasser, in der Luft, in den Baumwipfeln, im Gras, im Sand, im Schlamm, überall kreuchte, fleuchte, krabbelte, schwamm, tauchte, flog und flatterte es. Während ich dasaß und an die vielen Stunden harter Namensgebungsarbeit dachte, die mir bevorstanden und die ich ja auch noch zusätzlich zu meinem Essjob erledigen musste, krähte, schnatterte, brüllte, zirpte, bellte, pfiff und summte es im Dunkel des Waldes. Vermutlich verbreiteten die Tiere gerade die Nachricht, dass Gott endlich einen Dummen gefunden hatte. Mich.

Nachdenklich und ein bisschen verzweifelt rieb ich meinen Nacken. »Ich soll wirklich allen Lebewesen Namen geben?«

Gott lachte laut auf und schüttelte den Kopf. »Nein, natürlich nicht, du Witzbold. Wo denkst du hin? Das geht ja gar nicht.«

Erleichtert atmete ich auf.

»Nur den sichtbaren«, fuhr Gott fort.

»Wie?«

»Nur den Lebewesen, die du sehen kannst. Die ganzen Mikroorganismen lassen wir erst mal beiseite. Und um die Pflanzen brauchst du dich auch nicht zu kümmern. Meine Engel haben es sich nicht nehmen lassen, diese lumophilen Geschöpfe selbst zu benennen.«

Ich wusste nicht, was lumophil bedeutet, und es war mir, ehrlich gesagt, auch völlig schnuppe. Ich war ganz schön angeschmiert. Erst hieß es Paradies und wunderschön und alles, und dann wird man schon am ersten Tag mit Arbeit zugeschüttet. Schälen und essen und zuhören und jedem Mistvieh, das mir vor die Pupillen kriecht, einen Namen verpassen – das wurde mir langsam alles zu viel.

»Und warum haben deine Engel nicht auch noch den Rest übernommen?«

Gott legte mir beide Hände auf die Schultern und schaute mir tief in die Augen. »Ich wollte, dass du das machst, Mensch. Alles, was läuft, krabbelt, kriecht, schwimmt und fliegt, sollst du mit einem Namen deiner Wahl belegen. Denn wisse: Wer den Namen eines Lebewesens bestimmt, erhebt sich über dieses und übernimmt fortan die Verantwortung für dessen Wohlergehen.«

»Na, das wird ja immer besser und besser!« Wütend kickte ich einen Pilz in Richtung Mond. Eine kleine Aufmerksamkeit zum Dank für die doofen Gezeiten.

»So etwas solltest du nicht tun«, tadelte Gott kopfschüttelnd.

»Wieso nicht? Das macht Spaß.« Lachend schoss ich den nächsten Pilz gleich hinterher. »Probier mal, das lockert dich auf. Du wirkst nämlich ein bisschen angespannt, wenn du mich fragst.«

»Pilze sind auch Lebewesen«, sagte Gott mit einem Maximum an angespannter Unlockerheit in der Stimme.

»Ja, aber keine, für die ich die Verantwortung trage«, erklärte ich grinsend und bolzte den nächsten in die Stratosphäre. »Ich kümmere mich nur um alles, was läuft und fliegt und schwimmt. Aber für das Wohlergehen der Pflanzen sind ja wohl die Engel zuständig, richtig?« Der nächste Pilz startete gen Himmel. »Erbärmliche Arbeit, würde ich mal sagen.«

»Die Tiere ernähren sich aber von den Pflanzen. Und wenn du das weiterdenkst, bedeutet es für dich, dass du im Interesse der Tiere auch für die Pflanzen verantwortlich bist. Verstehst du, was ich meine?«

»Nee, keine Ahnung.« Ich zuckte mit den Schultern und trat dem nächsten Exemplar der kleinen Pilzfamilie vollspann in den kleinen, saftigen Pilzarsch. »Los, flieg, du Pilz! Dann kriegst du auch einen Namen von mir.«

Unwirsch schüttelte Gott den Kopf. »Diese Pilze haben bereits einen Namen. Das sind Champignons.«

»Von mir aus. Aber wie wär's, wenn wir einen kleinen Wettbewerb veranstalten würden? Wer am weitesten kicken kann. Ein Champignon-flieg-Wettbewerb.«

»Champignon-flieg?«

»Ja, die besten Kicker der Welt – also du und ich – treten gegeneinander an. Und wer gewinnt, kriegt eine Banane.«

»Und der Verlierer?«

»Bekommt die Schale.«

»Und es macht dir gar nichts aus, dass deswegen Lebewesen umkommen, nur so aus Jux?«, fragte Gott in einem Tonfall, der es mir geraten erscheinen ließ, ein paar Sekunden nachzudenken, bevor ich antwortete.

»Na ja, schon irgendwie. Aber ich käme darüber hinweg. Also, sollen wir?«

Gott seufzte, deutete auf einen Pilz und nickte mir zu. »Du zuerst.«

Eigentlich durfte ich mir gegen Gott keine Chance ausrechnen. Aber wer weiß? Der Pilz ist rund, und auch der Schöpfer der Welt kann mal einen schlechten Tag haben. Entschlossen nahm ich drei Schritte Anlauf und versetzte dem Pilz einen Tritt, der ...

»Aaaaaaaaaaaaaaaaaaaaaaaaaaaaaaaaaaaaaaaah!«

Da, wo eben noch mein rechter Fuß war, befand sich auf einmal nur noch ein scharfer, spitzer, heißer Schmerz. Schreiend hüpfte ich auf dem linken Bein herum, bis ich das Gleichgewicht verlor und zu Boden fiel. Dort wälzte ich mich heulend im Gras und umklammerte mit beiden Händen meinen schmerzenden Fuß.

Es dauerte zwei halbe Ewigkeiten plus Verlängerung, bis der Schmerz etwas nachließ und ich wieder in der Lage war, einen einigermaßen klaren Gedanken zu fassen. Dieser Gedanke lautete: So ein mieser, fieser Stinkstumpen! Und ich meinte damit nicht etwa den Pilz.

Denn eines war ja wohl klar: Wenn sich vor meinen Augen ein weicher Pilz in einen harten Stein verwandelte, kurz bevor ich mit Schmackes dagegentrat, dann konnte nur einer dahinterstecken.

»Was ist passiert?«, fragte Gott scheinheilig lächelnd und half mir wieder auf die Beine. »Hast du dir weh getan?«

»Nein, das war nur ein Freudenschrei, weil ich so gut getroffen habe«, sagte ich zähneknirschend.

Gott zeigte auf den »Pilz«, der immer noch an derselben Stelle stand und meinen Tritt um einiges besser überstanden hatte als mein Fuß. »Besonders weit ist er aber nicht geflogen.«

»Wenn du ihn nicht in einen Stein verwandelt hättest, wäre er immer noch in der Luft«, schimpfte ich.

»Ts, ts, ts, was du immer denkst. Das ist kein Stein. Überzeuge dich selbst.«

Ich warf Gott einen bösen Blick zu und humpelte dann zum Stein des Abstoßes. Nur dass es kein Stein war. Gott hatte recht. Meine prüfenden Finger stießen lediglich auf die nachgiebige Weichheit eines Pilzkörpers, und ich musste mich beherrschen, diesen nicht augenblicklich in den Boden zu stampfen.

»Siehst du – kein Stein. Vermutlich hast du einfach danebengetreten. Bei diesen schlechten Lichtverhältnissen kann man sich schon mal vertun.«

Unsere Umgebung war zwar tatsächlich so düster wie meine momentane Stimmung, aber ich konnte dennoch erkennen, dass mit dem Pilz etwas nicht stimmte.

»Kann es sein, dass der Pilz vorher anders aussah?«, fragte ich argwöhnisch. »Das hier ist doch kein Champignon. Das ist ein ganz anderer Pilz.«

»Tatsächlich? Lass mich sehen!« Ungeduldig schob Gott mich zur Seite und bückte sich, um den Pilz genauer zu betrachten. »Himmel, du hast recht! Das ist eine neue Spezies. Da habe ich wohl in der Eile … Und was für ein schönes Kerlchen das geworden ist! Dabei braucht ein guter Pilz normalerweise sieben Minuten.«

Wütend verschränkte ich meine Arme vor der Brust, schüttelte den Kopf und rief: »Wusste ich es doch! Das war wieder eine deiner sauren Lektionen. Zuerst hast du den Champignon in einen Stein verwandelt, und als du es rückgängig machen wolltest, kam dieses Exemplar heraus.«

»Steinpilz«, sagte Gott ungerührt. »Ich denke, ich werde ihn Steinpilz nennen.«

»Dann gibst du es also zu?«

»Ja, ja, du hast mich ertappt. Vielleicht hätte ich dich doch nicht so schlau machen sollen, wie?«

»Ich habe dich nicht darum gebeten.«

Gott winkte ab. »Schon gut. Ich hoffe nur, du bist auch schlau genug, in Zukunft nicht mehr aus purem Übermut Pilze durch die Luft zu kicken. Du solltest dir einmal genau anschauen, wie filigran die gebaut sind.« Er steckte seinen Kopf unter den Hut des neuen Pilzes und betrachtete ihn sichtlich zufrieden. »Wunderbar. Der ist mir gut gelungen. Also, Mensch, ab sofort werden keine Pilze mehr für dein bloßes Vergnügen geopfert. Such dir künftig gefälligst etwas anderes, wo du gegentreten kannst.«

Verärgert schaute ich auf Gottes verlängerten Rücken. »Ich hätte da schon eine Idee«, sagte ich.

»Warte lieber auf eine bessere«, riet mir Gott, erhob sich und zwinkerte mir zu. »Es gibt bedeutend Schmerzhafteres, als gegen einen Stein zu treten.«

Ich beschloss, diesmal lieber auf ihn zu hören.

»Du hast übrigens unseren kleinen Wettbewerb trotzdem gewonnen – weil ich nämlich aufgebe«, sagte Gott. Dann überreichte er mir eine Banane, die er einfach so aus der Luft gepflückt hatte. »Gratuliere!«

Verdattert nahm ich die Frucht entgegen. Da erinnerte mich ein Pochen in meinem großen Zeh daran, wie übel Gott mir mitgespielt hatte. Wenn er glaubte, er könnte dies mit einer läppischen Banane wiedergutmachen, hatte er sich geirrt.

»Vielen, vielen Dank«, sagte ich zynisch und warf die Banane mit einer lässigen Bewegung ins dunkle Gebüsch hinter mir. »Aber ich habe keinen Hunger.«

Der Mensch war nicht ganz so, wie ich ihn mir vorgestellt hatte. Eigentlich war er sogar ganz anders. Mit welcher Inbrunst er die Pilze durch die Gegend gekickt hatte! Und wie unbeirrbar er dann an seinem frevelhaften Tun festhielt – herrlich!

Meine Engel hätten bereits nach dem ersten kritischen Wort von mir eingehalten und sich so lange entschuldigt, bis ich mir total schäbig vorgekommen wäre, überhaupt etwas gesagt zu haben.

Beim Menschen hatte ich solche Bedenken nicht. Im Gegenteil: Ich fragte mich, ob ich statt eines Steines nicht doch lieber einen Kaktus hätte nehmen sollen, um ihn zur Vernunft zu bringen. Allerdings wäre das schon ziemlich grausam von mir gewesen – dem Kaktus gegenüber.

Nein, ich hatte mich für einen Stein entschieden. Und ich sah, dass es gut war. Der Schmerz war schnell vergangen, aber die Erkenntnis, die der Mensch durch ihn gewonnen hatte, würde andauern. Wenigstens bis morgen, mit etwas Glück sogar bis Ende der Woche.

Erziehung ist immer schwierig. Da braucht man Fingerspitzengefühl, um die angemessene Reaktion auf einen Fehltritt seines Schützlings zu finden. Man muss sensibel abwägen, was pädagogisch sinnvoller ist. Entweder man spricht geduldig mit dem Betreffenden, um ihm sein Fehlverhalten vor Augen zu führen, wobei man ganz subtil auf seine innere Einsicht hinwirkt. Oder man haut ihm einen Baum auf den Kopf.

Ich weiß ja auch nicht immer, was richtig ist. Wenn ich unfehlbar wäre, hätte ich Luzifer nicht verloren. Ich hätte die ersten Anzeichen seiner Abkehr von mir nicht übersehen. Ich hätte ihn vor sich selbst retten können.

Manchmal frage ich mich, ob ich im tiefsten Innern Luzifers Auflehnung vielleicht sogar hatte kommen sehen, ohne etwas zu unternehmen. Ob ich sie vielleicht sogar herbeigesehnt *hatte. Nur damit endlich mal etwas los war in der Bude.*

Hatte ich Luzifer, den Engel des Lichts, in seinen eigenen Schatten fallen lassen, ihn geopfert, um die Ewigkeit etwas interessanter zu gestalten?

Und was war mit dem Menschen?

Hatte ich ihn womöglich nur erschaffen, um über die Abkehr Luzifers hinwegzukommen?

Bereits am ersten Tag hatte ich ihn in eine Zitrone beißen und gegen einen Stein treten lassen. Aber meinte ich wirklich ihn, als ich seine Fehlbarkeit bestrafte?

Oder mich selbst?

Gott hatte mich verlassen. Das war auch Zeit geworden, denn viel länger hätte ich ihn nicht mehr ertragen. Mein Fuß schmerzte, und das Pochen meiner Zehen wurde zu Donnerschlägen in meinem grollenden Gedankengewitter. Ich war verletzt, gedemütigt und enttäuscht. Und zu allem Überfluss konnte ich die blöde Banane nicht mehr finden. Warum musste ich sie auch ausgerechnet ins Gebüsch werfen? Der Verstand, den Gott mir gegeben hatte, schien einen ziemlichen Dreck zu taugen.

Nachdem ich eine Weile vergeblich in den Büschen herumgesucht und mir dabei ein paar brennende Kratzer geholt hatte (Paradies – dass ich nicht lache!), legte ich mich in den Windschatten des umgestürzten Baumstammes, um zu schlafen. Aber mein schmerzender Fuß und mein schmerzender Stolz hielten mich wach.

Was glaubte dieser Gott eigentlich, wer er ist? Ich nahm mir vor, mich morgen über ihn zu beschweren. Bei wem auch immer. Und wenn ich bis zum obersten ... ich weiß nicht was gehen musste. Ich wollte mich nicht länger wie ein kleines Kind behandeln lassen. Schließlich war ich schon fast einen ganzen Tag auf der Welt, da brauchte ich mir von irgend so einem dahergelaufenen Gott bestimmt nichts mehr sagen lassen.

Warum sollte ausgerechnet ich für ihn sämtliche Tiere benennen? Er hatte die ganzen Viecher doch gemacht. Dann musste er sich jetzt auch um sie kümmern.

Um meine aufgewühlten Gedanken einzuschläfern, begann ich, die Sterne zu zählen. 1, 2, 3, 4 ... Die hatte Gott ebenfalls gemacht. Und auch wieder so viele. 27, 28, 29, 30, 31 ... Der Mann kannte offenbar kein Ende, wenn er mal loslegte. Und so redete er auch.

Nur bei den Menschen war er nicht so verschwenderisch. 75, 76, 77, 78 ... Außer mir gab es keinen einzigen mehr. Seltsam. Hatte meine Erschaffung Gott so viel Kraft gekostet, dass es für weitere Menschen nicht mehr reichte? Oder war er mit dem Ergebnis seiner Schöpfung nicht zufrieden gewesen und hatte deshalb die Produktion eingestellt? Das konnte ich mir nun wirklich nicht vorstellen. Aber womöglich hatte er sich gedacht, dass ein Meisterstück keine Massenware ist, sondern ein Unikat bleiben sollte. 92, 93, 94 ... Ja, das ergab mehr Sinn. Ein bisschen schade eigentlich. 124, 125 ... Ein anderer Mensch – das wäre ja was! Dann hätte ich jemanden, den ich jetzt, wo ich doch verletzt war, in den dunklen, unheimlichen Wald schicken könnte, um mir noch eine von diesen Bananen zu holen. Und ein paar Pfirsiche. 137, 138 ... Ja, wenn da noch jemand wäre, dann ...

Mist! Hatte ich diesen Stern jetzt schon gezählt oder nicht? Keine Ahnung. Vielleicht war das mit dem anderen Menschen doch keine so gute Idee. Es gab ihn noch nicht einmal, und schon pfuschte er mir in die Arbeit. Jetzt durfte ich von vorne anfangen. Ich wollte Gott nämlich beweisen, dass ich auch ohne seine Hilfe in der Lage war, Erkenntnisse zu gewinnen. Gott hatte mir so immens viele Dinge über die Sterne erzählt, dass neben meinem Hintern ein ganz schönes Gedränge geherrscht hatte, weil mir all diese Infos natürlich am Arsch vorbeigingen. Aber über ihre genaue Anzahl hatte er nur gesagt, dass sie über mein Begriffsvermögen ginge. Das war auch so ziemlich das Einzige, was ich mir über die Sterne gemerkt hatte.

Das würde meine erste selbständig gewonnene Erkenntnis werden. Und die würde ich Gott morgen unter die Nase reiben, damit er erkannte, dass ich außer Bananenschälen auch noch andere Fähigkeiten besaß. Ich würde ihm beweisen, dass das Ausmaß meines Begriffsvermögens sein Begriffsvermögen überstieg.

Ich musste gähnen. So langsam gewann meine Müdigkeit die Oberhand. Aber zuerst musste ich mein Forschungsprojekt zu Ende bringen. Ein Auge konnte ich jedoch ruhig schon einmal zufallen lassen. Mit dem anderen würde ich dann die Sterne zählen und dafür zum Schluss alles verdoppeln. Das müsste dann ja wohl auf das Gleiche herauskommen.

1, 2, 3, 4, 5, 7, 8 …

Gott würde sich noch wundern, was für ein genialer Forscher ich war.

2 | Hey, du Arschloch, ich weiß, wie du heißt!

Die Höhle schimmerte in goldenem Licht, das von überall zu kommen schien. Von der Decke hingen große Tropfsteine herab, aus dem Boden wuchsen welche empor, gerade so, als befände ich mich zwischen den zähnestarrenden Kiefern einer ungeheuerlichen Kreatur, die dabei war, mich zu verschlingen.

Wo war der Engel?

Ich lauschte, konnte aber nur das Geräusch von herabtropfendem Wasser vernehmen. Also rannte ich weiter. Vielleicht erreichte ich den Ausgang, bevor Gabriel mich fand. Dies war die Höhle der Engel. Wenn ich Glück hatte, durfte er sie nicht verlassen, und ich war gerettet, wenn ich es nach draußen schaffte.

Da hörte ich das Rauschen mächtiger Flügel, und Gabriel trat hinter einem der mannshohen Stalagmiten hervor.

»Wohin so eilig?«, fragte der Engel mit drohender Stimme.

Ich versuchte mit einer Körpertäuschung an ihm vorbeizukommen, aber Gabriel stieß nur ein zischendes Lachen aus und spreizte seine Flügel, so dass mir der Weg versperrt war.

»Bi-bitte«, abwehrend hielt ich die Hände vor mein Gesicht. »Bitte, tu mir nichts!«

Die Blicke des Engels schienen mich durchbohren zu wollen. »Wie könnte ich?«, rief er höhnisch. »Dir, dem Liebling meines Herrn! Dir, dem unvergleichlichen, ach so wunderbaren Menschen. Kein Härchen werde ich dir krümmen.«

»Das ist gut.« Erleichtert atmete ich auf. »Und du schlägst mir auch nicht den Kopf ab oder reißt mir das Herz aus der Brust, ja?«

Gabriel machte ein nachdenkliches Gesicht. »Bring mich lieber nicht auf dumme Ideen«, sagte er frostig und klappte dann seine Flügel wieder zusammen. »Und merke dir eines: Wenn du noch einmal fortläufst, dann mache ich einen Knoten in deine Beine, den nur Gott wieder lösen kann.«

»Ich ... ich laufe nicht mehr fort.« Ich setzte mich demonstrativ auf den Boden. »Siehst du? Keinen Schritt mache ich mehr ohne deine Erlaubnis.«

Der Engel nickte und ließ seinen Blick dann über meinen Kopf hinweg in unbekannte Fernen schweifen. »Na gut, dann lass uns weitermachen. Du hast noch viel zu lernen. Wir haben noch nicht einmal die halbe Paradiesordnung geschafft. Durch dein dummes Davonlaufen liegen wir jetzt noch weiter im Zeitplan zurück. Also schön, wo waren wir stehen geblieben?«

Ich überlegte. »Du standst da ganz hinten, glaube ich. Und ich rechts von dir. Von mir aus gesehen, rechts. Von dir aus gesehen, links. So halb rechts beziehungsweise links von dir – glaube ich.«

Der Engel verdrehte die Augen. »Großer Himmel! Worüber wir zuletzt gesprochen haben!«

»Ach so. Ja, also, du hast gesagt, du machst mir einen Knoten in die Beine, den nur Gott wieder lösen kann«, antwortete ich eifrig.

»Machst du dich etwa über mich lustig?«, rief Gabriel wütend. »Du weißt genau, was ich meine. Was ich dir zuletzt beigebracht habe – das will ich wissen!« Seine grollenden Worte ballten sich unter der Höhlendecke zu einer düsteren Echowolke zusammen und hagelten dann auf mich herab. Ich überlegte krampfhaft, was er mir die letzten Stunden beigebracht hatte, aber mir fiel nichts ein. Gar nichts. Mein Kopf war prallvoll mit Vakuum. Nur ein einziger Gedanke trudelte durch die Leere.

Abhauen!

Also sprang ich auf, preschte an Gabriel vorbei und rannte, was das Zeug hielt.

»Halt! Bleib stehen!«, rief der Engel hinter mir her. Aber ich hatte wenig Lust, mir meine Beine verknoten zu lassen, also hetzte ich weiter, rutschte einmal auf dem glitschigen Boden aus, rappelte mich wieder auf und rannte und rannte und rannte und …

»Ich weiß wirklich nicht, was Gott an solch einem Narren wie dir findet.« Gabriel, der plötzlich vor mir stand, schüttelte verächtlich den Kopf.

Ich war zu überrascht, um auszuweichen, und lief direkt in ihn hinein. Wenn ich gegen einen der Tropfsteine geknallt wäre, wäre das bestimmt angenehmer gewesen. Der Engel gab keinen Fingerbreit nach. Mir wurde die Luft aus den Lungen gepresst und ächzend sank ich zu Boden.

»Dir ist es natürlich nicht bewusst, Mensch, und vermutlich ist es dir ohnehin egal, aber Gott setzt große Hoffnungen in dich. Es bricht mir das Herz, wenn ich daran denke, wie sehr du ihn enttäuschen wirst.«

»Das werde ich nicht«, entgegnete ich sofort. »Das werde ich nicht. Ganz ehrlich.«

»Doch, das wirst du«, widersprach Gabriel. »Ich war im *Hungrigen Wald*. Und da habe ich Dinge gesehen. Schreckliche Dinge. Dich und deine Art. Ich habe gesehen, zu was ihr fähig seid. O ja, ihr werdet meinen Herrn noch schlimmer enttäuschen, als Luzifer es getan hat.«

»Aber du irrst dich. Es gibt doch außer mir keinen Menschen. Das hast du selbst gesagt. Wen auch immer du im Wald gesehen hast, das waren keine Menschen.«

»Der *Hungrige Wald* irrt sich häufig, aber ebenso oft behält er recht. Seine Wurzeln graben sich tief in die Zeit, und in seinen Kronen fängt er das Licht der Zukunft. Ich habe ihn lange durchstreift und viele mögliche Zukünfte gesehen. Nur wenige gute waren darunter. In dir, Mensch, steckt der Keim der Sünde. Aber ich werde nicht zulassen, dass er zu sprießen beginnt.«

Meine Verwirrung wuchs mit jedem Wort des Engels.

»Wie wäre es, wenn wir jetzt einfach mit meiner Schulung fortfahren?«, fragte ich mit zittriger Stimme. »Du hast gesagt, Gott wird mich bald abholen und im Paradies herumführen. Dann sollten wir keine Zeit verlieren und lieber ...«

»Schweig!« Gebieterisch streckte Gabriel seinen rechten Arm in die Höhe. Vor Schreck schrie ich auf, als dieser Arm plötzlich Feuer fing. Gabriel schien das nichts auszumachen. Ungerührt breitete er seine Flügel aus. Die Bewegung seiner Schwingen trieb die Hitze des Feuers auf mich zu. Die heiße Luft ließ das Bild des Engels unwirklich flimmern, als er sich mit erhobenem Flammenarm direkt vor mich stellte.

»Was – was hast du vor?«, rief ich ängstlich.

»Nimm es nicht persönlich«, sagte Gabriel entschuldigend.

Dann schlug er zu.

»Nein! Nicht! Hilfe!«

Schreiend und um mich schlagend, erwachte ich aus meinem Traum. Schweiß stand mir auf der Stirn, und mein

Herz schien direkt zwischen meinen Ohren zu sitzen, so laut wummerte es.

Jetzt verfolgte mich dieser schreckliche Engel sogar bis in den Schlaf! Hatte ich in der Engelshöhle nicht schon genug unter ihm gelitten? Gabriel hatte keinen Hehl daraus gemacht, dass er mich nicht leiden konnte. Nun, ich war auch nicht unbedingt ein Fan von ihm. Dieser arrogante Engel bildete sich ein, er wäre der Größte. Nur weil er fliegen kann? Weil er einer von Gottes wichtigsten Helfern ist? Weil er diesen Trick mit dem Feuer beherrscht? Weil er so stark ist? So viel weiß? So eine große Erfahrung hat? Unsterblich ist?

Was heißt das schon? Kann er auch Bananen schälen? Bestimmt nicht so gut wie ich. Nein, ich brauchte mich ganz sicher nicht vor diesem Angeber verstecken. Schließlich war ich Champignon-flieg-Sieger. Und Wissenschaftler war ich ja auch noch. Ich hatte die Sterne gezählt, obwohl sie mein Begriffsvermögen überstiegen. Und das mit nur einem Auge!

Mit meinem rechten Auge war ich auf sechsundsiebzig Sterne gekommen. Um die korrekte Anzahl zu erhalten, musste ich daher diese sechsundsiebzig Sterne mit zwei Augen multiplizieren. Und das bedeutete … hmmm … das bedeutete … bedeutete …

Das Ergebnis lag jenseits meines Begriffsvermögens. Aber ich konnte ihm zumindest nahe kommen, indem ich mit meinen beiden Händen eine vorläufige Hochrechnung anstellte. Diese brachte mich auf genau 220 Sterne. Eine unvorstellbar hohe Zahl, mit der ich heute bei Gott Eindruck machen wollte. Ich beschloss, die Zahl aufzurunden, damit sie noch eindrucksvoller wirkte. 300 klang doch gut – oder sagen wir mal lieber 384, damit es weniger aufgerundet klang.

Im Sonnenlicht wirkte der Wald nicht mehr so unheimlich wie während der Nacht, so dass ich, ohne zu zögern, die

Lichtung verließ und zwischen den Bäumen ins satte Grün des Dickichts eintauchte. Da ich nicht wusste, auf welchem Weg ich gestern hierher gekommen war, und ich ohnehin kein konkretes Ziel hatte, war es egal, welche Richtung ich einschlug. Irgendwo würde ich schon herauskommen. Wichtig war nur, dass ich auf dem Weg einen Bananen- oder Pfirsichbaum entdeckte, um mir mein Frühstück zu holen. Die Bäume, bei denen Gott sich gestern Nacht bedient hatte, mussten unweit der Lichtung stehen. Leider hatte ich mir nicht gemerkt, wo genau.

In Lichtungsnähe wuchsen mehrere Dutzend Bäume, und alle waren so hoch und so üppig mit Blättern umwölkt, dass ich nicht erkennen konnte, ob sie Früchte trugen. Mir blieb nichts anderes übrig, als auf gut Glück an einem der Bäume hochzuklettern. Das Unterfangen erwies sich als ziemlich anstrengend, da dieser Baum keine Äste hatte, an denen ich mich hochziehen konnte. Ich musste mich am schmalen Stamm hochschieben und geriet schon nach kurzer Zeit ordentlich ins Schwitzen. Hoffentlich lohnte sich die Anstrengung wenigstens und dort oben in der Krone erwarteten mich nicht etwa Zitronen oder Steinpilze.

Durch meine Kletterei wurde ein buntgefiedertes Flattertier aufgescheucht. Als es laut schreiend davonflog, dachte ich an meinen Auftrag und rief: »Ich nenne dich … äh … ich nenne dich …«

Aber da war es auch schon im Blättermeer verschwunden. Ich war zu überrascht gewesen, um mir sein Aussehen einzuprägen, so dass es auch keinen Sinn hatte, ihm jetzt noch einen Namen hinterherzuwerfen. Außerdem war mir sowieso noch keiner eingefallen. Also, das musste noch besser werden! Konnte man die Viecher nicht einfach durchnummerieren?

Seufzend konzentrierte ich mich wieder aufs Klettern. Es

gab schließlich Wichtigeres, als Gottes Auftrag zu erfüllen. Frühstücken zum Beispiel.

Allerdings musste ich mich damit wohl noch etwas gedulden, denn oben im Baum konnte ich weder Bananen noch Pfirsiche, noch sonst irgendeine essbare Frucht entdecken. Es gab lediglich braune, harte, holzige, kopfförmige Gewächse, die sich trotz aller Bemühungen meinerseits überhaupt kein bisschen schälen ließen.

Also wieder runter vom Baum und beim nächsten mein Glück versucht. Bevor ich mich an den Aufstieg machte, musste ich mich aber erst einen Augenblick ausruhen – na gut, drei Augenblicke, für jedes Auge einen und einen für mich. Der Hunger trieb mich dann aber wieder nach oben. Und nach einer weiteren anstrengenden Kletteretappe bot sich mir dasselbe Bild wie vorhin. Außer den dämlichen Holzkugeln, die null zu gebrauchen waren, gab es nichts. Paradies – ich kann dir gar nicht sagen, wie sehr du mir jetzt schon auf den Sack gehst.

Mit knurrendem Magen und überhaupt knurrend kletterte ich wieder hinunter. Der Tag fing ja wieder gut an, dabei war Gott noch gar nicht aufgetaucht, um mir das Leben schwerzumachen. Da durfte ich mich jetzt schon drauf freuen.

Immer noch außer Atem machte ich mich an den nächsten Baum. Diesmal hatte ich mir aber gemerkt, wie die Bäume aussahen, auf denen diese blöden Holzbollen wuchsen. Noch einmal würde ich nicht auf so eine Mistpalme kraxeln.

Während ich erneut einen Baum hinaufstieg, bemerkte ich, dass ich vom Nachbargehölz aus beobachtet wurde. Ein schwarzes, etwa halb-so-groß-wie-iches Tier, das sogar eine entfernte Ähnlichkeit mit Gott besaß (es war ihm jedenfalls ähnlicher als alle anderen Tiere, die ich bisher gesehen hatte, also: zwei Hände mit Daumen, Ohren seitlich am Kopf, wache Augen und unentwegt schnatternd), stand aufrecht auf einem Ast des mir gegenüberliegenden Baumes, wobei es sich mit seinen Füßen und einer Hand festhielt und mit dem freien Arm wild in meine Richtung fuchtelte, als wollte es mir zuwinken.

Diesmal würde mir das Tier nicht entkommen! Ich würde ihm *peng!* einen Namen verpassen, direkt zwischen die Augen. Da es das erste Tier war, das ich benamte, wollte ich es Alpha nennen. Aber dann kam mir das zu phantasielos vor, und ich beschloss, den Namen leicht abzuändern.

»Hallo, du da!«, rief ich der Kreatur zu. »Ab heute heißt du Apha, alles klar?«

Apha stieß einen Kreischlaut aus und schüttelte wild mit dem Kopf. Offenbar passte ihm der Name nicht. Ein ganz schön anspruchsvolles Kerlchen war das. Er wurde Gott immer ähnlicher.

»Na gut, dann eben Aphe«, schlug ich vor. »Wie findest du das?«

Aphe gluckste und schnatterte noch einmal kurz und nahm dann Reißaus. Ich wertete das als Einverständnis.

Das erste Tier besaß nun einen Namen. Für heute hatte ich mein Soll erfüllt. Jetzt noch schön frühstücken, und dann konnte ich mich schon langsam auf den Feierabend vorbereiten.

Diesmal hatte ich Glück. Auf diesem Baum wuchsen tatsächlich Bananen, ungeschält zwar, aber dafür eine ganze Menge. Ich pflückte mir eine Staude, die ungefähr so lang war wie mein Unterarm und aus so vielen Bananen bestand, dass mein Frühstück gesichert war und bestimmt noch etwas übrigblieb für unterwegs.

Das Herunterklettern mit meiner Last erwies sich jedoch als ziemlich schwierig. Bis mir eine Idee kam, die meine Genialität erneut unter Beweis stellte. Ich ließ einfach die Schwerkraft die Arbeit des Heruntertragens für mich erledigen. Und *schwups* hatte ich meinen Plan auch schon umgesetzt und die Staude fallen gelassen, so dass ich ihr nun ganz gemütlich und unbeschwert hinterherklettern konnte. Unten angekommen, erwartete mich eine Überraschung. Neben meinem frisch geernteten Frühstück hockte Aphe und streckte mir die Zunge raus.

»Aphe«, sagte ich und ging langsam einen Schritt auf ihn zu. »Lass die Finger von meinem Essen!«

Diese Ermahnung nahm Aphe zum Anlass, sich meine Bananen zu schnappen und damit auf allen dreien davonzulaufen. Ich war als sein Namensgeber zwar für sein Wohlergehen verantwortlich, aber das hieß ja wohl nicht, dass ich ihm mein Frühstück überlassen musste. Ich fand, Aphe konnte durchaus auch ohne meine Hilfe wohlergehen, ja er konnte sogar wohlerrennen, wie er nun deutlich bewies. Obwohl er einen Arm brauchte, um die Bananen gegen seine behaarte Brust zu drücken, rannte er auf zwei Beinen und einem Arm so schnell, als wäre eine Zitrone hinter ihm her.

Es war aber keine Zitrone, die ihn verfolgte, sondern ich. Da hatte Aphe doppelt Pech. Denn erstens war ich schneller als eine Zitrone und zweitens saurer.

Bevor ich ihn packen konnte, sprang dieses Mistvieh, ohne seine Beute loszulassen, einen Baum hoch. Aber nicht mit mir! Der Bananendieb konnte zwar besser klettern als ich, aber ich würde ihn schon kriegen, denn irgendwann war der Baum ja auch mal zu Ende und dann würde ich ihn mir schnappen. Entschlossen stieg ich Aphe hinterher, zog mich mühsam Meter für Meter den schmalen Baumstamm hinauf. Keuchend näherte ich mich der Krone, wo das diebische Tier mich mit ängstlichen Augen erwartete.

»Jetzt bist du fällig«, sagte ich drohend.

Aber zuerst waren die Bananen fällig, denn Aphe ließ sie

einfach los, und sie fielen unerreichbar an mir vorbei in die Tiefe.

»Baahii Huuh Huuh Kriiietsch Buh«, sagte Aphe und streckte mir wieder die Zunge raus. Dann schwang er mit unheimlicher Leichtigkeit an mir vorbei und hangelte sich behände den Baum nach unten. Kaum auf dem Boden angekommen, schnappte er die Bananen und machte sich mit ihnen auf und davon. Fassungslos starrte ich ihm hinterher.

»Hey, du Arschloch, ich weiß, wie du heißt!«, schrie ich ihm noch nach, dann war er aus meinen Augen verschwunden.

An Verfolgung war natürlich nicht zu denken, dafür war ich viel zu erledigt von der ewigen Kletterei. Stattdessen klammerte ich mich kraftlos an den Stamm und schaute dumm in die Welt. Und um meine Pleite perfekt zu machen, hingen wieder diese braunen Holzkloben vor meiner Nase, als wollten sie mich verhöhnen. War das zu glauben? Ich konnte anscheinend machen, was ich wollte: Ständig saß ich in irgendeiner Baumkrone und starrte hungrig auf diese nichtsnutzigen, blöden Holzkugeln.

Vor lauter Zorn über meine eigene Dummheit riss ich eines dieser Dinger los und schleuderte es nach unten. Dort knallte es gegen einen großen Stein und zerbrach in zwei Hälften.

Oh-oh! Hoffentlich hatte Gott das jetzt nicht gesehen!

Wenn er mitbekam, dass ich schon wieder etwas kaputtgemacht hatte, kriegte ich bestimmt Ärger. Ich hörte ihn schon schimpfen: *Wie konntest du so etwas tun? Hast du nicht gesehen, wie filigran das war? So blöd kann man doch gar nicht sein! Und wie weit bist du eigentlich mit der Erledigung deiner Aufgabe?*

Bitte, lieber Gott, mach, dass du nichts gesehen hast!

Mit meinem schlechten Gewissen bepackt kletterte ich

langsam nach unten. Als ich wieder festen Boden unter den Füßen hatte, war ich so erledigt, dass an ein erneutes Ersteigen des Bananenbaumes vorerst nicht zu denken war. Die zerbrochene Holzkugel lag neben einem Steinklotz am Fuß des Baumes. Sie war größtenteils hohl, aber mit einer weißen Substanz ausgekleidet. Außerdem befand sich in der einen Kugelhälfte eine klare Flüssigkeit.

Sollte ich es wagen, davon zu trinken? Womöglich war der Saft giftig und ich würde qualvoll sterben, sobald ich auch nur meine Lippen mit ihm benetzte.

Andererseits schmeckte er sehr lecker. Und jetzt war es sowieso zu spät. Mein Mund ist eben schneller als mein Verstand. Aber was kann ich denn dafür, dass mein Forscherdrang so groß ist?

Als Nächstes schlug ich meine Zähne in die weiße Masse, die im Inneren der Hohlkugel klebte. Schmeckte nicht giftig. Die Chancen standen gut, dass ich meine Mahlzeit überleben würde. Es wäre ja auch wirklich zu grausam, wenn ich jetzt umkommen würde. Noch vor dem Frühstück.

»Und? Wie ist dein erster Eindruck vom Menschen, Herr?«, fragte mich Gabriel, und aus seinem Tonfall ließ sich heraushören, dass sein eigener erster Eindruck katastrophal ausgefallen war.

»Er hat Potential«, sagte ich zuversichtlich.

»Ach ja? Muss mir entgangen sein.«

»Es war sein erster Tag«, erinnerte ich den Engel. »Du bist zu streng in deinen Maßstäben.«

»Er hat Pilze getötet.« Gabriel sah mich mit verhaltener Empörung an. »Nur so aus Spaß.«

»Er wusste es nicht besser«, verteidigte ich den Menschen. »Außerdem führte seine Unbeherrschtheit letztendlich zu der Kreation einer neuen Pilzart. Er inspiriert mich, Gabriel.

Und noch etwas: Du sprichst so verächtlich über Spaß. Als wäre dies das niederste aller niederen Motive. Aber sage mir, wann hattest du zum letzten Mal Spaß, Gabriel? Kannst du dich überhaupt noch daran erinnern?«

»O ja«, sagte der Engel. »Das letzte Mal Spaß hatte ich, als ich den Menschen in seinem Traum besucht habe.«

Nachdem ich eine ganze Weile durch den Wald geirrt war, stieß ich auf einen Fluss und beschloss, schlau, wie ich nun mal war, diesem zu folgen. Ab und zu lief mir ein Tier über den Weg, aber durch das viele Laufen und Klettern war ich viel zu ermattet, um jetzt auch noch Namen zu vergeben. Die paradiesische Fauna musste eben noch einen Tag länger mit Hey-du-da als Anrede auskommen. Wenn man mich fragte, wäre das ohnehin völlig ausreichend. Nur fragte mich leider keiner.

Ein immer lauter werdendes Rauschen, auf das ich zulief, verriet mir, dass ich bald auf etwas Neues stoßen würde. Als ich es wenig später sah, war ich dennoch überrascht. Der Fluss (einer der vier Paradiesflüsse, deren Namen ich allesamt vergessen hatte) verschwand ein paar Meter vor mir im Nichts. Verblüfft lief ich weiter auf diese ominöse Stelle zu und nahm erleichtert zur Kenntnis, dass das Wasser sich nicht in Luft auflöste, sondern über eine Felskante schäumend in die Tiefe stürzte.

Vor mir lag eine Talsenke, und während der Fluss als Wasserfall steil hinabkippte und einen See speiste, an dessen Ufern ich gestern bereits mit Gott spaziert war, senkten sich die bewaldeten Hänge sanft ins Tal – und nahmen mich mit.

Nachdem ich unten angekommen war, überkam mich das seltsam wohlige Gefühl, hier zu Hause zu sein. Womöglich weil es der erste Ort im Paradies war, zu dem ich aus eigenem Antrieb zurückkehrte. Bisher war ich immer nur von einer Ecke in die nächste geführt worden.

Zufrieden setzte ich mich ans Seeufer in den Schatten einer großen Trauerweide und ruhte mich von den Strapazen aus.

Hier ließ es sich aushalten! Es gab Wasser zum Trinken, und ein Baum mit Pfirsichen stand auch in der Nähe. Dort hatte ich mich auch gleich ordentlich eingedeckt, und nun lag ich neben einem kleinen Pfirsichhügel im Gras und jedes Mal wenn mich neuer Tatendrang packte, trug ich ein bisschen von dem Hügel ab. Der Wind rauschte einschläfernd in den Zweigen der Weide, friedlich glitzerte die Sonne auf der Wasseroberfläche und der betörende Duft von Blumen und Pfirsich schwebte in der Luft. Das Paradies zeigte mir ein erstes Lächeln.

»Hallo, Mensch!« Gott trat aus dem Nichts hervor und stellte sich neben mich.

Das Paradies hörte auf zu lächeln und versetzte mir einen Tritt.

»Du schon wieder«, begrüßte ich meinen Schöpfer. »Ich habe leider gerade wenig Zeit. Bin sehr beschäftigt. Die Namen vergeben sich schließlich nicht von alleine, weißt du?«

»Wie war deine Nacht?«, fragte Gott, ohne auf meine Worte einzugehen. »Hast du gut geschlafen?«

»Ich habe überhaupt nicht geschlafen.« Vorwurfsvoll zeigte ich auf meinen blau angelaufenen großen Zeh. »Weil mir erstens der Fuß weh tat.«

»Das tut mir leid.«

»Und zweitens«, erzählte ich weiter, »habe ich an einem wissenschaftlichen Projekt gearbeitet. Ich habe die Sterne gezählt.«

Ein kleines Lächeln umspielte Gottes Mundwinkel. »Ach, wirklich? Das ist ja interessant. Und wie viele sind es?«

»Unglaublich viele, eine unvorstellbare Zahl. Ich hoffe nur, sie übersteigt nicht dein Begriffsvermögen.«

»Ja, das hoffe ich auch«, meinte Gott lachend. »Nun sag schon: Wie viele sind es?«

»Dreihundertvierundachtzig.«

Gott stieß einen leisen Pfiff aus. »Das ist wirklich eine ganze Menge.«

»Ich habe es mit nur einem Auge geschafft«, verkündete ich stolz. »Und dann noch mathematisch abgesichert.«

»Ich bin stolz auf dich.«

»Äh ... danke«, sagte ich und beschloss, dass dies eine günstige Gelegenheit war, Gott von der Holzkugel zu erzählen, die ich kaputtgemacht hatte. »Mir ist da übrigens heute Morgen ein kleines Missgeschick passiert. War keine Absicht«, begann ich meine Beichte.

»Das war eine Kokosnuss«, erklärte Gott, nachdem er meine Geschichte angehört hatte. »Die kannst du ruhig essen. Sie sind allerdings schwer zu öffnen. Aber für jemanden, der die Sterne gezählt hat, dürfte das kein Problem darstellen, nicht wahr?«

»Nö, ist ein Klacks für mich. Aber warum hast du sie eigentlich nicht gleich so gemacht, dass man sie leichter essen kann?«

»Wenn etwas schwierig zu kriegen ist, erhöht sich sein Wert. Je schwieriger es ist, etwas zu erlangen, umso mehr Befriedigung zieht man daraus, wenn man es schließlich bekommt.«

Ich dachte daran, wie köstlich heute Morgen die Banane geschmeckt hatte, die ich nach meinen vielen fehlgeschlagenen Klettertouren dann doch noch ergattert hatte. Im Gegensatz zu ihr fand ich den zwölften Pfirsich, den ich gerade aus meinem Vorratshaufen gefischt und gegessen hatte, fast fade. An Gottes Theorie schien tatsächlich etwas dran zu sein.

»Du meinst, am besten schmeckt das schwer Bekömmliche?«

»So ungefähr.«

»Und warum hast du dann nicht alles so gemacht, dass es schwer zu kriegen ist?«

»Weil du dann verhungern müsstest«, meinte Gott und versetzte mir neckisch einen leichten Schlag auf die Stirn.

Für einen kurzen Moment erwägte ich, einen Pfirsich nach ihm zu werfen. Ich nahm einen Pfirsich, verwarf die Erwägung und biss hinein.

»Ich komme schon klar«, sagte ich mit vollem Mund.

»Ja, sicher, das tust du«, sagte Gott, aber es klang wenig überzeugt. »Wie weit bist du übrigens mit dieser Namensgeschichte? Geht es voran?«

Ich dachte an Aphe und an das Flugtier, dem ich beinahe einen Namen gegeben hätte. »Läuft prima.«

»Geht es auch ein bisschen genauer?«

»Lieber nicht.«

Gott seufzte. »Na gut, aber du musst dich ranhalten. Wie willst du eine Beziehung zu deinen Mitgeschöpfen aufbauen, wenn sie alle namenlos sind?«

›Gar nicht‹, hätte ich am liebsten geantwortet. Aber weil ich mit so einer Einstellung bei Gott bestimmt keine Pluspunkte sammeln konnte, schluckte ich es hinunter und brachte stattdessen einen genialen Verbesserungsvorschlag vor. »Wie wäre es, wenn man die Biester einfach durchnummeriert?«

Der Blick, mit dem Gott mich daraufhin bedachte, ließ mich eilig hinzufügen: »Oder eben Namen vergeben, das ist sowieso besser. Den einen, den mit dem schwarzen Fell, der ein bisschen Ähnlichkeit mit … äh, der so gut klettern kann, den habe ich Aphe genannt.«

»Aphe – klingt gut. Wie bist du darauf gekommen?«

»Harte Arbeit, gepaart mit großer Genialität«, sagte ich.

»So halte ich es auch immer«, meinte Gott zufrieden nickend. »Na, dann mach weiter so.« Er entfernte sich ein paar Schritte und forderte mich mit einer knappen Kopfbewegung auf mitzukommen.

Ächzend erhob ich mich und gesellte mich an seine Seite auf unserer obligatorischen Runde um den See.

Gott schaute mich ernst an. »Wir haben etwas zu bereden.«

»Und deshalb musste ich extra aufstehen?«, fragte ich missmutig. »Wir quatschen doch die ganze Zeit. Und du hast mich in deiner göttlichen Weisheit so konstruiert, dass ich auch im Liegen reden kann.«

»Im Liegen wäre unpassend. Das wird jetzt nämlich ein feierlicher Moment«, sagte Gott mit sonorer Stimme.

Oho, feierlicher Moment! Jetzt war ich aber neugierig. Ob Gott meinen Champignon-flieg-Gewinn feiern wollte? Aber der war schon gestern gewesen und außerdem nicht besonders berauschend ausgefallen. Oder war es die Belohnung für mein Wirken als Sternenzählmeister? Doch das wusste er ja erst seit eben.

»Was gibt es denn zu feiern?«, fragte ich aufgekratzt. »Ist Gabriel gestorben?«

Daraufhin verfinsterte sich Gottes Miene, und eine dunkle Wolkenwand schob sich binnen Sekunden über den gerade noch strahlend blauen Himmel. Ein dumpfes Grollen rollte über unsere Köpfe und Blitze zuckten in den See, dessen Wasser sich schwarz verfärbte. Beängstigend.

»Mensch!«, rief Gott zornig. »Hüte deine Zunge!«

Ich zog den Kopf ein. »'tschuldigung. War nicht so gemeint.«

Genauso schnell, wie das Unwetter aufgezogen war, verschwand es auch wieder. Hatte ich es mir nur eingebildet?

»Was hast du gegen Gabriel?«, wollte Gott wissen, wobei

in seiner Stimme keinerlei Groll mehr mitschwang. »Er ist einer meiner Erzengel, eine große Seele, zuverlässig und loyal, ein guter Freund und eine feste Stütze.«

»Ich glaube, er hasst mich«, sagte ich.

»Er hasst dich nicht.«

»Aber mögen mag er mich auch nicht.«

Gott seufzte und lächelte mir dann aufmunternd zu. »Das wird schon. Er muss sich noch an dich gewöhnen. Und wenn du dich hier erst eingelebt hast, wirst du einen viel gelasseneren Blick auf alles bekommen. Alles wird gut.«

»Kann ich das schriftlich haben?«, fragte ich, was natürlich eine unsinnige Forderung war, da ich überhaupt nicht lesen konnte.

»Das ist unnötig«, befand Gott. »Du hast mein Wort. Und jetzt ab mit dir ins Wasser!«

Ich glaubte, mich verhört zu haben, aber Gottes rechter Arm zeigte eindeutig auf den See hinaus, und sein Blick lag erwartungsvoll auf mir.

»Ins Wasser? Warum das denn?«, fragte ich panisch.

»Weil ich es sage.«

»Ich mag aber nicht ins Wasser. Ich dachte, wir wollten etwas feiern.«

Gott erhob mahnend seinen Zeigefinger und schüttelte den Kopf. »Ich sagte, das wird ein feierlicher Moment. Ich sagte nicht, dass wir etwas feiern werden. Feierlichkeit hat mit Feiern nicht das Geringste zu tun. Im Gegenteil: Feierlich heißt, es muss steif und unterkühlt zugehen, es muss langweilig sein und unbequem und es muss ewig lange dauern, dann ist es richtig.«

»Aber warum kann es nicht feierlich sein und trotzdem Spaß machen?«

»Tut mir leid«, sagte Gott. »Aber es gibt Gesetze im Universum, gegen die bin auch ich machtlos.«

»Aber ich könnte doch einfach ...«

»Schluss jetzt! Stell dich nicht so an, Mensch. Das Wasser beißt nicht. Und, unter uns gesagt, ein kleines Bad wird dir guttun. Dein Aroma hat seit gestern ein bisschen gelitten, wenn du mich fragst.«

Zum einen weil Gott so streng guckte und zum anderen weil ich endlich wissen wollte, welchen festlichen Anlass er meinte, stakste ich langsam in den See.

Das Wasser war kalt und ekelhaft und betatschte mich aufdringlich überall mit seinen nassen Fingern. Als es mir bis zum Bauch reichte, blieb ich trotzig stehen. Das musste genügen.

»Zufrieden?«, rief ich ans Ufer.

»Ja, sehr gut. Und nun tauche kurz unter.«

»Wie bitte?«

»Du sollst untertauchen!«

»Also, das geht jetzt aber wirklich zu weit!«, beschwerte ich mich. »Ich verstehe nicht, wozu das gut sein soll.«

»Zum einen aus hygienischen und zum anderen aus symbolischen Gründen. Du erfährst eine rituelle Reinigung, damit du unbefleckt und wohlriechend deinen neuen Namen annehmen kannst.«

»Und befleckt und stinkend geht das nicht?«

»Nein. Nicht bei einem so schönen Namen, wie ich ihn für dich ausgesucht habe.«

Na, da war ich ja mal gespannt. Den Namen ›Mensch‹ konnte ich eigentlich von Anfang an nicht leiden. Viel zu kurz und nichtssagend. Wie ein Nieser, irgendwie kränklich. Damit Gott endlich mit meinem Namen herausrückte, tat ich ihm den Gefallen, nahm meinen ganzen Mut zusammen und tauchte einen kurzen Moment unter.

»Okay, jetzt lass hören«, sagte ich, als ich prustend wieder hochkam. »Wie lautet mein neuer Name?«

Gott streckte feierlich beide Arme in meine Richtung und rief mit ordentlich Singsang in der Stimme: »Du, Mensch, sollst von nun an ADAM heißen.«

»Adam?«, wiederholte ich enttäuscht. Das war sogar noch dröger als ›Mensch‹. Da konnte man sich kaum das Gähnen verkneifen, wenn man das laut aussprach. Adam – das klang wie ein welkes Blatt, das auf einen bemoosten Stein fällt. Und wegen so einem Schnarchnamen hatte ich jetzt Wasser in der Nase!

»Na, wie gefällt er dir?«, fragte Gott gespannt.

»Ich dachte, *ich* bin hier der Namensgeber«, erinnerte ich ihn. »So etwas sollte nämlich unbedingt professionell erledigt werden.«

»Der Name Adam hat auch eine Bedeutung«, versuchte Gott ihn mir schmackhaft zu machen.

»Ach ja? Bedeutet er: Tautropfen verdunstet im Morgenlicht?«

»Adam heißt: ›der von der Erde Genommene‹.

»Weil ich jetzt im Wasser stehe, oder warum?«

»Nein, weil ich dich aus Lehm gemacht habe«, erklärte Gott und knetete mit seinen Händen zur Veranschaulichung einen imaginären Dreckklumpen.

»Dann nenn mich doch gleich Lehmmann«, schimpfte ich und watete wieder an Land. »Oder Matschmoppel.«

»Wenn das dein Wunsch ist.«

»Ich möchte einen Namen, der ein bisschen mehr Pep hat als eine ausgetrocknete Bananenschale«, sagte ich, stellte mich neben Gott und schüttelte mein nasses Haar aus. »Aber anscheinend werde ich überhaupt nicht gefragt. Jedem Aphen darf ich einen Namen geben, nur mir nicht.«

Gott wischte sich indigniert einen Spritzer aus dem Augenwinkel und meinte dann: »Wenn du einen anderen Vorschlag hast, dann nur heraus damit. Wie möchtest du denn gerne heißen?«

Angestrengt dachte ich nach. Gar nicht so einfach, wenn dein Schöpfer ungeduldig neben dir steht.

»Also, es muss etwas sein, was Kraft hat und Energie. Wie Sturm und Donner und Blitz, alles in einem. Etwas Außergewöhnliches, Großartiges. Sturdonbli, nein, Sturmdotz, Strumotz, Rumrotz. Ja, genau: Rumrotz – so möchte ich heißen.«

»Rumrotz?«

Gott schaute mich so entsetzt an, dass mir der Name gleich noch viel besser gefiel.

»Was soll denn an Rumrotz so außergewöhnlich großartig sein?«, fragte Gott kopfschüttelnd.

»Du hast recht, da fehlt noch was. Der *Große* Rumrotz. Na, wie klingt das? Der Große Rumrotz, das ist einer, mit dem man sich lieber nicht anlegt, findest du nicht?«

»Wir können dir auch morgen noch einen Namen geben, dann hast du mehr Zeit zum Überlegen«, schlug Gott vor.

»Nein, nein, jetzt bin ich schon getaucht. Und der Name ist genial. So will ich heißen und nicht anders.«

Gott schüttelte erst eine ganze Weile den Kopf und nickte schließlich seufzend. »Von mir aus, wenn dein Herz so daran hängt, dann sollst du deinen Willen haben, Rumrotz.«

»*Großer* Rumrotz, bitte. So viel Zeit muss sein.«

Eine kleine, tiefschwarze Gewitterwolke ploppte plötzlich in den Himmel und Gottes Gesicht lief leicht rötlich an. Vermutlich war er neidisch auf meinen schönen, neuen Namen.

»Für dich habe ich mir auch schon einen richtigen Knallernamen überlegt«, versuchte ich, ihn zu trösten. »Ab heute heißt du …«

Da zuckte ein Blitz aus der kleinen Gewitterwolke hervor, und ein lauter Donnerschlag übertönte meine Worte.

»Du solltest dein Glück nicht überstrapazieren, Rumrotz«, ermahnte mich Gott. Dann drehte er sich um und lief einfach auf den See hinaus, ohne sich dabei auch nur die Füße nass zu machen. Schon nach kurzer Zeit gelangte er ans gegenüberliegende Ufer, der Wasserfall teilte sich vor ihm, er schritt hindurch und verschwand hinter der Wasserwand.

Immer diese Angeberei! Warum konnte nicht jeder so bescheiden sein wie ich?

Die Sonne lag bereits bäuchlings auf dem Wasser und würde wohl bald vollends untergegangen sein, als Gottes langer Schatten auf mich fiel.

Ich stützte mich auf die Ellbogen und schaute nach oben in SEIN Gesicht.

»Immer, wenn ich dich besuche, liegst du faul im Gras«, begrüßte er mich auf seine herzerfrischende Art. »Wird dir das nicht langweilig, Rumrotz?«

Diesmal verzichtete ich großzügig darauf, ihn auf meinen vollen Namen hinzuweisen, für den ich ja offiziell getaucht war. Ich, der Große Rumrotz, war da nicht so pingelig. Solange er nicht Rotzi zu mir sagte.

»Langweilig? Doch, langweilig ist mir schon. Aber was soll ich machen?«

»Du könntest endlich deiner Aufgabe nachgehen und Namen vergeben, wie wäre das?«

»Aber das mache ich doch gerade«, verteidigte ich mich und zeigte auf eines der kleinen Krabbeltiere, die sich über die Reste des Pfirsichmassakers hermachten. »Ameise.«

»Ameise«, wiederholte Gott nachdenklich. »Und dafür hast du den ganzen Nachmittag gebraucht?«

»O nein, ich habe sogar eine ganze Menge Namen vergeben.« Ich zeigte auf das das nächste Insekt. »Das ist Bemeise, hier haben wir Cemeise und diese Bande da hinten, die gerade den Pfirsichkern fortschleppt, das sind Demeise, Effmeise, Gemeise, Krabbler, Kribbler, Knickantenne und Hinkebein.«

Gott schaute mich verdattert an. »Du gibst jedem von ihnen einen Namen?«

»Ich tue nur meinen Job.«

»Du bist mir vielleicht ein Komiker!« Gott lachte dröhnend. »Du kannst sie doch noch nicht einmal voneinander unterscheiden.«

»Doch, das kann ich«, widersprach ich energisch. »Man muss sie vorher nur genau beobachten, um ihre Eigenarten herauszufinden. Das braucht natürlich seine Zeit.«

Ich verriet ihm nicht, dass ich bei den Unterscheidungskriterien manchmal ein bisschen nachgeholfen hatte. Bei Knickantenne und Hinkebein zum Beispiel.

»Es genügt völlig, wenn du für jede Spezies nur einen Namen vergibst«, belehrte mich Gott. »Sonst wirst du nie fertig. Ameise – das reicht als Bezeichnung für alle Tiere dieser Art.« Gott setzte sich neben mich auf einen Stein und betrachtete mich versonnen. »Nun, mein lieber Rumrotz, da du einen Namen und ...«

»Also, eigentlich heiße ich Großer Rumrotz«, insistierte ich.

Gott tat so, als hätte er mich überhaupt nicht gehört. »... und eine Aufgabe hast, werde ich dich ein paar Tage in Ruhe arbeiten lassen.«

»Okay.«

»Das heißt, du wirst mich eine Weile nicht zu Gesicht bekommen.«

Ich unterdrückte mein plötzliches Verlangen, singend um den Baum zu tanzen, und sagte: »Oh, wie schade.«

»Ja, finde ich auch. Aber es ist nicht zu ändern. Ich habe viel zu tun und auch nur zwei Hände, wie du siehst. Aber ich werde morgen früh noch einmal vorbeischauen. Dann habe ich eine Überraschung für dich.«

»Was denn für eine Überraschung?«

»Wenn ich sie dir jetzt preisgeben würde, wäre es morgen ja keine Überraschung mehr.«

»Dann verrate mir wenigstens, ob es etwas Gutes oder Schlechtes ist.«

»Schwer zu sagen«, antwortete Gott und lächelte geheimnisvoll.

»Er hat was *gemacht?« Gabriel schaute mich ungläubig an und schüttelte zum Zeichen der Belustigung leicht seine Flügel. »Dieser Adam ist ja noch verrückter, als ich dachte.«*

Wir saßen zusammen im Forum Angelum, *dem zweitgroßartigsten Gebäude der Himmelsstadt, das aus Licht und Dunkelheit errichtet war. Ein Engelschor probte gerade für eine Festlichkeit mir zu Ehren. Fein wie Nebelhauch schwebte der Gesang zwischen den Lichtsäulen.*

Da Engel meine Worte auch aus großer Entfernung und durch alle störenden Geräusche hindurch vernehmen konnten, brauchte ich meine Stimme nicht zu erheben, um den Chor zu übertönen. Fast flüsternd antwortete ich Gabriel: »Er wollte es nur besonders gut machen. Er strengt sich an, um mich zu beeindrucken. Daran ist nichts Lächerliches.«

»Entschuldige, Herr, aber der Gedanke, dass jemand sich hinsetzt und ernsthaft glaubt, er könnte jeder einzelnen dieser – wie heißen sie jetzt? Ameisen? – tatsächlich einen eigenen Namen geben, das finde ich schon ein bisschen lächerlich. Entschuldigung.«

»Du sollst dich nicht immer für alles und jedes entschuldigen, Gabriel«, sagte ich streng.

»Verzeihung.«

Engel! Sie quälen mich mit ihrer Ehrerbietung, ersticken mich mit ihrer Höflichkeit. Gabriel alleine könnte ganze Armeen von Menschen besiegen, ohne sich dabei besonders anstrengen zu müssen. Aber Adam – ach nein, ich meine natürlich Rumrotz –, dieser nackte, neugeborene, schwache und schutzlose Mensch, war es, der am respektlosesten auftrat, der seinen eigenen Kopf durchzusetzen versuchte, auch gegen meinen gutgemeinten Rat, der jedem Engel ehernes Gesetz gewesen wäre.

Ich hatte den Menschen geschaffen, um durch seine Augen mein Werk neu zu sehen. Sein Erstaunen und seine Bewunderung sollten meine leisen Zweifel an der Vollkommenheit der Schöpfung vollends zum Verstummen bringen.

Das hatte nicht geklappt. Nun hatte ich es mit jemandem zu tun, der selber zweifelte und in Frage stellte, der nörgelte und kritisierte, und wenn er in die Hände klatschte, dann war das kein Applaus, sondern der Ruf nach schnellerer Bedienung.

Und dennoch war da etwas …

»Woran denkst du, Herr?«, riss mich Gabriel aus meiner Versonnenheit.

»Ich versuche, aus dem Menschen klug zu werden. Er entspricht nicht meinen Erwartungen. Aber ich bin trotzdem nicht enttäuscht. Im Gegenteil. Ich finde es spannend. Gehorsam und Aufbegehren, Genie und Idiotie, Überschwang und Lethargie, Herzenswärme und blinder Egoismus – das alles liegt bei ihm so nah zusammen. Man zielt auf das eine, und das andere wird getroffen. Ich muss ihn noch genauer studieren.«

»Womöglich ist er der ganzen Mühe nicht wert«, warf Gabriel ein. Er senkte den Kopf und streichelte nervös sein Gefieder.

»Du warst im Träumenden Wald, *nicht wahr?«*

Gabriel nickte. »Es tut mir leid, Herr, aber ich musste mir Klarheit verschaffen. Bis zuletzt hatte ich Luzifer vertraut, arglos und naiv, wie ich war. Das soll mir nie wieder geschehen.«

»Das war leichtsinnig von dir«, tadelte ich. »Seine Träume von der Zukunft sind tückisch. Viele sind bereits in den Wald gegangen, doch nur wenige kamen wieder heraus. Ich will dich nicht auch noch verlieren, Gabriel.«

»Und du möchtest gar nicht wissen, was ich gesehen habe?«

»Es spielt keine Rolle.«

»Es sind nicht nur Pilze, die der Mensch zu zertreten in der Lage ist«, fuhr Gabriel dennoch fort zu erzählen. »Mit seinesgleichen geht er noch viel schlimmer um.«

Ich schüttelte ungehalten den Kopf. »Du weißt, dass die Zukunft nicht aus Marmor und Granit gebaut ist. Sie besteht aus Wolken und Wind, alles ist in Bewegung und veränderbar. Aus Wolken und Wind kann man keine verlässlichen Wahrheiten herauslesen.«

»Aber man kann erkennen, wenn ein Unwetter aufzieht«, sagte der Engel düster.

»Und sich dagegen wappnen«, erwiderte ich. »Denn wisse, Gabriel: Der Mensch ist nicht unvollkommen – er ist unvollständig. Aber ich arbeite bereits daran, ihm das zukommen zu lassen, was ihm noch fehlt.«

»Du willst ihn überarbeiten?«

»Ergänzen.«

Missmutig schaute Gabriel mich an. »Darf ich fragen, Herr, mit welchen neuen Fähigkeiten du Adam ausstatten willst?«

»Mit vielen Dingen, deren Mangel er uns in der kurzen Zeit seit seiner Erweckung bereits spüren ließ: Fleiß, Be-

scheidenheit, Einfühlungsvermögen, Teamgeist, Gehorsam, Geduld, Gesprächsbereitschaft und Aufmerksamkeit.«

»Sauberkeit, Höflichkeit, Respekt, Aufrichtigkeit, Uneigennützigkeit«, erweiterte Gabriel meine Liste mit sichtbarer Süffisanz. »Das wird eine Dauerbaustelle. Wann holst du ihn zurück in den Himmel?«

»Überhaupt nicht.«

Gabriel sah mich erstaunt an. »Du willst das alles ambulant machen?«

»Das meiste davon habe ich bereits erledigt. Nur noch ein paar Feinheiten, und der Mensch ist fertig.«

Eine Weile schien Gabriel dem Choral, den der Engelschor angestimmt hatte, zu lauschen, während er in Wirklichkeit darüber nachsann, wann ich die Verbesserungen an Rumrotz vorgenommen haben soll. Schließlich schüttelte er resignierend den Kopf. »Ich verstehe es nicht. Wie …«

»Ein blinder Riese und ein lahmer Zwerg«, unterbrach ich ihn mit einem Gleichnis. »Der Riese steckt voller Kraft und Tatendrang, aber er weiß nicht, wohin damit, da er nichts sehen kann. Der Zwerg hat gute Augen und einen scharfen Verstand, aber er ist schwach und kann nicht laufen. Wie würdest du den beiden helfen?«

Gabriel überlegte nicht lange. »Ich würde für sie beten und es in deine Hand legen, ihre Gebrechen zu heilen.«

»Und ich würde den Zwerg auf die Schultern des Riesen setzen«, sagte ich lächelnd.

Der Erzengel ließ sich meine Worte geraume Zeit durch den Kopf gehen und nickte dann bedächtig. »Jetzt verstehe ich. Du hast für Adam einen klugen, beinlosen Zwerg gemacht, den du ihm jetzt nur noch auf den Rücken pflanzen musst.«

»Na ja, so ungefähr«, sagte ich. Die ganze Wahrheit würde Gabriel noch früh genug sehen. »Ach, übrigens, ich habe

beim Namen für den Menschen kurzfristig umentschieden. Er heißt nun doch nicht Adam. »

Gabriel sah mich abwartend an. Als ich keine Anstalten machte weiterzureden fragte er: »Und, Herr? Willst du mir nicht verraten, wie du ihn stattdessen genannt hast? Ist es etwa ein Geheimname?«

»Nein, nein, da ist nichts Geheimes dran«, winkte ich ab. »Den Namen kann jeder wissen. Das ist übrigens ein guter Chor, findest du nicht? Die Harmonien sind großartig. Kaum zu glauben, dass sie erst dreihundert Jahre proben.«

»Ja, der Gesang ist ganz passabel. Aber du wolltest mir doch Adams neuen Namen verraten.«

»Ach so, ja. Rumrotz, der Große Rumrotz«, murmelte ich. »Erinnere mich daran, dass ich dem Chorleiter nachher meine Anerkennung ausspreche.«

»Der Große Rumrotz?« Gabriel schaute mich bestürzt an. »Der? Große?? Rumrotz???«

Dann fing er plötzlich an, aus vollem Halse zu lachen. »Rumrotz! Der war gut! Für einen Moment hast du mich wirklich drangekriegt, Herr! Gestatten, die Krone der Schöpfung: Der Große Rumrotz! Köstlich!« Der Engel wischte sich eine Lachträne aus dem Augenwinkel und fragte: »Und wie heißt er jetzt wirklich?«

Ich schaute ihn böse an. »Das überlasse ich ihm selbst«, antwortete ich ausweichend. »Er hat sich da, glaube ich, noch nicht festgelegt. Und, nebenbei bemerkt, finde ich den Namen ›Großer Rumrotz‹ gar nicht schlecht, sogar imposant. Das klingt wie Sturm und Donner und Blitz, nur eben in Groß. Das passt doch wunderbar.«

»Und wenn erst einmal der Zwerg auf seinen Schultern klebt, passt es sogar noch besser«, meinte Gabriel glucksend.

»Das ist nicht lustig!«

»Entschuldigung«, sagte der Engel.

»Du sollst dich nicht ständig entschuldigen.«

»Wie du wünschst, Herr.«

Eine Weile saßen wir schweigend da und lauschten den Engelsstimmen sowie den Harfen- und Posaunenspielern. Es gab auch ein Saxophon und ein Schlagzeug – der Chorleiter war offenbar einer der wenigen progressiven Avantgardisten, die nicht zusammen mit Luzifer in der Hölle gelandet waren. Aber zu meiner momentanen Stimmung passte es. Es ärgerte mich, dass ich Adam seinen Willen gelassen hatte. Aber als er mich so angeschaut hatte mit glänzenden Augen und diesen albernen Namen mit so viel Feuer im Herzen für sich forderte, konnte ich ihm den Wunsch nicht versagen. Und nun machte er sich und mich damit zum Gespött der Engel, wie mir Gabriels Reaktion gezeigt hatte.

Vor lauter Ärger hatte ich eine dunkle Wolke über unseren Köpfen materialisiert, die es nun kräftig und unermüdlich auf Gabriel und mich herabregnen ließ. Der Engel tat so, als bemerke er nichts, während sich die Federn seiner Flügel mit Wasser vollsogen und ihm sein langes Haar klatschnass ins Gesicht hing.

»Dumme Angewohnheit von mir«, brach ich schließlich das Schweigen. »Das mit den Regenwolken, meine ich.«

»Nicht so schlimm«, sagte Gabriel, den Kopf zwischen den Flügeln steckend. »Es hat ja schon wieder aufgehört.«

Ich legte ihm versöhnlich einen Arm um die durchnässte Schulter. »Weißt du, der Mensch ist nicht so verkehrt, wie du vielleicht denkst. Er besitzt Ehrgeiz und Wissensdrang. Gestern hat er, ohne von mir damit beauftragt worden zu sein, die Sterne gezählt. Nur, weil er die genaue Anzahl wissen und mir dann mitteilen wollte.«

»Da hatte er aber viel zu tun«, sagte Gabriel zweifelnd. »Auf was für eine Zahl ist er denn gekommen?«

»Dreihundertvierundachtzig.«

Gabriel schloss die Augen, konzentrierte sich und sagte: »Es sind im Moment 271 Trilliarden 642 Trillionen 812 Billiarden 471 Billionen 287 Milliarden 765 Millionen 235 Tausend 181 Sterne.«

»Ich weiß.«

»Tja, knapp daneben, würde ich sagen.«

»Die gute Absicht zählt«, entgegnete ich. »Das Engagement, das er bereits am ersten Tag zeigte, die Eigeninitiative. Ich war so gerührt, als er mir ganz stolz von seinem Projekt erzählte, dass ich ihm seinen Namenswunsch durchgehen ließ. Der Große Rumrotz – das war kein Scherz. Ich hoffe doch, ihr Engel werdet ihm dennoch mit gebührendem Respekt begegnen.«

Gabriel nickte. »Keine Sorge, Herr. Er bekommt den Respekt von uns, den er verdient, ganz egal, wie sein Name lautet.«

»Dann ist es gut.«

»Genauso wie Luzifers neuer Name ihn nicht vor unserer Abscheu bewahren kann«, fuhr Gabriel fort. »Mag er sich nun auch als Satan, den Herrn der Hölle, proklamieren – seine Herrschaftlichkeit existiert nur in seiner verdrehten Vorstellung.«

Der Gedanke an Luzifer und wie er seine Verbannung aus dem Himmel in einen Sieg umzumünzen versucht, fachte meinen gerade erloschenen Ärger erneut an. Eine weitere schwarzbauchige Wolke zog sich über uns zusammen.

»Luzifer«, zischte ich wütend. »In welches tiefe Loch muss ich ihn noch stürzen, damit er endlich Ruhe gibt?«

»In der Hölle vermag er nichts mehr auszurichten«, sagte Gabriel voller Überzeugung. »Soll er doch toben und sich nennen, wie es ihm gefällt. König der Finsternis, Fürst der Dunkelheit – es bedeutet doch immer nur das Gleiche:

Nichts. Wahres Königtum wird nicht durch wohlklingende Namen konstituiert. Er ist der König von nichts und gefangen in seinem Königreich. Und keine Lüge und kein Verrat werden daran etwas ändern. Allerdings …«

»Ja?«

»Falls es ihm doch gelingen sollte, die Hölle zu verlassen, dann … Er war schon immer eifersüchtig auf den Menschen, vom ersten Augenblick an, als du von deinen Plänen sprachst, Herr, ein neues Wunder des Lebens erschaffen zu wollen. Und nun, da dieses Wunder Fleisch geworden ist und verletzlich … Wenn Luzifer die Möglichkeit hat, ihn zu vernichten, so wird er es tun. Er darf nie in die Nähe des Menschen gelangen, denn sonst heißt es: Satan, der Herr der Finsternis und König der dunklen Legionen, gegen Rumrotz, den Champignon-flieg-Sieger und Ameisenfreund. Ich fürchte, das würde ein einseitiger Kampf werden.«

Während ich Gabriels warnenden Worten lauschte und Sorge sich in mein Gemüt schlich, begann die Wolke ihre nasse Ladung auf uns abzulassen. Diesmal war sogar Hagel dabei.

»Er ist bereits unterwegs«, verkündete ich düster.

Hinter dem Regenschleier sah ich Gabriels fragenden Blick.

»Luzifer«, sagte ich. »Er ist auf dem Weg zum Garten Eden.«

»Aber woher …«

»Nur so ein Gefühl.« Ich spürte, wie der Erzengel neben mir sich versteifte. Es war keine Angst, denn dieses Gefühl war Gabriel fremd, aber sein Körper reagierte unwillkürlich auf die angekündigte Bedrohung. So wie jemand anderes an den Fingernägeln kaute oder ich bei Anspannung für lokale Tiefdruckgebiete sorgte. Ich zeigte auf die Wolke über uns.

»Wenn du willst, kannst du dich ruhig von mir weg setzen.«

Gabriel schüttelte den Kopf. »Jetzt bin ich ohnehin schon nass. Aber wenn ich einen Wunsch äußern dürfte?«

»Nur zu!«

»Wie wäre es das nächste Mal zur Abwechslung mit warmem Wasser?«

»Schwierig. Ich mache das nämlich nicht mit Absicht«, erklärte ich seufzend. »Es passiert einfach, verstehst du?«

»Ich dachte ja nur«, sagte der Engel kleinlaut. »Entschuldigung.«

EVA

3 | Du dummer, kleiner, tapferer Mensch!

Ich schlug die Augen auf und sah einen Engel. Er war groß und schlank, und seine Flügel strahlten in einem so leuchtenden, heiligen Weiß, dass ich nicht lange hinsehen konnte. Auch sein Gesicht wirkte, als würde unter der blassen Haut ein Feuer brennen, und in seinen Augen konnte man es sogar deutlich erkennen: ein blaues Feuer ohne Hitze, das mich aber dennoch verzehren würde, wenn ich meinen Blick zu lange in seine Flammen hielt.

»Wo … wo bin ich?«, fragte ich und stützte mich auf meine Ellbogen. Ich erkannte, dass ich auf einem Bündel aus Palmblättern lag. Um mich herum nur hell schimmerndes Gestein – und der Engel.

Er kam auf mich zu, ging in die Hocke, beugte sich zu mir, so dass sein Gesicht ganz dicht vor meinem schwebte und sein goldenes, langes Haar meine Schulter streifte, und sagte mit sanfter, melodiöser Stimme: »Hallo, Eva! Sei willkommen im Paradies!«

»Danke. – Wer bist du?«

»Ich bin Gabriel.« Er reichte mir die Hand, die ich zögerlich ergriff, und half mir, mich aufzusetzen. Jede Bewegung fiel mir schwer, und meine Gedanken schlurften müde durch meinen Kopf. Aber das Lächeln von Gabriel und sein fester und zugleich zärtlicher Griff gaben mir Kraft und vermittelten mir ein Gefühl der Geborgenheit.

Aufmerksam sah ich mich um. Auch der Himmel war aus Fels, und Zapfen in unterschiedlicher Größe hingen von ihm herunter wie große Früchte aus erstarrter Zeit. Vom Boden wuchsen Kegel in die Höhe, die zum Teil doppelt so groß waren wie der Engel. Ein Wald aus Stein, hell und feucht schimmernd und alt, ein Refugium in der Ewigkeit.

»Das also ist das Paradies«, sagte ich andachtsvoll.

Gabriel lachte, und sein Lachen hallte von den Wänden wider, so dass es klang, als lachten sie selbst, als lachte die ganze Welt über mich. Verwirrt suchte ich den blaufeurigen Blick des Engels.

»Nein, das hier ist noch nicht das Paradies«, belehrte er mich. »Wir sind hier im rechten Auge Gottes.«

»Wo?« Meine Verwirrung machte reinem Entsetzen Platz.

»Der Berg Gottes ist die größte Erhebung im Paradies. Seine Südflanke sieht aus wie ein riesiges Gesicht. Und wir befinden uns im rechten Auge dieses Gesichtes, in einer gigantischen Tropfsteinhöhle, der Engelshöhle. Sie gehört zum Paradies, aber sie ist natürlich nur ein winziger Teil davon. Du wirst bald alles gezeigt bekommen. Es ist gut möglich, dass Gott höchstselbst dich herumführen wird, nachdem ich vorab ein paar Dinge mit dir geklärt habe.«

»Ich werde Gott sehen?«, fragte ich aufgeregt.

»So es sein Wille ist.«

»Ist es sein Wille?«

»Gottes Wege sind unergründlich.«

»Dann sehe ich ihn also.«

»Das habe ich nicht gesagt.«

»Er kommt nicht?«

»Das habe ich auch nicht gesagt. Ich sagte, es liegt in seiner Hand.«

»Also kommt er?«

»Ja, ja, ja, er kommt! Er wird kommen! Er kommt!«, schrie Gabriel.

»Aber das geht nicht«, sagte ich.

Gabriel schaute mich verwundert an. »Warum nicht?«

»Ich bin noch nicht so weit. Ich meine, das ist immerhin Gott. Gott! Da kann ich doch nicht einfach so …« Ich fuhr mit den Fingern durch mein Haar, packte eine Strähne und zog sie mir so vors Gesicht, dass ich sie einigermaßen begutachten konnte. »Schau dir meine Haare an! Total fettig und verklebt. Schau sie dir an! So kann ich auf keinen Fall … Und mein Mund! Der fühlt sich an, als wäre er voller Schleim. Bestimmt sind meine Zähne ganz grün. Habe ich grüne Zähne? Und meine Fingernägel! Als hätte ich diese Höhle mit eigenen Händen gegraben. Und …«

Der gebieterisch ausgestreckte Arm Gabriels ließ mich verstummen.

»Beruhige dich, Eva. Gott schaut auf deine Seele, nicht auf dein Haar und deine Fingernägel. Außerdem dauert es ohnehin noch eine Weile, bis du auf Gott triffst, denn zuerst muss ich dich in alles Grundlegende einweisen. Also sei unbesorgt und komm mit!«

Der Engel lächelte mir noch einmal zu und ging dann mit leichtem Kopfschütteln voraus.

Das Laufen war anstrengend, der Boden uneben und teilweise glitschig. Immer wieder musste Gabriel auf mich warten. Bis er mich auf einmal einfach in seine starken Arme nahm und trug. Dankbar schaute ich hoch in sein ebenmäßiges Gesicht. Wenn der Engel schon so schön war, dachte ich beklommen, wie wird dann erst Gott aussehen?

Und wie sollte ich zwischen all dieser Schönheit bestehen können?

Ich zupfte leicht an dem seltsamen Material, das den Engel umhüllte wie eine dünne, weiche, schmiegsame Schale.

»Was ist das?«, fragte ich.

»Das ist mein Gewand.«

»Und was kann man damit machen?«

»Es schützt mich vor der Kälte, wenn ich fliege.«

»Bekomme ich auch so eins?«

»Ich glaube nicht.«

»Warum nicht?«

»Kannst du fliegen?«

»Das habe ich noch nicht probiert – vielleicht.«

»Du kannst nicht fliegen. Du hast keine Flügel.«

»Bekomme ich irgendwann Flügel?«

»Ich glaube nicht.«

»Warum nicht?«

»Du fragst zu viel.«

Schweigend folgten wir dem Weg, der nun eine ganze Weile sanft abwärts verlief und sich dann zu einem großen Höhlenraum erweiterte, in dessen Mitte ein kleiner See schwarz glänzend vor uns lag. Wir stellten uns ans Ufer, und Gabriel forderte mich auf, ins Wasser zu blicken.

Ich erschrak. Aus dem See heraus schaute eine Frau zu mir hoch. Auch sie zuckte zusammen, als sie mich erblickte. Genau wie ich hatte sie blondes Haar, das ihr auf die Schultern fiel, schön, wenn auch nicht so prächtig goldgelockt wie das Haar von Gabriel. In ihren grünen Augen las ich Neugier, Überraschung und Furcht.

»Da!« Ich zeigte auf die Wasserfrau, und sie tat es mir gleich und deutete auf mich. »Eine Frau! Im See! Sie ertrinkt! Wir müssen ihr raushelfen!«

»Geh einfach weg«, forderte Gabriel mich auf.

Seine kalte Ungerührtheit verwunderte mich zwar, aber ich hatte keine Zeit, darüber nachzudenken. Ich ließ mich auf meine Knie fallen und streckte der Frau meine Hände entgegen, um sie an Land zu ziehen. Sie verstand meine Absicht sofort und reckte ihre Arme nach oben, doch gerade als ich die Oberfläche des Sees berührte, verließ sie wohl die Kraft und sie verschwand im Gekräusel des dunklen Wassers.

»Sie ist untergegangen«, rief ich schockiert. »Du musst sie retten!«

Doch Gabriel lachte nur. Wie konnte er so herzlos sein?

»Gabriel, bitte!«, drängte ich. »Sie ertrinkt. Und ich kann nicht schwimmen.«

»Sie wird gleich wieder auftauchen.« Gabriel machte keine Anstalten, etwas zu unternehmen. »Warte noch einen kleinen Moment.«

»Dann ist es zu spät«, rief ich wütend und verzweifelt, und mit einem beherzten Satz sprang ich ins Wasser, der unbekannten Frau hinterher.

»Eva, nein!«, hörte ich den Engel noch schreien, dann hatte der See mich verschluckt und ich vernahm nur noch ein Gurgeln und Brausen, während ich in die Tiefe sank. Ich wollte schreien, aber als ich den Mund öffnete, drang kaltes Wasser in meine Kehle. Vergeblich versuchte ich, wieder nach oben zu kommen. Aber es ging nur in eine Richtung. Tiefer und tiefer sank ich in die Dunkelheit und Kälte.

›Gott, du brauchst dich nicht hierher zu bemühen‹, dachte ich grimmig, nachdem meine erste Panik abgeklungen war und eine unnatürliche Ruhe sich in mir breitmachte, ›ich komme zu dir.‹

Als hätte er meinen Gedanken gehört, schickte er mir ein Licht zur Begrüßung. Das Licht wurde größer und größer und verwandelte sich in einen Engel – Gabriel!

Zwei starke Hände packten mich, und ich hörte auf zu sinken und schwebte nach oben, flog.

Dann fühlte ich festen Boden unter mir und jemand drückte mir wieder und wieder auf den Bauch. Ich spürte Lippen, die sich gegen meine Lippen pressten, den Atem eines anderen, der mir neue Kraft einhauchte, neues Leben.

Hustend spuckte ich Wasser, bevor ich gierig Luft in meine schmerzenden Lungen saugen konnte. Leben und Atmen – erst jetzt wusste ich, welch kostbares Geschenk das war.

Ich schlug meine Augen auf und sah einen Engel.

»Du tust mir weh«, sagte ich keuchend zu Gabriel, weil dieser auf mir saß und seine Hände in meinen Bauch stemmte.

In den Pupillen des Engels tanzten blaue Flämmchen, als er mich anblaffte: »Du dummer Mensch! Mach das nicht noch einmal, hörst du? Du dummer, kleiner, tapferer Mensch! Wie konntest du so etwas tun?«

Da fiel es mir wieder ein. »Die Frau!«, rief ich aufgeregt. »Was ist mit der Frau? Ich muss noch mal rein!«

Ich versuchte aufzustehen, doch Gabriel drückte mich sanft, aber unnachgiebig wieder zurück. »Untersteh dich! Für heute hast du mir genug Schwierigkeiten bereitet. Schau mich an: Ich bin so nass, als hätte ich neben Gott gesessen, wenn er schlechter Laune ist.«

»Aber …«

Mit einer herrischen Handbewegung brachte mich der Engel zum Schweigen. Er erhob sich und half mir ebenfalls wieder auf die Beine. An ihn gelehnt, stand ich am Ufer des Sees und starrte ins schwarze Wasser, das mich beinahe verschlungen hätte.

Lächelnd schaute ich in das lächelnde Gesicht der blonden Frau, die ebenfalls neben einem Engel stand, nur eben unter Wasser.

»Oh, wie schön, du wurdest auch gerettet«, rief ich ihr erleichtert zu. Dann stutzte ich, als ich erkannte, dass der andere Engel genauso aussah wie Gabriel. »Gibt es dich doppelt?«, fragte ich meinen Retter.

Die beiden Engel schüttelten gleichzeitig die Köpfe. »Das in dem Wasser, das sind wir selbst«, erklärte Gabriel. »Vielmehr unser Abbild. Du wärst beinahe ertrunken, um dein Spiegelbild zu retten. Aber es war mein Fehler. Ich hätte dich eher über dieses optische Phänomen aufklären müssen. Ich hatte nicht mit einer so heftigen Reaktion von dir gerechnet. Bitte verzeih mir.«

»Heißt das, diese Frau da, das bin ich?«

»Diese wunderschöne Frau dort im Wasser, das bist du, Eva.«

»Du findest mich schön?«

»Du bist die schönste Frau der Welt«, sagte Gabriel lächelnd. Ich wusste, wie er das meinte. Ich war die einzige Frau der Welt, also zwangsläufig auch die schönste. Aber ich hörte es dennoch gerne.

Mit einem Finger tippte ich sanft auf seine Unterlippe. »Könntest du das wiederholen?«, fragte ich.

»Du bist die schönste Frau der Welt«, wiederholte Gabriel.

»Das meinte ich nicht«, zärtlich strich ich mit meinem Daumen seine Lippen entlang. »Ich meinte das von vorhin. Das, was dein Mund mit meinem gemacht hat.«

»Ich soll dich noch einmal beatmen?«

»Ja, bitte.«

»Aber du kannst doch jetzt wieder alleine atmen.«

»Noch nicht so richtig«, sagte ich.

Ich beobachtete, wie der Engel im Wasser seine Lippen auf die Lippen der Frau legte. Ich schloss die Augen und hielt das Bild gefangen.

Da ich vor Kälte zitterte, drückte Gabriel mich an seine Brust und breitete seine weißen Schwingen über mich. Überraschenderweise war sein Gefieder bereits getrocknet, und so dauerte es nicht lange, bis es in der doppelten Umarmung des Engels angenehm warm wurde. Ich konnte Gabriels Herzschlag spüren, so dicht presste er mich an sich. Sein Herz schlug viel langsamer als mein eigenes, das regelrecht durch meine Brust galoppierte. Sein Herzschlag war wie das Pulsieren des Meeres, ruhig und kraftvoll und ewig.

»Sind alle Engel so wie du?«, fragte ich aus der warmen, weichen Höhle seiner Umarmung heraus.

»Wie bin ich denn?«

»Lieb.«

Gabriel lachte. »Na ja, mehr oder weniger. Die faulen Früchte sind unlängst vom Baum gefallen. Die Engel, die jetzt noch im Himmel weilen, sind alle integer. Aber so lieb bin ich überhaupt nicht.«

»Doch, doch, mir machst du nichts vor«, widersprach ich. »Du hast mir das Leben gerettet. Lieber geht's gar nicht.«

»Gott hat dich gerettet – durch mich«, raunte mir der Engel ins Ohr.

»Jetzt mal keine falsche Bescheidenheit. Wenn ich Gott sehe, werde ich ihm sagen, was für ein toller Engel du bist.«

Das brachte Gabriel erneut zum Lachen. »Danke. Aber ich bin bereits Erzengel, und ein Engelsfürst möchte ich nicht werden. Meine Karriereplanung ist abgeschlossen.«

»Du lässt dich nicht gerne loben, wie?«

»Ich fühle mich wohler in der Rolle des Lobpreisers als des Gepriesenen. Zum Beispiel fand ich es sehr bemerkenswert von dir, dass du ins Wasser gesprungen bist, um eine Fremde zu retten, obwohl du nicht schwimmen kannst. Du bist eine tapfere Frau, Eva. Dumm wie Blumenkohl, aber tapfer.«

»Das mit dem Lobpreisen musst du aber noch üben«, kritisierte ich ihn. Na ja, irgendwie hatte er schon recht. Da riskierte ich mein Leben, nur um mein Spiegelbild zu retten. Dabei gefiel es mir nicht einmal besonders.

Gabriel lockerte seine Umarmung ein wenig. »Geht es jetzt wieder? Oder ist dir immer noch kalt?«

»Immer noch«, sagte ich schwitzend.

Daraufhin schlug Gabriel vor, dass ich mich auf seinen Schoß setzen sollte, während er mir vom Paradies erzählen würde, von seinen Naturwundern und Geschöpfen. Auch ohne von den schützenden Schwingen des Engels umschlungen zu sein, fühlte ich mich geborgen, solange ich mich nur an seine Brust schmiegen konnte, sein Arm um meine Hüfte lag und sein Herzschlag sich mit dem meinen vermischte.

Es fiel mir schwer, mich auf seine Worte zu konzentrieren. Mehrmals musste ich ihn bitten, etwas zu wiederholen. Ich wollte nämlich nichts Wichtiges verpassen und fragte deshalb immer nach, auch auf die Gefahr hin, dass dies meine Blödheit in seinen Augen noch blumenkohliger erscheinen lassen könnte.

»Gott wird dir auch eine besondere Aufgabe übertragen«, kündigte Gabriel an. »Bis auf wenige Ausnahmen sind die Tiere des Paradieses nämlich noch ohne Namen.«

»Und ich darf ihnen welche aussuchen?«

»So ist es.«

Ich wusste, dass der Garten Eden eine immens reiche und vielfältige Fauna besaß, und fragte mich beklommen, ob ich dieser gigantischen Aufgabe gewachsen sein würde.

»Ich fühle mich geehrt«, sagte ich dem Engel, und es stimmte: Ich war tatsächlich sehr stolz, dass man mich mit so einer wichtigen Angelegenheit betrauen wollte. »Aber darin liegt eine große Verantwortung, nicht wahr? Ich weiß nicht, ob ich die Richtige dafür bin.«

»Wenn ich vorher noch Zweifel hatte, so haben deine bedenklichen Worte sie soeben zerstreut«, sagte Gabriel und lächelte mir aufmunternd zu. »Du hast mein volles Vertrauen, kleine Eva. Außerdem bekommst du, na ja, Unterstützung.«

»Unterstützung?«

»Ja, irgendwie schon. Also im weitesten Sinne. Wenn man jemanden, der die Tiere einfach durchnummerieren wollte, ernsthaft als Unterstützung betrachten will. Jedenfalls musst du diesen Job nicht alleine machen.«

Der Gedanke an einen Helfer beruhigte und beunruhigte mich zur gleichen Zeit. Was war, wenn wir uns nicht verstanden? Wenn wir unterschiedliche Ansichten über den richtigen Namen eines Tieres hatten? Aber dann sagte ich mir, dass ich mich bestimmt umsonst verrückt machte. Warum sollte eine Zusammenarbeit nicht klappen? Das würde schon alles gut werden.

»Und wer …?«

Gabriel winkte ab. »Das wirst du dann von Gott persönlich erfahren. Nur zwei Dinge möchte ich dir zu diesem Thema noch sagen. Zunächst: Viel Glück! Du wirst es brauchen.«

»Äh, danke. Und zweitens?«

Mit sichtbarem Wohlgefallen in seinen Augen musterte Gabriel mich und sagte lächelnd: »Und zweitens bin ich froh, dass du kein Zwerg ohne Beine bist.«

DER GROSSE RUMROTZ

4| Eine Dusche am Morgen vertreibt Kummer und Sorgen

Gott kam mit dem Sonnenaufgang. Und jetzt mal ehrlich: Was war das für ein Paradies, wo man nicht einmal ausschlafen konnte? Wo der göttliche Weckdienst schon beim ersten Tageslicht losmeckerte? Vermutlich war das hier das Paradies für Bekloppte, und ich war nur aus Versehen hier reingeraten. Und vielleicht war dieser seltsame Kerl überhaupt nicht Gott, sondern einer der regulären Insassen.

»Guten Morgen, Rumrotz! Hopp, hopp, auf die Beine mit dir! Du willst doch wohl nicht den ganzen herrlichen Tag verschlafen?«

»Doch, will ich«, knurrte ich schlaftrunken. »Hau ab!«

Ich drehte mich von ihm weg auf die andere Seite, um meinen Liegepunkt deutlich zu machen, als es plötzlich anfing zu regnen. Das war seltsam, denn ich hatte mich extra unter einen Baum mit besonders dichter Belaubung gelegt, um gegen Regen geschützt zu sein. Warum wurde ich dann trotzdem so nass, als würde ein Elefant (dem hatte ich noch gestern Abend ganz bequem aus der Entfernung einen Namen verpasst) auf mich pullern?

Angepisst öffnete ich die Augen und blickte direkt auf

eine kleine, fiese Wolke, die unter der Baumkrone hing und mich munter und ganz exklusiv beregnete, als wäre das ihr einziger Daseinszweck – vermutlich war er das auch. Also, eins musste ich zugeben: Falls dieser nervige Mann, der mich gerade amüsiert beim Nasswerden beobachtete, nicht Gott sein sollte, dann hatte er zumindest ein paar gute Tricks auf Lager.

»Ja, ist gut, ich komm ja schon!« Im Nu war ich auf den Beinen und rannte ein paar Meter vom Baum weg. Aber die Wolke verfolgte mich, machte es sich wieder über meinem Kopf bequem und ließ es mit unverminderter Mistwetterhaftigkeit auf mich herabregnen.

»Hey, was denn noch?«, schrie ich wütend. »Stell das blöde Ding ab! Ich bin wach! Ich bin wach!«

»Eine Dusche am Morgen vertreibt Kummer und Sorgen«, meinte Gott lachend.

Jetzt fing er auch noch an zu reimen! War ich denn nicht schon gestraft genug? Aber reimen konnte ich auch.

»Hör auf zu lachen, ich muss jetzt kacken«, ließ ich meine lyrische Seele aufleuchten.

Gott schüttelte missbilligend den Kopf. »Mein lieber Rumrotz, kannst du dich nicht etwas angemessener ausdrücken?«

»Sobald du den Regen abstellst und dich kurz umdrehst«, sagte ich.

Und schon war die Wolke verschwunden und Gott mit ihr. Sehr gut. Sogleich suchte ich mir eine abgeschiedene Stelle und drückte mich angemessen aus.

So, nun ging es mir schon besser. Von mir aus durfte jetzt sogar Gott wieder erscheinen – wenn er Frühstück mitbrachte.

Da hörte ich eine Stimme in meinem Rücken sagen: »Hände waschen nicht vergessen!«

Ich drehte mich um und sah bestürzt, dass Gott kein Frühstück dabeihatte. Also wirklich, dieses Paradies ... Da musste noch so einiges in die Kundenzufriedenheit investiert werden. Die Gäste erst frühmorgens zu ertränken und dann verhungern zu lassen, war jedenfalls keine erfolgversprechende Marketingstrategie.

»Was soll ich?«

»Hände waschen.« Gott sah mich auffordernd an und deutete in Richtung See.

»Wieso das denn jetzt? Ich habe doch schon einen Namen.«

»Und einen wunderschönen noch dazu«, spottete Gott. »Aber das soll auch keine rituelle Reinigung werden, sondern eine ganz gewöhnliche. Glaube mir, Rumrotz, ich will dich nicht unnötig quälen, sondern ...«

»Ach, wirklich? Das ist ja ganz was Neues!«

»... sondern dir jemanden vorstellen. Und du möchtest doch einen guten Eindruck machen, oder?«

»Kommt drauf an, wer es ist.«

Aber Gott machte mal wieder auf geheimnisvoll. »Lass dich überraschen.«

Was blieb mir schon übrig? Schicksalsergeben trottete ich zum See, watete bis zum Bauch hinein, verdrängte Wasser und Fluchtimpuls und tauchte dann für die Dauer eines ausgesetzten Herzschlages unter. Triefend und hustend stakste ich wieder an Land.

»Es hätte auch gereicht, die Hände ein klein wenig zu befeuchten«, sagte Gott lächelnd.

Er hatte Glück, dass ich mir meine mühsam gereinigten Hände nicht gleich wieder schmutzig machen wollte. Sonst hätte es hier eine Schlammschlacht gegeben, wie sie die Welt noch nicht gesehen hat.

Während ich neben Gott herlief, einem unbekannten Ziel

entgegen, versuchte ich mehr über denjenigen herauszubekommen, zu dem er mich führte.

»Hat dieser Unbekannte auch einen Namen?«

»Ja.«

»Und kann man den vielleicht erfahren?«

»Natürlich.«

»Jetzt?«

»Nein.«

Wir verließen den Bereich um den See herum und die Graslandschaft, die sich an seine Ufer schmiegte, wandelte sich. Die Bäume wurden zahlreicher, das Gebüsch dichter, das Tageslicht gedämpfter – und schon liefen wir wieder durch einen Wald.

Zum Glück stießen wir alsbald auf einen Frühstücksbaum. Das Obst, das Gott von dort herunterpflückte, indem er einfach seine Hand ausstreckte und die herabfallenden Früchte auffing, war klein, viel kleiner als ein Pfirsich, und rot. Kirschen nannte Gott die kleinen Dinger und wies mich darauf hin, dass sie Kerne hatten, die man nicht mitessen sollte.

Für einen so talentierten Esser wie mich waren Kerne natürlich kein Problem. Zuerst pulte ich sie heraus, dann änderte ich meine Technik und aß um sie herum, dann verfeinerte ich diese Methode, indem ich alles komplett im Mund und ohne Hände erledigte. Die freigegessenen Kerne ließen sich anschließend wunderbar ausspucken, wobei ich den Ehrgeiz entwickelte, sie auf annähernd Lichtgeschwindigkeit zu beschleunigen.

»Isst du nichts?«, fragte ich Gott, der mir mit sichtbarer Faszination beim Kernespucken zusah.

»Ich habe keinen Hunger.«

»Ich habe dich noch nie etwas essen sehen«, fiel mir auf.

»Ich habe nie Hunger.«

»Du weißt nicht, was dir entgeht.«

»Ich weiß alles, und mir entgeht nichts«, sagte Gott in seiner grenzenlosen Bescheidenheit. »Es sei denn, ich will nicht alles wissen und lasse zu, dass mir das ein oder andere entgeht.«

»Du musst ja nichts essen. Dann bleibt mehr für mich«, schloss ich das Thema und spuckte einen Kern scharf an Gottes linkem Ohr vorbei. Doch bevor er bei den anderen im Gras landen konnte, fing Gott ihn aus der Luft und hielt ihn wie eine Kostbarkeit zwischen Daumen und Zeigefinger ins Sonnenlicht.

»Stimmt was nicht?«, fragte ich alarmiert. »Ich habe das Ding nicht gekickt, und es ist ja auch kein Pilz, oder?«

»Du hast nichts falsch gemacht«, beruhigte mich Gott. »Es ist nur die Achtlosigkeit, die du den kleinen Dingen gegenüber an den Tag legst, die mich stört.«

»Was soll denn an dem Ding so besonders sein?«

»Das ist der Stein«, Gott hielt mir den winzigen Kern direkt vor meine Augen und zeigte dann auf den großen Baum im Hintergrund, »aus dem ich diese Kirsche baute.«

»Alle Achtung«, sagte ich mit mäßiger Begeisterung. Gott konnte aus kleinen Kernen große Bäume wachsen lassen – na und? Ich, der ich sämtliche Sterne mit nur einem Auge gezählt hatte, noch dazu als ich verletzt mit dem Tode rang, ließ mich doch nicht von irgendwelchen komischen Kirschkernkunststücken beeindrucken! Zumal ich nicht mit eigenen Augen gesehen hatte, wie sich der Stein in einen Baum verwandelt hatte. Behaupten konnte ich auch viel. Hallo, ich bin der Große Rumrotz, und dies ist der Popel, aus dem ich den Mond geformt habe.

»Woran denkst du gerade?«, fragte mich Gott.

»Och, an nichts Besonderes.«

»Willst du wissen, wie der Mond entstanden ist?«

Erschrocken starrte ich ihn an. »Woher weißt du, dass ich gerade an den Mond gedacht habe?«

»Das war nur geraten. Also, willst du es wissen?«

»Rate!«

»Dann lass uns weitergehen. Die Pause ist beendet«, sagte Gott eingeschnappt. Als wenn ich etwas dafür könnte, dass der Mond mir am Arsch vorbeischeint.

Ächzend erhob ich mich und folgte Gott weiter durch den Wald. Jedes Mal, wenn uns ein Tier über den Weg lief, wollte Gott wissen, ob ich bereits einen Namen für es hätte. Meine Antworten fielen verschieden aus: Der Name ist in Arbeit; ich habe den Namen bereits auf wenige Alternativen eingegrenzt; mir ist da ein ausgezeichneter Name eingefallen, nur komme ich gerade nicht drauf; ich sehe das Tier zum ersten Mal, aber lasse mir jetzt etwas einfallen; Tier? Welches Tier? Hab ich nicht gesehen.

Eine ganze Weile liefen wir dann im Regen, weil wir auf Schritt und Tritt von einer dicken, hässlichen Wolke verfolgt wurden.

»Was ist das für eine beschissene Wolke?«, fragte ich nass und frierend. »Kannst du die nicht verscheuchen?«

»Kannst du deinen Schatten verscheuchen?«, fragte Gott zurück.

»Mein Schatten gießt kein Wasser über mich.«

»Das ließe sich ändern.«

Ich seufzte schicksalsergeben. »Sind wir wenigstens bald da?«

»Es ist nicht mehr weit.«

»Und wie weit ist das genau?«

Schulterzuckend sagte Gott: »Ungefähr drei Tagesmärsche.«

»Was?!«, rief ich entsetzt. »Aber das geht nicht. Das … ich bin verletzt! Mein Fuß! Mein Fuß tut immer noch weh wie verrückt.« Zum Beweis fing ich an, ganz fürchterlich zu humpeln und zu stöhnen.

»Schon gut, Rumrotz. Das war nur ein kleiner Scherz.«

Und zum ersten Mal seit ein paar Stunden hörte ich Gott wieder lachen. Kurz darauf löste sich die Regenwolke auf, und Gott klopfte mir gutgelaunt auf die Schulter.

»Weißt du, Rumrotz, ich mag dich. Ich mag dich wirklich.«

»Danke«, sagte ich. »Ich mag ... äh ... danke.«

»Und deshalb frage ich mich, ob du hier eigentlich glücklich bist.«

Ich schaute ihn verständnislos an. »Glücklich? Wie meinst du das?«

»Ich könnte mir vorstellen, dass du, der einzige Mensch auf der Welt, dich vielleicht einsam fühlst. Bist du einsam?«

»Weiß nicht.«

Ich überlegte krampfhaft, worauf Gott eigentlich hinauswollte. Bisher hatte ich nicht das Gefühl gehabt, dass mein Glück ihm besonders am Herzen lag. Und was sollte das Gerede über Einsamkeit? Ständig hockte er mir auf der Pelle und laberte mir die Krätze ans Ohr – und dann fragte er, ob ich mich einsam fühle? Hatte der sie noch alle?

»Nun, womöglich möchtest du manchmal mit jemandem reden, und ich bin nicht zugegen. Wäre es da nicht schön, wenn du noch einen anderen Gesprächspartner hättest?«

Misstrauisch schaute ich ihn an. Wollte er mir etwa diesen Gabriel auf den Hals hetzen?

»Eigentlich bin ich lieber für mich«, sagte ich schnell. »Auch aus beruflichen Gründen. Wenn ich alleine bin, fallen mir die besten Namen ein.«

»Aber vielleicht wünschst du dir irgendwann jemanden an deiner Seite, mit dem du deine Sorgen teilen kannst.«

»Ich teile nicht so gerne. Einzelkind.«

»Hast du noch nicht das Bedürfnis gehabt, von jemandem in den Arm genommen und gedrückt zu werden?«

»Im Ernst jetzt?«, fragte ich nach, weil mir die Frage so absurd vorkam. »Wozu soll das gut sein?«

»Wegen der Herzenswärme.«

»Was für ein Ding?«

»Man kann nicht nur äußerlich frieren, Rumrotz«, erklärte Gott und stieß mir plötzlich ein paar Mal seinen Zeigefinger in die Brust. »Die Kälte hier drinnen ist viel schlimmer. Und ein einsames Herz ist ihr schutzlos ausgeliefert.«

Bevor ich ihm antworten konnte, dass mein Herz und ich nicht so schnell frieren, öffnete sich der Wald plötzlich zu einer kleinen, kreisrunden Lichtung.

»Wir sind da«, sagte Gott.

Wir standen im Schatten einer der riesigen Tannen, die dichtgedrängt um die runde Wiesenfläche herumstanden, als wollten sie sie beschützen oder verstecken. Auf der sonnigen, blumenbetupften Wiese stand ein seltsames Tier.

»Bevor du mich fragst: Nein, ich habe noch keinen Namen für das Vieh. Seh ich zum ersten Mal.«

Gott lachte. »Das ist kein Tier.«

»Nicht? Und was ist es dann?«

»Komm mit und staune«, sagte Gott.

Und ich kam mit und staunte.

EVA

5|

Keine Angst, ich beiße nicht – jedenfalls nicht beim ersten Date

Die Paradiesordnung, die Gabriel mit mir durchging, beinhaltete Informationen über Historie, Geographie, Topographie, Biologie, Philosophie und noch ein paar -ies mehr. Es war unmöglich, alles zu behalten, aber ich versuchte mein Bestes und folgte den Worten des Engels bis zuletzt mit größtmöglicher Konzentration. Auch mein geflügelter Retter, Mentor und – so hoffte und glaubte ich zumindest – Freund konnte all diese Fakten nicht auswendig. Auf der uns gegenüberliegenden Höhlenwand verrieten ihm seltsame Symbolreihen, die sich vom Boden bis zur Decke schlängelten, alles, was er wissen musste, wie durch Zauberei. Einmal deutete er auf die Zeichen und schimpfte darüber, dass er in diesem elenden Höhlenlicht die Schrift kaum entziffern konnte.

»So, Eva, das war der theoretische Hauptteil«, sagte Gabriel endlich und klatschte zufrieden in die Hände. »Nur noch ein, zwei Zusatzlektionen und wir haben es geschafft. Bis jetzt bin ich sehr zufrieden mit dir.«

»Aber ich habe doch gar nichts gemacht«, wunderte ich mich. »Nur zugehört.«

»Eben. Zuhören kann, weiß Gott, nicht jeder. Und du bist nicht weggelaufen.«

»Natürlich nicht. Warum sollte ich?«

»Das habe ich auch schon anders erlebt«, sagte Gabriel und verzog offenbar aufgrund unschöner Erinnerungen das Gesicht. »Ja, du warst wirklich eine sehr aufmerksame Schülerin. Es ist ein wahres Vergnügen, dich zu unterrichten.«

Verlegen schaute ich zu Boden. »Ich hätte mir ja gerne Notizen gemacht, aber ich kann keine Schrift so wie ihr Engel. Und Entziffern kann ich auch nicht. Lerne ich das irgendwann?«

Gabriel schaute mich erstaunt an. »Wozu möchtest du schreiben und lesen können?«

Ich zuckte gleichgültig mit den Schultern. »Na ja, wie gesagt, ich könnte mir Notizen machen. Und ich könnte Dinge schreiben, die mir passieren. Schöne Dinge, die ich nicht vergessen möchte. Ich schreibe sie, und wenn ganz viel Zeit vergangen ist, lese ich sie und kann mich noch einmal darüber freuen, als wäre es erst vor kurzem geschehen. Ich kann es lesen, so oft ich will. Immer und immer wieder und es verblasst nie und nichts geht verloren. Ich würde alle schönen Momente aus meinem Leben pflücken und aufbewahren und sie mir anschauen, bevor ich einschlafe, damit ich davon träume. Bitte, kann ich es lernen?«

Seufzend antwortete mein Lehrer: »Ich weiß nicht, ob Gott das gutheißen würde.«

»Was sollte er dagegen haben, wenn ich lesen und schreiben kann?«

»Das geschriebene Wort besitzt ein größeres Gewicht als das gesprochene. Und Gott möchte nicht, dass du schwerer trägst als nötig.«

»Gott will, dass ich dumm bleibe?«

»Nein, er will, dass du unbekümmert bleibst in deinem

Herzen. Er will nicht, dass du vergangenen Momenten nachhängst. Er will, dass du dich an jedem einzelnen Moment erfreust. Du sollst ihn nicht pflücken und bewahren, du sollst ihn genießen und vergessen, denn da ist schon der nächste Moment, aus dem du Glück und Schönheit naschen kannst.«

»Aber ...«

In dem Moment erfüllte ein seltsamer Ton die Höhle. Es klang, als ob ein Sturm durch einen Wald fahren würde, ein Brausen und Rascheln, Knacken und Knistern überall um uns herum. Ich wollte mir gerade die Ohren zuhalten, als der Spuk schon wieder vorbei war.

»Was war das?«, fragte ich mit zitternder Stimme.

Der Engel legte mir beruhigend eine Hand auf die Schulter. »Nichts Schlimmes. Wir bekommen Besuch.«

Da trat plötzlich eine ältere, etwas füllige Frau hinter einem großen Stalagmiten hervor. Sie hatte schneeweißes Haar, und obwohl ich bei ihr keine Flügel sehen konnte, trug sie ein ähnliches Gewand wie der Engel. Nur war ihres nicht weiß, sondern rot, und bunte Blumen waren darauf abgebildet.

»Hallo, Eva«, rief sie fröhlich. »Komm, Kindchen, lass dich mal anschauen! Keine Angst, ich beiße nicht – jedenfalls nicht beim ersten Date.«

»Wer ist das?«, raunte ich Gabriel zu.

»Das, meine liebe Eva«, der Engel nickte der Frau freundlich zu, und diese verzog ihre kirschroten Lippen zu einem breiten Lächeln, »das ist Gott.«

DER GROSSE RUMROTZ

6|

Setz dich mal drauf, dann wirst du dich wundern, wie gut es reagiert

Das Was-auch-immer-es-sein-sollte bewegte sich nicht von der Stelle. Es sah merkwürdig aus, direkt unheimlich, wie ein riesiger, toter Fisch mit seltsamen Ausbuchtungen. Und dann diese furchtbare Farbe! So ein grelles Rot hatte ich zum letzten Mal gesehen, als ich gegen den Stein getreten hatte. Doch da war es nur für einen kurzen Moment vor meinen Augen aufgeblitzt, während es nun dauerhaft im Sonnenlicht gleißte, welches durch eine kreisrunde Öffnung im Blätterdach direkt auf das mysteriöse Wesen fiel.

Viel lieber wäre ich umgekehrt, statt mich dem Ding weiter zu nähern, doch da Gott völlig unbekümmert darauf zulief, ließ auch ich alle Vorsicht fahren und folgte ihm furchtlos mit festem Schritt. Aber ich achtete darauf, nicht zu weit von Gottes Seite abzurücken – damit ich ihm im Notfall aus der Patsche helfen konnte.

»Das ist Sophia«, sagte Gott, als wir direkt davor standen. »Sophia bedeutet Weisheit. Wenn du einen Rat brauchst oder Trost, kannst du dich jederzeit an sie wenden. Sie wird dir helfen.«

Ich betrachtete mir dieses Sophia genauer. Es reichte mir

etwa bis zum Bauch und war so lang, dass ich bestimmt zwei große Schritte machen müsste, um vom Kopf- zum Schwanzende zu gelangen. Allerdings war weder ein Kopf noch ein Schwanz auszumachen. Die linke Seite sah genauso aus wie die rechte. Ein bisschen erinnerte es mich an einen riesigen Mund mit roten, wulstigen Lippen, der da mitten im Gelände stand.

»Hallo«, sagte ich zu dem Riesenmund. »Ich bin der Große Rumrotz. Und wenn du mal einen Rat brauchst, kannst du dich jederzeit an ihn hier wenden.« Ich zeigte auf Gott. »Ich selbst bin leider immer sehr beschäftigt.«

Ich bekam keine Antwort. Dieses Ding, dieses Sophia, redete wohl nicht mit jedem.

Ich schaute Gott fragend an. »Es reagiert überhaupt nicht.«

»Setz dich mal drauf, dann wirst du dich wundern, wie gut es reagiert.«

»Was?«

»Setz dich einfach! Keine Angst, dir wird nichts geschehen.«

»Ich habe keine Angst«, sagte ich empört. »Ich und Angst! Ich weiß gar nicht, was das ist.« Und zum Beweis tippte ich kurz mit dem Finger gegen das Ding. Es fühlte sich weich und glatt und kühl an, wie die Oberfläche eines Pilzes. Da meine Berührung keinerlei Reaktion hervorrief, wagte ich es schließlich, mich furchtlos auf den äußersten Rand der »Unterlippe« dieses seltsamen Geschöpfes zu setzen. Leicht federnd nahm es mein Gewicht auf, ohne zu beißen, zu kratzen, zu zwicken oder sonst etwas Unerfreuliches zu unternehmen. Auch als ich vorsichtig ein Stück weiter in es hineinrutschte, so dass mein Rücken an der zurückgezogenen »Oberlippe« lehnte, blieb alles ruhig und unzitronig.

Und, Mann!, so einen weichen Platz hatte ich noch nie

unter meinem Hintern gespürt. Am liebsten hätte ich zwei Tage lang nur so dagesessen – um mich dann ganz langsam hinzulegen.

»Schön bequem, nicht wahr?«, sagte Gott und pflanzte sich neben mich, wobei er einen wohligen Seufzer ausstieß.

»Könnte weicher sein«, nörgelte ich und erschrak, als direkt unter meinem Hintern eine tiefe Stimme ertönte.

»ALLES, WAS GOTT GESCHAFFEN HAT, IST GUT, UND NICHTS IST VERWERFLICH, WAS MIT DANKSAGUNG EMPFANGEN WIRD.«

Ich wollte aufspringen, doch Gott hielt mich fest. »Du wirst doch keine Angst vor meiner Stimme haben.«

Genervt nahm ich seine Hand von meiner Schulter. »Ich habe keine Angst! Wie oft soll ich das denn noch sagen?« Mit demonstrativer Entspanntheit legte ich einen Arm über die Sophia-Oberlippe und schlug lässig meine Beine übereinander. »Soso, dann war das also deine Stimme eben. Es hörte sich fast so an, als käme sie aus diesem Ding hier, auf dem wir gerade sitzen.«

»So ist es ja auch.«

»Aber wie kann das sein? Außerdem hast du doch überhaupt nichts gesagt. Ich habe jedenfalls nicht gesehen, dass dein Mund sich bewegt hätte.«

»Meine Stimme erschallt da, wo ich es will und wann ich es will. Sie ist nicht an einen Körper gebunden. Ebenso gut könnte diese Blume hier«, er zeigte auf ein Gänseblümchen, »oder dieser Busch dort«, er deutete auf ein mickriges Gewächs mit dürren Zweigen, »meine Stimme beheimaten.«

»Für die Stimme Gottes würde ich mir an deiner Stelle aber etwas Eindrucksvolleres aussuchen als dieses Gestrüpp da«, riet ich ihm. »So ein Busch macht doch nichts her.«

»Man muss ihn nur richtig in Szene setzen«, widersprach Gott. »Du glaubst gar nicht, was man mit ein paar Lichteffekten und etwas Pyrotechnik für eine dramatische Wirkung erzielen kann.«

»Wozu musst du überhaupt deine Stimme in andere Dinge verpflanzen? Du redest doch selbst schon genug.«

Gott zuckte mit den Schultern. »Meine Stimme lebt ohnehin in allem.«

»AM ANFANG WAR DAS WORT, UND DAS WORT WAR BEI GOTT, UND GOTT WAR DAS WORT«, deklamierte Sophia feierlich. »AM ANFANG WAR ES BEI GOTT. ALLES IST DURCH DAS WORT GEWORDEN.«

»Da hörst du es«, sagte Gott lachend. »Ich habe alles ins Leben gequatscht.«

Eigentlich hätte ich Gottes Redewirkung genau andersherum eingeschätzt. So kann man sich irren.

Plötzlich legte Gott mir seine Hände schwer auf die Schultern und blickte mir tief in die Augen. »Rumrotz, ich werde dich nun eine Weile alleine lassen. Und wenn ich wiederkomme, wird dein Leben eine große Veränderung erfahren. Wappne dich, Rumrotz. Sophia wird dir helfen, deinen Körper zu entspannen und deinen Geist mit positiven Gedanken zu erfüllen, damit du gut vorbereitet bist, wenn die neue Phase deines Lebens beginnt.«

Diese Ankündigung gefiel mir nicht. Ich wollte keine neue Phase in meinem Leben. Die alte Phase war doch noch so gut wie neu. Mag ja sein, dass nicht alles optimal war, zum Beispiel könnte Gott ruhig noch ein bisschen an sich arbeiten, aber im Großen und Ganzen war ich sehr zufrieden mit der alten Phase.

»Veränderung?« Angewidert verzog ich mein Gesicht. »Was denn für eine Veränderung?«

»Das wirst du dann schon sehen.«

»Aber warum kann denn nicht alles so bleiben, wie es ist?«

»Nur was sich ändert, wird bestehen«, spruchklopfte Gott auf meinen Nerven herum.

»Dann ändere am besten gleich dein Vorhaben, mir mit einer neuen Phase kommen zu wollen«, schlug ich schlau vor. »Neue Phase ist doch nur ein schönerer Begriff für neuen Ärger.«

»BEFIEHL DEM HERRN DEINE WEGE UND HOFFE AUF IHN, ER WIRD'S WOHL MACHEN.«

»Und du hältst dich gefälligst da raus«, rief ich wütend unter meinen Hintern. Also wirklich, wozu brauchte ich Gottes Stimme in diesem Ding da verpackt, wenn der Kerl sowieso direkt neben mir saß?

»DER HERR HEBE SEIN ANGESICHT AUF DICH UND GEBE DIR FRIEDE.«

»Ja, von mir aus. Hauptsache, er hebt nicht seinen Arsch auf mich – was nicht jeder hier von sich behaupten kann.«

»Es macht wenig Sinn, sich mit Sophia streiten zu wollen«, sagte Gott milde lächelnd. »Du kannst sie nicht beleidigen. Außerdem ist sie auf deiner Seite. Sie ist wie eine Schatztruhe ...«

»Was für ein Ding?«

»... ein Teich, in dem meine Worte schwimmen. Worte, die ich gesagt habe oder sagen ließ; Worte, die ich noch sagen werde oder sagen lassen werde; Worte, die ungesagt blieben. Wenn die Zeit für ein Wort gekommen ist, lässt Sophia es an die Oberfläche steigen zum Rat und zur Erbauung desjenigen, der auf ihr sitzt. Außer dem körperlichen Kontakt ist dazu nichts weiter erforderlich. Das ist mein Geschenk an dich.«

Grimmig schüttelte ich den Kopf. »So einen Quatsch brauche ich nicht. Ein Kokosnussöffner, das wäre was gewesen!«

»SELIG SIND DIE ARMEN IM GEISTE, DENN IHRER IST DAS HIMMELREICH«, sagte Sophia.

Gott kriegte sich gar nicht mehr ein vor Lachen und verschwand ohne ein weiteres Wort.

Aus Gründen der Bequemlichkeit beschloss ich, für eine Weile hier zu bleiben, die Gegend zu erkunden und Gottes rote, weichgepolsterte Stimme als Basis zu nutzen, zu der ich nachts immer zurückkehren würde. Denn, was das Schlafen anging, war Sophia eine Wucht – aber ihr Gequatsche war nicht gerade ein Lustgewinn.

Die nächsten Tage streifte ich durch den Wald, gab etlichen Tieren wunderschöne Namen, entdeckte neue Früchte, wie zum Beispiel die Himbeere (süß), den Rhabarber (interessant) und die Grapefruit (muss ich nicht haben), und erbaute mich ansonsten ausgiebigst auf Sophia. Ich genoss die gottlose Ruhe, die von Sophias Sprüchen nur unwesentlich gestört wurde. Es gab niemanden, der mir Vorschriften machte oder mich kritisierte, und keiner drängte mich dazu, irgendetwas zu tun oder zu lassen. Ich, der Große Rumrotz, war der König der Welt. Oder zumindest der König dieser Lichtung und Umgebung. Oder wenigstens der Vizekönig davon, denn ich war mir nicht sicher, welchen Status Sophia einnahm. Jedenfalls war ich wer.

Mit einem der Tiere, die einen Namen von mir bekommen hatten, hatte ich mich sogar angefreundet. Auf seinen vier schnellen Beinen lief es mir nun ständig hinterher. Es hatte ein graues Fell, eine lange Schnauze, in der scharfe Zähne verborgen waren, und einen Schwanz, den es immer hin und her schwang, wenn ich es streichelte.

Ich hatte es Woff genannt; den Namen hatte es gewissermaßen selbst vorgeschlagen. Woff folgte mir überall hin. Doch als er eines Tages neben mich sprang, als ich gerade auf Sophia saß, gab es Ärger.

»WIE LANGE NOCH MUSS ICH SCHMERZEN ER-

TRAGEN IN MEINER SEELE, IN MEINEM HERZEN KUMMER TAG FÜR TAG?«, beklagte sich mein Lieblingssitzplatz.

»Ist ja schon gut«, seufzte ich und befahl dann meinem vierbeinigen Gefährten: »Woff! Runter von Sophia! Sie mag dich anscheinend nicht.«

Woff hielt den Kopf schräg und schaute mich fragend an, machte aber keine Anstalten zu gehorchen.

Während ich Woff den Kopf tätschelte, sagte ich zu Sophia: »Tja, tut mir leid, er will nicht. Ich habe wirklich alles versucht.«

Tief in den Eingeweiden Sophias erscholl ein Grollen, aus dem sich ihre Stimme erhob wie das Haupt einer angreifenden Kobra.

»DARUM WIRD PLÖTZLICH DAS VERDERBEN ÜBER IHN KOMMEN, IM NU, OHNE RETTUNG, WIRD ER ZERSCHMETTERT.«

Winselnd und mit eingekniffenem Schwanz sprang Woff von Sophia herunter. So ein dummes Tier ließ sich natürlich leicht einschüchtern. Sicherheitshalber war ich aber ebenfalls lieber aufgestanden. Doch ich winselte wenigstens nicht dabei, und eingekniffen hatte ich auch nichts.

»Spinnst du? Was soll denn der Mist?«, fragte ich Sophia wütend. Aber dann fiel mir ein, dass sie mich vermutlich gar nicht hören konnte, wenn ich nicht auf ihr saß. Ich selbst konnte sie zumindest nur dann vernehmen, wenn Sitzkontakt hergestellt war. Nachdem ich eine kurze Weile abgewartet hatte, ohne dass etwas passiert wäre, setzte ich mich wieder hin, um Sophia die Meinung zu sagen.

»Musstest du dem armen Woff gleich eine solche Angst einjagen?«, rief ich verärgert. »Zerschmettert! Ging es nicht ein wenig freundlicher? Hätte es nicht genügt, damit zu drohen, ihn einfach nur totzuschlagen?«

»WIE GOLDENE ÄPFEL AUF SILBERNEN SCHALEN IST EIN WORT, GESPROCHEN ZUR RECHTEN ZEIT.«

»Schön, dann gebe ich dir so eines. Hör gut zu!«, sagte ich und ließ ein Wort fahren, das die Erde erbeben und Vögel tot vom Himmel fallen ließ – na ja, nicht ganz, aber ein ordentlicher Kracher war es schon.

Ich wartete lieber nicht ab, mit welcher erbaulichen Todesdrohung Sophia mich daraufhin beglücken würde, sondern machte, dass ich wegkam.

Woff hatte sich am Rand der Lichtung hinter einen Baum gelegt und auf mich gewartet. Nun sprang er aufgeregt um meine Beine herum, und ich klopfte ihm aufmunternd auf den Rücken.

Den ganzen Nachmittag streiften wir durch den Wald, tollten herum, lagen nebeneinander unter einem Baum und aßen Früchte, Pilze und süße Wurzeln. Allmählich ging der Wald in eine Steppenlandschaft über. Hier tummelten sich so viele Tiere, dass ich beschloss, für eine Weile meinen beruflichen Verpflichtungen nachzukommen (Springbock, Warzenschwein, Halsoglotz, Nashorn, Summse, fertig, Feierabend). Währenddessen hatte Woff seinen nach mir zweitliebsten Freund erschnüffelt, ein weißes Kaninchen, mit dem er oft Hinterherjagen spielte.

Das Spiel ging so: Das Kaninchen hoppelte davon, und Woff jagte ihm so lange hinterher, bis er es zu packen bekam (was wegen der trickreichen Hakenschlagtechnik des Kaninchens eine ganze Weile dauern konnte). Dann trug er es in seiner Schnauze stolz zu mir, ich tätschelte ihm lobend den Kopf, kraulte dem Kaninchen tröstend die Ohren, und das Ganze begann von vorne. Vorgestern hatten sie es einmal umgekehrt versucht: Da war Woff davongeschossen und das Kaninchen ihm hinterhergehoppelt. Schon nach kurzer

Zeit hatte Woff einen riesigen Vorsprung und verschwand schließlich uneinholbar hinter dem Horizont. Das Kaninchen gab die Verfolgung auf, und als Woff Stunden später mit hängender Zunge wiederauftauchte, war es vermutlich längst zu Hause in seinem Bau und schlief tief und fest. Seitdem war die Rollenverteilung klar.

Heute hatte Woff seinen kleinen weißen Freund schon nach ganz kurzer Zeit geschnappt. Schwanzwedelnd brachte er ihn zu mir. Ich nahm das Kaninchen bei den Ohren, zog es behutsam aus Woffs Maul, lobte den Sieger und tröstete den Verlierer. Das gehörte schon richtig zum Spiel dazu.

Als Nächstes spielten sie etwas anderes. Das Kaninchen bekam einen kleinen Vorsprung und verkroch sich irgendwo. Dann nahm Woff seine Fährte auf und lief ihm, die Nase am Boden, hinterher. Meist dauerte es nicht lange, bis er es irgendwo aufstöberte. (Auch bei diesem Spiel hatten sie es einmal umgekehrt versucht. Nach zwei Tagen war Woff dann ganz verstört aus seinem Versteck herausgekrochen. Er hatte gewonnen. Aber verstecken mochte er sich trotzdem nie wieder.)

Deshalb war es nun wie selbstverständlich das Kaninchen, das in den Wald hoppelte, um sich ein Versteck zu suchen. Da ich mein Arbeitspensum bereits erfüllt hatte und mir außerdem langweilig war, machte ich mit und folgte Woff bei der Suche nach seinem kleinen Freund. Die Nase des Tiers führte es mit untrüglicher Sicherheit an sein Ziel. Ich war immer wieder erstaunt, wie gut Woff riechen konnte. Vermutlich könnte ich vier Meter tief in Elefantendung begraben sein und er würde mich dennoch finden. Gott hätte jetzt bestimmt angemerkt, dass ich so roch, als hätte ich das heute schon ausprobiert, das mit dem Elefantendung. Seltsam – irgendwie begann ich den kauzigen Alten fast zu vermissen.

Das Versteckspiel der beiden Tiere fand kein Ende und

führte uns immer tiefer in den Wald, bis wir in eine Region vorstießen, wo ich noch nie zuvor gewesen war.

Hier war es kühler und dunkler als im Rest des Waldes, als würden die Bäume mehr Sonnenlicht aufsaugen als anderswo. Nebelschwaden quollen zwischen mächtigen, schwarz glänzenden Stämmen hervor, griffen mit faserigen Fingern um sich, als würden sie etwas suchen. Und es gab noch eine Veränderung, die mir jetzt erst bewusst wurde, obwohl sie bereits seit einiger Zeit wie ein kalter Schatten auf mir lag und auf mein Gemüt drückte.

Die Tiere waren verstummt! Nicht ein einziger Vogelruf war zu hören. Um mich herum herrschte eine Stille wie unter Wasser, als wären alle Lebewesen im Nebel erstickt.

Umso lauter erschien mir das Knurren, das Woff auf einmal ausstieß, eine dunkle, unablässige Warnung des wachsamen Tieres. Um ihn zu beruhigen, streichelte ich über seinen Rücken und stellte dabei fest, dass er sein Fell im Nacken aufgestellt hatte.

Ich suchte nach dem weißen Kaninchen, das ein paar Schritte vor uns hergehoppelt war, doch ich konnte es nirgends entdecken. Vermutlich hatte es sich wieder versteckt. Bestimmt hatte es sich in irgendein Erdloch verkrochen. Ganz sicher.

Mir fiel auf einmal ein, was für eine seltsame Geschichte Gabriel mir damals in der Engelshöhle erzählt hatte.

Ich war im Hungrigen Wald.

Ich habe Dinge gesehen.

Schreckliche Dinge.

»Komm, wir kehren wohl besser um, Woff«, sagte ich und machte ein paar Schritte rückwärts. Woff schaute mich fragend an, als wolle er von mir wissen, was mit seinem kleinen, langohrigen Freund sei. Das wusste ich auch nicht, aber ich hatte irgendwie kein gutes Gefühl.

Ein paarmal rief ich nach dem Kaninchen, doch auf mich hörte es ohnehin nie. Woff wagte sich noch ein paar Schritte weiter in den unheimlichen Wald hinein, hob witternd seine Schnauze, stieß ein klägliches Winseln aus und sprang plötzlich mit ein paar großen Sätzen zurück, an mir vorbei, weg von den bedrohlichen, schwarzen Riesenbäumen, weg von dem unheimlichen Nebel und weg von seinem kleinen Freund, dessen Witterung er offenbar verloren hatte.

Auf dem Rückweg zu Sophia hielten wir noch mehrmals an, um auf das Kaninchen zu warten. Doch es kam einfach nicht. Sosehr ich auch rief und Woff heulte, sooft wir uns auch umdrehten und uns die Augen wund starrten, es kam nicht. Und so langsam zweifelte ich daran, dass ich dem kleinen weißen Wuschel jemals wieder die Ohren kraulen würde.

Als wir schließlich gegen Abend zu der vertrauten Lichtung kamen mit Gottes Stimme als großem, rotem, weichem Mund im Gras, blieb ich so überrascht stehen, als wäre ich gegen ein unsichtbares Hindernis geprallt.

Sophia war nicht alleine.

Jemand saß auf ihr.

»Ach, du heilige Scheiße!«, stöhnte ich.

EVA

7|
Ich dachte, du wärst irgendwie größer

Außerhalb der Höhle schien die Sonne warm auf meine Haut. Ich brauchte einen Moment, bis meine Augen sich an die Helligkeit gewöhnt hatten, aber dann genoss ich das Panorama, das sich mir bot. Die dicke Frau und ich standen vor dem Höhleneingang, dem rechten Auge Gottes, hoch über der grünen Paradieslandschaft, die sich unter uns erstreckte, so weit mein Blick reichte.

»O Gott, ist das schön!«, sagte ich zu der Frau.

»Danke. Ich habe mir auch große Mühe gegeben.«

»Das sieht man.« Vor Ergriffenheit über dieses grandiose Bild traten mir Tränen in die Augen. »Ich bin überwältigt.«

Gott zeigte auf das blaue Glitzerband eines Flusses direkt unter uns. »Das ist der Gihon, der größte der Paradiesflüsse. Von hier oben siehst du noch zwei andere. Dort hinten haben wir den Perat, und wenn du genau hinguckst, da in diesem Wald kann man ab und zu ein Stück von ihm ausmachen, das ist der Pischon. Den vierten Fluss sieht man nur von der Rückseite dieses Berges«, sie klopfte beinahe freundschaftlich auf den Fels in unserem Rücken. »Sein Name ist …«

»Hiddekel«, sagte ich und erschrak, weil ich Gott ins Wort gefallen war. Hoffentlich nahm sie mir das nicht übel. Aber ich war so stolz darauf, mir die Namen der Flüsse gemerkt zu haben, obwohl Gabriel sie eigentlich nur kurz erwähnt hatte, dass ich mit meinem Wissen jetzt nicht hinter dem Berg halten wollte. Eine kleine Angeberin, ja, das bin ich.

»Richtig«, sagte Gott lächelnd, und ich war mir nicht sicher, ob sich das auf den Namen des Flusses oder auf meinen letzten selbstkritischen Gedanken bezog. Vielleicht konnte Gott ja in meinen Kopf hineingucken und sehen, was ich denke.

»Keine Sorge, Kindchen, das kann ich nicht«, sagte die weißhaarige Frau.

Irgendwie klang das nicht sehr überzeugend für mich.

»Aber du hast es doch gerade getan.«

»Ach, das war nur weibliche Intuition«, winkte Gott ab. »Ich meine, wenn ich wollte, könnte ich natürlich schon deine Gedanken lesen. Aber ich respektiere deine Privatsphäre. Und außerdem will man ja nicht wirklich erfahren, was die anderen über einen denken, oder? Bestimmt denkst du gerade: Was ist das nur für eine komische alte Schachtel, stimmt's? Besser, ich weiß so was gar nicht.«

»Was ist das: eine Schachtel?«, fragte ich verwirrt.

»Eine Schachtel ist etwas, wo man Dinge reintut und dann vergisst. Und wenn man sie irgendwann wieder aus der Schachtel hervorholt, kann man sie nicht mehr gebrauchen.«

»Wozu soll das gut sein?«

»Um die Illusion von Ordnung aufrechtzuerhalten.« Gott zog mich zu sich heran und flüsterte mir ins Ohr: »Aber ich verrate dir etwas. Das Chaos lässt sich so nicht besiegen. In Schachteln vermehrt es sich nur.« Sie lachte hell auf und sagte dann wieder in normaler Lautstärke: »Und die größte

Schachtel, die man sich vorstellen kann, bin ich – die Illusion von Ordnung in einer Welt des Chaos.«

Nachdenklich schaute ich in ihre Augen, die die Farbe eines verhangenen Himmels hatten. »Aber du bist doch keine Illusion! Ich kann dich sehen und anfassen.«

Ich wollte Gott zum Beweis berühren, aber ich traute mich nicht so richtig. Offenbar merkte sie mir meine Scheu an, denn sie rief lachend: »Komm schon her, Kindchen«, und drückte mich liebevoll, aber robust an ihren üppigen Busen. Während ich um Luft kämpfte, hörte ich Gott philosophieren: »Weißt du, Eva, wenn du alles bist, dann bist du gleichzeitig auch nichts.«

Aber ein Nichts mit beachtlicher Oberweite, dachte ich und japste: »Versteh ich nicht.«

»Wenn dir alles gehört, gehört dir gar nichts. Das gleiche Dilemma. Denn Eigentum hört für dich dann auf zu existieren, der Begriff verliert jede Bedeutung für dich. Oder wenn du ewig lebst, dann … Aber genug davon! Ich will dich nicht länger mit meinen Problemen belästigen. Du bist bestimmt auch so schon enttäuscht von mir, da muss ich dir jetzt nicht auch noch die Ohren volljammern.«

Mit diesen Worten ließ sie mich los, und ich ging rasch ein paar Schritte auf Abstand. »Ich … ich bin nicht enttäuscht.«

»Ehrlich nicht?«

Im meinem Kopf wirbelten die Gedanken wild durcheinander. Ich wollte Gott eigentlich nicht anlügen, aber ich wollte sie auch nicht verletzen. Vielleicht las sie ja meine Gedanken und würde sofort erkennen, wenn ich weiter lüge. Andererseits hatte sie ja behauptet, meine Privatsphäre zu respektieren. Doch wenn sie da selbst gelogen hatte? Würde Gott lügen? Und falls ja, würde sie es dann anderen zum Vorwurf machen, wenn die dasselbe taten? Aber wenn sie in meinen Gedanken las, dann wusste sie ohnehin genau, was ich von ihr hielt. Warum dann überhaupt diese Frage? Womöglich war das eine Prüfung. Wie war noch mal gleich die Frage? Ach ja, ob ich von ihr enttäuscht sei. Und was sollte ich jetzt antworten?

Aus all diesen Gedanken zog ich schließlich ein Fazit und sagte mit großer Überzeugung und fester Stimme: »Äh.«

Gott zwinkerte mir zu. »Auf, trau dich! Na los, frei von der Leber weg!«

Ich atmete einmal tief durch. »Na ja, ich dachte, du wärst irgendwie größer.«

»Größer?«

»Irgendwie.«

Gott schüttelte den Kopf und winkte ab. »Ach, das ist nur, weil ich heute flache Schuhe anhabe. Hohe Berge und hohe Absätze, das verträgt sich nicht.«

»Was sind Schuhe?«, fragte ich.

Erschrocken zuckte ich zusammen, als Gott mir plötzlich ein Bein entgegenstreckte und auf das rot glänzende Ding zeigte, das am Beinende befestigt war – genau wie am anderen Bein übrigens.

»Das sind Schuhe, Eva. Schachteln für die Füße.«

Ich rief mir in Erinnerung, was ich über Schachteln wusste, und sagte: »Man steckt seine Füße rein, und wenn man sie wieder herausholt, sind sie nicht mehr zu gebrauchen?«

»Ja, solche Schuhe gibt es.«

»Und warum lässt man seine Füße dann nicht lieber draußen?«

»Wegen der Mode«, sagte Gott lächelnd.

»Was ist das?«

»Eine Krankheit. Eine allergische Reaktion.«

»Eine allergische Reaktion auf was?«

»Auf die Zeit.«

»Kannst du die Krankheit nicht heilen?«, wollte ich wissen.

»Warum sollte ich? Ich habe sie erfunden.« Gott legte mir freundschaftlich einen Arm um die Schulter. »Sie hilft mir, die Zeit zu strukturieren. Ich schaue meine Engel an und denke: Was denn, grelle Farben und geometrische Muster? Ist es schon wieder so weit? Oder gepiercte Flügelspitzen – alle paar hundert Jahre gefällt es meinen Engeln, sich Löcher in die Flügel zu stechen und Ringe mit Glöckchen darin zu befestigen. Ein Gebimmel ist das manchmal, das glaubst du nicht. Mode ist oftmals anstrengend und unbequem, aber ganz unterhaltsam. Zurzeit ist Weiß groß angesagt. Ich hinke mit meinem Blümchenlook natürlich mal wieder hinterher. Doch was euch Menschen angeht, so habe ich dafür gesorgt, dass ihr immun gegen Mode seid. Vielmehr hat Josariel, unsere Modeexpertin, dafür gesorgt. Auch als Allmächtiger muss man manchmal bestimmte Aufgaben an andere delegieren. Jedenfalls können euch die Verführungskünste der Mode nichts anhaben.«

Ein Wort hatte mich aufhorchen lassen. »*Euch?*«, hakte ich nach. »Es gibt also noch mehr Menschen?«

Gott tätschelte mir stolz lächelnd die Wange. »Du bist sehr aufmerksam, meine liebe Eva. Ja, außer dir gibt es tatsächlich noch einen anderen Menschen im Paradies.«

»Wirklich? Und wer ist das? Lerne ich sie bald kennen? Ist sie jung oder alt? Glaubst du, wir werden uns gut verstehen? Weiß sie, dass ich komme? Wie ist ihr …«

Das laute Lachen Gottes schnitt meine nächsten Worte ab. »Halt, halt, halt, ganz ruhig, Eva. So viele Fragen auf einmal! Aber ja, ihr werdet euch heute noch kennenlernen, und dann wirst du auf all deine Fragen eine Antwort bekommen.«

»Aber …«

»Pssst!« Gott legte ihren Zeigefinger sanft auf meine Lippen. »Keine Fragen mehr. Hab einfach noch ein bisschen Geduld, ja?«

»Nur noch zwei, bitte«, drängte ich, und als Gott seufzend nickte, fragte ich: »Dürfte ich vielleicht kurz deine Schuhe ausprobieren? Und gibt es die eigentlich auch noch in anderen Farben?«

Schmunzelnd beobachtete ich, wie Eva ein paar unbeholfene Schritte in meinen Schuhen machte. Sie waren ihr natürlich zu groß und fühlten sich für sie, ihrem Gesichtsausdruck nach zu urteilen, wie lästige Fremdkörper an. Außerdem gefiel ihr ja die Farbe nicht. Dabei ist das mein Lieblingsrot. Sonnenauf- und -untergang habe ich ebenfalls in diesem Ton koloriert. Und die bleiben auch so, ob es ihr gefällt oder nicht!

Trotz ihrer offensichtlichen Schwierigkeiten beim Laufen musste ich Eva zweimal auffordern, die Schuhe wieder auszuziehen, bis sie endlich reagierte.

»Danke«, sagte sie, als sie sie mir zurückgab. »Komisches Gefühl beim Laufen mit diesen Fußschachteln. Gewöhnungsbedürftig. Bekomme ich auch irgendwann Schuhe?«

»Nein.«

»Von mir aus sogar in diesem kitschigen Orangerot.«

»Trotzdem: nein.«

»Würdest du sie mir eventuell mal für einen Tag leihen?«

»Lieber nicht«, lehnte ich ab. Josariel hatte die Menschen zwar immun gegen Mode gemacht, aber wozu ein Risiko eingehen?

Eigentlich hätte ich Eva gar nicht erst erlauben sollen, in Schuhe zu schlüpfen. Wenn der Mensch sich mit der Mode infizierte, würde er fortan viel Zeit und Energie auf diese Krankheit verschwenden, die er für nützlichere Din-

ge verwenden könnte. Anstatt einen herrlichen Choral zu komponieren, ein mitreißendes Epos zu dichten oder eine epochale Erfindung zu machen, würde er stundenlang überlegen, welche Schlappen er zum gelben Hut anziehen soll.

Ich weiß, wovon ich rede. Nur ist es bei mir noch schlimmer. Wenn ich vor meinen Engeln in Erscheinung treten will, frage ich mich vorher nicht nur: Welche Schlappen, welcher Hut? Ich frage mich auch: Welche Füße, welcher Kopf? Denn die Mode macht ja nicht bei der Kleidung halt, nein, sie befällt sämtliche Bereiche des Lebens wie ein aggressiver Schimmelpilz. Und wenn jemand wie ich freie Auswahl bei allem hat, dann ist er natürlich das ultimative Modeopfer.

Mittlerweile habe ich mich aber schon viel zu sehr an die Erscheinungen der Mode gewöhnt, als dass ich mich von ihr lösen wollte. Außerdem hieße das ja auch, einen Fehler einzugestehen – was ich zwar durchaus kann, denn ich kann alles. Aber es gehört nicht zu meinen Lieblingsbeschäftigungen.

Natürlich hatte ich die Mode nicht nur erfunden, um der Zeit ein bisschen mehr Struktur zu verleihen. Ich glaubte vielmehr, die Mode würde mir helfen, mir selbst mehr Struktur zu geben. Manchmal sind es nämlich Äußerlichkeiten, Körper und Bekleidung, an denen sich das eigentliche Ich aufrichtet. Und mein Ich hatte Aufrichtung bitter nötig gehabt.

Denn wenn man alles ist, ist man gleichzeitig nichts. Und je länger man lebt, desto weniger lebt man. Ich lebe seit Millionen Ewigkeiten. Ich war bereits anwesend, als die Zeit geboren wurde, und ich werde sie auch zu Grabe tragen. Der Donner des Lebens in mir ist lange schon verhallt. Da ist nur noch ein gleichförmiges Brummen, ein Hintergrundrauschen aus Verdruss und Langeweile, ein Störgeräusch, das so schwach geworden ist, dass es nur noch sich selber stört, ein alter Witz in Endlosschleife.

So war ich auf die Idee verfallen, es mit einem Zyklus partieller Erneuerungen zu versuchen, ausgelöst durch ein unwillkürliches Verlangen nach Veränderung, das die Zeit mit sich brachte. Ein Meer erfrischenden Wandels sah ich vor meinen Augen auf mich zufluten, Modewelle auf Modewelle rollte an meine Gestade, und ihre Gestaltungsenergie würde mich wachrütteln und meiner inneren Erosion entgegenwirken. Denn nur was sich ändert, bleibt bestehen.

Anfangs schien es auch zu funktionieren, doch mit der Zeit stumpfte die Klinge, mit der die Mode an allem herumschnitzte, immer mehr ab und produzierte lediglich noch Varianten von Varianten von Varianten vom immergleichen Käse. Letztlich war doch nur alles Oberflächenpolitur. Die Zeit ließ sich nicht bändigen, indem man sie bunt anmalte.

Also warum sollte sich der Mensch ebenfalls mit diesem Tand belasten? Noch benötigte er solche Mätzchen zum Zeitvertreib nicht. Nein, er sollte von der Mode verschont bleiben – jedenfalls solange er nicht vom Baum des Lebens gegessen und damit die Unsterblichkeit erlangt hätte.

Das ewige Leben …

Der Mensch musste mich erst davon überzeugen, dass er diesem größten und schrecklichsten aller Geschenke gewachsen war. Die Ewigkeit wog schwer und der Mensch war schwach. Womöglich war er zu schwach, und es war besser, die Last auf viele Schultern zu legen, statt einen Einzelnen unter ihr zusammenbrechen zu lassen.

Das Feuer des Lebens musste nicht für alle Zeiten in einem einzigen Herzen brennen, so lange brennen, bis es kein richtiges Feuer mehr war und auch kein richtiges Herz. Es konnte weitergegeben werden wie eine Fackel, die die nächste entzündet, die die nächste entzündet, die die nächs-

te entzündet, immer weiter und weiter, eine ewige Spur aus Feuer – und Asche. Und es würde immer wieder ein heißes Feuer sein, ungebändigt von Jahr und Tag, und die Asche, die es zurückließ, wäre voller Ruhe und ohne jegliches Leid. War das nicht besser als ein trübes Glimmen am Ende der Zeit in einem Herd aus dumpfem Schmerz?

Die Tiere machten es so. Sie waren fruchtbar und vermehrten sich aus sich selbst heraus. Sie hielten das Leben eine Weile fest und gaben es dann weiter, begleiteten es noch ein Stück und ließen es schließlich ziehen, hinaus aus dem Garten Eden, hinein in die Welt.

Auch der Mensch ist dazu in der Lage. Ich hatte sein Fleisch fruchtbar gemacht. Und jetzt, da es einen Mann und eine Frau gab, konnte aus der Vereinigung ihrer Leiber neues Leben entstehen – falls sie das wollten.

Aber womöglich fanden sie überhaupt keinen Draht zueinander. Ich hatte sie unterschiedlich gemacht, damit sie sich ergänzten. Das bedeutete allerdings auch, dass sie nun eben unterschiedlich waren.

Vielleicht zu *unterschiedlich?*

Ich dachte an Rumrotz, der sich selbst ›der Große‹ titulierte und Gabriel bei seiner ersten Schulung solche Probleme bereitet hatte, der seinen Verpflichtungen nur widerwillig nachkam und ganz allgemein ein störrischer, aufmüpfiger kleiner Tunichtgut war. Und dann an Eva, von der Gabriel nur in den höchsten Tönen sprach, die aufmerksam war, neugierig und auffassungsschnell und die sogar ihr eigenes Leben aufs Spiel setzte, um ein anderes zu retten, statt Pilzkick-Wettbewerbe zu veranstalten. Außer dass ihr die Farbe meiner Schuhe nicht gefiel, war sie ohne Sünde.

Mit einem unguten Gefühl sah ich dem Treffen der beiden entgegen.

8 | Bevor ich da war, war ich auch schon da

Nachdem wir geraume Zeit einem schmalen, gewundenen Pfad nach unten gefolgt waren, verließen mich Kraft, Puste und Lust, und ich bat Gott um eine Pause. Wir setzten uns auf einen großen Felsbrocken, ließen uns die Sonne in unsere Gesichter scheinen und plauderten über dieses und jenes.

»Wie soll ich dich eigentlich anreden?«, fragte ich, weil das noch nicht so richtig zur Sprache gekommen war und ich da nichts falsch machen wollte.

»Ach, da brauchst du keine verbalen Verbeugungen zu machen«, winkte die dicke Frau ab. »Das sehe ich ganz locker und entspannt. Sag einfach Gott zu mir.«

»Hallo, Gott, freut mich, dich kennenzulernen«, sagte ich.

»Hallo, Eva. Die Freude ist ganz auf meiner Seite.« Die Frau strich mir mit einer Hand durch das Haar und erzählte mir dabei, dass der Name Eva ›Leben‹ bedeutet und sie ihn schon lange vor meinem Erwachen für mich ausgesucht hatte, damit ich ihn auch sicher bekommen würde. Aus diesem Grund habe sie mich bereits getaucht, als ich noch gar nicht richtig bei Bewusstsein war und daher noch nicht sprechen konnte. Ich verstand nicht ganz, was sie mir damit sagen wollte, aber auf jeden Fall fand ich meinen Namen total schön und bedankte mich dafür, was Gott ein breites Lächeln ins Gesicht zauberte. Sie war offenbar leicht glücklich zu machen.

Gott erzählte mir von den vielen Dingen, die sie alle erschaffen hatte. Ich verstand nur wenig von den ganzen technischen Details, eigentlich gar nichts, aber ich begriff, wie schwer es für jemanden gewesen sein musste, all diese enorm wichtigen Entscheidungen alleine zu treffen, ohne sich jemals mit jemandem beraten zu können. Sie hatte die Verantwortung für alles. Für die ganze Welt. Alles, alles, alles hing allein von ihr ab. Das muss eine entsetzliche Bürde sein, die jeden anderen erdrücken würde.

»Du bist so stark«, sagte ich bewundernd.

»Man wächst mit seinen Aufgaben.«

Ich nickte verstehend. »Und die Erschaffung der Welt ist eine riesengroße Aufgabe.«

»Ja, mir blieb nichts anderes übrig, als stark zu sein.«

»Du hättest aufgeben können.«

»Aufgeben …« Gott lauschte dem Wort eine Weile nach wie einem verlockenden Klang, dann schüttelte sie energisch den Kopf. »Das liegt nicht in meiner Natur.«

Über Gottes Natur hatte ich mir auch so meine Gedanken gemacht. Und da wir gerade so gemütlich plauderten, wagte ich zu fragen: »Gab es eigentlich jemanden, der dich ins Leben gerufen hat – so wie du mich?«

»Nur die Notwendigkeit, Kindchen«, lachte Gott. »Und die ist fraglich. Also, nein, meine liebe Eva, da gab es niemanden. Einer muss eben der Erste sein. Und ich war schon immer da.«

»Aber bevor du da warst, was war da da?«

»Bevor ich da war, war ich auch schon da«, sagte Gott.

Verwirrt schüttelte ich den Kopf. »Das begreife ich nicht. Irgendwo hat doch alles seinen Anfang.«

»In mir«, sagte Gott.

Mit einem Ruck erhob sie sich und streckte mir beide Hände entgegen. »Jetzt haben wir uns verquasselt. Ich will dir doch noch so viel zeigen, und du sollst heute noch dem anderen Menschen begegnen. Gib mir deine Hände, Eva, ich werde uns schneller von diesem Berg wegbringen, als es unsere Beine vermögen.«

Ich reichte Gott meine linke Hand und sie ergriff sie. Zögerlich hielt ich ihr dann meine rechte Faust hin.

»Willst du mir nicht endlich zeigen, was du die ganze Zeit in deiner Hand hältst?« Gott zwinkerte mir freundlich zu und gab mir so zu verstehen, dass sie schon längst bemerkt hatte, dass ich etwas zu verbergen suchte.

»Es ist nur ein Andenken«, erklärte ich und öffnete meine Hand. Aber nur ein kleines bisschen, damit der Inhalt nicht davongeweht wurde.

»Hat Gabriel sie dir gegeben?«, wollte Gott wissen, nachdem sie gesehen hatte, was ich in meiner Hand aufbewahrte.

»Nicht direkt«, gab ich zu.

»Du hast ihm eine Feder aus seinem Flügel herausgerissen?«

»Es war ein Versehen«, sagte ich schnell. »Na ja – mehr oder weniger.«

»Gib sie mir!«

»Oh, bitte, Gott, kann ich sie nicht behalten?«

»Gib sie mir!«

Seufzend reichte ich Gott die kleine weiße Feder. Als die Schöpferin sie in die Höhe hielt und nachdenklich betrachtete, gleißte die Feder so hell in der Sonne, als wäre sie selbst aus purem Licht.

»Engel sind anders als ihr Menschen«, murmelte Gott und sah mich dabei traurig an. »Sie sehen euch ähnlich, aber sie sind es nicht. Es gibt weniger Gemeinsamkeiten zwischen euch, als du dir denkst oder vielleicht erhoffst. Das darfst du nie vergessen, Eva.«

Meine Kehle war auf einmal wie zugeschnürt. Ich spürte, wie Ärger in mir aufstieg, Ärger über Gott und über mich und über die Welt und überhaupt.

»Aber Menschen und Engel sind beide von dir erschaffen worden, das ist doch schon eine große Gemeinsamkeit«, rief ich trotzig.

»Ich habe euch Menschen erschaffen«, bestätigte Gott. »Aber die Engel habe ich erträumt.«

Dann ließ sie die Feder los, die leuchtend nach oben schwebte und sich dabei um die eigene Achse drehte, als würde sie tanzen. Mit feuchten Augen beobachtete ich ihren schwerelosen Tanz, bis sie im Weiß des Himmels verschwunden war. Ich kam mir auf einmal so massiv und unbeweglich vor wie der Berg, auf dem ich stand. Ein behauener Felsklotz und kein geträumter Lichthauch. Das Gegenteil eines Engels.

»Ich kann nicht fliegen«, sagte ich leise.

»Nein, das kannst du nicht.« Gott streichelte mir tröstend über das Haar, dann nahm sie meine rechte Hand, und als sie sie wieder losließ, befanden wir uns an einem anderen Ort.

Der See, an dessen Ufer wir standen, war viel größer als der Höhlensee, in dem ich beinahe ertrunken wäre. Und das Wasser war um einiges wärmer, wie ich erkannte, als ich einen Fuß hineinhielt. Außerdem war die Wasseroberfläche so unruhig, dass ich kein Spiegelbild erkennen konnte.

In unserer Nähe stand eine große Trauerweide, und für den Schatten, den sie uns schenkte, war ich dankbar, denn mein Körper hatte sich am sonnendurchglühten Berghang doch ziemlich erhitzt. Am liebsten hätte ich es den Tieren gleichgetan, die ausgelassen im Wasser herumtollten. Ich suchte mit einem raschen Rundblick die Umgebung ab, aber vom Berg Gottes und der Engelshöhle war weit und breit nichts zu sehen.

»Wie hast du das gemacht?«, fragte ich die weißhaarige Frau an meiner Seite.

»Na ja, ich habe für den Bruchteil einer Nanosekunde meine Masse gezielt erhöht, infolgedessen die Raumzeit exakt so gekrümmt wurde, dass die Geodäte zwischen unserer Ausgangs- und Zielkoordinate nur noch einen Schritt lang war. Und den haben wir dann gemacht. Anschließend habe ich meine Masse wieder normalisiert, wodurch sich die lokale Ausbeulung im Universum ebenfalls zurückbildete. Und hier sind wir.«

Mit offenem Mund starrte ich sie an. Dann schüttelte ich den Kopf und sagte: »Ach so, und ich dachte schon, es wäre schwierig gewesen.«

»Für eine Frau sind Masseschwankungen nichts Ungewöhnliches«, meinte Gott schulterzuckend. »Da fällt mir ein: Möchtest du etwas essen?«

»Vielleicht eine Kleinigkeit.«

Wir liefen zu einem Pfirsichbaum, unter dem ein großes, goldgelbes Tier lag, dessen mächtiger Schädel von langen zotteligen Strähnen überwuchert wurde. Als wir uns näherten, öffnete es träge die Augen und beobachtete uns, ohne dabei den Kopf zu heben.

»Was ist das für ein Tier?«, fragte ich.

Einen kurzen Moment schaute Gott ihrem Geschöpf tief in die Augen, als wollte sie mit ihm kommunizieren. »Es hat noch keinen Namen«, sagte sie dann und fügte leise hinzu: »Hätte mich auch gewundert.« Auffordernd sah sie mich an. »Weißt du vielleicht einen Namen für dieses schöne Tier?«

»Oh, ich …« Überrumpelt schnappte ich nach Luft. »Ich muss überlegen.«

Während ich nach einem geeigneten Namen suchte, hockte ich mich neben das Tier und begann, seine Mähne zu kraulen. Ein tiefes, zufriedenes Grollen entstieg seiner Kehle, und als es mir eine Pranke auf meinen Oberschenkel legte, erschien mir dies trotz deren beachtlicher Größe und den gefährlich aussehenden Krallen keineswegs bedrohlich, sondern eindeutig wie eine Begrüßung.

Auf einmal begann Gott zu schimpfen und riss mich dadurch aus meinen Gedanken. Sie stemmte aufgebracht die Hände in ihre, na ja, Hüften und suchte, den Kopf tief in den Nacken gelegt, mit zunehmender Fassungslosigkeit die Äste des Pfirsichbaums mit ihren Blicken ab.

»Das gibt es ja wohl nicht. Das gibt es ja wohl nicht«, sagte sie immer wieder, was mich vermuten ließ, dass es das sehr wohl gab. »Guck dir das an!«, forderte sie mich schließlich auf und zeigte nach oben.

»Ich sehe nichts.«

»Eben. Alles abgeerntet, die ganze untere Etage.« Sie lachte. »Kein Wunder, dass unser vierbeiniger Freund hier noch keinen Namen hat, wenn der Namensgeber hauptsächlich damit beschäftigt ist, sich den Bauch vollzuschlagen.«

»Aber du hast mich doch selbst gefragt, ob ich etwas essen will!«, beschwerte ich mich über diese ungerechte Kritik.

»Dich meinte ich ja auch nicht«, beruhigte mich Gott und schnippte mit den Fingern, woraufhin ein Pfirsich von einem der oberen Äste direkt in ihre Hand fiel. »Hier, Eva. Du hast bestimmt schon Hunger.«

Sie reichte mir die Frucht und setzte sich neben mich, den Rücken an den Stamm gelehnt. Ich war zwar sehr neugierig, wie es sein würde, etwas zu essen, aber so richtig hungrig war ich eigentlich nicht. Deshalb ließ ich Gott zuerst wissen, welcher Name mir für das Tier eingefallen war, bevor ich mir den Pfirsich munden ließ.

»Was hältst du davon, wenn wir diesen müden Burschen hier«, ich klopfte dem Tier freundschaftlich auf den Rücken, »*Löwe* nennen würden?«

»Löwe«, wiederholte Gott und fuhr sich mit den Fingern nachdenklich durch ihr weißes Haar.

»Ja, ich finde, das Tier strahlt so eine würdevolle Behäbigkeit aus«, erklärte ich. »Wuschelig, aber dennoch respekteinflößend. Löwe – das klingt ruhig und erhaben, findest du nicht?«

»Da pflichte ich dir bei. Aber du hast nur das Weiche, Geschmeidige und Majestätische dieser Kreatur in deinen Namen gepackt. Die Zähne und Krallen hast du vergessen.«

Ich schüttelte den Kopf. »Nicht vergessen – ich habe sie absichtlich weggelassen. Ich glaube, er würde es so wollen. Wahre Größe braucht keine Einschüchterung, um erkannt zu werden.«

Abermals blickte Gott dem Tier tief in die goldgelben Augen, dann tätschelte sie lächelnd meine Wange. »Dafür, dass du erst einen Tag alt bist, spricht bereits viel Weisheit aus dir. Wer weiß, nächste Woche hast du vielleicht schon meinen Job übernommen.«

Ich spürte, wie ich rot wurde, aber gleichzeitig auch ein bisschen größer und schöner. »Ach, nein, das könnte ich nie. So übergewichtig werden, dass man das Universum verbeult, zum Beispiel, das schaffe ich nicht. Und der ganze technische Klimbim, der wäre mir viel zu langweilig. Aber andererseits ... bekäme ich dann Schuhe? Würde ich mit Gabriel zusammenarbeiten?«

»Iss jetzt deinen Pfirsich!«, sagte Gott.

Da sie so streng klang, gehorchte ich auf der Stelle. Bei der theoretischen Einführung, die ich von Gabriel erhalten hatte, waren ein paar der wichtigsten Früchte angesprochen worden. Daher wusste ich, dass man einen Pfirsich nicht zu schälen brauchte, aber auf den Kern aufpassen musste. Ich biss also vorsichtig hinein, und sofort überschwemmte ein herrlicher Geschmack alle meine Empfindungen. Die ganze Welt löste sich auf in Süße und Saftigkeit. Der Pfirsich schmeckte, als hätte man von der rot schimmernden Abenddämmerung genascht, die sich allmählich über das Land ergoss, sanft und harmonisch und weich. Ich schloss meine Augen, um mich ganz auf diesen Genuss zu konzentrieren.

»Wie ich sehe, schmeckt er dir«, sagte Gott. »Das freut mich. Ich musste lange herumtüfteln, bis Aussehen, Aroma und Bissfestigkeit perfekt aufeinander abgestimmt waren.«

»Ja, der ist dir wunderbar gelungen«, schwärmte ich und nahm noch einen großen Bissen. »Am liebsten würde ich dich umarmen.«

»Nur zu. Aber wisch dir vorher die Hände am Löwen ab. Du hast klebrige Finger.«

Bevor ich Gottes Worten Folge leistete, hielt ich meine Hand mit dem Pfirsich vor das Maul des Löwen und fragte höflich: »Willst du auch mal beißen?«

»Das solltest du lieber nicht tun«, ermahnte mich Gott.

»Warum nicht?«

»Weil ich eine Menge Arbeit in deine Hand investiert habe und nicht möchte, dass sie nun als Tierfutterbeilage endet.«

Da riss der Löwe plötzlich sein Maul auf, leckte mit seiner großen Zunge über meine Hand und schaufelte sich so den Pfirsich in den Rachen.

»Halt! Du darfst den Kern nicht mitessen!«, rief ich erschrocken und versuchte schnell, den Pfirsich wieder aus dem Maul des Löwen herauszuholen.

»Eva! Jetzt reicht es aber!« Gott sprang auf und zog mich vom Löwen weg. »Hast du dir mal seine Zähne angeguckt?«, fragte sie ärgerlich.

»Nein, aber wenn er das nächste Mal sein Maul so weit aufreißt, könnte ich sie mir ganz aus der Nähe ansehen«, schlug ich vor.

»Du würdest auch noch deinen Kopf in seinen Rachen stecken, wie?«

»Ich dachte, du liest keine Gedanken.«

Gott schaute mich kopfschüttelnd an. »Du lässt diesen Unsinn jetzt schön bleiben! Seine Zähne sind nämlich sehr groß und sehr scharf. Ich hatte sie eigentlich dafür gedacht, dass er gut Kokosnüsse öffnen kann. Aber er mag nun mal kein Kokos. Und ich will nicht, dass er durch deinen Leichtsinn einen neuen Verwendungszweck für seine Zähne entdeckt.«

»Wie meinst du das?«

Seufzend nahm Gott mich in ihre Arme. »Du bist mir schon so eine naive Pflanze«, sagte sie. »Komm, lass uns ein wenig am See entlanglaufen!«

Sie packte meine Hand, die immer noch klebrig war, obwohl der Löwe sie gut eingespeichelt hatte. So spazierten wir händchenhaltend um den See und beobachteten dabei eine Weile schweigend, wie die verschiedensten Tiere dicht an dicht sanftmütig am Ufer standen und ihren Durst löschten, gemeinsam im Wasser herumtollten oder sich einfach ignorierten.

»Weißt du, Eva, wir sind hier im Paradies, und das ist der friedlichste Ort der Welt«, brach Gott unser verträumtes Schweigen. »Noch nie ist hier jemand ums Leben gekommen. Na ja, es sind ein paar Engel und Tiere in bestimmten Regionen des Waldes verschollen – aber das ist etwas anderes. Dies hier ist ein Garten des Friedens und der Harmonie des Lebens, und als solchen habe ich ihn auch geschaffen.«

»Ja, er ist wunderschön. Ich bin so unendlich froh, hier sein zu dürfen«, sagte ich und meinte es auch so. »Es ist alles perfekt.«

Ich spürte, wie sich Gottes Hand um meine leicht verkrampfte, als sie weitersprach: »Aber die Dinge verändern sich. Man kann planen, wie sie sich entwickeln sollen, aber sie werden sich nie ganz so entwickeln, wie man geplant hat. Das nennt man Freiheit.« Sie machte eine umfassende Armbewegung, die den ganzen See, das ganze Land, die ganze Welt einschloss. »Das hier ist nämlich kein Puppentheater. Ich wollte keine Marionetten schaffen, die an meinen Fingern tanzen. Ich habe die Fäden zerschnitten, so dass jeder hier die Kontrolle über sein eigenes Leben hat. Jeder tanzt seinen eigenen Tanz. Du musst daher immer damit rechnen, dass jemand auch einmal aus der Reihe hüpft. Und deshalb, liebe Eva, solltest du einen so klugen Kopf wie deinen nicht einfach leichtfertig in ein Löwenmaul legen. Und wenn gleich dein Artgenosse hier erscheint, dann solltest du wissen ...«

»Was ist das denn?« Aufgeregt zeigte ich zu den Wolken, die über dem See hingen und zwischen denen ein merkwürdiges Objekt erschienen war.

Gott schaute in den Himmel, kratzte sich nachdenklich am Hinterkopf und murmelte verblüfft: »Tja, das ist das, wovon ich eben gesprochen habe. Die Puppen tanzen aus der Reihe.«

»Freiheit«, sagte ich.

»Irrsinn«, sagte Gott.

DER GROSSE RUMROTZ

9 | Aber den Kopf lasse ich diesmal draußen

»Ich freue mich ebenfalls, dich wiederzusehen«, rief Gabriel höhnisch und winkte mich zu sich heran.

Ich blieb stehen wie festgewachsen. »Was willst du denn hier?«, fragte ich mit rauer Stimme und beäugte misstrauisch Gabriels Arme, auf denen sich aber erfreulicherweise kein noch so winziges Flämmchen zeigte.

»Mit dir reden.« Er klopfte auf den freien Platz neben sich. »Komm, setz dich einen Moment zu mir!«

»Ich stehe lieber.«

»Setz dich!«

Und – *schwups* – in einem Tempo, das Gottes Theorie von der Lichtgeschwindigkeit als Obergrenze zweifelhaft erscheinen ließ, schmiss ich mich neben ihn auf Sophia. Allerdings hatte ich mich so weit außen an den Rand platziert, dass meine eine Pobacke halb im Freien hing. Auch Woff, der mir gefolgt war und nun nervös hechelnd an meiner Seite neben Sophia im Gras saß, fühlte sich sichtlich unwohl. Vermutlich hatte er Sophias Drohung noch in den Ohren und keine große Lust, zerschmettert zu werden. Oder sein Instinkt warnte ihn vor dem Engel. So wie meiner.

»Du brauchst keine Angst vor mir zu haben«, sagte Gabriel kopfschüttelnd.

»Ich habe keine Angst vor niemandem nicht«, stellte ich klar und unterdrückte das plötzliche Verlangen, meine Blase zu leeren, und zwar jetzt ganz gleich sofort. »Und vor dir schon gar nicht.«

»Dann ist ja gut. Also, Großer Rumrotz, ich ... Was für ein närrischer Idiotenname ist das eigentlich?«

»Mir gefällt er.«

»Na ja, er passt zu dir.«

»Danke.«

»Das war kein Kompliment«, sagte Gabriel.

Da der Anblick des Engels akutes Unbehagen in mir auslöste, vermied ich es, ihn anzusehen, und blickte stattdessen auf Woff hinab, der seinen Kopf gegen meine kraulende Hand drückte. Aber jedes Mal, wenn Gabriel sich bewegte und seine Flügel, die wie zwei kleine, weiße Tannen hinter Sophia aufragten, ein durchdringendes Rascheln und Knistern mit ihrem Gefieder erzeugten, lief es mir kalt den Rücken hinunter, bis in die Poritze und wieder zurück.

»Leider habe ich nur wenig Zeit, und ich möchte mich hier im Paradies auch nicht zu lange außerhalb der Höhle aufhalten, deshalb lass uns am besten gleich zur Sache kommen.«

Ich spürte die nervöse Ungeduld des Engels und fragte mich, ob er womöglich vor etwas Angst hatte. Das wollte ich jetzt aber genau wissen!

»Verträgst du keine frische Luft, oder warum willst du so schnell zurück in deine Höhle? Du magst es wohl lieber muffig, feucht und dunkel, wie?«

»Die Höhle bietet Schutz.«

»Oh, du brauchst keine Angst zu haben«, sagte ich grinsend. »Ich beschütze dich.«

Gabriel schaute mich böse an. »Sie bietet *dir* Schutz – *euch*. Den Bewohnern des Paradieses. Sie schützt euch vor Entdeckung.«

»Wie meinst du das?«

»Wir Engel besitzen eine Aura, die auch aus weiter Entfernung noch spürbar ist. In der Höhle wird sie abgeschirmt. Jeder Aufenthalt eines Engels außerhalb von ihr bedeutet ein Risiko. Und deshalb wird mein Besuch hier nur von kurzer Dauer sein.«

Halleluja! Innerlich atmete ich auf. Dann fragte ich: »Aber was ist mit Gott? Der spaziert doch auch ständig hier herum.«

Wie aufs Stichwort stand Gabriel auf und begann, ebenfalls unruhig herumzuspazieren. Dabei erklärte er: »Gottes Aura ist ohnehin überall spürbar, in jedem Berg und in jedem Sandkorn, in der Größe des Meeres und in der Winzigkeit eines Regentropfens. Gottes Spur ist so groß wie die Welt; niemand kann sie übersehen, aber es kann sie auch niemand überblicken. Sie führt überall hin. Nein, Gottes Anwesenheit hier wird keine ungebetenen Gäste anlocken.«

»Was denn für ungebetene Gäste? Wer soll das sein?«

»Er ist … niemand Bestimmtes. Wir sind lediglich vorsichtig.«

Aber während er das sagte, stellten sich bei ihm die Federn seiner Flügel auf und sein Blick wurde unstet. Gabriel war ein schlechter Lügner.

»Sag du es mir, Sophia«, forderte ich meinen liebsten Ruheplatz auf. »Was ist das für ein ungebetener Gast?«

»ER HAT BÖSES IM SINN; ER GEHT SCHWANGER MIT UNHEIL, UND TÜCKE GEBIERT ER«, antwortete Sophia.

Gabriel lachte. »Jetzt bist du auch nicht schlauer.«

»Oh, doch, ich weiß nun immerhin, dass … Du hast gehört,

was Sophia gesagt hat?«, wunderte ich mich. »Ich dachte, nur wenn man auf ihr sitzt, kann man sie verstehen.«

»Wie sollte ich denn die Stimme Gottes nicht hören?« Der Engel breitete seine Flügel aus und streckte beide Arme in die Höhe. Alles Licht der tiefstehenden Sonne schien sich in seiner imposanten Gestalt zu sammeln. »Gottes Wort erreicht einen Engel immer und überall. Denn IHM zu gehorchen ist der Zweck unseres Daseins. Und SEINE Liebe, die in jeder Silbe mitschwingt, erfüllt uns mit unermüdlicher Tatkraft und freudigen Gesängen.«

»Wo genau liegt eigentlich dieser Wald, von dem du neulich gesprochen hast?«, lenkte ich ihn schnell ab, bevor er auf die Idee kommen konnte, einen freudigen Gesang anzustimmen.

Sofort ließ Gabriel die Arme sinken und schaute mich mit seinen stechend blauen Augen überrascht an. »Der *Hungrige Wald?*«

»Ja, genau der. Von dem du mir erzählt hast. Zukunft in den Blättern und schreckliche Dinge und ach und weh und ganz, ganz schlimm, du weißt schon.«

»Davon habe ich dir nicht wirklich erzählt«, widersprach Gabriel. »Das war nur in deinem Traum.«

Ich stutzte. Ja, er hatte recht, jetzt fiel es mir wieder ein. Der Traum war aber auch wirklich ganz schön realistisch gewesen und hatte Szenen, die sich in der Engelshöhle tatsächlich abgespielt hatten (zum Beispiel mein Davonlaufen aus dem Unterricht und wie Gabriel mich zurückgeholt und mir gedroht hatte, meine Beine zu verknoten), vermischt mit Traumelementen (die Mahnrede des Engels, seine Erwähnung des *Hungrigen Waldes* und sein Flammenarm, mit dem er mich mal eben kurz abgefackelt hatte – zwar nur im Traum, aber nett fand ich es trotzdem nicht).

Also gab es diesen unheimlichen Platz gar nicht. Dann

war der Wald, in dem das Kaninchen verschwunden war, vermutlich weniger hungrig als ich, und Woffs Freund würde demnächst wieder hier angehoppelt kommen und das Schnäuzchen voll haben vom Versteckspielen.

Halt! Da stimmte etwas nicht.

»Moment mal«, sagte ich zu Gabriel. »Wenn ich es nur geträumt habe, wie konntest du dann wissen, welchen Wald ich meinte?«

»Du hast mich doch danach gefragt.«

Ich schüttelte den Kopf. »O nein, ich hatte keinen Namen genannt. Also, wie ...«

»Ich habe keine Zeit für deine Hirngespinste«, herrschte mich der Engel an. »Ganz gleich, ob es diesen Wald gibt oder nicht, du hast darin jedenfalls nichts verloren! Hast du das verstanden?«

Ich zuckte mit den Achseln und stieß die Luft hörbar aus meinen aufgeblasenen Backen aus. »*Pfff*, wenn ich nicht weiß, wo er ist, dann kann ich ihm auch schlecht aus dem Weg gehen, oder?«

Lächelnd legte mir Gabriel eine Hand auf die Schulter. »Glaube mir, Großer Rumrotz: Gäbe es diesen Wald und stießest du zufällig auf ihn, dann würdest du bis in den tiefsten Winkel deines Herzens hinein spüren, dass du lieber nicht weitergehen solltest. Höre dann auf dein Herz. Es ist schlauer als du.«

»Hattest du es nicht irgendwie eilig?«, fragte ich, um mich daran zu hindern, den Erzengel zu beleidigen. Das hätte nämlich nicht so richtig zu meinen Plänen für heute gepasst. Ich hatte zwar vorgehabt, den ganzen restlichen Abend auf Sophia zu liegen – aber nicht als Aschehäufchen.

»Du hast recht, lass uns anfangen, sonst verspäten wir uns noch. Und so etwas sollte man beim ersten Rendezvous doch tunlichst vermeiden.«

»Bei was?«

Gabriel winkte ab. »Als ich dich damals in bestimmten grundlegenden Dingen unterwies, Großer Rumrotz, in der Höhle, du erinnerst dich?«

Ich nickte. Ein Kloß steckte plötzlich in meinem Hals. Ich erinnerte mich nicht gerne an meine Schulzeit. Ein ganzer Tag vollgepackt mit lauter Quatsch. Wozu? Warum muss man wissen, wie der Fluss heißt, in dem man gerade ertrinkt? Da hätte man wohl besser schwimmen gelernt. Nicht, dass ich scharf drauf gewesen wäre, schwimmen zu lernen, Gott bewahre! Aber nur mal als Beispiel, um zu verdeutlichen, wie realitätsfern und ineffizient dieses Schulsystem hier war. Unflexible Lehrpläne, unmotivierte Lehrer, zu kleine Klassen. Nein, die Schulzeit hätte man sich getrost sparen können. Ein ganzer Tag wurde so verplempert, an dem man herrlich in der Sonne liegen und sich mit Nichtstun hätte beschäftigen können.

»Eine Sache haben wir weggelassen, weil sie zu der Zeit keine Relevanz für dich besaß«, sagte Gabriel.

Relevanz? Ob ich wohl wissen muss, was das bedeutet? Ach was, Relevanz, Releschwanz, wird schon nicht so wichtig sein.

»Aber nun liegen die Dinge anders«, fuhr der Engel fort. »Wir halten es in Anbetracht der veränderten Umstände für erforderlich, dass du jetzt auch in diesem Punkt aufgeklärt wirst.«

»Welche Dinge? Welcher Punkt? Welche Umstände?«, fragte ich verwirrt.

Gabriel bog einen Arm hinter seinen Rücken und strich nervös über seine Schulterfedern. »Nun ja, äh, es ist folgendermaßen: Es gibt da zwischen manchen Geschöpfen gewisse – wie soll ich sagen? – also ja, Rituale.«

»Rituale?«

»Ja, genau.« Gabriel nickte bekräftigend. Feine Schweißperlen glitzerten plötzlich auf seiner Stirn, obwohl es gar nicht mehr so warm war. Das kommt davon, wenn man ständig in einer Höhle hockt, dachte ich grinsend. Dann ist man Sonne nicht mehr gewöhnt.

»Was denn für Rituale?«

»Na ja, Rituale körperlicher Natur. Also, Aktivitäten gemeinsamer Art, zusammen, das ist ganz normal, man … äh … aktiviert sich körperlich und hat sogar Spaß dabei – glaube ich wenigstens, was man so hört. Wir Engel – gepriesen sei der Herr in seiner unendlichen Weisheit! – machen so etwas ja nicht. Aber du könntest, wenn du wolltest. Wenn *ihr* wollt, wollte ich sagen. Wenn ihr wollen wollt, dann könntet ihr können – wenn ihr wollt.«

Er redete, ich hörte ihn deutlich reden, es kamen Worte aus seinem Mund. Aber was hatte er gesagt? Das war wieder genauso wie damals, als er mir die Paradiesordnung beibringen wollte. Worte, die sich in Geblubber verwandelten, sobald sie mein Ohr erreichten. Genau dieselbe Scheiße.

»Ich weiß nicht … ich glaube, ich verstehe nicht ganz«, hakte ich nach. »Was genau soll ich jetzt wollen können?«

»Das Ritual!«, schrie Gabriel mich an und wischte sich den Schweiß von der Stirn. »Wovon rede ich denn die ganze Zeit? Vom Ritual!«

»Könntest du es mir vielleicht kurz vormachen?«, schlug ich vor.

»Dazu muss man zu zweit sein«, schnaubte der Engel verächtlich.

»Aber wir sind doch zu zweit. Von mir aus kann's losgehen.«

Gabriel schaute mich an, als hätte ich ihn aufgefordert, auf Sophia zu pinkeln, während sie eine von Gottes Weisheiten von sich gab. Er sah nicht so aus, als ob er gewillt wäre, mir eine Demonstration des Rituals zu geben. Er sah vielmehr so aus, als ob er gewillt wäre, mich mal eben ordentlich anzukokeln.

Bevor er dies in die Tat umsetzen konnte, fragte ich rasch Sophia, was sie mir über dieses ominöse Ritual sagen konnte. Bereitwillig gab sie Antwort.

»IHR WERDET WASSER SCHÖPFEN VOLL FREUDE AUS DEN QUELLEN DES HEILS.«

»Da hörst du es«, sagte Gabriel. »Meine Rede.«

Wasser!, dachte ich angewidert. Ausgerechnet. Dies schien mir wieder so ein ekliges Tauchritual zu sein.

»Muss ich ganz rein oder nur ein bisschen?«, wollte ich schon mal im Vorfeld die genauen Bedingungen abklären. Nicht, dass es mir nachher so ging wie unlängst beim Händewaschen.

»Das ist unterschiedlich, glaube ich«, sagte Gabriel schulterzuckend.

»Aber den Kopf lasse ich diesmal draußen«, stellte ich klar.

Gabriel verzog angewidert sein Gesicht. »Das würde ich dir auch dringend empfehlen.«

»Vielleicht reicht es ja, wenn ich die Hände nur ein bisschen anfeuchte.«

Genervt bis zu den Flügelspitzen, antwortete Gabriel: »Die ganzen unappetitlichen Details klärst du am besten mit deinem Ritualpartner.«

»Und wer ist das? Wo ist er? Wann sehe ich ihn?«

»Sobald du über das Ritual Bescheid weißt. Und im Großen und Ganzen, würde ich sagen, bist du jetzt im Bilde, oder?«

Ich nickte. »Den Kopf besser draußen lassen.«

»Hmmm.« Gabriel rieb sich nachdenklich den Nacken. Dann seufzte er und sagte: »Womöglich möchte ja Sophia noch etwas hinzufügen. Sophia, willst du dem Großen Rumrotz noch etwas näher erläutern, wie das mit dem Ritual funktioniert?«

Die Antwort kam prompt. »DANN SPRINGT DER LAHME WIE EIN HIRSCH, DIE ZUNGE DES STUMMEN JAUCHZT AUF. IN DER WÜSTE BRECHEN QUELLEN HERVOR, UND BÄCHE FLIESSEN IN DER STEPPE.«

»Das war nicht sehr hilfreich«, beschwerte ich mich. »Geht es nicht ein bisschen konkreter?«

»ES IST EIN LÄRM WIE DAS BRÜLLEN DES LÖWEN, WIE WENN EIN JUNGLÖWE BRÜLLT. ER KNURRT UND PACKT SEINE BEUTE UND SCHLEPPT SIE FORT.«

Stirnrunzelnd schaute ich Gabriel an. »Was ist das: ein Löwe?«

Der Engel dachte eine Weile angestrengt nach und hob dann hilflos die Schultern. »Ich habe wirklich nicht die geringste Ahnung«, sagte er verdutzt. »Ein Tier, vermute ich mal. Muss ein neues Wort sein.«

Ich schüttelte den Kopf. »Das wüsste ich. Löwe – so habe ich kein Tier benannt.«

»Wie auch immer, wir müssen jetzt langsam los«, sagte Gabriel, machte einen Schritt auf mich zu und streckte mir eine Hand entgegen.

Mit einem heiseren Bellen sprang Woff, der die ganze Zeit still neben mir gesessen hatte, auf und stellte sich knurrend dem Engel in den Weg. Dieser schaute dem Tier kurz in die Augen, und im nächsten Moment hatte sich Woffs Knurren in ein freundliches Japsen verwandelt, und statt weiter mit den Zähnen zu fletschen, fing er an, mit dem Schwanz zu wedeln. Na ja, Tiere sind eben leicht zu beeinflussen. Wenn sie Grips hätten, dann wüssten sie von alleine, wie sie heißen, und ich hätte nicht die ganze Arbeit mit dem Namenerfinden.

»Ist das dein Freund?«, fragte Gabriel mich und streichelte Woff über den Kopf, was dieser sich dankbar gefallen ließ.

»Bis gerade eben war er es noch.«

»Freundschaft ist etwas sehr Wertvolles, ein Gleichklang der Seelen«, erzählte der Engel mit sanfter Stimme. »Aber wie eine Harfe muss man sie immer wieder stimmen, damit keine Missklänge die Harmonie stören. Und dies gilt in besonderem Maße bei einer Partnerschaft. Man muss sich gegenseitig anpassen, Kompromisse eingehen, einander zuhören und liebevoll begegnen, verstehst du, wovon ich rede?«

Ich winkte ab. »Klaro.«

»Und wovon rede ich?«

»Äh ... vom Ritual?«

»Nein, das hat mit dem Ritual überhaupt nichts zu tun!« Gabriels Stimme klang wie eine Harfe, die seit tausend Jahren nicht mehr gestimmt worden war. »Ich spreche von Toleranz, vom respektvollen Umgang miteinander, von fürsorglicher Zuneigung. Wie kannst du diese Grundlagen einer Beziehung mit der schnöden körperlichen Verrichtung des Rituals gleichsetzen?«

Also, das regte mich jetzt wirklich auf! Zuerst war er nicht fähig, mich über das Ritual aufzuklären, und dann warf er mir meine Unaufgeklärtheit vor. Das war so, als würde ich ihm jetzt die Zähne einschlagen und ihm dann in den Hintern treten – zur Strafe, weil er nuschelt.

Zugegeben, diese Gewaltphantasie war primitiv, unnütz, ungerecht und völlig daneben – aber gerade deshalb gefiel sie mir so gut. Und träumen wird man wohl noch dürfen.

»Du hast mir das Ritual eben immer noch nicht richtig erklärt«, beschwerte ich mich. »Weißt du eigentlich, dass du ein richtig mieser Erklärer bist? Zum Glück konnte ich schon von Anfang an sprechen. Wenn du es mir gelernt hättest, dann täte ich es jetzt bestimmt nicht so gut können, als ich es jetzt tue.«

»Wenn du mit dem Finger auf jemanden deutest, Großer Rumrotz, zeigen gleichzeitig drei Finger auf dich zurück«, entgegnete Gabriel lächelnd.

»Da, bitte! Schon wieder. Wer soll denn so eine Scheiße verstehen? Ich glaube, du könntest einem nicht einmal beibringen, wie man in der Nase bohrt.« Kaum hatte ich es ausgesprochen, erschrak ich über meine vorlauten Worte. Gabriels Flammenarm kam mir in den Sinn, und ich fing an zu schwitzen, als könnte ich seine Hitze bereits spüren. »Na ja, das war übertrieben«, schwächte ich schnell ab. »Aber das mit dem Ritual – tut mir leid, aber da tappe ich immer noch ziemlich im Dunkeln.«

»Entschuldige bitte, dass meine didaktischen Fähigkeiten nicht mit deinem Talent zur Begriffsstutzigkeit mithalten können. Aber ich weiß wirklich nicht, wie ich es dir deutlicher machen soll. Ich kann es dir schließlich nicht demonstrieren. Also ...«

Sein Blick fiel auf Woff, und plötzlich schien eine Idee in ihm aufzuleuchten. Er wirkte auf einmal sogar noch heller als ohnehin schon, und sein Gesicht strahlte, dass mir angst und bange wurde. »Aber das muss ich ja auch gar nicht!«, rief er erfreut und erleichtert. »Du hast das Ritual bestimmt selbst schon beobachtet – bei den Tieren! Zum Beispiel bei ihm hier«, er klopfte Woff frohgelaunt auf dem Rücken herum. »Da gibt es doch bestimmt jemanden, mit dem er zusammen ist – außer mit dir. Eine Freundin, mit der er sich gut versteht.«

Ich dachte an das Kaninchen und nickte. »Ja, gibt es.«

»Und hast du schon einmal beobachtet, was die beiden so miteinander treiben, wenn sie zusammen Spaß haben?«

»Sogar mehr als einmal.«

Zufrieden breitete Gabriel seine Arme aus, Handflächen und Mundwinkel nach oben gerichtet. »Und genau das ist das Ritual!«

Ich war ein bisschen enttäuscht. Da machte er erst so eine große Sache draus – und was war es? Verstecken und Nachlaufen. Ich hoffte nur, dass mein ominöser Ritualpartner dabei nicht so viele Haken schlug wie das Kaninchen. Dann konnte er das Ritual nämlich schön ohne mich spielen! Und zu gründlich verstecken durfte er sich auch nicht. Nicht dass ich hier jeden Baum absuchte und er saß auf dem Grund des Sees und atmete durch ein Schilfrohr oder solche Scherze.

Offenbar sah Gabriel mir meine verhaltene Begeisterung an. »Hast du irgendwelche Bedenken?«

Ich seufzte. »Na ja, ich habe ein bisschen Angst, dass ich beim Ritual ewig lang suchen muss.«

»Ach, das glaube ich nicht«, sagte Gabriel und zwinkerte mir zuversichtlich zu. »Folge einfach …«

»… meiner Nase, ich weiß.«

»Deinem Instinkt, wollte ich sagen. Aber mit der Nase könnte es auch gehen. Hauptsache, du behältst die grobe Orientierung, dann passt es schon.«

»Und ich warte auch nicht den ganzen Tag«, stellte ich klar. So lange wie Woff würde ich bestimmt nicht in meinem Versteck verharren. »Wenn nach drei Stunden noch nichts passiert ist, komme ich von alleine.«

Gabriel schaute mich seltsam an. »Meinen Segen hast du. Ist jetzt alles geklärt?«

Nach kurzem Überlegen fiel mir noch eine Sache ein. Was war, wenn mein Ritualpartner so etwas wie eine Antilope oder ein Halsoglotz war? So jemanden würde ich ja nie fangen können.

»Ich hoffe nur, mein Partner hat kurze Beine«, sagte ich deshalb.

»Warum das?«

»Na, wenn er langbeinig ist, habe ich Schwierigkeiten, überhaupt ranzukommen.«

»Ihr müsst es ja auch nicht unbedingt im Stehen machen«, sagte Gabriel stirnrunzelnd.

»Im Stehen wäre das Ritual wenigstens nicht so anstrengend wie im Rennen«, sagte ich.

Gabriel lachte. »Im Rennen! Du bist wirklich ein Witzbold. Hast du etwa schon einmal gesehen, dass Woff und seine Freundin dabei gerannt sind?«

»Natürlich.« Ich nickte. »Ist noch gar nicht lange her. Als sie heute Morgen das Ritual vollzogen, habe ich sogar mitgemacht. Und Woffs Freundin ist gerannt wie ein Blitz.«

»Du hast mitgemacht?« Gabriel schaute mich entsetzt an und hielt sich dann die Ohren zu. »Nein, sei still! Ich will nichts mehr davon hören! Das glaube ich, dass die gerannt ist! Du solltest dich wirklich was schämen!«

»Aber ich habe sie doch nur an den Ohren gepackt und …«

»Keine Details bitte! Ich will versuchen zu vergessen, was du mir soeben gebeichtet hast. Die arme Eva tut mir nur leid.«

»Wer?«

»Ach, nichts. Wir brechen jetzt auf! Verabschiede dich von Woff, dann bringe ich dich zum Treffpunkt an den See.«

»Du bringst mich?«

»Wir fliegen.«

Ich schaute ihn mit offenem Mund an. »Soll das ein Witz sein?«

»Keineswegs. Du nimmst meine Hand, und ich fliege dich zum See. Dort werden wir bereits erwartet.«

»Heute noch?«

»Jetzt.«

»Aber ohne mich!«

Gabriel sah aus, als würde sein Arm jeden Moment in Flammen aufgehen. Aus seinen Augen sprühten Funken, als er mich anblaffte: »Das war keine Bitte von mir, das war eine Anweisung. Und die steht nicht zur Diskussion. Wir beide fliegen jetzt los.«

»Aber ich kann nicht, ich muss bei Sophia bleiben«, entgegnete ich. »Gott hat sie in meine Obhut gegeben. Also passe ich auf sie auf. Woff hilft mir dabei. Und das steht auch nicht zur Diskussion.«

Gabriel lachte höhnisch. »Dann wollen wir doch mal sehen, wer hier das Sagen hat.« Er streckte mir auffordernd die Hand entgegen und zischte: »Los, halte dich fest! Sophia und Woff kommen auch wunderbar ohne dich zurecht. Ich zähle jetzt bis zehn, so lange hast du Zeit, dich zu verabschieden. Dann starten wir ohne Wenn und Aber. Und das ist mein letztes Wort!«

EVA

10 | Das Ding sieht ganz schön merkwürdig aus

Das seltsame Wesen, das sich uns aus dem Himmel näherte, hob sich deutlich gegen die weißen Wolken ab, aus denen es kurz zuvor aufgetaucht war. Wenn es ein Vogel sein sollte, so war es der dickste, unförmigste, hässlichste, roteste Vogel, den man sich nur vorstellen konnte.

»Es fliegt, aber es ist kein Vogel«, wunderte ich mich laut.

Gott starrte noch eine kurze Weile nach oben, dann bedeckte sie ihre Augen mit der Hand, als könnte sie den Anblick nicht länger ertragen, und schüttelte ungläubig den Kopf. »Dieser verda... vermaledeite Kerl! Ich möchte nur wissen, was er sich dabei wieder gedacht hat. Nein, ich möchte es lieber nicht wissen.«

»Wer ist das?«

»Das ist dein Partner, mit dem du künftig zusammen arbeiten und leben wirst, Eva.«

»Eine fliegende rote Riesenpflaume?«

»Ja, genau. Nur dass sie nicht fliegt und nicht rot ist.« Gott formte mit Daumen und Zeigefinger einen Kreis und hielt ihn mir vor Augen. »Schau hier durch, dann siehst du es besser.«

Als ich durch Gottes Fingerkreis sah, schien das Flugobjekt viel näher zu sein als gerade eben noch. Jetzt konnte ich deutlich erkennen, was ich vorhin nur als merkwürdige andersfarbige Auswüchse aus der roten Masse wahrgenommen hatte. Eine dieser Ausstülpungen war in Wirklichkeit ein Tier mit grauem Fell, vier Beinen und langer Schnauze. Und das andere … ja, das andere war entweder ein flügelloser, gewandloser Engel oder – ein Mensch wie ich. Na ja, fast wie ich, denn da waren ein paar Fehler eingebaut.

»Ein Mensch?«, fragte ich leise.

»Nun seid ihr zu zweit.«

»Sie sieht merkwürdig aus«, sagte ich enttäuscht.

Gott lächelte mir aufmunternd zu. »Das ist ein Mann. Du wirst dich schon an ihn gewöhnen. Er hat auch seine guten Seiten.«

»Da sitzt er wohl gerade drauf«, vermutete ich.

Lachend löste Gott den Ring aus Daumen und Zeigefinger, durch den man alles so deutlich sehen konnte, und das Bild rückte wieder in die Ferne. Doch kurz zuvor hatte ich noch etwas Interessantes erspäht. Das rote Wesen, auf dem der Mensch und das graue Tier ritten, flog nicht von sich aus, sondern wurde selbst von jemandem gehalten, der sich hinter ihm befand und größtenteils vom roten Körper verdeckt wurde. Und dieser Jemand besaß große, kräftige, weiße Flügel.

War es möglich, dass …?

»Lass uns lieber etwas zur Seite gehen.« Gott legte ihren Arm um meine Schulter und schob mich sanft vom Seeufer weg. »Gabriels Landung könnte ein wenig unpräzise ausfallen, wenn er so beladen ist.«

Gabriel! Also doch! Innerlich hüpfte ich aus dem Stand in die Wolken. Äußerlich stand ich wie auf Wolken, so zitterten mir auf einmal die Knie.

Gottes Sorge wegen einer Bruchlandung erwies sich als unbegründet, denn trotz seiner sperrigen Last setzte der Engel mit eleganter Lässigkeit am Ufer des Sees auf.

Kaum stand das rote Ding auf festem Boden, sprang das Tier knurrend von ihm herunter und brachte sich eilig in Sicherheit. Offenbar hatte ihm der Flug nicht sonderlich behagt.

Der Mensch blieb wie betäubt sitzen und stierte mich mit seinen braunen Augen an. Er sah irgendwie nicht ganz richtig aus. Zum Beispiel war sein Haar dunkel, fast schwarz. Verrückt. Und sein Busen war so flach, dass es aussah, als würden die Brustwarzen direkt auf dem Brustkorb kleben. Na ja, vielleicht war er noch in der Entwicklung. Man konnte es ihm nur wünschen.

Gut, Gabriel hatte vorne auch nicht viel zu bieten, aber ich konnte mir nicht vorstellen, dass er unter seinem Gewand genauso jämmerlich aussah wie dieser andere Mensch, dieser Mann, wie Gott ihn genannt hatte.

Und als der nun aufstand, musste ich erkennen, dass das Ausmaß seiner Jämmerlichkeit durchaus noch gesteigert werden konnte. Denn zwischen seinen Beinen baumelten eklige Fettgeschwülste lose herum, als hätte man sie ihm in aller Eile provisorisch angepinnt. Womöglich war der andere Mensch noch gar nicht fertig. Denn so konnte das ja auf gar keinen Fall bleiben. Gott besaß zwar einen seltsamen Geschmack, was die Farbe ihrer Schuhe betraf. Aber für solch einen ästhetischen Unfall wie dieses Fleischgebaumel verantwortlich zu sein, das traute ich ihr nun wirklich nicht zu.

»Komm, begrüßen wir deinen neuen Partner«, forderte Gott mich auf, nahm mich an der Hand und lief mit mir zu Gabriel und dessen seltsamer Begleitung.

Der Engel machte einen zerknirschten Eindruck. »Entschuldige, Herr, aber mir blieb keine andere Wahl, als Sophia und diesen Woff ebenfalls mitzubringen. Ansonsten wäre er nicht freiwillig …«

Gott winkte ab. »Schon gut, mein lieber Gabriel. Du hast richtig gehandelt.«

»Hallo, Gabriel«, sagte ich und spürte eine angenehme Wärme in mir aufsteigen, als der Engel mich anlächelte.

»Eva.« Seine sanfte Stimme und die blauen Augen, die ich schon für immer aus meinem Leben entschwunden glaubte, machten meine Gedanken und mein Blut ganz hibbelig, und ehe ich mich versah, hatte ich meine Arme um ihn geschlungen, als wäre ich wieder am Ertrinken und er müsste mich abermals retten.

»Ho, nicht so stürmisch, kleine Eva«, lachte der Engel. »Wenn du mich so fest drückst, denkt Gott noch, du wirst deinem dir zugedachten Partner untreu, bevor du ihn überhaupt kennengelernt hast.«

Als Gabriel ebenfalls seine Arme um mich legte, strömte ein kribbelndes Glücksgefühl durch meinen Körper. Ich wünschte, er würde mich nie wieder loslassen. Aus den Augenwinkeln sah ich meinen Artgenossen im Hintergrund stehen und mit Gott sprechen, wobei er immer wieder zu mir herüberschielte. Dann winkte Gott mich heran, und ich löste seufzend meine Umarmung.

»Das Ding sieht ganz schön merkwürdig aus«, raunte ich Gabriel zu.

»Ach, das ist nur Sophia. Sie ist ganz harmlos. An ihre Farbe muss man sich natürlich erst gewöhnen. Aber irgendwann fällt einem das grelle Rot gar nicht mehr auf.«

»Ich meinte das andere Ding«, sagte ich. »Das schwarzhaarige da mit dem Gewucher zwischen den Beinen.«

»O ja, der ist allerdings schon merkwürdig«, stimmte mir Gabriel zu.

Während ich auf Gott und den komischen Menschen zulief, steckte ich mir heimlich die Feder hinters Ohr, die ich Gabriel stibitzt hatte, und ließ mein Haar darüberfallen. Hoffentlich hatte Gott das nicht mitbekommen. Ich nahm mir vor, die Feder auf keinen Fall wieder herzugeben. Wenigstens ein kleines Stückchen von Gabriel sollte mir gehören.

»So, da kommt dein neuer Mitbewohner ja schon«, hörte ich Gott sagen. »Das ist Eva. Sie wird ab heute ebenfalls im Paradies leben.«

Der vermurkste Mensch schaute mich unfreundlich an, als ich die letzten paar Schritte auf ihn zu machte, und fragte: »Kannst du laufen?«

»Kannst du reden?«, gab ich zurück.

Er warf sich stolz in die Brust. »Zufällig bin ich ein sehr guter Reder.«

»Du bist ein sehr guter *Redner*«, korrigierte ich ihn.

»Dann sind wir uns ja einig. Also: Kannst du laufen?«

Offenbar waren sein Plattbusen und die Hängebotanik zwischen seinen Beinen nicht die einzigen Probleme, die dieser Mensch hatte. In seinem Kopf baumelte wohl auch so einiges lose herum. Sonst würde er nicht so eine dumme Frage stellen. Er hatte mich schließlich bereits laufen sehen.

Dennoch, um des lieben Friedens willen, beantwortete ich seine Frage, indem ich ein paar Tanzschritte hinlegte. »Tadaaa!«

»Ha!« Der Mensch reckte triumphierend einen Zeigefinger in die Luft und grinste über das ganze Gesicht. »Wenn du laufen kannst, kriegst du deinen Namen von mir. Das ist hier nämlich Gesetz.«

»Ich bin das Gesetz«, mischte sich Gott ein, die unser Kennenlernen bisher schweigend, aber aufmerksam verfolgt hatte. Sie legte ihren linken Arm um meine Schulter und den rechten um die Schulter des anderen, hmmm, Menschen. »Eva gefällt ihr Name, nicht wahr, Eva?«

Ich nickte. »Er bedeutet ›Leben‹. Ich könnte mir keinen schöneren Namen vorstellen.«

»Aber ich«, sagte der busenlose Mensch.

Ich schaute ihn skeptisch an. »Ach ja? Und welcher wäre das, bitte schön? Nur so aus Neugier.«

»Ich finde, Ritzi würde gut zu dir passen.«

Während Gott mit einem plötzlichen Hustenanfall kämpfte, versuchte ich aus dem Gesicht meines Gegenübers herauszulesen, wie das gemeint war. Ein winziges Zucken der Mundwinkel verriet es mir.

Lachend ließ ich meine Hand gegen den muskulösen Oberarm des Mann-Menschen klatschen. »Du gefällst mir! Ich mag deinen Humor.« Ich schaute Gott an, die irgendwie angespannt wirkte. »Ich mag seinen Humor.«

»Ja, wir sind alle ganz hingerissen davon«, meinte Gott säuerlich lächelnd.

Der Mann hob nun beide Hände kuppenförmig vor seine Brust und ließ sie auf und ab wippen. »Oder ich nenne dich Hup-Bup, weil deine komischen Brustbacken so lustig hüpfen, wenn du …«

»Das reicht jetzt!«, Gott packte ihn hart an beiden Handgelenken und zog seine Arme wieder nach unten. »Wir haben dich schon verstanden. Aber ich denke mal, wir sollten es bei ›Eva‹ belassen. Und da fällt mir ein – korrigiere mich, wenn ich mich täusche –, aber warst du es nicht, der diesen Namen zuerst vorgeschlagen hatte?«

»Ich weiß nicht, ich vergebe so viele Namen jeden Tag – aber ja, möglich wär's. Doch, ich glaube auch. Ja, das war ich. Mit Sicherheit.«

»Na, dann vielen Dank«, sagte ich und stieß ihn grinsend mit den Ellbogen an. »Ritzi! Hup-Bup! Du bist mir ja ein Scherzbold! Fällt dir auch für dich selbst so ein Quatschname ein?« Ich zeigte auf das Elend zwischen seinen Beinen.

»So wie: Im-Schoß-Rumhopf. Wäre doch auch witzig, oder? Ich weiß übrigens noch gar nicht, wie du heißt.«

»Ich heiße Der Groß... äh, ich heiße Rum... Mein Name ist ... ist ... ist ...«

»Die Spannung wird langsam unerträglich«, maulte ich. »Jetzt sag schon.«

Mein seltsamer Artgenosse schaute Gott fragend an und schien mit irgendetwas in seinem Inneren zu kämpfen. Schließlich zuckte er mit den Schultern und wandte sich mir zu.

»Adam«, sagte er seufzend. »Ich heiße Adam.«

11 |
Das ist hier kein Streichelparadies!

»Adam«, wiederholte ich langsam, um mir den Namen einzuprägen. »Gefällt mir.«

Ich verstand gar nicht, warum er so zögerlich damit herausgerückt war.

Eva und Adam – das klang doch gut.

Adam und Eva – auch nicht schlecht.

Gabriel und Eva – das klang wie … Stopp! Ich musste damit aufhören! Gott hatte mich gewarnt. Engel und Menschen. Wie hoch musste man werfen, damit ein Stein seine Schwere vergaß und in der Luft blieb? Wie hoch musste ich springen, um in Gabriels Armen zu landen? Gott hatte recht: Es war nicht möglich. Ich musste aufhören zu träumen und der Wirklichkeit in die Augen blicken. Braunen Männeraugen in einem schmutzigen Männergesicht.

Adam schaute mich mit neu erwachtem Enthusiasmus an. »Mein Name hat ebenfalls eine Bedeutung«, verriet er mir aufgekratzt. »So wie deiner, nur viel besser.«

»Sag bloß.«

»Ja, hör zu! Adam bedeutet: ›Der die Erde genommen hat‹.«

»Der von der Erde Genommene«, murmelte Gott.

Adam winkte ab. »Oder so.« Er beugte sich zu mir hinüber und flüsterte mir ins Ohr: »Ein ganz schöner Besserwisser, dieser Kerl, wie?«

Ich sah ihn verwirrt an. Wen meinte er? Ein Räuspern von Gabriel, der an uns herangetreten war, enthob mich einer Antwort.

»Ich muss weiter«, sagte der Engel ungeduldig. »Mein Aufenthalt hier dauert bereits zu lange. Also, pass auf dich auf, kleine Eva. Und du natürlich auch, Adam – du passt auch auf sie auf, verstanden?«

Adam knurrte irgendetwas Unverständliches, und ich ergriff schnell Gabriels Handgelenk, bevor er davonfliegen konnte. »Sehe ich dich wieder?«, fragte ich mit brüchiger Stimme.

»Das liegt in Gottes …«, der Engel stockte, dann strich er mit den Fingerspitzen der anderen Hand über meine Wange und raunte: »Ja, kleine Eva. Ja, ganz bestimmt.«

Aus den Augenwinkeln sah ich, dass Gott sich von Adam verabschiedete. Meine Brust füllte sich auf einmal mit kaltem, drückendem Wasser.

»Irgendwie kriege ich schlecht Luft«, sagte ich röchelnd. »Kannst du mich vielleicht noch einmal beatmen? Das hat mir so gutgetan.«

»Dann will ich das auch«, rief Adam, der offenbar mit einem Ohr unserem Gespräch gelauscht hatte.

»Das ist nur für Notfälle«, wies ich ihn zurecht. »Du kannst alleine atmen.«

»Du doch genauso.«

»Das werde ich ja wohl besser wissen.«

»Wer keine Luft kriegt, kann auch nicht reden.«

Ich verschränkte meine Arme vor der Brust und schaute ihn böse an. »Das hast du überhaupt nicht zu bestimmen.«

»Hört auf, euch zu streiten!«, schimpfte Gabriel. »Ich habe sowieso keine Zeit, irgendwen zu beatmen. Ein andermal vielleicht. Aber jetzt muss ich fort.«

»Ich komme mit«, sagte Gott.

Der Engel schaute skeptisch drein. »Glaubst du, wir können die beiden einfach so sich selbst überlassen?«

Gott lachte hell auf. »Aber natürlich! Sie werden sich schon nicht gleich die Köpfe einschlagen, nicht wahr, ihr zwei?«

»Gleich vermutlich nicht«, sagte Adam.

»Erst mal reden«, sagte ich.

Als Gott sich von mir verabschiedete und wissen wollte, ob ich noch irgendetwas auf dem Herzen hätte, zog ich sie kurz zur Seite.

»Bleibt der so?«, fragte ich mit einem raschen Seitenblick auf Adam.

»Das steht zu befürchten«, sagte Gott. »Allerdings werdet ihr euch mit der Zeit wohl gegenseitig ein wenig beeinflussen. Im positiven Sinne, will ich mal hoffen.«

Ich schüttelte den Kopf. »Eigentlich meinte ich mehr körperlich. Diese Unordnung zwischen seinen Beinen, ist das richtig so?«

»Ja, das gehört so.«

»Sollte man das nicht irgendwie besser verstauen? Bei mir hängt ja schließlich auch nichts rum.«

»Ach, meine Kleine, stört es dich so sehr?«, fragte Gott und verzog ihre roten Lippen in amüsierter Fürsorglichkeit.

»Das nicht«, sagte ich betont gelassen. »Ich finde es nur nicht gerade angenehm fürs Auge.«

»Dann schau doch einfach nicht hin.«

»Das versuche ich doch schon die ganze Zeit«, zischte ich ärgerlich. »Aber das Ding zieht meinen Blick irgendwie an. Ich weiß auch nicht. Es muss jedenfalls weg.«

Gott überlegte kurz und meinte dann grinsend: »Wenn du Adam davon überzeugen kannst, von mir aus.«

»Hey, Adam!«, schrie ich. »Wie wär's mit einem neuen Look?«

Er zuckte mit den Schultern. »Weiß nicht. Was für einen Look denn?«

»Na, leichter, unbeschwerter, menschlicher.« Ich beugte mich zu Gott und flüsterte ihr ins Ohr. »Und seinen Busen könntest du dann auch gleich aufblasen.«

»Klingt nicht schlecht«, rief Adam mit mäßiger Begeisterung. »Aber nee, lass mal lieber.«

Gott schaute mich mit einem Habe-ich-gleich-gewusst-Blick an. Ich spitzte die Lippen und schüttelte mit geschlossenen Augen den Kopf. »Ach, den bequatsche ich schon noch«, sagte ich zuversichtlich.

Gott runzelte nachdenklich ihre Stirn und fragte: »Hör mal, Eva, Gabriel hat dir doch alles über die Verschiedenheit der Geschlechter erzählt, oder?«

»Geschlechter?«

»Mann – Frau. Die Interaktion zwischen den beiden. Die unterschiedlichen Geschlechtsorgane. Und so weiter.«

Obwohl Gott leise gesprochen hatte und Gabriel mit Adam ein paar Schritte entfernt stand, hatte der Engel offenbar alles genau gehört, denn er kam sogleich auf uns zu und erklärte mit schuldbewusster Miene: »Entschuldigung, Herr, aber dazu bin ich nicht mehr gekommen. Dadurch, dass ich Eva aus dem Höhlensee retten musste und dann wiederbeleben ... Das hat viel Zeit gekostet. Und sie stellt dauernd Fragen, eine nach der anderen. Und ehe ich mich versah, warst du bereits erschienen, um sie abzuholen. Es tut mir so leid, dass ...«

Gott hob die Hand und streckte sie mit gespreizten Fingern Gabriel entgegen. »Schon gut. Das macht nichts. Aber,

Gabriel, hatten wir nicht ausgemacht, dass du dich nicht dauernd entschuldigen sollst?«

»Ich arbeite dran«, sagte der Engel bekümmert.

»Tu das.« Gott wandte sich nun wieder mir zu. »Also, Eva, du hast ja gemerkt, dass Adam anders aussieht als du. Das kommt daher, weil du eine Frau bist, und er ist ein Mann. Ich habe euch mit Absicht unterschiedlich gemacht.«

»Und ich dachte schon, du hättest ihn total vermurkst.«

»Nein, es gibt ein paar Dinge, die Männer und Frauen körperlich unterscheiden, nicht nur der Busen der Frau, also die Brustbacken, wie Adam sagen würde, oder die nach außen drängende Männlichkeit und die nach innen ziehende Weiblichkeit der Geschlechtsteile. Ein Mann hat zum Beispiel auch mehr Muskelmasse, breitere Schultern, gröbere Gesichtszüge, größere Hände und Füße, und außerhalb des Paradieses würden ihm bereits binnen weniger Tage Haare im Gesicht wachsen.«

Adam betastete unwillkürlich seine Wangen und ich schüttelte ungläubig den Kopf. »Wozu braucht er denn Haare im Gesicht?«

Gott wechselte einen schnellen Blick mit Gabriel und sagte dann leicht verlegen: »Das sind eben so Anlaufschwierigkeiten bei neuen Modellen. Lässt sich leider nicht ganz vermeiden.«

»Haare im Gesicht!« Angewidert zog ich die Nase kraus und stieß Gott leicht mit den Ellbogen an. »Da können wir ja froh sein, dass wir Frauen sind.«

Adam, der sich mittlerweile ebenfalls zu uns gesellt hatte, fing an zu lachen. »Also, mehr Haare im Gesicht als Gott kann man ja wohl kaum haben.«

»Was redest du da für einen Blödsinn?«, blaffte ich ihn an. »Gott hat doch keine Haare im Gesicht. Na ja, außer ihren Augenbrauen und Wimpern. Sie hat ein sehr schönes Gesicht.«

»Und was ist mit den Haaren über der Oberlippe und an den Wangen und am Kinn?«, fragte Adam spöttisch. »Und mit denen in der Nase? Gott hat ja fast genauso viel Haare im Gesicht wie Woff.«

Wie konnte er so lästerlich über Gott sprechen? Am liebsten hätte ich ihm eine geknallt. Offenbar war dieser Adam ziemlich frauenfeindlich eingestellt.

»Und überhaupt: Wenn Gott eine Frau sein soll, wieso hat er dann keinen Busen, so wie du?«, fragte er provozierend.

Ich starrte fassungslos auf Gottes pralle Oberweite, die deutlich sichtbar gegen ihr geblümtes Kleid drückte. Also entweder hatte Adam mit seiner Optik ebenfalls irgendwelche Anlaufschwierigkeiten, oder Gottes Erscheinungsbild war wesentlich komplizierter und vielschichtiger als das eines Menschen.

Fragend schaute ich sie an. »Kann es sein, dass du für Adam anders aussiehst als für mich?«

»Ach, Kinder«, stöhnte Gott und schenkte jedem von uns ein sanftes Lächeln. »Der Körper ist doch nicht so wichtig.«

»Aber bist du jetzt ein Mann oder eine Frau?«, wollte Adam wissen.

»Das Geschlecht ist auch nicht wichtig.«

»Und was ist wichtig?«, fragte ich.

»Also, wenn ich ehrlich sein soll«, Gott zuckte traurig mit den Schultern, »eigentlich gar nichts.«

Da legte Gabriel eine Hand auf Gottes Arm und sagte mit besorgter Miene: »Wir sollten jetzt wirklich gehen, Herr.«

Gott nickte. Doch dann fiel ihr noch etwas ein. »Aber wenn du Eva nicht über die verschiedenen Geschlechter aufgeklärt hast, dann hat sie jetzt auch keine Ahnung von der Sexualität, oder?«

»Nein, aber Adam weiß da gut Bescheid«, antwortete der Engel. »Er kann das übernehmen. Nicht wahr, Adam? Das Ritual – du kannst es mit Eva durchgehen, oder?«

Adam ließ einen abschätzenden Blick über meinen Körper gleiten. »Ja, von mir aus. Ihre Beine sind ungefähr so lang wie meine, da müsste es dann sogar so rum und andersrum möglich sein. Ihre Ohren sind zwar ein bisschen klein, aber das kriege ich schon hin.«

Mit großen Augen starrte Gott erst ihn, dann Gabriel an. »Was meint er?«, fragte sie den Engel.

Der Engel machte eine wegwerfende Handbewegung. »Das weiß man bei Rumrotz, äh, Adam nie. Und, ehrlich gesagt, so genau möchte ich es auch gar nicht wissen. Also, ich wäre dann startklar.«

Die beiden nahmen sich an den Händen, und kurz darauf zuckte ein greller Blitz aus dem dämmrigen Himmel direkt auf sie zu. Geblendet schloss ich die Augen. Und als ich sie wieder öffnete, waren Gott und Gabriel verschwunden.

Adam starrte auf den Fleck, an dem eben noch Gott und der Engel gestanden hatten. »Tja, weg sind sie.«

»Das kannst du laut sagen«, bestätigte ich und hielt meinen Blick ebenfalls stur auf den Platz des Verschwindens gerichtet.

»TJA, WEG SIND SIE!«, schrie Adam mir ins Ohr.

Ich schaute ihn böse an. »Sag mal, hast du sie noch alle?«

»Hast du sie noch alle«, sagte Adam.

Es hatte keinen Sinn, sich weiter etwas vorzumachen. Ich musste mich den Tatsachen stellen. Der neben mir einzige Mensch auf der Welt war leider ein kompletter Idiot.

Anlaufschwierigkeiten – von wegen! Wahrscheinlich hatte

Gott ihn einfach total verhunzt. Seufzend schüttelte ich den Kopf und beschloss, das Beste draus zu machen.

»Bist du schon lange hier?«, fragte ich.

»Seit gerade eben. Du hast doch gesehen, wie ich gekommen bin.«

»Hier im Paradies, meine ich.«

»Ach so. Ja, allerdings bin ich schon lange hier.« Er verschränkte seine Hände im Nacken und sonnte sich im Abendlicht und in seiner Wichtigkeit. »So ziemlich von Anfang an. Gott brauchte meine Hilfe, und da wollte ich ihn natürlich nicht hängenlassen.«

»Wirklich? Und bei was wollte SIE, dass du ihr hilfst?«

»ER hat mich gebeten, sämtlichen Tieren Namen zu geben.«

»Ja, das soll ich ebenfalls«, sagte ich.

Wenn er sich über meine künftige Unterstützung freute, so verbarg er das sehr geschickt. Er zog vielmehr ein Gesicht, als hätte ich ihm gerade verkündet, dass die ganzen Namen, die er bisher vergeben hat, wieder zurückgenommen würden, weil auf meinen Vorschlag hin alle Tiere jetzt einfach eine Nummer bekämen.

»Du?«, fragte er ungläubig. »Aber wieso ... Das geht nicht. Du hast das doch noch nie gemacht. Das ist nämlich nicht so einfach, wie du dir das in deiner naiven Unwissenheit so denkst, Mädchen. Da kann man nicht einfach loslegen. Am besten, du schaust mir erst einmal ein paar Ta..., äh, Wochen zu, bevor du dich da heranwagst.«

»Ich habe bereits angefangen«, sagte ich stolz.

»Ach ja? Und wer hat dir das erlaubt?«

»Gott.«

Eingeschnappt verschränkte er seine Arme vor der Brust. »Tja, wenn hier jetzt jeder was zu sagen hat, dann kann ich ja gehen.«

»Und wohin willst du gehen?«

Er machte eine vage Handbewegung in alle Richtungen. »Egal. Irgendwohin, wo es schöner ist.«

»Schöner als hier?«

»Genau.«

»Dann komme ich mit.«

»Das geht nicht.«

»Warum nicht?«

»Dann wäre es dort ja nicht mehr schöner als hier«, meinte er grinsend.

In dem Moment lief das Tier, das mit ihm gekommen war, auf uns zu. Offenbar war es damit fertig, die ganze Umgebung abzuschnüffeln und jeden zweiten Baum anzupinkeln.

»Hallo, Woff, mein Guter, da bist du ja wieder«, begrüßte Adam das Tier und verwuschelte ihm das Fell. »Ja, du darfst natürlich gerne mit.«

»Oh, du bist ja ein ganz ein Hübscher«, rief ich und wollte ihn streicheln, aber Adam fing meine Hand ab.

»Das ist viel zu gefährlich«, zischte er. »Wenn Woff zuschnappt, hast du mal zehn Finger gehabt. Du hast doch zehn Finger, oder?«

Verkrampft lächelnd hob ich ihm beide Hände mit gespreizten Fingern vors Gesicht. »Zähl selbst.«

Und er fing doch tatsächlich an zu zählen. Also fing ich damit an, meine Hände wild hin und her zu bewegen. Das bereitete ihm sichtbar Probleme, aber offenbar war es unter seiner Würde, mich zu bitten, damit aufzuhören. Also verstärkte ich meine Bemühungen, wackelte mit den Fingern und wirbelte die Hände in komplizierten Kapriolen umeinander. »Huuuuh«, machte ich. »Wie viele Finger sind das wohl? Huuuh! Wie viele?«

Entnervt hörte er auf zu zählen. »Das habe ich mir gedacht!«, rief er wütend. »Zwölf! Zwei ganze Finger mehr hat Gott dir gegeben. Da hast du natürlich beim Bananenschälen und in der Mathematik einen Riesenvorteil. Das ist so ungerecht! Ihr Frauen kriegt es vorne und hinten reingeblasen.«

Ich tippte mir an die Stirn, um Adam einen Hinweis zu geben, wo bei ihm eindeutig zu wenig reingeblasen wurde. »Also, erstens hast du dich verzählt. Es sind nur zehn.«

»Wenn ich zwölf Finger hätte, Frau Oberschlau, dann könnte ich auch besser zählen.«

Mit einem imaginären Riesenfinger, meinem offenbar dreizehnten, schnippte ich den Blödmann auf den Mond. Ansonsten ignorierte ich seine letzte Bemerkung und fuhr fort: »Und zweitens, was meinst du mit *ihr Frauen*? Ich bin die einzige Frau hier.«

»Kommt mir so vor, als wärst du mehr«, sagte Adam mit einem gehässigen Unterton.

»Wolltest du nicht irgendwohin gehen?«, fragte ich und machte eine auffordernde Geste in Richtung Horizont. »Lass dich nicht aufhalten.«

»Das könnte dir so passen!« Diesmal tippte er sich an die Stirn, womit er zum einen bewies, dass er zu keinerlei Originalität imstande war, und zum anderen, dass es dem Geräusch nach zu urteilen hinter seiner Stirn so ähnlich aussehen musste wie in der Engelshöhle. »Nein, ich bleibe. Einer muss dich schließlich im Auge behalten. Sonst geht hier bald alles drunter und drüber.«

Dann ließ er mich einfach stehen und lief zu dem roten Ding, diesem Sophia, das einsam am Seeufer stand. Woff folgte ihm. Doch während Adam sich der Länge nach auf Sophia fläzte, legte sich das Tier daneben ins Gras. Ich stand blöd rum und wusste nicht so recht, was ich jetzt tun sollte. Mehr um etwas Sinnvolles zu unternehmen als aus Hunger, beschloss ich, mir noch einen Pfirsich zu gönnen.

Unter dem Pfirsichbaum ruhte immer noch der Löwe und beobachtete mich schläfrig beim Hochklettern. Der Baum stand zwar in einiger Entfernung zum See, doch von seinen oberen Ästen aus konnte ich Adam erspähen. Er lag nach wie vor auf Sophia und bewegte sich nicht. Womöglich schlief er. Das bekam er offensichtlich auch gut mit nur zehn Fingern hin.

Nachdem ich vier Pfirsiche gepflückt hatte, kletterte ich wieder runter, wobei der Löwe mich erwartungsvoll beobachtete. Offenbar fand er meine Darbietung nicht besonders spannend, denn er riss sein riesiges Maul auf und gähnte. Die Zähne, die er dabei entblößte, waren wirklich gewaltig. Dagegen wirkten die von Woff wie Tannennadeln.

Da kam mir eine wunderbare Idee, wie ich Adams angeberisches Getue mit Woff beenden konnte.

»Wie wär's, Löwe? Kommst du mit?«, fragte ich meinen ersten und bisher einzigen Namensträger und hielt ihm einen Pfirsich vor die Nase. Bevor er danach schnappen konnte, lief ich weiter, und nachdem ich ihn mehrmals lockend gerufen hatte, erhob er sich gemächlich und trottete mir hinterher.

Als Woff mich in Begleitung des Löwen auf sich zukommen sah, brachte er sich mit eingezogenem Schwanz hinter Sophia in Sicherheit. Adam lag mit dem Rücken zu mir und gab seltsam rhythmische Knarr-Pfeif-Brummlaute von sich wie eine zufrieden schnurrende Katze, deren Zufriedenheit in Hysterie umzuschlagen drohte. Zuerst faszinierte mich dieses Geräusch, aber schon bald nervte es nur noch. Ich beugte mich über Adam und sah, dass er die Augen geschlossen hatte. Ganz im Gegensatz zum Mund. Der stand offen wie ein Krokodilrachen und bildete die Quelle eines gigantischen Speichelflusses, der sich über den unteren Mundwinkel stürzte und auf Sophia ergoss. Ein

Bild, das in seiner Widerwärtigkeit sehr gut zur Geräuschkulisse passte.

Ich setzte mich neben Adam, wobei ich darauf achtete, mich nicht in dessen Sabber zu hocken, und der Löwe ließ sich vor Sophia nieder, da, wo zuvor Woff gelegen hatte.

Sanft rüttelte ich Adam an der Schulter. »Schläfst du?«

»Hmmm?«

Ich rüttelte stärker. »Hey, Adam, schläfst du?«

»Was?« Er öffnete ein Auge. »Was ist los?«

»Ach nichts. Ich wollte nur wissen, ob du schläfst.«

Mit einer trägen Handbewegung wischte er sich den Speichel vom Mund. »Warum willst du das wissen?«

»Nur so. Dann kann ich darauf Rücksicht nehmen.«

»Rücksicht?«

»Ja, dann würde ich in deiner Nähe nicht herumschreien oder singen oder große Steine ins Wasser werfen. Wenn du schläfst, bin ich ganz leise.«

»Wahnsinnig nett von dir«, knurrte Adam gereizt.

»Keine Ursache. Schlaf weiter. Mein Freund hier und ich passen auf, dass dich keiner stört.« Ich beugte mich zur Seite und klopfte dabei dem Löwen auf den Rücken. »Nicht wahr, mein Braver?«

Adam fuhr auf. »Ich habe dir doch gesagt, dass du das lassen sollst!«, blaffte er mich an. »Woff hat scharfe Zähne«, er schob mich unwirsch zur Seite und während er mich kopfschüttelnd ansah, tastete seine Hand nach hinten, wo die ganze Zeit Woff gelegen hatte und wo nun der Löwe die herannahende Hand misstrauisch beäugte. »Für den Umgang mit so einem gefährlichen Tier wie Woff fehlt dir einfach die Erfahrung, Mädchen. Ich meine es ja nur gut mit …«

Seine Hand kam auf der Mähne des Löwen zu liegen. Mitten im Satz verstummte er. Gleichzeitig begann Woff hinter Sophia ängstlich zu winseln. Erschrocken starrte

Adam mich an, dann drehte er ganz langsam den Kopf in Richtung Löwe.

Dieser hob seinen mächtigen Schädel und öffnete seinen Rachen zu einem markerschütternden Gebrüll.

Adam sprang hoch wie ein … wie ein … es gibt kein Tier, das so hoch springt. Mit schreckgeweiteten Augen starrte er auf den Löwen, dann auf mich, dann wieder auf den Löwen. Sein Arm zitterte, als er auf das große Tier zeigte. »Was … was ist das für ein Biest? Was hat es mit Woff gemacht?«

»Das ist ein Löwe. Komm ihm mit deiner Hand lieber nicht zu nah«, ermahnte ich ihn. »Wenn der zuschnappt, sind fünf Finger weg bis hoch zur Schulter. Dann hast du mal zwei Arme gehabt.«

Ich setzte mich zum Löwen, kraulte ihn unter dem Kinn und gab ihm schließlich den wohlverdienten Pfirsich, den er genüsslich – na ja, schluckte wäre schon fast zu viel gesagt –, den er einatmete, trifft es eher. Da ich mir schon gedacht hatte, dass der Löwe den Pfirsich wieder am Stück verschlingen würde, hatte ich vorsorglich den Kern bereits herausgepult.

Adam war mittlerweile auf der anderen Seite von Sophia herabgestiegen und lugte nun vorsichtig um die Ecke. Als er sah, dass der Löwe mir nichts Schlimmeres antat, als über mein Gesicht zu lecken, kam er vorsichtig zusammen mit Woff hervor, sorgsam darauf bedacht, genügend Abstand zu halten.

»Das ist hier kein Streichelparadies«, sagte er vorwurfsvoll.

»Du hast doch auch Woff mitgebracht.«

»Das ist etwas ganz anderes.«

»Wieso? Was ist denn da anders?«

»Woff ist nicht gefährlich.«

»Vorhin hast du noch gesagt, er wäre sehr gefährlich und ich dürfte ihm nicht zu nahe kommen, wenn ich meine zehn

Finger – oder wie viele ich auch immer haben mag – behalten will.«

Adam zuckte mit den Schultern. »Vorhin war er ja auch noch ein Killer. Aber jetzt habe ich ihn gezähmt.«

Ich schaute ihn zweifelnd an. »In der kurzen Zeit, die ich weg war?«

»Ich bin schnell.«

»Schnell müde«, spottete ich.

»Wenn du wüsstest, was ich heute schon alles mitgemacht habe. Da könntest du dich auch nicht mehr auf den Beinen halten.«

»Mein Tag war ebenfalls nicht einfach«, entgegnete ich. »Gabriel hat mir die ganze Paradiesordnung beigebracht.«

»Ich hatte heute auch das Vergnügen, von ihm unterrichtet zu werden«, konterte Adam.

»Aber ich wäre dabei fast ertrunken.«

»Das ist doch gar nichts. Ich wäre beinahe vom Himmel gefallen.«

»Richtig, du bist ja mit Gabriel geflogen«, fiel mir ein, und ein leichtes Neidgefühl stieg in mir auf. »Wie ist das so, da oben in der Luft zu schweben?«

»Na ja.« Adam verzog bei der Erinnerung ans Fliegen sein Gesicht und wurde bleich. »Ich habe auf die Wolken gekotzt.«

»Oh.«

»Willst du immer noch behaupten, dein Tag wäre schlimmer gewesen als meiner?«

»Gott hat mir die Schöpfung erklärt«, sagte ich.

Adam zuckte mit den Schultern. »Okay, du hast gewonnen.«

Nun war die passende Gelegenheit, fand ich, meine Mitbringsel zu holen, die ich neben Sophia abgelegt hatte. Argwöhnisch beobachtete Adam, wie ich auf Woff zuging und ihm einen Pfirsich anbot. Diesmal verzichtete er aber darauf, mich auf die gefährlichen Zähne seines vierbeinigen Freundes hinzuweisen.

Stattdessen sagte er: »Woff, friss das nicht! Damit will sie sich doch nur bei dir einschleimen.«

»Für dich habe ich auch einen. Fang!«

Reaktionsschnell streckte Adam seinen Arm aus und griff sich den Pfirsich aus der Luft. »Tja, wenn das so ist ... Mahlzeit!«

»Damit will ich mich bei dir einschleimen«, sagte ich spöttisch.

»Hervorragende Idee«, schmatzte Adam. »Ein Pfirsich ist dafür natürlich viel zu wenig. Aber gib nicht auf!«

Den letzten Pfirsich hatte ich eigentlich für mich reserviert. Doch ich hatte ohnehin keinen Hunger. Und der Löwe warf mir so viele sabbernde Blicke zu, dass ich einfach etwas zurückwerfen musste. Vorher gönnte ich mir aber wenigstens einen kleinen Bissen. Dann entfernte ich den Kern und versenkte den restlichen Pfirsich im Löwen.

Mittlerweile hatte Woff seinen Imbiss beendet und kam entweder aus Dankbarkeit oder in Erwartung weiterer Leckereien auf mich zugelaufen. Einschleimen funktioniert eben immer!

Ich ging in die Hocke, verwuschelte mit beiden Händen Woffs Fell, was dieser sichtlich genoss, und rief mit einem Seitenblick auf Adam: »Ja, Woff, komm her, du Killer! Aber beiß mir nicht die Hand ab! Und tu bitte dem Löwen nichts!«

Offenbar fand Adam das nicht so witzig. Er hielt auf einmal ein Stück von einem Ast in der Hand und kam damit bedrohlich auf uns zugestapft.

»Woff, hierher!«, rief er mit scharfer Stimme. Als das Tier den Kopf in seine Richtung drehte, zeigte er ihm den Stock und warf diesen dann in hohem Bogen fort. »Hol ihn, Woff! Bring ihn mir!«

Zu meinem Erstaunen hastete Woff sogleich dem Ast hinterher und kam wenig später mit dem Ding im Maul wieder zurück.

»Hey!« Begeistert klatschte ich in die Hände. »Kannst du das noch mal machen?«

Mit einem geringschätzigen Lächeln holte Adam den Stock aus Woffs Maul und warf ihn dann erneut, diesmal weit in die andere Richtung.

Noch während sich der Ast in der Luft befand, hetzte Woff hinterher und erreichte ihn, kaum dass er den Boden berührt hatte. Stolz schleppte er ihn zu Adam zurück.

»Lass mich auch mal versuchen.« Ich griff nach dem Ast, aber Adam hielt ihn fest.

»Nein, das macht Woff nur bei mir«, sagte er grimmig.

»Das sehen wir ja dann. Gib her!«

Doch statt loszulassen, verstärkte Adam seinen Griff so sehr, dass seine Handknöchel weiß hervortraten. Ich zog wie verrückt an dem einen Ende, aber er hing am anderen wie festgewachsen. Während wir um den Stock rangelten, saß Woff zu unseren Füßen und beobachtete aufmerksam, wie es hin und her ging. Jedes Mal, wenn der Ast beim Herumzerren ein wenig hochgehalten wurde, fing das Tier erwartungsvoll an zu japsen. Bis es dann die Schnauze voll hatte und sich enttäuscht knurrend hinlegte.

Seufzend änderte ich meine Taktik. »Bitte! Nur einmal.«

»Nein, den Stock habe ich mir gemacht. Den kriegst du nicht.«

»Den Stock habe ich mir gemacht, den kriegst du nicht«, äffte ich ihn mit tiefer Stimme nach.

»Kriegst du auch nicht.«

»Der Stock ist ein Ast«, erklärte ich ihm genervt. »Und ein Ast ist ein Teil eines Baumes. Und die Bäume hat Gott gemacht, und zwar für alle, nicht nur für dich.«

»Dann hol dir doch einen Baum zum Werfen!«

»Gib jetzt den Stock her«, fauchte ich und versuchte mein Glück mit einem überraschenden Ruck.

Mein Glück verließ mich mit einem überraschenden Knack!

Vorwurfsvoll starrte Adam auf die zwei Hälften des Astes. »Na, toll! Jetzt hast du den Baum kaputtgemacht.«

»Wieso? Der Ast hing doch gar nicht mehr an einem Baum.«

»Das kannst du ja dann Gott erklären«, schnaubte Adam. »Der wird nicht erfreut sein.«

Mit Mühe bekam ich ein klägliches Lachen zustande. »Wieso? Das ist doch nicht schlimm.«

»Wenn du das sagst.«

»Du stellst Gott hin, als wäre sie ein Ungetüm«, wunderte ich mich.

»Ich kenne ihn eben schon länger als du. Er ist vielleicht kein Ungetüm, aber er kann ganz schön unangenehm werden, wenn ihm etwas missfällt.«

Ich schüttelte den Kopf. »Ich fand sie sehr nett. Und jetzt kann ich sowieso nichts mehr daran ändern. Das ist nur passiert, weil du so stur warst.«

»Wenn du mit dem Finger auf jemanden zeigst, dann zeigen drei Finger zurück zu dir«, sagte Adam.

»Na und? Ich habe doch zwölf«, zog ich ihn auf. »Da kann ich 'ne Menge zeigen.«

Aber eigentlich war ich nicht in der Stimmung für Scherze. »Hey, Woff! Hey, Löwe!«, rief ich müde, betrachtete mutlos das Stück Holz in meiner Hand und warf es ein paar bekümmerte Schritte weit.

Doch sowohl Woff, dem mittlerweile wohl die Lust vergangen war, als auch der Löwe schauten mich nur desinteressiert an und blieben liegen.

»Hier, nimm!« Mit einem mitleidigen Blick reichte mir Adam seine Asthälfte. Doch nun mochte ich auch nicht mehr. Achtlos schmiss ich den Stock vor die Pranken des Löwen. Der schaute ihn sich kurz an, befand ihn wohl für genießbar und schlang ihn dann einfach herunter. Das Geräusch des splitternden Holzes zog mir die Mundwinkel auseinander und die Zähne zusammen. Irgendwie wurde der zersplitterte Ast in meiner Vorstellung zu einem zersplitterten Knochen, zu einem zersplitterten Traum. Das Paradies war zerbrechlich.

Auf einmal fühlte ich mich sehr einsam. Was Gabriel wohl gerade machte? Ob er mit Gott über mich sprach? Und was er wohl sagte? Ich hoffte nur, die beiden waren nicht allzu enttäuscht von mir.

Ich strengte mich ja an, wirklich. Doch je mehr ich versuchte, alles richtig zu machen, umso mehr ging alles schief. Schon in der Engelshöhle hätte ich mich beinahe aus Dummheit selbst ertränkt. Außerdem hatte ich Gabriel mit meinen vielen Fragen in Zeitnot gebracht, über Gottes Schuhgeschmack gelästert, dem Engel heimlich eine Feder aus seinem Flügel gezupft und damit ihn und Gott hintergangen, ich war mit Adam aneinandergeraten, und jetzt hatte ich auch noch den Wurfast kaputtgemacht. Alles an einem Tag.

»Ich mache alles falsch«, seufzte ich.

Adam schüttelte den Kopf und berührte mich zaghaft an der Schulter. »Doch nicht alles«, versuchte er mich zu trösten. »Als du mir den Pfirsich gegeben hast, das war doch schon mal ein Schritt in die richtige Richtung.«

»Mich bei dir einzuschleimen ist richtig?«

»Natürlich. Gott will, dass du Obst für mich pflückst. Warum hat er dir wohl zwölf Finger gegeben?«

»Zehn Finger«, warf ich schwach ein. »Ich habe nur zehn.«

»Also, mit dieser Besserwisserei kommst du hier nicht weit, das kann ich dir jetzt schon sagen.«

»Es ist nur ... es ist ...« Mühsam versuchte ich, meine Tränen zu unterdrücken. »Weil Gabriel gesagt hat, ich habe sein volles Vertrauen. Und auch Gott hat mich gelobt, weil ich so aufmerksam bin. Sie hat sogar gemeint, ich könnte bald ihren Platz einnehmen, wenn ich so weitermache. Weißt du, Adam, ich habe schreckliche Angst, die beiden zu enttäuschen.«

Adam hatte mir mit äußerst nachdenklicher Miene zugehört. Offenbar war er gar nicht so egoistisch und oberflächlich, wie ich ihn zuerst eingeschätzt hatte. Er konnte zuhören, und seinem besorgten Gesichtsausdruck nach machte er sich mein Problem tatsächlich zu eigen.

»Ich wüsste da etwas, womit du Gott eine Freude bereiten könntest«, sagte er schließlich lächelnd.

»Wirklich?«

»Ja, aber das hast du nicht von mir. Versprochen?«

Ich nickte. Seine Geheimniskrämerei machte mich neugierig. Was konnte ich kleiner Mensch schon tun, um mich bei Gott einzuschleimen?

»Na gut, ich verrate es dir. Du opferst ihm etwas. Und zwar Pilze. Das wird ihm gefallen. Habe ich auch schon gemacht. Fand er richtig klasse.«

»Was meinst du mit ›opfern‹?«

Adam verdrehte die Augen. »Bekommt ihr heutzutage denn gar nichts mehr beigebracht? Du suchst dir einen Platz, wo genügend Pilze stehen, und dann kickst du einen nach dem anderen, so hoch es geht, in die Luft.«

»Und an so etwas findet Gott Gefallen?«, fragte ich skeptisch.

»Ich fand es ja auch komisch. Aber wenn wir mal in sein Alter kommen, werden wir vielleicht auch schrullig.«

»Ja, vielleicht.« Ein kleines Lächeln stahl sich in mein Gesicht. »Danke jedenfalls für deinen Rat. Du kannst ja richtig nett sein.«

Bescheiden winkte er ab. »Ach, nicht der Rede wert. Wir Menschen müssen doch zusammenhalten.«

»Das kannst du laut sagen«, sagte ich und hielt mir schnell die Ohren zu.

Gabriel und ich standen in der kleinen Höhle am anderen Seeufer und spähten durch den Wasservorhang, den der in den See stürzende Fluss vor uns bildete. Von hier konnten wir die beiden Menschen beobachten, ohne dass sie selbst uns sahen. Außerdem würde Gabriels Aura auch in dieser Höhle weitgehend abgeschirmt werden. Allerdings glaubte ich nicht, dass Luzifer sich durch solche Maßnahmen lange aufhalten ließ.

»Was sollte das mit dem Blitz, Herr?«, fragte Gabriel.

»Reine Effekthascherei«, murmelte ich, während ich mich auf das Geschehen zwischen Adam und Eva konzentrierte. Die beiden unterhielten sich angeregt, und ich hatte große Mühe, sie nicht *zu verstehen. Ich hatte mir zwar vorgenommen, sie nicht auch noch zu belauschen, aber es war ganz schön schwierig, meine Neugier zu bezähmen.*

Da die Höhlenöffnung nur sehr schmal war, konnte nur einer hinausspähen. Gabriel stand hinter mir und wartete geduldig darauf, dass ich ihn auch einmal gucken ließ. Aber noch war ich selbst zu begierig darauf zu erfahren, wie die beiden Menschen aufeinander reagierten.

»Du hast uns in einem Blitz verschwinden lassen, um die

Menschen zu beeindrucken?«, fragte Gabriel erstaunt. Als ob es im Moment nichts Wichtigeres gäbe!

»Ich hätte dich auch zusammen mit einem Flusspferd auf Sophia setzen und mit einer Hand durch die Lüfte tragen können«, antwortete ich genervt. Wenn der Engel sich über meine Showeinlage mokierte, dann sollte er lieber einmal sein eigenes Verhalten überdenken. Ganz so strahlend und pompös hätte er vorhin gewiss nicht aus den Wolken herniederschweben müssen.

Gabriel lief rot an. »Ent...« Er stockte und fing an zu lachen. »O nein, ich sage es nicht!«

»Was sagst du nicht?«

»Ich entschuldige mich nicht.«

»Fein. Lässt du mich jetzt bitte die Menschen weiter beobachten?«

»Natürlich, Herr. Ver... Uups, beinahe wäre es mir doch herausgerutscht.« Er kicherte. »Gerade noch mal gutgegangen.«

Ich verdrehte die Augen. Sollte er jetzt jedes Mal so dämlich gackern, wenn er eine Entschuldigung unterdrückte, würde ich ihn künftig auf den Knien rutschen und um Verzeihung betteln lassen. Das wäre mir allemal lieber als dieses aphige Herumgedruckse.

Eine Weile gab der Engel Ruhe und ich konnte mich auf das Treiben der Menschen konzentrieren, das aber auch nicht gerade dazu angetan war, meine Laune zu verbessern. Im Gegenteil.

»Was machen sie gerade?«, fragte Gabriel ungeduldig.

»Sie streiten sich um einen Stock«, brummte ich.

»Was denn für ein Stock?«

»Ein Ast. Ein kleines Stück von einem Ast.«

Ich konnte regelrecht hören, wie der Engel angestrengt nachdachte. »Und was ist an diesem Ast so besonders?«

Ich zuckte mit den Schultern. »Nichts. Es ist einfach nur ein Ast. Ein bisschen angefault schon.«

»Und wegen so etwas streiten sie sich?«

»Nein, jetzt nicht mehr«, sagte ich seufzend. »Jetzt kämpfen sie darum.«

Gabriel streckte seinen Kopf nach vorne, um auch etwas sehen zu können. »Warum machen sie das? Was wollen sie mit dem Stock?«

»Es geht, glaube ich, darum, wer ihn wegwerfen darf«, sagte ich.

Daraufhin war der Engel eine Weile damit beschäftigt, seine Stirn in Falten zu legen. »Adam und Eva kämpfen um einen angefaulten Ast, weil jeder von ihnen diesen wegwerfen möchte?«, wiederholte er dann ungläubig.

»Sieht so aus.«

»Das ist doch verrückt!«

»Mag sein. Aber wichtig ist doch nur, dass sie etwas gemeinsam unternehmen, nicht wahr? Und solange keiner von beiden den Ast loslässt, sind sie miteinander vereint. So muss man das sehen, Gabriel. Der Ast ist ein Symbol. Ein Symbol ihrer Verbundenheit zueinander. Und gleichzeitig ein Symbol für ihre Verbundenheit zur Schöpfung, mithin zu mir selbst, dem Schöpfer. Der Ast symbolisiert das besondere Verhältnis, welches … Oh!«

»Was ist passiert?«

»Er ist auseinandergebrochen.«

Gabriel, der mich so gut kannte wie kaum jemand, legte mir tröstend die Hand auf die Schulter. »Es war doch nur ein morsches Stück Holz.«

»Ja, nur ein morsches Stück Holz«, sagte ich und machte dann meinen Platz frei für den Engel.

DER GROSSE RUM... ÄH ... ADAM

12|

Die Frau war schwierig. Schwierig!

Die Neue war eine Fehlkonstruktion. Das erkannte ich bereits, als Gabriel mit uns noch in Wolkenhöhe über den See flog und sie von dort oben aus betrachtet gerade mal die Größe einer Bana... Nein! Jetzt nur nicht an etwas Essbares denken, solange ich keinen festen Boden unter den Füßen hatte! Ihre Maße ließen sich bestimmt auch magenfreundlicher ausdrücken. Ich schätzte sie ungefähr auf DD. Doppelte Daumengröße. Trotzdem konnte ich deutlich ausmachen, dass Gott ihren Kopf mit einer Hand abstützen musste. Vermutlich wäre sie sonst vornübergekippt. Wie ich mit so einer Knicktulpe das Ritual vollziehen sollte, war mir ein Rätsel.

Während des Sinkfluges verlor ich sie dann aus den Augen, weil ich mich darauf konzentrieren musste, mich an Sophia festzukrallen und gleichzeitig Woff umklammert zu halten. Ich hätte ja gerne gebetet, um unsere Landung göttlich abzusichern. Aber erstens brauchte ich beide Hände zum Festhalten, und zweitens stand der Kerl ja direkt unter uns und wollte sicher auch nicht, dass wir ihm aufs göttliche Haupt donnerten.

So wunderte es mich eigentlich nicht, dass wir sicher unten ankamen. Woff, dieser Feigling, sprang natürlich gleich auf und davon. Ich blieb gemütlich sitzen. Zum einen hatte ich es nicht eilig, diese andere Person kennenzulernen. Zum anderen musste ich warten, bis sich meine verkrampften Finger aus Sophias Rückenteil lösten.

Als es endlich so weit war, klatschte ich mehrmals in die Hände, um wieder Gefühl in sie hineinzubekommen.

Gabriel schaute mich geschmeichelt an. »Ach nein, keinen Applaus bitte! Nicht dafür. So einen Flug mache ich mit geschlossenen Augen und nur einem Flügel, wenn es sein muss.«

»Und warum musste es ausgerechnet diesmal sein?«, fragte ich.

Wenn Blicke töten könnten, wäre ich jetzt tot. Und Sophia vermutlich genauso, denn Gabriels Blick war so scharf, dass er glatt durch mich durch schnitt und sie gleich mit erledigt hätte.

»Pass auf, Großer Rumrotz, du reißt dich jetzt zusammen und benimmst dich. Ich will keine Klagen hören, verstanden?«

»Keine Klagen.«

»Nicht die kleinste, sonst ist es aus mit unserer Freundschaft«, drohte der Engel mir mit dem Ende einer absurden Illusion.

Während er Gott und dem neuen Menschen entgegenging, stand ich lediglich auf und ließ alle auf mich zukommen. Gott kam als Erster. War ja klar. Das steckte wohl irgendwie in ihm drin.

»Hallo, Rumrotz«, begrüßte er mich, begleitet von einem Lächeln, das sich an einer kompletten Kopfumkreisung versuchte und nur ganz knapp scheiterte. »Du siehst gut aus, Junge!«

»Frisch gekotzt«, erklärte ich.

Gott klopfte mir gutgelaunt auf die Schulter. »Wie ist es dir ergangen? Hat Sophia dir Weisheit und innere Ruhe vermitteln können?«

»Nein, aber ich habe ihr beigebracht, wie man Furzgeräusche macht. Sobald sich jemand auf sie setzt, kann sie nun …«

»Schon verstanden«, unterbrach mich Gott und rieb sich mit Daumen und Zeigefinger nachdenklich seinen Backenbart. »Du solltest deine Ausdrucksweise vielleicht etwas mäßigen, Rumrotz. Eine Frau fühlt sich durch solche Derbheiten schnell abgestoßen. Versuche dich einer etwas poetischeren Sprache zu befleißigen. Wie wäre das?«

Ich überlegte eine Weile und sagte dann: »Ich habe Sophia in die Geheimnisse der Körperwindgesänge eingeweiht.«

»Das klingt doch schon ganz anders«, lobte mich Gott.

»Nur solange man sich nicht draufsetzt«, sagte ich grinsend.

Aber das hatte Gott vermutlich gar nicht mehr gehört, denn er war nun damit beschäftigt, die Frau heranzuwinken, die sich augenscheinlich blendend mit Gabriel verstand.

Als sie näher kam, konnte ich ein paar der Missbildungen besser erkennen, die ich mit dumpfer Beunruhigung bereits aus der Ferne erspäht hatte.

Sie sah aus, als hätte sie zwei Kokosnüsse verschluckt, die in der Brust stecken geblieben wären. Nun drückten sie von innen gegen die Haut und konnten jeden Moment herausplatzen. Scheußlich. Wenn ich Pech hatte, war mir durch diese Vorstellung der Geschmack von Kokos jetzt für alle Zeiten vergällt.

Kokosnussförmige Frontbeulen! Kein Wunder, dass die Frau Schwierigkeiten mit der Statik hatte. Auf die Aerodynamik wirkte es sich bestimmt auch eher ungünstig aus. Und dann gleich zwei Stück davon! Wie konnte sich Gott nur so etwas Groteskes ausdenken? Da hätte er die Dinger auch gleich noch mit Milch füllen können. Oder mit Zitronensaft. Damit es schön gluckert beim Umfallen. Wenn schon absurd, dann richtig. Ist doch wahr!

Nein, dieser missgebildete Mensch war wirklich eine Riesenenttäuschung. Gott glaubte wohl, er könne mir jede klumpige Krummknolle andrehen.

Zwischen den Beinen sah die Frau sogar noch schlimmer aus. Geradezu beängstigend. Dort unten besaß sie nämlich einen zweiten Mund. Also quatschte sie womöglich so viel, dass ein Mund alleine mit diesem Redeschwall nicht fertig wurde. Da konnte ich mich auf etwas gefasst machen. Ich sah mich schon schreiend am Boden liegen, beide Hände auf die Ohren gepresst, während Gott und die Frau wild auf mich einplapperten.

Oder aber sie brauchte den zweiten Mund, weil sie so verfressen war. Tolle Aussichten! Ich würde hungrig an einer Grapefruit lutschen, während sie sich eine Banane nach der anderen in ihre beiden Münder schob. Ein Bild, das mir einerseits Angst einjagte, mich andererseits aber auf irgendwie kranke, abstoßend-klebrige Art und Weise faszinierte. Das war alles sehr merkwürdig.

»So, da kommt dein neuer Mitbewohner schon«, sagte Gott, und seine Augen leuchteten vor lauter Stolz. »Das ist Eva. Sie wird ab heute ebenfalls im Paradies leben.«

Gott hatte ihr also sogar schon einen Namen gegeben! Und da ihr langes Haar trocken aussah, hatte sie vermutlich nicht einmal tauchen müssen dafür. Bestimmt ließ er sie auch nicht in eine Zitrone beißen oder gegen einen Stein kicken. Das war alles so ungerecht! Ich schuftete Tag und Nacht als Namensgeber für ihn, und er hatte mich nicht ein einziges Mal mit so einem verklärten Blick angesehen. Und diese Frau kam hier rein und …

Da fiel mir etwas ein. Wie lautete gleich noch mal mein Auftrag? Ich sollte allem, was hier im Paradies läuft, fliegt oder schwimmt einen Namen geben. Und wer jemandem einen Namen gibt, erhebt sich über diesen. Nun, ich fand, das war genau der richtige Zeitpunkt, um mich zu erheben.

»Kannst du laufen?«, fragte ich lauernd, als die Neue vor mir stand.

»Kannst du reden?«

Das war nicht die Antwort, mit der ich gerechnet hatte. Die Frau war schwierig.

Ich erzählte ihr, dass ich ein sehr guter Reder sei, aber das wusste sie bereits. Als ich sie erneut fragte, ob sie laufen könne, fing sie an herumzusteppen und tänzelte – *linkes Bein: Schritt, rechtes Bein: Schritt und die Arme: tschaka, tschaka* – direkt in meinen Kompetenzbereich, in dem ich allein bestimmte, wer wie heißt. Sie lebte im Paradies, sie konnte laufen, sie war sichtbar und sie war eindeutig keine Pflanze – also war ich ihr zuständiger Benenner und Mich-über-sie-Erheber. Ach ja, und verantwortlich für ihr Wohlergehen oder irgend so einen Quatsch war ich ja auch noch. Hmmm, die satt zu kriegen mit ihren zwei Mündern war bestimmt nicht so leicht.

Um ihr und Gott zu zeigen, welch tiefschürfende Gedanken ich mir bei der Namenswahl machte, musste ich mir etwas einfallen lassen, was der Persönlichkeit der Frau gerecht wurde. Ich brauchte einen Namen, der ihre ureigentliche Natur, ihre Seele, deutlich zum Ausdruck brachte.

»Ich finde, Ritzi würde gut zu dir passen«, sagte ich.

Irgendwie nahm sie meinen Vorschlag nicht so richtig ernst. Und auch mein zweiter Geistesblitz schlug nicht ein. Dabei war das lautmalerische Hup-Bup doch nun wirklich allemal besser als dieses spröde, dröge, öde Eva.

Und dann versuchte Gott auch noch mir einzureden,

dass dieser Name auf einen Vorschlag von mir zurückginge. Zuerst wollte ich dies beleidigt von mir weisen, aber dann überlegte ich mir, dass der Name Eva im Grunde genommen nur eine Umkehrung von Aphe war, der allerersten meiner genialen Namenskreationen. Ja, genau! Eva stammte von Aphe ab. Also hatte Gott recht: Der Name kam ursprünglich tatsächlich von mir. Einfach, schnörkellos, wohlklingend – ein kleines Meisterwerk. Und das Schönste daran war, dass die Frau ihren Namen nun doch quasi von mir hatte und ich mich damit über sie erhob. Da nützten ihr auch zwei Münder nichts – ich hatte trotzdem das Sagen.

Da fragte sie mich plötzlich, ob mir auch für mich selbst irgendein ulkiger Scherzname einfallen würde. So wie ›Im-Schoß-Rumhopf‹ zum Beispiel.

Im ersten Moment dachte ich, sie hätte ›Der Große Rumrotz‹ gesagt, und mir fielen Gabriels rüde Worte von vorhin wieder ein. *Ein alberner Idiotenname*, hatte er gesagt. Auch Gott hatte von Anfang an keinen Hehl daraus gemacht, wie unglücklich er meine Namenswahl fand.

Eva wartete auf meine Antwort. Ich spürte ihre neugierigen Blicke auf meiner Haut. Ich wollte ihr meinen Namen sagen, doch als die ersten Silben meine Lippen verließen, kam mir ›Der Große Rumrotz‹ doch ziemlich aufgeblasen vor. Und vermutlich würde ich jetzt jedes Mal, wenn ich meinen Namen hörte, an dieses doofe ›Im-Schoß-Rumhopf‹ denken müssen. Außerdem wollte ich die gerade errungene Bewunderung, die mir Eva aufgrund meiner Rolle bei ihrer eigenen Benamung entgegenbrachte, nicht aufs Spiel setzen. Es war wohl an der Zeit, mich von meinem alten Namen zu verabschieden. Mach's gut, mein Freund, du wirst mir fehlen. Aber tief in meinem Herzen werde ich immer ›Der Große Rumrotz‹ sein, versprochen.

»Die Spannung wird langsam unerträglich«, spottete Eva. »Jetzt sag schon!«

Zum Glück fiel mir der Name, den Gott mir ursprünglich geben wollte, wieder ein. Ich fand ihn zwar immer noch reichlich ärmlich, aber Eva würde er vermutlich gefallen.

»Adam«, sagte ich schließlich, nachdem ich mir innerlich einen Ruck gegeben hatte. »Ich heiße Adam.«

Eva lächelte mich an. Gott lächelte Eva an. Gabriel lächelte Gott an. Der Einzige, dem nicht nach Lächeln zumute war, war dieser Adam, also ich. Irgendwie fühlte ich mich überrumpelt. Ich hatte gerade mal fünf Sätze mit der Frau gesprochen, und schon hieß ich anders.

Wenn das so weiterging, würde nicht viel von mir übrigbleiben, mit dem ich das Sagen haben konnte.

Dass die Frau schwierig war, hatte ich ja bereits festgestellt. Dennoch hielt sie es offenbar für nötig, es mir ständig aufs Neue zu beweisen. Wenn ich erschöpft von den Strapazen des Tages schlafen wollte, um neue Kraft für meine verantwortungsvollen Aufgaben zu schöpfen, weckte sie mich, indem sie einen Löwen auf mich hetzte. Wenn ich mit Woff spielte, wollte sie das sofort ebenfalls tun. Und wenn sie ihren Willen nicht bekam, machte sie einfach alles kaputt.

Zu allem Überfluss hatte sie offenbar Gott und den arroganten Engel bereits auf ihre Seite gebracht, diese Einschleimerin. Angeblich hatte Gott ihr sogar schon seine Nachfolge angeboten, wie sie mir unschuldig lächelnd ganz nebenbei erzählte.

Das musste unter allen Umständen verhindert werden! Wenn jemandem Gottes Position zustand, dann ja wohl mir. Schließlich war ich vor Eva da gewesen. Wer hielt denn hier den ganzen Garten zusammen? Außerdem hatte ich der Frau einen Namen gegeben und mich somit über sie erhoben. Und jetzt musste ich erfahren, dass sie insgeheim bereits als meine Vorgesetzte im Gespräch war? Da hatte sie doch bestimmt ihre zwölf schmutzigen Finger im Spiel gehabt! So ein raffiniertes Luder! Wie hoch musste ich mich denn über sie erheben, damit sie mich nicht mehr unterlaufen konnte?

Um ihre Karriere in die richtigen Bahnen zu lenken, gab ich ihr den Rat mit den Pilzen. Das war zwar ein kleines bisschen gemein von mir, aber ich konnte schließlich nicht zulassen, dass das Universum irgendwann in die falschen Hände fallen würde. Als Retter der Welt durfte man eben nicht zimperlich sein.

»Wir Menschen müssen doch zusammenhalten«, sagte ich lächelnd.

»Das kannst du laut sagen.«

»WIR MENSCHEN MÜSSEN DOCH ZUSAMMENHALTEN«, schrie ich Eva ins Ohr, von dem ich zuvor ihre Hand weggezogen hatte.

Daraufhin verlegte sie ihre Hand mit viel Schwung und wenig Feingefühl auf meine Backe.

»Autsch! Pass doch auf!«, beschwerte ich mich. »Das hat weh getan.«

»Das nächste Mal, wenn du mir etwas ins Ohr brüllst, tut es wieder weh«, prophezeite sie düster.

»Dann war das eben Absicht?«

Eva seufzte und verdrehte die Augen. Sie deutete auf eine Summse, die auf der Flanke des Löwen saß. »Nein, ich wollte nur eine Fliege von deiner Backe vertreiben.«

»Fliege?«, fragte ich verdutzt. »Was soll das sein?«

»Na, dieses Insekt hier. Ich habe ihm gerade den Namen Fliege gegeben. Du hast doch nichts dagegen?«

»Doch, das habe ich allerdings! Das ist eine Summse.« Ich schüttelte verärgert den Kopf. »So geht das nicht! Du musst den Tieren vorher tief in die Augen schauen, dann erkennst du, wie sie heißen.«

»Ich weiß. Das hat Gott mir gezeigt. Und die Fliege hatte noch keinen Namen.«

»Unsinn!« Ich setzte mich in die Hocke und starrte die Summse an. Dabei erkannte ich, dass sich ihre zwei Augen aus unzähligen winzigen Mini-Augen zusammensetzten, so dass man ihren Namen nicht erkennen konnte. »Na schön, man sieht es vielleicht nicht so deutlich. Trotzdem: Das ist eine Summse.«

»Wieso Summse?«

»Weil sie summt.«

»Ich höre nichts.« Eva hob sich eine Hand an ihr Ohr und zuckte dann mit den Schultern. »Sie summt nicht.«

»Fliegen tut sie aber auch nicht.«

Mit einer lässigen Handbewegung scheuchte Eva das Insekt auf, so dass es davonschwirrte. »Jetzt fliegt sie.«

»Jetzt summt sie auch wieder.«

»Na und? Fliegen summen eben.«

»Nein, Summsen fliegen.«

»Fliegen summen.«

»Summsen fliegen.«

»Und sie fliegen mehr, als sie summsen, äh, summen.«

»Gar nicht. Sie summen mehr, als sie fliegen.«

»Fliege! Fliege! Fliege!«

»Summse! Summse! Summse! Und noch mal Summse!«

»Und noch zweimal Fliege.«

»Und noch hundertmal Summse.«

»Und immer einmal mehr Fliege als Summse.«

»Und immer hundertmal mehr Summse als Fliege.«

»Dann habe ich trotzdem eine Fliege mehr.«

»Und ich habe hundert Summsen mehr.«

»Trotzdem habe ich eine mehr.«

»Und ich hundert.«

»Und ich hundert Millionen.«

»Und ich hunderttausend Millionen.«

»Und ich so viele, wie es überhaupt nur geht«, sagte Eva triumphierend.

Daraufhin musste ich eine Weile überlegen. So-viele-wie-es-überhaupt-nur-geht war schwer zu toppen.

»Summse«, sagte ich schließlich.

»Fliege.«

»Was machen sie gerade?«, fragte ich Gabriel, als meine Neugier größer wurde als mein Frust über das zerbrochene Astsymbol.

»Äh ... Was hast du gefragt?«

»Was die beiden gerade machen.«

»Sie erfüllen deinen Auftrag, Herr«, sagte der Engel nach kurzem Zögern. »Sie vergeben Namen.«

»Gemeinsam?«

»Tja«, sagte der Engel.

»Was heißt das?«, fragte ich ungeduldig. »Arbeiten sie zusammen oder nicht?«

Gabriel räusperte sich. »Sie beratschlagen gerade über den geeignetsten Namen für ein bestimmtes Insekt. Sie konnten es schon auf zwei Favoriten eingrenzen.«

»Sehr schön. Die beiden kooperieren.« Ich klatschte erleichtert in die Hände. »Und ich dachte schon, sie würden sich wieder streiten.«

Die Frau war schwierig. Schwierig!

Spätestens nachdem mir klar geworden war, dass Evas Name von ›Aphe‹ abstammte, hätte ich gewarnt sein müssen. Aphe hatte mir gleich beim ersten Aufeinandertreffen mein Frühstück geklaut. Und die Frau war keinen Deut besser.

»Fliege«, sagte sie mit heiserer Stimme.

»Summse«, krächzte ich zurück.

Eine Summse schwirrte um meinen Kopf, und ich verspürte auf einmal den Drang, dieses elende Vieh einfach platt zu hauen. Stellvertretend.

Plötzlich spürte ich Evas Hand auf meinem Arm. Sie sah mich mit ihren schilfgrünen Augen versöhnlich an und hauchte: »Schau doch mal, Adam, wie großartig dieses Tier fliegen kann.«

»Na und?«

»Stell dir vor, du könntest so wahnsinnig toll fliegen, so geschickt und elegant wie kaum jemand auf der Welt. Und dann stell dir vor, irgend so ein Kerl käme daher und würde dich Schwitzer nennen, nur weil du dabei schwitzt. Wie würdest du das finden?«

»Fänd ich super.«

»Das glaube ich dir nicht. Du würdest dich beschweren und versuchen, dem Mann klarzumachen, dass du in erster Linie ein Flieger bist und kein Schwitzer.«

»Ich will aber kein Flieger sein. Vom Fliegen wird mir schlecht. Schwitzer wär schon okay. Beim Schwitzen habe ich wenigstens noch nie kotzen müssen.«

Eva schüttelte seufzend den Kopf. »Na gut, das war ein blödes Beispiel. Versuchen wir es anders. Was, würdest du sagen, ist dein größtes Talent? Etwas, worin du außerordentlich gut bist.«

»Eigentlich bin ich in allem außerordentlich gut«, überlegte ich laut. »Namen ausdenken, zum Beispiel, da habe ich ein Händchen für. Aber vielleicht ... Ja! Zählen. Zählen kann ich am besten.«

»Du?« Eva fing an zu lachen. »Du kannst ja nicht mal meine Finger richtig zählen.«

»Kann ich wohl! Wenn du sie mal stillhalten würdest.

Nur damit du's weißt: Du sprichst gerade mit dem Mann, der die ganzen Sterne gezählt hat. Da hatte sich vorher noch nicht einmal Gott drangewagt.«

Das Kopfschütteln, das Eva als Reaktion zeigte, konnte entweder grenzenlose Bewunderung oder bodenlose Verachtung bedeuten, wobei man Letzteres wohl getrost ausschließen durfte.

»Du hast die Sterne gezählt?«

»Mit einem Auge.«

»Warum?«

»Dafür brauchte ich nur eins.«

»Nein. Warum du die Sterne gezählt hast.«

»Ich war schwer verletzt. Da! Guck! An meinem rechten Fuß kann man sogar noch den blauen Fleck erkennen. Siehst du?«

Mit angestrengt zusammengekniffenen Augen beugte Eva sich über meinen Fuß. »Dieser Fliegenschiss?«

»Summsenschiss, wenn schon. Das war sehr, sehr schmerzhaft.«

»Und um dich vom Schmerz abzulenken, hast du die Sterne gezählt, oder wie?«

»Ja, genau. Und weil ich wissen wollte, wie viele es sind.«

»Wie viele sind es denn?«

»Äh ... tausend«, sagte ich.

Eva zog eine Augenbraue hoch. »Genau tausend?«

»Eintausendneunhundertsiebenundneunzig«, improvisierte ich. »Ich habe abgerundet.«

»Wäre es da nicht angebracht gewesen, auf zweitausend aufzurunden?«

»Ich wollte nicht angeben«, sagte ich schulterzuckend.

Mittlerweile war es so dämmrig geworden, dass die ersten Sterne sich zeigten. Meine Müdigkeit, die der Löwe vorhin weggebrüllt hatte, war zurückgekehrt. Der Löwe hatte sich schon vor einer Weile von Sophia zurückgezogen. Einladend weich und frei stand sie nun vor mir und wartete darauf, mich in den Schlaf zu psalmieren. Ich musste nur noch Eva irgendwie loswerden.

»Na, dann Glückwunsch zu dieser Leistung«, sagte sie mit einer abfälligen Handbewegung. »Dann wäre ja wohl ›Sternenzähler‹ ein passender Name für dich, nicht wahr? Aber jetzt komme ich und will dich Sabberlippe nennen. Wie würde dir das gefallen?«

Ich gähnte. »Weißt du, Eva, ich bin müde. Und es ist ja auch schon spät. Frag mich morgen noch mal, ja?«

»Ich möchte die Angelegenheit mit der Fliege schon noch gern erledigt wissen«, sagte sie und klang dabei so energisch, als könne sie das Thema die ganze Nacht hindurch auf meinen Nerven tanzen lassen.

»Wir nennen sie jetzt Fliege und gut ist«, sagte ich.

»Ach, auf einmal. Einfach so.«

»Und gut ist«, wiederholte ich streng.

»Und was ist mit deinem ›Summse‹? Der Name war dir doch so wichtig.«

»Dann nenne ich eben einfach ein anderes Tier so. Das ist doch kein Problem. Das da hinten ist jetzt eine Summse und fertig und gute Nacht.«

»Das Tier da hinten mit den Hörnern?«

»Genau.«

»Für das hatte ich bereits den Namen Büffel vorgesehen. Findest du wirklich, dass ›Summse‹ passend ist für so ein großes Tier? Ich glaube auch nicht, dass es summt. Hast du es etwa schon mal summen hören? Und außerdem ...«

»Lass es uns Büffel nennen«, sagte ich.

»Gut, einverstanden.«

»Das ist mir doch egal, ob du damit einverstanden bist«, stellte ich klar. »Wir machen das jetzt so, und gut ist!«

Eva schaute mich mit offenem Mund an, sagte aber nichts. Die Autorität, mit der ich meine Wünsche durchsetzte, verschlug ihr offenbar die Sprache.

»Und wo schlafe ich?«, fragte Eva etwas später, nachdem ich mich genüsslich auf Sophia ausgestreckt hatte.

Widerwillig öffnete ich noch einmal die Augen und schaute sie genervt an. »Wo du willst.«

»Dann rück mal ein Stück.«

Doch ich dachte gar nicht daran, ihrem Wunsch zu entsprechen. Sie musste sich ja nicht gleich schon am ersten Tag alles unter den Nagel reißen. Meinen Namen, meinen Job, meine Freunde, meine Besitztümer, meine Ruhe – alles würde sie mir wegnehmen, wenn ich nicht aufpasste. Deshalb krallte ich mich regelrecht in Sophias Fleisch und verkeilte meine Füße in den Falten ihres weichen Körpers. Keinen Fingerbreit würde ich weichen!

»Gott hat Sophia mir überlassen und nicht dir«, erklärte ich ruhig, aber nachdrücklich.

»Mich gab es auch noch gar nicht«, warf sie ein.

»Ja, das waren noch Zeiten!«

»Wie?«

»Ach, nichts. Jedenfalls gehört Sophia zu mir. Und sie mag es nicht, wenn irgendwelche Tiere sich auf ihr herumwälzen. Frag Woff.«

»Na, hör mal!«, empörte sich Eva. »Ich bin kein Tier. Ich bin ein Mensch genau wie du.«

»Hmmm.«

Angriffslustig stemmte sie ihre Arme in die Seiten. »Oder siehst du das etwa anders?«

»Nein, ich sehe das ganz ähnlich.«

»Ähnlich? Ähnlich!«

»Gute Nacht«, sagte ich schnell.

Seufzend setzte Eva sich neben Woff auf den Boden und lehnte sich mit dem Rücken an Sophia. »Und wo soll ich schlafen?«, fragte sie erneut, als hätten wir das nicht gerade geklärt.

»KOMMT HER ZU MIR, DIE IHR MÜHSELIG UND BELADEN SEID, ICH WILL EUCH ERQUICKEN«, meldete sich da Sophia zu Wort. Das sollte wohl so etwas wie eine Einladung sein. Aber das konnte sie vergessen. Es reichte ja wohl völlig, wenn Sophia mich erquickte.

Offenbar hatte Eva, da sie mit dem Rücken Sophia berührte, etwas gehört. Sie hörte auf, Woff den Bauch zu kraulen, was das Tier zu einem enttäuschten Knurren veranlasste, und fragte aufgeregt: »Was hat sie gesagt?«

»Dass du dich nicht so an sie lehnen sollst«, antwortete ich mürrisch und hoffte, dass Eva den Körperkontakt zu Sophia löste, bevor sie richtig verstehen konnte, was diese so von sich gab. Ich hatte nämlich keine Lust, meinen Platz mit dieser Frau zu teilen.

»EINEN FRÖHLICHEN GEBER HAT GOTT LIEB.«

»Und was hat sie jetzt gesagt?«

Ich stützte mich auf und schaute Eva eindringlich an. »Du sollst nun fröhlich gehen, dann hat Gott dich lieb.«

Als Eva das hörte, ließ sie traurig den Kopf hängen. »Ja, dann … dann gehe ich wohl jetzt besser.« Sie flüsterte Woff etwas ins Ohr, erhob sich langsam und strich mit ihren Fingerspitzen leicht über meine Schulter. »Schlaf schön.«

»Ja, werde ich. Sobald du weg bist.«

Während ich beobachtete, wie sie sich zögerlich entfernte, erklang Sophias vorwurfsvolle Stimme.

»DIENT EINANDER, EIN JEDER MIT DER GABE, DIE ER EMPFANGEN HAT.«

»Davon war nie die Rede, dass ich dich mit jedem dahergelaufenen Menschen teilen soll«, widersprach ich. »Und überhaupt, wenn ich nicht darauf bestanden hätte, dich mitzunehmen, stündest du jetzt noch mitten im Wald. Also habe ich auch das Recht, alleine auf dir zu schlafen.«

»GEBEN IST SELIGER ALS NEHMEN.«

»Dann gib endlich Ruhe!«

Eva, die sich bereits einen Stockwurf weit entfernt hatte, drehte sich noch einmal um und rief: »Hast du was gesagt?«

»Ich sagte, ich wünsche dir eine gute Nacht«, schrie ich zurück.

»Danke.« Sie winkte mir noch kurz zu, dann lief sie weiter am Seeufer entlang in Richtung Berghang.

Ein Japsen lenkte meine Aufmerksamkeit auf Woff, der mich mit vorwurfsvollen Augen anstarrte.

»Jetzt fang du nicht auch noch an«, schimpfte ich. »Freu dich lieber. Nur wir zwei. Das ist doch toll. Wozu brauchen wir schon so eine … so eine … Summse?«

Woff wofte zweimal, was ich als begeisterte Zustimmung wertete. Dann sprang er auf und rannte Eva hinterher.

»Dann hau doch ab!«, rief ich ihm nach. »Ich brauche dich nicht! Hörst du? Ich kann mir die Stöckchen auch selber zurückholen.«

Knurrend (auch dafür brauchte ich keinen Woff) haute ich mich wieder hin, schmiss die Augen zu und machte mich mit voller Gewalt ans Einschlafen.

»ALLE EURE DINGE LASST MIT LIEBE GESCHEHEN«, störte Sophia meine Einschlummerattacke.

»Wird erledigt«, brummte ich.

»ALLE EURE DINGE LASST MIT LIEBE GESCHEHEN.«

»Ja, schon kapiert. Mit Liebe. Nette Idee.«

»ALLE EURE DINGE LASST MIT LIEBE GESCHEHEN.«

»Ja doch! Ist angekommen. Ab morgen lasse ich alles mit Liebe geschehen, dass es nur so kracht.«

»ALLE EURE DINGE LASST MIT LIEBE GESCHEHEN.«

»Du kannst mich mal so was von am Arsch lecken!«

»ALLE EURE DINGE LASST MIT LIEBE GESCHEHEN.«

Ich seufzte. »Was soll ich denn tun? Ihr hinterherlaufen? Sie bitten zurückzukommen? Sie bei mir liegen lassen?«

»WIE LANG, DU FAULER, WILLST DU NOCH DALIEGEN, WANN WILLST DU AUFSTEHEN VON DEINEM SCHLAF?«

»Schlaf? Was für ein Schlaf denn?«, maulte ich, erhob mich widerstrebend und machte mich auf den Weg, um Eva zurückzuholen.

Mit Wut und Widerwillen und ... ja, und von mir aus auch mit Liebe, wenn es unbedingt sein musste.

Bereits nach kurzer Zeit fand ich Eva. Sie saß an einem sandigen Abschnitt des Seeufers, starrte gedankenverloren auf etwas in ihrer Hand und hatte einen Arm um Woff gelegt, der neben ihr hockte. Die beiden verharrten so bewegungslos wie das Krokodil, das unweit von ihnen mit aufgerissenem Maul dalag und offenbar die Wärme genoss, die der Sand gespeichert hatte.

»Was hast du da?«, machte ich mich bemerkbar.

Eva schaute zu mir auf, und dabei erkannte ich, dass zwei kleine Rinnsale Wasser aus ihren Augen liefen. Undicht war sie also auch noch. Bei der hatte Gott wirklich ordentlich gepfuscht, das musste ich schon sagen.

»Adam«, sagte sie leise, drehte den Kopf gleich wieder

von mir weg und starrte auf ihre Zehen, die im Sand spielten. »Kommst du, um Woff zu holen?«

Ihre Stimme klang traurig. Sie war natürlich bedrückt, weil sie das Wasser nicht halten konnte. Würde mir genauso gehen.

»Eigentlich komme ich wegen dir. Ist das eine Feder da in deiner Hand?«

Rasch ließ sie die Feder in ihrer Faust verschwinden. »Äh, ja. Habe ich hier gefunden. Hat wohl ein Schwan verloren«, erzählte sie mit brüchiger Stimme.

Mit meinem Zeigefinger tippte ich mir ans untere Augenlid. »Dir läuft da was aus dem Auge«, machte ich sie auf die Schadstelle aufmerksam.

Schniefend wischte sie das Wasser weg, aber es lief sofort wieder neues nach. »Geh! Lass mich in Ruhe! Das hat doch alles keinen Sinn«, schluchzte sie.

Ich fragte mich, wo das ganze Wasser herkam, das aus ihr herausfloss. Bestimmt aus ihren Brüsten. Das würde dann noch eine ganze Weile dauern, bis die leer waren. Da hatte sie Glück, dass ich so praktisch veranlagt war. Ich würde ihr helfen und das Wasser stoppen.

»Ich könnte dir Baumharz in die Augen schmieren«, bot ich mich an.

»Ich könnte dir Sand in den Mund stopfen«, sagte Eva.

Die Frau war schwierig. Unförmig, undicht, undankbar.

Ich zuckte die Achseln. »Gut, dann eben nicht. Mein Busen ist es ja nicht, der ausläuft.«

»Was läuft aus? Hier läuft nichts aus. Ich musste nur gerade an etwas Trauriges denken, deshalb weine ich.«

»Weinen?«

»Ja, wenn dir Tränen aus den Augen kommen, deine Nase verstopft und dein Hals eng wird.« Sie schaute mich stirnrunzelnd an. »Sag bloß, du hast noch nie geweint?«

Da musste ich nicht lange überlegen. So etwas Idiotisches hatte ich ganz sicher noch nicht getan. Warum auch? »Klingt nicht so, als ob mir Weinen Spaß machen würde. Wozu soll das gut sein?«

»Dadurch wird dein innerer Schmerz nach außen gespült.«

»Toll! Und dann tut es außen weh, oder wie? Wo ist da der Vorteil?«

»Wenn du deinen Schmerz sichtbar machst, kommt manchmal jemand und tröstet dich.« Evas feuchtglänzende Augen richteten sich erwartungsvoll auf mich. Ich wusste nicht so recht, was ich tun sollte. Ihr Baumharz in die Augen zu schmieren, das hätte ich hingekriegt. Aber mit Trösten war ich echt überfordert.

Seufzend setzte ich mich neben sie in den Sand. Als Woff auf mich zukam, ignorierte ich ihn einfach. Er sollte ruhig sehen, was er davon hatte, sich an Eva zu hängen. Wenn die nämlich so weitermachte, war sie bald komplett ausgelaufen. Dann konnte er sie aufschlabbern mit seiner tröstenden Zunge.

Neugierig betrachtete ich Evas Brüste. Waren sie schon kleiner geworden? Sah eigentlich nicht so aus.

»Darf ich dich mal drücken?«, fragte ich.

Überrascht schaute sie mich an, ließ ein kleines Lächeln auf ihren Tränen treiben und öffnete schluchzend ihre Arme.

Also langte ich an ihren Busen und griff beherzt zu. Und obwohl ich ihr dabei, ganz ehrlich, nicht ins Ohr gebrüllt hatte, legte sie mir wieder so robust ihre Hand an die Wange, dass es zuerst knallte und dann weh tat.

»Hey!«, schrien wir beide fast gleichzeitig.

»Was sollte das denn eben?«, fragte Eva.

»Das möchte ich auch gerne wissen«, rief ich. »Ich war an deinem blöden Ohr doch gar nicht dran.«

»Ich lasse mir nicht so gerne den Busen quetschen.«

»Du hast gesagt, ich darf dich drücken.«

»Aber doch nicht so!«, sagte Eva vorwurfsvoll. »Ich dachte, du wolltest mich umarmen.«

»Dich umarmen?« Ungläubig schüttelte ich den Kopf. »Warum sollte ich so etwas tun wollen?«

»Warum wolltest du meinen Busen drücken?«

»Weil ich wissen wollte, wie lange dein Weinen noch geht«, erklärte ich und bemerkte dabei, dass Eva keine Tränen mehr vergoss. »Oh, du hast ja schon aufgehört. Dabei war dein Busen bestimmt noch halb voll.«

Eva tippte sich mit dem Zeigefinger an die Stirn. »Du bist vielleicht ein Knallkopf! Ich sagte doch schon, dass nichts ausläuft. Du warst nur neugierig, wie sich mein Busen anfühlt.«

»Na ja, das vielleicht auch«, gab ich zu. »Ich selbst habe ja keinen, da musste ich wohl oder übel bei dir zulangen. Zulangenforschung im Namen der Wissenschaft.« Ich zeigte auf mein Geschlechtsteil. »Wenn du mal anfassen möchtest.«

Angewidert verzog sie ihr Gesicht. »Nein, danke.«

»Dein anderer Busen – der …«

»Fühlt sich absolut gleich an«, unterbrach mich Eva schroff. »Such dir gefälligst ein anderes Forschungsobjekt.«

»Okay. Wie wär's mit deinem zweiten Mund?«

Mit offen stehendem ersten Mund starrte Eva mich an. »Du bist der mieseste Zähler, den man sich vorstellen kann«, sagte sie schließlich. »Ich habe nur zehn Finger und nur einen Mund. Nur mal so aus Neugier: Wie viele Köpfe, glaubst du, habe ich?«

Darauf ging ich gar nicht ein. Stattdessen zeigte ich zwischen ihre Beine und sagte: »Da hast du doch einen zweiten Mund oder etwa nicht? Kannst du damit reden?«

»Nein.«

»Pfeifen?«

»Nein.«

»Die Zunge rausstrecken?«

»Nein.«

»Oder etwas damit essen? Eine Banane vielleicht?«

»Nein! Also wirklich! Da hört sich doch alles auf!«

Ich seufzte. Wissenschaft war ganz schön schwierig, wenn das Untersuchungsobjekt sich so bockig anstellte. »Kannst du denn damit gar nichts machen?«

In Evas Blick lag ein gehässiges Funkeln, als sie antwortete: »Doch. Pipi kann ich damit machen. Willst du mal sehen?«

»Klar«, sagte ich schulterzuckend.

»Dann schmier dir erst Baumharz in die Augen, das schärft den Blick.«

»Ach nein, das muss nicht sein. Ich gehe einfach dichter ran, okay?«

»Weißt du eigentlich, dass du ein sehr, sehr kranker Mann bist, Adam?«

»Nein, wusste ich nicht.« Ich klatschte in die Hände. »Also, von mir aus kann's losgehen.«

»Sehr, sehr krank.«

Mit diesen Worten stand sie auf, drehte mir den Rücken zu und begann, weiter am Ufer entlangzulaufen, weg von mir. Woff lief ihr hinterher, blieb aber auf halbem Wege stehen und drehte sich auffordernd nach mir um.

Wenn ich ohne Eva zurückkam, überlegte ich mir, würde Sophia mich womöglich nie wieder in Ruhe schlafen lassen. Das Risiko wollte ich lieber nicht eingehen, denn eine ähnlich weiche Schlafstatt fand ich nicht so schnell wieder. Mit einem kurzen Sprint gesellte ich mich also wieder an Evas Seite.

»Eigentlich wollte ich dich fragen, ob du mit mir zurückkommst. Du darfst ausnahmsweise auch neben mir auf Sophia liegen. Ist ja schließlich deine erste Nacht hier.«

»Vielen Dank, aber da lege ich mich lieber neben das Krokodil dort drüben.«

Erwähnte ich bereits, dass die Frau schwierig war? Erst wollte sie unbedingt auf Sophia schlafen und jetzt auf einmal unbedingt woanders. Ihr Gehirn funktionierte offenbar nach demselben Prinzip wie der Wind: Mal weht er hier, mal weht er dort, mal weht er überhaupt nicht.

»Das arme Krokodil«, murmelte ich.

»Was?«

»Ach, komm schon, Eva!« Lächelnd stieß ich sie mit meinem Ellbogen an, wobei ich darauf achtete, nicht an ihren Busen zu kommen. »Wir probieren heute Nacht einfach mal aus, wie es klappt, wenn wir zusammen schlafen. Was meinst du?«

»Ich weiß nicht.« Sie klang unentschlossen, aber immerhin war sie stehen geblieben. Offenbar fehlte nur noch ein kleiner Schubs in die richtige Richtung, um sie zur Umkehr zu bewegen, so dass ich meinen Frieden mit Sophia schließen und mich endlich hinhauen konnte.

Ich deutete auf eine dicke, schwarze Spinne, die in einem Busch ihr Netz spann. »Wenn du auf dem Boden schläfst, krabbeln dir Spinnen und Tausendfüßler ins Ohr.«

»Quatsch.«

»Wie du meinst. Aber wenn dir morgen früh Spinnennetze vor den Augen hängen, und zwar von innen, sag nicht, ich hätte dich nicht gewarnt.«

Das gab ihr zu denken. Mit zunehmendem Ekel beobachtete sie die Spinne beim Netzbau. »Versprichst du mir, mich nicht vollzugaffern, wenn du schläfst?«

»Ich gaffere nicht.«

»Und ob du gafferst! Außerdem gibst du beim Schlafen nervige Geräusche von dir.«

»Und du gibst nervige Geräusche von dir, sobald du den Mund aufmachst«, entgegnete ich genervt.

Vielleicht war es doch keine so gute Idee, Eva zurückzuholen. So weich war Sophia nun auch wieder nicht. Andererseits: Wenn ich auf dem Boden schlafen müsste, würden vielleicht Spinnen in meine Ohren krabbeln. Das hatte ich zwar eben nur erfunden, um Eva Angst zu machen. Aber wenn ich so darüber nachdachte … uaah!

Nachdenklich zwirbelte Eva eine Haarsträhne um den Zeigefinger. »Na gut, du hältst deinen Mund geschlossen und ich meinen, dann dürfte es keine Probleme geben.«

»Vergiss deinen Pipi-Mund nicht«, sagte ich. »Ich will da keine nächtlichen Überraschungen erleben.«

»Ich auch nicht. Und deshalb lässt du deine Hände an deinem eigenen Geschlechtsteil, klar?«

»Mit Vergnügen«, sagte ich und hoffte, dass nun alles geklärt war. Aber eigentlich hatte ich es gar nicht mehr so eilig damit, mich hinzulegen. Der Gedanke an meine Beischläferin beunruhigte mich fast ebenso wie die Vorstellung von Spinnen, die in meinem Kopf herumkrabbeln.

Auf dem Rückweg bemerkte ich, dass Eva immer noch die Feder in der Hand hielt.

»Was willst du denn damit?«

»Nichts. Mir gefällt sie eben.«

Kopfschüttelnd sagte ich: »Ist doch bloß eine Feder von irgend so einer Ente.«

»Von einem Schwan. Ein großer, wunderschöner weißer Wasservogel übrigens. Kurz bevor du gekommen bist, habe ich ihm den Namen gegeben.«

»Hörst du eigentlich nie auf zu arbeiten?«

Eva lachte. »Aber das ist doch keine Arbeit! Wenn ich ein namenloses Tier sehe, dann kann ich gar nicht anders. Der Name fliegt mir zu wie eine Eingebung. Geht es dir nicht auch so?«

»Doch, doch.«

Ihr Blick blieb am Waldrand hängen, wo ein Halsoglotz Blätter von einem Baum fraß. »Dieses Tier dort drüben zum Beispiel. Ich schaue es an und«, sie schnippte mit den Fingern, »Giraffe. Wie aus dem Nichts ist plötzlich dieser Name da. Giraffe – so werde ich das Tier nennen.«

»Es heißt aber schon Halsoglotz.« Ich schnippte ebenfalls mit den Fingern, direkt vor ihrem Gesicht. »Hals«, *schnipp*, »o«, *schnipp*, »glotz«, *schnipp*. »Das ist sein Name. Du musst den Tieren tief in die Augen gucken. Habe ich dir doch schon erklärt.«

»Und wie soll ich das machen, wenn die Augen so weit oben sind?«, verteidigte sie sich. »Außerdem glaube ich nicht, dass das Tier seinen Hals auch noch durch seinen Namen betonen möchte. Wenn ein Körperteil von dir so überlang wäre, würdest du nicht auch noch danach benannt werden wollen, oder?«

»Hmmmm«, überlegte ich, »käme auf den Körperteil an. Jedenfalls bleibt es bei ›Halsoglotz‹. Nein, keine Diskussionen! Du hast deine Fliege und deinen Büffel bekommen, den Halsoglotz lasse ich mir auf keinen Fall nehmen.«

Eva erkannte wohl, dass sie null Chance hatte, mich umzustimmen, und fügte sich seufzend. »Na gut, dann eben ›Halsoglotz‹.«

Na also, so langsam respektierte sie meine Entscheidungen. Wurde ja auch Zeit.

»ALLES AN DIR IST SCHÖN, MEINE FREUNDIN; KEIN MAKEL HAFTET AN DIR«, begrüßte Sophia meine Mitschläferin überschwänglich. Ich hätte zwar mühelos etliche Makel aufzählen können, die an Eva hafteten, ja es schien mir fast, als wäre die Frau lediglich das Trägermedium für Makel jeglicher Art, ein wandelnder, plappernder Makelhaufen. Aber ich verbiss mir jeglichen Kommentar und gähnte stattdessen ausgiebig, um deutlich zu machen, dass wegen mir das Gequatsche gerne auf morgen oder noch besser auf irgendwann, wenn ich nicht dabei war, verschoben werden konnte.

»Oh, danke, das ist nett von dir«, freute sich Eva. Es war zwar mittlerweile zu dunkel, um viel erkennen zu können, aber ihr zufriedenes Lächeln war nicht zu übersehen. Angewidert drehte ich mich mit dem Rücken zu ihr. Ohne Makel. Dass ich nicht lache! Wäre sie ohne Makel, dann wäre sie nur halb so breit und ich hätte mehr Platz.

»Du bist wunderbar weich, Sophia«, flüsterte Eva. »Und so schön glatt, du fühlst dich so angenehm an, dass ich nie mehr aufstehen möchte.«

»WIE EINE PALME IST DEIN WUCHS; DEINE BRÜSTE SIND WIE TRAUBEN.«

Ich hörte Eva gedämpft kichern. »Und ich mag deine Farbe. So ein schönes, kräftiges Rot sieht man sonst nur im Gefieder prächtiger Vögel.«

Es dauerte nicht lange, bis Sophia sich revanchierte: »DEINE BRÜSTE SIND WIE ZWEI KITZLEIN, WIE DIE ZWILLINGE EINER GAZELLE, DIE IN DEN LILIEN WEIDEN.«

Das hielt ich nicht länger aus.

»Jetzt ist aber gut!«, rief ich wütend. »Können wir jetzt vielleicht endlich schlafen?«

»Oh, ich bitte vielmals um Entschuldigung, dass ich geredet habe! Kommt nicht wieder vor.« Es klang aber nicht besonders reuevoll. Im Gegenteil: Eva hörte sich so an, als wäre ich jetzt derjenige, der etwas falsch gemacht hatte. »Darf ich atmen?«

»Wir hatten eine Abmachung«, erinnerte ich sie. »Du hältst deine Münder unter Kontrolle und ich den meinen. Und jetzt wird die ganze Zeit gequatscht. *Deine Brüste sind Gazellen, deine Brüste sind Trauben* – ja, was denn jetzt? *Dein Rot ist wie das Gefieder prächtiger Vögel.* Ich kotze gleich. Ich bin müde, ich will schlafen, versteht ihr? Von mir aus könnt ihr morgen den ganzen Tag über deine Brüste reden. Aber jetzt ist Schluss mit der Plapperei! Ich brauche nachts meine Ruhe.«

»Tsssss!« Zischend stieß Eva die Luft durch ihre Zähne. »Na, hör mal! Wer redet denn die ganze Zeit? Du doch!«

»Musst du immer das letzte Wort haben? Und außerdem hast du mehr als die Hälfte von Sophia. Guck, wie eingequetscht ich hier liege. Nicht mal meine Arme kann ich ausstrecken aus Angst, dass ich womöglich deine Brüste berühre und du mir wieder eine knallst. Wenn ich gewusst hätte, dass du dich so breit machst …«

»ÜBERREDE DICH SELBST, UND BESCHWICHTIGE DEIN HERZ, HALTE VERDRUSS VON DIR FERN! DENN VIELE TÖTET DIE SORGE, UND VERDRUSS HAT KEINEN WERT.«

»Ja, das ist genau das, was mir jetzt noch gefehlt hat«, spottete ich. »Einer dieser unendlich nützlichen Ratschläge von dir. Erst soll ich Eva zurückholen, und nun soll ich mich von Verdruss fernhalten. Wie passt denn das zusammen?«

Da spürte ich Evas Hand, die mir sanft über die Schulter strich, und ihre Lippen an meinem Ohr, als sie mir zuhauchte: »Soll ich wieder gehen?«

»Nein, schon gut. Ich bin nur ziemlich erledigt, weißt du. Und da werde ich leicht reizbar.«

»Dann schlaf schön, Adam.«

»Ja, du auch«, sagte ich und wunderte mich, wo mein ganzer Ärger plötzlich geblieben war. Ein paar Worte von Eva, die sie mir ins Ohr flüsterte, und eine zärtliche Berührung hatten offenbar genügt, mich zu besänftigen. Mir taten sogar meine rüden Worte von eben leid. Beinahe hätte ich mich sogar für sie entschuldigt. Verrückt! Die Frau war offenbar nicht nur schwierig, sie hatte auch einen schlechten Einfluss auf mich.

»LEG MICH WIE EIN SIEGEL AUF DEIN HERZ, WIE EIN SIEGEL AN DEINEN ARM! STARK WIE DER TOD IST DIE LIEBE.«

»Oh, wie schön!«, sagte Eva.

»Ruhe, verdammt!«, sagte ich.

Sophia antwortete mir eingeschnappt mit einem kurzen Körperwindgesang. Leider hatte ich gerade nichts parat, das ich ihr hätte entgegnen können. Mist! Immer wenn man sie am nötigsten braucht, fehlen einem die Worte.

EVA

13|
Für ein schönes Zuhause muss man eine Menge Kies hinblättern

Diesmal würde ich wohl ertrinken. Gabriel versuchte zwar, mich aus der Tiefe des Höhlensees zu ziehen, aber er schaffte es nicht. Sosehr der Engel sich auch bemühte, er konnte mich nicht retten. Ein schwerer Steinbrocken drückte mich auf den Grund. Und als Gabriel versuchte, das Trumm von mir herunterzurollen, spuckte dieses plötzlich einen Schwall Wasser aus, und der Engel wurde von der Strömung mitgerissen. Ich bekam keine Luft mehr. Verzweifelt versuchte ich, den Felsklotz wegzustemmen, aber ich war einfach zu schwach. ›Lieber Gott, befreie mich von diesem Klotz!‹, betete ich. Plötzlich spürte ich neue Kraft in mir, und mit einer übermenschlichen Anstrengung schaffte ich es …

… die Augen zu öffnen. Das Licht der Morgensonne begrüßte mich. Auf mir lag Adam mit dem Kopf an meinen Brüsten und sabberte mich voll. Der Tag fing ja schon wieder ganz hinreißend an.

»Hey, du, Adam, aufwachen!«, rief ich und schlug ihm auf den Rücken.

»Was!« Mit einem Satz sprang Adam in die Höhe. »Wo bin ich? Wer bist du? Was ist los?«

Ächzend erhob ich mich und wischte mir angewidert den Sabber von den Brüsten. »Ich bin ertrunken, und Gabriel wurde von einem Wasserstrom mitgerissen«, erklärte ich Adam, der mich mit trüben, weit aufgerissenen Augen ansah.

»Und ich dachte schon, es wäre etwas Schlimmes passiert«, murmelte er und reckte sich gähnend.

»Und wie hast du geschlafen?«, fragte ich.

»Ach, herrlich! Noch besser als sonst sogar. Sophia hat sich dir zu Ehren offenbar ganz besonders weich gemacht.«

»Du hast auf mir gelegen, deshalb war es so weich«, klärte ich ihn auf. »Und zum Dank hast du mich auch noch vollgesabbert.«

Adams Schuldbewusstsein war offenbar noch am Schlafen, denn er sagte lediglich: »Fein. Ich habe Hunger. Du hast nicht zufällig was organisiert? Ich würde es auch mit dir teilen.«

Ich klopfte ihm an die Stirn. »Hallo! Aufwachen! Du bist hier nicht im Traumland. Das ist das Paradies. Hier gilt Selbstbedienung.«

»War ja nur eine Frage.«

Während ich mich zum See begab und mich wusch, machte Adam … ja, keine Ahnung, was er machte. Als ich zurückkam, saß er immer noch auf Sophia, und zwar an der gleichen Stelle und in derselben Position, wie ich ihn verlassen hatte.

»Was machst du?«, fragte ich.

»Ich plane den Tag.«

»Und was hast du für heute geplant?«

»Zuerst einmal frühstücken.«

»Und dann?«

»Weiter bin ich noch nicht.«

Gemeinsam machten wir uns auf den Weg in den Wald,

um etwas Essbares zu besorgen. Der Pfirsichbaum in der Nähe war ziemlich leer gepflückt, und außerdem wollte ich auch einmal etwas anderes probieren.

Unter einer großen Buche entdeckte ich eine vielköpfige Pilzfamilie, und mir fiel Adams Ratschlag wieder ein. Was gab es Besseres, als den Tag damit zu beginnen, Gott eine kleine Freude zu bereiten?

»Wie viele Pilze soll ich Gott opfern?«, fragte ich Adam.

»Je mehr, desto besser«, meinte er.

Ich zeigte auf die Pilzgruppe, deren rote Hüte mit den pittoresken weißen Flecken mich an das Kleid erinnerten, das Gott gestern anhatte. Ja, diese Pilze würden ihr bestimmt gefallen. »Möchtest du zuerst?«

Adam winkte ab. »Mir ist heute nicht nach Opferungen.«

»Na gut, dann mache ich es alleine.« Sorgsam fasste ich den mir am nächsten stehenden Pilz ins Auge. »Also, einfach dagegentreten?«

»Mit Schwung.«

Ich nahm einen kurzen Anlauf, rief: »Für dich, mein Gott!«, und kickte den Pilz in die Luft.

Irgendwie hatte ich mehr erwartet. Ich dachte mir, wenn Gott Gefallen daran findet, müsste es mir selbst auch ein wenig Freude bereiten. Aber ich fand das Opfern eigentlich nur albern und eklig. Ich verstand nicht, was Gott daran gut finden sollte, wenn ich einen Pilz kaputtmachte.

»Bist du sicher, dass ich Gott damit erfreue?«

Adam nickte schweigend, und ich nahm seufzend neuen Anlauf. Doch bevor ich gegen den nächsten Pilz treten konnte, stellte Adam sich mir in den Weg.

»Das reicht jetzt.«

Verständnislos schaute ich ihn an. »Du hast doch gesagt, je mehr Pilze, umso besser.«

»Schon, aber man muss ja auch nicht gleich übertreiben.«

»Zwei Pilze wären schon übertrieben?«

»Genau.«

»Eben hast du aber noch anders geredet.«

»Das hast du falsch verstanden.«

Adams Meinungsumschwung machte mich misstrauisch. Warum wollte er auf einmal, dass ich keine weiteren Pilze mehr opferte? Hatte er Angst, ich könnte ihm damit den Rang in der Gunst Gottes ablaufen? Bereute er es bereits, mir diesen Tipp überhaupt gegeben zu haben?

»Einen noch«, sagte ich.

»Maßlosigkeit kann Gott überhaupt nicht ab«, warnte mich Adam.

»Du hast ihr damals bestimmt mehr Pilze geopfert oder etwa nicht?«

»Weniger«, antwortete Adam, ohne lange nachzudenken.

Ich schaute ihn zweifelnd an. »Weniger als einen Pilz?«

»Komm jetzt, wir gehen frühstücken.«

Aber ich wollte mich nicht länger von diesem Kerl davon abhalten lassen, meine Beziehung zu Gott zu verbessern. »Geh du ruhig schon vor, ich opfere hier noch ein bisschen weiter.«

»Das lässt du schön bleiben!«

Ich schüttelte den Kopf und fragte provozierend: »Und wer, bitte schön, soll mich daran hindern?«

Der Himmelspalast leuchtete aus sich selbst heraus wie ein schöner Sommermorgen. Die kühn geschwungenen Mauern bestanden aus Sonnenlicht, Musik und Blütenstaub. Kein Missklang gab es in den weiten Hallen und Gemächern, kein übler Geruch und keinen Schatten. Es ließ sich gut darin leben – sofern man kein Allergiker war.

Am liebsten hielt ich mich in der Fenstergalerie auf. Auf beiden Seiten eines Ganges, der sich in horizontloser Ewigkeit verlor, schliefen unzählige Fenster und träumten hinter geschlossenen Läden einen Traum, der die Welt war. Große, kleine, runde, eckige gab es, hohe, lange, schlichte, kunstvolle, alle möglichen Arten, schiere Gucklöcher manche nur und andere gewaltige Panoramafenster. Die allgegenwärtigen Augen.

»Warum öffnest du es nicht ganz, Herr?«, fragte mich Gabriel, als er sich zu mir vor ein kleines, kreisrundes Fenster gesellte, dessen Laden nur einen Spaltbreit aufstand.

»Ich will den Menschen nicht nachspionieren.«

»Aber du beobachtest sie doch gerade durch diesen schmalen Spalt, oder?«

»Ich habe nie behauptet, dass ich ohne Fehler bin. Aber so kann man wenigstens nicht alles erkennen. Sieh selbst!«

Der Engel trat näher an das Fenster heran und streckte seinen Kopf vor. »Ich sehe nichts, nur Bäume und … Oh, da ist eben etwas vorbeigeflogen. Da! Schon wieder. Sind das Vögel oder …«

»Das sind Pilze«, sagte ich brummig.

»Pilze?« Der Engel schaute mich kopfschüttelnd an. »Also, dieser Adam ist doch wirklich das Letzte! Ein unbelehrbarer, provozierender, aufmüpfiger …«

Bevor Gabriel sich weiter echauffieren konnte, ließ ich die Läden ganz aufgehen, so dass man alles deutlich sah. »Das war nicht Adam.«

Wortlos beobachtete Gabriel zusammen mit mir, wie die beiden Menschen miteinander rangen. Adam versuchte Eva festzuhalten, aber die riss sich immer wieder von ihm los und kickte lachend einen Pilz nach dem anderen in die Luft.

»Was stimmt nur mit den Menschen nicht?«, fragte Gabriel sichtlich erschüttert.

»Ich glaube, sie mögen keine Pilze«, sagte ich.

»Sieht ganz so aus. Aber die beiden mögen sich anscheinend auch gegenseitig nicht besonders.«

Wie zur Bestätigung seiner Worte befreite Eva sich gerade aus Adams Umklammerung, indem sie ihm ein Knie in den Unterleib rammte.

»Autsch!« Gabriel verzog sein Gesicht. »Das hat bestimmt weh getan. Dabei war das gestern noch so ein nettes Mädchen.«

Mit unseren Köpfen folgten wir der Flugbahn des nächsten Pilzes, den Eva auf die Reise schickte. »Ja, solange sie jung sind, sind sie noch süß.«

»Da ist nur dieser Adam dran schuld«, sagte Gabriel mit bitterer Überzeugung. »Der hat einen schlechten Einfluss auf sie.«

Nachdenklich rieb ich mir eine Augenbraue. »Nun ja, aber wenn ihm nichts an Eva läge, dann würde er jetzt nicht versuchen, sie von ihrem unbotmäßigen Tun abzuhalten. Das Wohl der Pilze liegt ihm sicherlich nicht so sehr am Herzen, dass er sich deshalb Evas Knüffen und Tritten aussetzt.«

Der Engel wirkte nicht im mindesten beeindruckt. »Mag sein. Aber ich finde dennoch, Eva hätte jemand Besseren verdient. Oh, aber das sollte keine Kritik an dir sein, Herr. Verzei… äh … Verzeichne *ich dort …«, seine Blicke suchten fast panisch die Umgebung ab, um irgendetwas Verzeichnenswertes zu finden, »… eine Sorgenfalte in deinem Gesicht, Herr?«*

So langsam bekam ich den Eindruck, dass mein Wunsch, Gabriel möge sich nicht ständig entschuldigen, so ziemlich das Härteste war, was ich dem Engel je abverlangt hatte. Aber seine Bemerkung, die er eigentlich nur gemacht hatte, um ein unbedachtes ›Verzeihung‹ zu kaschieren, war nichts-

destoweniger zutreffend. Es gab tatsächlich etwas, das mir tiefe Sorge bereitete.

»Komm mit!«, forderte ich Gabriel auf und wanderte mit ihm die Galerie entlang, bis wir an ein Fenster kamen, dessen ovale Form an ein Auge erinnerte. Als wir davorstanden, öffnete es sich, und Gabriel und ich schauten in einen dunklen Nebel, der unheilvoll waberte wie der Rauch eines zerstörerischen Feuers, wie das tintige Wasser um einen flüchtenden Kraken.

Und dann sahen wir auch den Kraken selbst. Ein schwarzer Schatten, der durch die dunklen Schwaden glitt und dessen alleiniger Anblick Kälte beschwor und Bedrohung.

»O nein!«, stöhnte Gabriel neben mir. »Ist er es?«

Ich nickte.

»Dann ist er tatsächlich auf dem Weg hierher?«

Abermals nickte ich.

Der Engel atmete tief durch und richtete sich auf. »Nun gut, wir haben ihn schon einmal besiegt, wir werden ihn auch diesmal aufhalten. Wir können ihn doch aufhalten, nicht wahr, Herr?«

Ich schüttelte den Kopf.

Gabriel starrte mich ungläubig an. »Aber …«

»Ich kann es nicht«, erstickte ich seinen Einwand.

Der Engel war sich offenbar nicht bewusst, welche Konsequenzen es hätte, Luzifer diesmal aufzuhalten. Ich hatte seine Rebellion damals mit der Verbannung an den schlimmstmöglichen Ort bestraft. Wenn ich ihn diesmal stellen und bezwingen würde, welche Strafe blieb mir noch?

Für diesen neuerlichen Verrat gab es nur eine angemessene Vergeltung, und alle meine Engel würden erwarten, dass ich sie aussprach und vollstreckte. Wenn ich Luzifer zu fassen bekäme, müsste ich ihn vernichten.

Und wie sollte ich das können? Wie sollte ich so etwas

je tun können, wo ich ihn doch trotz all seiner Fehler, trotz seiner Abscheulichkeit, trotz seines beispiellosen Verrats, wo ich ihn doch trotz alledem so sehr liebte?

Schwer atmend ließ ich mich inmitten der Pilzstümpfe und der zertretenen Pilzkörper zu Boden sinken und betrachtete entsetzt die Verwüstung, die ich angerichtet hatte. Kein einziger Pilz hatte meine Opferwut überstanden. Eigentlich hatte ich nur drei Pilze opfern wollen, aber Adams Versuch, mich davon abzuhalten, hatte mich so angestachelt, dass ich alles opferte, was mir vor die Füße kam. Und je mehr Adam sich anstrengte, mich zu stoppen, desto unstoppbarer wurde ich.

»Tut mir leid, dass ich dir auf die Nase gehauen habe«, entschuldigte ich mich bei Adam, der neben mir auf einem Stein hockte und eine Hand gegen die blutende Nase presste.

»Und mir tut leid, dass du mir zwischen die Beine getreten hast«, sagte Adam stöhnend.

»Entschuldigung.«

»Weißt du, wie weh das tut?«

Ich zeigte ihm die roten Druckstellen an meinen Handgelenken, wo er mich festgehalten hatte. »Du warst auch nicht gerade zimperlich.«

»Weil du nicht hörst, wenn man dir etwas sagt.«

»Natürlich nicht. Und Stöckchen hole ich auch nicht, kapiert?«

»Habe ich das etwa schon einmal von dir verlangt?«, fragte Adam böse.

»Ich sag ja bloß.«

Mit einer ausholenden Armbewegung deutete Adam auf die Spuren der Pilzopferung. »Wir sollten die toten Pilze vielleicht irgendwie zudecken oder noch besser vergraben.«

»Warum das denn? Gott soll doch sehen, was ich ihr geopfert habe. Wir lassen die Pilze so liegen, dann hat sie länger Freude daran.«

»Gott hat auch noch etwas anderes zu tun, als sich den ganzen Tag zu freuen. Los jetzt, wir verbuddeln die Scheiße, bevor es Ärger ... äh ... ärger anfängt zu regnen.«

Prüfend schaute ich in den Himmel. »Aber es regnet doch überhaupt nicht. Kein Wölkchen zu sehen.«

»Trotzdem, ich rechne jeden Moment mit einem Donnerwetter. Also, beeilen wir uns lieber!«

Er sammelte die herumliegenden Pilze auf einen Haufen. Als er bemerkte, dass ich keine Anstalten machte, ihm zu helfen, sagte er: »Komm schon, Mädchen. Du kannst ja anschließend die Stelle irgendwie als Opferstätte markieren.«

Da es ihm offenbar so wichtig war, half ich ihm schließlich dabei, den Pilzhaufen mit Erde und Steinen zu bedecken. Anschließend markierte ich den Haufen mit einem Kreuz aus zwei übereinandergelegten Ästen.

»Opfern finde ich blöd«, sagte ich. »Wenn ich Gott das nächste Mal sehe, werde ich sie fragen, was daran so toll sein soll.«

»Das würde ich lieber nicht tun«, riet Adam mir ab. »Sonst glaubt Gott noch, du wolltest ihn kritisieren. Das wäre anmaßend. Am besten, du sprichst über diese Opfersache überhaupt nicht mit ihm. Das wirkt bescheiden und sympathisch. Aber wenn du lieber vor ihm prahlen willst – bitte schön, deine Entscheidung.«

Da er mir diesmal seine Meinung nicht aufzuzwingen versuchte, konnte ich sie mir ja mal durch den Kopf gehen lassen. Seine Worte hatten etwas für sich. Zuerst Gutes tun und dann damit angeben war wirklich nicht mein Stil. »Na schön, ich werde Gott nichts darüber sagen, sondern abwarten, bis sie selbst das Thema anschneidet. Glaubst du, sie hat es überhaupt mitbekommen?«

»Ich fürchte, äh, ich denke schon, dass er es gesehen hat.« Adams Gesicht wurde auf einmal ganz bleich. »Sag ihm, es war allein deine Idee.«

»Aber du …«

»Ich muss nicht immer im Mittelpunkt stehen«, wehrte er ab.

»Wie du meinst.« Ich schaute ihn besorgt an. »Du siehst schlecht aus. Geht es dir nicht gut?«

»Meine Nase blutet, mein Unterleib schmerzt und ich habe Hunger wie ein Rudel Löwen, mir geht's her-vor-ragend!«

Auch mein Magen meldete sich immer eindringlicher zu Wort. Zum Glück fanden wir ganz in der Nähe ein paar Himbeerbüsche und einen Nussbaum. Wir pflückten unser Frühstück und suchten uns dann ein gemütliches Plätzchen, wo wir es verzehren konnten. Mit vollem Bauch sahen die Welt und ihre Bewohner gleich viel freundlicher aus. Sogar Adam.

»Glaubst du, Gott kommt uns heute besuchen?«, fragte ich. »Sie hat gestern gar nicht gesagt, wann sie wiederkommt.«

»Wir werden ihn schon noch früh genug zu Gesicht bekommen«, meinte Adam und reckte sich. »Wegen mir kann er sich ruhig Zeit lassen.«

»Aber ich habe noch so viele Fragen an sie.«

»Um Himmels willen, frag ihn bloß nichts! Wenn er erst einmal ins Erzählen kommt, kriegen wir ihn so schnell nicht wieder los.«

»Findest du nicht, dass das irgendwie nervig ist?«, fragte ich.

»Das nervt wie Ameisen im Hintern! Aber was soll ich

machen? Ich kann Gott ja schlecht den Mund verbieten, oder?«

»Nein, das meinte ich nicht«, sagte ich lachend. »Ich meinte dieses ständige Wechseln von ›Sie‹ und ›Er‹, wenn wir uns über Gott unterhalten. Das verwirrt mich total. Ich muss immer erst überlegen, von wem du überhaupt sprichst, wenn du wieder mal von diesem ›komischen Kerl‹ redest oder so.«

»Geht mir genauso. Wenn du von Gottes geblümtem Kleid oder von Gottes Busen sprichst, klingt das für mich, als wärst du nicht ganz richtig im Kopf.«

»Wir sollten uns vielleicht irgendwie einigen, was meinst du?«

Adam nickte erfreut. »Ja, genau! Endlich wirst du vernünftig!«

»Was soll das denn heißen?«

»Nichts. Ich finde es gut, dass du jetzt mit diesem Gott-ist-eine-Frau-Quatsch aufhören willst.«

Empört stemmte ich meine Arme in die Hüften. »Das ist kein Quatsch, du Blödmann! Gottes Erscheinungsbild ist nicht feststehend, sondern variiert je nach seinem Gegenüber. Dir erscheint sie als Mann, mir als Frau, Gabriel vermutlich als Engel und wer weiß, wie der Löwe oder die anderen Tiere sie sehen. Gott kann Frau, Mann, Engel und Löwe sein und das alles sogar gleichzeitig. Hast du das nicht kapiert?«

»Natürlich habe ich das kapiert«, sagte Adam schulterzuckend. »Und das ist doch Quatsch! Was sollen diese Verkleidungen? Warum steht er nicht einfach zu seinem Mannsein?«

»Das fass ich ja nicht!« Missbilligend schüttelte ich den Kopf. Wie konnte jemand nur so borniert sein? »Bist du so blöd oder tust du nur so? Gott ist kein Mann. Sie ist aber auch keine Frau. Gott ist das, was du in ihr sehen willst. Und deshalb wäre es wohl am besten, wenn wir uns überhaupt kein festgelegtes Bild von ihr machten. Betrachten wir ihr Geschlecht und ihr Aussehen einfach als unwesentliche Begleiterscheinung und konzentrieren uns auf das, was wirklich Gott ausmacht, nämlich auf das, was sie uns mitzuteilen hat, auf den Inhalt ihrer Worte.«

»Das Gequatsche?«, fragte Adam erstaunt. »Also, eigentlich war gerade das für mich immer die unwesentliche Begleiterscheinung.«

Ich versuchte Adam dazu zu bewegen, Gott zu bitten, sich uns einheitlich zu präsentieren, damit das verwirrende Geschlechterhopping aufhörte.

»Du wirst sehen, Gott ist eine sehr nette ältere Dame«, sagte ich. »Sie wird dir gefallen.«

Kopfschüttelnd grinste Adam mich an. »Das könnte dir so passen! Wenn wir uns auf einen Gott einigen, dann auf meinen. Er ist ein sehr netter älterer Herr.«

»Ich dachte, er wäre ein verrückter alter Knacker«, zitierte ich einen seiner Sprüche.

»So etwas habe ich nie behauptet.«

»Ich sag dir, was wir machen: Wir lassen Gott selbst entscheiden.«

»Den verrückten Kerl?«, rief Adam. »Nachher kommt er noch als Riesenkäfer im Blümchenkleid.«

Offenbar befürchtete er, Gott könnte sich auf meine Seite schlagen und sich für das weibliche Geschlecht entscheiden. Ich wollte schon aufgeben und alles beim Alten belassen, als mir etwas einfiel.

»Wir könnten darum spielen.«

In Adams Augen flackerte sofort Interesse auf. »Gute Idee! Wer am weitesten spucken kann, okay?«

»Nein, das ist eklig.«

»Wie wäre es mit einem Wettrennen?«

Ich schüttelte den Kopf. »Das wäre ungerecht. Meine Beine sind Laufen noch nicht so gewöhnt. Schließlich machen sie das erst seit einem Tag. Da hättest du einen Riesenvorteil. Aber ich weiß, was wir machen. Als wir uns gestern nicht auf den Namen von der Fliege einigen konnten, habe ich mir ein Entscheidungsspiel überlegt, bei dem jeder die gleiche Gewinnchance hat. Pass auf, ich zeige es dir!«

Ich schloss meine Hand zur Faust und sagte: »Stein.« Dann streckte ich meine flache Hand aus und sagte: »Wasser.« Zum Schluss hielt ich Daumen und Zeigefinger gespreizt. »Zweig.«

Adam glotzte mich verständnislos an. »Und was soll das?«

»Der Stein zerschlägt den Zweig und gewinnt«, erklärte ich das Spiel. »Das Wasser verschluckt den Stein und gewinnt. Und der Zweig schwimmt auf dem Wasser und gewinnt. Ich zähle immer bis drei, und dann zeigen wir gleichzeitig, was wir haben. Wer zuerst dreimal gewonnen hat, ist der Sieger. Na, wie klingt das?«

»Ich weiß nicht«, sagte Adam unentschlossen.

»Du hast wohl Angst, gegen mich zu verlieren, wie?«

»Spielen wir!« Adam straffte sich und schaute mich dann eifrig an. »Was soll ich jetzt noch mal genau tun?«

Ich zeigte es ihm, indem ich meine Hände zu Fäusten ballte und erklärte: »Links, das bist du, und rechts bin ich.« Dann verbarg ich beide Hände hinter meinem Rücken, zählte bis drei und holte sie auf drei gleichzeitig wieder nach vorne. Links hatte ich Daumen und Zeigefinger gespreizt, rechts die Hand flach ausgestreckt. »Du hast Zweig und ich Wasser, Zweig schwimmt auf Wasser, also hast du gewonnen. Wenn ich aber etwas anderes genommen hätte«, ich demonstrierte es, indem ich die rechte Hand zur Faust ballte, »hieße es Stein zerschlägt Zweig und ich hätte gewonnen.

Hätte ich ebenfalls Zweig gewählt«, auch das machte ich ihm der Deutlichkeit halber vor, »hätte keiner von uns gewonnen. Alles klar?«

»Klarer geht's nicht.«

»Gut, also dann: Hände auf den Rücken und los! Eins – zwei – drei.«

Während ich zählte, überlegte ich mir, was Adam wohl nehmen würde. Da ich ihm den Zweig vorgeschlagen hatte und er ungern auf mich hörte, würde er wohl etwas anderes nehmen. Der Stein würde zu ihm passen. Irgendetwas kaputthauen, ja, das machte ihm vermutlich Spaß. Also wählte ich als Erstes das Wasser.

Doch ich hatte mich in Adam getäuscht. »Der Zweig schwimmt auf dem Wasser«, sagte ich seufzend. »Du hast jetzt ein Mal gewonnen. Aber das heißt noch gar nichts.«

Angestrengt dachte ich darüber nach, wie Adams Gedankengänge nun wohl aussehen mochten. Vermutlich nahm er an, ich würde nun seinen ersten erfolgreichen Durchgang einfach nachahmen und nun meinerseits den Zweig nehmen. Also würde er den Stein wählen. Aber nicht mit mir, Junge!

Ich zählte bis drei und zeigte dann das Wasser.

»Zweig schwimmt auf dem Wasser«, sagte Adam grinsend. »Das Spiel macht Spaß.«

Da konnte man geteilter Meinung sein. Das war ein blödes Spiel. Ich hatte angenommen, Adams eher schlichtes Gemüt durchschauen zu können. Aber offenbar hatte ich ihn unterschätzt. Meine Gedanken rasten mit Lichtgeschwindigkeit durch meinen Kopf, während ich ganz langsam bis drei zählte. Zweimal hintereinander hatte ich Wasser genommen und verloren. Sogar Adam würde mich nicht für so blöd halten, es ein drittes Mal zu versuchen. Bestimmt rechnete er damit, dass ich diesmal etwas anderes wählte. Ha! Falsch gedacht, mein Lieber!

Doch schon im nächsten Moment, musste ich erkennen, dass ich selbst es war, die erneut falsch gedacht hatte.

»Zweig schwimmt auf Wasser«, lachte Adam.

»Ja, schon gut, du hast gewonnen«, sagte ich zerknirscht. Ich verstand nicht, wie das passieren konnte. Dabei hatte ich mir doch solche Mühe gegeben, seine Gedankengänge vorauszuahnen. Der Mann war äußerst gerissen.

»So, jetzt bist du mal eine Weile der Zweig und ich mache die anderen Sachen«, sagte er.

Ungläubig starrte ich ihn an. Er verbarg wieder seine Hand hinter dem Rücken, bereit für eine neue Runde. »Adam, das Spiel ist zu Ende. Hör mal, du hast doch nicht etwa angenommen, du müsstest immer den Zweig machen, oder? Das ergibt doch überhaupt keinen Sinn. Wenn du immer das Gleiche machen müsstest, dann würde doch zwangsläufig immer ich gewinnen.«

»Und wieso hast du dann verloren?«

Tja, gute Frage. Auf einmal kam ich mir so richtig, richtig blöd vor. »Ich wusste ja nicht, dass du die Spielregeln nicht kapiert hast. Du hättest …« Ich winkte ab. »Ach, egal. Du hast jedenfalls gewonnen, und ich stehe zu meinem Wort. Ich werde Gott fragen, ob er für mich in Zukunft ebenfalls als Mann in Erscheinung tritt. Willst du wirklich, dass Gott ein Mann ist?«

»Schwimmt ein Zweig auf dem Wasser?«, fragte Adam zurück und grinste über das ganze Gesicht.

Am Nachmittag beschäftigte ich mich mit allerhand Arbeiten, um nicht über meine Dummheit nachdenken zu müssen. Ich hatte Bammel vor Gottes nächstem Erscheinen, da ich nicht wusste, wie sie reagieren würde, wenn sie erfuhr, dass ich ihre Brüste verzockt hatte.

Die Verschönerungen, die ich in der näheren Umgebung

von Sophia vornahm, lenkten mich zum Glück einigermaßen ab. Mit Adams Hilfe, für die ich nur knapp eine Stunde zu quengeln brauchte, rückten wir Sophia an den Waldrand unter einen Baum, so dass man vor Regen und Sonne geschützt war, wenn man auf ihr ruhte. Danach sammelte ich abgefallene Äste, spitze Steine, angefaultes Fallobst und Tierexkremente und schichtete diesen Abfall außerhalb unseres Wohnareals auf einen großen Haufen. Adam weigerte sich, hierfür auch nur einen Handschlag zu tun, solange ich ihm nicht erklären konnte, wozu das gut sein sollte.

Ich erklärte ihm die Prinzipien moderner Wohnästhetik, zu denen nun mal gehörte, dass man nicht alle paar Schritte in Fäkalien und anderen Unrat trat. Adam verstand nicht, was ich mit *Ästhetik* meinte. Ich erklärte es ihm. Er verstand nicht, was ich mit *Wohnen* meinte. Ich erklärte ihm auch das. Adam verstand nicht, warum ich ihm das alles erklärte. Ich erklärte es ihm. Schließlich nickte er verstehend und meinte, ich solle ihn mit dem Scheiß in Frieden lassen. Wohnen finde er albern und die Ästhetik könne ihm mal schön den Buckel runterrutschen. Dann legte er sich auf Sophia und schaute mir seelenruhig zu, wie ich mich weiter abmühte.

Aber ich ließ mir meinen Ärger nicht anmerken. Sogar dieser Ignorant würde erkennen, warum ich mir die Mühe gemacht hatte, wenn unser neues Heim erst einmal schön behaglich war. Er würde sich schon noch ans Wohnen gewöhnen und dann mit der Herumtreiberei von Ort zu Ort aufhören. Freiheit und Unabhängigkeit sind ja ganz nett, aber man kann sie nicht mit Blüten und Muschelschalen verzieren. Für den wohnenden Menschen sind sie also weitgehend nutzlos.

Ich teilte das kleine Wohnareal rund um Sophia in verschiedene Funktionsbereiche ein. Sophia selbst, die nun unter einer schattigen Kastanie stand, bildete die Ruhe- und

Relaxzone, der Seeabschnitt unter der Trauerweide war unser Bade- und Unterhaltungsterritorium, ein hohler Baum diente mir als Vorratsspeicher. Außerdem gab es eine Blumenwiese, für die ich noch irgendwelche Sitzgelegenheiten benötigte, so dass wir dort Gäste wie Gott oder Gabriel empfangen konnten. Ich dachte da zum Beispiel an ein paar große, moosbedeckte Steine, die sich bestimmt im Wald finden ließen. Allerdings brauchte ich dann Adam, um sie gemeinsam mit ihm auf die Wiese zu schleppen. Das würde noch ein ganzes Stück Arbeit bedeuten – nicht so sehr die Schlepperei, sondern Adam überhaupt dazu zu bewegen, mir zu helfen.

Zu guter Letzt suchte ich etwas Abgeschiedenes für unsere Ausscheidungen. Zwei dickstämmige Eichen am Rand unseres Wohnbereichs mit reichlich Gebüsch drum herum schienen mir bestens geeignet, um blickgeschützt und geräuschgedämpft unsere Notdurft zu verrichten. Hinter dem abgelegeneren der Bäume würde ich mich erleichtern, den anderen sollte Adam benutzen. Auf einem Palmwedel schleifte ich Sand und Kies vom Seeufer bis zu den Toilettenbäumen, um unsere Fäkalien damit dezent bedecken zu können. Etliche Male zog ich das beladene Palmblatt vom See bis zum Wald. Das war zwar ganz schön anstrengend, aber nicht zu ändern. Für ein schönes Zuhause musste man eben eine Menge Kies hinblättern.

Zum Schluss, als ich bereits zwei große Haufen herangeschafft hatte, bekam ich sogar Hilfe. Woff, den ich heute noch gar nicht gesehen hatte, tauchte plötzlich wieder auf und begann, nachdem er Adam und mich begrüßt hatte, das beladene Palmblatt mit mir zusammen in Richtung Toilettenbäume zu zerren. Nun gut, mit seinen scharfen Zähnen hatte er es schon bald völlig zerfetzt, aber der gute Wille zählte, und ich war ohnehin soweit fertig.

Stolz wollte ich Adam alles zeigen, aber dieser war zu beschäftigt damit, auf Sophia zu liegen und sich Namen auszudenken, wie er behauptete. Da ich zu erledigt war, um mich mit ihm herumzustreiten, legte ich mich einfach neben ihn, ignorierte sein Gemaule und war kurze Zeit später auch schon eingeschlafen.

Als ich aufwachte, stand die Sonne schon tief und tauchte die Welt in rötliches Abendlicht. Von Adam war nichts zu sehen. Ich wollte ihn gerade rufen, als ich von der anderen Seite des Kastanienbaums ein Plätschern und fröhliches Pfeifen hörte.

»Adam!« Wütend sprang ich auf. »Schlägst du etwa dein Wasser in unserer Ruhe- und Relaxzone ab?«

Adam streckte seinen Kopf hinter dem Baumstamm hervor. »Nein, ich pisse hier an die Kastanie.«

»Das gibt's ja wohl nicht!«, schimpfte ich, als Adam mit Unschuldsmiene vor mir stand. »Da müht man sich den ganzen Tag ab, um es ein bisschen heimelig zu haben, und dann kommst du und lässt es laufen, wo es dir passt. Direkt an den Baum, unter dem Sophia steht – das ist so ekelhaft!«

»Das vertreibt die Nashörner«, versuchte Adam mir weiszumachen.

»Wie fürsorglich von dir«, spottete ich. »Ich sehe aber weit und breit keine Nashörner.«

Adam drehte beide Handflächen nach oben und zog die Augenbrauen hoch. »Scheint zu wirken.«

»In Zukunft vertreibst du die Nashörner dort hinten«, sagte ich streng und zeigte auf meine Toilettenbäume.

»Am Pfirsichbaum?«

»Nein, weiter hinten.«

»Wie? Ich soll jedes Mal bis zum hohlen Baum laufen, wenn ich pinkeln muss? Das ist nicht dein Ernst!«

»Nicht der hohle Baum. Noch weiter hinten. Die zwei Eichen. Siehst du sie?«

Angestrengt schaute Adam in die Ferne. »Gerade so eben. Das kannst du vergessen! Bis ich von dort hinten zurückgelaufen bin, muss ich ja schon wieder.«

Ich rollte mit den Augen. »Du übertreibst. Deine Blase ist doch nicht so klein wie dein Gehirn. Bitte, Adam, wenn du mir ständig Steine in den Weg legst, kriegen wir es hier nie wohnlich.«

»Was kriegen wir nicht?«

»Ich will es doch nur schön haben.«

Adam schaute mich verständnislos an. »Aber es *ist* doch schön hier.«

»Ja, auf den ersten Blick vielleicht. Weißt du, Adam, ich hätte es gerne ordentlich, wenn Besuch kommt. Bei Gabriel im Himmel ist bestimmt alles tipptopp.« Zärtlich streichelte ich Adam über den Oberarm. »Ich könnte übrigens deine Hilfe gebrauchen. Wärst du so lieb und holst mit mir zusammen ein paar große, mit Moos überzogene Steinbrocken aus dem Wald?«

»Wozu das denn?«

»Also, ich hatte mir gedacht, es wäre doch hübsch, wenn wir sie auf der Wiese da hinten so platzierten, dass es eine gemütliche Sitzgruppe ergibt.«

Mit einer Begeisterung, deren vollkommenes Fehlen sich deutlich auf Adams Gesicht zeigte, erwiderte er: »Wir haben doch Sophia zum gemütlichen Gruppensitzen. Reicht das nicht?«

Ich rümpfte die Nase. »Auf Sophia ist gerade genug Platz für zwei Personen. Und was machen wir, wenn zum Beispiel Gabriel vorbeikommt? Soll er sich bei dir auf den Schoß hocken? Oder etwa einfach auf den Boden wie Woff?«

Ungläubig zeigte Adam mit dem Finger auf sich. »*Ich* soll

Steine schleppen, weil dieser Engel sich zu fein ist, um auf dem Boden zu sitzen?«

»Mir zuliebe.«

»Tut mir leid, Eva«, Adam machte mit beiden Händen eine abwehrende Geste, »aber das wirst du nie erleben. Für Gabriel vergieße ich nicht einen Schweißtropfen. Wenn du mit etwas Sinnvollem kommst, helfe ich dir gerne. Aber nicht bei so einem nutzlosen Quatsch. Da brauchst du mich gar nicht so anzusehen mit deinen großen Augen!«

»Aber allein schaffe ich es nicht.«

»Das ist nicht mein Problem.«

Eine Träne kullerte mir über die Wange. »Bitte.«

Adam schüttelte grimmig den Kopf und ging davon.

»Jetzt komm schon mit!«, rief er mir über seine Schulter hinweg zu. »Ich weiß, wo ein paar schöne Steine liegen.«

Vor dem Fenster herrschte bereits ein richtiges Gedränge, als ich dort eintraf. Gabriel nickte mir mit ernstem Gesicht zu. Josariel und Dezibel, die sich auf meinen Wunsch hin hier eingefunden hatten, deuteten eine Verbeugung an und traten dann ehrfürchtig zur Seite, damit ich freie Sicht hatte.

»Was machen die Menschen?«, fragte ich in die Runde.

»Die beiden sind ja so putzig«, platzte Josariel heraus, bevor Gabriel antworten konnte.

»Oh, Josie, sei still!«, herrschte Dezibel sie an. »Du würdest doch sogar Satan putzig finden, wenn du ihm begegnen würdest.«

Wenn ich mir Josariel und Dezibel so ansah, fragte ich mich, ob es klug von mir gewesen war, die Engel geschlechtslos zu machen. Offenbar hatten sie das Bedürfnis, einem Geschlecht anzugehören, denn viele von ihnen gebärdeten sich ungeachtet ihrer neutralen Natur dennoch wie Mann oder Frau. Stolz trugen sie ihre Pseudo-Geschlechtlichkeit wie ein

Modeaccessoire. Ihr Verhalten überraschte mich nicht, denn das Geschlecht wurde nicht allein biologisch determiniert, war kein bloßer Widerhall des hormonellen Orchesters; eine Frau bestand nicht aus Myriaden winziger Frauen, eingesperrt in Myriaden Zellen ihres eigenen Körpers. Das Prinzip des Weiblichen und Männlichen war älter als das erste Ei und die erste Spermatozoe. Es war so alt wie die Sterne.

Ein Stern musste seine nach innen wirkende Anziehungskraft mit dem nach außen wirkenden Strahlendruck ins Gleichgewicht bringen, sonst war er dem Untergang geweiht. Die bewahrende Kraft nach innen und die fortstrebende Kraft nach außen – beide waren gleich wichtig und bedingten sich gegenseitig, wenn nicht alles in sich zusammenfallen oder explodieren sollte. Und die Sterne waren – es werde Licht! – zuerst da. In den Glutöfen der Sonnen wurde alles andere gebacken. So ist jeder Engel, jeder Mensch, jedes Tier, jede Pflanze, jedes Ding einmal Teil eines Sternes gewesen. Und das Prinzip der nach innen ziehenden und nach außen drückenden Kräfte, das viele Millionen Jahre lang geherrscht hatte, war ebenfalls in alles eingebrannt und verlangte bis heute nach einem Gleichgewicht.

Daran musste ich denken, als ich Josariel und Dezibel nebeneinanderstehen sah. Die beiden Engel verkörperten dieses Grundprinzip der beiden entgegenwirkenden Kräfte aufs Anschaulichste. Josie, wie Josariel von den meisten Engeln gerufen wurde, hatte ein sanftes, warmes, flauschiges Gemüt, ihre Locken fielen wie ein nachtdunkler Wasserfall zwischen ihre Flügel, dauerhafte Schneekristalle funkelten darin, ließen ihr Gefieder glitzern und schienen sogar hinter ihren Augen herabzuschneien. Ihr Kleid umhüllte sie wie ein warmer Sommerwind, der goldenen Sand und rötlichen Staub mit sich trug. Und obwohl Josariel als unsere Modeexpertin bei der Schuhmode so manchen Trend gesetzt hatte, sah ich sie immer nur barfuß laufen. Josie war ein Engel unter den Engeln, immer frohgelaunt, jedermanns Freund, ein gefiederter Sonnenschein. Leider ein bisschen meschugge.

»Du sollst diesen Namen nicht in den Mund nehmen«, wies Gabriel den jungen Dezibel zurecht. »Wenn du ihn schon unbedingt erwähnen musst, dann nenne ihn ›Luzifer‹, denn so hieß er als Engel und so soll er auch als Gefallener Engel heißen.«

In Dezibels gelben Augen flammte kurz Widerspruch auf, aber der Engel besann sich eines Besseren und nickte demütig. Rote und schwarze Linien durchzogen sein Gesicht und formten sich zu spitzwinkligen Mustern, zu stilisierten Pfeilen, Speeren und Schwertklingen. Sogar sein Haar entbehrte jeglicher Weichheit. Wild und ungezähmt stand es in alle Richtungen, dornige Zweige, lange Holzsplitter, Lanzen, die aus seinem Kopf hervorstachen. Er trug eine dunkelbraune Lederkluft, schwere Stiefel, seine Flügel hatte er nachtblau gefärbt und auf den linken einen Blitz, auf den rechten ein flammendes Schwert gemalt. Mit diesem Engel war augenscheinlich nicht zu spaßen. Man musste schon genau hinsehen, die martialische Aufmachung durchschauen, um die Unsicherheit und Angst zu erkennen, die sich darunter verbargen. Der kriegerische Dezibel wurde in seinem Innersten von Ängsten geplagt und verbarg seine Schwäche hinter lauthalsem Draufgängertum.

»Aber die Menschen sind wirklich zu goldig«, lenkte Josie unsere Aufmerksamkeit wieder auf das Geschehen im Paradies. »Schaut doch nur, wie sie sich mit diesem Stein abmühen. Das ist schon der dritte Ort, an den sie ihn schleppen. Allerliebst.«

Adam und Eva standen in einer Blumenwiese vor einem großen Steinklotz und diskutierten lebhaft miteinander. Schließlich hoben sie gemeinsam den Stein wieder an, trugen die schwere Last ein paar Schritte weiter, legten sie ab und fingen sogleich wieder an zu diskutieren.

Als die beiden den Stein erneut woanders hinschleppten, schaute Dezibel mich fragend an: »Wieso machen die das?«

Eigentlich hatte ich mir vorgenommen, die Menschen nicht zu belauschen und schon gar nicht in ihren Gedanken zu forschen. Ab und zu nachsehen, ob alles in Ordnung ist, das schon, aber weiter wollte ich nicht gehen. Allerdings wollte ich diesem jungen Engel auch nicht eingestehen, dass ich nicht so recht wusste, was meine zwei Menschen dort unten gerade trieben.

Ich warf Gabriel einen hilfesuchenden Blick zu, aber der Erzengel machte selbst einen ratlosen Eindruck. Also schaute ich notgedrungen in Adams Gedanken, um herauszufinden, wozu sie den Steinbrocken durch die Gegend schleppten.

Adam wusste es auch nicht.

»Sieht so aus, als wären die beiden übergeschnappt«, versuchte Dezibel sich schließlich selbst an einer Antwort.

»So manches, was auf den ersten Blick sinnlos erscheint, entpuppt sich im Nachhinein als Teil eines wunderbaren Planes«, belehrte ich den Heißsporn. »Du siehst offenbar nur zwei Personen, die einen schweren Stein schleppen. Aber da steckt mehr dahinter. Der Stein ist ein Symbol. Er stellt das Schicksal dar, das die beiden von nun an gemeinsam tragen wollen. Deshalb legen sie ihn auch mal hierhin und mal dorthin: um zu verdeutlichen, dass es ganz egal ist, wohin das Schicksal sie führt, solange sie nur zusammen sind.«

»Das ist ja sooo süß«, rief Josie begeistert.

Endlich ließen Adam und Eva den Stein an seinem Platz liegen, verschwanden gemeinsam im Wald und kehrten wenig später mit einem weiteren Brocken zurück, den sie in der Nähe des ersten absetzten.

»Ist das noch ein Symbol?«, fragte Dezibel.

»Zwei Menschen, zwei Schicksale«, erklärte ich lapidar. »Unter Mühen zusammengeführt, aber nun unverrückbar beieinanderliegend. Deshalb sind es so schwere Steine. Weder Sturm noch sonstige Unbill des Wetters kann die beiden trennen.«

»Hach, ich muss ich gleich heulen«, schniefte Josariel voller Rührung.

Kurz darauf liefen Adam und Eva erneut in den Wald und schleppten alsbald den dritten Stein heran. Dezibel schaute mich fragend an.

»Alles werde ich dir jetzt auch nicht erklären«, sagte ich schroff. »Benutze deinen eigenen Verstand!«

»Ich weiß es, ich weiß es«, meldete sich Josie aufgeregt zu Wort. »Der Klotz, mit dem sie sich gerade abplagen, symbolisiert ein Kind. Die beiden kriegen ein Baby. Oh, ist das wunderbar! Ist das nicht wunderbar?«

Josariel täuschte sich. Ob die Menschen den Weg der Fortpflanzung oder der Unsterblichkeit wählen würden, war noch ungewiss. Die Entscheidung lag bei Adam und Eva, und ich war sehr gespannt darauf. Würden sie das Leben bewahren, indem sie es in sich selbst behielten, und somit das Risiko auf sich nehmen, vom Gewicht der Zeit erdrückt zu werden, in den eigenen Gewohnheiten zu erstarren, im Sumpf der Eintönigkeit zu versinken?

Die Engel machten es so. Sie überließen es mir, für frisches Blut unter ihnen zu sorgen. Und der Tag, an dem ich den letzten Engel ins Leben rufen würde, läge nur ein paar hundert Millionen Jahre von dem Tag entfernt, an dem das Engelsgeschlecht vollständig von der Zeit zermalmt sein würde zu Sternenstaub und schwarzem Vergessen.

Würden die Menschen diesem Beispiel folgen? Oder entschlössen sie sich dazu, neues Leben aus sich selbst heraus entstehen zu lassen? Würden sie das göttliche Geschenk der Lebensgebung annehmen und diesen Abglanz von Göttlichkeit mit dem eigenen Sterben bezahlen?

Adam und Eva hatten diese biologische Möglichkeit in sich noch nicht erkannt, das spürte ich. Aber ich verzichtete darauf, Josariels Deutung, der dritte Stein symbolisierte ein Baby, zu widerlegen. Das besorgten die Menschen für mich, als sie einen vierten Stein aus dem Wald heranschleppten.

»Zwillinge!«, rief Josie mit leuchtenden Augen. »Es werden Zwillinge.«

Tja, man konnte sie nur schwer von etwas abbringen, das sie sich einmal in den Kopf gesetzt hatte. Von mir aus sollte sie ruhig weiter an ihrer Theorie festhalten. Sie würde schon noch früh genug merken, dass sie falschlag. Wer weiß, wie viele Steine Adam und Eva noch anbringen würden? Womöglich wollten sie die ganze Wiese damit pflastern.

Gabriel neigte sich zu mir und raunte mir ins Ohr: »Eigentlich hatte ich geglaubt, die seltsamste Handlung der Menschen wäre gewesen, die Pilze zu begraben. Aber das hier ist noch merkwürdiger. Direkt unheimlich. Warum lassen sie die Steine nicht einfach im Wald? Als Nächstes stellen sie noch die Bäume um. Ich kapier die Menschen nicht.«

»Man muss nicht immer alles verstehen«, sagte ich laut. »Es genügt, wenn man an etwas glaubt. Ich glaube an die Menschen, und ich liebe sie mit all ihren Unzulänglichkeiten. Hab auch du ein wenig Vertrauen, Gabriel!«

Der Erzengel legte beide Hände über sein Herz. »Das werde ich. Denn ich vertraue dir, *Herr. Und ich liebe* dich *– mit jeder Faser meines Körpers.«*

»Ich auch, das tue ich auch«, rief Josariel und umarmte mich. »Ich liebe dich so sehr, dass es quietscht.«

Verlegen erwiderte ich ihre Umarmung. »Ich danke euch. Seid euch auch meiner Liebe versichert.«

Daraufhin drückte Josariel mich noch fester an sich. Ich klopfte ihr sanft auf die Schulter, während ich zwischen ihren Flügeln hindurch Gabriel hilfesuchende Blicke zuwarf.

»Josie, das reicht jetzt!«, rief der Erzengel, und nach kurzem Zögern ließ Josariel von mir ab.

»Na gut, aber das musste mal gesagt werden«, meinte sie und lächelte mich vehement an.

Rasch drehte ich mein Gesicht von ihr weg und fing dabei Dezibels unsicheren Blick auf. Der Engel erschrak dermaßen, als ich ihn plötzlich ansah, dass er unter seiner kriegerischen Gesichtsbemalung regelrecht erbleichte. »Äh, ich …«, sagte er, öffnete zögerlich seine Arme und machte einen unbeholfenen Schritt auf mich zu.

Jetzt war ich es, der erbleichte. Der Engel stockte, verschränkte seine Arme vor der Brust und räusperte sich, als würde ihm etwas Sperriges im Hals stecken.

»Ich … äh … ich kann dich auch gut leiden, Herr.«

Josariel rammte ihm ihren Ellbogen in die Seite, und Dezibel ergänzte: »Ich kann dich so gut leiden, dass es quietscht.«

Gabriel verdrehte die Augen und ich sagte: »Danke, Dezibel, das bedeutet mir viel.« Ich beschloss, die gegenseitigen Sympathiebekundungen zu beenden, bevor wir uns alle noch quietschend in den Armen lagen. »Und ich hoffe, ihr mögt mich auch noch, wenn ich euch verrate, weshalb ich euch hier hergebeten habe.« Ich deutete auf das Fenster, in dem Adam und Eva zu sehen waren, wie sie gerade einen der Steine ein paar Handspannen verrückten, nur um ihn wenig später in die ursprüngliche Position zurückzuwuchten. Ich versuchte, mich von dem Geschehen nicht ablenken zu lassen, und fuhr fort: »Josariel, Dezibel, ich möchte, dass ihr euch in den Garten Eden begebt, um den Menschen zur Seite zu stehen.«

»Wir sollen Rumrotz und Ritzi beim Steineschleppen helfen?«, fragte Dezibel naserümpfend.

Nun war Gabriel an der Reihe, blass zu werden, also noch blässer als ohnehin schon. »Dezibel!«, bellte er.

»Oh!« Der Engel hob sich erschrocken eine Hand vor den Mund. »Adam und Eva, wollte ich sagen. Klar helfe ich Adam und Eva. Was immer Adam und Eva vorhaben, auf mich können die beiden sich verlassen, dieser Adam und diese Eva.«

»Du bist so ein Idiot!«, sagte Josie.

»Rumrotz und Ritzi?« Mit hochgezogener Augenbraue schaute ich Gabriel an, der sichtlich zusammenschrumpfte.

»Kann sein, dass ich so etwas erwähnt habe, als ich den anderen von der ersten Begegnung der beiden Menschen erzählte. Tut mir ... äh, ja ... tut mir einen Gefallen, Dezibel, Josariel, und vergesst diese dummen Namen. Sagt es auch den anderen. Den Nächsten, den ich erwische, wie er ›Rumrotz‹ oder ›Ritzi‹ sagt, schließe ich tausend Jahre vom Chorgesang aus.«

»Rumrotz«, sagte Dezibel. »Ritzi.«

»O nein, dich nicht, Freundchen!« Gabriel schüttelte grinsend den Kopf. »Du bekommst extra Gesangsstunden und ausgedehnte Soloparts in den nächsten hundert Chorprojekten.«

»Verdammt!«

»Außerdem wirst du das Lautespielen erlernen und meldest dich für die Posaunengruppe. Und wenn du noch einmal fluchst, sitzt du bis zum nächsten Urknall an der Harfe und spielst Tonleitern. Haben wir uns verstanden?«

Dezibel machte ein Gesicht, als wären ihm sämtliche Haarsträhnen abgebrochen. Stumm, mit zusammengepressten Lippen, nickte er.

Nun wandte Gabriel sich mir zu. »Auf ein Wort, Herr«,

sagte er und zog mich sachte weg. Gemeinsam schritten wir den Gang hinunter, bis wir an ein Fenster kamen, hinter dem nur eine konturlose weiße Fläche zu sehen war.

»Du willst mit mir hinter die Welt?«, fragte ich.

Der Erzengel nickte. Also stiegen wir durch das Fenster und wurden einen Augenblick später vom weißen Nichts verschluckt.

ADAM

14 | Wenn sie anfängt, feucht zu werden, dann renn, so schnell du kannst!

Hier nicht und da nicht und dort auch nicht. Überall, wo wir den Steinklotz absetzten, störte Eva irgendetwas. Nein, nicht so nah bei den Disteln! Doch nicht neben den Ameisenhaufen! Findest du nicht, dass es hier irgendwie zieht? Guck mal, da drüben wachsen noch schönere Blumen!

Das Ding wog ja auch nur so viel wie fünf Elefanten, das schleppte ich mit Vergnügen durch die Botanik. Wie hatte diese Verrückte es bloß geschafft, mich für so einen Mist zu gewinnen?

Ich verstand immer noch nicht, wozu diese Aktion gut sein sollte. Was sprach dagegen, sich einfach ins Gras zu setzen? Aber nein, Gras war nicht gut genug für Gabriels Hintern, es musste Moos sein. Moos auf Stein, das wäre unabdingbar für ein angenehmes Wohnen.

Früher reichte es, einfach nur irgendwo zu sein und dabei vielleicht ein bisschen zu atmen oder so. Und auf einmal musste man unbedingt wohnen. Seitdem Eva bei mir war, wurde das Leben immer komplizierter. Ich sollte sie einfach fortjagen! Aber ich hatte das unbestimmte Gefühl, dass sie mir dann vielleicht irgendwie fehlen würde. Mit Eva war es nicht auszuhalten, und ohne sie war es nicht zu ertragen. So scheißkompliziert war mein Leben schon geworden!

Statt Eva wegzuschicken, was das Klügste wäre, schleppte ich also Felsblöcke für sie und kam mir dabei vor wie der letzte Idiot. Wenn sie sich wenigstens mit zwei oder drei Steinen zufriedengegeben hätte. Aber nein: noch einen und noch einen und noch einen letzten und dann noch einen und jetzt aber wirklich den allervorletzten.

Falls Besuch kommt, müsse der ja irgendwo sitzen. Ja, wen erwartete sie denn? Die himmlischen Heerscharen? O Gott, hoffentlich hatte sie Gabriel nicht eingeladen und ihm vorgeschlagen, ruhig ein paar Freunde mitzubringen. Wenn ich Pech hatte, kam gleich eine ganze Horde Engel auf ein Schwätzchen herbeigerauscht und blieb bei uns hocken, bis das Moos von den Steinen welkte. Allein die Vorstellung jagte mir einen kalten Schauer über den Rücken. Ich wohnte gerade mal seit einem halben Tag, aber es ging mir jetzt schon gehörig auf den Sack. Wenn Gott gewollt hätte, dass ich wohne, hätte er mich mit Saugnäpfen am Hintern geschaffen.

Endlich, nach einem ewigen Nachmittag des Steineschleppens, befand Eva, dass die Sitzgruppe so bleiben konnte. Sechs große, teilbemooste Steine hatten wir so platziert, dass sie ungefähr in der Mitte der Wiese lagen und die Eckpunkte einer riesigen Bienenwabe bildeten. Das war Evas Idee gewesen. Ich persönlich hätte sie alle direkt am Wiesensaum abgesetzt. Das hätte ebenfalls nett ausgesehen und wir hätten sie nicht so weit zu tragen brauchen. Aber nein: Wiesenmitte, Bienenwabe, sei lieb, Adam, ja?

Ja, ich war lieb. Aber was hatte ich davon? Mir tat der Rücken weh, ich musste wohnen und jeder Arsch konnte mich ab sofort besuchen. Ich könnte kotzen vor Liebheit.

Wir standen ein paar Schritte von der Steingruppe entfernt, und Eva konnte sich gar nicht daran sattsehen. Lächelnd legte sie mir einen Arm um die Schulter. »Na, was sagst du jetzt? Das war die Mühe doch wert, oder?«

Ich sagte nichts.

»Gefällt es dir nicht?«

»Doch, es ist – wohnlich«, antwortete ich schnell, bevor Eva noch auf die Idee kam, dass mir ein Achteck vielleicht größere Begeisterung entlocken würde.

Eva strahlte. »Ich wusste, du würdest es mögen, wenn es erst einmal fertig ist. Obwohl – noch ist es ja nicht ganz fertig.«

»Ist es nicht?«, fragte ich erschrocken.

»Ich brauche noch Muschelschalen.«

»Muschelschalen«, sagte ich.

»Und Schneckenschleim.«

»Schneckenschleim«, sagte ich.

»Damit wird es dann perfekt. Was meinst du?«

Muschelschalen und Schneckenschleim – Eva hatte anscheinend vollends den Verstand verloren. Ich traute mich gar nicht zu fragen, was sie genau vorhatte. Stattdessen antwortete ich spöttisch: »Du wirst es nicht glauben, Eva, aber gerade eben wollte ich sagen, dass meiner Meinung nach noch Muschelschalen und Schneckenschleim fehlen. Du bist mir nur zuvorgekommen.«

»Ehrlich?«

»Nein, natürlich nicht!«, schrie ich sie an. »Muschelschleim und Schnecken... äh ...schleim. Hast du sie noch alle? Was willst du mit dem Zeug?«

»Mit den Muscheln verziere ich die Steine dort, wo kein Moos wächst«, erklärte Eva mit trotziger Stimme. »Den Schneckenschleim brauche ich lediglich als Haftmittel. Also, Adam, ich hole jetzt die Muschelschalen vom See, und du suchst derweil Schnecken zusammen, alles klar?«

Ich tippte mir an die Stirn. »Gar nichts ist klar. Warum willst du unbedingt die Steine verzieren?«

»Damit es schöner aussieht.«

»Wozu muss es denn schöner aussehen?«

Verärgert stemmte Eva ihre Hände in die Hüften. »Wozu, warum, weshalb! Alles musst du miesmachen! Die Sitzsteine wolltest du anfangs auch nicht haben, wenn ich dich mal erinnern darf. Und jetzt gefallen sie dir doch.«

»Nein, tun sie nicht«, widersprach ich.

»Du hast gesagt, du magst sie.«

»Das war gelogen.«

Eva schaute mich enttäuscht an. »Ich dachte, du ... ich habe mich so ... Ich mache das doch nur für dich. Ich will doch bloß, dass du, dass wir ...« Sie brach ab. In ihren Augen schimmerte plötzlich wieder diese verdächtige Feuchtigkeit. Und wenn ich im Umgang mit einer Frau eins gelernt hatte, dann das: Wenn sie anfängt, feucht zu werden, dann renn, so schnell du kannst! Denn laufen erst einmal die Tränen, findest du dich wenig später beim Steineschleppen in der Mittagshitze wieder.

Oder man rutscht auf den Knien, so wie ich gerade, und sucht im Gras nach irgendwelchen blöden Schnecken. Um ihren Schleim zu kriegen. Um damit Muscheln auf einen Stein zu kleben. Ich begriff das nicht. Ich begriff nicht, wie Eva mich immer dazu brachte, solche idiotischen Sachen zu tun.

Sie selbst befand sich im Augenblick am See auf Muschelsuche und würde wohl noch ein Weilchen wegbleiben. Ich unterbrach die Schneckenjagd und legte mich auf den Rücken, um mal in aller Ruhe durchzuatmen. Als ich damit fertig war, stand die Sonne schon ein ganzes Stück tiefer. Ich schaute mich um. Keine Eva zu sehen. Gut. Vielleicht war sie beim Muschelnsammeln ertrunken. Sehr, sehr gut. Dann hätte ich nämlich noch genügend Zeit, um ein paar Schnecken zu finden, und bräuchte Evas vorwurfsvolle Blicke nicht zu ertragen.

Bevor mein Jagdtrieb mich wieder auf allen vieren durch die Wiese kriechen ließ, sorgte ein noch mächtigerer Trieb dafür, dass ich meine Blase entleerte.

Doch dabei wurde ich jäh gestört. Ein greller Schrei in meinem Rücken ruinierte mein ruhiges Urinieren und verwandelte meinen zielgerichteten Strahl in unkontrollierte Flächenberegnung.

»Adam! Was fällt dir ein?«, kreischte Eva, während ich mühsam versuchte, den Wassernachschub zu unterbinden.

»Was ist denn los?«, fragte ich unschuldig.

»Was denn los ist? *Was denn los ist?*« Eva klang immer aufgebrachter. »Du pinkelst an einen unserer Sitzsteine! Das ist los! Wie kannst du so etwas tun? Hast du überhaupt keinen Sinn für … ich weiß nicht, für gar nichts?«

»Das trocknet doch wieder«, sagte ich schulterzuckend.

»Und der Gestank?« Aus Evas Augen zuckten regelrecht Blitze auf mich zu. »Den kriegt man so schnell nicht mehr aus dem Moos heraus! Vielen Dank, Adam. Warum scheißt du nicht auch noch gleich drauf?«

»Ich muss gerade nicht.«

Wütend boxte Eva mir an den Oberarm. »Ist dir schon einmal aufgefallen, dass wir hier von Wald umgeben sind? Überall stehen Bäume, an denen du dich austoben könntest. Zum Beispiel die Eiche, die ich für dich herausgesucht habe, die darfst du von mir aus in Grund und Boden pinkeln. Aber nein, der Herr muss ausgerechnet unsere Sitzgruppe besudeln! Willst du mir weh tun oder … kannst du mir mal verraten, was du dir dabei gedacht hast?«

»Ich wollte dir nicht weh tun«, sagte ich kleinlaut. »Es ist nur … Woff hebt auch überall sein Bein, wo es ihm gerade passt.«

Eva lachte hell auf. »Woff ist ein Tier, das es nicht besser weiß. Außerdem markiert er auf diese Weise sein Revier.«

»Und genau das wollte ich auch!«, rief ich.

»Du wolltest diesen Stein für dich reservieren?«

Nachdenklich starrte ich auf die befleckte Steinfläche. Der Gestank geht nicht mehr raus, hatte Eva behauptet. Auf einmal kam mir das Ganze auch ein bisschen eklig vor.

»Nein, für Gabriel«, sagte ich schnell.

Seufzend schüttelte Eva den Kopf. Dann zeigte sie auf ein Palmblatt zu ihren Füßen, das mit Muscheln beladen war. »Die habe ich gesammelt. Hast du die Schnecken?«

»Klar, jede Menge«, behauptete ich und suchte angelegentlich den Boden ab. »Na, so was, wo sind sie denn?«

»Ja, wo?«, fragte Eva genervt.

»Mit deiner Schreierei hast du sie verscheucht«, sagte ich. »Selber schuld.«

Wieder boxte Eva mir gegen den Oberarm. Genau auf dieselbe Stelle wie eben. Sah schon richtig verbeult aus.

»Au! Hör auf, mich zu schlagen! Ich besorge dir die Schnecken schon noch.«

»Nicht nötig«, winkte sie ab. »Ich habe mir überlegt, lieber Baumharz fürs Ankleben zu nehmen. Das ist auch appetitlicher. Aber heute komme ich nicht mehr dazu. Ehe wir den Stein umgetauscht haben, wird es bestimmt schon dunkel.«

»Du willst den Stein umtauschen?«

»Ja, gegen einen neuen.«

»Ich mag aber keine Steine mehr schleppen«, beschwerte ich mich. »Mir tut der Rücken weh.«

»Das hättest du dir eher überlegen sollen.«

»Aber ich …«

Drohend hob Eva ihre Faust. Das sah irgendwie niedlich aus und irgendwann hätte sie mich ja doch wieder rumgekriegt, da konnte ich auch gleich nachgeben.

Also schafften wir den Stein, den wir vor kurzem erst mühevoll aus dem Wald auf die Wiese gewuchtet hatten, zurück in den Wald, damit er aus dem Weg war, und holten einen neuen. Dabei redeten wir kaum ein Wort miteinander, weil wir mindestens so angepisst waren wie der Stein. Ich kam mir richtig blöd vor. Das einzig Tröstliche war, dass uns bei dieser beknackten Aktion wenigstens niemand zusah.

Alles, was im Nichts hinter der Welt gesprochen wurde, würde auch dort verbleiben, denn jeder Ton, jeder Lichtstrahl, jeder Gedanke wurde schon nach wenigen Metern von der weißen Wesenlosigkeit verschluckt. Selbst Engeln blieben meine Worte so verborgen, es sei denn, sie stünden direkt neben mir wie Gabriel.

»Du bist mit meiner Wahl nicht einverstanden«, stellte ich fest, noch bevor Gabriel etwas sagen konnte.

Der Engel machte ein bekümmertes Gesicht. »Ich verstehe sie nicht. Josariel und Dezibel! Herr, ich könnte unter sämtlichen Engeln zwei blind herausgreifen, und sie wären sehr wahrscheinlich geeigneter für diese Aufgabe.«

»Da wirst du vermutlich recht haben.«

»Versteh mich nicht falsch, Herr, ich mag die beiden. Aber sie sind viel zu unerfahren. Was sollen sie gegen Luzifer ausrichten können? Ihn mit lauthalsen Drohungen verjagen? Durch Modeberatung einen neuen Engel aus ihm machen? Dezibel hat einen großen Mund; den wird Luzifer ihm mit Feuer stopfen. Josariel hat ein großes Herz; das wird er ihr herausreißen.« Gabriel machte eine Kunstpause, um seine Worte wirken zu lassen, dann fuhr er fort: »Herr, ich melde mich freiwillig als Wächter, und Michael, Raphael und Uriel werden ebenfalls nicht zögern, sich Luzifer entgegenzustellen. Wir sorgen dafür, dass den Menschen kein Leid geschieht. Wir werden dieses Ungeheuer niederringen. Noch

am selben Tag, an dem Luzifer den Garten Eden betritt, werden wir ihn dir gebunden zu Füßen legen.«

»Damit ich ihn zertrete?«

»Um ihn deiner Gerichtsbarkeit zuzuführen«, antwortete Gabriel diplomatisch.

»Damit ich ihn vernichte. Das ist es doch, was ihr von mir erwartet, nicht wahr?«

»Wir vertrauen deinem Urteil.« Der Engel wollte noch etwas sagen, hielt aber zögernd inne.

»Sprich getrost weiter!«, forderte ich ihn auf.

»Nun, ich finde, dass Luzifer mit seinem neuerlichen Versuch, dir zu schaden, bewiesen hat, dass seine Bösartigkeit weder geheilt noch kontrolliert werden kann. Man sollte ihn – und da spreche ich gewiss für die gesamte Engelschaft – ein für alle Mal daran hindern, weiter Unheil zu stiften.«

»Vergiss nicht: Ihr wart einst befreundet.«

Gabriel schüttelte traurig den Kopf. »Das glaubte ich bloß. Aber Luzifer kennt keine Freundschaft. Für ihn, den Herrn der Lüge, ist Freundschaft nur ein Werkzeug, um seine Ziele zu erreichen. Wenn man es nicht mehr benötigt, kann man es ruhig zerbrechen.«

Ich legte ihm mitfühlend einen Arm um die Schulter. »Der Verrat schmerzt schlimmer als die Wunden, die aus ihm resultieren, nicht wahr?«

»Es ist lange her.«

»Nur einen bitteren Gedanken lang«, sagte ich.

Der Engel nickte. »Du hast recht, es war gestern.«

»Und an jedem neuen Tag …«

»… bricht die Wunde auf«, ergänzte Gabriel.

»… und beginnt zu bluten.«

Eine Weile lauschten wir beide den klagenden Lauten, die aus den Brunnenschächten unserer Erinnerungen heraufstiegen, und bluteten stumm ins Weiß.

Als Erster begann Gabriel wieder zu reden: »Deshalb verstehe ich nicht, Herr, wie du immer noch so nachsichtig mit ihm sein kannst, nachdem er dich so hintergangen hat.«

»Wenn Liebe sich in Hass verwandeln kann, wieso soll es dann nicht auch umgekehrt möglich sein?«, fragte ich.

Gabriel machte ein skeptisches Gesicht. »Dann sollte diese Verwandlung möglichst bald geschehen«, meinte er schließlich schulterzuckend. »Denn wenn du außer Josariel und Dezibel niemanden Luzifer entgegenstellst, ihn mit anderen Worten gewähren lässt, wird Adam und Eva keine große Zukunft beschieden sein.«

»Hattest du nicht im *Träumenden Wald* die Zunkunft der Menschen gesehen?«

»Die *mögliche* Zukunft«, Gabriel setzte ein feines Lächeln auf. »Wolken und Wind«, wandte er meine eigenen Worte gegen mich. »Nein, Eva, äh, die Menschen schweben in größter Gefahr! Luzifer wird nicht zögern, den Garten Eden in einen Totenacker zu verwandeln. Herr, es steht mir nicht zu, dir Ratschläge zu erteilen. Ich weiß, dass du auf das Gute in jedem vertraust. Ja, und womöglich lässt sich Liebe, die in Hass umgeschlagen ist, tatsächlich zurückbringen. Aber bist du dir sicher, dass Luzifer uns nicht von Anfang an getäuscht hat? Ich glaube, in ihm wohnte nie etwas anderes als Hass und Niedertracht. Und wo kein guter Kern ist, kann auch keine Hoffnung sprießen.«

Der Erzengel wollte noch weitere Argumente vorbringen, aber ich hieß ihn mit einer knappen Handbewegung schweigen.

»Ich weiß das alles, Gabriel«, sagte ich milde lächelnd. »Deine Sorgen sind durchaus berechtigt. Doch ich kann mich Luzifer nicht offen entgegenstellen. Selbst wenn ich es übers Herz brächte, ihn auszulöschen, dürfte ich es nicht tun. Denn dadurch erhöbe ich ihn zum Märtyrer und schüfe

Dutzende Luzifers, die ihm nacheiferten. Lasse ich aber erneut Gnade walten und verschone ihn abermals, so würde mir dies als Schwäche ausgelegt und er würde sich wie ein Sieger spreizen und neue Anhänger finden. So oder so, ich machte alles nur noch schlimmer.«

»Doch wenn du ihn walten lässt und er sich in seinem boshaften Wahn an den Menschen vergreift, wird dir das erst recht als Schwäche ausgelegt«, wandte Gabriel ein.

»Wer sagt, dass ich Luzifer walten lasse, wie es ihm gefällt?« Lächelnd zwinkerte ich dem Engel zu. »Ich lasse ihn vielmehr walten, wie es mir *gefällt. Ich habe einen Plan, Gabriel. Und wenn alles so funktioniert, wie ich es mir vorstelle, wird Luzifer am Ende besiegt sein, ohne dass ich auch nur eine Hand gegen ihn erhoben hätte.«*

Gabriel schüttelte zweifelnd den Kopf. »Wenn du dabei auf Dezibel und Josariel setzt, kann ich deine Zuversicht nicht teilen, Herr. Die beiden werden Luzifer ganz gewiss nicht in die Knie zwingen.«

»Ich spreche nicht von Dezibel und Josariel«, erklärte ich und machte eine bedeutungsschwere Pause. »Derjenige, der Luzifer letztendlich besiegt, mein lieber Gabriel, wird überhaupt kein Engel sein.«

Neuer Tag, neues Unglück. Kaum waren wir aufgestanden, trug Eva mir schon ihre Pläne für heute vor. Blumen und Büsche wollte sie umpflanzen, Dornenranken hochbinden, Bodenlöcher schließen, das Unterholz lichten und, und, und.

»Das geht heute nicht«, wehrte ich ab.

»Warum nicht?«

Ich blies die Luft aus den Backen. »Darum.«

»Das ist keine Antwort, Adam, und das weißt du auch. Du hast nur keine Lust. Weil du lieber faul in der Sonne liegst, als zu arbeiten.«

»Nur ein Dummkopf würde es andersrum lieber haben«, entgegnete ich. »Aber das ist sowieso nicht der Grund. Ich muss Tiernamen vergeben, das ist nämlich unser eigentlicher Auftrag, schon vergessen? Dass wir auch noch wohnen müssen, hat keiner verlangt.«

»Ich wusste gar nicht, dass du so pflichtversessen bist«, spottete Eva. »Aber kein Problem. Wir machen es so: Heute Vormittag nehmen wir ein paar Verschönerungen hier vor, und am Nachmittag ruhen wir uns aus, dann ist es sowieso zu heiß, um vernünftig zu arbeiten. Und sobald es dämmrig wird, machen wir mit dem Namensprojekt weiter. Die Nachttiere haben wir bis jetzt ohnehin vernachlässigt. Na, wie klingt das?«

»Das geht nicht«, sagte ich.

»Warum nicht?«

»Darum.«

»Adam!«

»Weil … weil … weil wir heute mit dem Ritual anfangen müssen.«

»Oh, das Ritual!« Eva schaute mich erwartungsvoll an. »Heute vollziehen wir es? Das ist ja toll! Ich bin schon so neugierig. Seit Gott davon gesprochen hat. Ich habe nämlich keine Ahnung, was das sein soll. Es tut doch nicht weh, oder?«

»Ein leichtes Ziehen an den Ohren vielleicht«, sagte ich. »Nicht der Rede wert.«

Freudestrahlend breitete Eva ihre Arme aus. »Also, ich bin bereit.«

Wenn Eva so voranpreschte, wären wir ruck, zuck mit dem Ritual fertig und sie würde mir wieder mit ihren Verschönerungsarbeiten in den Ohren liegen. Ich musste versuchen, das Tempo rauszunehmen.

»Mit nüchternem Magen geht das nicht«, behauptete ich.

»Ein opulentes Frühstück ist die Grundvoraussetzung für das Ritual.«

»Das haben wir gleich«, rief Eva, rannte zum hohlen Baum und kam mit Bananen, Feigen, Pfirsichen und Kirschen wieder zurück. »Während wir essen, kannst du mir ja alles erklären.«

»Du hast Vorräte angelegt?«, fragte ich verblüfft. »Davon hast du mir gar nichts erzählt.«

»Ich bin ja auch nicht blöd. Also: Was muss ich machen beim Ritual?«

Ich deutete in den Wald und sagte mit vollem Mund: »Du versteckst dich irgendwo im Wald. Und ich zähle bis hun… äh, tausend und komme dich dann suchen.«

In Evas Gesicht versammelten sich Unglauben, Skepsis, Enttäuschung und Verärgerung. »Und wo ist da der Witz?«

»So geht nun mal das Ritual. Ich habe mir das nicht ausgedacht. Also, sobald du im Wald verschwunden bist, fange ich an zu zählen.«

»Du kannst doch gar nicht gescheit zählen!«, warf sie mir an den Kopf.

»Wie bitte? Ich habe …«

»… die Sterne gezählt, ja, ich weiß.«

»Fünftausend Sterne und das …«

»… mit nur einem Auge. Ich kenne die Geschichte.« Ungehalten stieß sie mir ihren Zeigefinger in die Brust. »Trotzdem – wenn du glaubst, ich vertraue deinen Zählkünsten und hocke in meinem Versteck, während du dich noch einmal schlafen legst, dann irrst du dich aber gewaltig.«

Ich schaute sie entrüstet an. »Was denkst du denn von mir?«

»Das willst du nicht wissen.«

Da konnte sie recht haben. Auch mit ihrer Unterstellung, sie sollte sich nur deshalb verstecken, damit ich in Ruhe weiterpennen konnte, lag sie gar nicht mal so falsch. Woher kannte sie mich bereits so gut, während ich bei der Ergründung ihre Handlungen und Motive immer noch im Nebel herumstocherte? Vielleicht war das der Unterschied zwischen uns: In ihrem Kopf herrschte Nebel, in meinem Dämmerung. Bei mir konnte man wenigstens grob erkennen, wo es hinging, während man bei ihr immer auf Überraschungen stieß, die plötzlich aus den Nebelschwaden auftauchten. Und meistens waren es keine guten. Vielleicht hatte Gott uns deshalb zusammengesteckt: damit wir gemeinsam den richtigen Weg fanden. Er dachte wohl, wir würden uns gut ergänzen. Nebel und Dämmerung. Spitzenidee!

Plötzlich fiel mir etwas ein, wie ich Eva doch noch dazu bewegen konnte, beim Ritual mitzumachen. Ich erinnerte mich daran, wie verklärt sie Gabriel immer ansah. Und dann diese angebliche Schwanenfeder, die sie gefunden hatte. Wenn sie sich unbeobachtet glaubte, betrachtete sie sie so andächtig, als wäre sie das Wertvollste auf der Welt. Dabei konnte man sie noch nicht einmal essen. Ja, sie hatte das Ding sogar in ihr Haar eingeflochten, damit sie es immer bei sich trug. Mir war natürlich klar, was das für ein Schwan war, von dem diese Feder stammte. Völlig einnebeln ließ ich mich nun doch nicht.

»Von mir aus können wir auf das Ritual gerne verzichten«, sagte ich gähnend. »Aber dann wird Gabriel ganz schön enttäuscht sein. Der wollte unbedingt, dass du es mit mir vollziehst.«

»Wirklich?«

»Hat er gesagt. Das würden Paare so tun.«

Eva machte ein Gesicht, als hätte man sie geschlagen. »Da kann er lange drauf warten, dieser … dieser … dieser Engel!», zischte sie, zerrte sich die Feder aus dem Haar und schleuderte sie mit einem Wutschrei von sich. Eine ganze

Weile später landete sie dann sanft vor ihren Füßen, und Eva stampfte ein paar Mal auf ihr herum.

Das meinte ich mit Überraschungen im Nebel. Eigentlich hatte ich aufgrund meiner Bemerkung damit gerechnet, Eva würde sich nun bereitwillig ins Ritual stürzen, um die Erwartungen ihres hochgeschätzten Gabriel zu erfüllen. Stattdessen hatte ich damit erreicht, dass sie aus unerfindlichen Gründen sauer auf den Erzengel geworden war. Tja, auch nicht schlecht.

Obwohl ich mir wenig davon versprach, unternahm ich einen letzten Versuch, Eva das Ritual schmackhaft zu machen.

»Du brauchst dich auch nicht unbedingt verstecken. Es gibt noch einen anderen Teil des Rituals, bei dem niemand zählen oder warten muss.«

»Lass mich in Ruhe mit diesem blöden Drecksritual!«

»Wie du meinst.« Ich wollte gerade gehen, als mein Blick auf die im Gras liegende Feder fiel. Grinsend hob ich sie auf. »Warum hast du eigentlich die Schwanenfeder weggeworfen? Dir hat sie doch so gefallen.«

Mit verkniffenem Gesicht starrte Eva mich an, sagte aber nichts.

»Kann ich sie dann haben?«

Eva zuckte schwach mit den Achseln. Also schob ich sie mir fröhlich pfeifend hinters Ohr.

»Hat Gabriel wirklich gesagt, er will, dass wir beide das Ritual vollziehen, weil Paare das so machen?« Die Frage war kaum zu hören, so leise und zaghaft sprach Eva.

»Ja, er hat mich extra aufgesucht, um mir das zu sagen.«

»Dass er es gut fände, wenn wir ein Paar wären? Also, du und ich?«

»So ungefähr.«

»Na schön, wenn er es so haben will …« Evas Gesichtsausdruck bekam plötzlich etwas wild Entschlossenes. »Dann los!«, rief sie. »Worauf warten wir noch? Lass uns endlich anfangen mit dem Ritual! Was muss ich machen?«

»Jetzt drehen sie total durch«, sagte Gabriel kopfschüttelnd und wandte seinen Blick vom Fenster ab, als könnte er den Anblick nicht länger ertragen.

Ich antwortete nicht, sondern starrte weiter auf das groteske Schauspiel, das Adam und Eva vor unseren Augen darboten.

Die beiden Menschen hatten sich in den See begeben, bis ihnen das Wasser an die Oberschenkel reichte. Doch nicht etwa, um zu baden oder zu schwimmen. O nein, sie rannten parallel zum Ufer hin und her, mit vorgestreckten Armen, schreiend und Wasser spritzend. Manchmal lief Adam Eva hinterher, manchmal umgekehrt. Hin und her ging es. Und her und hin. Ab und zu blieben sie stehen und kneteten sich die Ohren, dann tobten sie weiter platschend durchs Wasser.

»Die machen mir noch die ganzen Fische verrückt!«, rief ich ungehalten.

»Wir sollten vielleicht kurz einmal reinhören«, schlug Gabriel vor. »Womöglich hat Luzifer bereits seine Finger im Spiel. Dieses sonderbare Verhalten könnte die Folge eines Angriffs sein.«

Dies kam mir zwar sehr unwahrscheinlich vor, aber ich tat dem Engel den Gefallen und eine Sekunde später hörten wir, wie Eva rief: »Wie lange müssen wir denn noch?«

Außer Atem antwortete Adam, der ihr dicht auf den Fersen war: »Weiß nicht. Da hat … Gabriel nichts … drüber gesagt.«

»Bist du sicher, dass … du ihn … richtig verstanden hast?«

»Absolut.«

»Aber das hier ist doch total blöde«, beschwerte sich Eva und wich Adams ausgestrecktem Arm aus, indem sie schnell die Laufrichtung wechselte.

»Pass auf, dass dein Kopf über Wasser bleibt«, schrie Adam. »Das ist sehr wichtig, hat Gabriel gesagt.«

Damit ließ ich es gut sein, und die Welt im Fenster versank wieder in wohltuende Stille.

Gabriel sah mich bestürzt an. »Das ist lächerlich, Herr! Du glaubst doch nicht wirklich, dass ich so einen Mumpitz angeregt habe.«

Schmunzelnd sagte ich: »Nun, Adam war sich seiner Sache sehr sicher.«

»Adam ist sich seiner Sache immer sehr sicher«, entgegnete der Engel, die Flügel leicht gespreizt, die Federn aufgestellt, die Wangen gerötet. »Und je weniger Ahnung er von etwas hat, desto sicherer ist er. Weißt du, Herr, so langsam frage ich mich, mit was Luzifer mehr Schaden anrichten würde: Wenn er die Menschen tötet – oder wenn er sie verschont.«

Ich sah, wie Gabriel zusammenzuckte, als ihm offenbar aufging, was er da gesagt hatte.

»Entschuldige bitte, Herr, ich wollte damit nicht andeuten, dass es mir lieber wäre, wenn ... Es ist nur, ich verstehe die Handlungen der Menschen nicht. Sie verhalten sich so merkwürdig. Aber ich würde alles tun, um sie vor dem Verderber zu retten, das weißt du. Und deshalb bitte ich dich erneut, lass mich auf die beiden aufpassen anstelle von Josariel und Dezibel. Ich werde sie mit meinem Leben beschützen.«

Beruhigend legte ich dem Engel die Hand auf die Schulter. »Ich weiß, mein wackerer Freund, ich weiß. Aber im Augenblick ist ihre Schwäche der Menschen stärkste Waffe. Deine Anwesenheit würde sie ihrer berauben.«

»Ich verstehe nicht.«

»Es ist ganz einfach«, sagte ich lächelnd. »Wenn Luzifer die Bewachung der Menschen fürchten muss, wird er schnell zuschlagen, sobald sich eine Gelegenheit ergibt, schnell und erbarmungslos. Vielleicht sogar zu schnell für dich, Gabriel. Aber wenn er nur Dezibel und Josariel als Wächter vorfindet, wird er sich überlegen fühlen. Er wird sich Zeit lassen und zuerst seine Neugier befriedigen. Was sind das für Geschöpfe, diese Menschen? Wo liegen ihre Stärken und Schwächen? Was findet Gott an ihnen so interessant? Das wird er wissen wollen.«

Gabriel nickte eifrig. »Ich auch. Ich meine, das glaube ich auch, dass ihn diese Fragen beschäftigen. Dein neustes Spielzeug, hat er den Menschen immer spöttisch genannt, schon seit du das erste Mal von deinen Plänen gesprochen hast. Bestimmt wird er sich zuerst ansehen wollen, wie dieses Spielzeug funktioniert – bevor er es zertritt.«

Ich schüttelte den Kopf. »Jemandes Spielzeug kaputtzumachen, mag ja ganz befriedigend sein als Rache. Aber um wie viel köstlicher würde Luzifers Triumph über mich ausfallen, wenn er dies Spielzeug nicht bloß zerstörte, sondern mir wegnähme, um selbst damit zu spielen.«

»Du meinst …«

»Ich kenne Luzifer, Gabriel. Er gibt sich nicht mit dem Zweitbesten zufrieden, wenn er das Beste haben kann. Er wird den Menschen nichts antun – außer, dass er sich mit ihnen anfreundet. Die beste Rache für ihn, der größte Schmerz für mich.«

»Und das willst du ihm ermöglichen, Herr? Ist das dein Plan?«

»Ich werde ihm Adam und Eva als Geschenk in Seidenpapier wickeln«, murmelte ich düster. »Das wird ihr Schutzwall sein vor Luzifers Zorn.«

Gabriel blickte mich skeptisch an. »Und du bist sicher, dass dies ein guter Plan ist, Herr?«

Ich schaute aus dem Fenster. Die Menschen hatten aufgehört, sich gegenseitig durch das Wasser zu jagen, und Adam zog Eva am Ohrläppchen zum Ufer zurück, während Eva ihm immer wieder in den Rücken boxte. Oh, ihr Menschen, in eurer Unbekümmertheit! Wenn ihr wüsstet, welcher Schatten sich schon bald auf euch herabsenken wird! Ich sah, wie die beiden lachten und scherzten, und war froh, es in diesem Moment nicht auch noch hören zu müssen.

Krachend schloss ich die Läden vor dem Fenster und antwortete mit fester Stimme: »Nein, Gabriel, das bin ich nicht. Ganz und gar nicht.«

Völlig erledigt ruhte ich mich auf Sophia aus. Woff saß neben mir auf dem Boden und drückte seinen Kopf auf meine Brust. Aber sogar das Streicheln überstieg fast meine verbliebenen Kräfte.

Dieses elende Ritual! Zugegeben, zeitweise hatte es sogar Spaß gemacht. Aber es mit Eva durchzuführen war viel anstrengender als mit Woff und dem Kaninchen. Und dazu auch noch knietief im Wasser! Das ging ganz schön auf die Knochen. Dagegen war ja sogar das Steineschleppen fast Erholung.

»Auf den Muskelkater morgen freue ich mich jetzt schon«, knurrte ich.

»SORGT NICHT FÜR MORGEN. ES IST GENUG, DASS JEDER TAG SEINE EIGENE PLAGE HAT«, gab Sophia einen Spruch zum Besten, der mich wohl irgendwie trösten sollte.

»Da sagst du was«, stimmte ich zu. »Wenn es wenigstens nur eine Plage wäre! Aber meistens ist es ein ganzes Plagengewitter. Apropos Plagen – wo steckt eigentlich Eva?«

Wir hatten uns nach dem Ritual getrennt, da sie noch die Sitzsteine verzieren wollte und ich, äh, ich nicht. Doch das lag schon eine ganze Weile zurück. So langsam müsste sie eigentlich damit fertig sein, ein paar Muscheln auf ein paar Steine zu pappen. Nicht, dass ich sie übermäßig vermissen würde. Nein, ohne sie war es angenehm ruhig, das Leben plätscherte so dahin, niemand wollte was, ich brauchte nicht zu wohnen, nichts zu verschönern, nicht einmal zu reden. So stellte ich mir das Paradies vor.

Wo blieb die Frau nur? Es war nicht so, dass ich mir etwa Sorgen um sie machte. Ich hatte nur Hunger und hoffte, sie würde bei ihrer Rückkehr etwas zu essen mitbringen. Wenn sie noch lange auf sich warten ließ, würde ich mir aber wohl oder übel selbst etwas …

»Hilfe!«

Der Schrei ließ mich erschrocken aufspringen. Er war vom Seeufer gekommen. Und es war eindeutig Evas Stimme gewesen. Viele Möglichkeiten gab es da ja auch nicht.

So schnell ich konnte, lief ich in die Richtung, aus der Evas Hilferuf gekommen war. Als ich das Seeufer erreichte, sah ich Eva dort auf dem Rücken liegen. Ihr Oberkörper hing halb im Wasser. Sie regte sich nicht. Woff, der vor mir angekommen war, sprang aufgeregt um sie herum.

Dann stand ich neben ihr und starrte vor Angst wie gelähmt hinunter auf ihr Gesicht, das mir aus dem Wasser entgegenblickte.

»Eva«, krächzte ich. »Was ist los mit dir?«

Sie gab keine Antwort, rührte sich nicht. Ihre Augen waren starr aufgerissen, leblose Fischaugen. Da! Hatte sie eben geblinzelt? Oder war es nur das Flirren des Wassers über ihren Gesichtszügen gewesen?

Hilflos klopfte ich ihr auf den Bauch. »Eva? Geht's dir nicht gut?«

Keine Reaktion.

Ich klopfte stärker. »Eva? Kannst du mich hören?«

Nichts.

Ich stieß sie leicht mit dem Fuß an. »Eva?«

Plötzlich richtete sie ihren Oberkörper auf und schaute mich vorwurfsvoll an. »Vielleicht ziehst du mich mal endlich aus dem Wasser, bevor ich hier ersaufe!«

»Und wieso gehst du nicht einfach …«

Ich brach ab, als sie sich wieder zurück in den See sinken ließ. Ich wusste nicht, ob sie mich unter Wasser überhaupt hören konnte. Diesmal hatte sie die Augen geschlossen. Ich stand da und überlegte, während Woff mich erwartungsvoll ansah und Eva mit Ertrinken beschäftigt war. Dann packte ich seufzend ihre Beine und zog sie gänzlich an Land.

»Na toll, wie ein angeschwemmtes Stück Holz«, beschwerte sie sich mit über der Brust verschränkten Armen, als ich sie durch den Sand schleifte.

Wütend ließ ich ihre Beine los. »Du wolltest doch, dass ich dich rausziehe!«

»Ach, du … Hättest du mich nicht in deine Arme nehmen und raustragen können?«

»Mir tut mein Rücken noch von gestern weh«, sagte ich. »Und überhaupt, was soll der Unsinn? Kannst du mir das mal erklären?«

Sie schüttelte den Kopf. Weinte sie etwa wieder, oder war das nur das Wasser, das ihr von den Haaren über das Gesicht perlte?

»Kann nicht«, japste sie. »Keine Luft. Du musst – mich erst – be-atmen.«

»Was muss ich?«

Sie schaute mich aus halb geöffneten Augen an und sagte mit schwacher Stimme, die zum Schluss nicht mehr als ein Hauch war: »Be-atmen.«

»Und wie mache ich das?«

Ruckartig richtete sie sich auf. »Herrje, ist das alles kompliziert mit dir! Komm her, ich zeige dir, wie es geht!«

Sie schlang ihre Arme um meinen Nacken und zog mich zu sich heran. Ich wollte protestieren, doch da hatte sie schon ihren Mund auf meinen gepresst und meine Beschwerde landete in ihrer Speiseröhre. Nur mit Mühe gelang es mir, mich wieder von Eva zu lösen.

»Was machst du denn da, um Gottes willen?«, rief ich entsetzt und wischte mir mit dem Handrücken über die Lippen.

Eva verdrehte ihre Augen. »Du stellst dich an wie der erste Mensch!«

»Sehr witzig. Was soll der Scheiß?«

»So geht nun mal Beatmen. Du drückst deine Lippen auf meine und teilst deinen Atem mit mir.«

»Warum atmet nicht einfach jeder für sich alleine?«, fragte ich.

Daraufhin wurde Eva richtig biestig. »Du meine Güte, Adam! Ich teile mein Essen mit dir, ich versuche es dir hier schön zu machen, klebe den halben Nachmittag Muscheln auf unsere Sitzsteine, damit sie dir besser gefallen, ich mache bei deinem bescheuerten Ritual mit, ich gebe mir wirklich alle Mühe, es dir recht zu machen. Und du hast nicht einmal ein bisschen Luft für mich übrig?«

So, wie sie das sagte, klang es sogar in meinen eigenen Ohren, als wäre ich das größte, egoistischste Scheusal, das man sich nur vorstellen kann. Aber mich konnte sie nicht täuschen. Ich wusste, warum sie die Ertrinkende spielte. Sie wollte, dass ich sie rettete, damit Gott sah, wie vorteilhaft es war, wenn wir zusammenblieben. Sie wollte nicht meine Luft in ihren Lungen, sie wollte meinen Arsch auf einem ihrer muschelverzierten Sitzsteine. Ich war ein Teil ihres

Wohnprojekts, und nun trug sie dafür Sorge, dass ich es auch blieb.

Und wenn ich mich weigerte, ihr zu helfen, konnte sie sich bei Gott beschweren, wie herzlos ich doch sei. Dann brauchte nur noch herauszukommen, dass ich sie zu diesem Pilzmassaker angestiftet hatte, und ich war bei dem Alten endgültig unten durch. Und wer wäre dann wohl Gottes Liebling? Als Nächstes hätte Eva das Sagen hier und würde über alles bestimmen: welche Namen die Tiere bekommen, welche Arbeiten wie zu verrichten waren, womöglich sogar, wo ich zu pinkeln hatte und wo nicht. Hmmm ... Und wer weiß, was noch alles!

Ich beschloss, bei ihrem Rette-mich-Spiel mitzumachen. So wie Gott geredet hatte, war er ohnehin fest davon überzeugt, dass Eva und ich zusammengehörten. Ob ich ihm da als Evas Retter noch eine zusätzliche Bestätigung lieferte oder nicht, fiel wohl kaum ins Gewicht. Aber als Evas Beatmer stellte ich zumindest klar, wer von wem abhängig war, und durfte zudem auf eine Belohnung hoffen. Gar nicht so übel, der Job. Von mir aus konnte sie mich zum Beatmer auf Lebenszeit machen. Der würde ich jetzt so viel Luft in die Backen blasen, bis die Frösche ihr verliebte Augen machten.

Also packte ich sie, presste meine Lippen auf ihren Mund und teilte meinen Atem mit ihr. Einen Moment lang wehrte sie sich und versuchte halbherzig mich wegzudrücken, nur um sich wenig später umso heftiger an mich zu klammern. Sie klebte plötzlich an mir, als hätte sie sich mit Schneckenschleim eingeschmiert. Ich bekam fast ein bisschen Angst vor dieser Anziehungskraft, die sie auf einmal entwickelte. Offenbar hatte sie wirklich ganz dringend Luft benötigt. Seltsamerweise hielt sie die ganze Zeit die Augen fest geschlossen. War sie jetzt auch noch am Einschlafen oder was?

Ich hatte schon mehrmals durch die Nase eingeatmet und die Luft dann mit Eva geteilt und fragte mich, wie lange das wohl noch so gehen sollte, als ich plötzlich etwas Merkwürdiges spürte. Erschrocken stieß ich Eva von mir.

»Hast du vorhin im Wasser einen Fisch verschluckt?«, fragte ich.

»Nicht dass ich wüsste.«

»Da war aber eben ein Fisch in meinem Mund«, sagte ich. »Und der kam von dir rüber.«

Eva lachte. »Das war doch kein Fisch, du Dummkopf. Das war meine Zunge.«

Angewidert verzog ich das Gesicht. »Du hast deine Zunge in meinen Mund gesteckt? Wozu das denn?«

»Nur so. Wollte wissen, wie du schmeckst.«

»Und wie schmecke ich?«

»Keine Ahnung.« Sie zuckte mit den Achseln. »Du hast mich ja gleich weggestoßen. War es denn so schlimm?«

»Na ja, ich habe mich halt erschrocken. Ich dachte, es wäre ein Fisch. Und das fand ich eklig.«

»Du Armer!« Eva tätschelte meine Wange. »Und dabei war es nur meine Zunge.«

»Hmmm«, sagte ich und versuchte, nicht weiter darüber nachzudenken, um meinen Würgereiz unter Kontrolle zu halten. Den Job als Beatmer hatte ich mir leichter vorgestellt: Den Mund halten und Luft produzieren, das hätte ich hingekriegt. Aber offenbar musste man auch weitgehend ekelresistent sein, wenn einem etwas Schmieriges zugesteckt wurde.

»Darf ich noch mal?«, fragte Eva.

»Äh … heute ist schlecht«, wehrte ich ab. »Wir wollten doch noch aufräumen und so.«

»Nur ganz kurz.«

»Wir sollten lieber anfangen zu …«

»Genau«, fiel mir Eva ins Wort und kam auf mich zu.

Ein jäher Fluchtimpuls ließ mich zurückweichen, aber da lagen ihre Arme auch schon um meinen Nacken und ich konnte gerade noch ein kläglich mahnendes »Kurz« ausstoßen, bevor ihre Lippen sich an mir festsaugten. Sogleich spürte ich etwas in meiner Mundhöhle herummachen.

Ich wünschte, es wäre ein Fisch.

EVA

15| Eigentlich sieht sie gar nicht so übel aus – für eine Rippe

Adam schmeckte nach – nichts. Das war eine positive Überraschung. Ich hatte eigentlich damit gerechnet, dass er nach Grapefruit schmecken würde, denn von denen hatte ich noch ein paar im hohlen Baum gelagert. Es hätte Adam ähnlich gesehen, dass er unsere Vorräte plündert, während ich dabei war, es hier wohnlicher zu machen. Aber da hatte ich ihm wohl Unrecht getan.

Beim Verzieren unserer Sitzsteine mit Muscheln war ich darüber ins Grübeln gekommen, wie es mit mir und Adam weitergehen sollte. Der Mann war so schwierig! Jeder Neuerung stand er sofort ablehnend gegenüber, vor allem, wenn ich sie vorschlug. Wenn er mir half, dann immer nur widerwillig und nachdem ich ihn hundertmal darum gebeten hatte. Ich fragte mich, woher seine negative Einstellung mir gegenüber kam. Hatte ich etwas falsch gemacht? Ihn auf irgendeine Art gekränkt?

Gut, ich hatte seinen Wurfstock zerbrochen, doch das war keine Absicht gewesen. Ein paar seiner Entscheidungen hatte ich zugegebenermaßen revidiert, aber einen Büffel Summse zu nennen, das konnte man dem Tier nun wirklich nicht antun, oder? Vielleicht hätte ich ihn nicht mit einem Löwen aus dem Schlaf scheuchen sollen. Und auf jeden Fall hätte ich wohl besser darauf verzichtet, ihm zwischen die Beine zu treten. Aber, herrje, er war schließlich auch kein Engel!

Nein, Adam war kein Engel. Das war schon mal sicher.

Wie es wohl wäre, wenn ich hier mit Gabriel zusammenleben würde?

Tapfer sei ich, hatte der Engel gesagt, während Adam immer nur behauptete, ich sei verrückt und nervig und missgestaltet. Und Gabriel hatte mich vor dem Ertrinken gerettet. In seinen Armen war ich aus Dunkelheit und Kälte zurück ins warme Licht geschwebt. Sein Atemhauch hatte meinen Lebensfunken neu entfacht. Wenn ich die Augen schloss, konnte ich immer noch seine Lippen spüren. Mein Mund verbrannte sich an der Erinnerung. Wie nur sollte ich dieses köstliche Brennen je zum Erlöschen bringen? Ich hatte mich von Gabriels Feder getrennt, aber diese Berührung im Gedächtnis meiner Haut, meiner Lippen, die ließ sich nicht so einfach von mir schütteln, sie würde noch lange bleiben, möglicherweise für immer. Hoffentlich … nicht.

Da kam mir die Idee, Adam in die Rolle Gabriels als mein Lebensretter schlüpfen zu lassen. Womöglich würde das unser Verhältnis entspannen. Ich vermutete nämlich, dass Adam sich irgendwie von mir bedroht fühlte. Wenn er mich rettete, würde dieses Bedrohungsgefühl bestimmt schwinden. Nachdem er seinen Atem mit mir geteilt hatte, würde es ihm vielleicht leichter fallen, auch sein Leben mit mir zu teilen.

Doch beim Anblick seiner panischen Augen, als ich mich ihm zwecks Beatmung näherte, bekam ich so meine Zweifel, ob da jemals mehr als bloße Duldung zwischen uns sein würde. Der Mann litt offenbar unter meiner Nähe. Kaum hatte ich meine Zunge auch nur eine klitzekleines bisschen in seinen Mund vordringen lassen, glitzerten schon die ersten Schweißtropfen auf seiner Stirn. Nun gut, ich hatte versprochen, es kurz zu machen, und ich wollte ihn ja auch nicht unnötig quälen. Also löste ich mich von ihm und sagte: »Du schmeckst prima. Jetzt bist du dran. Probier mal, wie ich schmecke.«

Manchmal kann ich auch gemein sein. Aber wenn sich jemand im Zwischenmenschlichen so unbeholfen anstellt wie Adam, braucht er Übung, Übung, Übung.

»Du schmeckst bestimmt wunderbar«, sagte Adam zurückweichend. »Das weiß ich auch ohne Probieren.«

»Jetzt mach schon! Dauert doch nicht lange.«

»Nein, das ist wirklich nicht nötig«, wehrte Adam ab. »Schließlich habe ich gerade erst deine Zunge geschmeckt.«

»So panisch, wie du warst, hast du bestimmt überhaupt nichts richtig wahrgenommen.«

»Ich war überhaupt nicht panisch!«

»Schön, dann lass es eben. Du hast wohl Angst, ich beiße plötzlich zu, wie?«

»Ich habe keine Angst«, widersprach Adam. »Ich finde bloß, dass ... Na gut, Eva, aber nur kurz.«

»Kurz«, bestätigte ich und drückte meinen Mund auf seinen.

Seine Zunge stieß schnell vor und schnalzte augenblicklich wieder zurück wie bei einem Chamäleon, als hätte er lediglich eine Heuschrecke von meinem Backenzahn geschossen.

»Fertig!«, rief er mit einem zufriedenen Grinsen. »Du schmeckst super! Und jetzt werde ich mich zuerst einmal ... mmmhm, du schmeckst ja wirklich sehr gut. Was ist das?«

»Bei meiner Suche nach Baumharz bin ich vorhin auf Erdbeeren gestoßen«, erklärte ich.

»Erdbeeren habe ich noch nie gegessen«, sagte Adam. »Die schmecken ja toll. Wo wachsen die?«

»Es waren nur ein paar.«

»Du hast mir keine übriggelassen?« Da war wieder dieser panische Ausdruck in seinen Augen.

»Ich wollte eigentlich schon, aber es waren nur so wenig und du hast es ja selbst gesagt: sie schmecken phantastisch.«

»Mensch, Eva!«, maulte Adam enttäuscht. »Da rette ich dir dein Scheißleben – und du?«

»Tut mir leid. Wenn ich geahnt hätte, dass du mir heute noch mein *Scheißleben* rettest, Adam, dann hätte ich dir eine *Scheißerdbeere* aufbewahrt.«

»Schon gut. Darf ich wenigstens noch mal ... Du weißt schon – lässt du mich noch mal ran?«

»Aber nur kurz«, sagte ich.

»Kurz«, raunte Adam, und mit seinem hungrigen Mund verschlang er mein Lächeln.

›Kurz‹ wurde unser Wort für diese Beatmungssache. Wenn ich zu Adam ging und ihn fragte, ob er *kurz* Zeit hätte, wusste er schon Bescheid. Und zu meiner Überraschung hatte er *immer* Zeit dafür. Offenbar mochte er es nun doch irgendwie. Das merkte ich auch daran, dass unsere Zungen immer länger miteinander spielten. Die eigentliche Beatmung im Sinne von Luftaustausch und so geriet zwar etwas ins Hintertreffen, aber das war nicht weiter lebensbedrohlich.

Mir gefiel die Intimität, die mit der Verschmelzung unserer Münder verbunden war. So etwas Inniges kannte ich sonst nur aus dem Tierreich, wenn nämlich Vögel ihre Jungen fütterten. Von wem konnte ich schon behaupten, ich hätte jemals seine Zunge in meinem Mund gehabt? Noch nicht einmal Gabriel oder Gott waren mir so nahe gekommen. Okay, Woff. Manchmal weckte er mich aus dem Schlaf, indem er mein Gesicht abschleckte. Und wenn ich dann zufällig meinen Mund offen stehen hatte ... Aber das zählte nicht. Nein, Adam war der Einzige, der dieses Privileg genoss.

Und er genoss es wirklich, weiß der Himmel, warum. Nur eine Sache störte ihn dabei.

»Muss ich dich wirklich jedes Mal vorher aus dem See ziehen?«, fragte er stöhnend, als er mich wieder einmal ans Ufer schleifte.

»Natürlich! Sonst ertrinke ich doch, du Dummer!«

»Warum hörst du nicht einfach auf, dich ins Wasser zu legen? Das ist doch verrückt!«

»Auch nicht verrückter als dein blödes Ritual«, entgegnete ich. »Willst du dich jetzt mit mir streiten oder sollen wir Kurz machen?«

»Kurz«, sagte Adam und nahm mich in die Arme. Ich schloss meine Augen, und unsere Münder begegneten sich zu einem langen, langen, langen Kurz. Und er hätte sogar noch länger gedauert, wenn Adam nicht gefragt hätte: »Was mich mal interessieren würde, Eva: Wieso hast du dabei eigentlich immer die Augen zu?«

»Dann kann ich mich besser konzentrieren, Gabriel.«

»Ich heiße nicht Gabriel!«

Ich öffnete die Augen und erkannte an Adams beleidigtem Gesicht, dass wir mit dem Kurz für heute wohl fertig waren.

Am nächsten Morgen erwischte ich Adam, wie er breitbeinig auf einem Felsen stand, der halb in den See hineinragte, und von dort oben ins Wasser pinkelte.

»Hey, was machst du da?«, schrie ich.

Adam schaute über seine Schulter zu mir herunter. »Ich? Ja, also, ich, äh, ich verziere den See.«

»Ja, klar«, lachte ich höhnisch. »Du verzierst den See!«

»Ich mache Muster ins Wasser.«

»Ich mache dir gleich Muster auf deinen Hintern«, drohte ich. »Dir ist schon klar, dass wir von dem Wasser trinken, oder?«

»Doch nicht hier an dieser Stelle«, wandte Adam ein.

»Nein, das ist die Stelle, wo ich mich bade. Du bist so ein Ekel, Adam!«

»Dann mach doch einfach die Augen zu und stell dir vor, es wäre Gabriel, der in den See pinkelt.«

Daher wehte also der Wind! Adam war offenbar noch sauer wegen gestern, als ich ihn mit Gabriel angesprochen hatte. Wenn es um den Engel ging, war er sehr empfindlich.

»Das kann ich mir nicht vorstellen«, sagte ich. »So etwas würde er nie tun. Im Gegensatz zu dir besitzt der Engel nämlich Anstand und Stil.«

Adam stieß ein geringschätziges Lachen aus. »Dann soll er doch kommen mit seinem Stiel und mir beim Verzieren helfen – von mir aus auch im Handstand.«

»Ich sagte Anstand, nicht Handstand, du blöder ... Und mit Stil meinte ich ganz sicher nicht so etwas wie dein mickriges ...«

»Ich glaube, er hat gar keinen«, unterbrach mich Adam ungerührt. »Hab jedenfalls noch nie einen Stiel bei ihm gesehen. Du etwa? Du hast schließlich schon auf seinem Schoß gehockt. Erzählst du doch ständig. Und? Irgendwas gespürt dabei?«

Empört stemmte ich die Arme in die Hüfte. »Das würde ich dir gerade sagen! Setz dich doch selbst auf seinen Schoß, wenn du dich traust.«

»Du, das mache ich«, rief Adam trotzig. »Glaubst du, ich habe Angst vor diesem aufgeplusterten Truthahn? Das nächste Mal, wenn er hier auftaucht, gucke ich nach, was er unter seinem Gewand zu verbergen hat. Genau! Das werde ich tun!«

»Das solltest du lieber bleiben lassen!« Aus dem Schatten des Felsens trat plötzlich eine Gestalt hervor. »Dieser Truthahn hat einen scharfen Schnabel.«

Mit offenem Mund starrte ich Gott an. Jedenfalls glaubte ich, dass es Gott war. Sicher konnte ich mir nämlich nicht sein, da sie völlig anders aussah, als ich sie in Erinnerung hatte. Zunächst einmal stand da keine Frau vor mir, sondern ein Mann mit kurzem, weißgrauem Haar, einem steingrauen Bart und Augen so grau wie die Ewigkeit. Er trug auch kein geblümtes Kleid mehr, sondern ein Gewand wie Gabriel, allerdings in Schwarz mit einem gelben Schriftzug quer über der Brust.

Seine Stimme war dunkel und autoritär und ließ die mütterliche Wärme vermissen, die mich bei unserer ersten Begegnung davor bewahrt hatte, vor Aufregung in Ohnmacht zu fallen. Dennoch zweifelte ich nicht daran, dass es sich bei dem Mann um Gott handelte, weil er so viel Macht und Weisheit ausstrahlte und alles, was er ansah, bis aufs letzte Atom einzusaugen schien. Außerdem hatte er dieselben hässlichen Schuhe an wie damals.

»Gott, bist du das?«, fragte ich, nachdem ich meinen ersten Schreck überwunden hatte.

»Hallo, Eva, wie geht es meiner Löwenbändigerin?«, begrüßte mich der Mann.

»Gerade wieder bei der Arbeit«, sagte ich und schaute vielsagend zu Adam hinüber.

Gott lachte und rief dann Adam zu: »Komm runter, du Truthahnschreck, ich habe euch etwas mitzuteilen!«

Zaghaft ging ich zu ihm. »Bist du böse auf mich?«

»Warum sollte ich?« Er legte einen Arm um meine Schulter, zog mich an seine Seite und stellte sich mit mir ans Seeufer, wo wir auf Adam warteten, der langsam den Felsen herunterkletterte.

»Na ja, weil du jetzt als Mann kommst«, erklärte ich. »Wenn ich nicht gespielt und verloren hätte, dann …«

»Keine Ahnung, wovon du redest«, unterbrach mich Gott lächelnd. »Ich dachte nur, ein bisschen Abwechslung könnte nicht schaden. Gefall ich dir nicht?«

»Äh, ja, doch, es ist nur … ungewohnt. Schöne Schuhe.«

»Ich dachte, du magst die Farbe nicht.«

»Aber jetzt sind die Schuhe das Einzige, was mich an dein altes Erscheinungsbild erinnert. Jetzt mag ich sie.«

»Die kann man auch als Mann tragen, finde ich. Obwohl Josariel mir da wohl etwas ganz anderes sagen würde.«

»Wer ist Josariel?«

»Josie. Ein ganz reizender Engel und unsere Modespezialistin. Du wirst sie bald kennenlernen.«

In dem Moment stieß Adam zu uns. »Hast du Gott Bescheid gesagt, dass du ihn lieber als Mann möchtest?«, rief er, kaum dass er auf ein paar Schritte herangekommen war.

Ich seufzte und wandte mich an Gott. »Musstest du ihm so eine laute Stimme geben?«

Gott schaute Adam abschätzend an. »Nun ja …«

»Ich habe nämlich bei diesem komischen Spiel gewonnen. drei zu null. Eva hatte nicht den Hauch einer Chance gegen mich«, prahlte Adam.

»Musstest du ihm überhaupt eine Stimme geben?«, fragte ich.

»Welches Spiel?«, wollte Gott wissen und hielt auf einmal ein paar kleine Zweige in der Hand, die er einen nach dem anderen in den See warf. Grinsend beobachtete er, wie sie im Wasser schwammen.

Zweig schwimmt im Wasser.

»Oh, du weißt es ja doch!«, rief ich und knuffte Gott leicht in die Seite. »Von wegen Abwechslung! Du bist nur deshalb zu mir als Mann gekommen, weil ich das Spiel verloren habe.« Schuldbewusst senkte ich den Kopf. »Das war dumm von mir, tut mir leid. Macht es dir wirklich nichts aus?«

»Das Körperliche wird ziemlich überschätzt.« Gott zeigte auf eine Gruppe Zebras, die unweit von uns Wasser tranken. »Glaubt ihr etwa, die Zebras würde es stören, wenn sie auf einmal gestreift wären? Wären sie dann keine Zebras mehr?«

Adam und ich blickten uns kurz an und zuckten dann mit den Schultern. Als ich wieder zu den Zebras hinsah, waren deren Körper plötzlich mit schwarzen Streifen übersät. Doch die Pferde schienen diese Veränderung überhaupt nicht zu bemerken. Ungestört tranken sie weiter oder machten das, was Zebras so machen.

»Ein Zebra ist ein Zebra ist ein Zebra«, sagte Gott. »Einfarbig, gestreift, gepunktet, kariert – das Aussehen ist es nicht, was es zum Zebra macht; es ist das Herz, das wilde Zebraherz, das in ihm schlägt. Nicht das Organ an sich, das meine ich nicht, ich meine den Kern, den Geist, die Idee eines Zebras, die in dem Körper wohnt. Wie auch immer man es nennen will. Eine Seele hat jedenfalls keine Farbe und kein Gesicht.«

»Wie eine von diesen ekligen Quallen?«, fragte Adam.

Gott neigte sich zu mir und flüsterte mir ins Ohr: »Ich hätte ihn vielleicht wirklich stumm machen sollen – wie eine Qualle.«

Ich nickte. »Sag ich doch.«

Mit weit ausgestrecktem Arm zeigte Gott plötzlich in den Himmel. »Seht!«

Adam und ich schauten nach oben. Zwei Engel kamen auf uns zugeflogen. Mein Herz setzte einen Schlag aus, aber als die beiden näher kamen, erkannte ich, dass keiner von ihnen Gabriel war. Ich versuchte, nicht enttäuscht zu sein. Zwecklos. Ich versuchte, mir meine Enttäuschung wenigstens nicht anmerken zu lassen. Zwecklos. Nun ja, vor Gott konnte ich vermutlich ohnehin nichts geheim halten, und Adam waren meine Gefühle sowieso egal. Wem wollte ich also etwas vormachen – außer mir selbst?

»Diese beiden Engel sind – wie soll ich sagen? – noch nicht so gefestigte Persönlichkeiten, wie beispielsweise Gabriel.« Gott winkte den in Baumhöhe über dem Wasser fliegenden Wesen zu. Nur der weibliche Engel winkte zurück. »Sie müssen noch viel lernen. Als Teil ihrer Ausbildung werden sie ein paar Wochen hier im Garten Eden zubringen. Ich wäre euch dankbar, wenn ihr ein Auge auf sie haben könntet.«

Adam verzog das Gesicht. »Wie viele kommen denn da noch, auf die ich aufpassen muss?«

»Was soll das denn heißen?«, fragte ich empört.

»Nichts. Ich möchte nur darauf hinweisen, dass man mir nicht beliebig viele Problemfälle aufs Auge drücken kann.«

»*Problemfälle?* Meinst du damit etwa mich?«

Bevor Adam antworten konnte, hörten wir das Flappen großer Flügel, ein Luftstoß verwirbelte unsere Haare, und der weibliche Engel landete direkt vor unseren Füßen.

»Darf ich vorstellen: Josariel«, machte Gott uns bekannt. »Josariel, das sind Adam und Eva.«

»Hallo, ihr Lieben«, rief der Engel, hob seine Flügel an und schenkte jedem von uns ein freundliches Lächeln. »Ich freue mich ja so, euch einmal persönlich kennenzulernen. Ihr seid aber viel größer als im Fen… ihr seid groß! Und gut seht ihr aus. Richtig gut.«

»Das macht die viele scheißfrische Luft«, sagte Adam. Ich hoffte nur, Josariel hörte nicht den jetzt schon leicht genervten Unterton bei ihm heraus. Eines musste man Adam lassen: Wenn es darum ging, sich unbeliebt zu machen, verlor er keine Zeit.

Um Adams Unfreundlichkeit zu überspielen, sagte ich

schnell: »Danke dir, Josariel. Du siehst ebenfalls wunderschön aus.«

Das war nicht nur so dahergesagt. Ich fand, der Engel sah tatsächlich überirdisch gut aus. Die langen schwarzen Haare ließen Josariels Flügel weißer erscheinen als jede Schönwetterwolke. Ihr Gewand war eine Mischung aus Morgenrot und der Farbe der Sterne. Und ihr ganzer Körper funkelte wie Wasser im Sonnenlicht. Neben Josariel musste ich wirken wie unsichtbar. Menschen und Engel. Kein Wunder, dass Gabriel nicht mehr Interesse an mir hatte, als es seine Aufgabe erforderte.

Eva und Gabriel – Stein versinkt im Wasser. Ich bin der Stein. Gabriel und Josariel – Wolke schwebt im Himmel. Eva und Adam – Stein liegt im Dreck. So wird das Spiel gespielt. Du kannst nicht fliegen, Eva. Du kannst nicht fliegen. Nicht fliegen.

Meine trübsinnigen Gedanken wurden durch Josariels Lachen beendet. »Ach, das täuscht. Ihr solltet mich mal direkt nach dem Aufstehen sehen! Fürchterlich! Aber sagt lieber Josie zu mir. Alle nennen mich so.« Sie warf Gott einen neckischen Blick zu. »Na ja, fast alle.«

Ein lautes Krachen und das Geräusch von splitterndem Holz, gefolgt von einem Schmerzensschrei ließ uns alle erschrocken herumfahren. Der zweite Engel war über uns hinweggeflogen und in die Krone einer Trauerweide gedonnert. Durch das Geäst konnte man nur noch seine weit gespreizten Flügel erkennen. Sie waren blau.

»Armer Kerl.« Josie schüttelte traurig den Kopf. »Er fliegt weitgehend mit geschlossenen Augen. Höhenangst. Schlimme Sache für einen Engel.«

»Na toll, eine Schwätzerin und ein Feigling – das kann ja was geben«, raunte mir Adam ins Ohr. Ich verzichtete auf jeglichen Kommentar.

Josie neigte ihren Kopf leicht zur Seite und schaute Gott mit großen Augen an. »Kannst du Dezibel nicht helfen? Ihm einfach«, sie schnippte mit den Fingern, »seine Angst wegschwackeln?«

»So einfach, wie du dir das vorstellst, Josariel, ist das leider nicht«, sagte Gott mit einem nachsichtigen Lächeln. »Damit schüfe ich einen Präzedenzfall, und plötzlich will jeder Engel irgendwelche Nachbesserungen: Ich schnarche, ich kann die Töne nicht halten, ich verliere Federn, mein Duettpartner sagt, ich habe Mundgeruch. Und so weiter. Dann bin ich die nächsten Jahrtausende nur mit *Schwackeln* beschäftigt. Denn mit welchem Recht könnte ich dem einen verweigern, was ich dem anderen gewährt habe?«

»Mit dem Recht, Gott zu sein?«, schlug Josie zaghaft vor.

»Das ist kein Vorrecht, Josariel, sondern eine Verpflichtung.«

»Ach so. Schade.«

Schweigend beobachteten wir, wie Dezibel sich aus dem Baum herauskämpfte.

»Und überhaupt: Wenn ich etwas für ihn tun soll, müsste er mich zunächst einmal um Hilfe ersuchen«, sagte Gott schließlich.

»Ach, der!« Josie winkte ab. »Das macht der nie. Dafür ist er viel zu … Er kommt! Ich habe nichts gesagt, okay?«

Mit schweren Schritten kam der Engel auf uns zu. Er sah gefährlich aus: blaue Flügel mit Blitz und Feuer darauf, Tigerstreifen im Gesicht, Haare wie Stacheln und ein dunkles Gewand, das ihm das Aussehen eines Käfers verlieh. Wenn er mir nicht so leidtäte mit seiner Höhenangst, hätte ich mich fast vor ihm gefürchtet.

»Ich hatte eine verdächtige Bewegung im Baum ausgemacht«, verkündete er ohne weitere Begrüßung. »Aber wir können unbesorgt sein. Ich habe da oben praktisch jeden Ast abgesucht. Jetzt ist alles sicher.«

»Hattest du beim Suchen die Augen offen?«, fragte Adam.

»Was?«

Gott klopfte dem Engel anerkennend auf die Schulter. »Es ist gut, dass du so wachsam bist, Dezibel.« Dann stellte er uns den Neuankömmling vor. Doch dem war unsere Begrüßung mehr als ein knappes Nicken und ein leichtes Zucken der Flügel nicht wert.

»Warum setzen wir uns eigentlich nicht?«, fragte ich und dachte dabei an meine moosbewachsenen, muschelverzierten, mühsam zusammengetragenen und liebevoll arrangierten Sitzsteine. »Kommt alle mit!«

»Ich stehe lieber«, schnarrte Dezibel und erhielt dafür einen Stoß von der Engelfrau.

»Das ist eine spitzenmäßige Idee«, sagte Josie. »Aber, oje, wo sollen wir denn alle sitzen? Auf dem Boden?«

»Nein, wir haben ...«

»Ha! Von wegen auf dem Boden!«, fiel mir Adam ins Wort. »Das ist vielleicht bei euch so üblich. Aber hier bei uns wird anständig gewohnt. Kommt mit, ich zeige euch, wo wir alle schön gemütlich sitzen können. Da werdet ihr Augen machen!«

Auf dem Weg zu unserer Sitzwiese übernahm Adam die Führung. Zuerst ärgerte mich das natürlich, doch es war mir zu albern, mich deswegen vor unseren Besuchern mit ihm herumzustreiten. Und als Gott an meine Seite trat, war ich ganz froh, dass Adam an der Spitze ging, denn so konnten wir uns zurückfallen lassen und vertraulich miteinander reden.

»Und wie kommt ihr beiden so miteinander klar, du und Adam?«, wollte Gott wissen.

»Ganz gut«, sagte ich.

»Wirklich?«

Ich schwieg und musste auf einmal mit den Tränen kämpfen. Ich verstand selbst nicht, warum.

»Und wie kommt ihr beiden so miteinander klar, du und Adam?«, wiederholte Gott seine Frage, als stellte er sie zum ersten Mal, als hätte ich noch gar nicht geantwortet.

»Du weißt es doch sowieso schon«, vermutete ich. »Das mit dem Spiel hast du ja auch gewusst.«

»Erzähl es mir trotzdem.«

Seine dunkelgrauen Augen kamen mir auf einmal vor wie die spiegelnden Wasser des Höhlensees, in dem ich beinahe ertrunken wäre. Auch diesmal versank ich darin.

»Was soll ich da groß erzählen? Es läuft nicht so toll. Ich weiß nicht, vielleicht ist es ja mein Fehler, aber ... Adam – er ist so ... er lässt mich nicht ... ich komme einfach nicht an ihn heran. Ich mache mir Gedanken über unsere Zukunft, aber wenn ich mit ihm darüber reden will, blockt er immer gleich ab. Ich glaube, für ihn gibt es überhaupt kein *Uns*. Uns – das bedeutet für ihn zweimal ich, bestenfalls bezieht er noch Woff mit ein. Aber mich? Kein Gedanke. Ich bin für ihn wohl nur so etwas wie eine vorübergehende Randerscheinung, so wie schlechtes Wetter. Kopf einziehen und warten, bis es vorbei ist.«

»Hat er das gesagt?«

Da musste ich lachen. »Adam redet nicht so gerne über seine Gefühle. Dass er die blöden Sterne, Entschuldigung, gezählt hat, höre ich schon zum zwanzigsten Mal. Aber auf einen Satz darüber, was er eigentlich von mir hält, warte ich heute noch.«

»Hmmm.« Nachdenklich fuhr sich Gott über den Bart. »Du musst Geduld mit ihm haben, Eva. Er wird sich mit der Zeit bestimmt ...«

»Und alles pinkelt er an! Du musst aufpassen, Gott, dass du nicht zu lange an einer Stelle bleibst. Sonst kann ich für nichts garantieren, ehrlich. Ich habe bald keine Lust mehr. Das wird ja doch nichts mit uns. Kannst du mir wirklich keine Flügel geben? Nur ganz kleine, winzig kleine? Ich würde alles lernen, was ein Engel können muss. Gabriel sagt, ich lerne schnell.«

»Meine liebe Eva, du kannst jetzt schon alles, was ein Engel können muss – bis auf eines.«

»Was? Was kann ich nicht?«

»Du kannst keiner *sein*. Selbst wenn ich dir Flügel und ein Gewand gäbe und dich mit in den Himmel nähme, bliebest du in deinem Innern ein nackter, flügelloser, erdgebundener Mensch. Ich kann einem Zebra die Pferdegestalt nehmen und sein Fleisch in die Form eines Maulwurfs zwängen. Aber der eigentliche Kern seines Wesens – das wilde Zebraherz, erinnerst du dich? – lässt sich nicht verformen. Ich hätte dann nur einen Maulwurf, der in seiner dunklen Erdhöhle hockt und davon träumt, über weite Graslandschaften zu galoppieren. Verstehst du, was ich damit sagen will?«

Betrübt nickte ich. »Keine Flügel für mich.«

»Sieh es doch mal so: Engel gibt es ohne Zahl, aber ihr Menschen seid etwas ganz Besonderes. Und außerdem würdest du doch Adam nicht im Stich lassen wollen, oder?«

»Der! Der will meine Hilfe ja gar nicht.«

Tröstend legte mir Gott seinen Arm um die Schulter. »Weißt du, eigentlich kann Adam gar nichts dafür. Als ich dich ins Leben rief, Eva, da gab es bereits einen Menschen, und deshalb habe ich dir Anlagen mitgegeben, die für ein Zusammenleben hilfreich sind. Aber als ich Adam erschuf, war da niemand, und eigentlich sollte auch so bald niemand hinzukommen, und so habe ich ihn darin bestärkt, sich selbst zu genügen.«

»Na, das hast du super hingekriegt«, sagte ich vorwurfsvoll.

Die anderen waren uns mittlerweile ein ganzes Stück voraus und auf der Wiese angekommen. Ich sah Adam, der nach uns Ausschau hielt, und winkte ihm zu. Er winkte kurz zurück und wurde dann von Dezibel angesprochen.

»Noch etwas solltest du berücksichtigen«, sagte Gott eindringlich. »Adam weiß, dass du nach ihm erschaffen wurdest. Ihm wird bewusst sein, dass dies auch mit einer Weiterentwicklung verbunden war. Fehler, die ich bei ihm begangen hatte, wiederholte ich bei dir natürlich nicht. Versäumnisse, die bei ihm zutage traten, wurden bei dir vermieden. Auch wenn Adam es nicht zugeben wird, weiß oder ahnt er zumindest tief in seinem Innern, dass du ihm überlegen bist.«

»Ha!«, rief ich und boxte mir voller Befriedigung in die offene Hand. »Es tut gut, so etwas zu hören. Wo er sich doch immer anstellt, als wäre es umgekehrt.«

»So verhält es sich ja oft: Der Schatten ist viel größer als derjenige, der ihn wirft. Aber es ist nur Adams Unsicherheit, die ihn so wichtigtuerisch auftreten lässt«, versuchte Gott Adams penetrantes Schultergerempel zu rechtfertigen. »Und deshalb darfst du ihm nichts von unserem Gespräch sagen, Eva.«

»Auch nicht, dass du meinst, ich sei ihm überlegen?«

Gott hob mahnend den Zeigefinger. »Ganz besonders das nicht. Damit würdest du ihn nur weiter verunsichern und seine negativen Verhaltensweisen befeuern. Er sähe in dir dann noch mehr die Rivalin, die sich vor ihn drängen will, anstatt die Partnerin an seiner Seite. Also: Kein Wort darüber zu Adam.«

»Wäre ja auch zu schön gewesen«, schmollte ich.

»Überlegenheit bedeutet auch, überlegt zu handeln, und manchmal sogar gegen seine eigenen Interessen zum Wohle des größeren Ganzen. Frag mich!« Gott verdrehte die Augen, wohl um anzudeuten, wie schwierig es ist, so immens überlegen zu sein wie er.

»Verstehe ich das richtig? Ich soll Adam alles durchgehen lassen, weil ich ihm überlegen bin?«

»Nachsicht ist manchmal die beste aller Sichtweisen«, sagte Gott lächelnd.

»Und wie wäre es mit Aufsicht?«

»Anstrengend, demotivierend und letztendlich vergeblich«, meinte Gott und schlug vor: »Mit Nachsicht auf dem einen und Zuversicht auf dem anderen Auge, so sollte man durch die Welt gehen.«

»Mit anderen Worten: blind.«

»Für jemanden, der erst eine Woche alt ist, bist du ganz schön zynisch«, tadelte mich Gott.

»Ich bitte um Nachsicht«, sagte ich augenzwinkernd.

Als wir zur Wiese kamen, saßen die anderen bereits. Ich hätte gerne gehört, wie sie auf meine schönen Steine reagiert hatten. Nun gut, vielleicht konnte mir Adam das später erzählen.

Kaum hatte dieser Gott erspäht, sprang er auf und rief: »Da seid ihr ja endlich. Nimm bitte Platz, Gott! Das sind Moos-Steine, nicht ganz so weich wie Sophia, dafür quatschen sie aber auch nicht ständig dazwischen. Die habe ich extra zum gemütlichen Gruppensitzen hierher getragen.« Als er meinen wütenden Blick auffing, fügte er etwas leiser hinzu: »Eva hat mir dabei geholfen.«

»Die Steine sind der Wahnsinn!« Beinahe zärtlich streichelte Josie über die bemooste Fläche ihres Sitzplatzes. »Allein schon die Muscheln – total süß!«

»Die Muscheln habe ich angebracht«, warf ich schnell ein. »Und zwar ganz alleine.«

Vermutlich war diese Bemerkung nicht gerade ein Zeichen

von überlegener Nachsicht im selbstlosen Dienst am Großen und Ganzen, aber das war mir im Moment schnurz.

»Eine wunderbare Handarbeit«, schwärmte die Engelfrau. »Superkreatives Design. Ich glaube, ich nehme meinen Sitz mit nach Hause.«

Bestimmt hatte sie das nicht ernst gemeint, sondern nur gesagt, um ihrer Begeisterung Ausdruck zu verleihen. Aber Adam, der wohl Angst hatte, einen Ersatzstein heranschleppen zu müssen, wies sie sicherheitshalber zurecht: »Kommt nicht in Frage! Die Steine werden hier dringend zum Wohnen gebraucht. Tut mir leid.«

Gott fing an zu lachen. »Dann wollen wir doch mal sehen, wie es sich so wohnt auf ihnen.«

Er wollte sich gerade setzen, da wurde er von Dezibel aufgehalten. »Nicht hier! Das ist doch der Stein, an den Adam gepinkelt hat. Ach, nein, den haben sie ja dann ausgetauscht. Alles in Ordnung. Du kannst dich ruhig setzen, Herr.«

Mit misstrauisch zusammengekniffenen Augen schaute Adam in die Runde. »Ihr beobachtet uns?«

»Nein, wieso?«, erwiderte Dezibel und zupfte angelegentlich an seinem Gefieder herum.

»Und woher weißt du das dann?«

»Woher ich das weiß? Na ja, äh …« Der Engel deutete hilflos auf den Stein, auf dem Gott mittlerweile Platz genommen hatte. »Na, das sieht man doch. Das sind übrigens wirklich sehr schöne Steine. Gefallen mir. Muscheln und alles. Sehr hübsch.«

»Du bist so ein Idiot!«, fauchte Josie ihren Engelskollegen an.

»Dann und wann habe ich ein Auge auf euch«, gab Gott zu. »Ich hoffe, es stört euch nicht allzu sehr.«

»Ist es das Nachsicht- oder das Zuversichtauge?«, fragte ich provozierend. »Oder doch eher das Aufsichtauge?«

Ein Schmunzeln huschte über Gottes Gesicht. »Es ist das Vorsichtauge, Eva.«

»Hä? Ich verstehe nur Auge«, beschwerte sich Adam.

»Nicht so wichtig«, meinte ich und setzte mich ebenfalls.

Eine Weile sagte niemand etwas. Ich schaute mich um, stolz auf meine Idee mit der Sitzgruppe. Bis auf einen Stein waren alle besetzt. Dieser leere Stein zog meinen Blick auf sich und hielt ihn fest. Ich spürte sein Gewicht plötzlich in meinem Magen.

»Gabriel hatte wohl keine Zeit mitzukommen?«, fragte ich mit dünner Stimme.

»Zeit ist nicht der Engel knappstes Gut«, antwortete Gott, und jedes seiner Worte war wie ein Schlag für mich. »Für seine Anwesenheit hier bestand jedoch keine Notwendigkeit.«

Ich schluckte. »Er hat mir versprochen, dass wir uns wiedersehen.«

»Nun, dann.« Gott verschränkte seine Hände im Nacken und lehnte sich behaglich zurück. »Gabriel pflegt seine Versprechen zu halten.«

Bevor ich weiter nachsetzen konnte, platzte Adam mit einer Frage dazwischen. Er zeigte auf den Schriftzug über Gottes Brust, den dieser in seiner jetzigen Haltung deutlich präsentierte. »Was heißt das eigentlich?«

Gott winkte ab. »Ach, gar nichts. Nur Blödsinn.«

»Da steht: *Der Erste macht das Licht an*«, verriet uns Josie kichernd. »Wisst ihr, weil Gott doch zuerst da war und …«

»Danke, Josariel, das ist doch schon gar nicht mehr wahr, so lange ist das her. Dieses Gewand hat mir Michael einmal geschenkt. Ein guter Engel, aber nur Mist im Kopf.«

»Nur Mist im Kopf«, prustete Dezibel los. »Hoho, der ist gut.«

»Das gefällt dir, wenn dein Boss einmal den guten Ton

verliert, wie?« Gott schüttelte den Kopf, halb amüsiert und halb verärgert, wie es schien. Dann klatschte er in die Hände und erhob sich: »So, genug geplaudert. Wir sind schließlich nicht zum Spaß hier. Lasst uns aufbrechen!«

»Ihr wollt schon gehen?«, fragte ich überrascht. »Ihr seid doch eben erst gekommen.«

»Reisende soll man nicht aufhalten«, sagte Adam.

»Sehr richtig«, meinte Gott grinsend und schlug ihm auf die Schulter. »Aber begleiten. Wir gehen zusammen.«

Adam verzog das Gesicht. »Und wohin?«

»Zur Quelle der Flüsse«, sagte Gott mit donnernder Stimme. »Direkt in die Mitte des Paradieses. In sein Herz.«

Wir waren schon eine seltsame Truppe: zwei verrückte Engel, zwei unberechenbare Menschen und ich, ein Gott, dessen Laune sich mit jedem Schritt auf unser Ziel zu mehr verdüsterte. Und als wäre das nicht genug, verfolgten uns auch noch ein Woff und eine Regenwolke.

Den See und den Wasserfall hatten wir schon lange hinter uns gelassen. Eine Weile waren wir dem Fluss Perat gefolgt, dann marschierten wir wieder durch ein Waldstück, und auf der Lichtung, wo ich Adam seine erste Banane gegeben hatte, machten wir Rast.

»Kannst du nicht einfach das Universum ein bisschen einbeulen, so wie neulich, als du Eva an den See gebracht hast?«, fragte mich Adam erschöpft, der neben mir auf dem umgestürzten Baum saß. »Sie hat mir davon erzählt. Zack, bum, und wir sind da.«

Das wäre natürlich am bequemsten gewesen. Aber dann hätten Adam und Eva den Weg nicht gekannt. Und welchen Sinn hätte es, etwas zu verbieten, das ohnehin jenseits ihrer Möglichkeiten lag? Einer Schildkröte brauchte ich schließlich nicht das Fliegen zu untersagen.

»Mit dem Großen Schritt bringe ich euch wieder zurück«, antwortete ich ausweichend. »Die Hälfte haben wir ohnehin schon. Und außerdem: Findest du es nicht schön, gemeinsam durch diesen herrlichen Garten zu wandern? Das macht doch Spaß!«

»Mir tun die Füße weh«, maulte Adam und rieb sich stöhnend seine Fußsohlen.

Die beiden Engel und Eva suchten in der Nähe nach Obst für einen Imbiss zur Stärkung. Ich ließ sie gewähren, auch wenn es mir ein Leichtes gewesen wäre, für Nahrung zu sorgen. Ich sagte mir, dass die Erledigung einer gemeinsamen Aufgabe eine gute Möglichkeit war, die Menschen und ihre beiden Schutzengel einander näherzubringen.

Nur Adam weigerte sich, weil er seine Füße schonen musste. Eva bot sich sogleich an, ihm etwas mitzubringen. Seitdem sie wusste, dass sie ihrem Partner überlegen war, fühlte sie sich verstärkt für sein Wohlbefinden verantwortlich. Sie ließ sich von ihm auch nicht mehr so leicht aus der Ruhe bringen.

Jetzt musste ich nur noch Adams Vorbehalte, die er Eva gegenüber hegte, zerstreuen.

»Das ist nett von Eva, dass sie dir ebenfalls etwas zu essen sucht«, bemerkte ich betont beiläufig.

»Mmmn«, sagte Adam mit der Andeutung eines knappen Kopfnickens.

»Stell dir vor, es gäbe sie nicht, dann hättest du wohl oder übel selber gehen müssen. Oder hungern.«

»Josie bringt mir auch was mit«, sagte Adam ungerührt.

»Josie wird nicht immer da sein.«

»Das gefällt mir am besten an ihr.«

»Und was gefällt dir an Eva am besten?«

Adam überlegte eine Weile, und nachdem er sich mit einem raschen Rundumblick davon überzeugt hatte, dass die anderen noch nicht zu sehen waren, sagte er: »Also, wenn ich ehrlich sein soll ...«

»Ich bitte darum.«

»Ehrlich, ich weiß nicht, was ich von Eva halten soll. Am Anfang dachte ich, du wolltest mich mit ihr für irgendetwas bestrafen.«

Fassungslos schüttelte ich den Kopf. »Du hast geglaubt, ich hätte dir Eva als göttliche Plage geschickt? Also, die sähe anders aus, da kannst du sicher sein.«

»Schlimmer oder besser?«, fragte Adam. Aber sein Grinsen und die nachfolgenden Worte verrieten mir, dass er das nicht ernst gemeint hatte. »Mittlerweile weiß ich, dass ich da falschlag. War ja auch nur meine erste Theorie. Heute ist mir klar, dass Eva nicht meine Strafe ist.«

»Na also!«

»Sondern mein Ersatz.«

Ich sah ihn erstaunt an. »Wie kommst du denn auf so eine absurde Idee?«

»Nun, du hast ihr gesagt, sie könne deinen Posten bekommen. Mir hast du so was noch nie gesagt.«

»Das war doch nicht ernst gemeint! Bis ich mich zur Ruhe setzen kann, muss ich noch ein paar Milliarden Jährchen herunterreißen. Gütiger Himmel!«

»Ja, aber dann steht sie schon bereit, und ich kann sehen, wo ich bleibe.«

»Das ist doch Schwachsinn!«

»Eva bestimmt doch jetzt schon alles: die Namen, den Tagesablauf, sogar wo ich pinkeln darf und wo nicht.«

»Wenn man zusammenlebt, muss man Kompromisse eingehen«, erklärte ich. »Aber das gilt für Eva doch genauso. Oder hast du dich noch nie durchgesetzt, wenn es zum Beispiel um einen neuen Tiernamen ging?«

»Na ja ... doch, beim Halsoglotz«, sagte Adam nach kur-

zem Nachdenken. »Eva wollte das Tier Gitarre nennen oder Karaffe, weiß nicht mehr genau.«

»Und wie heißt es jetzt?«

»Halsoglotz.«

»Da siehst du es. Kompromisse. Mal gibt der eine nach, mal der andere, manchmal beide ein bisschen. Nachzugeben ist nicht unbedingt ein Zeichen von Schwäche. Ganz oft ist es ein Sieg der Vernunft.«

Adam wirkte nicht gerade überzeugt. Ich rückte ganz nah an ihn heran und legte ihm in einer Geste großer Vertrautheit meinen Arm um die Schulter. »Und jetzt verrate ich dir mal etwas. Aber das bleibt unter uns, verstanden?«

»Klar.«

Ich senkte meine Stimme zu einem verschwörerischen Raunen. »Eva ist keine Konkurrenz für dich. Sie wird dich nie überflügeln können, weil ich sie aus einem Teil von dir geschaffen habe. Begreifst du?«

Verwirrt schüttelte Adam den Kopf. »Was meinst du mit einem Teil von mir?«

»Einen Körperteil.«

»So wie ein Bein oder was?«

»Nein, kein Bein«, sagte ich. »Etwas anderes.«

»Aber ich habe doch noch alle Teile«, wandte Adam klug ein und hob beide Arme, als wolle er sie nachzählen. »Ich hätte doch gemerkt, wenn plötzlich etwas fehlt.« Typisch, ausgerechnet wenn es am wenigsten angebracht war, musste er seine Intelligenz aufblitzen lassen.

»Es war kein Körperteil, den du sehen kannst. Mehr ein inneres Organ.«

»Ein inneres ORGAN?!« Adam schaute mich bestürzt an. »Aber ein Organ ist doch wichtig! Das kann man doch nicht einfach so verschleudern.«

»Kein eigentliches Organ«, sagte ich schnell. »Ein Knor-

pel oder Knochen. Eine Rippe, ja genau! Von denen hast du genug. Diese eine war sowieso nur als Ersatz gedacht, falls mal eine beschädigt wird.«

»Und was ist, wenn mal eine beschädigt wird?«, fragte Adam besorgt. »Dann steh ich da ohne Ersatzrippe. Kann man das nicht rückgängig machen?«

»Du willst, dass ich Eva wieder in eine Rippe verwandle?«

»Hmmm.« Nachdenklich rieb sich Adam die Oberlippe. »Nein, jetzt lass es erst mal so. Ich muss halt auf die paar Rippen, die mir noch verblieben sind, besonders gut aufpassen.«

Leicht verärgert über seine negative Reaktion, rückte ich wieder von ihm ab. »Ich dachte, du freust dich, wenn ich dir das erzähle. Ich nahm an, es würde dich beruhigen, wenn du erfährst, dass Eva lediglich ein Abfallprodukt von dir ist und du daher nicht länger befürchten musst, ihr unterlegen zu sein. Stattdessen musst du dich immer nur beklagen.«

»Na, deine Rippe ist es ja nicht«, meinte Adam. »Ja, genau! Warum hast du eigentlich keine von deinen genommen? Dir ist das Körperliche doch eh nicht so wichtig, wie du immer sagst.«

In diesem Augenblick sah ich Dezibel aus dem Wald kommen. Kurz darauf folgten Eva, Josariel und Woff. Alle trugen sie Obst in den Händen, sogar das Tier hatte eine Ananas im Maul.

»Sie kommen zurück«, machte ich Adam auf die Ankunft der anderen aufmerksam.

Mit großem Interesse beobachtete er die Herannahenden, wobei seine Aufmerksamkeit vor allem Eva galt.

»Eigentlich sieht sie gar nicht so übel aus«, befand Adam schulterzuckend. »Für eine Rippe.«

Seitdem ich nicht mehr das Gefühl hatte, beweisen zu müssen, Adam ebenbürtig zu sein, lief es viel besser zwischen uns. Offenbar merkte er mir meine neu gewonnene Lockerheit schon an. Jedes Mal, wenn er mich ansah, lächelte er oder zwinkerte mir zu oder fragte mich, wie es mir gehe. So viel Interesse zeigte er sonst nur an mir, wenn ich vom Obstsammeln kam. Vielleicht spürte er meine von höchster Stelle beglaubigte Überlegenheit. Die dummen Machtspielchen zwischen uns gehörten nun wohl der Vergangenheit an und machten Platz für ... ja, für was eigentlich? Man würde sehen. Die genüssliche Heiterkeit, die er mir gegenüber auf einmal an den Tag legte, stimmte mich jedenfalls sehr zuversichtlich.

Seit unserer Rast auf der Lichtung hatten wir zwei Waldstücke hinter uns gelassen, waren einen großen buschbewachsenen Hügel hinauf- und hinuntergeklettert, hatten zwei Bäche überquert und liefen nun durch eine Steppenlandschaft erneut auf einen Wald zu.

»Wir sind bald am Ziel«, kündigte Gott an.

Das wurde auch Zeit, denn die Erschöpfung war mittlerweile sogar den beiden Engeln anzumerken. Anfangs hatten Josie und ich noch über alles Mögliche geplaudert. Selbst Adam und Dezibel hatten das ein oder andere Wort miteinander gewechselt. Aber seit geraumer Zeit liefen wir nur noch schweigend nebeneinander her. Gott kannte natürlich keine Müdigkeit. Das hatte er mit Woff gemeinsam, der abwechselnd ihm, Adam, Josie und mir um die Beine herumsprang. Nur um Dezibel machte er einen großen Bogen.

»Na hoffentlich!«, keuchte Adam neben mir. »So erledigt war ich nicht mehr seit unserem Ritual. Und du schmale Rippe? Geht's noch?«

»Wie?«, fragte ich geistesabwesend, weil ich gerade beobachtete, wie Gott aufgeregt Josie und Dezibel herbeiwinkte. »Äh, ja, ich halte schon durch. Ich bin nur mal gespannt, was uns erwartet. Josie wollte mir nichts sagen. Ich glaube, sie wusste es selbst nicht. Hast du Dezibel mal gefragt?«

»Ach, der!« Adam verdrehte die Augen. »Er hat gesagt, wenn er es mir verriete, müsste er mich anschließend töten.«

»Mit anderen Worten: Er hat keine Ahnung.«

»Genau.«

Gott und die beiden Engel diskutierten miteinander, wobei der Schöpfer mehrmals auf den vor uns liegenden Waldrand deutete. Ein paar Gesprächsfetzen streiften mein Ohr.

»... ausgebreitet ... zu gefährlich ... umgehen ... Zeit verlieren ... Luzifer ... müssen äußerst vorsichtig ... müde ... bei Sonnenaufgang ...«

»Es gibt offenbar Probleme«, sagte ich zu Adam.

»Gibt es die nicht immer?«

Da kam auch schon Gott mit großen Schritten auf uns zu. Die Wolke, die bereits den ganzen Tag über ihm hing, war innerhalb der letzten paar Minuten beträchtlich gewachsen und noch dunkler geworden. Jeden Augenblick konnte es losregnen. »Wir müssen einen anderen Weg einschlagen«, erklärte Gott mürrisch. »Durch den Wald können wir nicht mehr, wir müssen ihn umgehen. Wir werden dadurch einen halben Tag länger benötigen. Für heute reicht es jedoch. Wir übernachten hier.«

»Hier?« Adam machte ein skeptisches Gesicht. »Einfach so im Gras? Hier gibt es ja nicht einmal Bäume, die uns vor Regen schützen können, wenn deine Wolke mal loslegt. Wäre es nicht besser, wir übernachten in dem Wald da vorne?«

»Niemand betritt diesen Wald! Er ist gefährlich.«

»Was soll uns schon passieren, wenn du bei uns bist?«, hakte Adam nach. »Du kannst uns doch vor jeder Gefahr beschützen.«

»Nicht vor deinen eigenen Gedanken, du Narr! Niemand betritt diesen Wald!« Die Stimme Gottes war wie ein Donnergrollen in meinem Kopf. Passend dazu prasselte jetzt auch der Regen auf uns nieder. Ohne ein weiteres Wort wandte Gott sich von uns ab und gesellte sich wieder zu Josie und Dezibel, die mit gespreizten Flügeln nur eine Wurfweite vom Waldrand entfernt standen. Die Wolke folgte ihm zwar, aber nass waren wir jetzt trotzdem.

Ich stieß Adam den Ellbogen in die Seite. »Toll hingekriegt! Danke.«

»Ich wusste ja nicht, dass er gleich so sauer reagiert. Aber bis morgen hat er sich bestimmt wieder beruhigt. Dieser Wald – Gabriel hat von ihm gesprochen. Der *Hungrige Wald*. Von schrecklichen Dingen hat er geredet. Auch von Menschen, die er dort gesehen hätte.«

»Welche Menschen?«

»Keine Ahnung. Kann auch sein, dass ich es nur geträumt habe. Apropos träumen – lass uns schlafen! Wie ich Gott kenne, geht es morgen beim ersten Vogelruf schon wieder los.«

Diese letzte Bemerkung von Adam ließ mich stutzen. »Ich höre überhaupt keine Vögel«, sagte ich erschrocken.

Die Sonne stand zwar schon tief, aber normalerweise hätte auch die Abenddämmerung mit Vogelgezwitscher erfüllt sein müssen, zumal der Wald ganz in der Nähe war.

»Die schlafen schon«, sagte Adam, doch seine Augen sagten etwas anderes. Ich traute mich nicht zu fragen, was.

Auf einmal war mir kalt. Fröstelnd rieb ich meine Oberarme und ließ mich von Adam an eine trockene Stelle führen, wo wir uns zusammen ins Gras legten. Trotz Adams warmen Körpers an meiner Seite fing ich an zu zittern.

»Ich habe Angst vor morgen.«

»Woff und ich passen schon auf dich auf«, meinte Adam leichthin. »Und Gott ist ja auch noch da.«

»Trotzdem – ich habe kein gutes Gefühl. Ich glaube, Gott bedrückt etwas, das er uns nicht sagen will. Seine Laune wird jedenfalls immer schlechter. Und dann dieser unheimliche Wald. Kommt es dir nicht auch so vor, als würden wir uns aus dem Paradies hinausbewegen?«

»Nein. Und Gott hat ja auch gesagt, dass unser Ziel in der Mitte des Gartens liegt. Dein Gefühl täuscht dich.«

»Ja, kann sein«, sagte ich. Aber meine Bedrückung wich nicht von mir. Mein Zittern hielt unvermindert an.

»Soll ich dir eine lustige Geschichte erzählen?«, fragte Adam.

»O ja, bitte.«

Adam stützte sich auf einen Ellenbogen auf, schaute mir in die Augen und begann: »Also, eines Tages, als es dich noch nicht gab, kam Gott zu mir und fragte mich, was ich von der Gesellschaft einer wunderschönen, blitzgescheiten, liebreizenden Frau hielte.«

Unwillkürlich huschte ein Lächeln über mein Gesicht und ich hörte auf zu zittern. »Das hat er wirklich gesagt?«, fragte ich geschmeichelt.

»Ja, wirklich. Und ich war natürlich einverstanden. Aber dann meinte er, dass ich dafür auch etwas hergeben müsste. Und zwar ein Auge, beide Ohren, alle Zähne, eine Niere, einen Lungenflügel, sieben Zehen und einen Arm.«

»Oh!« Verdutzt starrte ich ihn an. »Das ist ’ne Menge.«

»Fand ich auch. Ich habe ihm natürlich gesagt, dass mir das zu viel ist.«

»Und dann?«

»Dann habe ich ihn gefragt, was ich denn für eine Rippe bekäme.«

Adam fing an, schallend zu lachen, aber ich verstand nicht, was daran lustig sein sollte.

»Und weiter?«, fragte ich in sein Gelächter hinein.

»Nichts weiter. Das war die Geschichte.«

Ich überlegte, was ich von Adams Story halten sollte. Lustig fand ich sie jedenfalls nicht.

»Was soll das heißen: dass ich jetzt eine Rippe von dir habe, oder was?«

»Das trifft es nicht ganz«, sagte Adam grinsend.

»Dann erklär's mir!«

»Schon gut, Eva, vergiss es einfach. War doch bloß eine Geschichte. Ich dachte, sie heitert dich auf. Gute Nacht.«

Damit drehte er sich von mir weg, und kurze Zeit später hörte ich ihn bereits schnarchen. Noch nicht einmal, als Woff angelaufen kam und sich zwischen uns legte, wurde er wach. Ich fragte mich, wie er in dieser Situation so entspannt sein konnte. Bei mir war an Schlaf überhaupt nicht zu denken.

Während ich Woff den Nacken kraulte, schauten wir beide immer wieder zum Wald, der in den letzten Strahlen der Sonne wie eine schwarze, unüberwindliche Felswand aufragte. Welche Gefahr lauerte dort, dass sogar Gott ihr lieber aus dem Weg ging? Diese Frage beschäftigte mich fast genauso sehr wie die nach unserem mysteriösen Ziel. Was hatte Gott mit uns vor? Warum war er auf einmal so abweisend?

Plötzlich fingen die beiden Engel an zu singen. Die Melodie klang sehr schön, aber sie stimmte mich noch melancholischer, als ich ohnehin schon war. Obwohl unser Schlafplatz vom Beobachtungsposten, den Gott und die beiden Engel in Waldnähe eingenommen hatten, etliche Schritte entfernt lag, war mir, als würde Josies helle Stimme mich berühren, streicheln, liebkosen. Und Dezibels lautes Organ war ohnehin nicht zu überhören. Gabriel hatte mir erzählt, dass Engel den anbrechenden Tag mit einem Lied begrüßen und ihm abends singend Lebewohl sagen. Er hatte nicht gelogen.

Gabriel. Ich wünschte, ich hätte seine Feder noch, um mich an ihr festzuhalten. Tränen stiegen mir in die Augen. Der Wald schien alles Licht in sich einzusaugen. Der Tag verschwand zwischen den dunklen Bäumen. Leise summte ich die Melodie der Engel mit, um mich von ihm zu verabschieden.

Jemand pustete mir ins Ohr. Ich schlug die Augen auf und sah Josie, die sich über mich beugte. Das Weiß ihrer Flügel im Mondlicht, Nachtwind in ihrem Haar, in ihrem Gewand die Sterne.

»Pssst, komm mit, Eva! Ich will dir etwas zeigen«, flüsterte sie. »Wird dir gefallen.«

Langsam und schlaftrunken erhob ich mich. Adam brummte etwas und rollte sich auf die andere Seite. Von Woff war nichts zu sehen.

Josie streckte mir ihre Hand hin, die ich benommen ergriff. Sie führte mich in Richtung Waldrand, wo Dezibel uns erwartete. Wollten die Engel etwa mit mir in den Wald? Ich hielt nach Gott Ausschau, konnte ihn aber nirgendwo entdecken.

»Was ... was ist mit Adam?«, fragte ich beklommen. »Soll er nicht mitkommen?«

»Als ich ihn wecken wollte, hat er nach mir gebissen«, sagte Josie.

»Du meinst Woff.«

Josie schüttelte den Kopf. »Nein, Adam. Aber ich nehme ihm das nicht übel.« Sie neigte ihren Kopf zu mir und raunte mir ins Ohr: »Das ist der Wald. In seiner Nähe passieren seltsame Dinge. Er verändert die Gedanken.«

»Wirklich?«, fragte ich eingeschüchtert.

»Beim einen mehr, beim anderen weniger. Ich zum Beispiel habe nichts zu befürchten. Dezibel meint, meine Gedanken wären viel zu wirr, um sie durcheinanderzubringen. Und da hat er vielleicht nicht ganz unrecht. Aber Adam sollte wohl besser nicht zu nahe an den Wald herangehen. Lassen wir ihn lieber schlafen, unseren kleinen Schnappalligator.«

Ich blieb stehen. »Du willst doch nicht mit mir in den Wald, oder?«

»Ach, Schätzchen!«, sagte Josie lachend und zog mich sanft weiter. »So verrückt bin ich auch wieder nicht.«

Als wir bis auf ein paar Schritte an Dezibel herangekommen waren, rief der Engel streng: »Halt! Parole?«

»Parole im Arsch!«, rief Josie zurück. »Zu tief in den Wald geguckt oder was?«

»Ich bin nur vorsichtig. Und das ist nun mal die vorschriftsmäßige Vorgehensweise bei Gefahr einer Infiltrierung.«

»Das mag ja alles sein, du wachsamer Krieger«, spottete Josie und zwinkerte mir zu. »Aber dann hättest du mir die Parole auch irgendwann vorher verraten müssen. Weißt du, was ich meine?«

»Das mit der Parole ist mir gerade eben erst eingefallen«, rechtfertigte sich Dezibel.

»Du bist so ein Idiot!«, sagte Josie. Und an mich gewandt: »Dabei ist er so knuffig, solange er nicht redet.«

Über Dezibels Knuffigkeit konnte man geteilter Meinung sein. An Gabriel reichte er in dieser Beziehung jedenfalls nicht heran.

»Wo ist Gott?«, fragte ich.

Die beiden Engel blickten gleichzeitig auf den Wald, der wie ein gigantisches Wesen vor uns lag, drohend und dunkel, ein Schatten in der Nacht.

»Er kommt bald wieder«, antwortete Dezibel ausweichend.

»Ist er im *Hungrigen Wald?*«

Überrascht schaute mich Dezibel an. »Woher weißt du,

wie … Oh, Josie, hast du mal wieder deinen Mund nicht halten können?«

»Du bist so ein Idiot!«, befand der weibliche Engel einmal mehr. »Ich habe gar nichts gesagt. Vermutlich hat Eva den Namen irgendwo aufgeschnappt. Aber dank dir weiß sie es jetzt hundertprozentig. Na ja, ich verstand sowieso nicht, warum wir nichts sagen sollten. Dass dies kein normaler Wald ist, kann schließlich jeder sehen, der Augen im Kopf hat.« Sie legte ihren Arm um meine Schulter und deutete auf die Phalanx der schwarzen Bäume. »Du hast recht, Eva, das ist der *Hungrige Wald*. Und Gott befindet sich gerade in ihm.«

»Wie kommt er zu seinem Namen?«, wollte ich wissen.

»Ich könnte es dir sagen, aber dann müsste ich dich hinterher töten«, sagte Dezibel mit ernstem Gesicht.

»Jetzt halt mal die Flügel still, Quatschkopf!«, fauchte ihn Josie an. »Beachte ihn gar nicht«, sagte sie zu mir. »Also, offiziell heißt er eigentlich der *Träumende Wald*. Aber wir Engel nennen ihn den *Hungrigen Wald*, weil er unersättlich ist. Er verschluckt jeden, der sich hineinbegibt. Du trittst in den Schatten seiner Bäume und wirst ihn nie mehr verlassen. Und der Wald wächst! Eigentlich dürfte es ihn hier gar nicht geben. Er liegt normalerweise weiter nördlich. Aber offenbar breitet er sich aus und hat sich den Nachbarwald einfach einverleibt wie einen Pfirsich. Der Wald ist wirklich sehr ge… Da, es fängt wieder an! Seht nur!«

Zwischen den dunklen Kronen des Waldes waren plötzlich helle Lichtpunkte aufgetaucht, die von einem Baum zum anderen flogen, wie kleine Vögel aus Feuer. Ganze Schwärme davon stoben mal hier auf und mal dort, verloschen, erstanden neu, webten Lichtgespinste in die Nacht.

»Oh, wie schön!«, rief ich überrascht.

»Ich wusste, das würde dir gefallen«, meinte Josie lächelnd. »Seit Gott im Wald verschwunden ist, tanzen immer wieder die Lichter zwischen den Bäumen.«

Eine plötzliche Sorge erfasste mich. »Vielleicht benötigt er Hilfe.«

»Wer? Gott?« Dezibel fing laut an zu lachen. »Da kannst du unbesorgt sein, Kleines. Solange ich in seiner Nähe bin, vergreift sich niemand an Gott.«

»Warum bist du eigentlich so ein blöder Arsch?«, fragte Josie ihren Partner.

»Weiß nicht.« Dezibel zuckte mit den Achseln. »Talent?«

»Als wenn Gott dich oder sonst jemanden nötig hätte! Wenn er sich nur ein bisschen mehr Gedanken um sein Outfit machen würde, käme er wunderbar alleine zurecht.« Sie wandte sich wieder mir zu und lächelte aufmunternd. »Und die Lichter sind auch kein Notsignal, Evamaus. So reagiert der Wald immer, wenn sich jemand in ihn hineinbegibt. Allerdings nicht mit einem so spektakulären Funkenschauer wie jetzt. Er findet unseren Boss wohl besonders anregend. Ist ja auch immerhin sein Schöpfer, der ihn besucht.«

Ich versuchte auszumachen, was sich im Wald abspielte. Doch dafür standen die Bäume zu dicht, und zwischen den Stämmen waberte ein unheimlicher Nebel im Mondschein. »Und was macht er da drinnen?«

»Geheime Kommandosache«, schnarrte Dezibel.

»Wir wissen es nicht«, übersetzte Josie. »Gott redet mit uns nicht über alles, weißt du? Er ist ja mehr so der verschlossene Typ. War ziemlich lange allein, bevor er die ersten Engel erschuf. Und dann war es ausgerechnet Luzifer, der ihn später ... Ach, das ist alles so traurig.«

»Wer ist Luzifer?«

Josie schaute Dezibel fragend an und dieser schüttelte den Kopf.

»Der Gefallene Engel«, raunte sie schnell, dann zeigte

sie auf die Lichtkaskaden des *Hungrigen Waldes* und rief: »Schaut nur, wie schön!«

Mit den ersten Strahlen der Sonne wurden wir vom Gesang der Engel geweckt. Ich fühlte mich überhaupt nicht ausgeruht, da ich schlecht geträumt hatte. Viel Schlaf hatte ich ohnehin nicht bekommen, da ich noch eine ganze Weile dem Irrlichtern des Waldes zugesehen hatte und danach auch noch lange wach gelegen war, besorgt um Gott, der gestern Nacht nicht mehr aufgetaucht war, und besorgt um die Zukunft von Adam und mir, die mir immer ungewisser und zerbrechlicher erschien.

Zumindest die Sorge um Gott wurde mir genommen, denn da stand er vor uns und reichte uns ein paar Früchte zum Frühstück.

»Können die vielleicht mal mit dem Krach aufhören am frühen Morgen?«, maulte Adam und zeigte auf die beiden singenden Engel.

»Dich stört die Morgenandacht?« Gott schüttelte verständnislos den Kopf. »Du solltest dich lieber daran beteiligen. Singen reinigt die Seele.«

»Ein bisschen Dreck hat noch niemandem geschadet«, sagte Adam und biss herzhaft in seine Melone. »Nein, nein, Singen, das ist was für Federfuzzis. Das überlassen wir lieber den Engeln und Vögeln, was, Eva? Sonst kommt ihr nächstens und wollt uns auch noch in diese komischen Gewänder und Schuhe stecken.«

»Also, ich würde ganz gerne singen«, widersprach ich. »Und gegen Schuhe hätte ich auch nichts.«

Adam verdrehte nur die Augen und schüttelte den Kopf.

»Darf ich mitsingen?« Hoffnungsvoll schaute ich Gott an.

Dieser machte eine einladende Handbewegung in Richtung Engel. »Jede schöne Stimme erfreut mein Herz. Viel Vergnügen!«

»Krieg ich dann deinen Pfirsich?«, fragte Adam mich, und ich erfreute auch sein Herz.

Als ich mich den Engeln hinzugesellte, unterbrachen diese ihren Gesang, und Josie umarmte mich zur Begrüßung. Dezibel zog lediglich eine Augenbraue hoch, ohne etwas zu sagen. Aber wenigstens verlangte er keine Parole. Mit Josies Hilfe hatte ich mir die Melodie schnell angeeignet. Der Text handelte davon, dass die Sonne in Gottes Auftrag alles Leben nährte und gedeihen ließ und sich mit ihrem heißen Leib der Kälte der Unendlichkeit entgegenstemmte. So irgendwie jedenfalls. Ich sollte einfach nur immer »lalala« singen, was wohl das Gleiche bedeutete. Das Singen machte Spaß und vertrieb für eine Weile meine düsteren Vorahnungen und die bedrohliche Ausstrahlung des *Hungrigen Waldes*.

Kurz darauf brachen wir auf und marschierten den ganzen Vormittag in sicherem Abstand am Wald entlang unserem unbekannten Ziel entgegen.

Ich erzählte Adam von meinem nächtlichen Erlebnis, und da mich ein klein wenig mein schlechtes Gewissen zwickte, fragte ich ihn, ob er mir böse sei, weil ich ihn nicht geweckt hatte, damit er ebenfalls dieses grandiose Schauspiel genießen konnte.

»Böse? Wegen ein paar Lichtern in den Bäumen?« Er schaute mich an, als hätte ich einen Witz gemacht.

»Es war schon ziemlich beeindruckend.«

»Kann ich nicht beurteilen«, meinte er schulterzuckend. »Hab's ja nicht gesehen. Aber im Zweifelsfall immer schlafen lassen.«

Das erleichterte und bestürzte mich zugleich. Ich war zwar froh, dass er mir keinen Vorwurf machte, aber auch einigermaßen erschüttert über seine Gleichgültigkeit gegenüber den Schönheiten der Natur.

»Hast du schon einmal den Namen Luzifer gehört?«, fragte ich eine Weile später, als Gott und die Engel uns mindestens zwei Baumlängen weit vorausliefen.

»Hmmm«, überlegte Adam. »Ja, doch, ich glaube, Gabriel hat ihn mal erwähnt. Ich weiß aber nicht mehr, in welchem Zusammenhang. War wohl nicht so wichtig.«

»Josie sagte etwas von einem Gefallenen Engel.«

»Hör mir bloß auf mit Engeln!«, nölte Adam. »Die haben alle einen Knall, wenn du mich fragst. Entweder sind sie arrogant bis in die Flügelspitzen oder durchgedreht wie unsere zwei neuen Freunde da vorne. Und dann dieses Gesinge! *Danke, liebe Sonne* – das ist doch ekelhaft!«

Sich mit Adam zu unterhalten war wie immer ein Quell reinster Freude. Konnte es tatsächlich sein, dass wir beide derselben Spezies angehörten? Vielleicht hatte es ja irgendwo eine Verwechslung der Seelen gegeben. Und der richtige Adam hüpfte nun mit Fell und Greifschwanz von Baum zu Baum und wunderte sich, warum seine Artgenossen nur Futtern und Schlafen im Kopf hatten. Ja, das würde so manches erklären.

»Ich glaube, Josie hat Angst vor diesem Luzifer«, sagte ich. »Sie wollte mir mehr über ihn erzählen, aber Dezibel war dagegen. Und ich habe von ihm geträumt. Meinst du, ich sollte Gott nach Luzifer fragen?«

»Warte lieber, bis er bessere Laune hat. Wenn ihm deine Frage missfällt, haben wir sonst gleich wieder diese blöde Wolke über uns schweben. Aber da fällt mir was ein.« Nachdenklich kratzte sich Adam am Hinterkopf. »Gabriel hat da mal so Andeutungen gemacht. Dass er sich nur deshalb immer in der Höhle aufhielte, weil er Angst hatte, jemand könnte sonst unseren Garten finden. Weil Engel irgend so eine komische Ausstrahlung hätten. Und Sophia hat gemeint, dieser Jemand wäre ein ziemlich übler Bursche. Ich krieg aber nicht mehr zusammen, wer genau was gesagt hat. An dem Tag ist so viel passiert: Zuerst verschwindet das Kaninchen, dann taucht Gabriel auf und erklärt mir das Ritual, dann muss ich mit ihm fliegen und dann kamst auch noch du in mein Leben. Eins schlimmer als das andere. Unmöglich, sich alles zu merken. Jedenfalls könnte dieser Luzifer der Typ sein, vor dem Gabriel sich versteckt hat.«

Ich ließ mir das kurz durch den Kopf gehen. »Wenn die Ausstrahlung von Engeln so verräterisch ist, warum spazieren dann gleich zwei von ihnen tagelang mit uns durchs Paradies?«

Darauf wusste Adam keine Antwort. »Vielleicht habe ich Gabriel auch falsch verstanden«, meinte er. »Wenn der Engel einem Fisch das Schwimmen erklären würde ... der ginge unter wie ein Stein, das garantier ich dir.«

Etwas später gesellten sich Josie und Dezibel zu uns, während Gott weiterhin mit langen Schritten voranschritt. Josie erzählte mir Geschichten aus dem Alltag eines Engels, wusste aber nicht viel Persönliches über Gabriel zu berichten, als ich sie danach fragte. Auch meine Bitte, mir mehr über Luzifer zu verraten, überging sie mit einem Naserümpfen und einem leicht dahingeworfenen: »Ach, nein, warum sollen wir uns damit den Tag verderben?« Stattdessen brachte sie mir den Text von dem Lied bei, das wir heute Morgen gesungen hatten. Es machte Spaß, mit Josie zu reden. Danach war ich jedes Mal besser gelaunt als vorher.

Die Unterhaltung zwischen Adam und Dezibel verlief wesentlich träger, soweit ich das mitbekam. Die beiden liefen direkt vor uns. Meistens schwiegen sie, und Adam begann damit, Steine in Richtung Wald zu werfen. Erst als der Engel auch einen warf und damit tatsächlich so weit kam, dass er einen Baum traf und diesen Funken sprühen ließ, beendete Adam seine kläglichen Wurfversuche. Ich hörte, wie er daraufhin zu Dezibel sagte: »Wusstest du eigentlich, dass ich die ganzen Sterne gezählt habe? Zwanzigtausend Stück in einer einzigen Nacht, und das mit nur einem Auge.«

Der Engel lachte höhnisch. »Sterne gibt es viel, viel mehr. Hunderte von Trilliarden.«

»Na ja, ich habe abgerundet«, sagte Adam trotzig.

Dezibel mochte dies offenbar nicht weiter kommentieren.

Wir gelangten an einen schmalen Fluss, von dem Josie nicht genau sagen konnte, welcher der vier Paradiesflüsse es war, da sie alle hier in der Nähe entsprangen. Der Fluss begleitete uns eine Weile auf unserer Umrundung des Waldes, dann machte er einen scharfen Knick und verschwand zwischen den nebelumwaberten schwarzen Bäumen.

Gott war stehen geblieben und schaute nun jedem von uns, auch den Engeln, eindringlich in die Augen. »Entlang des Flussufers können wir es in den Wald wagen. Aber richtet eure Blicke immer nur auf den Fluss, niemals auf die Bäume. Schon bald werden wir an eine Furt kommen, wo wir den Pischon überqueren. Und zählt eure Schritte, bis ich euch sage, dass ihr damit aufhören könnt. Niemand redet.«

Seine strenge Stimme weckte Angst und Beklommenheit in mir. Schweigend, zählend, schwitzend, zitternd folgten wir dem Fluss in den Wald hinein. Gott lief weiterhin an der Spitze, ich direkt dahinter, nach mir folgte Josie, dann Adam mit Woff und den Schluss bildete Dezibel. Das Rauschen des Wassers und das Klopfen meines Herzens waren die einzigen Geräusche, die ich vernahm. Als liefen wir in der Wüste unserer eigenen Einsamkeit. Als versänke ich erneut im kalten Höhlensee.

Wir kamen an eine Stelle, wo der Pischon breiter und flacher wurde. Dort überquerten wir vorsichtig den Fluss. Das kalte Wasser, das mir an der tiefsten Stelle bis zum Po ging, zerrte an mir, aber nicht so stark, als dass es mich hätte mitreißen können.

Als wir das gegenüberliegende Ufer erreichten, war es fast, als beträten wir eine andere Welt. Die Vögel waren wieder zu hören, die Luft ließ sich leichter atmen, es war heller, das Sonnenlicht malte grüne Muster auf den Boden, es roch nach Laub, nach saftiger Fruchtbarkeit, nach Leben.

»Ihr könnt aufhören zu zählen und euch wieder umsehen«, rief Gott. »Der Wald hier an diesem Ufer birgt keine Gefahren – bis auf eine. Zu der kommen wir gleich.«

»Sollen wir uns die Anzahl unserer Schritte merken?«, fragte ich Gott.

»Wenn du willst.« Gott lächelte mich an. »Nötig ist es aber nicht. Ich ließ euch lediglich zählen, damit eure Gedanken nicht zu wild herumschwirren. Kommt weiter! Wir sind bald am Ziel.«

Eine Weile lief ich neben Gott her, während Dezibel voranschritt und Josie sich hinter uns mit Adam näher bekannt machte.

Im Vorbeigehen ließ ich meine Hand über die Borke einer großen Buche streifen. »Endlich wieder normale Bäume. Ich habe die anderen zwar nur aus der Entfernung gesehen, aber sie sahen unheimlich aus: so schwarz und glatt und mit Ästen wie Tentakel von Riesenkraken. Ich bin froh, dass die nicht bei uns zu Hause wachsen.«

»Sie wachsen aber in deinem Kopf«, sagte Gott.

»Wie meinst du das?«, fragte ich verwirrt. »Guckt mir ein Ast aus dem Kopf?« Ich fing an zu lachen. Natürlich hatte Gott nur einen Witz gemacht, denn so groß, dass Bäume in ihm wuchsen, war mein Kopf bestimmt nicht. »Um Himmels willen, sehe ich etwa schon so aus wie Dezibel?«

Gott stimmte in mein Lachen ein. »Zum Glück nicht. Nein, du erfreust mein Auge, Eva. Du bist schön wie ein …«

»Engel?«

»Wie ein Sonnenaufgang, wollte ich sagen.«

»Oh.« Ich errötete geschmeichelt. Ich wäre zwar lieber schön wie ein Engel gewesen, aber ein Sonnenaufgang war auch nicht übel. »Wer ist eigentlich Luzifer?«, fragte ich unvermittelt, um die Gunst des Augenblicks zu nutzen.

Das Lächeln verschwand aus Gottes Gesicht wie ein Tautropfen in der Mittagsglut. »Niemand«, sagte er mit tonloser Stimme. »Das ist niemand. Woher hast du den Namen?«

Da ich Josie nicht in Verlegenheit bringen wollte, sagte ich: »Den habe ich geträumt.« Das entsprach sogar einigermaßen der Wahrheit, denn ich hatte gestern Nacht tatsächlich von Luzifer geträumt. Wieder einmal versank ich im Höhlensee. Doch diesmal kam jemand anderes auf mich zugeschwommen, um mich mit sich zu ziehen. Luzifer! Ich hatte nur einen Schatten wahrgenommen – einen Schatten, der von *unten* heranflog! Bevor er mich erreicht hatte, war ich aber aufgewacht.

»So, so, geträumt.« Gott sah mich prüfend an. Ich blickte nach unten und zählte meine Schritte. »Was hast du denn geträumt?«

»Nichts Konkretes.« … zwei, drei, vier … »War mehr so ein Gefühl.« … sieben, acht … »Als würde etwas auf mich zukommen. Etwas Großes, Dunkles. Ein Gewitter.«

Gott nahm meine Hand und drückte sie tröstend. »Vor diesem Gewitter hab keine Angst, meine kleine Eva. Solange Demut deinen Kopf gesenkt hält, kann es dir nichts anhaben. Denn der Blitz schlägt immer nur in den höchsten Punkt und der Donner ist bloß ein Geräusch.«

»Und wer ist nun Luzifer?«, hakte ich nach.

Zögernd antwortete Gott: »Luzifer ist das Licht, das sich

in einen Schatten verwandelt hat. Und daher lebt er nun auch im Reich der Schatten. Weit weg von hier, Eva. Vergiss ihn! Die Lieder dieses Engels würden dir nicht gefallen.«

»Also ist er ein Engel?«

»Er war es. Doch nun … So viel oder so wenig die schwarzen Bäume Bäume sind, ist der schwarze Engel ein Engel. Aber genug davon! Erzähl mir lieber von dir und Adam. Täusche ich mich oder kommt ihr beide seit gestern besser miteinander aus? Ich höre euch gar nicht mehr streiten.«

Gott schaute mich so erwartungsvoll an, dass ich ihn nicht enttäuschen wollte. »So langsam wird es«, sagte ich. Aber eigentlich vermutete ich, dass uns lediglich die Puste fehlte, um uns so richtig zu fetzen. Einmal ordentlich durchschnaufen, dann ginge es bestimmt wieder los. Aber warum sollte ich Gott meine pessimistische Ansicht mitteilen? Ich fand es niedlich, wie er sich immer freute, wenn zwischen Adam und mir Harmonie aufzuckte wie ein nächtlicher Blitz, der die Umgebung für die Dauer eines Wimpernschlags erhellte. Danach war es wieder lange dunkel und der Donner grollte. Aber egal. Adam und ich hangelten uns eben von Blitz zu Blitz durch die Nacht.

Ich hörte, wie Josie hinter uns hell auflachte. Vermutlich hatte Adam ihr etwas Lustiges erzählt. Bei ihr konnte er also amüsant sein, während ihm bei mir nur dümmliche Bemerkungen über Rippen und andere abgetrennte Körperteile einfielen. Andererseits war es nicht schwierig, Josie zum Lachen zu bringen. Ja, wenn es Dezibel gewesen wäre …

»Adam hat mir gestern eine komische Geschichte erzählt. Da ging es um … ich weiß gar nicht mehr. Jedenfalls hätte ich eine Rippe von ihm. Stimmt das?«, fragte ich Gott.

»Eine Geschichte ist nur eine Geschichte und nicht die Realität«, erwiderte er nur lächelnd. »Das solltest du nicht so ernst nehmen, Eva. Gedankengespinste zerreißen leicht wie Spinnweben, wenn man den Stein der Wahrheit hineinwirft. Und ganze Gärten voll blühender Phantasie verblassen vor der Pracht eines einzigen realen Gänseblümchens.«

Wenn man mit Gott redete, wurde man erfüllt von schönen Gedanken voller Wahrheit und ewiger Gültigkeit. Aber so richtig viel schlauer als vorher war man trotzdem nicht.

»Oh, das hast du aber schön gesagt, Herr«, rief Josie uns zu. Ich vergaß immer, dass Engel Gottes Stimme auch über weite Entfernungen hören konnten, selbst wenn er so leise sprach wie eben zu mir. »Das müsste man aufschreiben. Aber ehrlich!«

»Äh ... danke, Josariel«, murmelte Gott und blieb stehen, damit die anderen zu uns aufschließen konnten.

Als Adam herangekommen war, fragte er mich: »Was hat Gott denn gesagt?«

»Dass ein Gänseblümchen schöner ist als deine Rippe«, antwortete ich.

Adam schaute mich merkwürdig an und meinte mit sanfter Stimme: »Also, manchmal irrt sich sogar Gott.«

Ich schaute ihn verwirrt an, Gott begann zu lachen und Dezibel rief uns aufgeregt zu: »Da vorne ist es! Wir sind da!«

ADAM

16 | Oder du tötest sie – ein bisschen Strenge hat schließlich noch niemandem geschadet

Mensch, taten mir die Füße weh! Verstohlen blickte ich mich um, ob bei den anderen ebenfalls bereits die ersten Fußwehen eingesetzt hatten. Aber so wie es aussah, waren außer mir noch alle munter auf den Beinen. Womöglich lag das an den Schuhen, vermutete ich. Doch Josie lief ja ebenfalls barfuß und war quietschfidel. Offenbar hatten Engel von Natur aus stabilere Füße. Allerdings war Eva kein Engel und schritt dennoch vergnüglich neben Gott einher. Wieso waren die Füße meiner Rippe besser als meine eigenen? Mir fiel kein vernünftiger Grund ein, aber mit wehen Füßen konnte ich auch nicht richtig denken.

Am liebsten hätte ich Gott gebeten, mich zu tragen. Nur ließ sich das nicht so richtig mit dem Bild vereinbaren, das ich von mir hatte. Mein wildes Männerherz sagte: *Nein, du läufst selbst, und zwar am besten ganz vorne an der Spitze, wo du hingehörst, wär ja noch schöner!*

Also fragte ich stattdessen Josie, ob ich *sie* ein Stück tragen solle. Sie schaute mich nur komisch an und brach dann in lautes Gelächter aus. Das war nicht die bewundernde Reaktion, mit der ich gerechnet hatte. Auch wenn ihr Lachen vermutlich nicht böse gemeint war, kränkte es mich. Nur eine Reaktion von ihr hätte ich noch schlimmer gefunden: wenn sie mir wider Erwarten freudig auf den Rücken gesprungen wäre.

»Das ist total lieb von dir, Adam«, säuselte sie und streichelte mir über den Hinterkopf. »Aber ich habe doch Flügel.« Sie bewegte ihre Schwingen. »Siehst du. Wenn ich nicht mehr laufen kann, fliege ich einfach. Soll ich Gott fragen, ob ich ein Stück mit dir vorausfliegen darf?«

»Du willst mit mir fliegen?« Sofort verklumpte sich mein Magen zu einem walnussgroßen Kotzbrocken.

»Wenn mein Chef nichts dagegen hat.«

Ich winkte ab. »Lass mal lieber. Ich werde hier unten gebraucht. Muss auf Eva und Woff aufpassen.«

»Das kann doch Dezibel übernehmen«, meinte Josie.

»Also, nichts gegen Dezibel«, begann ich meinen Einwand gegen Dezibel, »aber der Kerl hat doch seinen Verstand in die Haare geschmiert.«

Josie lächelte voller Verständnis. »Gott ist ja auch noch da.«

»Also, nichts gegen Gott«, sagte ich, »aber …«

Ich wurde von einem Ausruf Dezibels unterbrochen. »Da vorne ist es! Wir sind da!«

Kurz darauf standen wir alle nebeneinander am Rand eines Abhanges und blickten in ein dünn bewaldetes Wiesental, das von zwei Flüssen umschlossen wurde und in dessen Mitte ein großer brennender Baum stand.

»Wenn wir uns beeilen, können wir den Baum vielleicht noch retten, bevor er ganz verbrennt«, sagte Eva.

Meine Rippe – immer den Blick aufs Wesentliche gerichtet. Stolz lächelte ich sie an.

»Das ist kein richtiges Feuer«, widersprach Gott. »Man

kann es nicht löschen. Und es ist auch nicht dabei, den Baum zu verzehren. Ganz im Gegenteil: Der Baum nährt sich vom Feuer.« Er klatschte auffordernd in die Hände. »Lasst uns hinuntergehen!«

Gott schritt voran und wir alle folgten ihm. Als wir etwas später direkt vor dem Baum standen, erkannten wir, dass Gott recht hatte. Es sah zwar tatsächlich so aus, als würde er lichterloh brennen. Aber die rötlichen Flammen tanzten zwischen dem Geäst, als wären sie in der Baumkrone gefangen. Kein einziger Zweig, kein einziges Blatt wurde verbrannt. Das Feuer strahlte auch keine Hitze ab, es war so kalt wie Mondschein.

»Was ist das für ein Baum?«, fragte ich Josie.

Die Engelfrau senkte ratlos ihre Flügel. »Ich bin mir nicht sicher. Könnte der Baum des Lebens sein.«

»Negativ«, widersprach Dezibel seiner Partnerin. »Im Baum des Lebens brennt ein blaues Feuer und kein rotes. Das weiß ich von Uriel, und der hat es mit eigenen Augen gesehen.«

»Uriel?« Josie verdrehte stöhnend die Augen. »Der will doch auch schon mal Ufos gesehen haben, oder?«

Trotzig verschränkte Dezibel die Arme vor der Brust. »Ja, aber das mit dem Baum stimmt wirklich.«

Ich fragte: »Was sind Ufos?«

»Seltsame scheibenförmige Flugobjekte«, erklärte Dezibel.

»Verstehe«, sagte ich. »So wie Pilze.«

»Pilze sind keine Flugobjekte! Wie oft muss ich das noch sagen?«, blaffte Gott mich an.

Die Erwähnung von Pilzen ließ Eva aufhorchen. Sie löste ihren Blick vom Feuerbaum und wandte sich an Gott. »Apropos Pilze – hast du eigentlich mitbekommen, dass ich dir vor ein paar Tagen ganz viele ...«

»Schaut nur, der Baum!«, rief ich dazwischen, bevor Eva von ihrer dummen Opferung erzählen konnte.

Sämtliche Augenpaare richteten sich auf den Baum.

»Was ist mit ihm?«, fragte Eva.

»Er brennt.«

»Das macht er doch schon die ganze Zeit.«

»Ja, das schon, aber, äh … aber …«

»Aber?«

Zwei Tauben flogen auf einmal über unsere Köpfe hinweg und setzten sich ungeachtet der Flammen auf einen hohen Ast des Baumes. Durch den Feuerschleier hindurch konnte man sehen, wie sie miteinander schnäbelten. Offenbar ging es ihnen gut.

»Der Baum brennt, aber den Vögeln macht es nichts aus«, schob ich schnell nach. »Das wollte ich sagen.«

Gott räusperte sich und hob eine Hand, so dass er unsere Aufmerksamkeit bekam. »Dieser Baum ist das Ziel unseres Ausfluges«, verkündete er.

»Der Baum?«, wiederholte ich fassungslos. »Wir latschen tagelang durch die Wälder wegen eines *Baumes?*«

»Es ist ein ganz besonderer Baum. Der Baum der Erkenntnis.«

»Na, bei den Strapazen, um ihn zu erreichen, müssen seine Früchte ja unglaublich gut schmecken«, sagte ich kopfschüttelnd. »Er trägt doch Früchte, oder? Das sieht man so schlecht durch das Feuer.«

»Ja, Adam, der Baum trägt Früchte.« Gott lächelte mich an, aber es wirkte nicht freundlich, sondern eher ein bisschen gequält. »Und diese Früchte sind in der Tat sehr wohlschmeckend.«

Gott lief zum Baum, streckte seine Hand durch die Flammen hindurch und pflückte etwas von einem der unteren Äste. Mit einer grünen, kugelförmigen Frucht kam er zurück.

»Die kenne ich«, rief ich enttäuscht. »Hab ich schon gegessen. Das ist eine … eine … na, eine …«

»Feige«, sagte Eva. »Die wachsen auch bei uns zu Hause. Am anderen Seeufer. Aber ich finde, sie schmecken zu …«

»Das ist keine Feige!« Gottes Stimme klang leicht verärgert. »Seht selbst!« Mit diesen Worten warf er mir die Frucht zu.

Ich fing sie auf, und als ich sie in meiner Hand betrachtete, war sie nicht mehr grün, sondern orange.

»Habt ihr so eine Frucht auch schon mal gegessen?«, fragte Gott.

Während Eva den Kopf schüttelte, sagte ich: »Klar, jede Menge. In dem Wald, wo Sophia zuerst stand, gab es Orangenbäume.«

»Aber das ist doch keine Orange, du dummer Kerl!«, rief Gott genervt.

Und tatsächlich: In meiner Hand hielt ich keine orange, sondern eine rötliche Frucht.

»Und? Weißt du auch, was das ist?«, fragte mich Gott herausfordernd.

Ich zuckte die Schultern. »Nö, keinen Schimmer.«

Gott schaute neugierig zu Eva. Diese schüttelte nur den Kopf. »Sehe ich zum ersten Mal.«

Täuschte ich mich oder atmete Gott tatsächlich erleichtert auf? »Nun, das ist eine Mango. Es ist gut, dass ihr noch keine gegessen habt. Ihr werdet euch auch in Zukunft von dieser Frucht fern…«

»Ach, gegessen habe ich schon haufenweise von denen«, warf ich ein. »Ich wusste nur nie, wie sie heißen.«

Überrascht bemerkte ich, dass sich über dem Kopf des Schöpfers wieder eine kleine, dunkle Wolke bildete.

»Mann, bist du ein Vielfraß!« Wütend funkelte Gott mich

an. »Los, gib mir die Frucht zurück! Her damit, bevor du sie auch noch verschlingst!«

So mies gelaunt hatte ich Gott zuletzt erlebt, als ich ihm verraten hatte, dass ich *Der Große Rumrotz* heißen möchte. Bevor er noch ärgerlicher wurde, warf ich ihm schnell die Mango zu. Er fing sie mit einer Hand auf und ließ sie irgendwo in seinem Gewand verschwinden.

»Ich wusste ja nicht, dass ich keine Mangos essen soll«, verteidigte ich mich vorsichtig.

Gott schaute mich an, als sähe er mich zum ersten Mal. »Mangos kannst du essen, so viel du willst. Wer redet denn von Mangos?«

Ich wollte ihn gerade darauf aufmerksam machen, dass er selbst davon angefangen hatte, als ich einen warnenden Blick von Josie auffing. Sie schüttelte fast unmerklich den Kopf. Ihre Lippen hielt sie fest zusammengepresst, als wolle sie sich mit Gewalt am Sprechen hindern. Auch Eva hielt sich mit Äußerungen zurück. So kannte ich sie gar nicht.

Gott kehrte uns den Rücken zu, hantierte eine Weile herum, und als er sich uns wieder zuwandte, hielt er drei verschiedene Früchte in den Händen, die er nun vor sich auf den Boden legte. »Eva, Adam«, sagte er nur und winkte uns zu sich heran.

Zögernd gingen wir zu ihm, bis wir direkt vor der Obstreihe standen.

»Bevor wir auf die Früchte dieses Baumes«, Gott deutete auf den brennenden Baum, »zu sprechen kommen, möchte ich von euch gerne wissen, welche Frucht ihr von diesen drei hier«, er zeigte auf das Obst zu seinen Füßen, »am liebsten mögt.«

Da Eva keine Anstalten machte zu antworten, übernahm ich die Initiative. »Ist es egal, in welcher Reihenfolge wir sie probieren?«, fragte ich und ging in die Hocke.

»Finger weg!« Der scharfe Ruf Gottes ließ mich mitten in der Bewegung innehalten. »Du rührst diese Früchte nicht an! Das sind keine Kostproben.«

»Aber woher soll ich dann wissen, welche ich am liebsten mag?«, fragte ich verwirrt. »Die sind mir nämlich alle noch nicht untergekommen.«

Eva zeigte auf die blaue Frucht in der Mitte. »Pflaumen habe ich schon gegessen, aber die anderen beiden kenne ich auch nicht.«

Verblüfft starrte ich sie an. »Ach ja, du hast schon Pflaumen gegessen? Und warum hast du mir nicht gesagt, wo es die gibt? Vielleicht hätte ich auch gerne …«

»Wenn du endlich mal den Toilettenbaum benutzen würdest, hättest du die Pflaumen schon längst entdeckt. Die wachsen nämlich dort. Aber nein, du pinkelst ja lieber in den See.«

»Jetzt geht das wieder los«, stöhnte ich.

»Schluss mit dem Gezanke!«, donnerte Gottes Stimme auf uns herab. »Ihr hört besser genau zu, was ich euch mitzuteilen habe. Das ist sehr wichtig. Und ich werde es nur ein einziges Mal sagen.« Er nahm die gelbe Frucht vom Boden auf, betrachtete sie von allen Seiten und rief: »Diese Birne hier …«

»Irgendwie kommt sie mir doch bekannt vor«, flüsterte ich Eva zu.

»… ist eine Birne«, fuhr Gott fort und schaute mich dabei böse an. Er legte die Birne zurück auf den Boden und holte sich die rote Frucht. »Dieser Apfel hier … ist die Verbotene Frucht.« Er hob ihn hoch über den Kopf, der Apfel glänzte kurz verführerisch im Sonnenlicht, dann schleuderte Gott ihn in die Baumkrone des brennenden Baumes. Die Flammen loderten augenblicklich hell auf, so dass wir nur noch eine Feuerwand mit den Umrissen eines Baumes vor uns sahen. Auf ein Zeichen Gottes hin fingen die Engel an zu singen, hohe Töne, die einem in den Ohren schmerzten und Woff zum Mitheulen veranlassten. Zum Glück dauerte der Gesang nicht lange.

Mit den letzten Tönen fiel auch die Flammenwand in sich zusammen, bis nur noch das anfängliche in der Baumkrone herumflackernde Feuer zu sehen war. In seinem unruhigen Schein konnten wir die vielen Äpfel erkennen, mit denen der Baum nun vollhing.

Die Verbotenen Früchte.

Sie sahen ziemlich lecker aus. Ich freute mich schon darauf, mir gleich den Bauch mit ihnen vollschlagen zu können. Was es wohl mit dem Verbot auf sich hatte?

»So viele Äpfel«, rief ich staunend. »Also, wenn sie so gut schmecken, wie sie aussehen, hat sich der weite Weg doch einigermaßen gelohnt.«

Eva stieß mir einen Ellbogen in die Seite. »Mensch, Adam!«, zischte sie. »Hast du nicht zugehört? Die Früchte sind verboten.«

»Ja, ich weiß. Aber essen wird man sie wohl noch dürfen, oder?«

»Negativ«, sagte Dezibel.

Auf einmal wurde es düster. Die Wolke, die über Gott schwebte, hatte sich über uns alle ausgebreitet. Es fing an zu regnen, Blitze zuckten aus der geballten Schwärze, und über den Donner hinweg verkündete Gott mit lauter Stimme: »Höret, ihr Menschen! Wer von der Verbotenen Frucht isst, der hat sein Leben verwirkt. Darum brennt euch mein Verbot in eure Herzen und richtet euch strengstens danach – oder ihr seid des Todes.«

Danach hellte sich der Himmel wieder auf und Gott schaute uns lächelnd an. »Ich hoffe, ihr versteht nun, dass ich euch an den Ort der Gefahr bringen musste, damit ihr ihn künftig meiden könnt. Ich hoffe, ihr begreift die Wichtigkeit dieses meines einzigen Verbotes.«

»Sicher, das tun wir.« Eva nickte. »Bei den Tollkirschen und den Fliegenpilzen haben wir es ja schließlich auch begriffen.«

Gott stutzte. »Aber bei den Fliegenpilzen und den Tollkirschen verhält es sich ganz anders«, widersprach er.

»Dann müssen wir nicht sterben, wenn wir Fliegenpilze oder Tollkirschen essen?«, fragte Eva verwirrt.

»Doch, natürlich müsst ihr dann auch sterben, schließlich sind sie sehr giftig«, sagte Gott. »Aber ich habe euch nicht *verboten*, davon zu essen. Ich rate lediglich dringend davon ab.«

»Und Äpfel sind also noch giftiger?«

Gott lachte. »Ach wo! Äpfel sind überhaupt nicht giftig. Eigentlich sind sie sogar sehr gesund. Viele Vitamine und Mineralstoffe. Und sie schmecken vorzüglich. Nur leider verboten, wie gesagt.«

Ich schaute Eva fragend an, aber auch sie konnte nur verständnislos die Schultern heben.

»Wenn Äpfel nicht giftig sind, weshalb sterben wir dann, wenn wir davon essen?«, fragte sie Gott.

»Wieso?« Gott machte ein verdutztes Gesicht. »Natürlich als Strafe, weil ihr dann mein Verbot missachtet habt. Ich dachte, das wäre klar.«

»Oh, das ist aber eine schreckliche Strafe!«, rutschte es Josie heraus, die sogleich erschrocken die Hand vor den Mund hob.

»Zweifelst du etwa an mir, Josariel?«

Die Engelfrau senkte demütig den Kopf. »Nein, Herr, ich hätte nur eine andere Strafe besser gefunden. Wie wäre es mit einer Woche Singverbot?«

»Dann bestimmst du jetzt also die Gesetze, Engel?«, fragte Gott grollend und machte einen großen Schritt auf Josie zu.

Diese wich ängstlich zurück. »Nein, Herr, ich doch nicht. Ich dachte nur …«

Gott kniff seine Augen bedrohlich zusammen. »Eine Woche Singverbot wegen Ungehorsams mir gegenüber? Das hältst du für eine angemessene Strafe?«

»Zwei Wochen?«

»WIE BITTE?«

»Oder du tötest sie«, sagte Josie schnell und nickte bekräftigend. »Ein bisschen Strenge hat schließlich noch niemandem geschadet, richtig?«

Mürrisch winkte Gott ab und wandte sich wieder Eva und mir zu. »Seid ihr bereit?«

»Für was?«, fragten Eva und ich gleichzeitig.

»Ich bringe euch zurück an den See. Was ich euch zeigen wollte, habt ihr nun gesehen.«

Gott forderte Eva und mich auf, uns dicht neben ihn zu stellen, damit er mit uns den Großen Schritt machen konnte. Ich rief Woff her, wobei ich in die Hocke ging, weil das Tier dann eher kommen würde und weil ich mir auf diese Weise unauffällig die Birne greifen konnte, die immer noch auf dem Boden lag. Marschproviant ohne Marsch, so mochte ich ihn am liebsten.

Die beiden Engel sollten zurück zum See fliegen. Als Dezibel das hörte, verzog er das Gesicht.

»Wäre es nicht besser, wenn wenigstens ich mit euch zusammen …«

Gott schüttelte den Kopf. »Ich sagte fliegen, Dezibel. Also wirst du deine wunderschönen blauen Schwingen ausbreiten und losfliegen. Und zwar jetzt!«

»Wie du befiehlst«, rief Dezibel, breitete seine blauen Schwingen aus und flog los.

Josie, die natürlich auch merkte, dass man Gott zurzeit lieber nicht reizen sollte, beeilte sich ebenfalls zu gehorchen. »Tja, ich mache mich dann auch mal auf den Weg«, meinte sie und stieß sich kraftvoll vom Boden ab. Über dem brennenden Baum schwebte sie kurz flügelschlagend in der Luft und winkte uns zu. Der Widerschein der Flammen färbte ihr Gefieder rot, als hätte sie ihre Schwingen in Blut getaucht.

»Lasst uns von hier verschwinden«, sagte Gott und machte den Großen Schritt.

Einen Augenblick später standen wir auf unserer Wohnwiese inmitten der Sitzsteine. Verwundert riss ich die Augen auf. Ich hatte noch nicht einmal fragen können, wann wir endlich da wären, so schnell waren wir da. Aber das war nicht der einzige Grund meiner Verwunderung. Erstaunt war ich auch über die Gefühle, die der vertraute Anblick der bemoosten, muschelbeklebten Felsbrocken in mir auslöste. Ich fand sie plötzlich richtig schön. Unsere Wiese. Keine schwarzen, nebelverhangenen Wälder, kein brennender Baum mit tödlichen Früchten, einfach nur Gras und Blumen und ein paar schöne Steine zum Gemütlich-in-der-Sonne-Sitzen. Zum ersten Mal verstand ich, was Eva meinte, wenn sie von Wohnen und Zuhause sprach.

Auch Eva war sichtlich froh, sich wieder auf vertrautem Terrain zu befinden. Sie strahlte regelrecht und lachte befreit, als Woff ein Reh aufstöberte und mit ihm über die Wiese tollte. Nur Gott machte weiterhin ein mürrisches Gesicht.

Mit knappen Worten verabschiedete er sich von uns. Doch bevor er verschwinden konnte, hielt Eva ihn auf.

»Darf ich noch eine Frage stellen, Gott?«

»Das hast du gerade getan«, meinte dieser, fügte aber seufzend hinzu: »Nun gut, was willst du wissen?«

»Also, diese Äpfel«, begann Eva, nachdem sie einmal tief

durchgeatmet hatte. »Wenn sie doch gesund sind und nicht giftig und gut schmecken – warum verbietest du uns dann, sie zu essen? Dafür muss es doch einen Grund geben, oder nicht?«

»Muss es tatsächlich für alles einen Grund geben?«, fragte Gott zurück. »Du solltest vorsichtig sein, Eva. Wer nach Gründen sucht, wird irgendwann auch wissen wollen, was der Grund seiner eigenen Existenz ist. Pass auf, dass du nicht ins Grundlose fällst. Glaube mir, es ist schwer von dort unten wieder herauszukommen.«

»Aber ich kenne doch den Grund meiner Existenz«, wandte Eva ein.

»Und der wäre?«

»Ich soll auf Adam aufpassen.«

Da musste ich aber wirklich lachen. »Für eine Rippe nimmst du deinen Mund ganz schön voll«, rief ich.

Eva schaute mich verständnislos an. »Was soll das jetzt wieder mit der Rippe? Dauernd kommst du mir mit dieser blöden Rippe. Weißt du, wohin du dir deine Rippe ...«

»Wenn ihr von den Äpfeln esst, werdet ihr das Böse in euer Leben lassen«, fiel Gott ihr ins Wort.

»Ich dachte, dann sterben wir«, sagte Eva.

»Ja, ja, das auch. Aber zuvor werdet ihr erkennen müssen, dass es neben dem Guten und Lauteren, dem ihr hier im Paradies begegnet, auch noch etwas anderes gibt, etwas Verderbtes und Verderbenbringendes. Die Früchte vom Baum der Erkenntnis sind bitter, auch wenn sie süß schmecken. Ihr beißt in den Apfel, und das Böse beißt in euch.«

Der Gedanke, jemand könnte in mich hineinbeißen, gefiel mir überhaupt nicht. So etwas tat bestimmt weh, und ich fand es überhaupt einfach irgendwie unhöflich. »Dann werde ich aber auch böse«, sagte ich.

Gott schaute mich mit traurigen Augen an. »Genau das

ist meine größte Sorge«, meinte er und war im selben Moment auch schon verschwunden, ohne sich von uns zu verabschieden.

Eva schüttelte fassungslos den Kopf. »Also, als Frau hat Gott mir besser gefallen.«

Ich hatte keine Lust, ihr zu widersprechen. Und während Eva das Reh streichelte, das nun erschöpft neben Woff im Gras lag, versteckte ich die Birne, die ich die ganze Zeit hinter meinem Rücken verborgen gehalten hatte. Sollte ich sie mit Eva teilen? Aber die hatte mir auch nichts von den Pflaumen gesagt, also …

Ein lauter Schrei, der vom Waldrand kam, ließ Eva und mich herumfahren. Aus der Krone eines großen Ahornbaumes hörten wir ein wildes Geraschel und Geschimpfe. Dezibel war also auch schon angekommen.

»Ich habe es getan, Gabriel. Ich habe das Verbot ausgesprochen.«

Der Engel mit seinem weißen Gewand, seinen weißen Schwingen, dem blassen Teint und dem hellblonden Haar hob sich kaum vom Weiß ab, das im Raum hinter der Welt herrschte, war lediglich ein heller Schemen, absorbiert im Schema der Helligkeit. Nur seine leuchtenden Augen stachen deutlich hervor; kobaltblaues Mitgefühl brannte in ihnen.

»Feuer, Blitz und Donner, alles habe ich aufgeboten«, fuhr ich fort. »Und als Strafe nichts weniger als den Tod angedroht.«

»Den Tod?« Gabriel schaute mich entsetzt an. »Du willst sie doch nicht etwa tatsächlich …«

»Natürlich nicht! Du kennst meinen Plan. Aber mit der Todesdrohung konnte ich mein Verbot noch eindrucksvoller gestalten. Die Furcht, diese dunkle Strömung, die ich damit in Adam und Eva erzeugt habe, wird ihre Erinnerung an

mein Gesetz an die Oberfläche ihrer Gedanken spülen – ein unübersehbares Fanal für Luzifers neugierige Augen.«

»Hast du den Menschen von Luzifer erzählt?«, fragte Gabriel.

Ich seufzte. »Eva hat mich nach ihm gefragt, aber ich erzählte ihr nur, dass er ein finsteres Wesen ist, das einst ein Engel war. Luzifer wird sich den Menschen früh genug selbst vorstellen. Ich war im Träumenden Wald, Gabriel. Und du hattest recht: Er träumt Schreckliches von den Menschen, wahre Alpträume voller Gewalt und Grausamkeit. Oh ja, Luzifer wird sich den Menschen bestens bekannt machen. Aber ich habe auch Träume entdeckt, die mich hoffen lassen. Aus dem Kern des Menschen, und steckte er noch so tief in sündigem Fleisch, erwachsen Hoffnung und Güte, Triebe, die sich durch dunkles Erdreich ins Licht strecken.«

»Es ist furchtbar, dass wir Adam und Eva nicht in deinen Plan einweihen können.« Gabriels Stimme war ohne Vorwurf, dennoch hatte ich das Gefühl, mich verteidigen zu müssen.

»Wenn die Menschen den Plan kennen würden, bliebe er auch Luzifer nicht lange verborgen«, rechtfertigte ich mein Vorgehen vor Gabriel und vor mir selbst. »Und überhaupt könnten Adam und Eva im Moment die ganze Tragweite dieser Geschichte nicht überblicken. Wie denn auch? Meine mahnenden Worte waren für sie lediglich eine besonders eindrückliche Warnung vor einem giftigen Gewächs. Wie bei Fliegenpilz und Tollkirsche, meinte Eva. Woher sollte sie ahnen, dass mein Verbot diesmal keine Warnung, sondern ein Lockmittel war? Dass ich es in ihre Köpfe verankert habe, um damit Luzifer, dem Verderber, eine Angriffsfläche zu bieten?«

Gabriel nickte. »Das Verbot in ihren Köpfen wird Luzifer nicht entgehen, wenn er die Menschen näher betrachtet. Er *wird es wittern, und es wird ihn anziehen wie Nektar die Bienen.«*

»Oder wie Fäulnis die Fliegen«, sagte ich düster. »Oh, Gabriel, was habe ich getan? Das Böse streckt seine Finger nach den Menschen aus, und ich zeige ihm, wo es sie packen kann.« Ich stieß ein bitteres Lachen aus. »Die Menschen denken, es ginge um einen Apfel. Doch die Frucht, um die es in Wahrheit geht, heißt Mensch. Und soeben habe ich sie für Luzifer bissfertig angerichtet.«

»Er wird sie vom Baum schütteln, indem er sie dein Verbot brechen lässt. Und sie werden von dir abfallen, und er wird sie sich einverleiben, genau wie du es geplant hast. Und es ist ein guter Plan, denn letztlich wird das Gift in ihnen Luzifer zerstören.«

»Die Medizin in ihnen wird Luzifer heilen«, berichtigte ich den Engel. »Ob Gift oder Medizin ist oft nur eine Frage der Dosierung. Die Kraft, die Adam und Eva innewohnt, wurde so fein dosiert, dass Luzifer sie nicht als schädlich empfinden wird. Aber auf lange Sicht wird sie ihre Wirkung entfalten.«

Gabriel nickte nachdenklich. »Ich finde zwar immer noch, Herr, es wäre besser, Luzifer ein für alle Mal auszulöschen, denn er verdient deine Gnade nicht. Aber da du dich nun mal dazu entschieden hast, den Dunklen Engel mit Hilfe der Menschen aus seiner eigenen Finsternis zu erretten, unterstütze ich deinen Plan nach besten Kräften. Und es ist, wenn ich das anmerken darf, ein großartiger Plan, Herr. Während Luzifer versucht, die Herzen der Menschen mit seiner Bosheit zu vergiften, fällt er selbst allmählich des Menschen eigenem Gift zum Opfer.«

Ich konnte Gabriels Meinung über die Großartigkeit meines Planes nicht teilen. Es war kein großartiger Plan, ganz und gar nicht. Er war aus der Not geboren, um Luzifer davon abzuhalten, die Menschen zu vernichten, und mir zu ersparen, Luzifer auslöschen zu müssen. Aber überforderte ich die Menschen damit nicht? Konnten sie Luzifers bösen Einflüsterungen widerstehen?

Womöglich blieben sie sogar standhaft und hielten sich der Verbotenen Frucht fern? Nein, dazu war Luzifer zu verschlagen. Der Gedankenverwirrer und Herzenverderber würde leichtes Spiel haben mit zwei Menschen, die ohne Arg waren und bösartigen Betrug nicht kannten. Der Biss in den Apfel würde sie zu Opfern des Bösen machen. Ihr kindliches Vertrauen in die Harmlosigkeit der Welt wäre dann dahin. Zweifel würde fortan an ihnen nagen – auch Zweifel an mir. Angst und Misstrauen würden sie künftig begleiten wie Schatten, die ihre Gemüter verdunkelten, und sie würden erkennen müssen: Das Paradies war verloren

Und ich ließ es nicht nur geschehen – ich initiierte es, ließ die Menschen einen Kampf ausfechten, der nicht der ihre war, machte sie zu Soldaten auf einem Schlachtfeld, nein, schlimmer noch, machte sie selbst zum Schlachtfeld.

Das große Bild, sagte ich mir immer wieder, du musst das große Bild sehen, das Ziel, welches alle unsäglichen Mittel rechtfertigt, auch wenn es noch in weiter Ferne liegt: Luzifers Heilung, die Überwindung des Bösen, die Wiederherstellung der allumfassenden Harmonie, ein Paradies ohne jegliche Begrenzung.

Und es würde dieser kleine Funken im Herzen des Menschen sein, der letztlich die Nacht erhellt. Dieser kleine, kostbare, unlöschbare Funken. Dieses Gift, wie Gabriel es bezeichnet hatte. Aber es war kein Gift, noch nicht einmal für Luzifer, dessen Bosheit davon schleichend zersetzt werden würde. Ich hatte einen anderen Namen für diese himmlische Kraft.

Ich nannte sie Liebe.

EVA

17| Das macht das Ding von ganz allein

Drei Tage war es her, seit Adam in den See gepinkelt hatte, lang genug also, um mich wieder hineinzuwagen und ein Bad zu nehmen. Die Gelegenheit war günstig, da Dezibel sich auf seinem Patrouillengang um unser Wohnareal befand und Josie im Wald nach ausgefallenen Blüten suchte, um sie für die nächste Modekollektion zu verwenden, was immer das heißen mochte. Adam hatte ich eine Weile nicht gesehen. Vermutlich lag er auf Sophia und wartete auf die Schlafenszeit, oder er pinkelte irgendetwas an, einen Baum oder Busch oder ein Tier. Ich konnte mich also ungestört der Körperpflege widmen.

Das Wasser war angenehm warm, aber trotzdem schön erfrischend, ein Schwarm kleiner Fische flitzte mir um die Beine, Libellen schwirrten um meinen Kopf und ein Krokodil ließ sich so dicht neben mir in den See gleiten, dass ich ihm mit meiner Hand noch kurz über den Rückenpanzer streicheln konnte. Von der großen Weide herab, deren untere Äste beinahe zärtlich über die Wasseroberfläche strichen, beäugten mich zwei Tauben. Doch nicht nur die Vögel beobachteten mich, wie ich plötzlich erkennen musste. Hinter dem Stamm der Weide stand Adam und glotzte mit großen Augen zu mir herüber.

Zuerst wollte ich ihm winken, aber womöglich hätte er das als Hilfesignal missverstanden und mich wieder aus dem Wasser gezogen, um mit mir Kurz zu machen. Und dazu hatte ich keine Lust. Sollte er es doch mit Josie machen, mit der er gestern so viel geredet und gelacht hatte. Ich gab vor, ihn nicht zu bemerken, nahm den Schwamm, den die Engelfrau mir geschenkt hatte, und wusch mir genüsslich Bauch und Brüste, wobei ich die Melodie summte, die ich von den Engeln gelernt hatte.

Adam reckte seinen Hals und ließ sich nicht die kleinste Regung von mir entgehen. Vielleicht versuchte er endlich das Mysterium des Badens für sich zu enträtseln. Seit dem Ritual war er nicht tiefer ins Wasser gegangen als bis zu den Knien. Nicht umsonst stank er wie ein Büffel.

Schließlich winkte ich ihm doch zu und rief: »Jetzt komm schon rein! Aber es wird nicht ins Wasser gepieselt, klar?«

»Später vielleicht«, lehnte Adam meine Einladung ab. Ich war ja auch nicht Josie. Wenn die ihn aufgefordert hätte, wäre er vermutlich mit einem Kopfsprung ins Wasser gehechtet. »Was hast du da in deiner Hand?«, fragte er.

»Einen Schwamm. Er ist ganz weich und fühlt sich wunderbar auf der Haut an. Damit kann man sich prima waschen, siehst du?«

Ich fuhr in kleinen, kreisenden Bewegungen mit dem Schwamm über meine Brustwarzen, hob dann einen Arm und strich langsam meine Achselhöhle entlang. Gerade als ich dabei war, mich gründlich zwischen den Brüsten zu waschen, hörte ich, wie Adam tief aufstöhnte. Ich sah zu ihm, und mein Blick fiel dabei auf den Zapfen zwischen seinen Beinen, der irgendwie anders aussah als sonst.

Auch Adam hatte die Veränderung an seinem Körper bemerkt. Seine ganze Aufmerksamkeit, die zuvor meiner Körperpflege gegolten hatte, sprang nun schlagartig zu seinem Geschlechtsteil, das sichtlich gewachsen und dabei so errötet war, als würde es sich seiner neuen Größe schämen.

»Was ist das denn?«, fragte ich und deutete auf seine Wucherung.

»Woher soll ich das wissen?« In Adams Stimme schwangen Panik und Entsetzen mit. »Das hatte ich noch nie.«

»Sieht übel aus«, sagte ich. »Hat dich da was gestochen?«

»Gestochen?«, wiederholte er geistesabwesend. »Äh, nein, ich … ich glaube nicht. O Gott, was ist das?«

Ich legte warnend den Finger auf die Lippen. »Ruf ihn lieber nicht. So mies, wie der zuletzt drauf war, kriegst du bestimmt Ärger, wenn er sieht, was du mit deinem Zäpfchen gemacht hast.«

»Aber ich habe gar nichts damit gemacht!«, beschwerte sich Adam. »Wirklich nicht. Das macht das Ding von ganz allein.«

»Tut es weh?«

Er sah mich erschrocken an. Offenbar hatte ich ihn da auf einen Gedanken gebracht. Schmerzerfüllt verzog er das Gesicht.

»Was glaubst du denn?«, fragte er stöhnend. »Natürlich tut das weh! Was machen wir denn jetzt?«

»Wieso *wir?*« Angewidert betrachtete ich seinen aufgedunsenen Fleischzapfen. »Mit diesem widerlichen Ding will ich nichts zu tun haben. Frag doch Dezibel oder deine Josie!«

»Josie würde mir höchstens ein Trostlied singen. Und wenn ich Dezibel meinen … mein Problem zeige, klopft der wahrscheinlich mit einem Stein drauf herum«, jammerte Adam. »Bitte, Eva, du musst mir helfen! Bevor du aufgetaucht bist, hatte ich nie Probleme.«

Seufzend lief ich ans Ufer. »Na gut, ich kann es mir ja mal ansehen.«

Ich bückte mich und betrachtete mir seinen Zapfen genauer. Aus der Nähe sah das Ding sogar noch ekliger aus.

»Das kommt davon, weil du in den See gepinkelt hast«, sagte ich. »Das ist die Strafe.«

So, das musste ich ihm noch stecken.

»Glaubst du, ich muss ...« Er schluckte trocken und atmete tief durch. »Glaubst du, ich muss sterben?«

Ich schüttelte den Kopf. »Da wärst du der Erste, der es schafft zu sterben – hier im Paradies stirbt es sich nicht so schnell.«

»Aber Gott hat gesagt, dass man stirbt, wenn man von den Pflaumen isst.«

»Äpfeln.«

»Äpfel? Ich dachte, er hätte Pflaumen gesagt.«

»Nein, er hat Äpfel gesagt. Oder waren es Birnen? Äpfel oder Birnen, eins von beiden. Jedenfalls keine Pflaumen.«

Adam sah mich erschrocken an. »Gestern habe ich eine Birne gegessen.«

»Ja, dann ...«, sagte ich und ließ den Rest des Satzes unheilschwanger in der Luft hängen.

»Ja, dann was?«

»Du wirst mir fehlen.«

»Ich will aber nicht sterben«, heulte er. Mit tränenfeuchten Augen starrte er auf das scheußliche Gewächs zwischen seinen Beinen, das aussah, als ob es giftig wäre und noch schlimmer stänke als der restliche Adam. Vor Anspannung und Angst stand ihm der Schweiß auf der Stirn.

Nun hatte ich genug von dem Gejammer, schluckte meinen Ekel herunter, schloss die Augen und griff beherzt zu. »Komm, ich biege es dir wieder zurecht.«

Doch das Ding leistete erstaunlichen Widerstand gegen

meinen Biegeversuch. Und auch Adam zeigte sich wenig erfreut. Mit einem Aufschrei schlug er meine Hand zur Seite. »Aufhören! Bist du verrückt? Du brichst ihn gleich ab!«

Also gab ich meine Bemühungen auf und musste feststellen, dass sich das störrische Ding nicht mal ein winzig kleines Stückchen nach unten bewegt hatte. Eher im Gegenteil.

»Mit Gewalt geht das nicht!«, stellte Adam kategorisch fest und hinderte mich damit gerade soeben noch daran, erneut zuzupacken, diesmal mit mehr Schwung.

»Das Teil fühlt sich ziemlich heiß an«, überlegte ich stattdessen laut. »Man müsste es vielleicht kühlen. Warte, ich habe eine Idee.«

Ich lief schnell zum Ufer und kehrte mit einer Handvoll Schlamm zurück.

»Keine Gewalt!«, erinnerte mich Adam misstrauisch.

»Ich bin ganz sachte. Kennst mich doch.«

»Meinen Wurfast hast du damals auch zerbrochen«, erinnerte sich Adam und beobachtete mit ängstlichen Augen, wie ich vorsichtig reibend Schlamm auf seine unheimliche Knollschwellung auftrug.

Die Wirkung war leider nicht die erhoffte.

»Du machst es immer schlimmer!«, heulte Adam entsetzt. »Oh, jetzt fühlt es sich ganz, ganz komisch an.« Er stöhnte laut auf und verzog das Gesicht, dann stöhnte er noch einmal und noch lauter und raufte sich die Haare. »Nimm deine Hand da weg!«, brüllte er mich an. »Schnell! Nimm sie weg, weg, weg!«

Gerade wollte ich loslassen, als das Ding in meiner Hand zu pulsieren begann.

»Hilfe, es platzt!«, schrie Adam voller Entsetzen.

In dem Moment fing sein roter Giftpilz an, weißen, klebrigen Schleim auszuspucken. O Mann, das war das Widerwärtigste, was ich je gesehen hatte! Adam riss seinen Mund zu einem stummen Schrei auf. Sein Gesicht wurde ganz weiß, seine Augen drehten sich gen Himmel. Dann fiel er um und war tot.

Tja, dachte ich mit leisem Bedauern. Er hätte eben keine Birne essen sollen. Selber schuld, der Idiot!

Reglos und stumm lag Adam zu meinen Füßen, und erst jetzt ging mir auf, was sein Tod bedeuten würde. Nie wieder würde er mich vor dem Ertrinken retten, nie wieder konnten wir zusammen Kurz machen, nie wieder streiten, nie wieder gemeinsam mit Woff spielen oder über Tiernamen diskutieren, nie wieder könnte ich mich über sein wildes Herumpinkeln aufregen, nie, nie, nie, nie wieder würden wir zusammen lachen, nie, nie mehr! Und es gab nichts, absolut nichts, was ich dagegen machen konnte. Nein, das durfte nicht sein!

»Adam!«, schrie ich in plötzlicher Panik, ließ mich neben ihm zu Boden sinken und begann erst verhalten, dann immer kraftvoller an seinen Schultern zu rütteln. »Adam, steh auf, du Scheißkerl! Du lässt mich hier nicht so einfach alleine, hörst du?«

Seine Augen blieben geschlossen. Er war also wirklich tot. In meinem Herzen fühlte ich einen schmerzhaften Stich. Es fiel mir schwer zu atmen, zu denken. Sterbe ich jetzt etwa auch? Aber ich hatte doch überhaupt keine Birne gegessen, oder? Dennoch – ich fühlte regelrecht, wie meine Lebenskraft aus mir heraussickerte.

Mein Blick fiel auf Adams Geschlechtsteil, das nun wieder genauso aussah wie immer: klein und hässlich. Aber im Vergleich zu dem großen, ekligen, furchteinflößenden Spuckmolch von eben wirkte es sogar irgendwie niedlich, eine schlafende Raupe, ein nacktes Igelschnäuzchen, eine fette

Made, ein … na ja, niedlich war vielleicht übertrieben. Seltsamerweise schien es völlig unversehrt zu sein, was erfreulich gewesen wäre, wenn Adam noch leben würde. Für den toten Adam war es wohl nur ein schwacher Trost.

Ich legte meinen Kopf in den Nacken und schrie in den Himmel: »Gott, hilf mir! Hörst du mich? Bitte, du musst etwas tun! Adam geht es gar nicht gut.«

Aus dem Himmel kam keine Antwort, kein Zeichen, kein gar nichts. Ich starrte in diese leere, stille Weite über mir wie in meine Zukunft, meine leere, stille Zukunft ohne Adam.

Wütend schlug ich ihm auf die Schulter. »Du blöder Idiot!«, schimpfte ich und schlug nochmals zu. »Warum musst du dir immer alles in den Mund stopfen? Ausgerechnet eine Birne! Warum tust du mir das an, du blöder, blöder …«

»Aua«, sagte Adam und öffnete die Augen.

»Du … du bist gar nicht tot?« Erschrocken hörte ich auf, ihn zu schlagen.

»Glaub nicht«, murmelte er. »Aber eigentlich kann man so etwas Schreckliches nicht überleben, oder?«

»Du bist gar nicht tot«, wiederholte ich und musste auf einmal mit den Tränen kämpfen.

Während ich überlegte, ob ich ihm schluchzend um den Hals fallen oder ihm ordentlich eine verpassen sollte, weil er mir so einen Schrecken eingejagt hatte, fragte Adam: »Sieht mein … sieht es sehr schlimm aus?« Er deutete zwischen seine Beine, ohne dabei hinzusehen.

»Ja, ziemlich übel«, antwortete ich. »Aber kein Unterschied zu früher.«

»Wie? Kein Blut? Nichts? Aber ich habe doch gesehen, wie es geplatzt ist und alles auslief. Bist du sicher?«

»Guck doch selbst.«

Adam schüttelte entschlossen den Kopf. »Nein, ich traue mich nicht.«

»Ich dachte, du hast vor nichts Angst.«

»Habe ich auch nicht. Ich kann bloß kein Blut sehen.«

»Diese weiße Pampe war doch kein Blut«, sagte ich und verzog allein bei der Erinnerung angeekelt das Gesicht. »Das war geronnener Milchschlamm, irgend so was, stinkend und klebrig, bäh! Sei froh, dass das Zeug draußen ist. Und jetzt sei ein Mann und schau nach, ob du noch ein Mann bist.«

»Na gut, auf deine Verantwortung«, seufzte Adam und blickte an sich herunter. »Scheint alles in Ordnung zu sein.«

»Jetzt mach schon die Augen auf!« So leicht ließ ich mich nicht hinters Licht führen. »Na los, trau dich!«

Adams Augenlider klappten in Kolibrigeschwindigkeit einmal hoch und wieder runter. Viel konnte er eigentlich nicht gesehen haben, aber offenbar genügte es, ihn einen zweiten Blick wagen zu lassen. Ein zufriedenes Grinsen breitete sich auf seinem Gesicht aus, als er nun mit Kohlrabigeschwindigkeit seinen so gut wie alten Pinkelrüssel bewunderte.

»Das reicht jetzt«, sagte ich, als er auch noch anfing, daran herumzufingern. »Deinem Pipischwenker ist nichts passiert, wie du siehst. Er wollte wohl bloß mal ein bisschen die Leute erschrecken.«

Nachdenklich fragte Adam: »Und wenn er es wieder macht?«

»Wird er schon nicht.«

»Und wenn doch?«

»Sag ihm, wenn er das noch mal macht, bekommt Woff einen neuen Wurfstock.«

Schützend hielt Adam seine Hände vor seinen unartigen Körperteil. »Über so etwas macht man keine Witze.«

»Wieso nicht? Hat dein Ding keinen Humor? Wenn es wirklich noch mal passiert, weißt du jetzt wenigstens, dass du es überlebst.«

»Na ja, gerade so eben.«

»Also, alles nicht so schlimm«, sagte ich fröhlich. »Aber sei bitte so gut und mache diese unappetitliche Sache nie direkt vor dem Essen. Am besten, du guckst vorher, wo ich bin, und machst es dann ganz woanders.«

Adam deutete zwischen seine Beine. »Das musst du ihm hier sagen. Ich bin auch nur Zuschauer.«

In dem Moment brachen Josie und Dezibel durch die Zweige zweier dicht zusammenstehender Büsche. »Zuschauer?«, fragte die Engelfrau aufgeregt. »Gibt es etwas zu sehen? Was denn? Ihr wollt uns doch nicht etwa Gesang und Tanz zum Besten geben?«

»Himmel, Josie! Bring sie nicht auf solche Ideen!«, beschwerte sich Dezibel.

»Wieso nicht? Das wäre doch nett.«

»Ich tanze nicht«, knurrte Adam. »Und singen tue ich auch nicht. Und es hätte nicht viel gefehlt, dann würde ich nicht einmal mehr atmen.«

»Seine Männlichkeit ist außer Kontrolle geraten«, erklärte ich.

»Das wusste ich!«, rief Josie triumphierend. »Schon als ich Adam das erste Mal begegnet bin, dachte ich mir so etwas. Ich habe es in seinen Augen gesehen. So ein irres Funkeln.« Sie deutete mit dem Daumen neben sich auf Dezibel und raunte: »Bei ihm – das Allergleiche.«

Achselzuckend sagte ich: »Von einem Funkeln in seinen Augen weiß ich nichts. Als es zwischen seinen Beinen losging, habe ich, ehrlich gesagt, nicht mehr so auf die Augen geachtet.«

»Was ging los?«, fragte Dezibel.

»Na, sein Ding.«

»Was für ein Ding?«

»Sein DING.«

»Oh«, machte Dezibel. »Sein DING ging los?«

Fasziniert starrten er und Josie auf die Stelle zwischen Adams Beinen.

»Aber jetzt hängt es wieder«, stellte Josie mit großem Kennerblick fest.

»Leute, habt ihr nichts zu tun?«, fragte Adam, offenbar genervt von der ganzen Aufmerksamkeit, die sich auf so einen kleinen Klumpen seines Körpers konzentrierte. »Eva könnte eine Baumkrone mit Muscheln verzieren und Dezibel dann hineinfliegen, während Josie dazu singt und tanzt. Na, wie wäre das?«

Aber da die Engel nun genau wissen wollten, was mit seinem DING passiert war, erzählte ich die Geschichte.

»Sein Penis ist gewachsen?«, murmelte Josie zweifelnd.

»Und wie! Um mindestens das Fünffache.« Adam riss seine Hände so weit auseinander, dass ich schon befürchtete, er würde sich die Schulter ausrenken. Ich schüttelte leicht den Kopf, sagte aber nichts zu dieser maßlosen Übertreibung. Wenn Adam sich in seiner Erinnerung mit einem Elefantengehänge gefiel, sollte es mir recht sein. Und vielleicht wäre das Ding ja wirklich so riesig geworden, wenn ich es nicht mit Schlamm eingeschmiert hätte.

»Dann wurde er rot und heiß und spuckte weißen Schleim durch die Gegend«, fuhr Adam fort. »Und da habe ich wohl irgendwie kurz das Bewusstsein verloren.«

»Interessant«, meinte Dezibel unbeeindruckt. »Aber wegen so etwas fällt man doch nicht gleich in Ohnmacht.«

Adam wurde rot, als er das hörte. Wütend fauchte er den Engel an: »Ach, nein? Na, ich möchte mal sehen, wie cool du reagierst, wenn dein Penis sich plötzlich selbständig macht. Falls du überhaupt einen haben solltest.«

Mit leicht gespreizten Flügeln antwortete Dezibel: »Falls ich einen Penis haben sollte, würde ich ihn in Gottes Hand legen.«

»Na, der würde sich bedanken!«, kommentierte Josie augenrollend.

»Ich meinte, ich würde es vertrauensvoll Gott überlassen, die Sache in die Hand zu nehmen.«

»Dezibel!« Josie gab ihrem Kollegen mit der Flügelspitze einen Klaps auf den Hinterkopf. »Hör jetzt auf damit!«

»Ich will doch nur sagen, dass ich mich dann einfach entspannt zurücklehnen würde und Gott machen ließe.«

»Dezibel, du redest nur Schwachsinn! Unser Herr würde doch nicht an deinem Ding rumfummeln!«

»Das habe ich auch gar nicht behauptet«, verteidigte sich Dezibel. »Gott braucht keine Hände, um so etwas in Ordnung zu bringen. Er benutzt einfach seinen Mund.«

»Du hältst jetzt sofort die Klappe! Du redest noch so lange blödes Zeug, bis dich ein Blitz erschlägt. Komm mit! Wir drehen noch eine Runde.«

Resolut drängte Josie den Engelmann wieder zurück in den Wald.

»Ich meinte doch nur, Gott bräuchte bloß ein Wort zu sagen und mein Penis, wenn ich einen hätte, wäre geheilt und stünde wieder bereit, ihm zu dienen. Ich meine, zusammen mit mir. Mein ganzer Körper stünde bereit, unserem Herrn zu dienen. Also, nicht für alles natürlich. Nicht, dass du mich da jetzt wieder … Außerdem habe ich ja sowieso keinen … und er ja auch nicht. Oder doch? Nein! Oder?«

»Du bist so ein Idiot, Dezibel!«

Wir lauschten noch eine Weile den leiser werdenden Stimmen der Engel nach, dann erhob sich Adam, reckte sich gähnend, überzeugte sich anschließend mit einem vorsichtigen Kontrollblick, dass zwischen seinen Beinen noch alles in Ordnung war, und meinte dann grinsend: »Da haben sie uns wohl nicht gerade die intelligentesten Engel geschickt, wie?«

»Ich dachte, du magst Josie. So oft, wie du mit ihr in letzter Zeit zusammen bist.«

»Ja, sie ist ganz in Ordnung«, meinte er achselzuckend. »Für einen Engel.« Er schaute mich mit einem seltsamen Gesichtsausdruck an, und da war auch das Funkeln in seinen Augen, von dem Josie gesprochen hatte. Ich fand, es sah nicht irrsinnig aus. Mir gefiel es. Sonnenlicht, das über Wasser tanzt. Seine Lippen kräuselten sich zu einem Lächeln. »Kurz?«, fragte er.

»Kurz«, sagte ich und lief beschwingt zum Ufer, um mich in den See zu legen.

»Gibt es einen Engel, den du ganz besonders magst, Josie?«, fragte ich, als wir nebeneinander im Gras lagen, inmitten buntleuchtender Blumen, und darum spielten, wer in den langsam über uns vorbeiziehenden Wolken mehr Tiere entdeckte.

»Auf die eine oder andere Weise mag ich sie alle«, antwortete die Engelfrau nach kurzem Nachdenken. »Den einen mehr und den anderen noch mehr. Warum fragst du?«

»Nur so.« Ich versuchte, mich wieder auf die Wolken zu konzentrieren, aber meine Gedanken fanden in ihren schwebenden Formationen keinen Halt mehr. Kein einziges Tier schien sich im weißen Buschwerk des Himmels zu verstecken. Ich sah lediglich ein riesiges Gesicht, wohlgeformte Brauen, die sanften Kurven eines Mundes, lockiges Haar, die Bögen gewaltiger Schwingen. »Und Gabriel? Gibt es einen Engel, den er vielleicht ganz besonders mag?«

Josie drehte mir ihr Gesicht zu und schaute mich forschend an. Dann sagte sie: »Das müsstest du ihn schon selber fragen. Er redet mit mir nämlich über solche Sachen nicht, weißt du? Gabriel – er ist wie ein Licht, das man aus der Ferne bewundert und an dem man sich verbrennt, wenn man näher kommt. Alle Engel mögen ihn, besonders die Engelfrauen natürlich. Aber nur aus der Entfernung. Zu hell, zu heiß.«

Ich nickte, denn ich wusste genau, wovon sie sprach. Zu hell. Zu heiß. Wie ein Stern, zu dem man aufschauen kann, den zu berühren sich aber als unmöglich erweist.

Tröstend legte Josie einen Arm um mich. »Ich habe dich und Adam beobachtet. Wie ihr eure Münder aufeinandergepresst habt. Das sah so süß aus. Diese Nähe. Zwei Menschen, die nur einen Schatten werfen. Und du mit genussvoll geschlossenen Augen, so versunken in seiner Umarmung. Und er so ... so ... so süß saht ihr aus, inniglich miteinander verschmolzen. So etwas könntest du mit Gabriel nie haben.«

Tränen schossen mir in die Augen, und ich war froh, als Josie ihren Arm Richtung Himmel ausstreckte und rief: »Ein Säbelzahntiger! Dort hinten, siehst du? Das da ist der Kopf, und diese Ausläufer hier und hier sind die Zähne. Jetzt habe ich elf und du sieben.«

Mühsam schluckte ich den Frosch hinunter, der auf einmal in meiner Kehle saß. Zwei Menschen, die nur einen Schatten werfen, dachte ich. Ein Schatten ohne Flügel.

»Ich gebe auf«, sagte ich und zwang mich zu einem schwachen Lächeln.

»Bin ich eigentlich schön?«, fragte ich Josie, als wir zusammen Himbeeren fürs Abendessen pflückten.

»Du bist wunderschön, meine Liebe.« Die Engelfrau strich mir zärtlich eine Haarsträhne hinters Ohr. »Ganz und gar wunderschön. Hat dir das noch niemand gesagt?«

Ich zuckte mit den Schultern. »Na ja, Sophia hat einmal gemeint, ich wäre so schön wie zwei Ziegen, oder so ähnlich.«

»Mindestens«, sagte Josie lachend. »Ich würde sogar noch einen Hammel drauflegen. Adam kann sich glücklich schätzen, dass er so eine Schönheit wie dich um sich haben darf. Hat er dir denn noch nie ein Kompliment gemacht?«

»Doch, schon.«

»Na, siehst du.«

»Er sagte, für eine Frau könnte ich gut zutreten.«

Kopfschüttelnd meinte Josie: »Na, dem würde ich gerne mal zeigen, wie gut *ich* zutreten kann. Hat er auch etwas über dein Aussehen gesagt. Dass du schöne Augen hast oder so? Die hast du nämlich. Du hast wunderschöne Augen.«

»Er mag meine Brüste.«

»Na ja, immerhin.«

»Er legt gerne seinen Kopf drauf, weil sie so weich sind. Das entspannt ihn.«

»Und du lässt ihn das machen?«, fragte Josie überrascht.

»Wenn er entspannt ist, kommt man besser mit ihm aus«, erklärte ich. »Ach ja, gestern hat er gesagt, ich sei die schönste Rippe weit und breit. Er nennt mich immer Rippe. Ob ich ihm wohl zu dünn bin?«

Josie nahm meinen Kopf in ihre Hände und drückte ihre Lippen kurz auf meine Stirn. »Du bist wunder-, wunderschön, wie ein Paradiesvogel.«

»Ich weiß nicht«, zweifelte ich. »Wenn ich dich so sehe, glitzernd und funkelnd – dagegen bin ich doch eher eine graue Ente. Nein, nicht einmal das, denn die kann ja wenigstens fliegen. Eine graue Maus, ja das bin ich. Eine dünne graue Maus mit weichen Brüsten.«

»Du findest mich also attraktiv?«, fragte Josie kichernd. »Danke, das ist ja sooo lieb von dir. Aber vieles von dem, was du an mir vielleicht schön findest, ist künstlich. Das Glitzern und Funkeln zum Beispiel, das sind nur Permaschneekristalle. Ich habe sie womöglich etwas dick aufgetragen, aber sie waren im Angebot, also was soll's. Meine Lippen sind normalerweise auch blasser, wenn ich nicht mit Morgenröte nachhelfe. Und meine Augenfarbe habe ich ebenso verändert wie meine Haartönung. Von Natur aus bin ich blond und blauäugig. Aber da oben«, sie zeigte mit dem Daumen gen Himmel und schüttelte missmutig den Kopf, »ist fast jeder blond. Das ist so was von öde. Dunkelhaarig hast du da gleich einen dicken Pluspunkt, was die Attraktivität anbelangt. Als Blondine hätte ich den Job als *First Fashion Creative Angel* bestimmt nicht bekommen.«

»Ich bin auch blond«, sagte ich betrübt.

»Ja, aber du bist die einzige Blondine der gesamten Menschheit. Das kann man ja noch nicht mal einen Trend nennen. Du bist Avantgarde, meine Hübsche.«

Ich wusste nicht, was das bedeutet, aber es klang ziemlich gut. Avantgarde, meine Hübsche. Dankbar lächelte ich die Engelfrau an. Diese stellte die ausgehöhlte Kokosnussschale, in der wir die gepflückten Himbeeren sammelten, auf den Boden und rief aufgeregt: »Ich habe eine wunderbare Idee! Wir machen dich noch schöner, Eva. Wir machen dich so schön, dass Adam die Augen aus dem Kopf fallen.«

Der Gedanke an einen augenlosen Adam erschreckte mich. Aber Schönheit hatte nun mal ihren Preis.

»Oh ja! Das wäre toll. Und wie machen wir das?«

»Lass dich überraschen«, sagte Josie und schritt zur Tat.

Als Erstes führte sie mich zu dem Bach, der ganz in der Nähe floss, und ich sollte mich gründlich waschen.

»Aber ich habe mich doch heute Morgen erst im See gewaschen«, sagte ich, bereits im kalten Bachlauf stehend.

»Ich weiß, ich weiß, aber nicht porentief.« Josie reichte mir ein paar Blätter und wies mich an, damit meinen Körper abzureiben. »Das ist Seifenkraut, das packt den Schmutz auch an den schwierigen Stellen.«

Seufzend setzte ich mich in das kalte Wasser und begann, mit den Blättern über meine Haut zu wischen.

»Sei gründlich und vergiss die Haare nicht! Ich bin gleich zurück.«

»Wowowohin gehst du?«, fragte ich bibbernd, aber da war Josie schon im hohen Farn verschwunden.

Als die Engelfrau wiederauftauchte, waren meine Haare bereits getrocknet. Sie kamen mir jetzt viel weicher und luftiger vor. Immer wieder fuhr ich mit den Händen durch meine Locken, weil sie sich so angenehm anfühlten.

Josie lächelte verständnisvoll, holte sich von den Sachen, die sie mitgebracht hatte, ein paar schöne Blüten und flocht sie in mein Haar. Offenbar gefiel ihr das Ergebnis, denn ihr Lächeln wurde immer strahlender.

Aus den Blättern einer Pflanze, die sie Aloe Vera nannte, holte sie einen breiigen Saft und mischte diesen mit Kokosmilch zu einer Substanz, mit der sie mir anschließend Gesicht und Körper einrieb. Sie fühlte sich angenehm kühl auf meiner Haut an und duftete intensiv nach Kokos.

»Du siehst jetzt aus, als würdest du von innen leuchten«, sagte Josie zufrieden. »Fehlen bloß noch die Farben.«

Sie hielt auf einmal eine Erdbeere in der Hand und strich mir damit über die Lippen und danach sogar über meine Brustwarzen.

»Hast du noch mehr Erdbeeren mitgebracht?«, fragte ich. »Adam sucht schon lange nach ihnen.«

»Tut mir leid, aber ich musste mich beeilen, um alles Nötige zusammenzubekommen. Morgen holen wir dann Erdbeeren fürs Abendessen und überraschen damit Adam. Aber heute bist du die Überraschung, meine Hübsche.«

Sie forderte mich auf, die Augen zu schließen, und leicht zögernd gehorchte ich. Sogleich spürte ich, wie ihre Finger zärtlich über meine Augenlider strichen.

»Junge Triebe eines Brombeerstrauchs«, sagte Josie. »Das gibt ein schönes Schwarz. Damit schattiere ich deine Lider, das lässt die Augen noch schöner aussehen.«

Je länger diese Verschönerungsaktion dauerte, desto neugieriger wurde ich. Wie würde ich am Ende aussehen? Würde ich gar mit Josie mithalten können? Und was würde dann Adam sagen? Würde er überhaupt etwas sagen? Womöglich käme dann vielleicht sogar Gabriel zufällig vorbei und würde mich sehen und würde … Ach, das war mir doch egal, was der Engel würde. Für mich war nur wichtig, wie Adam reagierte.

»Wenn Adam mich sieht, dann fallen ihm doch nicht wirklich die Augen aus dem Kopf, oder?«

»Ich kann für nichts garantieren.« Josie lachte. »Nein, meine Hübsche, das habe ich nur so gesagt. Allerdings – wenn er dir nicht wenigstens ein kleines Kompliment macht, dann könnte er schon ein paar Blessuren davontragen.«

Sie holte eine kurze Waldranke, mit kleinen, fein gefiederten Blättchen und band sie um mein linkes Handgelenk. Eine etwas größere mit roten Beeren legte sie mir um den Hals. Anschließend betupfte sie meine Ohrläppchen mit Harz und klebte zwei kleine, rot glitzernde Steine daran.

Sie ging drei Schritte zurück, betrachtete mich von Kopf bis Fuß und stieß einen bewundernden Pfiff aus. »Wow! Ganz schön schön, meine Schöne! Du bist die schönste Blüte im Garten Gottes.«

Mir war natürlich klar, dass Josie übertrieb, aber es tat dennoch gut, so etwas zu hören. Zumal in jeder Übertreibung schließlich auch ein wahrer Kern steckte. Und den wollte ich nun unbedingt sehen.

In einer Wasserlache betrachtete ich mein Spiegelbild. Enttäuschung breitete sich in mir aus. Die Frau, die mir aus der Pfütze entgegenstarrte, war ja immer noch ich. Gut, es gab ein paar kleine Verzierungen, mein Haar schien fülliger, meine Augen größer, meine Lippen voller und meine Haut reiner zu sein, und die Steinchen an meinen Ohrläppchen verliehen meinem Gesicht eine besondere Note, etwas Geheimnisvolles, Schillerndes. Aber ob Adam der Unterschied überhaupt auffallen würde?

»Und? Wie findest du es?«, fragte mich Josie.

»Es gefällt mir.« Dankbar lächelte ich sie an. »Aber ich weiß nicht, ob Adam einen Blick dafür hat. Er ist nicht unbedingt ein Mann für Details, weißt du.«

»Das werden wir gleich mal testen«, meinte Josie. »Warte, ich hole nur noch die Himbeeren und dann suchen wir Adam.«

Kaum war die Engelfrau in Richtung Himbeersträucher verschwunden, hörte ich plötzlich jemanden sagen: »Oh, welch liebreizendes Geschöpf ist denn da vom Himmel gefallen? Bist du ein Engel?«

Ich drehte mich um und stellte verblüfft fest, dass da niemand war. Erst als ich zu Boden blickte, sah ich die Schlange. Ihr schwarzgelb geschuppter Leib richtete sich vorne auf, runde, tiefschwarze Augen musterten mich kalt und eine gespaltene Zunge flackerte wie eine dunkle Flamme vor ihrem spitzen Maul.

»Du musst ein Engel sein, so schön, wie du bist«, sagte sie.

»Ich bin Eva«, sagte ich perplex. »Ich bin kein Engel.«

»Ach, jetzt sehe ich es auch. Du hast ja keine Flügel. Aber du würdest einen wunderbaren Engel abgeben.«

»Du kannst sprechen?«

»Ich bemühe mich. Bitte verzeih mein Lispeln. Aber diese Zunge! Schwierig unter Kontrolle zu kriegen.«

Ich schüttelte ungläubig den Kopf. »Aber Tiere können doch gar nicht sprechen.«

»Sagte das sprechende Tier.«

»Wie?«

»Ach, nichts. Ich dachte nur, wenn du kein Engel bist und keine Pflanze, musst du wohl ein Tier sein.«

»Ich bin ein Mensch, das ist etwas Neues.«

Die Schlange rückte näher an mich heran. »Was? Du musst lauter reden! Mein Gehör ist leider nicht das beste. Keine äußeren Ohren, das muss man sich mal vorstellen! Ich weiß nicht, was Gott sich dabei gedacht hat. Oder schau dir meine Beine an. Wie sollen vier so mickrige Stelzen einen Körper dieser Länge tragen? Da hätte sich unser Schöpfer wirklich mehr Mühe geben können, statt einfach alles so husch, husch hinzuknallen. Genauso wie er bei dir die Flügel vergessen hat. Dabei wäre es für ihn doch nur ein Klacks, das zu korrigieren. Na ja, vermutlich ist es unter seiner Würde nachzubessern. Selber die Vollkommenheit in Person sein, aber alle anderen schön unten halten – so kann man es natürlich auch machen.«

»Ich weiß nicht.« Missbilligend schüttelte ich den Kopf und wich einen Schritt zurück. »Gott hat sich mit der Schöpfung größte Mühe gegeben. Und ich finde, sie ist ihm toll gelungen. An Kleinigkeiten kann man immer rummäkeln. Außerdem hat er das alles ganz alleine geschaffen.«

Die Schlange stieß einen langen Zischlaut aus, was womöglich das Äquivalent eines Lachens darstellte. »Weil ihm niemand etwas recht machen kann.«

»Gott war immer sehr nett zu mir.«

»Ich will ja auch überhaupt nichts gegen ihn sagen«, beteuerte die Schlange. »Aber jedes Mal, wenn ich eine Schildkröte hilflos auf dem Rücken liegen sehe oder mir ein Strauß mit seinen unnützen Flügelstummeln über den Weg läuft oder wenn ich wieder einmal in Kältestarre falle oder einem Engel begegne, der auf den Boden verbannt wurde, weil man ihm die Flügel verweigert oder, oder, oder, dann denke ich mir, das muss doch nicht sein. Aber wie du schon sagst: Kleinigkeiten. Gott wird es schon irgendwann richten, wenn ihm danach ist.«

»Wird er auch«, sagte ich mit Nachdruck. »Und noch einmal: Ich bin kein Engel, sondern ein Mensch. Hast du noch nie etwas von Adam und Eva gehört?«

»Ich bin nicht von hier. Komme aus einer anderen Ecke. Aber ab und zu muss man mal aus seiner alten Haut heraus, nicht wahr? Adam – ist das dein Partner?«

Das hätte ich auch gerne gewusst. »Allerdings«, antwortete ich. »Adam und ich, wir sind Menschen, die beiden einzigen. Und Menschen haben nun mal keine Flügel. Gott kann schließlich nicht jeden mit Flügeln ausstatten.«

»Da hast du auch wieder recht«, sagte die Schlange. Und nach einer kleinen Pause: »Aber warum eigentlich nicht? Gott kann doch machen, was er will. Er will bloß nicht.«

Da hörte ich ein Rascheln im Gebüsch und Josie rufen: »Ich habe die Schale noch vollgemacht. Aber jetzt kann's losgehen.«

»Gleich lernst du einen richtigen Engel kennen«, sagte ich zu der Schlange.

»Ein andermal«, meinte diese und ließ ihren Oberkörper wieder zu Boden sinken. »Ich muss dringend weiter. Schöne Grüße. Man sieht sich.«

Mit diesen Worten lief sie los, stolperte nach ein paar unbeholfenen Schritten über ihre eigenen Füße und glitt daraufhin mit erstaunlicher Geschwindigkeit in eleganten Kurven auf ihrem Bauch davon, ihre Beine einfach hinterherschleifend. Als Josie auftauchte, war die Schlange bereits verschwunden.

»Mit wem hast du gesprochen?«, fragte mich meine himmlische Verschönerungsbeauftragte.

»Ach, da war eine Schlange, die hat mich für einen Engel gehalten. Weil ich so schön bin, hat sie gesagt.«

»Ja, klar!« Josie lachte höhnisch. »Also, eingebildet bist du gar nicht, meine Hübsche.«

Auf dem Weg zum See kamen wir an mehreren blühenden Büschen und Bäumen vorbei und vor jedem blieb ich stehen, um Josie zu fragen, wie die Blüten in meinem Haar aussähen. Als ich eine gelbe Margerite pflückte, sie mir so um einen Finger band, dass die Blüte auf der Seite des Handrückens zu sehen war, und das Ergebnis meiner Begleiterin stolz vor Augen hielt, fing diese an zu stöhnen.

»Oje, was habe ich getan? Was habe ich mir nur dabei gedacht? Oh, Eva, es tut mir so leid!«

»Was denn?«, fragte ich. »Was ist los mit dir? Es ist doch alles in Ordnung.«

»In Ordnung?«, rief Josie verzweifelt. »Nichts ist in Ordnung!« Sie deutete mit beiden Händen in meine Richtung. »Die Blüten im Haar, die Farbe im Gesicht, die Steine am Ohr …«

»Ja, das ist doch schön.«

»Das ist Mode!«, schrie Josie entsetzt. »Ich habe dich mit dem Modevirus infiziert.« Sie hielt sich seufzend beide Hände vor die Augen. »Und dabei hatte Gott mich beauftragt, euch immun dagegen zu machen.«

Ich erinnerte mich dunkel, dass Gott einmal so etwas angesprochen hatte. Damals wusste ich überhaupt nicht, wovon er eigentlich redete.

»Warum das denn?«, fragte ich. »Es ist doch schön, wenn ich schöner bin als vorher. Ich finde es schön.«

»Ja, aber Gott wollte, dass ihr eure Zeit und Energie nicht so etwas Nebensächlichem widmet.«

»Er will wohl, dass wir unsere ganze Zeit ihm widmen«,

sagte ich brummig. »Den ganzen Tag Pilze opfern, oder was?«

»Keine Ahnung.« Josie ließ bedrückt die Flügel hängen. »Er hat mir nur gesagt, dass ich als Modeverantwortliche dafür sorgen soll, dass ihr Menschen von diesem – ich glaube, er nannte es Firlefanz – verschont bleibt. Bei Adam ist es mir auch einigermaßen gelungen, ihn zu immunisieren. Aber bei dir habe ich es wohl irgendwie verbockt. Als ich deine verzierten Sitzsteine sah, ahnte ich schon, dass du immer noch anfällig für Modeerscheinungen bist. Und jetzt bringe ich dich sogar vollends auf den Geschmack. Ich muss verrückt sein!«

Tröstend streichelte ich ihr über das Gefieder ihrer Flügel. »Ich kann da nichts Schlimmes bei finden. Wenn ihr Engel mit der Mode klarkommt, dann werde ich das auch irgendwie hinkriegen.«

»Ja, aber Gott hat mich beauftragt, euch Menschen ...«

»Gott, Gott, Gott«, schimpfte ich. »Warum muss denn immer alles nach seinem Kopf gehen? Ich darf keine Flügel haben, ich darf nicht Lesen und Schreiben lernen, ich darf mir nicht seine Schuhe leihen, ich darf nicht mit Gabriel befreundet sein, ich darf den Löwen nicht füttern, ich darf keine Äpfel essen, ich darf nicht schön sein, ich darf gar nichts.«

Josie schaute mich erschrocken an. »Oh, Eva, so darfst du das nicht ... so *solltest* du das nicht sehen. Gott meint es doch nur gut mit dir.«

»Ja, sicher«, sagte ich seufzend. »Aber warum fühlt es sich dann nicht so an?« Ich warf ihr einen bangen Blick zu. »Muss ich mich jetzt wieder hässlich machen? Ich hätte so gerne gehabt, dass Adam mich so sieht.«

»Und das wird er auch! Komm her, du Modefreak!« Lachend schlang Josie ihre Arme um mich und drückte mich herzlich an ihre Brust. »Du glaubst doch nicht etwa, ich ließe mir das entgehen? Nein, du wirst deinen großen Auftritt haben, meine Hübsche.«

»Und was ist, wenn Gott mich sieht und fragt, was diese Aufmachung soll?«

Josie winkte lässig ab. »Dann sage ich einfach, dass du … dass du … ach, das wird er schon nicht.«

Eine Weile liefen wir beide gedankenverloren nebeneinander her. Dann sagte Josie: »Aber nach dieser Geschichte, Eva, muss ich das wieder in Ordnung bringen und dich immunisieren, einverstanden?«

»Und wie machst du das?«

»Suggestive Gedankenbeeinflussung. Tut nicht weh. Du machst es manchmal bei Adam, habe ich beobachtet.« Sie lächelte mich aufmunternd an. »Die Folgen spürst du gar nicht. Du legst dann einfach keinen so großen Wert mehr auf Äußerlichkeiten. Du wirst nichts vermissen.«

»Muss das wirklich sein?«

»Gottes Ratschluss«, gab Josie nur als Antwort.

»Richtig, war ja seine Idee. Also, manchmal denke ich wirklich …«

»Schau mal, die Ärmste!«, rief Josie und zeigte auf eine Schildkröte, die ein paar Schritte vor uns auf dem Rücken lag und verzweifelt mit den Beinen strampelte, um sich wieder aufzurichten. Aber der schwere Panzer ließ sich durch ihr hilfloses Zappeln nicht herumwuchten. Schnell liefen wir zu ihr und drehten sie wieder auf die Füße. Lächelnd schauten wir zu, wie die Schildkröte langsam davonschaukelte.

»Ich verstehe gar nicht, wie sie es geschafft hat, auf den Rücken zu fallen«, wunderte sich Josie. »Hier ist doch alles ebenerdig.«

»Was wäre mit ihr geschehen, wenn wir nicht zufällig vorbeigekommen wären?«, fragte ich unbehaglich.

»Wir sind aber vorbeigekommen.«

»Ja, aber wenn nicht?«

»Sind wir aber.«

Ich verbiss mir eine weitere Nachfrage und erwiderte stattdessen Josies Lächeln. Wir waren rechtzeitig zur Stelle gewesen. Der Schildkröte ging es gut. Die Welt war wunderbar in Ordnung. Gepriesen seien Gott und seine Werke!

Als wenig später der See vor uns auftauchte, fing ich an, nervös zu werden. Vielleicht würde Adam mich auslachen. Nein, Josie hatte gesagt, ich sei die schönste Blüte im Paradies. Und auch die Schlange fand mich schön wie einen Engel. Niemand würde lachen. Selbst Adam würde erkennen, dass ich außer weichen Brüsten und kräftigen Beinmuskeln auch noch andere Vorzüge besaß. Das würde mein großer Auftritt werden, genau wie Josie gesagt hatte.

Meine Nervosität war jedoch noch größer als meine Zuversicht und drückte auf meine Eingeweide. Da traf es sich gut, dass wir gerade an den Toilettenbäumen vorbeikamen. Ich bat Josie, einen Moment zu warten, verzog mich zu meinem Baum und hockte mich dort hinter einen Busch. Gerade als ich mich erleichterte, hörte ich Schritte auf mich zukommen und eine Stimme sagte: »Hallo, Eva, da bist du ja endlich!«

Geschockt schaute ich nach oben direkt in Adams grinsendes Gesicht. »Ich dachte schon, ihr kommt gar nicht mehr mit dem Abendessen. Dabei habe ich solchen Hunger.« Er streckte mir seine Hand hin, in der ein paar Pflaumen lagen. »Guck mal, ich habe sie gefunden. Die schmecken nicht übel. Und was habt ihr Leckeres mitgebracht?«

Ich stellte meine Pressbemühungen ein, verharrte aber in Hockstellung. »Hör mal, Adam, würdest du mich vielleicht einen Moment alleine lassen? Ich bin gerade am … ich bin sehr beschäftigt.«

»Oh, klar, verstehe«, stammelte Adam. »Dann lass ich dich mal besser …« Er wandte sich halb ab und drehte sich dann plötzlich wieder zu mir. »Wie siehst du überhaupt aus?«, wunderte er sich. »Glaub bloß nicht, dass ich mir jetzt auch jedes Mal Blumen ins Haar stecke, wenn ich scheißen gehe.«

»Adam, bitte! Verschwinde!«

»Was hast du mit deinen Augen gemacht?«

»Hau endlich ab!«

»Du bist schon ganz schwarz um die Augen. Du drückst zu fest.«

»Warum gehst du nicht noch mehr Pflaumen pflücken fürs Abendessen?«, forderte ich ihn genervt auf. »Los!«

»Das habe bereits ich erledigt«, sagte Dezibel und trat an Adams Seite. Zu zweit schauten sie interessiert auf mich herab. Der Engel steckte sich eine Pflaume in den Mund und erklärte schmatzend: »Pflaumen sind übrigens sehr gesund. Gut für die Verdauung. Aber wem sage ich das?«

»Warum hast du dir Steine an die Ohren geklebt?«, fragte Adam kopfschüttelnd. »Hat das was mit dem Gleichgewicht in der Hocke zu tun?«

Stöhnend legte ich meinen Kopf in den Nacken und rief in den Himmel: »Hallo, Gott! Hallo, Gabriel! Wollt ihr nicht auch kommen? Wir sind hier gerade alle so gemütlich beisammen!«

»Was sollte das denn jetzt?«, fragte Adam entgeistert.

»Besser ihr verschwindet, bevor sie kommen«, sagte ich.

Adam und Dezibel sahen sich kurz an und machten sich dann aus dem Staub. Ich beeilte mich ebenfalls, fertig zu werden, bevor Gott und Gabriel womöglich tatsächlich hier auftauchten. Auf noch mehr Zuschauer konnte ich gut verzichten. Ein großer Auftritt pro Abend reichte mir völlig.

Wir saßen im Kreis auf den Muschelsteinen und aßen Himbeeren, Pflaumen und Bananen zu Abend. Adam warf mir immer wieder seltsame Blicke zu. Bis es mir zu viel wurde und ich ihn anfuhr: »Stört dich was an mir?«

»Ich verstehe immer noch nicht, wieso du wie ein ganzer Berg Kokosnüsse stinkst und uns nicht eine einzige davon mitgebracht hast.«

»Du verstehst vieles nicht«, entgegnete ich und schaute Josie vielsagend an.

»Hör mal, Adam, mein Guter«, sagte Josie und lächelte milde. »Deine Eva hier hat sich viel Mühe gegeben, um sich gefälliger zu präsentieren. Für wen macht sie das wohl, was meinst du?«

»Vermutlich für Gabriel«, meinte Adam grimmig.

»Siehst du den hier irgendwo?«, fragte Josie. »Nein, sie macht es, um dein undankbares Auge zu erfreuen. Da staunst du, was? Ich finde, da könnte ruhig auch mal etwas von dir kommen. Etwas anderes als Gemurre, meine ich.«

»Ach, ich soll mich ebenfalls gefälliger präsentieren?« Adam schaute gereizt erst Josie, dann mich an. »Was darf's denn sein? Soll ich mir auch Salat um den Hals hängen? Oder soll ich mir ein Blümchen in den Hintern stecken?«

»Wie wär's mal mit Waschen?«, schlug ich vor.

»Da weiß ich etwas Besseres.« Adam hob eine Bananenschale vom Boden auf und platzierte sie so auf seinem Kopf, dass ihm eine der Schalenzungen auf die Stirn fiel und zwei andere auf die Schläfen. »Na, wie sehe ich aus? Wie ein Löwe, oder? Ich bin sicher, das sieht klasse aus. Erfreut die Augen.«

Josie und ich sahen uns entsetzt an.

»Ja, da staunt ihr, was? Eva ist nicht die Einzige, die Sinn für Ästhetik hat.« Adam warf sich mit Stolz in der Brust und Bananenschale auf dem Kopf in verschiedene Posen, eine peinlicher als die andere.

Josie konnte gar nicht mehr hinsehen. Leise raunte sie mir ins Ohr: »Vielleicht lassen wir das erst mal mit deiner Immunisierung, Eva. Bevor ich diesen Anblick nicht verdaut habe«, sie deutete auf Adam, der wie ein gespreizter Pfau vor uns stand, eine Hand in der Hüfte, die andere im Nacken, die Ellbogen weit ausgestellt, das Kinn in die Höhe gereckt, die Augen in die Ferne gerichtet, die Bananenschale in die Stirn lappend, »bringe ich es nicht übers Herz, dir das anzutun. Ich kann ja auch mal etwas vergessen.«

»Und wenn du dann Ärger mit Gott kriegst?«

»Hmmm.« Josie kaute nachdenklich auf ihrer Unterlippe.

»Grrrr!«, machte Adam und fletschte die Zähne. »Ich bin der schönste Löwe der Welt! Groaarrr!«

Trotzig schaute Josie mich an. »Dann kriege ich eben Ärger. Was soll's? Er wird mir schon nicht gleich den Kopf abreißen.« Sie lächelte nervös und grub dann wieder ihre Zähne in die Unterlippe.

»Und was sagst du zu meiner Kreation, Dezibel?«, fragte Adam.

»Ganz reizend.« Der Engel warf Adam einen mitleidigen Blick zu und erhob sich. »Ich muss jetzt meine Runde machen. Josie, kommst du mit?«

Die beiden Engel brachen auf, und Adam begleitete sie bis zum Waldrand, wo er nach weiteren Accessoires für seine Verschönerung suchen wollte. Ich beobachtete, wie er etwas vom Waldboden aufhob, dann eine ganze Weile mit Josie darüber diskutierte und schließlich zurückkam, während die Engel zwischen den Bäumen verschwanden. In seiner Hand hielt er einen Tannenzapfen, aber offenbar fehlte ihm die richtige Eingebung, an welche Stelle seines Körpers er diesen anbringen sollte. Ich hätte zwar eine Idee gehabt, wo er ihn hinstecken könnte, aber eine echte Verschönerung wäre das auch nicht gewesen.

Achtlos ließ er den Zapfen schließlich zu Boden fallen und setzte sich zu mir auf meinen Stein. Mit einem sanften Ausdruck in den Augen fing er an, leicht an meinem Haar zu zupfen. »Dein Haar ist so schön weich«, stellte er bewundernd fest und strich mit seinen Fingern hindurch.

»Pass auf! Die Blüten!«

»Ich mache schon nichts kaputt«, beruhigte er mich und fragte dann: »Hat Josie recht? Hast du dich wirklich für mich so schön gemacht?«

»Ja«, sagte ich. »Blöd von mir, wie?«

Er zuckte mit den Achseln. »Blöd würde ich nicht sagen. Aber unnötig. Du musst dich doch nicht mit bunten Blüten und Steinen schmücken, damit mein Auge sich an dir erfreuen kann. Hast du denn noch nicht bemerkt, wie gerne ich dich ansehe? Am Anfang vielleicht nicht so, zugegeben. Da fand ich dich eher ein bisschen eklig. Aber dann habe ich mich an dein Aussehen gewöhnt. Und dann habe ich mich noch mehr daran gewöhnt und dann noch mehr und noch mehr, und jetzt könnte ich dich den ganzen Tag anschauen. Wenn du mal eine Weile nicht da bist, fangen meine Augen an, nach dir zu suchen, als hätten sie Hunger nach deinem Anblick. Meine Augen brauchen dich, Eva. Sie ernähren sich von deinem Körper, deinem Gesicht, deinem Lächeln. – Was ist los? Habe ich etwas Falsches gesagt? Warum weinst du?«

»Ich weine doch gar nicht«, schluchzte ich und wischte mir eine Träne von der Wange. So etwas Schönes hatte Adam noch nie von sich gegeben. Und er meinte es anscheinend wirklich ernst. Er fand mich attraktiv und er brauchte mich, nicht nur meine weichen Brüste, sondern die ganze Eva, mein Lächeln. Dies war der schönste Moment seit meiner Ankunft im Paradies. Wie sollte ich da nicht weinen?

Ich versuchte, mir jede Einzelheit einzuprägen, damit ich sie nie vergessen würde. Na ja, *fast* jede. »Könntest du bitte die Bananenschale vom Kopf nehmen?«, fragte ich.

»Warum?«

»Ich mag dich nackt lieber. Außerdem lenkt sie von deinem Gesicht ab. Und du hast ein schönes Gesicht.«

»Dir gefällt mein Gesicht?«

»Nicht, wenn du so grinst.«

»Dir gefällt mein Gesicht.« Adam nahm die Bananenschale von seinem Kopf und warf sie neben den Tannenzapfen auf den Boden. »Gefällt dir sonst noch was an mir?«

»Dein Penis!«

»Ha! Das wusste ich«, lachte Adam.

»Nein, sieh doch! Dein Penis fängt wieder an, größer zu werden.«

Adam warf einen kurzen Blick auf sein wachsendes Geschlechtsteil, geriet diesmal aber nicht in Panik. Er wirkte nicht im mindesten beunruhigt. »Ach, das kommt und geht«, meinte er nur. »Ich habe in letzter Zeit ein bisschen damit experimentiert. Und jetzt habe ich alles im Griff.«

»Dann mach, dass es wieder geht«, forderte ich ihn auf.

»So einfach auf Zuruf funktioniert das nicht. Es geht von ganz alleine. Wie man das beschleunigt, habe ich noch nicht herausgefunden. Aber ich kann machen, dass es kommt.«

Ich deutete angewidert auf sein Experimentierobjekt. »Dann ist das Absicht? Willst du mich damit etwa irgendwie beeindrucken? Dann leg dir lieber wieder die Bananenschale auf den Kopf, das imponiert mir mehr.«

»Das war keine Absicht«, widersprach er schnell. »Ich habe nur an etwas Schönes gedacht und schon ...«

»An was?«

»Ich dachte daran, dass wir beide gleich zusammen Kurz machen, und da ...«

»Hat dein Ding sich lang gemacht.«

Adam zuckte mit den Schultern. »Hast du Lust auf Kurz?«

»Nicht solange das da zwischen uns steht.«

»Mein Penis beißt nicht.«

»Aber er spuckt.«

»Nur wenn man ihn provoziert.«

Überlegend fummelte ich an den Blättern meiner Halsranke. Eigentlich wollte ich nichts lieber, als jetzt mit Adam Kurz zu machen. Wer vermochte schon zu sagen, wann er wieder eine so schöne Eva und ich einen so lieben Adam kurzen konnte? Jetzt oder nie hieß die Devise.

Mein Blick fiel auf die ausgehöhlte Kokosnuss, in der Josie und ich die Beeren gesammelt hatten und die nun achtlos auf dem Boden lag. Mir kam eine Idee.

»Na gut«, sagte ich. »Aber du wirst das hier überstülpen.« Ich holte mir die hohle Nuss und gab sie Adam. Der schaute sie verdutzt an.

»Die kriege ich doch nie über den Kopf«, meinte er.

»Du sollst ja auch nicht deinen Kopf da reinstecken«, erklärte ich und gab ihm mit meinen Blicken einen deutlichen Hinweis, was genau wohin gesteckt werden sollte.

Adam schaute mich bestürzt an. »Du willst im Ernst, dass ich …«

Ich nickte. »Dann gibt es wenigstens keine unliebsamen Überraschungen.«

»Nein, das geht nicht.«

»Aber natürlich geht das«, widersprach ich barsch. »Gib her das Ding!« Ich entriss ihm die leere Kokosnuss, packte seinen Penis und führte diesen mit sicherer Hand in die Öffnung hinein. »So, hier drinnen provoziert ihn niemand zum Spucken.«

Adam stöhnte und verzog sein Gesicht zu einem dümmlich-wohligen Grienen. »Zu spät.«

»Wie meinst du das?«

Er nahm mir die Kokosnuss aus der Hand und stellte sie dann auf den Boden. Sein Penis, den er dabei wieder entblößte, sah ganz normal aus, fast friedlich, als würde er schlafen.

»Du hast das Problem gelöst, Eva«, sagte Adam fröhlich. »Komm, lass uns schnell Kurz machen, bevor wieder ein neues entsteht. Los! Wer zuerst am See ist!«

Schwer atmend standen wir am Ufer und beobachteten, wie die Abendsonne langsam im See versank, und die ersten Sterne am Himmel glitzerten wie Wassertropfen, die dabei nach oben gespritzt waren. Adam schaute mich abwartend an. »Willst du dich nicht ins Wasser legen?«

Ich zögerte. Als ich zugestimmt hatte, mit Adam Kurz zu machen, hatte ich eine Sache nicht bedacht. »Dann würde ja meine Frisur zerstört«, überlegte ich laut. »Die ganzen Blüten, die Josie hineingeflochten hat. Und die Farbe in meinem Gesicht würde auch abgewaschen werden.«

»Heißt das, wir machen kein Kurz?«, fragte Adam enttäuscht. »Du kannst dich doch morgen neu schmücken.«

»Ich weiß nicht.« Hilflos zuckte ich mit den Schultern. »Josie wird mir nicht mehr dabei helfen. Gott sieht es nämlich nicht gerne, wenn ich mich hübsch mache.«

»Warum das denn?«

»Aus demselben Grund, warum wir keine Äpfel essen sollen. Weil eben. Weil es ihm so gefällt. Weil er die Regeln macht. Weil er Gott ist.«

Adam spürte offenbar, wie aufgebracht ich war, denn er nahm mich in die Arme und drückte mich sanft an seine Brust. »Schon gut, Eva, mach dir nichts draus. Du brauchst den Zierkram nicht, um schön zu sein. Aber wenn dir so viel daran liegt, dann kurzen wir uns erst wieder, nachdem das Zeug von alleine abgefallen, verwelkt oder verblasst ist. Dann habe ich wenigstens etwas, worauf ich mich freuen kann.«

»Ja, ich glaube, das wäre mir lieber.«

Er zeigte in den Himmel, auf die helle Scheibe des Mondes. »Schenke ich dir.«

»Was?«

»Das Mondlicht. Ich schenke es dir. Du kannst es dir in dein Haar flechten. Es sieht sehr schön aus in deinem Haar.«

»Du schenkst mir das Mondlicht«, wiederholte ich ungläubig. »Aber das Mondlicht gehört uns doch allen.«

»Ich schenke dir meinen Anteil. Dir steht es viel besser als mir. Ich mag, wie es auf deiner Haut liegt.« Er zeigte noch einmal in den Himmel. »Und diesen Stern hier, den ganz hellen, siehst du ihn? Den schenke ich dir auch.«

»Äh, danke«, sagte ich verwirrt und fügte dann schmunzelnd hinzu: »Aber jetzt habe ich gar nichts für dich.«

»Dass du da bist«, sagte Adam und zog mich fester an sich. »Du schenkst mir, dass du da bist.«

Gerührt lächelte ich ihn an. »Du bist lieb.«

»Das kannst du laut sagen.«

»DU BIST LIEB«, schrie ich ihm ins Ohr und erinnerte mich daran, wie sehr ich es gehasst hatte, als er diesen albernen Witz bei mir gemacht hatte. Damals glaubte ich, er wolle mich damit ärgern, aber vermutlich war es einfach nur seine Vorstellung von geistreicher Unterhaltung.

»Das war nicht laut«, meinte er grinsend. »Das hier ist laut.« Mit diesen Worten ließ er einen fahren, der sich anhörte wie ein Donnerschlag.

Und dann geschah etwas sehr Merkwürdiges: Ich musste lachen. Über Adams primitives, ekliges, plumpes Verhalten musste ich lachen. Ich konnte mich gar nicht mehr einkriegen, so lustig fand ich das auf einmal. Fast hätte ich sogar zurückgepupst, ich konnte mich gerade noch beherrschen. Die zwei ersten Menschen, herrje! Gottes ganzer Stolz. Ich lachte und lachte. Und Adam lachte ebenfalls, und ich nahm sein lachendes Gesicht in beide Hände und zog es auf das meine. Und unser Lachen verstummte.

Es war das erste Mal, dass wir uns kurzten, ohne dass mir Wasser aus meinem Haar über das Gesicht rann. Es war das erste Mal, dass Adam mich vorher nicht vor dem Ertrinken retten musste. Es war das erste Mal, dass ich die Augen aufbehielt. Es war das erste Mal, dass ich dabei nicht an Gabriel dachte. Und es war das erste Mal, dass ich mir hinterher wünschte, wir hätten es besser gelassen.

Zunächst, als unsere Lippen sich voneinander lösten, befand ich mich allerdings noch in Hochstimmung. So nah hatte ich mich Adam noch nie gefühlt. Zwei Menschen, die einen Schatten warfen. Zwei Münder, die einen Atem teilten. Zwei Herzen, die einen Rhythmus schlugen. Ja, Adam und ich hatten zueinandergefunden. Wir hatten unser eigenes kleines Ritual, wir wohnten zusammen, wir schliefen zusammen, wir waren ein Paar. Und das nicht nur, weil wir zufällig die Einzigen unserer Art waren, sondern aus unserem eigenen Willen heraus, aus Sympathie. Adam hatte mir das Mondlicht geschenkt, und ich trug es nur für ihn.

»Ich werde immer an deiner Seite sein, Adam«, versprach ich ihm mit feuchten Augen. »Immer.«

Adam sagte nichts.

»Du bedeutest mir unglaublich viel, weißt du das eigentlich?«

Adam sagte nichts.

»Solange der Stern, den du mir geschenkt hast, da oben leuchtet, wird nichts und niemand uns trennen können.«

»Das wäre dann bis morgen früh«, meinte Adam knapp.

»O nein, das stimmt nicht«, widersprach ich lachend. »Tagsüber leuchtet er auch, man sieht ihn nur nicht.« Scherzhaft drohte ich ihm mit dem Zeigefinger. »Nein, mein Lieber, so schnell wirst du mich nicht mehr los.«

Adam sagte nichts.

Ich brachte meinen Mund ganz nah an sein Ohr, stieß mit meiner Zunge leicht an sein Ohrläppchen und flüsterte: »Kurz?«

Aber er hatte offenbar keine Lust auf eine zweite Runde. »Es ist schon spät«, sagte er abweisend. »Ich bin müde.«

Auf dem Weg zu Sophia liefen wir schweigend nebeneinander her. Unser Schweigen übertönte mühelos alle anderen Geräusche um uns herum. Wir bewegten uns in einer Wolke aus Unbehaglichkeit, durch die nicht einmal mehr mein Mondlicht drang.

Ich brach zuerst das Schweigen. »Hast du etwas?«

»Alles bestens.«

»Du bist auf einmal so seltsam. Habe ich etwas Falsches gesagt?«

»Ich sage doch: Es ist alles in Ordnung«, blaffte er mich an. »Hey, Josie und Dezibel sind auch schon da.« Mit wilden Armbewegungen winkte er den Engeln zu.

»Na, ihr zwei Turteltäubchen«, begrüßte uns Josie. »Habt ihr euch gut amüsiert?«

Adam zuckte gleichgültig mit den Schultern und fragte dann Dezibel: »Was hast du uns denn da mitgebracht? Eine Kokosnuss?«

Während ich Josies fragenden Blick mit einer ratlosen Geste beantwortete, warf Dezibel Adam die Kokosnuss zu. Der fing sie mit Leichtigkeit auf und rief überrascht: »Die ist ja hohl.«

»Die stand noch bei den Sitzsteinen«, erklärte der Engel. »Ich dachte, ich bringe sie mit, falls ihr sie noch als Behälter verwenden wollt. Es war sogar noch ein bisschen was drin. Ich habe dann mal probiert, wie diese berühmte Kokosmilch schmeckt. Ihr habt doch nichts dagegen, oder? Es war ja sowieso nicht mehr viel.«

Adam und ich schauten uns kurz erschrocken an, und Adam sagte: »Nein, Dezibel, das geht schon in Ordnung. Hauptsache, es hat dir geschmeckt.«

»Das würde ich nun nicht gerade behaupten.« Der Engel verzog offenbar allein aufgrund der Erinnerung das Gesicht und schüttelte sein Gefieder. »Kokosmilch wird ziemlich überschätzt, wenn ihr mich fragt.«

Die beiden Engel suchten sich in den Baumkronen einen Platz für die Nacht, Adam spielte mit Woff, der plötzlich wiederaufgetaucht war, nachdem er sich fast zwei Tage nicht hatte blicken lassen, und ich legte mich auf Sophia, um diesen Tag, der so voller Höhen und Tiefen für mich gewesen war, möglichst schnell zu beenden.

»WER IST, DIE DA ERSCHEINT WIE DAS MORGENROT, WIE DER MOND SO SCHÖN?«

Normalerweise hätten mich Sophias Worte gefreut, aber im Moment hegte ich eine Abneigung gegen Komplimente. Sie flogen an einem vorbei wie die Schatten von Vögeln. Man konnte sie nicht festhalten, man konnte sie nicht aufbewahren, sie waren nichts wert.

»Ich möchte lieber nichts über den Mond hören«, sagte ich. »Der Mond kann mich mal. Ich will eigentlich gar nichts mehr hören, wenn's recht ist. Worte, Worte, Worte. Lass mich einfach in Ruhe hier liegen und nachdenken. Und falls ich anfangen sollte zu weinen, möchte ich keinen Trost und keinen Rat. Geht das?«

»HERZENSFREUDE IST LEBEN FÜR DEN MENSCHEN, FROHSINN VERLÄNGERT IHM DIE TAGE.«

»Die Tage sind eh schon zu lang«, schimpfte ich. »Je länger der Tag, umso mehr muss man sich ärgern.«

Bevor Sophia darauf etwas entgegnen konnte, kam Adam und legte sich ebenfalls hin.

»Wo ist Woff?«, fragte ich und versuchte dabei ganz unbekümmert zu klingen.

»Fort.«

»Und wohin?«

»Keine Ahnung. Gute Nacht.«

Er drehte sich mit dem Rücken zu mir und verwandelte sich in ein knorriges Stück Holz.

Zaghaft tippte ich ihm auf die Schulter. »Wenn du willst, kannst du deinen Kopf auf meine Brüste legen.«

»Nein, danke.«

»Ehrlich nicht? Du wirkst ziemlich angespannt.«

»Und wenn schon. Gute Nacht.«

Tränen liefen mir über das Gesicht, lautlos, unsichtbar, als ich sagte: »Ja, dir auch, Adam. Schlaf schön.« Obwohl wir Haut an Haut lagen, fühlte ich mich schrecklich allein. »Hast du eigentlich meine Schwanenfeder noch?«, fragte ich mit brüchiger Stimme.

»Habe ich weggeworfen«, knurrte Adam.

»Oh … ja, gut, macht nichts.«

Leise in mich hinein weinend lauschte ich seinen Atemzügen, die schon nach einer kurzen Weile ganz regelmäßig kamen. Adam war eingeschlafen. Daran war bei mir nicht zu denken. Die Fragen in meinem Kopf hielten mich wach, verlangten nach einer Antwort.

Warum war Adam so abweisend geworden, nachdem wir Kurz gemacht hatten? Das hatte ihm doch immer gefallen. Und diesmal hatte ich sogar die Augen aufgelassen und er musste mich nicht aus dem Wasser ziehen. Ich wurde nicht schlau aus diesem Mann. Erst schenkte er mir das Mondlicht und dann ließ er mich im Dunkeln stehen. Was sollte das? War das eine besonders perfide Art, mir zu sagen, dass er genug von mir hatte? Ein Geschenk zum Abschied, ein nettes Wort, das den Tritt in den Hintern ankündigte?

Vielleicht hätte ich nicht sagen sollen, dass ich immer an seiner Seite stehen werde. Immer ist lange. Womöglich *zu* lange für Adam. Ja, ich hatte ihn damit unter Druck gesetzt. Mich wirst du so schnell nicht mehr los. Ich war aber auch zu blöd! Warum musste ich so etwas sagen? Warum konnte ich nicht einfach den Augenblick genießen? Er wollte von mir, dass ich da bin, und ich war da. Warum ließ ich es damit nicht gut sein?

Ich grübelte die halbe Nacht, wie ich meinen Fehler wiedergutmachen konnte.

Gleich morgen früh würde ich Adam erklären, dass ich keine Frau für *immer* war. Für *immer wieder mal* – das hätte ich gemeint. Und wenn er mich loswerden wollte, genügte es, mir zu sagen: ›Liebe Eva, ich wünschte, es gäbe jemand Besseren als mich, denn das wäre der, den du verdienst. Leider gibt es keinen, also geh mit Gott! Und gib mir mein Mondlicht zurück.‹ Oder auch einfach nur: ›Sag mal, Eva, hast du zugenommen?‹

Ja, ich würde Adam davon überzeugen, dass ich ihn nicht an mich binden will, dass er ein freier Mann ist, dass ich mich nicht an ihn klammere, dass das mit uns ganz zwanglos ist, dass er wie der Wind ist, frei und ungebunden und ungezähmt, ein freier Mann in einer freien Welt, frei, frei, frei – und auf diese Weise würde ich ihn mir wieder krallen! Ihn erst mit Mondlicht blenden, um ihn dann auf meinen Stern zu spießen.

So weit war ich in meinen Überlegungen gekommen, als Adam sich plötzlich unruhig hin und her wälzte, stöhnte und mit den Gliedern zuckte. Offenbar träumte er schlecht.

Ich wollte ihn gerade wecken, als ich ihn sagen hörte: »Du bist so schön, so wunderschön.«

»Oh, danke«, raunte ich ihm ins Ohr. »Ich finde dich auch zum Anbeißen – obwohl du ein bisschen streng riechst.«

»Du kleine, wilde Katze, du! Gib's mir! Mehr! Mehr! Oh, du schmeckst so gut, dein Haar schmeckt so gut. Dein dunkles Haar, so schön!«

»Dunkles Haar?«, fragte ich verstört. Meinte er damit etwa Josie? Träumte er von der Engelfrau?

»Adam!« Ich rüttelte ihn an der Schulter. »Adam, du träumst!«

»Nicht aufhören, Lilly! Mach weiter! Du schmeckst so gut. So gut. Lilly, du schönes Zicklein! Weide mich! Weide mich in deinem Haar.«

Lilly! Wer war Lilly?

Mit einem Ruck setzte ich mich auf und schaute böse auf Adam, der sich immer noch unruhig hin und her wälzte, aber nun nicht mehr redete. Meine Gedanken rasten ziellos durch meinen Kopf, Blitze und Donnerschläge im Nebel meiner Vermutungen.

Lilly – war sie ein weiterer Engel? Oder eine andere Frau? Hatte Gott bereits meine Nachfolgerin ins Paradies geschickt? Woher kannte Adam sie? Was empfand er für diese dunkelhaarige Schönheit, auf der er weidete? Kurzte er sie auch? Schenkte er ihr ebenfalls Sterne?

»Lilly«, stöhnte Adam. »Nicht aufhören.«

Mein Blick fiel auf seinen aufgerichteten Penis, der ganz offensichtlich um einiges größer und beständiger war als seine Gefühle zu mir. Angeekelt erhob ich mich, stieg von Sophia, kehrte dem auf einer unbekannten Wiese weidenden Adam den Rücken und fing an zu laufen und lief und lief und lief bis ans Ende der Nacht.

ADAM

18

Du kleine, wilde Katze, du! Gib's mir!

Als Eva endlich vom Beerenpflücken zurückkam, hatte sie Blüten im Haar, Steine an den Ohren, Blätter um den Hals, eine Blume am Finger, Farbe im Gesicht und Kokosnussduft überall. Beeren hatte sie keine dabei. Kokosnüsse auch nicht.

Wenn ich meinen größten Hunger nicht bereits mit Pflaumen bekämpft hätte, wäre ich bestimmt sauer geworden. Später stellte sich dann heraus, dass Josie die Beeren hatte, wenigstens eine Kokosnussschale voll. Dafür dass die beiden den ganzen Nachmittag gebraucht hatten, war das eine äußerst magere Ausbeute, fand ich. Dezibel und ich hatten in viel kürzerer Zeit ein großes Palmblatt voller Pflaumen zusammen. Aber wir hatten sie ja auch ordentlich gesammelt und sie uns nicht in die Haare geklebt.

Ich verstand nicht, was Eva damit bezwecken wollte. Erst klebte sie Muscheln auf ihre Steine, dann Steine auf ihre Ohren, wo sollte das enden? Eines Tages wachte ich noch auf und sie hatte mir eine Rose um den Penis gewickelt. Ich nahm mir vor, in Zukunft lieber auf dem Bauch zu schlafen.

Als Josie mich darauf aufmerksam machte, dass Eva sich nur deshalb verziert hätte, um mir zu gefallen, und mich aufforderte, ebenfalls Verzierungsarbeit an mir zu leisten, hatte ich das mit Hilfe einer Bananenschale schnell erledigt. Eva und ich waren jetzt die schönsten Menschen weit und breit.

Aber Josie war noch nicht zufrieden. Als sie und Dezibel zu ihrer abendlichen Kontrollrunde aufbrachen, gab sie mir heimlich ein Zeichen, ihr zu folgen. Ich begleitete sie zum Waldrand, wo sie mich beiseitenahm und mir mitteilte, dass Gabriel womöglich Eva zu sich in den Himmel holen könnte, wenn er erst sähe, dass sie noch schöner geworden sei. Ob mir das nichts ausmachen würde?

»Doch, natürlich!«, erregte ich mich. »Ich will nicht, dass sie geht. Und schon gar nicht zu dem!«

»Ja, mein Süßer, aber wenn Eva glaubt, dass dir nichts an ihr liegt, ist sie schneller weg, als du gucken kannst.«

»Aber mir liegt doch sehr viel an ihr. Sie ist meine Rippe. Sie gehört mir.«

Josie schaute mich entsetzt an. »Das ist ja fürchterlich! Mit so einer Einstellung, tut mir leid, Adam, aber da hast du keine Chance.«

»Und ich mag sie. Ich will sie nicht verlieren. Ohne sie wäre es hier … ich weiß nicht, anders eben. Schlechter. Ich will, dass sie bei mir bleibt.«

»Dann musst du ihr das auch sagen.«

»Das mache ich.«

»Und was sagst du ihr genau?«

Überlegend kratzte ich mich am Hinterkopf. »Ich sage ihr einfach, dass Gabriel ein Arschloch ist.«

Josie tippte sich an die Stirn. »Mensch, Adam, willst du sie mit Gewalt in seine Arme treiben, oder wie? Du musst etwas Nettes über Eva sagen. Dass du dein Lächeln verlierst, sobald sie aus deinen Augen tritt. So etwas in der Art. Oder du machst ihr ein Geschenk.«

»Und was soll ich ihr schenken?« Hilflos breitete ich meine Arme aus. »Ich habe doch gar nichts.«

»Dann schenkst du ihr die Sterne.«

»Hmmmm«, machte ich und rieb mir die Oberlippe. »Gehören die nicht Gott?«

»Positiv«, meldete sich Dezibel lauthals zu Wort. »Alles gehört Gott.«

»Ja, aber Adam hat sie gezählt«, sagte Josie. »Gott wird nichts dagegen haben, wenn er sie sich kurz ausleiht, um sie zu verschenken.«

Ich nickte zustimmend. »Gut, dann mache ich das. Ich schenke ihr aber erst einmal einen Stern. Den Rest bekommt sie, wenn ich sicher bin, dass sie nicht doch noch abhaut.«

»Lass es dir schriftlich geben«, riet mir Dezibel.

Josie schaute ihn kopfschüttelnd an. »Du bist so ein Idiot«, sagte sie und wünschte mir viel Glück, bevor sie mit ihrem Partner im Dickicht verschwand.

Glück hatte ich gar nicht nötig. Dank meines angeborenen Charmes hatte ich Eva im Nu auf meiner Seite. Kostete mich nur einen Stern und etwas Mondlicht. Eva war so hingerissen von mir, dass sie beim Kurzen sogar die Augen aufbehielt. Mit offenen Augen und trockenem Haar sah sie ganz anders aus als sonst. Besser. Sie schmeckte auch besser. Sie schmeckte nach …

Erdbeere!

Das war ja wohl das Letzte! Eva hatte also schon wieder Erdbeeren gegessen, ohne mir eine einzige davon mitzubringen. Ich schenkte ihr die Sterne – und sie? Sie wusste doch, dass ich verrückt nach Erdbeeren bin. Seit ich den Geschmack zum ersten Mal aus ihrem Mund gekostet hatte, war ich auf der Suche nach diesen Früchten – bislang ohne Erfolg. Eva wusste offenbar, wo sie zu finden waren, aber sie behielt es für sich. Das mit den Pflaumen, die bei den Toilettenbäumen wuchsen, hatte sie mir auch lange verheimlicht.

Verärgert beendete ich unseren Kurz. Eva redete und fragte und redete, aber ich beschloss, alles weitgehend zu ignorieren, was aus ihrem Erdbeermund kam.

Selbst das überraschende Auftauchen von Woff, um den ich mich bereits ein bisschen gesorgt hatte, konnte meinen Ärger über Evas Verhalten nicht wesentlich mildern. Wie konnte man nur so egoistisch sein und immer nur an sich denken – statt an mich?

Eva legte sich schlafen, während ich noch mit Woff spielte. Aber das Tier war nicht richtig bei der Sache. Woff wirkte beinahe furchtsam. Irgendetwas störte ihn. Vielleicht hatte er sich deshalb zurückgezogen? Spürte er hier etwas, das ihm Angst machte? Aber was sollte das sein? Er konnte mir darauf keine Antwort geben, und bereits nach kurzer Zeit lief er abermals davon, winselnd und mit eingezogenem Schwanz. Dabei hatte ich gedacht, er hätte sich mittlerweile an Dezibel gewöhnt.

Müde legte ich mich auf Sophia. Eva sagte etwas, aber ich hörte kaum hin. Demonstrativ drehte ich mich zur Seite, um ihrem Erdbeeratem zu entkommen. Dann fragte sie mich auch noch nach dieser blöden Engelsfeder, die sie damals weggeworfen und die ich an mich genommen hatte. Aus irgendeinem Grund hatte ich sie unter einem der Sitzsteine aufbewahrt. Aber das behielt ich für mich – so wie sie ihre Erdbeeren. Dass sie es überhaupt wagte, mich danach zu fragen! Ich hätte ihr damals nicht erlauben sollen, neben mir zu schlafen. Jetzt rächte sich meine Gutmütigkeit. Wie sollte ich neben dieser selbstsüchtigen, kaltherzigen Erdbeerfrau schlafen können, fragte ich mich und schlief auch schon ein.

Ich muss mich ganz klein machen, weil Eva so viel Platz braucht für ihre Flügel. Ich bitte sie, ihre Schwingen nicht so auszubreiten, aber sie lacht nur und behauptet, es wären überhaupt nicht ihre. Und tatsächlich, als ich genauer hinsehe, entdecke ich Gabriel unter dem Gefieder.

»Hallo, Rumrotz«, sagt er. »Was dagegen, wenn ich rauche?« Lachend hebt er einen in Flammen stehenden Arm in meine Richtung. Ich drehe mich um. Evas Gesicht ganz dicht vor mir. Im Widerschein des Feuers sieht es unheimlich aus, leuchtende Augen wie von einer Katze.

»Findest du mich schön?«, fragt sie.

Und Sophia antwortet: »DEINE BRÜSTE SIND WIE ZWEI KITZLEIN, DIE IN DEN LILIEN WEIDEN.«

Flammendes Haar, das im Nachtwind weht. Der Brennende Baum. Ich kann nicht länger hinschauen. Ich schließe die Augen und sehe Josie und Dezibel, wie sie durchs Wasser des Sees laufen und das Ritual vollziehen. Sie lachen und winken mir zu. Ich öffne die Augen und da liegt sie, direkt unter mir, ihr Haar fällt ihr schwarz auf die Schultern und hängt voller Erdbeeren.

»Du bist schön. Wunderschön«, sage ich.

Sie lächelt, pflückt eine Erdbeere aus ihren Locken und hält sie mir vor den Mund. Als ich zubeißen will, zieht sie die Frucht weg und hält sie mir sogleich wieder neckisch in Bissweite. Als ich danach greifen will, beißt sie mir leicht in die Hand.

»Du kleine, wilde Katze, du! Gib's mir!« Und sie gibt es mir, lachend, ihre Finger in meinem Mund. Die Erdbeeren schmecken so köstlich wie nichts auf der Welt. »Mehr! Mehr! Oh, du schmeckst so gut, dein Haar schmeckt so gut. Dein dunkles Haar, so schön!«

Sie streichelt sich über ihren Körper. Ihre Hände haben die Farben von Erdbeeren, ziehen rote Spuren über ihre Haut. Sie streichelt ihren Busen. Ihre Brüste sind Zicklein, die in den Lilien weiden.

Sie hält eine Erdbeere zwischen ihre Beine, und mein Verlangen wächst ihr entgegen. Auch die Erdbeere wird größer, ist auf einmal ein Apfel. Die Verbotene Frucht. Sie hält sie mir vor den Mund, aber ich schüttele den Kopf, und sie wirft den Apfel im hohen Bogen davon. Ein Löwe springt aus der Dunkelheit und rennt hinterher. Sie steht auf, ihre Brüste streifen mein Gesicht. Zicklein, die in den Lilien weiden. Der Löwe brüllt und sie läuft zu ihm.

»Nicht aufhören, Lilly!«, rufe ich ihr hinterher. »Mach weiter! Du schmeckst so gut. So gut. Lilly, du schönes Zicklein! Weide mich! Weide mich in deinem Haar!«

Der Löwe schreitet an mir vorbei. Lilly sitzt auf ihm, eine Hand in die Mähne gekrallt, in der anderen Hand hält sie den Apfel hoch über ihren Kopf, ihr eigener Stern, rot, leuchtend, als würde er unter seiner Schale brennen. »Ich muss gehen, denn du wolltest mich nicht«, sagt Lilly bedauernd und wird im nächsten Moment von der Dunkelheit verschluckt.

»Lilly!«, stöhne ich. »Nicht aufhören!«

Aber sie kommt nicht wieder. Ich habe ihr Geschenk verschmäht und sie damit verloren, für immer verloren. Ein Schmerz, als würde mir eine Rippe herausgerissen.

Gabriel zeigt auf mich und lacht. »Du brennst!«

Entsetzt schaue ich zwischen meine Beine.

Ich schreie.

Als ich schweißgebadet aufwachte, suchten meine Hände als Erstes den warmen, weichen Trost, den Eva mir sonst immer bot, wenn ich schlecht träumte. Aber niemand lag neben mir.

Eine spitzzahnige Sorge biss sich jäh in meine Brust. »Eva?«

Ich bekam keine Antwort, so sehr ich auch rief.

Eva war verschwunden.

EVA

19| Kannst du mein Herz in einen Stein verwandeln?

Ich wusste nicht, wie lange ich bereits gelaufen war, wie oft ich einen Schritt vor den anderen gesetzt hatte, einen vor den anderen, einen vor den anderen, als mich die Stimme plötzlich aus meiner Trance riss. Jemand rief meinen Namen.

Überrascht schaute ich mich um. Ich stand in einem Wald. Wann hatte ich das Seeufer eigentlich verlassen? Ich konnte mich gar nicht daran erinnern. Das Licht der Morgensonne flirrte durch das Blätterdach und malte Muster vor meine Füße. Ein Eichhörnchen flitzte unweit von mir eine Tanne hinauf. Etwas weiter vorn saßen zwei rote Aphen auf einem Baum und kraulten sich gegenseitig den Pelz, wobei sie immer wieder neugierige Blicke zu mir herüberwarfen. Sonst konnte ich niemanden entdecken. Hatte ich mir nur eingebildet, dass mich jemand rief? Weil ich es mir so sehr wünschte? Denn wer sollte mich schon rufen? Niemand vermisste mich. Nicht wirklich.

»Eva!«

Diesmal war ich mir sicher, dass ich meinen Namen gehört hatte. »Adam?«, rief ich fragend.

»Negativ.«

»Dezibel? Wo bist du?«

»Ach, Süße, was du immer denkst mit deinem hübschen Köpfchen!«

»Josie!« Suchend drehte ich mich einmal um mich selbst. »Komm raus! Warum versteckst du dich?«

»Weißt du denn wirklich nicht, wer ich bin, meine kleine Eva? Höre einfach auf dein Herz.«

»Ga… Ga… Gabriel!«, stammelte ich und wartete bangend auf Bestätigung.

Aber der Unbekannte lachte nur und sagte: »Eine bloße Stimme ist lediglich vibrierende Luft, ohne Seele, namenlos.«

»Gott – bist du es?«

»Knapp daneben ist auch vorbei.«

Langsam gingen mir die Kandidaten aus. Und ich war des Spieles müde. Dieses Spieles und jedes anderen. Ich wollte nicht mehr spielen. Und vor allem wollte ich nicht länger, dass mit mir gespielt wurde. Doch da kam mir eine plötzliche Eingebung und ich riet noch ein Mal: »Lilly! Du bist Lilly – habe ich recht?«

Da fiel auf einmal etwas Längliches von oben herab und blieb vor meinen Augen in der Luft hängen. »Das kann ja noch ewig dauern mit dir«, beschwerte sich die Schlange, die das eine Drittel ihres Körpers um einen der überhängenden Äste gewickelt hatte und mit dem Rest nun herabbaumelte, so dass wir uns direkt in die Augen blickten. »Und ich dachte, *ich* hätte ein schlechtes Gehör! An meinem Lispeln hättest du mich doch erkennen müssen.«

»Du?«, fragte ich überrascht. »Da hätte ich wirklich noch lange raten können. Mir ist kein Lispeln aufgefallen. Was machst du denn hier?«

»Ich sagte doch, man sieht sich«, meinte die Schlange lakonisch. »Wie kommst du auf Lilly? Ich kannte mal eine Lilly.«

»Adam hat sie erwähnt.«

»Ach ja, dieser geheimnisvolle Adam, den man nie zu Gesicht bekommt«, sagte die Schlange spöttisch. »Gibt es den eigentlich wirklich? Ich sehe dich immer nur alleine.«

Empört stemmte ich die Arme in die Hüften. »Was soll das denn heißen? Du bist mir doch erst zweimal über den Weg gelaufen.«

»Entschuldigung, ich wollte dich nicht aufregen. War doch bloß eine Frage. Ist mir halt aufgefallen. Aber ich glaube dir natürlich, dass es Adam gibt und dass er dein Partner ist. Kann es sein, dass du in diesem Punkt ein bisschen empfindlich bist?«

»Ich bin in diesem *Punkt* überhaupt nicht empfindlich!«, schnappte ich wütend. »Nicht im Geringsten!«

Dann ließ ich mich am Stamm der Eiche zu Boden sinken, vergrub das Gesicht in meinen Händen und fing an zu weinen, was meine soeben geäußerte Behauptung vermutlich nicht unwesentlich abschwächte.

Durch mein Schluchzen hindurch hörte ich, wie sich die Schlange vom Ast herunterfallen ließ. Kurz darauf spürte ich ihren kalten, schuppigen Körper an mir heraufgleiten. Als ich aufsah, hielt sie sich gerade mit ihren zwei dünnen Vorderbeinen an meiner Schulter fest, ihr flacher Kopf schwebte so dicht an meinem Gesicht, dass ich das Kitzeln ihrer Zunge auf meiner Wange spürte.

»Du schmeckst gut«, sagte sie.

Ich lächelte schwach. »Nach Kokosnuss.«

»Nein, salzig. Hast du viel geweint in letzter Zeit?«

Schulterzuckend sagte ich: »Geht so.« Mit dem Handrücken rieb ich mir die Tränen aus den Augen. »Na ja, du siehst es ja selbst.«

»Willkommen im Paradies«, spottete die Schlange. »Hier bleibt kein Auge trocken. Bis auf meine natürlich, denn ich habe keine Tränen. Nicht einmal weinen kann ich, obwohl mir weiß Gott oft genug danach zumute ist. Aber sag mir: Was bedrückt dich, Eva? Vielleicht kann ich dir helfen.«

»Kannst du mein Herz in einen Stein verwandeln?«

»Das würde dir helfen?«

»Ich glaube schon. Ein Stein empfindet keine Schmerzen. Und er ist nicht so schwer wie das Ding, das ich momentan in meiner Brust habe.«

»Weißt du, Eva«, zischte die Schlange mir nach kurzem Nachdenken ins Ohr. »Wenn ich Gott wäre – und sei es auch nur für einen einzigen Tag –, würde ich zwar nichts an deinem Herzen ändern. Aber ich würde deinen Schmerz nehmen und ihn in einen Stein verwandeln. Und diesen dürftest du dann auf den Verursacher deines Leides werfen.«

»Nein, das möchte ich nicht«, sagte ich, obwohl ich es für einen kleinen Moment sogar für eine nette Idee gehalten hatte. »Adam soll nichts Schlimmes zustoßen.«

»Dann ist also Adam der Grund deines Schmerzes?«

»Schon möglich«, gab ich zu. »Aber er kann nichts dafür. Gott hat es mir erklärt. Er hat Adam eigentlich als Einzeller geschaffen, äh, nein, als Einzelgänger, wollte ich sagen. Es ist nicht leicht, ihm das auszutreiben.«

»Das ist wieder mal typisch Gott!«, schimpfte die Schlange. Vor Erregung fingen sogar ihre zwei spitzen, nach innen gebogenen Zähne an zu tropfen. »Immer müssen andere seine Fehler ausbaden. Was kannst du denn dafür, dass Adam ein emotionaler Einzeller ist? Warum musst du dich jetzt mit so jemandem herumschlagen?«

»Na ja, ich hatte nicht gerade viel Auswahl, weißt du.«

»Eben. Hat Gott dich auch nur ein einziges Mal nach deinen Wünschen gefragt? Wollte er jemals wissen, was dir an einem Partner wichtig wäre?«

»Adam war vor mir da.«

Doch die Schlange ließ sich dadurch in ihrer Kritik nicht beirren. »Glaubst du etwa, Gott hat *ihn* gefragt?«

Da musste ich nicht lange überlegen. Wenn es nach Adam gegangen wäre, hätte ich auf jeden Fall mehr Brüste. Vier mindestens. Extraweich. Und wer weiß, ob ich überhaupt sprechen könnte. »Ich schätze mal eher nicht.«

»Ich schätze, du schätzt richtig, Schätzchen.« Die Schlange kroch auf meiner Schulter entlang zum anderen Ohr und raunte dort hinein: »Gott fragt nämlich nie. Er macht alles so, wie es ihm gerade gefällt. Und dann kommt so etwas heraus wie mein Verdauungssystem. Alles unzerkaut hinunterzuschlingen ist kein kulinarischer Genuss, das kannst du mir glauben. Schon mal eine Melone am Stück geschluckt?«

»In letzter Zeit nicht.«

»Ich habe mir gestern eine reingezogen. Eine elende Plackerei war das! So eine große Frucht und mein schmaler Körper, das passt eben nicht richtig. Aber mit Gewalt und unter Schmerzen geht es dann doch irgendwie. Genauso ist es mit dir und deinem Partner, Eva. Gott kümmert es nicht, ob ihr zusammenpasst oder nicht, solange es mit Gewalt und unter Schmerzen doch irgendwie geht. Aber so sollte es nicht sein, oder? Es sollte schön sein. Du solltest nicht weinen müssen.«

»Ich weine ja schon gar nicht mehr«, schniefte ich. Und zum Beweis, dass ich mich wieder gefangen hatte, stemmte ich mich hoch auf die Beine. Die Schlange um meine Schultern behinderte mich dabei kaum, sie wog nicht mehr als ein dünner Ast. »Vielleicht sollte ich zu Adam zurückgehen«, sagte ich, mehr zu mir selbst als zu meinem tierischen Gesprächspartner. »Mich mit ihm aussprechen, ihn fragen, wer diese Lilly ist. – Sagtest du nicht, du kennst sie?«

»Ja, aber die kannst du nicht meinen. Sie lebt nicht mehr hier im Garten.«

»Sie lebt außerhalb des Paradieses?«, fragte ich neugierig. »Wie ist es dort eigentlich? Was gibt es da?«

»Eigentlich alles, was du hier auch findest«, sagte die Schlange mit gelangweiltem Tonfall. »Erde, Wasser, Luft, Pflanzen, Tiere. Nur ist dort die Erde steiniger, das Wasser reißender, die Luft kälter, die Pflanzen sind dorniger und die Tiere, na ja, sagen wir es mal so: Sie haben ihr Nahrungsrepertoire erweitert. Aber dort lebt Lilly auch nicht. Zurzeit schwebt sie …« Die Schlange schoss mit ihrem Kopf senkrecht in die Höhe und vollführte ein paar kreisende Bewegungen, wobei sie ihre von sich gestreckten Vorderbeinchen auf und ab schlug.

»Ein Engel? Lilly ist ein Engel?«

»So ist es. Sie weilt jetzt im Himmel.«

»Hat sie … dunkles Haar?«

»Schwarz wie eine Neumondnacht und wunderschön. Warum fragst du?«

Ich seufzte. »Adam hat von ihrem dunklen Haar gesprochen. Also muss er sie doch gesehen haben! Vielleicht hat Gott diese Lilly ebenfalls ins Paradies beordert, wie Josie und Dezibel. Ja, so muss es sein! Adam hat sie kennengelernt, und schon hat er genug von mir. Erschleimt sich noch einen Abschiedskurz und dann heißt es: Leb wohl, du alte Rippe. Ich hasse ihn.«

»Hass ist gut. Er macht dich stärker.«

»Ach nein, ich hasse ihn ja nicht wirklich«, schwächte ich ab. »Ich mag ihn nur nicht mehr.«

»Das ist ein Schritt in die richtige Richtung«, lobte mich die Schlange. »Jemanden zu mögen heißt letztlich, sich ihm ausliefern. Wenn du ihn nicht mehr magst, kann er dich auch nicht mehr verletzen.«

»Ein bisschen mag ich ihn schon noch.«

Die Schlange glitt an meinem Arm entlang und stieß mit

ihrem Kopf leicht gegen meine Brust. »Und deshalb tut es auch weh hier drinnen. Und deshalb vergießt du bittere Tränen, während er fröhliche Lieder singt.«

»Adam singt nicht.«

»Dann macht er eben das fröhlich, was immer er so macht«, beharrte die Schlange.

Ich versuchte das spontan in meinem Kopf aufgetauchte Bild, wie Adam gut gelaunt gegen meinen Sitzstein pinkelt, schnell wieder loszuwerden. Als es durch meine Vorstellung ersetzt wurde, wie Adam eine strahlend schöne Engelfrau leidenschaftlich kurzt, bemühte ich mich verzweifelt, stattdessen wieder das erste Bild zurückzuholen. Vergeblich. Adam und Lilly ließen sich Zeit.

»Vielleicht hasse ich ihn ja doch«, schnaubte ich wütend.

»Wenn du ihn hassen würdest, wüsstest du es mit absoluter Sicherheit. Hass kennt kein Vielleicht. Richtiger Hass ist wie ein Feuer, das in jeder Zelle deines Körpers brennt, das dich selbst ebenfalls in ein Feuer verwandelt, heiß und gefährlich.«

»Woher weißt du das alles? Hast du schon einmal jemanden gehasst?«

»Ich? Nein, selbstverständlich nicht. Wen sollte ich auch hassen? Wo im Paradies doch alle so nett sind. Aber ich habe davon gehört. Wenn man viel unterwegs ist, bekommt man so einiges mit«, erklärte die Schlange. »Man lernt andere Wesen kennen, man lernt sprechen, man lernt, die Zeichen zu deuten.«

»Welche Zeichen?«

»Die Zeichen Gottes natürlich. Durch die er mit uns niederen Kreaturen kommuniziert. Wolkenmuster, Vogelschwärme, Sternkonstellationen, Wetterphänomene, alles immens schwierig zu deuten. Er macht sich ja immer einen Spaß daraus, sich Rätsel auszudenken. Warum einfach und direkt, wenn es auch enigmatisch verschwurbelt geht? Einen seiner Engel zu schicken, der lauthals verkündet: Morgen am späten Vormittag bebt die Erde im Südosten des Gartens, seht zu, dass ihr von dort verschwindet – das wäre ihm viel zu simpel. Stattdessen lässt er als Vorwarnung lieber irgendwo einen Tümpel versiegen, und nähere Informationen dürfen wir dann dem Tanz der Mücken entnehmen. Auch jetzt stehen die Zeichen wieder auf Sturm. Irgendetwas Bedrohliches nähert sich uns. Aber was genau es ist und wann es auftritt, weiß nur der Himmel. Und der behält es für sich. Wenn ich darüber nachdenke, könnte ich geradewegs aus der Haut fahren.«

»Ja, ich habe auch so ein ungutes Gefühl in letzter Zeit«, sagte ich und bot dann an, Gott danach zu fragen, wenn ich ihn das nächste Mal sähe. »Mit mir redet er nämlich immer ganz normal. Erst vor kurzem hat er sich fast zwei Tage Zeit genommen, um uns zu zeigen, wo genau die Frucht wächst, die er uns verboten hat.«

»Zwei Tage? Warum hat das so lange gedauert?«

»Es ist eben ein weiter Weg bis zum Baum der Erkenntnis.«

»Ich weiß«, sagte die Schlange. »Ich stamme aus der Gegend. Dann hat er also mal wieder die Äpfel verboten, stimmt's?« Die Schlange stieß ein lang anhaltendes Zischen aus, als würde sie lachen, als wäre an dem Apfelverbot etwas ungemein Komisches. »Der Alte könnte sich ruhig mal etwas Neues einfallen lassen. Ich bin übrigens gerade auf dem Weg zurück nach Hause. Und ohne Begleitung, mit der man unterwegs interessante Gespräche führen kann, kommt mir die Strecke doppelt so weit vor. Ich frage mich, ob … nein, das geht nicht.«

»Was denn? Was fragst du dich?«, wollte ich wissen.

»Nun, ich hätte dir gerne gezeigt, wo ich wohne. Ein

schönes Fleckchen Erde – das weiß man ja immer erst zu schätzen, wenn man eine Weile woanders war. Der beste Weg, sein Zuhause zu verschönern, ist, ihm eine Zeitlang fernzubleiben. Der eigentliche Sinn von Reisen. Hat Gott euch wenigstens herumgeführt, als ihr dort wart?«

»Er hat uns nur den Baum gezeigt.«

»Ein Jammer. Dabei gäbe es dort so viel zu entdecken für dich: neue Früchte, neue Blumen, neue Eindrücke, neue Freunde. Ach, ich hätte dich zu gerne meinen Bekannten vorgestellt! Was die für Augen machen würden, wenn jemand so Schönes und Kluges und Nettes wie du mich begleitete. Entschuldige, dass ich mit dir angeben wollte.«

»Wieso? Das ist doch sehr schmeichelhaft für mich«, sagte ich lächelnd. »Aber deine Bekannten – das sind alles Tiere, oder? Schlangen vermutlich, richtig?«

»Nicht nur. Da gibt es auch rassige Pferde, die mit dem Wind um die Wette laufen, und schmusige Katzen, weicher als jede Wolke, und knuffige Bären, stark und tapsig zugleich. Einigen habe ich sogar das Sprechen beigebracht. Aber deinesgleichen gibt es dort nicht, Eva. Und deshalb wirst du natürlich zurückwollen, um bei Adam und seinen Engeln wieder Unterschlupf zu suchen. Geh ruhig, ich verstehe das. Und ich bin sicher, selbst wenn Adam jetzt mit Lilly zusammen sein sollte, werden die beiden dich bei ihnen wohnen lassen. Lilly ist sehr großherzig. Wenn sie sieht, dass du nicht weißt, wo du sonst hinsollst, wird sie sich deiner annehmen, selbst wenn Adam etwas dagegen hat. Sie wird sich bei ihm für dich einsetzen, du wirst sehen. Grüß sie bitte von mir.«

Empört schnappte ich mir die Schlange und hielt ihren Kopf dicht vor mein Gesicht. »Niemand muss sich meiner annehmen!«, brüllte ich sie an. »Was bin ich? Ein Vogel, der aus dem Nest gefallen ist?«

»Nun, du hast keine Flügel – also wohl kaum. Eva, lass los!« Die Schlange wand sich in meinem Griff. »Du drückst mir ja die Luft ab!«

»Oh, entschuldige.« Ich gab sie frei, und sie schlängelte sich rasch meinen Körper hinunter. »Ich wollte nicht so fest ... ich weiß auch nicht, was in mich ...«

Auf dem Boden, in sicherem Abstand zu meinen Händen, richtete sie sich bis in Höhe meiner Knie auf und sagte: »Schon gut, jeder kann mal die Nerven verlieren. Ich weiß, wie es ist, wenn man getreten wird. Die großen Tiere haben es ja nicht nötig, auf den Boden zu gucken.«

»Niemand hat mich getreten«, widersprach ich trotzig.

»Das weiß ich doch, Eva. Aber fühlt es sich nicht genau so an? Sag nichts, ich sehe es in deinen Augen. Dieser Adam muss ein Idiot sein, dass er eine Frau wie dich nicht zu schätzen weiß.«

»Ist er auch.«

Unschlüssig stand ich vor der Schlange. Ich schwankte, so dass ich mich mit einer Hand an dem Baum abstützen musste, unter dem ich bis vor kurzem noch gesessen hatte. Vielleicht hätte ich gar nicht erst aufstehen sollen. Meine Beine weigerten sich, einen Schritt zu machen. Einen Schritt machen bedeutete, eine Richtung einzuschlagen. Doch wohin sollte ich gehen? Ich wollte nicht zurück zu Adam und ich wollte nicht weg von ihm. In diesem Dilemma steckte ich fest wie in einem Sumpf.

»Du siehst müde aus«, meinte die Schlange mitfühlend. »Darf ich dir einen Vorschlag machen, Eva?«

Ich nickte stumm, und offenbar verstand die Schlange auch unsere Gesten, denn sie fuhr fort: »Wie wäre es, wenn du dich eine Weile hier ausruhst? Und wenn du mir verrätst, wo ich diesen Adam finde, werde ich ihn in der Zwischenzeit aufsuchen und nachsehen, wie er auf dein Verschwinden reagiert und ob Lilly tatsächlich bei ihm ist. Anschließend komme ich zurück und berichte dir, und du kannst mit wachem Verstand entscheiden, was du zu tun gedenkst.«

Dankbar nahm ich das Angebot der Schlange an, nachdem sie mir versichert hatte, dass ihr die Strecke bis zum See nichts ausmache. Sie sei eine schnelle Läuferin, solange sie ihre Beine nicht benutzen müsse.

»Ich beeile mich«, versprach sie und machte sich auf den Weg.

Ich gab mich ganz der Schwerkraft hin und war schon eingeschlafen, noch bevor meine Wange den Boden berührte.

ADAM

20 | Schärfer als jeder Steinsplitter, spitzer als jeder Dorn

Weder Josie noch Dezibel hatten gesehen, wohin Eva gegangen war. Schöne Aufpasser! Denn dass Gott die beiden damit beauftragt hatte, ein Auge auf uns zu haben, war Eva und mir von Anfang an klar gewesen, auch wenn es nie ausdrücklich zur Sprache gekommen war. Leider war das Auge, das sie auf uns hatten, nachts geschlossen, wie sich nun herausstellte.

»Ich dachte, ihr Engel braucht keinen Schlaf«, sagte ich vorwurfsvoll.

»Hier unten schon. Ein wenig zumindest. Aber Dezibel und ich wechseln uns ab. Eine Nacht schlafe ich und die nächste er.«

»Und wer hätte diesmal wach bleiben sollen?«

»Dezibel«, sagte Josie.

»Josie«, sagte Dezibel.

»Wer hatte denn die Nacht zuvor Wache?«

»Ich«, sagte Dezibel.

»Ich«, sagte Josie.

Seufzend gab ich es auf, nach dem Schuldigen zu suchen. Offenbar hatten die Engel seit ihrer Ankunft hier abwechselnd beide gewacht oder beide geschlafen. Als Gott die Intelligenz verteilt hatte, pennten die beiden vermutlich auch gerade in irgendeiner Baumkrone. Aber vielleicht war es auch Gabriel gewesen, der sie als Schutzengel ausgebildet hatte. Dann waren sie natürlich entschuldigt.

Doch welche Entschuldigung hatte ich eigentlich? Ich hatte Eva den Rücken gekehrt, hatte sie behandelt wie eine Unsichtbare. Wer hatte dann wohl zu verantworten, wenn sie nun nirgends mehr zu sehen war?

Nun ja, Schuldzuweisungen halfen uns ohnehin nicht weiter. Wir mussten etwas unternehmen. Etwas Kluges. Leider konnte ich überhaupt nicht richtig denken ohne meine Rippe.

»Also, auf der Sitzwiese ist sie nicht und bei den Toilettenbäumen genauso wenig«, zählte ich auf. »An ihrer Badestelle habe ich ebenfalls schon nachgesehen.«

»Ich bin das Seeufer abgeflogen«, sagte Josie, »aber ich habe sie nirgends entdecken können. Auch nicht im Wasser.«

Erleichtert atmete ich auf. Eva vertrieben zu haben war schon schlimm genug. Aber sie dann auch noch im See liegen zu sehen mit vorwurfsvollen Augen, ertrunken, weil ihr herzloser, hirnloser Retter sie im Stich gelassen hatte, das wäre zu viel. Da hätte ich mich gleich dazulegen können. Ende der Menschheit. Ausgerottet durch eine Erdbeere. Aber so ist das eben mit der Evolution: Nur die Stärksten überleben.

»Ich schlage vor, wir warten erst einmal ab«, meinte Dezibel gähnend. »Vielleicht kommt sie ja gleich wieder.«

»Und wenn ihr inzwischen etwas zustößt?«, blaffte ich ihn an. »Nein, wir müssen weitersuchen. Am besten, wir teilen uns auf und treffen uns dann heute Nachmittag wieder bei Sophia.«

»Gute Idee«, stimmte Josie zu. »Hier ist noch eine kleine Stärkung, bevor es losgeht.« Mit einem gezielten Handkantenschlag öffnete sie die Kokosnuss, die sie von ihrem letzten Suchflug mitgebracht hatte, nahm einen Schluck und reichte sie dann an mich weiter.

Dankbar lächelte ich sie an. »Du bist ein Engel.«

»Du merkst auch alles.«

Nachdem ich ebenfalls getrunken hatte, streckte ich die Kokosnuss Dezibel entgegen. Aber der winkte mit beiden Händen ab. »Für mich nicht, danke. Ich ... ich habe schon gefrühstückt.«

»Einen kleinen Schluck kannst du doch wenigstens nehmen«, wunderte sich Josie.

»Ich sagte NEIN!«, schrie Dezibel sie an. »Ich will nicht! Du kannst mich nicht zwingen!«

»Ja, ist ja schon gut.« Die Engelfrau schüttelte fassungslos den Kopf. »Du musst ja nicht.«

Bevor wir zur Suche aufbrachen, forderte ich die Engel nochmals auf, Gott um Hilfe zu bitten. Er wusste bestimmt, wo Eva sich aufhielt. Aber seit er uns zu dem Baum der Erkenntnis geführt hatte, war er nicht mehr bei uns gewesen. Ich hätte nicht gedacht, dass ich ihn einmal so vermissen würde.

Josie ließ enttäuscht ihre Flügel hängen. »Ich versuche es schon die ganze Zeit mit Beten, aber ich komme nicht durch. Warteschleife.«

»Und was ist mit Gabriel?«, fragte ich widerwillig.

»Nicht erreichbar zurzeit.«

»Wir sind auf uns allein gestellt!«, rief Dezibel mit wild entschlossenem Gesicht. »Abgeschnitten von der Basis. Aber solange wir atmen, halten wir die Stellung.«

»Halt lieber den Mund«, sagte Josie augenrollend.

»Entschuldigt, wenn ich störe.«

Wir drei schauten uns verblüfft an. Weder Josie noch Dezibel, noch ich hatten etwas gesagt.

»Hier unten. Hier bin ich.«

Ich blickte auf den Boden, sah aber nur eine Schlange, die durchs Gras stapfte.

»Wo hier?«, rief ich.

Plötzlich schnellte die Schlange mit dem vorderen Teil ihres Körpers in die Höhe und stieß mir eines ihrer Beinchen in den Bauch. »Na, hier!«

Erschrocken wich ich zurück. »Eine Schlange, die spricht?«

»Das kommt mir verdächtig vor. Sei vorsichtig!«, warnte mich Dezibel. Und auch Josie spannte ihren Körper an.

»Seid nicht albern!«, sagte die Schlange. »Es gibt einige Tiere, die sprechen können.«

Misstrauisch kniff ich die Augen zusammen. »Das wäre mir neu.«

»Nun, sie reden eben nicht mit jedem. Ach herrje, ihr glaubt mir nicht. Dann ruft doch den Vogel dort hinten herbei.«

»Den Papagei? Der kommt ja doch nicht, wenn ich rufe.«

»Ruf ihn!«

Also tat ich ihr den Gefallen, und der Vogel kam tatsächlich zu uns geflogen und setzte sich sogar auf meine Schulter.

»Hallo«, begrüßte die Schlange den Neuankömmling.

Und zu unser aller Überraschung erwiderte der Vogel den Gruß. »Hallo.«

»Bist du ein Kakadu oder ein Papagei?«, fragte die Schlange.

»Ein Papagei«, krächzte der Vogel so laut, dass es mir in den Ohren weh tat.

Die Schlange drehte jedem von uns kurz ihren Kopf zu und züngelte. Es sah aus, als würde sie triumphierend lachen.

»Weshalb wir dich gerufen haben«, wandte sie sich dann wieder an den Papagei. »Ein paar von uns glauben nicht, dass auch Tiere sprechen.«

»Auch Tiere sprechen.«

»Na, habt ihr es jetzt alle gehört?«

Ich zuckte mit den Schultern, was den Papagei zu einem kurzen Flügelschlagen veranlasste. »Tja, scheinbar hattest du recht. Man lernt eben nie aus.«

Aber irgendetwas kam mir doch seltsam vor an dieser Demonstration. Ich konnte nicht genau den Finger drauflegen, aber irgendetwas …

»Gut, danke, Papagei, das war's auch schon«, sagte die Schlange. »Schönen Tag noch!«

»Ebenso«, sagte der Papagei und flog davon.

»Hmmm«, machte ich und fragte die Schlange, was sie denn nun eigentlich von uns wollte.

»Ich weiß, wo Eva ist«, antwortete diese, und ich hätte sie dafür umarmen und kurzen können. Also, jedenfalls umarmen.

»Wo? Wo steckt sie?«

Nach einer kleinen, dramatischen Verzögerung antwortete die Schlange: »Bei Luzifer. Er hat sie sich geschnappt, dieser Teufel!«

Nach dieser schockierenden Neuigkeit bestürmten wir die Schlange mit unseren Fragen, bis sie genug hatte, sich zu Boden sinken ließ und mit erstaunlicher Geschwindigkeit davonschlängelte. Auf einem Felsblock neben Sophia ließ sie sich nieder und wartete, bis wir ihr gefolgt waren.

»Gabriel hat mich geschickt«, präsentierte sie uns die nächste Überraschung.

»Der Erzengel?«, fragte ich ungläubig.

»Ich kenne keinen anderen Gabriel. Du etwa?« Ohne meine Antwort abzuwarten, fuhr sie fort: »Er hat mir erzählt, dass Luzifer die Menschenfrau in seiner Gewalt hat. Und er hat mir einen Auftrag erteilt. Heißt einer von euch Josariel?«

Vorsichtig trat Josie einen Schritt vor. »Könnte sein. Warum?«

»Ich habe etwas für dich.« Die Schlange öffnete ihr Maul, so dass ihre zwei gebogenen Nadelzähne deutlich zu erkennen waren, und begann etwas auszuwürgen. Schließlich lag eine Feder vor ihr auf dem Stein, nass und unansehlich zwar, aber eindeutig eine Feder. »Sieh sie dir an!«

»Das ist die Feder eines Engels«, erkannte Josie, nachdem sie sie an sich genommen und kurz untersucht hatte. »Woher ...«

»Ich soll dir etwas von Gabriel ausrichten«, sagte die Schlange, ihren Blick nun fest auf die Engelfrau gerichtet. »Aber er warnte mich schon, dass du mir nicht so ohne weiteres glauben würdest. Deshalb gab er mir eine Feder von sich mit, um dich von der Wahrheit meiner Worte zu überzeugen. Als Erstes soll ich euch ein Lob aussprechen für euer angebrachtes Misstrauen. Luzifer ist heimtückisch. Ihr dürft niemandem ohne weiteres trauen, absolut niemandem. Darauf sollte ich extra noch einmal hinweisen, was ich hiermit getan habe.«

»Warum kommt Gabriel nicht selbst?«, fragte Josie.

»Darüber weiß ich auch nichts. Ich bin nur ein Bote. Ich überbringe eine Nachricht, und damit hat es sich. Boten sind nur so viel wert wie ihre Botschaft. Das muss ich euch Engeln doch nicht erklären, oder?«

»Und wie lautet nun die Botschaft?«, rief ich ungeduldig. Eva befand sich in der Hand – hatte Luzifer Hände? – dieser mysteriösen Kreatur. Ein Gefallener Engel, hatte Eva ihn einmal genannt. Mehr hatte sie auch nicht in Erfahrung bringen können. Engel an sich waren schon schlimm genug – aber ein Gefallener Engel? Das bedeutete sicher nichts Gutes. Warum war er gefallen? Wohin war er gefallen? Und was hatte der Sturz aus ihm gemacht?

»Die Nachricht ist nur für Josariel.«

»Dezibel und Adam können sie auch hören. Ich habe vor ihnen keine Geheimnisse«, sagte Josie mit Bestimmtheit. »Und außerdem nennt mich fast niemand Josariel, auch Gabriel nicht.«

»Je wichtiger der Anlass, umso offizieller die Terminologie«, erklärte die Schlange. »Und hier geht es um das Leben von Eva, ja, von uns allen. Das ist doch ein wichtiger Anlass, oder?«

Bei dem Gedanken daran, dass Eva etwas zustoßen könnte, etwas ganz Schlimmes womöglich, wurden mir die Knie weich und ich musste mich auf Sophia setzen.

Die Schlange drehte ihren Kopf in meine Richtung und sah mich mit ihren schwarzen Augen verächtlich an, wie mir schien. Dann wandte sie sich wieder Josie zu. »Gabriel will sich mit dir in der Engelshöhle treffen. Dort kannst du ihn dann alles selber fragen.«

»Und wann?«

»Du sollst sofort aufbrechen und in der Höhle auf Gabriel warten. Er kommt, sobald es ihm möglich ist.«

Josie schaute Dezibel und mich fragend an. Ich wollte ihr gerade mit einem Schulterzucken antworten, als Sophia sich plötzlich zu Wort meldete.

»AUS IHREM MUND KOMMT KEIN WAHRES WORT, IHR INNERES IST VOLL VERDERBEN. IHRE KEHLE IST EIN OFFENES GRAB, AALGLATT IST IHRE ZUNGE.«

»Genau das hat Gabriel auch gesagt!«, rief die Schlange

aufgeregt. »Wir hätten es mit der Inkarnation des Bösen zu tun, deren Verschlagenheit ohne Beispiel ist. Wir müssten äußerst vorsichtig sein. Und deshalb benötige ich eine Locke von dir, Josie.«

Die Engelfrau machte ein verdutztes Gesicht und strich sich unwillkürlich durchs Haar. »Du willst eine Locke von mir? Wegen Vorsicht … aus Vorsicht … wegen *was?*«

»Wegen Gabriel. Mit der Locke beweise ich ihm, dass ich seinen Auftrag ausgeführt und dir die Nachricht übermittelt habe. Erst dann wird er sich zur Engelshöhle begeben, um sich mit dir zu treffen. Ich weiß, das klingt umständlich. Aber Gabriel will jedes Risiko ausschließen, von Luzifer getäuscht zu werden. Er übertreibt ein bisschen mit seiner Geheimnistuerei, wenn ihr meine Meinung hören wollt. Was soll Luzifer alleine denn schon groß ausrichten? Ich meine, auch wenn er früher mal gefährlich war – das ist doch Ewigkeiten her, oder nicht? Alles Panikmache, sage ich euch. Aber ich bin ja nur eine Schlange. Wenn man so dicht über dem Boden kraucht wie ich, fehlt einem natürlich der große Überblick. Kriege ich jetzt die Locke? Oder soll ich Gabriel ausrichten, dass du sie mir nicht geben wolltest und er sich gefälligst ein anderes Procedere ausdenken soll?«

»Du kennst Gabriels Position?«, fragte Dezibel.

»Sonst könnte ich ihm wohl kaum die Locke bringen, oder?«

»Dann führe uns doch einfach zu ihm«, schlug ich vor. »Während wir hier reden und Locken und Federn austauschen, kämpft Eva gegen dieses Ungeheuer um ihr Leben. Bring mich zu Gabriel! Ich muss wissen, wo er Eva und Luzifer gesehen hat.«

»Dazu bin ich nicht befugt«, sagte die Schlange mit einer Kälte in der Stimme, die jegliches Nachhaken von vornherein sinnlos erscheinen ließ.

Dennoch versuchte ich es. »Aber ich muss Eva retten! Sie verlässt sich bestimmt darauf, dass ich sie da rausziehe. Ich rette sie doch immer!«

»Die Locke!«, rief die Schlange fordernd. »Ohne Josies Locke kommen wir hier nicht weiter. Je eher ich sie kriege, desto früher wird Gabriel sich mit Josie treffen. Und nur mit Josie, wohlgemerkt. Ich kann nichts dafür, bin bloß der Bote, wie gesagt.«

»Bitte, Josie«, sagte ich und sah die Engelfrau flehentlich an.

Diese seufzte und wandte sich an Dezibel. »Hast du etwas zum Schneiden dabei?«

»Positiv. Ein Messer? Ein Dolch? Ein Schwert?«

»Herrje, ich soll mir eine Locke abschneiden, Dezibel. Dazu werde ich wohl kein Schwert brauchen, oder?«

»Es ist nur ein Kurzschwert.«

»Ein Messer reicht völlig, danke.«

Dezibel holte ein Messer aus seinem Stiefel hervor und gab es seiner Partnerin. Nachdem diese sich eine kleine Locke ihres schwarzen Haares abgeschnitten und der Schlange überlassen hatte, begann sie sich auf den Flug zur Engelshöhle vorzubereiten.

Während die beiden Engel noch etwas miteinander beredeten, fragte ich die Schlange: »Und was kann ich tun, bis Josie zurück ist?«

»Du? Du tötest Dezibel«, sagte die Schlange.

Ich musste mich verhört haben. »Was?«

»Dezibel ist ein Verräter. Er hat Eva zu Luzifer gelockt. Behauptet jedenfalls Gabriel. Du musst Dezibel unschädlich machen, bevor er auch dich dem Gefallenen Engel ausliefert.«

Mir war, als hätte mir jemand mit einem Stein auf den

Kopf geschlagen. Konnte das tatsächlich wahr sein? Hatte Dezibel seine Nachtwache gar nicht verschlafen? Stellte er sich etwa die ganze Zeit schon dümmer, als er war, um jeglichen Verdacht auf Heimtücke von sich fernzuhalten? Aber selbst, wenn es sich so verhalten sollte, wenn Dezibel wirklich zu Luzifer gehörte, selbst dann brächte ich es nicht über mich, ihn zu töten.

»Das ... das kann ich nicht.«

Die Schlange verstand mich offenbar falsch. »Ich weiß, der Engel ist viel stärker als du. Aber er ahnt nicht, dass wir ihn durchschaut haben. Der Überraschungseffekt ist deine Chance. Und du hast gesehen, wo er sein Messer stecken hat. Beschäftige ihn mit irgendetwas, am besten mit einer Tätigkeit, bei der er auf dem Boden liegt, so dass du dir sein Messer greifen und von oben zustechen kannst. Und zwar in seinen Nacken, genau zwischen die Flügel.«

Bevor ich die Schlange darauf hinweisen konnte, dass es nicht meine körperliche Unterlegenheit war, die mich an solch einer Tat hinderte, sondern dass ich es einfach nicht konnte, weil ich es nicht konnte, weil ich es nicht konnte, dröhnte plötzlich Sophias Stimme wie Donnergrollen:

»WEH, TREULOSER FREUND, WOZU BIST DU GESCHAFFEN? UM DIE WEITE ERDE MIT FALSCHHEIT ZU ERFÜLLEN?«

Erschrocken zog ich meinen Kopf ein, und auch die Schlange hatte sich auf ihrem Stein ängstlich zusammengerollt. So aufgebracht hatte ich Sophia noch nie gehört, auch nicht, als sie mich in der Nacht von Evas Ankunft hinter ihr hergeschickt hatte oder als sie Woff von sich herunterscheuchte. Diesmal war sie richtig zornig.

Nach einer kurzen Weile wagte die Schlange wieder den Kopf zu heben. »Oh, Sophia, ich fühle deinen Schmerz mit dir!«, wehklagte sie, und fast war mir, als ob ich Tränen in ihren Augen gesehen hätte. »Es ist schlimm, von einem Freund und Vertrauten hintergangen zu werden. Aber ich kann dich leider nicht von aller Schuld freisprechen. Die Zeichen hätte man erkennen können, wäre man nicht von seinem eigenen Glanz geblendet gewesen. Ich meine, seht euch doch Dezibel an: die dunkle Kleidung, die blauen Flügel, die Haarstacheln – deutlicher kann man seine Sympathie für den Dunklen Engel doch gar nicht zeigen.«

»WEISST DU NICHT VON URZEIT HER, DASS KURZ NUR WÄHRT DER FREVLER JUBEL, EINEN AUGENBLICK NUR DER RUCHLOSEN FREUDE?«

»Aber ist ein kurzer Jubel nicht besser als ewiges Missbehagen?«, fragte die Schlange. »So denken doch unsere Widersacher, nicht wahr? Oh, Josie will losfliegen, glaube ich! Komm schnell, Adam, wir gehen uns verabschieden. Und lass dir Dezibel gegenüber nicht anmerken, dass wir ihm auf die Schliche gekommen sind.«

»TU NICHTS OHNE RAT UND ÜBERLEGUNG, DANN HAST DU DIR NACH DER TAT NICHTS VORZUWERFEN«, sagte Sophia noch, bevor ich mich von ihr erhob und der Schlange zu den Engeln folgte.

Während der Verabschiedung hätte ich Josie gerne etwas von diesem ungeheuerlichen Vorwurf gegen ihren Partner gesagt, aber Dezibel stand so lange an ihrer Seite, bis sie in den Himmel emporflog.

Mein Blick fiel auf Dezibels rechten Stiefel, dorthin, wo das Messer steckte. Der Engel hatte es mir während unserer Wanderung zum Baum der Erkenntnis gezeigt. Zur Demonstration hatte er mit dem Messer einen knorzigen Ast zerteilt, und zwar mit einer Leichtigkeit, als wäre er so weich wie eine geschälte Banane. Das Messer war schrecklich gefährlich! Härter als jeder Fels, schärfer als jeder Steinsplitter und spitzer als jeder Dorn, es steckte voller Zerstörungskraft. Ich versuchte mir vorzustellen, wie ich dieses furchtbare Ding Dezibel in den Nacken stieß. Aber sobald mein inneres Auge mich das Messer heben sah, kniff es sich schnell zusammen. Aus der Dunkelheit schwebte dann Evas Gesicht heran, und der Gedanke, dass ich sie womöglich wegen Dezibel nie wieder berühren und kurzen konnte, machte mich so wütend, dass ich abermals das Messer hob … und abermals nicht weiterkam.

Tu nichts ohne Rat und Überlegung. Das sagte sich so leicht. Aber wo sollte ich Rat und Überlegung herbekommen, jetzt, wo Eva verschwunden war und Gott uns anscheinend vergessen hatte?

Während ich mit meiner Wut, Angst und Unsicherheit kämpfte, blieb das Reptil kaltblütig. Wir schauten alle drei Josie hinterher, die langsam zwischen den Wolken verschwand, und die Schlange sprach im lockeren Plauderton: »Wusstet ihr eigentlich, dass die Flügel eines Engels viel zu klein sind, um ihn durch die Lüfte tragen zu können?«

Dezibel warf ihr einen Blick zu, als hätte sie ihm ihre Zähne ins Fleisch geschlagen. »So etwas will ich gar nicht wissen!«, rief er böse.

»Doch, das ist wirklich so«, beharrte die Schlange auf ihrer Lektion in Aerodynamik. »Ich habe mit einigen Vögeln gesprochen, und sie waren sich alle einig, dass Engelsflügel völlig unzureichend seien, ein schlechter Witz, mehr nicht. Hast du beim Fliegen nicht auch manchmal den Eindruck, Dezibel, dass das eine ziemlich wacklige Angelegenheit ist?«

»Ich will das nicht hören! Ich will das nicht hören!«, sagte der Engel und hielt sich dabei kurioserweise die Augen zu. Konnte so jemand wirklich ein hinterlistiger Verräter sein? Schwer vorstellbar. Aber vielleicht war gerade das sein Trick.

Die Schlange ignorierte Dezibels Einwand und sagte zu mir: »Zum Beispiel der Papagei, der auf deiner Schulter gesessen hat. Der wog doch fast nichts, oder? Aber dennoch ist seine Flügelspannweite im Vergleich zu seiner Körpergröße enorm. Und jetzt stell dir mal vor, Dezibel würde sich auf deine Schulter hocken.«

Das mochte ich mir lieber nicht vorstellen. Ich wollte mir überhaupt kein Szenario mehr vorstellen, in dem Dezibel vorkam, weder auf meiner Schulter noch blutend zu meinen Füßen, noch sonst wie. Auch dem Engel gefiel der Platz auf meiner Schulter offenbar nicht so besonders.

»Ich hör mir das nicht länger an!«, schnaubte er und lief davon.

»Was sollte das Gerede vom Fliegen?«, fragte ich die Schlange.

»Ablenkung. Ich glaubte, er würde dir sonst etwas anmerken«, erklärte diese. »So, jetzt muss ich weiter und Gabriel Bescheid geben, dass das Treffen arrangiert ist. Ich werde mich beeilen und unterwegs keine Pause machen. Vielleicht ist es ja noch nicht zu spät, um etwas für Eva zu tun. An mir soll ihre Rettung nicht scheitern. Allerdings ist vielleicht alle Mühe umsonst, wenn Dezibel nicht unschädlich gemacht wird und weiter dazwischenfunkt. Gabriel meinte, dann wird es schwierig.«

»Ich kann das nicht«, wiederholte ich kopfschüttelnd.

»Zu schade«, zischte die Schlange. »Wenn dieser heimtückische Engel auch nur halb so viel Skrupel gehabt hätte wie du, dann würde deine Eva immer noch ... aber noch besteht ja ein wenig Hoffnung. Leb wohl, du furchtloser Retter!«

Bevor ich auf ihre spöttische Verabschiedung reagieren konnte, hatte sie sich auch schon davongeschlängelt. In einem unglaublichen Tempo glitt sie auf ihrem Bauch dahin und war kurz darauf im Gesträuch des Waldes verschwunden.

Was war das nur für ein schlimmer Tagesbeginn? Statt mit Eva zu frühstücken, musste ich um ihr Leben bangen. Und zu allem Überfluss sollte ich auch noch einen Engel töten. Ein richtig mieser Morgen war das!

Aber ich durfte nicht in Selbstmitleid versinken. Ich musste an Eva denken. Sie verließ sich bestimmt auf mich, ihren furchtlosen Retter. Ich durfte sie nicht enttäuschen, auf keinen Fall. Ich hatte sie oft genug enttäuscht. Aber diesmal nicht, nein, nicht diesmal.

Ich atmete tief durch und machte mich mit klopfendem Herzen auf die Suche nach Dezibel.

»Es hat angefangen, Gabriel«, sagte ich, nachdem wir beide den Raum hinter der Welt betreten hatten.

»Was hat angefangen, Herr?«

»Das Lügen und Betrügen, die Hetze und Verleumdung, die Verfinsterung der Gedanken, die Vergiftung der Herzen.«

»Das Böse ist im Paradies eingetroffen?«

»Als Reptil, stell dir vor! Als Schlange! Eine giftspeiende Kreatur – ist das nicht ungemein passend?«

Ich lachte, aber Gabriel stimmte nicht mit ein. Mit ernstem Gesicht fragte er: »Was ist mit Eva? Ich meine, was ist mit den Menschen? Sind sie Luzifer schon begegnet?«

»Er hat sich ihnen in seiner Maske bereits vorgestellt, ja. Und ist auch schon in ihre Köpfe gekrochen, um ihre Gedanken und Träume zu verwirren. Er hat nichts verlernt, Gabriel. Dieser alte Durcheinanderwerfer und Intrigant – wenn man ihn nicht so verabscheuen würde, müsste man ihn fast bewundern.«

»Was ist mit deinem Plan, Herr? Läuft alles so, wie du es dir vorgestellt hast?«

Ich schüttelte lächelnd den Kopf. »Tut es das je? Aber sei unbesorgt, mein Freund, es wird schon alles gutgehen. Irgendwie geht immer alles gut. Und wenn doch nicht, dann beim nächsten Mal.«

Gabriel schaute mich besorgt an. Es behagt ihm nicht, wenn ich fatalistisch werde. Der agierende Gott, das ist der Gott, zu dem er aufblickt. Den abwartenden Gott empfindet er als schwächer, müder, verantwortungsloser. Warten hat keinen Glanz.

»Darf ich fragen, Herr, welcher Teil deines Planes nicht aufzugehen scheint?«

Also erzählte ich ihm, wie die Dinge standen, wobei ich mit dem Positiven begann. »Zunächst einmal hat Luzifer noch niemanden getötet und sich damit erfreulicherweise gemäß meiner Einschätzung verhalten. Und er ist dabei, Eva zum Baum der Erkenntnis zu locken.«

»Eva alleine?«, fragte der Engel erstaunt. »Ich glaube nicht, dass sie ohne Adam mitgeht.«

»Warte nur ab. Luzifer spaziert so sicher durch ein Frauenherz, als wäre er dort zu Hause. Ich kann mir nicht vorstellen, dass Eva ihm zu widerstehen vermag. Und deshalb möchte ich fast behaupten, dass die eine Hälfte meines Planes auf einem guten Weg ist. Die andere Hälfte jedoch …«

»Adam.«

»Ja, Adam. Was ihn betrifft, so hat Luzifer offenbar nicht vor, ihn die Verbotene Frucht kosten zu lassen. Für ihn hat er sich einen anderen Frevel ausgedacht, der mich noch viel mehr verletzen würde als ein Biss in einen Apfel. Und auch wenn das Ergebnis letzten Endes durchaus im Sinne meines Planes wäre, so würde es doch gleichzeitig einen bitteren Verlust beinhalten.«

»Was ist es?«

»Etwas Ungeheuerliches, Gabriel«, sagte ich düster. »Es wird dir nicht gefallen.«

»Was ist es?«

»Nun ja, Adam soll ... Luzifer will, dass Adam ... Sag mal, alter Freund, wie gut kannst du eigentlich Dezibel leiden?«

Ich fand Dezibel auf unserer Sitzwiese. Er stand auf einem der Muschelsteine und flatterte wild mit den Flügeln.

»Was machst du da?«

Erschrocken starrte er mich an und sprang dann von seinem Stein ins Gras. »Ich? Nichts. Nur ein paar Dehnübungen. Das solltest du auch mal versuchen.«

Ich nickte eifrig. »Gute Idee! Sobald mir Flügel gewachsen sind, bin ich dabei.«

Aus den Augenwinkeln nahm ich am Waldrand eine Bewegung wahr. Ich erkannte Woff, der vorsichtig seinen Kopf durchs Gebüsch schob. Seltsamerweise kam er nicht zu mir gelaufen. Das Tier wirkte immer noch verängstigt. Witternd hob es seine Schnauze in die Luft und verharrte in geduckter Stellung mit gesträubtem Nackenfell. Offenbar hatte Woff nicht vor, näher zu kommen, solange Dezibel bei mir stand. Ich wollte schon zu ihm laufen, als ich es mir anders überlegte. Zuerst musste ich etwas erledigen. Es hatte keinen Sinn, es länger aufzuschieben. Schließlich ging es um Evas Leben. Und auch wenn ich noch so viel Angst vor dem nächsten Schritt hatte, er musste getan werden.

»Dezibel, es ist übrigens gut, dass ich dich hier treffe«, sagte ich und versuchte, das Zittern in meiner Stimme durch Lautstärke zu kompensieren. »Ich möchte dich um einen Gefallen bitten. Hast du kurz Zeit?«

Der Engel zuckte mit den Schultern. »Bis Josie zurück ist, kann ich ohnehin nichts unternehmen. Was gibt es?«

Ich deutete auf einen der Sitzsteine. »Könntest du einmal da drunterschauen? Ich vermisse etwas und vermute, dass es dort liegt.«

»Was denn?«

»Das siehst du dann schon. Du musst den Stein an dieser Seite ein bisschen anheben.«

Der Engel bedachte mich mit einem argwöhnischen Blick, legte sich aber dann auf den Boden, um unter den Felsbrocken zu gucken. Mit dem linken Arm stemmte er diesen an einer Seite mühelos ein kleines Stück hoch und schob seine rechte Hand vorsichtig tastend in den entstandenen Spalt.

Während Dezibel auf diese Weise nach meinem ominösen Ding suchte, betrachtete ich Gabriels Feder in meiner zitternden Hand so intensiv, als könnte sie mir Kraft geben. Josie hatte sie bei ihrem Abflug achtlos fallen gelassen, und ich hatte sie an mich genommen, bevor sie davongeweht wurde. Sie war immer noch ein bisschen feucht vom Speichel der Schlange, aber ihr leuchtendes Weiß war unbefleckt, eine makellose Farbe der Unschuld, der Hoffnung, die Weiß-heit eines Erzengels eben. Gabriel. Hätte ich doch nur einen Funken von seiner Stärke! Noch nie hatte ich mich so unsicher und schwach gefühlt wie in diesem Moment.

»Hier ist nichts«, rief Dezibel mürrisch.

Mein Blick fiel auf das Messer in seinem Stiefel. Schärfer als jeder Steinsplitter. Spitzer als jeder Dorn. Gabriels Feder in meiner schweißnassen Hand. O Gott, gib mir Kraft!

»Guck noch mal genau!«, hörte ich mich sagen. Langsam beugte ich mich zu dem Engel hinab.

EVA

21 | Vorbei ist vorbei ist vorbei ist vorbei

»Schönen Tag noch, ebenso.«

»Ebenso.«

Die Stimmen weckten mich aus meinem Traum, gerade als ich so schön über den See dahinflog, durch die Wolken hindurch, den Wind unter meinen Flügeln spürte.

»Schönen Tag noch, ebenso.«

»Ebenso.«

Widerwillig öffnete ich die Augen und sah die Schlange, die sich um einen Ast der Eiche geschlungen hatte und mit einem Papagei redete, der neben ihr saß.

»Schönen Tag noch, ebenso«, sagte die Schlange zum wiederholten Male.

»Ebenso«, krächzte der Papagei.

»Hallo«, machte ich mich bemerkbar. »Bist du schon lange zurück?«

»Eine Weile. Ich wollte dich nicht wecken, du sahst so glücklich aus im Schlaf. Und ich habe ja Gesellschaft, wie du siehst.«

»Du bringst dem Vogel das Sprechen bei?«

»Sprechen kann man das nicht nennen«, meinte die

Schlange. »Er plappert nur meine Worte nach. Schönen Tag noch, ebenso.«

»Ebenso.«

»Das ist lustig«, sagte ich lachend, obwohl mir nicht nach Lachen zumute war und alles in mir danach drängte, die Schlange mit Fragen zuzuplappern. Es war nicht Höflichkeit, die mich davon abhielt. Es war Angst. Was würde die Schlange mir von Adam berichten? Vermisste er mich? Suchte er mich sogar? Oder war ihm vielleicht noch gar nicht aufgefallen, dass ich weg war?

Offenbar spürte die Schlange meine Neugier, denn sie ließ sich einfach vom Ast herunterfallen und stand nun auf ihren dünnen Beinchen direkt neben mir.

»Schönen Tag noch«, rief sie dem Papagei von unten zu.

»Ebenso«, antworte dieser, und als die Schlange einen ihrer Zähne aufblitzen ließ, flog er eilig davon.

Die Schlange kroch an meinem Bein hoch, glitt über meinen Bauch, zwischen meinen Brüsten hindurch, bog sich um meinen Nacken und zischte mir ins Ohr: »Ich habe wundervolle Neuigkeiten für dich, Eva. Du wirst begeistert sein. Begeistert!«

Mein Herz fing schneller an zu schlagen. Offenbar hatten meine Beschwerdegebete zu Gott doch etwas bewirkt. »Dann habe ich mich mit Lilly also geirrt?«, fragte ich hoffnungsvoll. »Es gibt gar keine Lilly?«

»Doch, doch, mit Lilly lagst du genau richtig. Eine Engelfrau, wie ich gesagt habe. Gott hat sie hierher gesandt, damit sie sich um Adam kümmert.«

»Wieso? Ist er krank?«

»Damit er nicht so alleine ist. Jemand zum Reden, zum Aneinanderkuscheln, zum Lachen, eine Partnerin eben.«

»Aber *ich* bin doch seine Partnerin!«, rief ich aufgebracht.

»Ja, und ich soll dir von Adam auch danke für alles sagen. Es sei nett mit dir gewesen.«

»Nett? Es war nett mit mir? Nett!«

»Er wünscht dir alles Gute für die Zukunft. Ach ja, und er lässt fragen, was er mit den Sitzsteinen machen soll. Lilly findet sie zu klobig. Ob du sie irgendwann abholen kommst.«

»Also, das ist doch wohl das Allerletzte!« Fassungslos schüttelte ich den Kopf. »Vermisst er mich denn überhaupt nicht?«

Die Schlange schwieg eine Weile, als müsste sie darüber nachdenken, dann sagte sie: »Mit Adam habe ich nicht so viel geredet. Er ist ja ständig am Singen. Dann sagt er mal wieder zwei Sätze und schon trällert er das nächste Lied. Lilly hat sie ihm beigebracht. Wenn die zwei im Duett singen, also, das musst du hören, Eva. Das klingt so harmonisch, das würde dir bestimmt auch gefallen.«

»Ich ... ich dachte, du hättest gute Neuigkeiten für mich«, beschwerte ich mich. »Kommen die noch?«

»Das kannst du glauben!«, rief die Schlange.

»Also, ich könnte jetzt ein paar vertragen. Und beeile dich bitte, bevor ich anfange zu heulen.«

Die Schlange beeilte sich. »Ich habe mit Lilly über deine Zukunft gesprochen, Eva. Und stell dir vor: Sie hat nichts dagegen, wenn du bei ihnen wohnst. Auch Woff darf bleiben. Lilly ist da sehr tolerant. Eine herzensgute Person. Und so hübsch!«

Ich fing an zu heulen. Wie konnte Adam mir so etwas antun? Sich mit einer herzensguten, hübschen Person einlassen. Einem Engel auch noch. Warum fing er nicht gleich ein Techtelmechtel mit Gott an? Warum vermisste er mich nicht? Es müsste doch umgekehrt sein: Er müsste weinen und ich singen! Warum war immer alles falsch?

Die Zunge der Schlange kitzelte meine Wange. »Mmmhm, Tränen«, freute sie sich. »Ich darf doch? Von Tränen kann ich nicht genug kriegen. Vor allem natürlich, wenn es Tränen der Rührung sind.«

Ich verzichtete darauf, ihr die Mahlzeit zu verderben, indem ich ihr minderwertige Tränen vorsetzte. Dann vergoss ich jetzt eben Tränen der Rührung. Mir war das egal. Alles war mir egal.

»Ich habe auch etwas für dich«, sagte die Schlange, nachdem sie genügend Traurigkeit von mir gekostet hatte. »Das soll ich dir von Lilly geben.« Sie riss ihr Maul weit auf und würgte eine schwarze Haarsträhne hervor. Und obwohl diese völlig eingespeichelt war, nachdem die Schlange sie auf meine Schulter gespien hatte, lag sie einen Augenblick später absolut trocken in meiner Hand. Engelshaar.

»Was soll ich damit?«

»Ein Zeichen ihrer Wertschätzung«, erklärte die Schlange. »Oder auch eine Einladung, wenn du so willst. Nun, nachdem Josie und Dezibel zurück im Himmel sind, sei genügend Platz und gebe es reichlich zu tun für dich. Lillys Hände sind ja so zart, dass sie kein Obst pflücken kann. Und Adam als Namensprojektleiter sollte mit solch profanen Dingen ebenfalls nicht behelligt werden. Lilly hat sogar schon versucht, einen Aphen für die Nahrungsbeschaffung einzusetzen. Aber das Tier erwies sich als wenig teamtauglich. Bei dir hätte Lilly jedoch ein gutes Gefühl.«

»Ja, ich bin der teamtauglichste Aphe, den man sich vorstellen kann«, sagte ich sarkastisch. »Und Josie und Dezibel sind also wieder zurück in den Himmel? Ohne sich von mir zu verabschieden?«

»Lilly wollte Josie schnell loswerden. Sie neigt ein wenig zur Eifersucht.«

»Und dann fordert sie mich auf zurückzukommen? Hat

sie keine Angst, dass ich ihr Adam wieder abspenstig machen könnte?«

Die Schlange stieß ein langanhaltendes Zischen aus. »Sei nicht albern, Eva. Lilly sieht in dir keine ernstzunehmende Rivalin. Du bist kein Engel.«

»Adam ist auch kein Engel.«

»Noch nicht.«

»Was soll das denn heißen?«

»Adam hat nun eine einflussreiche Fürsprecherin. Es würde mich nicht wundern, wenn er und Lilly schon bald Hand in Hand durch die Lüfte flögen.«

Ich wollte darauf etwas Abschätziges erwidern, wenigstens ein höhnisches Lachen ausstoßen, aber kein Ton entrang sich meiner Kehle. Mir war, als hätte man mich mit Moos ausgestopft.

»Lilly meint, das Zusammenleben von euch dreien wird bestimmt gut. Sie hat sich das alles schon genau überlegt. Du dürftest sogar auf Sophia schlafen, hat sie mir gesagt. Sie ist nämlich Frühaufsteherin, weißt du. Deshalb schläft sie vom frühen Abend bis zum frühen Morgen und du vom frühen Morgen bis zum frühen Nachmittag.«

»Das ist ja phantastisch!«, kommentierte ich spöttisch.

»Ja, und das Einzige, was du dafür zu tun hättest, wäre dich um Lillys Haar zu kümmern. Sie hat so traumhaft schönes Haar, aber es bedarf intensiver Pflege. Jeden Tag waschen, mehrmals bürsten, Spitzen schneiden, vor Sonne und Regen schützen – das wären alles künftig deine Aufgaben. Neben der Essensbeschaffung natürlich. Lilly meint, das wäre auch für dich eine gute Sache, denn so bekäme dein Leben doch wieder einen Sinn.«

Ich musste mich beherrschen, um nicht vor Wut laut aufzuschreien. »Weißt du, ich finde, diese Lilly und Adam, die passen einfach zu gut zusammen. Da will ich nicht stören.«

Mit einer großartigen Geste warf ich Lillys Locke von mir. Das geriet genauso wenig eindrucksvoll wie damals, als ich Gabriels Feder wütend weggeschleudert hatte. Warum mussten es immer solch fluffige Fitzelchen sein? Hätte mir Lilly als Zeichen ihrer Wertschätzung keinen Finger von sich schicken können? Oder einen Arm?

»Ich verstehe dich«, sagte die Schlange mitfühlend. »Ich wäre auch nicht darauf eingegangen, wenn ich ehrlich bin. Lilly hat sich verändert. Ihre Schönheit ist noch strahlender geworden, seit sie ein Engel ist, das stimmt. Aber sie ist ihr wohl auch zu Kopf gestiegen. Wenn sie einem in die Augen sieht, sucht sie dort nur ihr eigenes Spiegelbild.«

»Was meinst du mit: seit sie ein Eng…«

»Dennoch finde ich, dass du es zumindest versuchen solltest. Lilly zu Diensten zu sein ist immer noch besser, als sich hier irgendwo ganz alleine durchzuschlagen, um sie herumschleichend, nahe genug, um die beiden in ihrer Zweisamkeit zu beobachten, aber zu weit weg für eine Berührung oder ein freundliches Wort, immerzu hoffend, dass Adam die andere irgendwann verstößt und reuevoll zu dir zurückkehrt, aber jeden Tag ein bisschen weniger und weniger und weniger, bis die Hoffnung verschwunden ist und Verbitterung ihren Platz einnimmt. Ich weiß, wovon ich rede, Eva. Und das solltest du dir wirklich nicht antun. Du bist zu stark, um dich von deinen Gefühlen herumschubsen zu lassen. Und du bist zu klug, um auf deine eigenen Lügen hereinzufallen. Wenn etwas vorbei ist, dann ist es vorbei. Das weißt du, habe ich nicht recht?«

Ich nickte stumm und machte mir in Gedanken eine Liste. Gabriel – vorbei! Adam – vorbei! Und sogar Josie und Dezibel – vorbei, vorbei! Warum nahm Gott mir alles fort? Was hatte er mit mir vor?

»Wenn etwas vorbei ist, dann ist es vorbei«, wiederholte ich flüsternd, kostete den Satz auf meiner Zunge. Er schmeckte richtig. Bitter und salzig und sauer und scharf schmeckte er, aber es steckte auch ein ganz feiner Hauch, eine Ahnung nur, von Süße in ihm.

»Ich muss mich so langsam auf den Weg nach Hause machen«, sagte die Schlange. »Du weißt ja, es ist ziemlich weit weg von hier.«

»Suchst du immer noch eine Begleiterin?«, hörte ich mich fragen.

»Weißt du jemanden, der mit mir gehen würde?«

»Ja«, sagte ich. *Vorbei ist vorbei ist vorbei ist vorbei.* »Ja, ich glaube schon.«

ADAM

22
Wer ist keine Schlange? Die Schlange?

»Lass mich mal sehen!«, sagte ich nervös, legte mich neben Dezibel auf den Boden und überzeugte mich davon, dass tatsächlich nichts unter dem Sitzstein lag. »Du hast recht, da ist nichts. Wir sind im Arsch!«

»Warum sind wir im Arsch?«, fragte Dezibel in seiner beneidenswerten Ahnungslosigkeit, nachdem wir uns beide erhoben hatten. »Was ist denn überhaupt los? Was sollte denn unter dem Stein sein?«

Ich hielt ihm Gabriels Feder vor das Gesicht. »Die hier.«

»Eine Feder?«

»Eine Feder von deinem Chef. Von Gabriel. Er hat sie Eva geschenkt, glaube ich. Und ich habe sie unter dem Stein ver… äh … für sie aufbewahrt. Und jetzt ist sie fort.«

»Das ist doch nicht schlimm«, meinte Dezibel schulterzuckend. »Du hast ja jetzt eine neue von der Schlange bekommen. Wo ist das Problem?«

»Du bist ein Idiot, Dezibel.«

»Vorsicht! Jeder darf das nicht zu mir sagen.«

»Entschuldigung«, seufzte ich. »Aber denk doch mal nach! Zuerst taucht die Schlange auf und präsentiert uns die

Feder, die ihr angeblich Gabriel gegeben hat, damit wir ihr Vertrauen schenken. Und jetzt stelle ich fest, dass mir genau so eine Feder entwendet worden ist. Na?«

»Du meinst, die Schlange hat deine Feder genommen?«

»Natürlich!«

»Aber wozu brauchte sie denn zwei Federn?«, fragte Dezibel irritiert.

»Oh, Dezibel, du bist wirklich ... unglaublich! Es sind keine zwei Federn. Es war immer nur die eine, nämlich die von Eva. Gabriel hat die Schlange nicht geschickt, verstehst du? Es war alles gelogen.«

Der Engel machte ein nachdenkliches Gesicht. »Dann trifft sich Gabriel überhaupt nicht mit Josie in der Engelshöhle?«

»Sieht ganz so aus. Die Schlange wollte Josie offenbar nur aus dem Weg haben. Vielleicht holst du sie noch ein, wenn du ihr hinterherfliegst.«

»Negativ«, bedauerte Dezibel. »Dazu hat sie zu viel Vorsprung.«

»Trotzdem musst du ihr nachfliegen, um sie zurückzuholen.«

»Später. Ich kann gar nicht glauben, dass die Schlange uns hintergangen hat. Ich fand sie eigentlich sehr nett.«

»Sie wollte, dass ich dich töte.«

»Oh!« Der Engel hob erschrocken seine Flügel. »Das ist jetzt nicht so nett. Aber warum? Ich habe ihr doch nichts getan. Meine Kleidung ist aus Rindsleder. Und zwar von Rindern, die nach einem glücklichen Leben auf natürliche Weise gestorben sind. Nirgends auch nur ein Fitzelchen Schlangenleder. Ich mag Schlangen. Was hat sie also gegen mich?«

Beklommen sagte ich: »Ich glaube nicht, dass sie eine Schlange ist.«

»Wer ist keine Schlange? Die Schlange?«

Ich wünschte wirklich, ich hätte gerade jetzt in dieser kritischen Situation ein Gegenüber mit mehr Verstand als eine Pampelmuse. Eva hätte sofort kapiert, was ich meinte. Aber wenn ich recht hatte mit meiner Vermutung, würde ich Eva wahrscheinlich nie wiedersehen.

»Ist dir nicht aufgefallen, dass die Schlange Sophia hören konnte, obwohl sie nicht auf ihr lag? Eva und ich können das nicht, genauso wenig Woff. Wenn wir keinen körperlichen Kontakt zu Sophia haben, hören wir sie auch nicht.«

»Ich verstehe Sophia auch so«, sagte Dezibel.

»Weil Engeln das Wort Gottes nicht entgehen kann«, erklärte ich. »Das weiß ich von Gabriel.«

Dezibel runzelte die Stirn. »Und was willst du damit sagen? Dass die Schlange ein Engel ist?«

»Sie war vielleicht mal einer.«

Dezibels Gefieder sträubte sich in jäher Erkenntnis. »Der Gefallene Engel!«

»Luzifer hat uns besucht«, bestätigte ich. »Er hat Eva entführt, er hat Josie weggelockt, er hat mich beinahe zu einem Mörder und dich zu einer Leiche gemacht, und das alles an einem halben Tag. Jetzt verstehe ich, warum Gott und Gabriel so besorgt seinetwegen waren. Was ich aber nicht verstehe ist, warum keiner von den beiden eingreift. Wo bleibt Gott? Wo bleibt Gabriel? Wenn man sie nicht gebrauchen kann, sind sie immer da. Und wo stecken sie jetzt?«

Der Engel machte ein zerknirschtes Gesicht. »Luzifer«, murmelte er. »Ich hätte seinen Kopf zertreten können. Ich hätte ihn mit meinem Dolch enthaupten können. Ich hätte ihn mit meinem Schwert in zwei Teile spalten können.«

»Ja, ja, ja, hast du aber nicht!«, rief ich genervt. »Du hast Josie dein Messer geliehen, damit sie Luzifer eine Locke von sich schenken konnte. Das hast du getan.«

Meine Vorwürfe waren natürlich ziemlich ungerecht, schließlich hatte auch ich die Schlange erst durchschaut, als sie wieder weg war. Aber die Sorge um Eva zerrte an meinen Nerven. Was hatte Luzifer mit ihr gemacht? Wie sollten wir sie je finden?

Während ich mich mit dem Engel unterhielt, war Woff vorsichtig immer näher gekommen. Er saß nur einen schwachen Stockwurf weit von uns entfernt im Gras, wagte sich aber immer noch nicht weiter vor.

Dezibel nickte mit dem Kopf in Woffs Richtung. »Dein Freund hier ist heute wohl etwas schüchtern, wie?«

»Ja, ich weiß auch nicht. Ich glaube, du machst ihm Angst.«

»Seit wann das denn? Ich habe ihn doch sogar schon einmal angefasst.«

Und tatsächlich, als Dezibel zur Demonstration dicht an Woff vorbeiging, blieb dieser ruhig sitzen und störte sich auch nicht daran, dass ein Flügel ihn streifte. Erst als ich ebenfalls ein paar Schritte auf ihn zumachte, stellte er sein Nackenhaar auf und fletschte die Zähne. Perplex blieb ich stehen, und Woff beruhigte sich wieder. Ich näherte mich weiter, und das Tier ging in Abwehrhaltung.

»Vielleicht ist das gar nicht Woff«, meinte Dezibel misstrauisch. »Frag ihn, ob er sprechen kann!«

Unwirsch winkte ich ab. »Ich kenne doch meinen Woff! Das ist er ganz sicher. Es muss irgendeinen Grund geben, warum er …«

Da wusste ich auf einmal, was Woff an mir störte. Ich hatte immer noch Gabriels Feder in der Hand. Die Feder, die zuvor im Maul der Schlange gewesen war. Die ihren Speichel eingesogen, den Geruch des Bösen angenommen hatte. Nachdem ich sie Dezibel gegeben hatte, ließ mich Woff auch wieder an sich heran. Zuerst beschnüffelte er mich noch argwöhnisch, fasste dann aber Vertrauen und begrüßte mich schwanzwedelnd. Eine Weile tollten wir herum, und ich vergaß sogar ganz kurz, dass die lustigen, unbeschwerten Zeiten seit gestern vorbei waren. Dann fiel mir ein, wie Eva und ich zum ersten Mal gemeinsam mit Woff gespielt hatten. Wie wir uns um den Ast gestritten hatten. Wie sie auf einmal mit dem Löwen angekommen war. Wie wir zusammen die Steine geschleppt hatten. Wir hatten so viel Spaß! Aber das war vorbei. Solange Eva nicht wieder gesund und munter an meiner Seite war, hatte ich kein Recht, mich zu freuen. Jedes Lachen war ein kleiner Verrat.

Abrupt hörte ich auf, mit Woff zu spielen, und rief Dezibel zu: »Wir müssen Luzifer verfolgen! Solange Gott uns nicht hilft, ist er der Einzige, der uns zu Eva führen kann.«

»Ja, aber er ist weg«, erinnerte mich der Engel unnötigerweise. »Und ich glaube nicht, dass die Schlange irgendeine Spur hinterlassen hat, der wir folgen könnten.«

»Es gibt immer Spuren«, behauptete ich trotzig.

»Aber keine, die wir erkennen können.«

»Zumindest nicht mit den Augen«, schränkte ich ein und streichelte Woff hoffnungsvoll über die Schnauze.

Es war ein hartes Stück Arbeit, Woff die Angst vor Luzifers Geruch zu nehmen. Aber mit viel Geduld und gutem Zureden schaffte ich es schließlich. Ihm begreiflich zu machen, was ich von ihm wollte, war dagegen relativ einfach. Die Versteckspiele mit dem Kaninchen hatte er offenbar nicht vergessen. Gut, wir hatten kein Kaninchen, sondern eine Schlange, und diese verharrte auch nicht an einem Fleck, sondern bewegte sich vermutlich ständig weiter, und sie hatte von uns ungefähr einen tausendmal so langen Vorsprung bekommen wie sonst, aber ansonsten: Alles wie gehabt.

»Okay, ich glaube, Woff weiß jetzt, um was es geht«, rief

ich Dezibel zu. Der Engel sprang gerade mit großartigem Flügelschlag von einem Ast des Kastanienbaums, unter dem Sophia stand, als ich mit Woff hinzukam. »Machst du schon wieder Dehnübungen?«, fragte ich.

»Fitnesstraining«, antwortete Dezibel knapp.

»Wolltest du nicht Josie nachfliegen, um sie zurückzubringen?«

Er schaute mich unglücklich an und murmelte: »Nein, ich helfe euch lieber bei der Suche nach Luzifer. Josie ist in der Engelshöhle sicher. Irgendwann wird sie schon merken, dass sie umsonst wartet.«

»Wie du meinst.« Ich hielt Woff noch einmal Gabriels Feder unter die Nase, woraufhin dieser mit einem Knurren reagierte. Aber immerhin rannte er nicht mehr weg, sondern fing brav an zu schnüffeln.

Anschließend führten wir das Tier an die Stelle, an der die Schlange im Wald verschwunden war. Es dauerte nicht lange, bis Woff eine Duftspur fand und ihr folgte, als ich ihm aufmunternd auf den Rücken klopfte.

Zuerst ging es nur langsam voran, da Woff ab und zu die Fährte verlor und immer eine Weile brauchte, bis er sie wiederfand. Außerdem musste er ständig neu von uns ermutigt werden. Aber schließlich preschte er in einem solchen Tempo voran, dass Dezibel und ich Mühe hatten nachzukommen.

Ich hoffte nur, dass er wirklich der Spur Luzifers folgte, und wir am Ende des Tages nicht vor einem Kaninchenbau standen. Ich hoffte, dass er uns zu Eva führte, heraus aus diesem finsteren Alptraum, ins Licht.

EVA

23 | Du kriechst als Raupe davon, und als Schmetterling kommst du zurückgeflogen

Obwohl die Schlange ihre Beine kaum benutzte, kam sie schnell und mühelos voran. Das konnte ich von mir nicht gerade behaupten. Am liebsten hätte ich nach einer weiteren Rast verlangt, aber ich wollte nicht ständig der Grund für Verzögerungen sein. Vielleicht sollte ich auch einmal versuchen, auf dem Bauch vorwärtszugleiten. Möglicherweise waren Beine ja nur eine unnötige Behinderung. So fühlten sie sich im Moment jedenfalls an. Aber nun war ich zu alt, um mich umzugewöhnen. Das hätte ich ein paar Wochen früher probieren müssen.

Wir waren trotz meiner müden Beine und einiger Pausen zügig unterwegs. Manchmal, auf ebenen Strecken, glitt die Schlange ein paar Schritte vor mir dahin, und ich spürte ihre verständliche Ungeduld, nach Hause zu kommen, die sich gut mit meiner Ungeduld ergänzte, von zu Hause wegzukommen, also ging ich noch schneller, jeder Schritt ein Tritt in Lillys Hintern, jeder Armschwung ein Schlag in Adams Gesicht, jeder Atemzug eine Befreiung.

Schweigend genossen wir die Landschaft, durch die wir

kamen. Das Rauschen des Flusses Perat begleitete uns den halben Nachmittag, sein blau funkelnder Körper ähnelte einer riesigen Schlange, deren Kopf nie zu sehen war. Der Horizont war weit und kippte ins Ungefähre, wie meine Gedanken.

Wenn das Gelände unübersichtlich wurde, etwa wenn wir durch einen Wald kamen, legte sich die Schlange über meinen Nacken und ließ sich von mir tragen. So konnten wir uns nicht verlieren und hatten die Gelegenheit für lange Gespräche über Gott und die Welt.

»Als Gott die Welt schuf, hätte er die Berge ruhig untertunneln können«, beschwerte sich die Schlange, als wir über einen steilen Hügel mussten. »Dann bräuchten wir uns jetzt nicht die Seele aus dem Leib zu klettern.«

»Also erstens kann man das hier ja wohl kaum einen Berg nennen«, entgegnete ich schwer atmend. »Und zweitens kletterst du gar nicht, sondern lässt dich von mir tragen.«

»Ja, ja, du musst Gott natürlich wieder in Schutz nehmen. Nach allem, was er dir … Du bist einfach zu gutmütig, Eva. Wenn plötzlich eine von Gott gesandte Engelsschlange vom Himmel käme und mir alles wegnähme, ich wüsste nicht, ob ich da so ruhig bleiben könnte wie du.«

Die Schlange hatte keine Ahnung, wie es in mir aussah. Ich hätte ununterbrochen schreien und kotzen können. Aber wer möchte so jemanden als Weggefährtin haben? Also riss ich mich zusammen.

Auf dem Hügelkamm setzte ich mich erst einmal hin und wischte mir den Schweiß von der Stirn. »Was soll ich denn machen? Du hast selbst gesagt: vorbei ist vorbei. Und ich stelle mich doch der neuen Herausforderung. Ich bin schließlich mit dir gekommen.«

»Das stimmt allerdings«, musste die Schlange zugeben. »Und du hast dich richtig entschieden. Loslassen und Abstand gewinnen – das ist der erste Schritt. Aber damit ist es nicht getan, Eva. Du musst auch irgendwann wieder zurück, und es liegt jetzt an dir, dafür zu sorgen, dass diese Rückkehr ein Triumph für dich wird. Dann erst hast du allen gezeigt, was in dir steckt. Du kriechst als Raupe davon, und als Schmetterling kommst du zurückgeflogen. Bleibst du aber fort, so ist alles nur die jämmerliche Flucht einer Verliererin. Und du bist keine Verliererin. Ich weiß nicht viel über dich, Eva, aber das weiß ich.«

Eine triumphale Rückkehr – kaum hatte die Schlange davon gesprochen, spielten sich vor meinem inneren Auge die wunderbarsten Szenarien ab. Lilly, der beim Anblick meiner schmetterlingshaften Schönheit die Haare ausfielen. Adam, der mich auf Knien anflehte, zu ihm zurückzukommen, weil er ohne mich nicht leben könne. Und ich, wie ich lachend antwortete: Na, wenn schon! Und dann mit Gabriel Hand in Hand davonflog. Diese Vorstellung war so überwältigend, dass mir eine Träne über die Wange kullerte.

»Also, ich glaube fast, du weißt 'ne ganze Menge über mich«, sagte ich zu der Schlange. »Diese triumphale Rückkehr, die will ich unbedingt! Ich weiß nur noch nicht, wie ich das anstellen soll.«

»Das kann ich dir auch nicht sagen. Ich meine, ich darf es nicht.« Die Schlange wandte ihren Blick von mir ab, indem sie ihren Kopf schnell in die andere Richtung drehte. Es sah so aus, als wolle sie sich auf diese Weise davor bewahren, ein Geheimnis auszuplaudern. »Nur so viel: Gottes Wahrheit ist wie ein Regenbogen: groß, schön, gewaltig. Und wie ein Regenbogen besteht sie aus vielen Farben, man kann sie durchschauen, und wenn man sich ihr nähert, verschwindet sie einfach.«

»Das verstehe ich nicht.«

»Das wirst du noch – wenn du auf unserem Weg die

Chancen, die sich dir bieten, nicht verschmähst. Gebrauche deinen Verstand und befreie dich von der Angst. Dein Mut wird dich beflügeln.«

»Auch das kapiere ich nicht«, sagte ich seufzend, und schweigend setzten wir unsere Reise fort.

Es dämmerte bereits, als wir auf den *Hungrigen Wald* stießen. Obwohl ich wusste, was mich in seiner Nähe erwartete, ließen die unheimliche Stille, die uns plötzlich umgab, und die dunkle Bedrohung, die von den schwarzen Bäumen ausging, mich schaudern.

»Warst du schon einmal im *Hungrigen Wald?*«, fragte ich, nachdem wir beschlossen hatten, zwar in Sichtweite, aber doch in sicherem Abstand zu ihm zu übernachten.

»Dann wäre ich jetzt wohl kaum hier an deiner Seite«, meinte die Schlange mit unheilvoller Stimme. »Der Wald gibt niemanden frei. Deine Gedanken verfangen sich in seinen Bäumen, und wenn dich erst einmal seine Astsoziationen gepackt haben, zieht er dich immer tiefer in sich hinein.«

»Ich habe schon einmal gesehen, wie Gott in ihm war«, erzählte ich stolz. »Lauter Lichter flogen durch die Bäume wie ein Sternenschauer. Und am nächsten Morgen war Gott wieder draußen.«

»Bei ihm ist das etwas anderes.« Die Schlange stieß ein langes Zischen aus. »Gottes Hobbyraum. Frag nicht! Gönnen wir einem alten Mann sein Vergnügen.«

Ich dachte an die Empfehlung der Schlange, dass ich mich von meiner Angst befreien sollte, damit ich Adam später bei meiner Rückkehr triumphierend in den Hintern treten konnte. »Dieser Wald … und wenn ich mich mutig hineinwage?«

»Das wäre kein Mut, das wäre Idiotie.« Die Schlange sah mich streng an. »Nur kleine Tiere mit kleinen Gedanken entlässt der Wald manchmal unbehelligt aus dem Labyrinth seiner Träume. Aber du bist kein kleines Tier, Eva, und ich habe keine kleinen Gedanken. Also, lass uns schlafen! Wenn du mutig sein willst, wirst du morgen genug Gelegenheit dazu haben.«

Wie beim letzten Mal, als ich mit Gott unterwegs war, zählte ich auch diesmal wieder meine Schritte, als wir am nächsten Tag dicht am Flussufer entlang dem Pischon in die Peripherie des *Hungrigen Waldes* hinein folgten. Die Schlange hing über meiner Schulter und rührte sich nicht. Einmal wagte ich einen kurzen Blick auf die schwarzen Bäume, obwohl Gott uns damals ermahnt hatte, immer nur auf den Fluss zu gucken. Sie sahen krank aus, verwachsen, tot. Erschrocken starrte ich wieder auf das Wasser und sah mit großer Erleichterung, dass wir die Furt erreicht hatten, wo wir den Fluss überqueren konnten.

Vogelgezwitscher empfing uns auf der anderen Seite, ein Willkommensguß aus der lebendigen Welt. Auch die Schlange erwachte wieder aus ihrer Starre.

»Das hast du gut gemacht«, lobte sie mich. »In den Wäldern auf dieser Seite bin ich zu Hause. Überall Wasser und Grün, die Quellen der Flüsse, die Quellen des Lebens, und zwei große Geheimnisse findest du hier auch.«

»Was für Geheimnisse?«

»Geheime«, zischte die Schlange.

Etwas später standen wir am Rand eines Abhanges und starrten auf den brennenden Baum.

»Der Baum der Erkenntnis«, sagte ich ehrfurchtsvoll.

»Wie wär's mit einem kleinen Imbiss?«, fragte die Schlange.

ADAM

24 | Mir fällt es nicht schwer, daran zu glauben. Mir fällt es nur schwer, nicht daran zu zweifeln.

Nachdem wir Woff bereits eine ganze Weile gefolgt waren, kamen wir an einem Kirschbaum vorbei. Dezibel blieb stehen und fragte: »Wie wäre es mit Mittagessen, wenn es schon kein Frühstück gab?«

Ich schüttelte den Kopf. »Für so etwas haben wir keine Zeit. Ich esse erst wieder mit Eva zusammen.«

»Du weißt doch gar nicht, ob wir sie überhaupt finden.«

»Ich esse erst wieder mit Eva zusammen!«, wiederholte ich eine Spur lauter.

»Also, ich habe Hunger«, sagte Dezibel und begann, auf den Baum zu klettern.

»Wir warten aber nicht«, erklärte ich. »Du kannst uns ja fliegend leicht wieder einholen.«

Woff und ich liefen weiter, und kurz darauf hörte ich, wie der Engel vom Baum sprang und uns nachrannte. Als er mich eingeholt hatte, zeigte er mir seine rechte Hand, in der vier armselige Kirschen lagen. »Das reicht mir schon.«

Der Anblick der Kirschen so dicht vor meinem Mund ließ mich schwach werden. »Könnte ich vielleicht doch eine haben?«, fragte ich und wischte mir den Speichel vom Kinn.

»Negativ.«

Plötzlich stieß Woff vor uns einen langgezogenen Heulton aus. Als wir hinzukamen, kratzte er mit einer Pfote an etwas herum, das unter einer großen Eiche lag. Vom benachbarten Baum wurden wir von zwei roten Aphen beobachtet, wie wir zu dritt um das Ding herumstanden, das Woff zum Heulen gebracht hatte.

»Was ist das?«, fragte Dezibel.

»Das ist doch das Grünzeug, das Eva um den Hals hatte. Mit diesen roten Beeren – so sah es doch aus, oder?«

Der Engel machte ein unschlüssiges Gesicht. »Ich kann mich nur an die Bananenschale auf deinem Kopf erinnern. Und daran, dass Eva gut aussah. Aber frag mich nicht nach Einzelheiten.«

Ich schaute mich genauer um und entdeckte ein paar der weißen Blüten aus Evas Haar.

»Sie war hier!«, rief ich aufgeregt und klopfte Dezibel voll Freude auf den Flügelrücken. »Eva war hier!«

»Ja, aber das heißt nicht unbedingt, dass sie auch am Leben war.«

Hungrig war der Engel noch schlechter zu ertragen als sonst. Ich jedenfalls war nun überzeugt, dass Eva lebte und dass wir sie finden würden.

Nun, nachdem Woff Evas Fährte folgen konnte, flogen seine Läufe geradezu über den Boden. Dezibel und ich kamen kaum nach. Allmählich wurden meine Beine müde, zusammen mit dem Rest des Körpers. Aber solange Woff und Dezibel noch konnten, würde ich ebenfalls weitermachen. Erst als es zu dämmern begann und die Schatten der Bäume langsam mit der Dunkelheit verschmolzen, beschlossen wir, die Suche für heute einzustellen.

An einem Bach legten wir uns zur Ruhe. Dezibel pflückte etwas Obst in der Umgebung und überzeugte mich davon, dass ein ausgeruhter, gestärkter Retter Eva mehr nützte als ein halb verhungerter. Diese Argumentation zusammen mit dem Anblick von Bananen überzeugte mich. Der Anblick alleine hätte auch schon genügt, wenn ich ehrlich bin.

Als ich am nächsten Morgen aufwachte, sah ich Dezibel auf einer großen Luftwurzel stehen und sich die Flügel verrenken.

»Guten Morgen, Dezibel. Schon wieder fleißig am Dehnen?«

»Das sind keine Dehnübungen«, belehrte mich der Engel.

»Fitnesstraining?«, fragte ich ungläubig, da ich mir nicht vorstellen konnte, dass jemand dazu noch Lust hatte, nachdem er gestern den ganzen Tag gelaufen war.

Dezibel schüttelte niedergeschlagen den Kopf. »Ich kann nicht mehr fliegen.«

»Wie meinst du das?«

»Wie soll ich das schon meinen?« Der Engel starrte mich böse an. »Ich komme nicht mehr hoch. Meine Flügel sind zu klein.«

Das hatte mir noch gefehlt! Ein depressiver Engel, dem Luzifer die Flügel gestutzt hatte.

»So ein Blödsinn«, sagte ich. »Du bist doch immer geflogen.«

»Aber ich hatte immer ein ungutes Gefühl dabei. Ich bin einfach zu schwer.« Frustriert trat er gegen einen großen Baum. »Sieh doch, was für ein Aufwand nötig ist, nur um ein paar Blätter in der Luft zu halten.«

Da hatte ich genug von dem Unsinn! Ich packte den Engel am Arm und zerrte ihn vom Baum weg. »Los! Du fliegst jetzt! Auf, auf! Komm schon, du Vogel! Beweg deine Scheißflügel!«

Dezibel schaute mich verblüfft an, stellte sich dann seufzend in Position, breitete seine Schwingen aus und begann, sie auf und ab zu schlagen.

Ich klatschte in die Hände. »Mit ein bisschen mehr Begeisterung!«

Dezibel legte sich noch mehr ins Zeug, die Bewegungen seiner Flügel verwischten vor meinen Augen zu zwei bläulichen Schmierstreifen, zwischen denen der Engel stand, als hätte man ihn in den Boden gerammt.

»Schneller!«, schrie ich gegen das dumpfe Flappen der Schwingen an.

Sein Gesicht verzerrte sich vor Anstrengung und sah aus, als würde es ihm jeden Moment vom Schädel fliegen, was ja schon mal ein Anfang wäre.

Ich hielt mir mein wehendes Haar aus den Augen und schrie: »Schneller!«

Flapp-flapp-flapp, flapp-flapp-flapp, machten die Flügel. *Flappapppappapapp.* Ansonsten tat sich nichts, und schließlich brach Dezibel erschöpft seinen Flugversuch ab.

»Du bist zu schwer«, sagte ich vorwurfsvoll. »Das hast du jetzt von deinen blöden Kirschen!«

Der Engel ließ seine Flügel so tief hängen, dass sie auf dem Boden schleiften. »Ich ... ich probier es ... später noch mal«, keuchte er.

Nachdem wir in aller Eile das restliche Obst von gestern gefrühstückt hatten (Woff bekam zwei Pfirsiche und eine Banane, Dezibel eine halbe Banane und ich zweieinhalb Bananen, einen Pfirsich und ein paar Pflaumen), machten wir uns wieder an die Verfolgung von Eva und Luzifer. Dass die Schlange zusammen mit meiner Partnerin unterwegs war, wurde uns bestätigt, als wir an einer schlammigen Stelle eines Flussufers Fußabdrücke von Eva und daneben kleine Tapser von Schlangenfüßen und eine dicke Kriechspur entdeckten.

»Sind wir vor ein paar Tagen, als wir mit Gott zum Baum der Erkenntnis unterwegs waren, nicht auch hier vorbeigekommen?«, fragte ich Dezibel.

»Positiv. Das heißt aber nicht, dass Luzifer das gleiche Ziel haben muss. Könnte Zufall sein.«

Einen halben Tag später, als wir einen Hügel emporstiegen, sagte ich: »Den kenne ich doch auch. Wir sind auf demselben Weg wie neulich.«

Dezibel zuckte nur mit den Schultern. »Zufall.«

Auf dem Hügelkamm angekommen, hielt ich Woff fest. »Warte, Woff! Gleich kannst du weiter. Dezibel, kommst du mal eben mit. Ich habe eine Idee.«

Grinsend führte ich den Engel an eine Stelle, wo es steil nach unten ging. »Hier könntest du es noch mal probieren.«

Vorsichtig starrte Dezibel in die Tiefe. Seine Augen wurden groß, panisch, seine Hand krallte sich an meinem Oberarm fest. »Und wenn ich abstürze?«

»Ja, das wäre blöd«, gab ich zu. »Ach, wirst du schon nicht.«

»Und wenn doch?«

»Na und? Dann stürzt du eben zu Boden und fällst einfach daneben. Ist das nicht der ganze Trick beim Fliegen?«

»Ich weiß nicht, ich habe kein gutes Gefühl dabei. Du meinst, ich soll wirklich springen?«

Wir sahen uns gegenseitig nachdenklich an. Die Augen des Engels flackerten, sein ganzer Körper zitterte.

»Nein, lass mal lieber«, sagte ich. »War 'ne blöde Idee.«

Dezibel atmete hörbar auf. Ich glaubte fast zu sehen, wie er anfing, einen Fingerbreit über dem Boden zu schweben.

Große Erleichterung, gepaart mit viel Luft in den Lungen, mochte das bewirken. Ein Ersatz für das Fliegen war es jedenfalls nicht.

Tröstend klopfte ich ihm auf die Schulter. »Das wird schon wieder. Spätestens wenn Josie zurückkommt, wird sie dir ...«

»O nein! Josie soll nichts davon wissen!«

»Warum nicht?«

»Weil ... es ist mir peinlich. Sie hält mich ohnehin schon für einen Idioten. Und jetzt kann ich nicht einmal mehr fliegen.«

Ich wusste nicht, was ich darauf sagen sollte. »Das wird schon wieder«, wiederholte ich lahm. Dann fiel mir doch noch etwas ein, womit ich ihn aufmuntern konnte. »Ein besonders guter Flieger warst du sowieso nie.«

Den halben Nachmittag liefen wir durch eine Steppenlandschaft und hielten gebannt den Atem an, als vor uns etwas auftauchte, das von weitem wie eine gewaltige schwarze Wolke aussah, die sich aufs Land gesenkt hatte.

»Der *Hungrige Wald!*« Dezibel spreizte seine Flügel, während Woff zu knurren begann und sein Nackenfell aufstellte.

Auch ich spürte eine lähmende Beklemmung in mir, und diese steigerte sich noch, als Woff, der Fährte folgend, sich immer weiter diesem unheilvollen Wald näherte. Ich fürchtete schon das Schlimmste, als Woff endlich einen Bogen schlug, weil die Spur nun offenbar parallel zum Waldrand verlief.

»Glaubst du immer noch an einen Zufall?«, fragte ich. »Luzifer bewegt sich genau in den Fußstapfen Gottes, als dieser uns zu dem Baum geführt hat. Er will Eva dorthin bringen. Ich weiß es.«

»Warum sollte er das tun?«

»Er will Eva die Verbotene Frucht essen lassen«, erklärte ich. Und erst als ich es aussprach, wusste ich, dass ich recht hatte. Deshalb hatte Gott uns vor ein paar Tagen so eindringlich davor gewarnt. Er kannte Luzifer vermutlich gut genug, um zu wissen, was dieser vorhatte. Und noch eines wurde mir auf einmal klar: Gott hatte dafür gesorgt, dass ich den Weg kenne, damit ich nun Eva retten konnte. Vielleicht hätte ich allein durch Nachdenken Luzifers Vorhaben schon längst erkennen müssen. Wenn ich doch nur schlauer wäre! Ich hätte Eva sofort nacheilen können, anstatt umständlich Woff nach Spuren suchen zu lassen. Das hatte mich viel Zeit gekostet – vielleicht zu viel Zeit.

Dezibel schaute mich verständnislos an. »Warum will er, dass Eva von den Äpfeln isst?«

»Aus demselben Grund, warum er wollte, dass ich dich töte – um Gott eins auszuwischen. Und frag mich jetzt nicht, warum!«

»Weil er böse ist«, sagte Dezibel wie selbstverständlich.

»Ja, das ist er«, murmelte ich grimmig. »Und Eva ist bei ihm.«

Mutlos schaute ich in die Richtung, in der Woff unterwegs war. Der Wald erstreckte sich bis zum Horizont. Und hinter dem Horizont war noch mehr Wald. Es dauerte lange, ihn zu umgehen. Aber wenn man es geschafft hatte, war es nicht mehr weit bis zum Baum der Erkenntnis. Ich fragte mich, wie viel Vorsprung Eva und die Schlange noch hatten. Wenn sie auch nur ein paar Minuten vor uns ihr Ziel erreichten, würde das schon genügen, um das Undenkbare wahr werden zu lassen. Wie lange brauchte man schon, um in einen Apfel zu beißen? Wenn ich auch nur ein Fingerschnippen, einen Atemzug, einen Herzschlag zu spät kam, würde Eva sterben.

Ich fasste einen Entschluss.

»Woff! Komm zurück!« Ich blieb so abrupt stehen, dass Dezibel mich anrempelte. Verwundert sah er mich an. »Wir schaffen es nicht rechtzeitig«, sagte ich und blickte dem Engel eindringlich in die Augen. »Dezibel, du musst fliegen und Eva warnen. Du musst!«

Er nickte verstehend. »Ja, ich muss.«

Dann breitete er seine Schwingen aus, blau leuchteten sie im Sonnenlicht, ein paar leichte Schläge, als würde er sich mit der Luft vertraut machen wollen, ein tiefer Atemzug, die Flügel bewegten sich schneller, rhythmischer, Dezibel ging leicht in die Knie, rief: »Ich muss!«, und stieß sich kraftvoll ab. Und flog und flog und flog ...

... so weit ich spucken kann.

»Entschuldigung«, sagte er mit schamrotem Gesicht und herabhängenden Schultern. »Ich schaffe es einfach nicht.«

»Nicht so schlimm – es geht ja nur um Evas Leben.« Als ich Dezibels schmerzerfüllte Augen sah, bereute ich meine Worte sofort. Der Engel hatte bestimmt alles gegeben. Aber ich war enttäuscht, und der Engel war nun mal unsere einzige Chance, Eva davon abzuhalten, sich ins Verderben zu stürzen.

»Ich ... ich ... ich versuche es jetzt mal ohne Bewaffnung«, stammelte Dezibel. »Dann bin ich leichter. Luzifer bezwinge ich auch mit bloßen Händen.«

Er zog sein Messer aus dem Stiefel und legte es ins Gras. Dann griff er sich an sein Beingewand, holte ein noch größeres Messer hervor und warf es zu dem anderen. Zu guter Letzt langte er hinter seinen Rücken, brachte von dort ein wahrhaft gigantisches Messer zum Vorschein und stieß es in die Erde. »Ich muss! Ich muss!«, murmelte er dabei immer wieder.

»Es tut mir leid, was ich vorhin gesagt habe«, entschuldigte ich mich. »Es ist nur ... ohne Eva wäre es hier nicht mehr dasselbe, weißt du. Es wäre kein Paradies mehr. Es wäre gar nichts.«

»Verstehe«, sagte Dezibel. »Ich fliege jetzt los und bringe das in Ordnung.«

Bevor er es erneut versuchen konnte, legte ich ihm eine Hand auf die Schulter und sagte: »Es sind nicht deine Flügel, die dich tragen, Dezibel. Es ist der Glaube an deine Flügel. Du musst an sie glauben!«

Der Engel nickte entschlossen. Doch obwohl er wild mit den Flügeln schlug, wuchtige, schwungvolle Bewegungen machte, blieb er mit beiden Beinen fest auf dem Boden stehen.

»Du musst fester glauben!«, schrie ich ihn an.

»Tu ich doch!«

»Noch fester!«

»Mach ich doch!«

»So fest du kannst!«

»So fest kann ich nicht«, sagte Dezibel und gab auf.

»Du kannst nicht so fest, wie du kannst?«, fragte ich ihn kopfschüttelnd. »Was ist denn das für ein Unsinn?«

»Dann flieg doch selber«, herrschte mich der Engel an. »Man kann sich nicht zwingen zu glauben, selbst wenn man es noch so sehr will, es geht nicht.«

»Warum fällt es dir so schwer, daran zu glauben? Du weißt doch, dass Engel fliegen. Josie fliegt, du bist geflogen, Gabriel fliegt, alle fliegen sie. Ist doch egal, was die Physik dazu meint oder Luzifer oder dein Gefühl.«

»Mir fällt es nicht schwer, daran zu glauben«, widersprach Dezibel. »Mir fällt es nur schwer, nicht daran zu zweifeln. Tut mir leid.«

»Ja, mir auch«, sagte ich tonlos und suchte in meiner Verzweiflung den Himmel nach Josie oder Gabriel ab. Der Himmel war leer. Die Welt war leer.

»Wir werden rennen, so schnell wie der Wind, dann erwischen wir sie vielleicht noch rechtzeitig«, versuchte Dezibel mir Mut zu machen.

Ich schaute ihn traurig an. »Das möchte ich wirklich gerne glauben, Dezibel. Aber es fällt mir schwer, nicht daran zu zweifeln.«

»Wir müssen weiter.« Der Engel schaute ungeduldig auf Woff. »Uns bleibt nichts anderes übrig.«

»Vielleicht doch«, sagte ich, nachdem mir ein Gedanke gekommen war, der mich mit neuer Hoffnung erfüllte. »Es gibt noch eine andere Möglichkeit. Wir nehmen den direkten Weg.«

»Welchen direkten Weg?«

Ich deutete auf den *Hungrigen Wald.* »Wenn wir ihn nicht umgehen müssten, würden wir eine Menge Zeit sparen.«

»Müssen wir aber.«

»Meinst du? Wir bräuchten nur geradeaus zu laufen, bis wir auf den Fluss stoßen. Dann hätten wir es schon geschafft. Es wäre nur ein kleines Stück durch den Wald, vielleicht gerade mal doppelt so weit wie von Sophia zu den Toilettenbäumen. Ich glaube, ich kann den Fluss sogar schon von hier hören.«

»Negativ. Das ist der Wind«, meinte Dezibel kopfschüttelnd.

»Nein, das ist der Fluss. Er ruft uns.«

»Mich ruft er nicht.«

»Du musst auch nicht mit rein«, sagte ich, obwohl der Gedanke, mich alleine in den Nebel unter den schwarzen Bäumen zu begeben, beinahe unerträglich war. »Du und Woff, ihr macht weiter wie bisher. Ich gehe durch den Wald.«

»Du bist ein Idiot, Adam!«, sagte Dezibel, der es ja wissen musste. »Wer dort hineingeht, kommt nicht wieder heraus.«

»Gott war fast eine ganze Nacht drinnen und kam unbeschadet wieder.«

»Nimm es mir nicht übel, Adam, aber du bist nicht Gott.«

»Was du nicht sagst.« Ich schloss die Augen und überlegte. Wenn der *Hungrige Wald* tatsächlich so gefährlich wäre, wie es immer hieß, dann hätte Gott ihn doch gar nicht erst in seinen Garten gepflanzt. Vermutlich durfte man nur nicht unvorsichtig sein. Ich würde wie eine Maus durchhuschen, nichts berühren, nirgendwo stehen bleiben, keinen Baum anpinkeln, nichts.

Auf einmal spürte ich eine Hand auf meiner Schulter. »Tu das nicht«, riet mir Dezibel eindringlich.

»Aber ich muss«, sagte ich. »Ich bin Evas Retter, war ich schon immer. Und jetzt steckt sie besonders tief in der Scheiße. Ich muss sie da rausziehen. Wer soll es denn sonst tun? Von diesem ach so tollen Gabriel ist ja weit und breit nichts zu sehen.«

Langsam machte ich die ersten Schritte in Richtung Wald. Ich hatte das ungute Gefühl, dabei von ihm beobachtet zu werden. Eine Gänsehaut lief mir über den Rücken. Meine Haut kribbelte, als würden kleine Spinnen auf ihr herumkrabbeln. Ich atmete tief durch und lief weiter.

»Das schaue ich mir nicht mit an«, rief mir Dezibel nach. »Woff, komm zu mir! Wir müssen weiter!«

Erst jetzt bemerkte ich, dass Woff an meiner Seite geblieben war. Dankbar tätschelte ich sein Fell. »Guter Woff! Du bist mein Bester! Aber du kannst nicht mitkommen. Denk dran, was mit dem Kaninchen passiert ist. Geh, pass auf Dezibel auf!«

Widerstrebend näherte ich mich den schwarzen Baumreihen. Die ersten paar Schritte machte Woff noch mit, dann blieb er winselnd stehen, zog seinen Schwanz ein und schaute abwechselnd zu mir und zu Dezibel, der ihn abermals rief. Offensichtlich unschlüssig darüber, was es tun sollte, setzte sich das Tier erst einmal hin.

»Jetzt geh schon!«, forderte ich Woff auf. »Wir treffen uns bei Eva. Und wenn du vor mir da bist und ich ... auf mich warten lasse, dann leckst du ihr einmal von mir über das Gesicht, machst du das?«

Woff hielt seinen Kopf schräg und lauschte meiner Stimme. Einmal stand er kurz auf, machte einen halben Schritt in meine Richtung, überlegte es sich dann wieder anders und setzte sich wieder hin, wobei er Dezibels Rufe einfach ignorierte. Ich wandte mich ab und wagte ein paar weitere Schritte in Richtung Wald. Die Bäume waren schon deutlich zu erkennen. Sie sahen krank aus, als wären sie eigentlich etwas ganz anderes, etwas, das bloß versuchte, einigermaßen baumähnlich auszusehen.

Zögerlich ging ich weiter. Eine Ermahnung Gabriels fiel mir wieder ein. Wenn ich auf den *Hungrigen Wald* stieße, würde ich bis in die tiefsten Winkel meines Herzens spüren, dass ich ihn nicht betreten sollte. Der Erzengel hatte mir empfohlen, dann auf mein Herz zu hören, da es schlauer sei als ich.

In meinem Kopf fing es an zu dröhnen. War das die Stimme des Waldes? Eine letzte Warnung?

Nervös schaute ich zurück und sah, wie Woff und Dezibel sich entfernten. Gut. Sie mussten sich beeilen, um Eva vielleicht doch noch retten zu können – falls ich es nicht schaffte. Dennoch: Als ich die beiden weglaufen sah, war mir, als zöge mich jemand unter kaltes Wasser. Alleine stand ich auf dem düsteren Grund des Sees, ich konnte mich nicht bewegen, meine Füße steckten fest im Schlick. Mühsam riss ich mich los von dieser Vorstellung und machte einen weiteren Schritt auf den Wald zu, von dem behauptet wurde, er sei immer hungrig.

Noch konnte ich umkehren, Dezibel und Woff hinterher. Noch war ich nicht im Schlamm gefangen, im Nebel, auf dem Seegrund, zwischen den schwarzen Bäumen.

Bis in die tiefsten Winkel meines Herzens hinein spürte ich, dass ich den Wald nicht betreten durfte. Aber Eva brauchte mich. Ich sollte auf mein Herz hören, hatte Gabriel gesagt. Es sei schlauer als ich. Also hörte ich auf mein Herz, das voller Angst in meiner Brust schlug wie ein panisch flatternder Vogel.

Und lief in den Wald.

EVA

25 | Eigentlich habe ich gar keinen Hunger

»Ich glaube nicht, dass das eine gute Idee ist«, rief ich der Schlange zu, die sich gerade den Baumstamm der Erkenntnis hinaufwand.

»Das ist sogar eine hervorragende Idee.«

Als die Schlange von einer Mahlzeit gesprochen hatte, hätte ich nie gedacht, dass sie damit die Äpfel meinte. Ahnungslos war ich ihr ins Tal gefolgt, und erst als sie direkt auf den brennenden Baum zukroch, wurde mir klar, was sie beabsichtigte.

»Aber Gott hat uns die Früchte dieses Baumes strengstens verboten.«

»Na und? Umso süßer schmecken sie.«

»Du solltest das ernst nehmen. Bitte! Er hat gesagt, wir müssten sterben, wenn wir davon essen«, versuchte ich verzweifelt, meine neugewonnene Freundin umzustimmen.

»Ach, das meinte er bestimmt nicht so. Glaubst du etwa, er würde erst jede Menge Zeit, Energie und Herzblut in deine Erschaffung stecken und dich dann töten, nur weil du mal beim Obst danebengegriffen hast? Hältst du ihn tatsächlich für so engstirnig?«

»Ich halte ihn überhaupt nicht für engstirnig, aber ...«

»Aber du traust ihm zu, dass er jedem, der den Kopf nicht tief genug vor ihm beugt, diesen von den Schultern reißt. Besitzt du denn überhaupt kein Gottvertrauen?«

Die Worte der Schlange verwirrten mich. Sie war dabei, eine Verbotene Frucht zu essen, und bewies damit Gottvertrauen, und ich hielt mich an Gottes Gebot und war jetzt die Böse? Oder wie?

»Gott hat es ausdrücklich verboten«, wiederholte ich trotzig. »Und daran halte ich mich.«

»Natürlich machst du das«, sagte die Schlange in einem säuselnden Tonfall. »Nichts anderes habe ich von dir erwartet. Eva tut, was man ihr sagt. So kennt man dich. Deshalb hätte Lilly dich auch so gerne behalten. Adam hat seinen eigenen Kopf, der springt nicht so schnell, wenn man pfeift. Aber das weißt du ja. Dir hingegen kann man Befehle erteilen, ohne befürchten zu müssen, dass du auch nur eine Winzigkeit davon abweichst. Du ordnest dich unter. Und daran ist auch gar nichts auszusetzen. Es ist nicht jedem gegeben, Eigeninitiative zu entwickeln. Kein Grund, sich zu schämen.«

Empört schnappte ich nach Luft. Das war ja wohl das Absurdeste, was ich je gehört hatte! Das klang fast so, als wäre ich total unterwürfig. Ich und keine Eigeninitiative – lächerlich! Aber wie kam die Schlange dazu, mich so zu sehen? Was meinte sie damit, dass ich für meinen Gehorsam bereits bekannt wäre? Hatte Lilly ihr etwa erzählt, was im Himmel über mich geredet wurde? Hatten Gott und Gabriel etwa ein genauso falsches Bild von mir wie die Schlange?

»So bin ich nicht!«, schrie ich die Schlange an. »Ich gehorche doch nicht jedem! Nur Gott.«

Die Schlange stieß einen langen Zischlaut aus. »Ja, sicher, nur Gott. Und was ist mit Gabriel?«

»Und Gabriel«, sagte ich.

»Die anderen Erzengel können dich also alle mal.«

Ich seufzte. »Herrje, denen natürlich auch noch. Aber sonst gehorche ich niemandem!«

»Und wenn Lilly nun auch ein Erzengel wäre?«

»Ist sie aber nicht, oder?«

»Vielleicht wird sie mal einer. Sie ist schön, intelligent und ehrgeizig. Und sie weiß, was sie will, und nimmt es sich dann auch, ohne groß zu fragen. Also, wenn sie einer wäre, würdest du ihr dann nicht auch gehorchen?«

Ich zuckte die Achseln.

»Ja oder nein?«

»Ich sagte doch, Gott und den Erzengeln würde ich mich fügen«, antwortete ich widerstrebend.

So langsam hatte ich genug von dieser Unterhaltung. Reichte es nicht, dass ich mein Zuhause verloren hatte? Musste ich jetzt auch noch meine Selbstachtung aufgeben? Aber die Schlange ließ nicht locker, wenn sie einmal zugebissen hatte.

»Wenn aber Erzengel Lilly dir sagen würde, dass du auch Adams Wünsche zu respektieren hast, was wäre dann? Sag nichts – ich kenne die Antwort. Über kurz oder lang würdest du dich beugen. Und wenn Adam von dir verlangen würde, dass du Woff jedes Mal füttern müsstest, wenn er bellt, dann wärst du sogar die Dienerin eines Tieres, nicht wahr? Und du denkst ernsthaft, du gehorchst nur Gott, wenn du Gott gehorchst! Mach dir nichts vor, Eva! Kriechst du erst einmal vor einem im Staub, treten alle auf dir herum. Und jetzt entschuldige mich bitte, ich hole mir einen Apfel – und wenn jemand etwas dagegen hat, dann ist das sein Problem.«

Mit diesen Worten verschwand sie im roten Feuer, das in der Baumkrone brannte. Ich konnte sie nicht mehr sehen, aber ich hörte das Rascheln der Blätter, als sie in den Zweigen offenbar nach einem besonders schönen Apfel suchte.

Anscheinend schmeckte die Verbotene Frucht wirklich außergewöhnlich gut, wenn die Schlange so erpicht darauf war, sich ausgerechnet hier zu bedienen. Alleine in unserer unmittelbaren Nähe konnte ich einen Pflaumen- und zwei Feigenbäume erkennen, an denen ich mich gleich gütlich tun würde. Aber zuerst wollte ich abwarten, wie es der Schlange erging. Vielleicht konnte ich sie ja doch noch irgendwie davon abbringen, den Apfel zu essen – falls sie ihre Mahlzeit nicht gerade jetzt, noch im Baum, zu sich nahm. Gespannt und besorgt zugleich legte ich mich vor den Baum ins Gras und wartete.

Schon nach kurzer Zeit kam die Schlange den Stamm wieder herabgekrochen und gesellte sich zu mir. Ihr schmaler Körper wies unweit des Kopfes eine beträchtliche apfelförmige Ausdehnung auf. Sie hatte ihn also komplett geschluckt. Ich fragte mich, wie sie ihr Maul so weit aufbekommen hatte.

»Na, hoffentlich wirst du das nicht bereuen«, sagte ich, auf ihre kugelige Ausbeulung deutend, die um einiges größer war als ihr eigentlicher Kopf. »Ich hatte nämlich den Eindruck, dass Gott diese Frucht für alle verboten hat, nicht nur für Adam und mich. Noch könntest du sie wieder auswürgen. Willst du wirklich das Risiko eingehen, wegen so etwas zu sterben?«

Die Schlange gähnte.

»Langweile ich dich?«, fragte ich schnippisch.

»Nö, öch rönke mör nur wöder dön – so, jetzt geht es wieder – den Kiefer ein. Also, dieses Komplettverschlingen kann einem den Spaß am Essen ganz schön verleiden. Aber für so einen Apfel würde ich noch ganz andere Verrenkungen auf mich nehmen – was für eine himmlische Frucht!

Für Gott und seine Engel gemacht! Kein Wunder, dass sie ungern teilen wollen, diese Schlauberger! Bist du sicher, dass du nicht doch mal probieren willst?«

»Wollen möchte ich schon«, gab ich zu und warf einen neugierigen Blick zu den Früchten hoch, die, im Schatten einer Todesdrohung von kleinen Flämmchen umzüngelt, umso verführerischer glänzten. Ich bräuchte nur aufzustehen, den Arm auszustrecken, einen Apfel ergreifen und … »Aber es geht nicht! Du kannst mich ja feige nennen oder kriecherisch – aber dir hat Gott das Verbot nicht höchstpersönlich mitgeteilt, sonst würdest du auch anders …«

»Ja, von wegen!«, fiel mir die Schlange ins Wort. »Du hast wieder mal keine Ahnung, Eva. Das Verbot ist doch nichts Neues! Das ist ein ganz altes Gnu! Jeder kriegt das irgendwann von Gott aufgedonnert. Macht das bloß nicht, sonst müsst ihr sterben und wehe euch! Und die allermeisten halten sich dran, so wie du, Eva. Immer auf der sicheren Seite, mit der Herde trotten, die Strategie der Schafe. Aber für mich ist das nichts. Im Gleichschritt laufen konnte ich noch nie gut.«

»Dann ist das gar nicht dein erster Apfel, oder?«, vermutete ich.

»Heute schon«, sagte die Schlange und presste den Apfel ein Stück weiter ihren Körper hinunter. »Das ist mein erster Apfel seit einiger Zeit. Ich war ja auf Reisen, wie du weißt. Der Baum der Erkenntnis mit seinen Früchten war einer der Gründe, so bald hierher zurückzukommen. Und wenn ich den Apfel hier so koste, muss ich gestehen: sogar der Hauptgrund.«

»Aber ist dir überhaupt nichts passiert? Ich meine, wurdest du gar nicht bestraft?«

Bevor die Schlange antwortete, kletterte sie meinen Arm hoch und brachte ihren Mund ganz dicht an mein Ohr. »Darüber darf ich nicht reden. Nur so viel: Es gibt nicht viele, die die wahre Natur des Verbots durchschaut haben und von den Äpfeln aßen. Und wie viele Tiere kennst du sonst noch, die sprechen können? Mehr sage ich nicht.«

Der Apfel in ihrem Schlangenkörper drückte sanft gegen meinen Hals, ein leichter, fordernder Druck nur, aber doch ein harter Beweis, dass die Schlange vielleicht recht hatte, dass es vielleicht doch möglich war trotz Gottes Verbot ...

»Sprechen zu können ist nicht gerade eine harte Strafe«, überlegte ich laut.

»Jedenfalls nicht für den, der spricht«, stimmte die Schlange zu.

»Kommt mir eher wie eine Belohnung vor.«

»Ich glaube, Eva, du bist da auf etwas gestoßen.«

»Ja, aber auf was?« Ich schüttelte den Kopf, als wollte ich mich von irgendwelchen gefährlichen Gedanken befreien. »Lass uns woanders hingehen. Zu den Bäumen da drüben, damit ich auch etwas essen kann.«

»Du willst lieber das minderwertige Obst? Wie du meinst – wenn das besser zu dir passt. Aber beantworte mir zuvor noch eine Frage, ja? Du hast mir erzählt, Gott hätte euch die Früchte vom Baum der Erkenntnis verboten, weil ihr dadurch das Böse erkennen würdet. Und nun weigerst du dich, einen Apfel zu essen, weil du Gottes Verbot nicht missachten willst. Und warum möchtest du das nicht? Weil das böse von dir wäre und weil du Angst vor der Strafe hast. Alles richtig soweit?«

Ich nickte. »Genauso ist es.«

»Ich verstehe dann bloß nicht, woher du das weißt?«

»Woher ich *was* weiß?«

»Dass es böse ist, Gottes Willen zu ignorieren. Woher weißt du das? Wenn du Böses erst erkennen kannst, *nachdem* du von der Verbotenen Frucht gegessen hast, dürftest du dazu überhaupt nicht in der Lage sein. Oder hast du irgendwann schon einmal heimlich von den Äpfeln gegessen?«

»Nein, habe ich nicht!«, verwahrte ich mich vor solchen Unterstellungen. »Aber es ist doch klar, dass es böse ist, Gott nicht zu gehorchen.«

»Nicht für jemanden, der Böses nicht erkennen kann«, widersprach die Schlange. »Also entweder verbietet Gott etwas, um zu verhindern, dass du eine Fähigkeit erlangst, die du längst besitzt. Oder er würde dich für eine Tat bestrafen, obwohl du gar nicht beurteilen kannst, ob diese gut oder böse war. Klingt mir beides nicht sehr einleuchtend. Gott ist doch weise und gerecht, nicht wahr?«

»Gott ist weise und gerecht«, wiederholte ich. In meinen Kopf schien sich ein Bienenschwarm verirrt zu haben, so sehr schwirrten meine Gedanken. Ich war zu durcheinander, um der Logik der Schlange vollends folgen zu können. Aber sie klang zumindest, äh … logisch. Irgendetwas an Gottes Verbot schien nicht zu stimmen. Ich hatte ja schon an dem Tag, als Gott damit ankam, so eine Ahnung.

»Aber wenn es kein echtes Verbot ist, was für einen Sinn hat es dann überhaupt?«

»Ist dir noch nie der Gedanke gekommen, dass es eine Prüfung sein könnte?«

Ich warf der Schlange einen erstaunten Blick zu. »Eine Prüfung?«

»Um die Schafe von den Löwen zu trennen. Was bist du, Eva?« Sie spannte ihren Leib an und mit einem leisen Knacken löste sich die Apfelwölbung auf. Dann schlängelte sie sich zu meinem rechten Ohr hoch und raunte: »Ein braves, langweiliges Schaf, vorsichtig darauf bedacht, es jedem recht zu machen?« Geschmeidig glitt sie über meinen Nacken zum anderen Ohr. »Oder ein mutiger Löwe, selbstbewusst, ungezähmt, frei?«

»Ein Löwe, ich bin ein Löwe«, antwortete ich, ohne lange nachzudenken. »Der Name stammt sogar von mir – Löwe.«

Erwartungsvoll schaute die Schlange erst zu mir, dann zum Baum der Erkenntnis. »Dann nimm dir das Mahl, das dir gebührt, Löwe!«

Auch ich sah hinüber zum Baum, sah das rote Feuer zwischen seinen Ästen und die Verbotenen Früchte darin, die mir auf einmal so nah schienen, dass ich fast vermeinte, sie greifen zu können. Aber in meinem Ohr hallte auch plötzlich das Echo von Gottes Stimme: *Dann seid ihr des Todes!*

Langsam stand ich auf und machte einen Schritt auf den Baum zu. Dann blieb ich unschlüssig stehen.

Sollte ich es wirklich wagen, mich Gottes Befehl zu widersetzen? Die Schafe und Löwen in meinem Kopf liefen wild durcheinander. Wer würde sich durchsetzen, die Herde oder das Rudel? War die Beantwortung dieser Frage tatsächlich die Erkenntnis, die der Baum vor mir erbringen würde? Oder war das Verbot doch keine Prüfung, sondern einfach nur ein Verbot, und die einzige Erkenntnis, die ich durch das Essen eines Apfels gewann, wäre die, dass ich eine Närrin bin, eine todgeweihte Närrin.

»Eigentlich habe ich gar keinen Hunger«, sagte ich zu der Schlange.

»Tssss, tssss, tssss«, machte diese und ließ ihren Kopf hin und her schwanken, als würde sie meine Gedanken beobachten. »Dann hatte Lilly also doch recht.«

»Wovon redest du?«

Einen kurzen Moment zögerte die Schlange und überlegte offenbar, ob sie es mir überhaupt erzählen sollte. Aber jemand, der so gern redet wie sie, kann an einer Frage natürlich nicht stumm vorbeigehen.

»Als ich mit Lilly über dich gesprochen habe, sagte ich ihr

schon, dass sie sich eventuell nach einer anderen Dienerin umsehen müsste, da du womöglich mit mir gingest, zum Baum der Erkenntnis. Da hat sie nur gelacht und gemeint, du hättest nicht das Zeug dazu. Nach allem, was Adam ihr über dich erzählt habe, würde sie jede Wette eingehen, dass du dich nicht an die Äpfel traust. Sie hat sogar behauptet, du würdest irgendwann ganz gewiss wieder zurückkommen und darum betteln, bei ihr und Adam bleiben zu dürfen.«

Jeder Gedanke an Lilly war schmerzhaft wie die Berührung einer Brennnessel. Durch ein ganzes Brennnesselfeld war ich bereits gelaufen wegen ihr. Wenn ich Lilly jemals persönlich begegnete, würde ich mich für die Schmerzen revanchieren, das nahm ich mir fest vor.

»Was bildet diese Lilly sich überhaupt ein?«, schimpfte ich aufgebracht. »Kommt da aus dem Himmel herabgestiegen und glaubt sofort über alles und jeden hier unten Bescheid zu wissen. Sie soll es erst einmal so lange im Paradies aushalten wie ich, bevor sie ihren Mund so weit aufreißt. Ich war vor ihr hier. Wenn also jemand betteln müsste, aufgenommen zu werden, dann sie bei mir und nicht umgekehrt.«

»Also, eigentlich war Lilly zuerst hier«, widersprach die Schlange. »Bevor sie zum Engel wurde, hat sie hier … oh, das hätte ich nicht sagen dürfen. Ich mit meiner schnellen Zunge! Am besten, ich lasse meinen Kiefer den ganzen Tag ausgerenkt.«

Verwirrt schaute ich sie an. »Lilly war zuerst etwas anderes, bevor sie ein Engel wurde?«

»Aber von mir weißt du das nicht, ja?« Die Schlange schaute vorsichtig nach allen Seiten, bevor sie leise fortfuhr: »Lilly war am Anfang ein Mensch wie du. Die erste Frau. Aber dann hat sie etwas getan – und ich verrate dir nicht, was es war; da musst du schon von selbst draufkommen, ist nicht so schwer – jedenfalls hat sie etwas getan, was Gott erkennen ließ, dass sie es wert ist, ein Engel zu werden. Und er holte sie in den Himmel und …«

»… gab ihr Flügel«, vervollständigte ich den Satz, jedes Wort ein Stein, der mir aus dem Mund rollte.

Lilly hatte es geschafft, Flügel zu bekommen – und ich durfte mir eigentlich nicht mal Blumen ins Haar stecken. Lilly war mit Adam zusammen – und ich mit einer geschwätzigen Schlange. Sie hatte ein Zuhause – und ich irrte durch die Gegend. Und zu allem Überfluss war sie auch noch die erste Frau und ich offenbar nur eine Ersatzlösung.

Warum fiel ihr alles zu, und ich guckte in die Föhre? Sie war ein Mensch wie ich gewesen, eine Frau wie ich – was also unterschied sie von mir?

»Du siehst bedrückt aus«, stellte die Schlange fest. »Du solltest dir Lillys Worte nicht so zu Herzen nehmen. Selbst wenn du nicht das Zeug dazu hast, aus deinem engen, verängstigten Raupenkörper auszubrechen und als Schmetterling die eigenen Flügel zu spreizen, so bist du dennoch eine nette Person. Es kann nicht nur Löwen auf der Welt geben, Eva. Komm mit, die Äpfel sind doch nichts für dich. Aber hier ganz in der Nähe wachsen Feigen, die schmecken auch ganz nett. An denen kannst du dich weiden – wenn keiner was dagegen hat.«

Schafe und Löwen. Lautete so die Antwort? War Lilly eine Löwin und ich ein Schaf? War das die Erkenntnis, die der brennende Baum über mich gewonnen hatte? Eva, das Schaf.

Ich warf dem Baum einen bösen Blick zu. Seine Krone wirkte im gelbroten Schein des Feuers, das in ihr loderte, wie eine Löwenmähne. Die Flammen schienen mich herbeiwinken zu wollen.

Konnte es tatsächlich sein, dass das Verbot in Wirklichkeit eine Prüfung war und die Strafe eine Belohnung? Offenbar schon. Denn da gab es eine Schlange, die nun sprechen konnte wie ein Mensch. Und es gab eine Menschenfrau, die nun fliegen konnte wie ein Engel.

»Warte noch«, rief ich der Schlange zu, die sich bereits vom Baum entfernen wollte. »Falls ich doch einen Apfel essen sollte und falls ich ... wenn Gott das mit der Strafe doch ernst gemeint hatte, würdest du dann Adam etwas von mir ausrichten?«

»Adam wird bald selbst hier erscheinen«, sagte die Schlange. »Dafür wird Lilly schon sorgen. Er wird vermutlich den halben Baum leerfuttern, und es wird ihm genauso wenig etwas geschehen wie dir.«

»Versprich mir, dass du Adam etwas von mir sagst, wenn ich ... falls ich ... Versprich es!«

»Ja, ich verspreche es. Bei meiner Ehre als Schlange, so wahr ich Gott diene.«

»Dann sag Adam, dass ich es immer sehr genossen habe, neben ihm einzuschlafen. Und sag ihm, dass unser kleines, eigenes Ritual mir sehr viel ...«, ich musste schlucken und eine Träne wegblinzeln, »... dass die Momente, in denen wir uns gekurzt hatten, so ziemlich die schönsten für mich waren, die ich hier im Paradies hatte. Nein, es waren die schönsten. Und sag ihm, er soll ab und zu auf meinen Stern schauen, wenn er mal alleine ist, sich vielleicht sogar einsam fühlt und wenn er *kurz* Zeit hat. Der Stern, den er mir geschenkt hat – er soll zu ihm hochschauen und dabei *kurz* an mich ... ja, das war's eigentlich im Großen und Ganzen, was du ihm sagen sollst.«

»Mache ich gerne, aber es wird nicht nötig sein«, meinte die Schlange.

»Dann werde ich jetzt mal essen gehen.« Langsam, sehr langsam, schritt ich auf den Baum zu.

»Mahlzeit«, rief mir die Schlange nach.

Ich stand nun direkt am Baumstamm und schaute ängstlich nach oben. Flammenzungen und Blätter. Die Verbotenen Früchte. Und irgendwo, unsichtbar, meine Belohnung – oder mein Tod.

Staunend beobachtete ich mich dabei, wie ich die Hand ausstreckte und durch die Flammen hindurchschob. Ich spürte nichts, keine Hitze, kein Kribbeln, nur Angst, kalte, drückende, ziehende, schlagende, würgende Angst. Ob Adam mit Lilly wohl gerade ein Lied sang, während ich hier die schwierigste Entscheidung meines Lebens alleine treffen musste?

»Vergiss das, was du Adam sagen solltest!«, rief ich der Schlange zu. »Sag ihm, wenn ich tot bin, ist das allein seine Schuld! Sag ihm, dass er ein blöder Arsch ist und dass ich ihn hasse und ... er soll auf keinen Fall von den Verbotenen Früchten essen.«

Die Schlange versprach es, und auf einmal stießen meine Finger an die glatte Oberfläche eines Apfels. Ich erschrak. Die Entscheidung ließ sich nun nicht mehr viel länger hinauszögern. Die Eva, die ich kannte, die manchmal vorsichtig, dann wieder wagemutig war, die wacker-wacklig durchs Leben ging, würde es danach so nicht mehr geben. Dann hieß es entweder: Eva, das Schaf, oder Eva, die Löwin. Wobei das Schaf auf jeden Fall leben würde, sich aber vermutlich fühlte wie tot, und die Löwin sich auf jeden Fall stark und lebendig fühlen würde, aber womöglich bald stürbe.

Ein Schmetterling flatterte an mir vorbei. Ich dachte an meine triumphale Rückkehr als Engel, stellte mir vor, was Adam für Augen machen würde. Aber dann kam mir auch wieder der beunruhigende Gedanke, dass meine triumphale Rückkehr vielleicht ohne mich stattfinden musste.

Ich drehte noch einmal meinen Kopf zur Schlange und rief: »Sag Adam nur das Letzte, bitte, das mit den Äpfeln.

Und vielleicht noch, dass ich ihn … dass ich ihm und Lilly … dass er mir immer … sag ihm nur das mit den Äpfeln.«

Der Apfel.

In meiner Hand fühlte er sich so harmlos an, glatt und ungefährlich. Und solange er an seinem Zweig hing, war er das wohl auch. Aber wenn ich ihn an mich nahm und hineinbiss …

Gottes Worte dröhnten mir wieder in den Ohren, so laut und deutlich, als stünde er direkt neben mir.

Wer von der Verbotenen Frucht isst, der hat sein Leben verwirkt!

Aber da waren auch noch andere Stimmen.

Dein Mut wird dich beflügeln, sagte die Schlange. Sie hat das Zeug nicht dazu, sagte Lilly. Du dummer, kleiner, tapferer Mensch, sagte Gabriel. Meine Augen brauchen dich, sagte Adam. Du schenkst mir, dass du da bist.

Ja, ich würde mich Adam zum Geschenk machen, seinen Augen eine neue Eva bieten, die sich nicht vor Lilly zu verstecken brauchte.

Mit zitternder Hand pflückte ich den Apfel vom Baum.

ADAM

26| Du musst mal dein Gehirn nehmen und es in ganz, ganz kleine Stückchen schneiden.

Schon nach wenigen Schritten in den Wald hinein wurde der Nebel so dicht, dass man nur noch die Bäume in unmittelbarer Nähe sehen konnte. Und auf den Anblick hätte ich auch gut verzichten können. Wie alptraumhafte Mischwesen aus Halsoglotz und Spinne schienen sie im weißen Gespinst des Nebels auf das nächste unvorsichtige Opfer zu lauern. Auf mich.

Die Stille war das Schlimmste, diese unnatürliche, bedrohliche Geräuschlosigkeit, ein Nebel im Nebel. Kurze Zeit später musste ich erkennen, dass ich mich getäuscht hatte. Die Stille war nur das Zweitschlimmste.

Das Schlimmste waren die Geräusche! Plötzlich hörte ich nämlich Schritte, die schnell auf mich zukamen, und ein tiefes, unmenschliches Grollen. Ich drehte mich um, versuchte verzweifelt, das Weiß um mich herum zu durchdringen. Was kam da auf mich zu?

Ich habe Dinge gesehen, schreckliche Dinge!

Die Schritte waren schon ganz nah, dennoch konnte ich nichts erkennen. Bildete ich sie mir nur ein? Da wuchs plötzlich eine Gestalt vor mir in die Höhe. Ich spürte einen scharfen Schmerz auf meiner Brust und fiel auf den Boden. Hilflos lag ich auf dem Rücken und starrte auf ein großes Maul mit vielen Zähnen, das auf mein Gesicht zuflog. Ich schrie, und etwas Warmes, Weiches, Feuchtes kroch über meinen Mund.

Gleichzeitig schälte sich eine weitere Gestalt aus dem Nebel. Eine schreckliche, dreiköpfige Kreatur kam auf mich zugewankt.

»Das ist ja ekelhaft«, sagte sie.

»Dezibel?«

Der Engel stand nun direkt vor mir, und jetzt erkannte ich auch sein Gesicht zwischen den beiden Flügeln, deren Spitzen ich irrtümlich für weitere Köpfe gehalten hatte.

»Du solltest dir von Woff nicht so übers Gesicht lecken lassen«, sagte Dezibel. »Das ist bestimmt nicht gesund.«

Als hätte das Tier die Worte des Engels verstanden, ließ es von mir ab, so dass ich mich wieder aufrichten konnte. Die Stelle, an der Woffs Krallen meine Haut aufgekratzt hatten, als er mir an die Brust gesprungen war, brannte immer noch und blutete leicht. Aber ich war Woff nicht böse, ganz im Gegenteil.

»Was macht ihr denn hier?«, fragte ich und versuchte meine Erleichterung mit einem ärgerlichen Unterton zu tarnen.

»Woff ist auf einmal zurückgerannt, dir hinterher«, berichtete Dezibel. »Ich konnte nichts machen.«

»Woff, du Böser!«, schimpfte ich und kraulte ihm dankbar das Fell. »Aber du hättest doch nicht mit ihm zurückkommen müssen, Dezibel. Du findest auch ohne Woff zum Baum der Erkenntnis.«

»Ich habe nicht lange überlegt. Seit gestern laufe ich ständig dem Tier hinterher, das steckt schon in mir drin. Und jetzt, wo ich schon mal hier bin ...«

»Ihr habt mich ganz schön erschreckt. Aber gut – von

mir aus, kommt halt mit.« Freundschaftlich schlug ich dem Engel auf die Schulter und fragte: »Möchtest du vorangehen?«

Dezibel, dessen Blicke ständig wachsam in alle Richtungen wanderten, schüttelte den Kopf. »Negativ. Ich sichere dir den Rücken.«

»Und wer sichert mein Vorderteil?«

»Gott«, sagte Dezibel und grinste.

Kaum waren wir mit mir an der Spitze losgelaufen, gesellte sich der Engel an meine Seite. »Wir gehen besser nebeneinander, Woff in der Mitte. Wenn wir dicht zusammenbleiben, werden wir wenigstens nicht so leicht getrennt, sollte der Wald uns mit einer Astsoziation in eine seiner Traumwelten ziehen.«

»Was ist eine Astsoziation?«, fragte ich.

Dezibel deutete auf das Geäst des vor uns stehenden Baumes – Tentakel, die nur auf eine günstige Gelegenheit zu warten schienen, um uns greifen zu können.

»Diese Äste. Wenn sich plötzlich kleine Lichter auf ihnen bewegen, wird es gefährlich. Uriel hat mir alles darüber erzählt. Die Lichter fliegen in deinen Kopf und vermischen sich mit deinen Gedanken. Du wirst Teil der Astsoziation und verlierst dich in ihren Verzweigungen.«

Ich dachte über Dezibels Erklärung nach, aber in meinen Kopf war offenbar noch kein Licht geflogen. Nur eines begriff ich: Diesen Wald musste Gott geschaffen haben, als er ganz schlecht gelaunt war. Vielleicht war das gerade zu der Zeit gewesen, als er den Ärger mit Luzifer hatte.

»Diese Bäume machen mir richtig Angst«, raunte ich Woff zu, der seinen Kopf beim Laufen dicht an meinen Oberschenkel drückte.

»Ich dachte, du hast vor nichts Angst«, sagte Dezibel.

»Doch, vor diesen Bäumen. Schau sie dir an: wie die

Glieder von ungeheuerlichen Insekten. Schwarz, glatt, ohne Rinde, ohne Blätter, und dann die Sache mit den Lichtern. So sollten Bäume nicht aussehen.«

»Neuronen«, sagte Dezibel.

»Wo?« Angestrengt schaute ich nach links und rechts, ohne zu wissen, wonach ich überhaupt suchte. Es war ohnehin nichts zu sehen.

»Diese Bäume – wie riesige Neuronen.«

»Was sind Neuronen?«

»Nervenzellen.«

»Was sind Nervenzellen?«

Dezibel seufzte. »Das dauert jetzt zu lange, dir das zu erklären. Du musst mal dein Gehirn nehmen und es in ganz, ganz kleine Stückchen schneiden. Dann stößt du irgendwann auf Neuronen.«

»Eine Spitzenidee, Dezibel«, spottete ich. »Sobald wir hier draußen sind, mache ich das vielleicht. Hört sich nach 'ner Menge Spaß an.«

»Ich meinte das natürlich nicht wörtlich. Ich wollte damit nur sagen, dass es in deinem Gehirn Milliarden von Neuronen gibt. Na ja, in deinem vielleicht weniger, aber so im Allgemeinen.«

Plötzlich traf mich die Erkenntnis wie ein Blitz. Ich begriff auf einmal, worauf Dezibel hinauswollte. Schockiert starrte ich ihn an. »Du meinst, der *Hungrige Wald* ist eigentlich ein riesiges Gehirn?«

»So etwas in der Art«, bestätigte der Engel. »Die schwarzen Bäume sind Neuronen, die Lichter Nervenimpulse und seine Gedanken und Träume sind Simulationen.«

»Simulationen von was?«, fragte ich.

»Von der Zukunft.«

»Aber wieso ...«

»Psssst!« Mahnend legte der Engel den Zeigefinger vor

seine Lippen. »Wir sollten jetzt lieber schweigen«, raunte er mir zu. »Die Bäume stehen schon zu dicht. Wenn sie unsere Gedanken wittern und eine Astsoziation bilden, sind wir verloren. Nichts mehr reden, nichts mehr denken. Am besten zählen, so wie Gott gesagt hat.«

»Hast du gehört, Woff? Zählen!«

»Die Gedanken von kleinen Tieren nimmt der Wald nicht wahr, es sei denn, er ist sehr hungrig«, erklärte Dezibel. »Allerdings ist Woff nicht unbedingt ein kleines Tier. Egal, es wird schon gutgehen. Gott wird uns sicher aus dem Wald geleiten. Und jetzt Ruhe!«

Ich sagte nichts mehr, sondern begann zu zählen. Eins, zwei, drei, vier, fünf, sechs, sieben ... Gott! Wenn ich mich auf den verlassen müsste! Wo war er denn, als Luzifer sich Eva geschnappt hat? Herrje, ich soll doch zählen! Zehn, elf, zwölf, dreizehn, vierzehn, fünfzehn ... Da! Dieses Rauschen! Das ist nicht der Wind, das ist bestimmt der Fluss. Wir haben es so gut wie geschafft. Zählen, Adam! Eins, zwei, drei, vier, fünf ... Hoffentlich ist es noch nicht zu spät! Hoffentlich hat Eva noch nicht von der Verbotenen Frucht gegessen. Wenn sie ... sechs, sieben, acht, neun, zehn, elf, zwölf ... Eva – bald sehe ich sie wieder. Ihr Lächeln, ihre Lippen auf meinem Mund, ihre Berührung, ihre Hand um meinen Penis ...

»Vorsicht, eine Astsoziation!«, schrie Dezibel.

Aus dem weißen Nebeldunst kam ein schwarzer Asttentakel auf uns zugeglitten, schnell und funkensprühend.

»Lauft!«, hörte ich den Engel noch kreischen, aber da waren nur noch Lichter um mich herum, kleine, fliegende Sterne, eine ganze Galaxis, die uns funkelnd umschloss. Das würde Eva bestimmt gefallen, dachte ich. Und mein nächster Gedanke lautete: Ach, du Scheiße, wo bin ich denn hier gelandet?

27 | Wo sind wir hier?

Der Nebel war auf einmal verschwunden, genauso wie der Ast und der Lichterregen. Und genauso wie der Himmel.

Offenbar befand ich mich im hinteren Teil einer großen Höhle. Es war dämmrig, doch weiter vorne wurde es heller, denn dort hingen viele kleine Monde von der Decke und in den Wänden glommen Sterne. Zuerst dachte ich, das wäre die Engelshöhle, aber es gab keine Tropfsteine und keinen See und überhaupt sah sie ganz anders aus. Ich war nur aus einem einzigen Grund auf die Idee gekommen, dies könnte die Engelshöhle sein: wegen der vielen Engel.

»Lauter Engel!«, rief ich überrascht und erfreut, denn nun hatte ich endlich die Unterstützung, die ich brauchte, um Eva retten zu können.

»Negativ«, sagte Dezibel neben mir. »Das sind keine Engel. Niemand von ihnen hat Flügel.«

Ich konnte ihn kaum verstehen, denn irgendwo in unserer Nähe hielt sich jemand verborgen und sang aus Leibeskräften, wobei er von seltsamen Geräuschen begleitet wurde, die aber irgendwie zum Lied zu gehören schienen.

»Aber es müssen Engel sein«, beharrte ich. »Was denn sonst? Sie tragen alle Gewänder und Schuhe so wie du.«

In dem Moment, als ich das sagte, bemerkte ich, dass es nicht ganz stimmte. Dezibel, Woff und ich standen am Rand des großen, höhlenartigen Raumes. Vor uns verteilten sich ungefähr dreißig flügellose Engel zwischen seltsamen, ich weiß nicht genau, Dingern. Sie saßen auf kleinen Sophias um irgendwelche Riesenpilze herum und starrten auf ein brusthohes Felsplateau in der Mitte des Raumes. Und auf diesem tanzte eine Frau um einen astlosen, dünnen Baum, der die Farbe von Dezibels Messer hatte. Die Monde über der Felsebene schienen heller als alle anderen in der Höhle, fast schon wie kleine Sonnen. Während es überall in dem großen Raum abendlich schummrig war, standen Frau und Baum im gleißenden Tageslicht.

Zuerst dachte ich, die Tanzende wäre Eva, denn von allen Frauen hier war sie die einzige, die normal aussah – also nackt. Allerdings hatte sie längere Haare als Eva, jedenfalls auf dem Kopf. Zwischen den Beinen hatte sie gar keine. Und völlig nackt war sie auch nicht, denn sie trug Schuhe, die an einem Ende noch die Stängel hatten, also frisch gepflückt vermutlich.

Sie wirkte fröhlich, wie sie da um den glänzenden Baum herumwirbelte, ein Bein hoch in die Luft gestreckt. Ich fühlte mich sofort zu ihr hingezogen.

Dezibel war ebenfalls auf die Frau aufmerksam geworden.

»An was hast du eigentlich gedacht, als uns die Astsoziation erwischt hat?«, fragte er mich böse.

»Ich? An gar nichts. Ich habe nur gezählt. Muss ein Gedanke von Woff gewesen sein.«

Plötzlich kam ein dicker, rotgesichtiger Mann auf uns zugelaufen. Er ging, als ob der Boden sehr uneben wäre, dabei war er alles andere als das, im Gegenteil: so eine glatte, flache, absolut gerade Ebene kannte ich sonst nur von der Seeoberfläche an windstillen Tagen.

»Hey, was seid ihr denn für welche?«, fragte der Mann, wobei er kaum den Mund aufmachte, sondern die Worte irgendwie speichelnd herausquetschte.

»Wo sind wir hier?«, fragte Dezibel.

»Na, das ist das *Paradise Nights*. Steht doch draußen groß dran. Was hast'n da? Sind das Flügel?«

»Positiv. Nicht anfassen!« Der Engel fing die Hand des Mannes ab und ließ sie erst los, als dieser sich mir zuwandte.

»Und du? Hast du nicht was vergessen?« Er deutete zwischen meine Beine.

Erschrocken starrte ich auf mein Geschlechtsteil. Hatte die Astsoziation mich etwa nicht komplett mitgenommen? Aber es war zum Glück alles noch da.

»Nein, da fehlt nichts«, sagte ich.

»Aber du kannst doch hier nicht einfach einen auf *Free Willy* machen, hör mal!«

»Was?« Hilfesuchend schaute ich Dezibel an, aber der zuckte nur ratlos mit den Schultern.

»Wenn Luke dich so sieht, gibt's was auf die Fresse!«

»Was?«, fragte ich.

»Bist du'n Perverser? Hat man dir den Mantel geklaut?«

»Was?«

Der Mann winkte ab und starrte ängstlich auf Woff. »Hunde dürfen hier auch nicht mit rein. Mann, ist das ein Vieh! Am besten, ihr haut gleich wieder ab, bevor ihr Ärger kriegt. Ich wollte auch gerade gehen.«

»Bist du ein Engel?«, fragte ich.

»Ich bin Ben. Stammgast hier.« Er schaute mir prüfend in die Augen. »Hast du dir was reingezogen?«

»Was meinst du damit?«

»Ob du eine Nase genommen hast.«

Verwirrt langte ich an meine Nase. »Die habe ich mir nicht genommen! Das ist meine. Und die behalte ich auch. Ich habe schon eine Rippe wieder hergeben müssen. Das reicht ja wohl.«

»Junge, Junge, du musst ja ganz schön was geschluckt haben!«

»Einen Pfirsich, zweieinhalb Bananen und ein paar Pflaumen«, sagte ich.

Ben verzog angewidert das Gesicht. »Teufelszeug!«

»Eine Frage, Ben«, lenkte Dezibel den Mann geschickt von meiner Nase ab. »Adam und ich suchen einen Wald aus schwarzen Bäumen. Kannst du uns da weiterhelfen?«

»Na, in einer Tabledance-Bar werdet ihr ihn bestimmt nicht finden«, meinte Ben lachend. »Ihr seid schon komische Käuze! Ach, jetzt kapier ich! Ihr gehört zur Show, richtig? Ich sage Kate ja schon lange, dass sie den Leuten mal etwas Neues bieten muss. Das sündige Paradies – find ich gut. Passt jedenfalls. Ein Engel und Adam, die es dann mit Eva auf der Bühne treiben, wie? Wird bestimmt 'ne scharfe Nummer. Welches von den Mädchen spielt die Eva? Vielleicht bleibe ich ja noch. Wann seid ihr dran? Moment mal ...«, er zeigte auf Woff, »gehört der Hund etwa auch zur Show? Das wäre ja abartig!«

»Woff gehört zu uns«, stellte ich klar.

»Dann bleibe ich auf jeden Fall!«

Ich hatte nicht viel von dem verstanden, was dieser dicke, männliche Keinflügelengel von sich gegeben hatte. Nur eine Sache. »Du kennst Eva?«, fragte ich. »Ist sie etwa auch hier? Wo steckt sie? Geht es ihr gut? Hat sie von den Äpfeln gegessen? Und die Schlange? Was ist mit der Schlange?«

»Ja, was ist mit der Schlange?« Kichernd standen plötzlich zwei Frauen vor uns, und die rothaarige zeigte auf meinen Penis. »Schläft sie, die Schlange? Die ist ja putzig!«

»Das ist keine Schlange«, erwiderte ich verwirrt. »Das ist mein Geschlechtsteil.«

»Entschuldige – mein Fehler.«

»Es hat die Form einer Banane«, erklärte ich.

»Tatsächlich?« Die Frauen schauten sich an und kicherten noch lauter.

»Ich hätte meinen Penis auch ananasförmig haben können. Aber ich habe es dann doch bei Banane belassen.«

»Gute Wahl«, fand die Rote und flüsterte der Schwarzhaarigen etwas ins Ohr, woraufhin beide in lautes Gelächter ausbrachen.

»Gefällt er euch nicht?«, wollte ich leicht gekränkt wissen. »Ich kann ihn auch größer machen.«

»Was du nicht sagst!«

»Kannst du ihn auch verschwinden lassen?«, fragte die Schwarzhaarige. »In einer Hose zum Beispiel?«

»Hose? Ist das so eine Art Kokosnuss?«

»Ja, genau«, lachte die Rothaarige. »So wie Hemd ja auch eine Art Kartoffel ist.«

»Lasst ihn zufrieden, Mädels«, mischte sich Ben ein. »Das ist Adam, der tritt nachher auf. Und sein Kumpel hier heißt ... äh ...«

»Dezibel«, sagte Dezibel und lüpfte zur Begrüßung leicht seine Flügel.

Die beiden Frauen sahen ihn fasziniert an. »Hey, wie hast du das mit den Flügeln gemacht? Du hast dabei deine Schultern ja gar nicht bewegt. Und diese Muster in deinem Gesicht – die sind aber nicht tätowiert, oder?«

»Wie viele Dosen Haarspray hast du gebraucht, bis du dein Haar so hinbekommen hast?«, fragte die andere.

Dezibel ging nicht darauf ein, sondern sagte: »Wir haben uns im Wald … hmmm … verlaufen. Wisst ihr, ob hier irgendwo …«

»Oh, sie haben sich im Wald verlaufen«, sagte die Rothaarige mit betont mitfühlender Stimme zu ihrer Freundin. »Das wird ja immer schräger.«

»Eigentlich suchen wir Eva«, stellte ich klar. »Habt ihr sie vielleicht gesehen? Sie sieht aus wie die Frau auf dem abgeflachten Hügel da, die gerade kopfunter an dem komischen Baumstamm hängt, nur ist ihr Haar kürzer«, ich zeigte auf die Schwarzhaarige, »so wie deins. Und zwischen den Beinen hat sie Haare so wie … ich weiß nicht – habt ihr Haare dort unten?«

Ben stieß mich leicht an die Schulter. »Hey, Adam, so etwas fragt man nicht.«

Doch die beiden Frauen sahen das offenbar anders. »Lass doch«, sagte die Rothaarige. »Hat doch vorhin sowieso jeder hier gesehen. Nein, ich habe *da unten* keine Haare. Die kitzeln so in der Nase.«

»Oh!«, machte ich erstaunt. »Wachsen die so hoch?«

»Ich rede doch nicht von *meiner* Nase, Bananaboy. Und, tut mir leid, aber eine Eva arbeitet hier nicht. Wie heißt sie denn richtig? – Hey, das ist ja komisch: Adam sucht Eva. Das sind doch die aus der Bibel, oder? Die ersten Menschen. Adam und Eva – ja genau!«

Ben verdrehte seufzend die Augen. »Das habe ich doch gerade erzählt. Kate hat endlich ihr Programm aufgefrischt. Adam und der Engel und Eva – und der Hund. Wisst ihr davon nichts?«

Aber die beiden Frauen waren nun ganz auf Woff konzentriert, der sich hinter meinem Rücken hingelegt hatte, so dass sie ihn offenbar erst jetzt bemerkten.

»Wow, ist das ein großer Schäferhund! Beißt der?«

»Im Moment gerade nicht«, sagte ich, und die beiden Frauen gingen einen Schritt auf Abstand.

»Und der Hund soll auch mit auf die Bühne?«, fragte die Schwarzhaarige zweifelnd. »Eva mit Adam, einem Engel und einem Hund? Steht das so in der Bibel?«

Ben hob seine Schultern. »Muss wohl.«

»Wo ist Bibel?«, fragte ich. »Finde ich da Eva?«

»Wie? Du kennst die Bibel nicht?« Kopfschüttelnd sah die Rothaarige mich an. »Die kennt doch jeder. Das meistgelesene Buch der Welt. Warst du noch nie in 'nem Hotel? Da liegt es oft in der Schublade unter der Fernbedienung für den Pornokanal. Das Buch der Bücher.«

»Und da steht etwas über Adam und Eva drin?«, fragte Dezibel verwundert.

»Da sind alle drin: Adam, Eva, Jesus und ... huh, jetzt fällt mir keiner mehr ein. Jedenfalls 'ne Menge Typen.«

»Steht da auch etwas über Dezibel?«, wollte der Engel wissen.

»Keine Ahnung. Glaube nicht. Aber an einen Gabriel kann ich mich dunkel erinnern.«

Dezibel verdrehte die Augen. »Das war ja klar. Immer dieselben.«

In dem Moment dröhnte eine laute Stimme von oben, ohne dass jemand zu sehen war: »Das war *Sally Highleg* – verabschieden wir sie mit einem heißen Applaus. Und da kommt auch schon unser *Booby Bunny!* Da schmilzt euch das Eis in den Drinks, Freunde, so sehr wird sie euch einheizen. Applaus für unser sexy Kaninchen!«

Die Stimme war so kraftvoll, dass sie die gesamte Höhle auszufüllen schien. Eine Stimme ohne Körper. Ich wusste nur von einem, der seine Stimme erschallen lassen konnte, wo er wollte, ohne überhaupt in der Nähe sein zu müssen.

»War das Gott?«, fragte ich.

»Was?«

»Die Stimme – war das Gott?«

Ben schaute mich mit großen Augen an. »Mann, du solltest heute vielleicht lieber nicht auftreten. So zugedröhnt, wie du bist – statt es mit Eva zu treiben, fickst du nachher noch den Hund!«

Wieder einmal verstand ich so gut wie gar nichts. Ich verzichtete aber wohlweislich auf weitere Nachfragen. Jede Erklärung würde mich wahrscheinlich nur noch mehr verwirren. Stattdessen beobachtete ich, wie eine andere Frau auf den sonnigen Flachhügel kam. Sie war nicht nackt, aber als Gewand konnte man das, was sie am Körper trug, auch nicht gerade bezeichnen. Zwei längliche weiße Blätter oder große Maiskolben ragten über ihren Hinterkopf hinaus, und an ihrem Hintern hatte sie eine Art Blumenkohl befestigt. Der Anblick ließ mir das Wasser im Mund zusammenlaufen – schließlich hatte ich seit heute Morgen nichts mehr gegessen.

Plötzlich stieß Woff ein Japsen aus, sprang auf und starrte schwanzwedelnd in Richtung Hügel. Wenn Dezibel ihn nicht schnell festgehalten hätte, wäre er vermutlich zu der Blumenkohlfrau gerannt. Diese drehte sich nun langsam um und ich sah, was Woff so in Erregung versetzt hatte.

Ihre Brüste waren nackt, aber sie hielt ihre verschränkten Arme davor. Und in ihren Armen trug sie …

»Das Kaninchen!«, rief ich überrascht.

»Booby Bunny«, zischte die Rothaarige verächtlich. »Ihre Titten sind genauso natürlich wie ihre Hasenohren.«

»Und was sie mit dem armen Kaninchen macht, die Scheinwerfer, der Krach, das ist Tierquälerei«, ergänzte die Schwarzhaarige.«

»Also, ich würde gerne tauschen mit dem Tier«, sagte

Ben grinsend. »Das Karnickel hat doch den besten Platz von allen.«

»Männer!« Die Rothaarige versetzte Ben einen leichten Schlag gegen die Schulter. Dann sah sie mich an und fragte: »Und was meint Adam dazu, der erste Mann? Möchtest du auch an ihre Brüste?«

»Das ist eine Freundin von mir«, sagte ich. »Wir haben schon zusammen gespielt.«

»Du kennst Booby?«

»Nein, aber das Kaninchen.« Ich klopfte Woff, den Dezibel kaum noch halten konnte, beruhigend auf den Rücken. »Du hast es auch gleich erkannt, nicht? Keine Sorge, wir nehmen es wieder mit nach Hause.«

»Du meinst, das wäre das Kaninchen, von dem du mir einmal erzählt hast?«, fragte Dezibel. »Das im Wald verschwunden ist? Das ist doch Wochen her, oder? Bestimmt ist das ein anderes Kaninchen!«

»Und wo soll das auf einmal herkommen?«

»Da, wo auch die anderen Menschen herkommen«, sagte Dezibel. Er machte eine ausladende Armbewegung, die alle Anwesenden hier in dieser Höhle umschloss. »Das hier sind keine flügellosen Engel, Adam. Das sind alles Menschen, deine Nachkommen.«

»Du spinnst ja!«, sagte ich.

»Ihr spinnt alle beide«, meinte die Rothaarige, hakte sich bei ihrer Freundin unter und zog sie mit. »Komm, lass uns abhauen. Ben, deine neuen Freunde haben einen gehörigen Schaden, wenn du mich fragst. Adam, Dezwo, nichts für ungut, aber ihr kommt mir langsam vor wie diese Irren in den Nachrichten, die behaupten, sie hätten Stimmen gehört, Befehle von Gott bekommen und so.«

»Befehle würde ich das jetzt nicht gerade nennen«, sagte ich.

»Ich schon«, sagte Dezibel. »Mir befiehlt er ständig irgendetwas.«

Die Rothaarige tippte sich an die Stirn. »Komm, Peggy, Abflug!« Und damit verließen uns die beiden Frauen, gefolgt von Ben, der uns noch rasch auf die Schultern klopfte und viel Glück für den Auftritt wünschte, den er sich nun doch lieber ein andermal ansehen wollte. Gemeinsam liefen sie in den rückwärtigen, dunkleren Teil der Höhle, wo sich offenbar der Ausgang befand.

»Lass uns ebenfalls einen Positionswechsel vornehmen«, schlug Dezibel vor. »Wir müssen wenigstens einen schwarzen Baum finden, um aus dieser Simulation wieder herauszukommen. Und hier drinnen kann ich keinen ausmachen. Also werden wir jetzt die Lage draußen auskundschaften.«

»Falsch, Dezibel«, sagte ich. »Ich werde mir jetzt das Kaninchen holen.«

Bereits nach wenigen Schritten in den helleren Teil der Höhle hinein, dorthin, wo die meisten Engel/Menschen/Was-auch-immers auf den kleinen Sophias um Riesenpilze herum saßen, war ich von zwei Frauen und einem Mann aufgefordert worden, mich zu ihnen zu setzen, ein Mann hatte mir angeboten, mir die Fresse zu polieren, und eine Frau meinte, man müsste mich an den Eiern aufhängen. Ich lehnte sämtliche Angebote dankend ab.

Booby Bunny auf dem Sonnenhügel hatte mittlerweile das Kaninchen auf den Boden gesetzt, wo es brav hocken blieb, während sie um es herumtanzte. Ihre Brüste schwangen nun unverdeckt, riesige Melonen, auf denen man bestimmt prima wegschlummern konnte. Nur leider war an Schlaf überhaupt nicht zu denken. Ich musste mir das Kaninchen schnappen, ich musste den Wald finden, ich musste nach Hause finden und ich musste Eva retten. Und mir zur Seite standen nur ein flügellahmer Engel und ein Tier.

Auf einmal stellte sich mir eine ältere Frau in den Weg. Sie hatte kurzes dunkelgraues Haar und strenge Augen.

»Keinen Schritt weiter! Sie verschwinden auf der Stelle! Sofort!«

»Ja, gut. Ich packe mir nur schnell das Kaninchen und dann gehe ich.«

Sie begann, mit beiden Armen zu winken, und rief: »Luke! Luke hierher! Wir haben hier ein Problem.«

Aus dem Augenwinkel sah ich, dass Dezibel und Woff mir nachgekommen waren und dicht hinter mir standen. Gemeinsam beobachteten wir, wie sich uns ein großer, breitschultriger Mann näherte, ein Gorilla, nur mit weniger Haaren und weniger Manieren.

Die ältere Frau deutete auf mich und sagte: »Dieser Kerl hier, Luke, er …«

Mit einem geringschätzigen Grinsen schaute Luke zwischen meine Beine. »Ich sehe schon, wo das Problem hängt, Kate.« Dann legte er mir eine schwere Hand auf die Schulter. »So, du hattest deinen Spaß, Arschloch! Ab jetzt lache nur noch ich. Komm, gehen wir nach draußen! Da mache ich dir einen Knoten in deine Wichswaffel – damit du mich nicht vergisst.«

Ich zeigte auf den sonnigen Hügel. »Ich muss erst da hoch.«

»Du willst auf die Bühne? Booby an deinem Pole runterrutschen lassen?«

»Ich will nur das Kaninchen.«

»Er will nur das Kaninchen.« Luke lachte höhnisch. »Ja, klar, du ziehst dich nackt aus und versuchst zu unserer Tänzerin auf die Bühne zu hüpfen, weil du das Kaninchen streicheln willst. Du kranker, perverser Wichser! Allein für diese Behauptung schlage ich dir schon sämtliche Zähne aus.«

»Es ist so, wie Adam sagt«, meldete sich nun Dezibel mit kraftvoller Stimme zu Wort. »Von uns hat niemand etwas zu befürchten. Wir sind nur etwas vom Weg abgekommen, aber ...«

»Und das wird euch noch verdammt leidtun, Lederboy! Du und dein Lustsklave hier«, Luke versetzte mir einen Stoß, der mich gegen den Engel taumeln ließ, »ihr hättet auf eurer Fetischparty bleiben sollen oder von wo auch immer ihr gerade kommt. Das hier ist ein anständiger Stripclub.«

Die ältere Frau legte ihre Hand auf seinen Arm und zischte ihm zu: »Vorsicht, der eine hat ein Messer.«

»Mir macht sein Schwert mehr Sorgen«, raunte Luke zurück. Und als Woff anfing, zu knurren und die Zähne zu fletschen, sagte er: »Du rufst wohl doch besser die Polizei, Kate.«

»Schon längst passiert.«

Mittlerweile hatte unser Disput die Aufmerksamkeit einiger Männer und Frauen in unserer Umgebung erregt. Ein paar brachten sich etwas weiter nach hinten in Sicherheit, andere rückten näher, tuschelten miteinander und zeigten dabei abwechselnd auf mich, Dezibel, Woff oder Luke. Falls Wetten abgeschlossen wurden, war ich bestimmt der Außenseiter. Sogar Booby Bunny, die gerade auf Händen und Knien lag und ihre Nase an dem Kaninchenschnäuzchen rieb, während sie ausgiebig mit dem Hintern wackelte, schaute immer wieder neugierig zu uns herüber.

Ich wusste nicht genau, warum es mir so wichtig war, das Kaninchen aus dieser bizarren Welt der unnatürlichen Monde, Bäume, Hügel und Engel zurückzuholen. Irgendwie vermutete ich, dass hinter diesem unerwarteten Wiedertreffen ein tieferer Sinn stecken musste. Außerdem wollte ich Woff nicht enttäuschen, den einzig Dezibels Hand in seinem Nacken davon abhielt, auf den Hügel zu seiner kleinen Freundin zu stürmen.

Mit einem Trick versuchte ich, an dem bulligen Mann vorbeizukommen. Ich zeigte links über seinen Kopf, rief: »Vorsicht, eine Biene!«, und als er dorthin blickte, rannte ich rechts an ihm vorbei. Für einen Moment glaubte ich sogar, meine simple Täuschung wäre geglückt, dann spürte ich seinen harten Griff um mein Handgelenk.

»Jetzt reicht's!«, rief Luke und zerrte mich zurück. Während er mich mit einer Hand festhielt, ballte er die andere zu einer Faust. »Hier! Geht aufs Haus!« Er zog seine Faust zurück, nahm Maß, spannte seinen Bizeps ...

»Das darfst du nicht tun, Luke!«, schrie Dezibel gegen das Knurren und Bellen von Woff an.

»Ach, nein? Dann pass mal auf!«

»Nein, warte!« Dezibel spreizte seine Flügel und fegte dabei einen der Riesenpilze zur Seite. Die Menge um uns herum schrie erstaunt auf. Zögernd schaute Luke Dezibel an. Der Engel sagte: »Du darfst Adam nicht schlagen!«

»Warum nicht?«

»Weil ... weil ... Luke, das ist dein Vater!«

Daraufhin senkte der Mann langsam seinen zum Schlag erhobenen Arm. »Oh! Ja, wenn das so ist ...« Er lächelte mich freundlich an. »Hi, Daddy!«, sagte er und hieb mir die Faust in die Magengrube.

Vom Boden aus betrachtet, wirkte die Höhle noch grotesker, geradezu beängstigend fremdartig. War mir im Moment aber alles egal. Solange ich keine Luft bekam, war mein Interesse an Innendekoration stark eingeschränkt. Ich betrachtete die vielen Beine um mich herum, ohne dass auch nur ein Gedanke an ihnen haften blieb. So langsam könnte sie ja mal wiederkommen, die Luft.

Als etwas später mit dem Sauerstoff auch wieder ein wenig Interesse an meiner Umgebung in mir einzog, erkannte ich, wie Dezibel den großen, bärigen Luke mit beiden Händen an seinem Gewand gepackt hatte und sich so hoch vor die Brust hielt, dass dessen Füße kaum noch den Boden berührten. Luke schlug dem Engel zwar ein paar Mal ins Gesicht, doch schien dies dem Schlagenden größere Schmerzen zu bereiten als dem Geschlagenen. Einen Moment später flog Luke über die Köpfe der Herumstehenden hinweg bis zur nächsten Höhlenwand, an der er dann herunterrutschte, um schließlich stöhnend am Boden liegenzubleiben.

»Steh auf, Adam!« Dezibel streckte mir seine Hand entgegen und zog mich hoch. »Wir müssen verschwinden, bevor Luke Verstärkung bekommt.«

»Ich ... ich muss noch das Kaninchen holen.«

»Jetzt vergiss doch endlich mal das Kaninchen!«, schnauzte Dezibel mich an. »Das ist nicht das Tier, das du kennst. Das ist irgendeiner seiner Nachfahren. Und noch nicht mal ein reales, sondern nur ein simuliertes, geträumt von einem Wald.«

»Nein, das ist wirklich mein Kaninchen! Das spüre ich – und Woff ebenfalls. Wetten, dass an seinem rechten Ohr eine kleine Kerbe ist? Da hat Woff einmal zu feste zugeschnappt.«

Dezibel schüttelte den Kopf. »Weißt du überhaupt, wie unwahrscheinlich das ist? Das Kaninchen, das vor einiger Zeit im *Hungrigen Wald* verschwunden ist, kann in jeder beliebigen Simulation stecken. Der Wald produziert mit jedem Gedanken eine Welt, es gibt Milliarden und Abermilliarden davon. Und da sollen wir ausgerechnet dieselbe erwischt haben wie dieses Kaninchen? Und dann auch noch direkt den richtigen Ort und die richtige Zeit, um ihm zu begegnen? Das ist so unwahrscheinlich wie … wie …«

»Wie ein Wunder?«, fragte ich.

Der Engel stutzte. »Du hast recht! Das wäre natürlich eine Erklärung.«

In dem Moment kam Woff auf uns zugelaufen. In seiner Schnauze hielt er das Kaninchen. Gleich, nachdem Dezibel ihn losgelassen hatte, um Luke das Fliegen beizubringen, war er wohl auf den sonnigen Hügel gestürmt und hatte es sich geschnappt.

»Hallo, kleiner Freund«, begrüßte ich es und kraulte es kurz hinter den Ohren.

»Es hat eine Kerbe am rechten Ohr«, stellte Dezibel staunend fest. »Es ist wirklich ein Wunder!«

»Sag ich doch.«

Der Engel riss sich vom Anblick des wunderbaren Kaninchens los. »Jetzt aber raus hier!«, schrie er und drängte uns Richtung Ausgang, wohin auch Ben und die beiden Frauen verschwunden waren.

Ein Wunder, sagte ich mir immer wieder. Ein Wunder. Warum bewirkte Gott ein Wunder und ließ uns das Kaninchen begegnen? Welchen Zweck verfolgte er damit? Irgendeinen Grund musste es doch geben!

»Halt!«, rief ich, als mich die Erkenntnis plötzlich traf wie ein Blitz. »Woff soll das Kaninchen loslassen! Es wird uns zu dem Wald führen.«

»Wie kommst du denn darauf?«

Während ich Woff zu mir rief und ihm sachte das Kaninchen aus dem Maul nahm, erklärte ich Dezibel: »Es kann nur so sein. Wie sollen wir denn sonst zurückfinden, wenn es allen anderen, die früher im Wald verschwunden waren, nicht gelang? Und ich muss doch Eva retten! Wie soll ich das denn sonst schaffen? Gott hat uns das Kaninchen geschickt. Er hat uns nicht vergessen.«

»Es war aber vor uns da«, wandte Dezibel ein. »Wenn Gott also jemanden geschickt hat, dann uns – um dieses blöde Kaninchen zu holen. Und überhaupt: Wenn es den Weg kennen würde, warum ist es dann nicht schon längst nach Hause zurück?«

Ich verdrehte die Augen. »Weil wir es erst aus den Brüsten dieser Frau befreien mussten. Es ist doch egal, Dezibel, wer wem hilft – wir helfen uns gegenseitig.«

Nachdem ich das Kaninchen auf den Boden gesetzt hatte, schaute es uns eine Weile mit seinen schwarz glänzenden Augen an, hoppelte dann ein paar Meter, blieb dann wieder sitzen und drehte sich nach uns um, als wollte es sich davon überzeugen, dass wir ihm auch tatsächlich folgten.

»Hmmm«, machte Dezibel nachdenklich. »Vielleicht stimmt es ja wirklich. Die Gedanken von kleinen Tieren interagieren nicht so stark mit denen des Waldes wie unsere. Für das Kaninchen sieht diese Welt womöglich etwas anders aus als für uns. Einfacher und überschaubarer vielleicht. Ja, Adam, du könntest wirklich …«

»Recht haben?«, fragte ich stolz.

Dezibel nickte. »Noch ein Wunder.«

»Hey, wartet, ihr schwulen Wichser!«, rief plötzlich jemand hinter uns. Ich fuhr erschrocken herum und sah Luke mit zornrotem Gesicht auf uns zukommen. In seiner Hand hielt er etwas, das ich nicht erkennen konnte. Ich verspürte wenig Lust, es mir näher anzusehen.

»Los, weg hier!«

Dezibel und ich rannten in den dunkleren Teil der Höhle, an der Stelle vorbei, wo wir aus dem Wald herausgekommen waren und Ben getroffen hatten, folgten dem Kaninchen, das ein paar Hopser vorauslief, weiter nach hinten, bis es sich schließlich vor eine Wand setzte und uns erwartungsvoll anguckte. Wir hatten das Höhlenende erreicht, aber ich konnte keinen Ausgang sehen. Hinter uns hörte ich Lukes wütende Stimme. Das war's, dachte ich verzweifelt.

Da drückte Dezibel ganz leicht gegen die Wand und schob ein großes Stück davon einfach nach außen. Unglaublich, wie stark dieser Engel war! Frische Luft wehte mir ins Gesicht. Das Kaninchen, Woff und Dezibel verschwanden durch die entstandene Öffnung. Ich zögerte. Was erwartete mich dort draußen? Ich hatte Angst. Ich wünschte, Eva wäre bei mir. Dann hätten wir beide uns Mut machen können. Ein schrecklicher Lärm drang von draußen herein. Ich wünschte, Eva wäre bei mir. Dann wären wir beide unbesiegbar gewesen.

»Wo bleibst du denn?« Unsanft zerrte Dezibel mich nach draußen, schob das Stück Höhlenwand zurück und lehnte sich dagegen.

Geschockt sah ich mich um. Es war dunkel, aber nicht so richtig, denn überall, überall, überall waren Lichter. Im Hintergrund ragten hohe, schmale Berge mit tausend leuchtenden Augen in den Nachthimmel. Eine Herde seltsamer Tiere rannte an uns vorbei, eins nach dem anderen, unaufhörlich, die Feueraugen stur geradeaus gerichtet, seltsame Knurrlaute ausstoßend. Und die vielen Männer und Frauen! Hunderte wimmelten um uns herum. Ameisen. Sie liefen vorbei, ohne etwas zu sagen, ohne uns auch nur einen Blick zuzuwerfen. Insekten.

Es war zu viel.

»Lass mich wieder rein!«, sagte ich zu Dezibel.

»Negativ.« Der Engel wich nicht von der Stelle. »Wenn ich die Tür nicht zuhalte, haben wir diesen Luke erneut am Hals.« Jetzt hörte ich auch das Klopfen und Brüllen von der anderen Seite der Wand. Ich blieb wohl doch besser hier. »Außerdem: Das ist eure Welt, Adam. Die Welt der Menschen. Euer Garten Eden.«

Ich zeigte auf das Gewusel der vielen Körper und Gesichter und Körper und Gesichter. »Ach, dann meinst du wohl, dass das alles hier meine Kinder sind, oder wie?«

»Das sind alles deine Nachkommen.«

»Was bin ich? Ein Hering?«

Unter einem der wenigen mickrigen Bäume, die es hier zu sehen gab, saßen Woff und das Kaninchen ein paar Meter von uns entfernt am Rand des Wildpfades, wo die seltsam endlose Tierherde unaufhörlich vorbeipreschte, und warteten auf uns.

Ich wollte Dezibel gerade vorschlagen, einfach loszurennen, als plötzlich eines der Tiere aus der Herde ausbrach und auf uns zu raste. Wenige Meter neben uns blieb es stehen. Dann öffnete sich seitlich ein riesiges Maul – und spuckte einen Mann aus.

»Polizei! Keine Bewegung! Hände auf den Kopf!«, schrie er uns an.

Vor Überraschung konnte ich mich ohnehin nicht bewegen. Menschen, die sich im Bauch von Tieren herumtragen ließen! Was war das nur für eine seltsame Welt? Nachdem ich mich wieder halbwegs gefangen und der Mann seine Aufforderung wiederholt hatte, beschloss ich, erst einmal zu tun, was er von mir wollte. Es war ihm anscheinend wichtig.

Um nichts falsch zu machen, fragte ich: »Was denn jetzt? Keine Bewegung oder Hände auf den Kopf?«

»Oh, da haben wir ja einen ganz Schlauen«, sagte der Mann spöttisch. »Klugscheißerstudium mit Diplom abgeschlossen, aber für 'ne Hose hat's nicht mehr gelangt, wie? Und jetzt die Hände auf den Kopf, aber ein bisschen plötzlich! Das gilt auch für Sie dahinten, Batman!«

Dezibel und ich taten dem Mann den Gefallen, und er entspannte sich merklich. Er beugte sich ein wenig hinab und rief in das offenstehende Maul des Feueraugentieres: »Frag mal nach, Tom, ob es heute irgendwelche Sexualdelikte in dieser Gegend gab!«

»Habe ich schon, George. War alles ruhig an der Sexfront.«

Verblüfft bemerkte ich einen zweiten Mann, der im Bauch des Tieres saß. Vielleicht war das Vieh auch überhaupt kein Tier, sondern eine Art laufende Höhle. In dieser verrückten Welt wunderte mich nichts mehr.

George stellte sich nun direkt neben mich und fragte: »Können Sie sich ausweisen, Sir?« Er und der andere Mann lachten. Dann fuhr er fort: »Na ja, wohl kaum. Dann werden Sie wohl mitkommen müssen, bis wir geklärt haben, wer Sie sind.«

»Ich ... ich bin Lukes Vater«, sagte ich schnell, da ich keine Lust hatte, irgendwo mit irgendwem hinzugehen, außer mit dem Kaninchen in den Wald.

»Nicht nur von Luke«, rief mir Dezibel zu.

»Dein Vater bin ich auch«, sagte ich zu dem Mann.

»Na, da wird sich meine Mutter freuen, Sir. Sie schulden ihr noch Alimente für achtzehn Jahre.«

Wieder lachten die beiden Männer. Sie besaßen offenbar fröhliche Gemüter. Dann wurde George wieder ernst. »Dürfte ich erfahren, was Sie hier treiben, Sir, so ohne Kleidung?«

Da der Mann mir im Vergleich zu Luke ziemlich freundlich vorkam, beschloss ich, es mit der Wahrheit zu versuchen. »Wir folgen dem weißen Kaninchen.«

George zog eine Augenbraue hoch. »Also, ich ahnte schon, dass ich eine blöde Antwort bekommen würde«, sagte er kopfschüttelnd. »Aber gleich so blöd ...« Belustigt rief er seinem Freund in der Laufhöhle zu: »Sie folgen einem weißen Kaninchen, Tom. So wie Alice im Wunderland.«

»Wer ist Alice im Wunderland?«, fragte Tom.

Wieder schüttelte George den Kopf. »Mann, bist du ein Kulturbanause! Alice im Wunderland – der Zeichentrickfilm!«

Um ihm zu beweisen, dass ich die Wahrheit sprach, wollte ich ihm das Kaninchen zeigen. Aber ich konnte es nirgends mehr entdecken, und auch Woff war verschwunden. Na, herrlich! Diese Welt gefiel mir immer besser und besser.

»Es stimmt, was er sagt«, mischte sich Dezibel ein und machte Anstalten, zu uns zu treten.

»Hoho! Stopp! Bleiben Sie, wo Sie sind!«, rief George aufgeregt. »Hände auf dem Kopf lassen. Zu Ihnen kommen wir gleich.«

»Wenn ihr uns nicht glaubt, dann lest es doch nach«, sagte Dezibel. »Mein Freund hier kommt im meistgelesenen Buch von euch vor. Das Buch der Bücher. Da ist er sogar eine der Hauptpersonen.«

Das schien den Mann zu beeindrucken. »Tom, sag in der Zentrale Bescheid, sie sollen Verstärkung schicken! Wir haben hier Harry Potter, der nackt durch die Straßen läuft.«

Dann lachten beide ausgiebig, und anschließend hörte ich Tom mit jemand anderem reden. Zuerst sprach er zu leise, um ihn zu verstehen, doch dann erhob er seine Stimme. »Nein, Harry Potter! *Der* Harry Potter! Aus dem Buch von dieser Schriftstellerin, Moment ... George, wie heißt die stinkreiche Tussi, die Harry Potter geschrieben hat?«

»Martina Paura«, rief George.

»Ja, genau, Martina Paura, die meinte ich. Deren Harry Potter ist bei uns. Ja, splitternackt ... George, sie sagen, wenn die nackte Hermine auch noch auftaucht, kommen sie sofort.«

Dann lachten sie erneut, keine Ahnung über was. Dafür entdeckte ich aber das Kaninchen wieder. Es saß unter der Laufhöhle zwischen den komischen runden Beinen und schaute zu mir hoch. Versteckte es sich etwa vor den Männern?

Auch Dezibel hatte das Kaninchen bemerkt. Er schüttelte leicht den Kopf, als ich zu ihm sah. Also verriet ich nichts.

»Nun zu Ihnen, Sir«, wandte sich George an Dezibel. »Können Sie sich ausweisen? Und was soll diese Kostümierung? Ho! Moment mal! Ist das ein echtes Schwert da auf Ihrem Rücken?« Auf einmal wurde er ganz hektisch. »Los, Hände an die Wand! Beine nach hinten!« Er griff an seine Hüfte und holte ein seltsames, irgendwie bananenartiges schwarzes Ding hervor, das er Dezibel entgegenstreckte. »Tom!«, rief er. »Ich brauche dich hier.«

Diesmal öffnete die Laufhöhle ihr Maul auf der anderen Seite und Tom kam heraus, ebenfalls mit so einem schwarzen Bananending in der Hand. Dezibel, der sich so hingestellt hatte, wie George es wollte, drehte seinen Kopf in meine Richtung und blinzelte mir zu.

Ich verstand. Während George Dezibel absuchte und sein Freund den Engel nicht aus den Augen ließ, kroch ich unter die Laufhöhle, um mir das Kaninchen zu schnappen.

»Oh, verdammt!«, hörte ich dort unten liegend plötzlich George rufen. Dann rannte er auf mich zu und stieg in die Laufhöhle zurück.

»George, was ist denn los?«, fragte Tom mit ängstlicher Stimme, seine schwarze Banane immer noch Dezibel anbietend, obwohl dieser mit dem Rücken zu ihm stand, mit beiden Händen an der Wand des *Paradise Nights*.

»Die Flügel sind echt! Das ist los!«, schrie George zurück. »Sei bloß vorsichtig, Junge! Wenn er sich bewegt, schieß!«

»Du spinnst ja, George!« Tom wich zwei Schritte zurück.

»Das sind doch keine echten Flügel, oder?«, fragte er Dezibel.

Der Engel sah ihn herablassend an. »Echter als du oder alles andere hier jedenfalls.«

Ich beschloss, erst einmal hier unten liegenzubleiben. Was hätte ich auch tun sollen? Wenn man zufrieden in der Sonne lag, sagte einem alle fünf Minuten jemand, was man stattdessen tun sollte. Aber wenn man wirklich mal für einen Alternativvorschlag dankbar wäre, ließ sich kein Arsch blicken.

Während ich das Kaninchen streichelte, um seine und meine Nerven zu beruhigen, hörte ich George über mir aufgeregt rufen: »Wir brauchen schnell Verstärkung!«

»Ist Hermine doch noch aufgetaucht?«, fragte eine andere Stimme.

»Nein, wir haben hier einen Vampir.«

»Was?«

»Einen Vampir! Vampir! Einen Vampir! Und ich weiß, wovon ich rede. Meine Frau hat sämtliche Bücher darüber.«

»Was denn für Bücher?«

»Das ist doch jetzt egal, was für Bücher! Von diesem Vampir zum Beispiel, wie heißt er noch, irgendwas mit einem A und einem R und einem D, glaube ich.«

»Dracula.«

»Nein, doch nicht Dracula. Edward! Den meine ich. Was spielt das jetzt überhaupt für eine Rolle? Ich kenne mich jedenfalls aus. Der Typ hat echte Fledermausflügel. Und so ein unheimliches Gesicht.«

»Ich dachte, das wäre Harry Potter.«

George seufzte. »Das war der andere. Der ist aber jetzt weg. Und das war ja auch nur ein Scherz. Aber das mit dem Vampir stimmt wirklich. Wir brauchen Unterstützung.«

Während des Gesprächs sah ich plötzlich Woff auf Dezibel zulaufen. Der andere Mann wollte ihm gleich seine schwarze Banane geben, aber da sprang der Engel wie ein Panther auf ihn zu, riss ihm das Ding aus der Hand und zerquetschte es, woraufhin Tom schreiend davonlief.

»Erst Harry Potter, dann ein Vampir«, zählte die Stimme über mir spöttisch auf. »Was kommt als Nächstes? Ein Werwolf?«

»Oh, verdammt!«, rief George, der offenbar gerade Woff erblickt hatte. »Deshalb war der andere nackt und ist jetzt verschwunden. Oh, heilige Scheiße! Schickt uns Verstärkung! Schickt uns alles, was ihr habt!«

Die Antwort ging in dem überraschten Aufschrei von George unter, denn in diesem Moment wurde die Laufhöhle angehoben, bis sie schließlich krachend alle vier Beine zur Seite streckte.

Woff leckte mir übers Gesicht, und Dezibel streckte mir seine Hand entgegen. »Es wird langsam Zeit, nach Hause zu gehen.«

»Positiv«, sagte ich.

Um uns hatte sich eine Menschenmenge gebildet, neugierige Augen, Geraune, deutende Finger, nervöses Gelächter, wir liefen durch all das wie durch ein seichtes Gewässer. Niemand hielt uns auf, niemand verfolgte uns.

Etwas später setzte ich das Kaninchen ab, und es führte uns über Steinwege, Steinplätze, durch Steinschluchten, tief hinein in das Steinherz einer Steinwelt.

Die Menschen. Es waren so viele. Jeder von ihnen hatte ein eigenes Gesicht, eine eigene Seele, aber das alles ging unter in der puren Menge. Ameisen in einer Steinwelt. Wie sollte all dies aus mir hervorgehen? Ich wollte doch nur ein ruhiges Leben an der Seite von Eva. Diese Hektik, diese wirbelnden Beine, diese vorbeiwischenden Gesichter, wie sollte das von mir kommen? Die Simulation konnte nicht richtig sein.

Wir kamen an einen Steinwasserfall, der in eine Höhle hineinfiel. Er war so breit, dass wir bequem nebeneinander hinuntersteigen konnten. Steinebene folgte auf Steinebene folgte auf Steinebene, ein Katarakt aus Felstritten.

»He, ihr da! Die U-Bahn ist hier stillgelegt«, rief uns ein Mann hinterher. Als wir nicht antworteten, zog er einfach weiter.

Das Kaninchen führte uns in die riesige Höhle hinein, die sich bis in die Ewigkeit zu erstrecken schien. Zwei endlose messerfarbene Schlangen lagen völlig bewegungslos parallel zueinander. Wir liefen zwischen ihren kopflosen, schwanzlosen, gliederlosen Leibern in eine Dunkelheit hinein, die nur ab und zu von Lichtern in den Steinwänden abgemildert wurde.

»Vielleicht hast du dich doch getäuscht mit dem Kaninchen«, sagte Dezibel.

Da tauchten hinter einer Biegung die ersten schwarzen Bäume auf.

Der *Hungrige Wald.*

Ohne zu zögern, liefen wir hinein, und er verschluckte uns mit Haut und Haaren und Fell und Federn.

28 | Das war Rettung im letzten Augenblick

Wir mussten aufpassen, dass wir das Kaninchen im Nebel nicht aus den Augen verloren. Als es doch einmal geschah, war Woff zum Glück nicht allein auf seine Augen angewiesen, so dass wir unseren weißpelzigen Freund bald wiederfanden.

Der Wald hatte uns an genau der Stelle wieder aufgenommen, an der die Astsoziation uns erwischt hatte. Diesmal blieben wir von den Baumtentakeln verschont, und schon nach kurzer Zeit gelangten wir an den Fluss, den wir dann müde, aber erleichtert an der seichten Stelle überquerten, die Gott uns vor ein paar Tagen (mir kam es vor wie Wochen) gezeigt hatte.

Als wir die andere Seite erreichten, war es, als wäre eine große, dunkle Wolke, die lange die Sonne verdeckt hatte, plötzlich weitergezogen. Wir waren zurück im Garten Eden.

»Schön, wieder zu Hause zu sein, oder?«, sagte Dezibel.

»Ich bin nicht zu Hause.«

»Im Paradies, meinte ich.«

»Ich bin nicht im Paradies.«

Dezibel schaute mich verständnislos an, und ich sagte: »Solange Eva nicht bei mir ist, bin ich nirgendwo.«

»Aber du stehst doch hier neben mir.«

»Das bin nicht ich«, sagte ich. »Dieser einsame Mann neben dir, das bin nicht ich.« Dann gab ich mir einen Ruck und fing an zu rennen. »Los, weiter!«, rief ich im Vorbeilaufen. »Ich muss heute noch zwei Menschen das Leben retten.«

Etwa eine Stunde später schienen sich meine schlimmsten Befürchtungen zu bewahrheiten, als ich in das Tal hinunterschaute und Eva, von roten Flämmchen umzüngelt, auf dem Baum der Erkenntnis sitzen sah.

Dezibel, der die besseren Augen hatte, sagte: »Sie hat noch keinen Apfel gepflückt. Sie scheint noch zu überlegen. Vielleicht kommen wir gerade noch …«

Den Rest hörte ich nicht mehr. Ich rannte, nein, stürzte den Abhang hinunter, sprang über Felsen, preschte durch Büsche, riss mir die Haut dabei auf, alles egal, ich lief, ich raste, schneller, schnellller, schnellllller!

Hinter mir hörte ich Dezibel schreien. Im Laufen wandte ich rasch den Kopf, sah, dass der Engel sich mit den Flügeln in einem Gestrüpp verfangen hatte. Keine Zeit, mich umzudrehen, weiter, weiter, schneller.

Da ich nicht wusste, welche Lügen die Schlange über mich verbreitet hatte, verzichtete ich darauf, Eva zu rufen. Womöglich würde sie erst recht in den Apfel beißen, wenn sie mich heranstürmen sah. Außerdem wollte ich die Schlange, die wahrscheinlich auch hier irgendwo herumkroch, nicht frühzeitig warnen.

Und dann war ich auch schon am Baum der Erkenntnis, tauchte in seinen roten Feuerschein, sah Eva auf einem Ast sitzen, in ihrer Hand einen Apfel, sie führte ihn zum Mund und …

»NEIN!« Ohne groß zu überlegen, ergriff ich eines ihrer Beine und riss Eva vom Ast herunter. Krachend stürzte sie neben mich auf den Boden. Eigentlich wollte ich sie auffangen, aber es kann einem ja auch nicht alles gelingen. Der Apfel jedenfalls rollte aus ihrer Hand – unversehrt!

»Du blödes Arschloch!«, schrie Eva mich zur Begrüßung an. »Bist du jetzt total übergeschnappt? Ich hätte mir das Genick brechen können!«

»Ich wollte dich ja auffangen«, verteidigte ich mich. »Aber du bist zu schnell gefallen.«

»Oh, Entschuldigung! Wie unhöflich von mir!«

Unser Wiedersehen hatte ich mir anders vorgestellt. Netter irgendwie. Aber die Hauptsache war doch, dass ich es geschafft hatte, dass ich wieder einmal rechtzeitig zur Stelle war.

»Als dein persönlicher Retter darf ich nicht zimperlich sein«, erklärte ich. »Auf ein paar blaue Flecken kann ich da keine Rücksicht nehmen, wenn ich meinen Job gut machen will. Und ich habe ihn wieder einmal sehr gut gemacht.« Ich deutete auf den Apfel, der neben ihr lag. »Diese Äpfel bringen den Tod, egal, was die Schlange dir erzählt haben mag. Das war Rettung im letzten Augenblick, würde ich sagen.«

»So, würdest du das?« Eva schaute mich mit einem bitteren Lächeln an und deutete dann auf eine andere Stelle im Gras. »Und ich würde sagen, für den letzten Augenblick hättest du drei Äpfel früher kommen müssen.«

Dort, wohin sie zeigte, lagen tatsächlich die Überreste von drei Äpfeln. Erschrocken starrte ich Eva an. »Du hast doch nicht etwa …«

Sie zuckte mit den Achseln. »Es passierte nichts, gar nichts. Ich biss in den Apfel und – nichts. Kein Licht, keine Stimme, keine Erkenntnis, keine Bestrafung, keine Belohnung. Ich aß den ganzen Apfel und immer noch nichts. Dann dachte ich, dass ich vielleicht einen schlechten erwischt hatte, und versuchte einen anderen. Wieder nichts. Ich wollte die Schlange fragen, ob es bei ihr genauso war, aber ich konnte sie nirgends entdecken. Sie wollte mir ihr Zuhause zeigen, sie hatte mich zu den Äpfeln überredet, und dann war sie auf einmal weg!« Sie hob ihren Kopf, schaute mich mit tränenfeuchten Augen an. »So geht es mir immer, weißt du? Ich fange an, jemanden zu mögen, und schon wendet er sich von mir ab. Zuerst Gabriel, dann Gott, dann du und schließlich die Schlange.«

Ich strich ihr zärtlich über die Wange. »Aber ich bin doch hier, du Dummerchen.«

Sie lächelte und berührte meinen Arm, als wollte sie überprüfen, ob ich es auch tatsächlich war. »Ja, du bist hier.« Dann verdüsterte sich ihre Miene wieder. »Ist Lilly auch da?«

»Wer?«

»Lilly! Die erste Frau, die jetzt ein Engel ist und mit der du zusammen singst, die wunderschöne Lilly!«

Ich nickte. »Ja, sie ist hier«, sagte ich. »Sie sitzt neben mir.« Mit den Fingerspitzen fuhr ich Evas Arm entlang. »Die erste Frau – sie ist wunderschön und sie ist ein Engel. Nur singen werde ich nicht mit ihr, wenn's nicht unbedingt sein muss.«

»Willst du damit sagen, es gibt keine Lilly?«

»Das weiß ich nicht. Aber ich kenne keine und ich vermisse keine. Eva, du bist die einzige Frau in meinem Leben. Und solange Booby Bunny nicht hier auftaucht, wird das auch so bleiben.«

»Booby Bunny?«

»Unsere Tochter«, sagte ich grinsend. »Eine von vielen. Ich war im *Hungrigen Wald,* Eva. Ich habe unsere Zukunft gesehen. Und ich würde sagen: Wir beide haben noch viel zu tun.«

Eva schüttelte traurig den Kopf. »Wenn die Schlange mich mit ihrem Zuhause belogen hat und mit Lilly, dann hat sie mich bestimmt auch mit diesem Baum belogen. Das Verbot war keine Prüfung, und die Bestrafung wird keine Belohnung sein. Ich habe keine Zukunft, Adam.«

Tröstend legte ich meinen Arm um ihre Schultern. »Aber natürlich hast du eine Zukunft. Mit mir zusammen. Wir werden viele Kinder haben. Die Mädchen werden riesige Brüste haben und Haare zwischen den Beinen, die bis zur Nase wachsen. Und die Jungen bekommen Fäuste aus Stein.«

In schmerzvoller Erinnerung schaute ich auf meinen Bauch, wo Lukes harter Schlag wider Erwarten keine Spuren hinterlassen hatte.

»Du bist schon ein Spinner«, meinte Eva und tippte mir an die Stirn. »Das hast du wohl alles geträumt.«

»Ein Traum war es schon«, gab ich zu. »Aber nicht meiner.«

In dem Moment kam Dezibel zusammen mit Woff angelaufen, in seiner Hand das Kaninchen. Sein rechter Flügel sah ziemlich ramponiert aus. Vielleicht hätte ich ihm doch aus dem Dorngestrüpp helfen sollen.

»Hallo, Eva.« Der Engel hob seine Flügel an. Wenigstens schien also nichts gebrochen zu sein. »Wie geht's? Hast du … ich meine, hat Adam dich noch rechtzeitig …?«

»So einigermaßen«, übernahm ich die Antwort. »Die meisten Äpfel hängen schließlich noch am Baum.«

Obwohl Eva von Woff bestürmt wurde und diesen ausgiebig streicheln musste, entging ihr nicht Dezibels Blessur. »Was ist mit deinem Flügel passiert? Der ist ja ganz zerfleddert. Kannst du damit überhaupt noch fliegen?«

»Äh«, der Engel schaute betreten zu Boden. »Weiß nicht genau. Wird schwierig.«

»Ach, dich kriegen wir schon wieder hin, Dezibel«, meinte Eva zuversichtlich. »Oh, wie süß! Ein Kaninchen!«

Der Engel setzte das Kaninchen zu Boden, und es hoppelte direkt auf Eva zu, sprang in ihren Schoß und kuschelte sich gemütlich an ihre Brüste.

»Wie seltsam«, wunderte sich Eva. »Ist es krank?«

»Es hat nur ein paar komische neue Angewohnheiten«, sagte ich. »Aber solange es nicht an irgendwelchen Baumstämmen herumrutscht, würde ich mir keine Sorgen machen.«

Während Eva mit einer Hand das Kaninchen kraulte, mit der anderen Woff streichelte und dabei Dezibel Mut wegen seines lädierten Flügels zusprach, fing ich an, mich vernachlässigt zu fühlen. Es war ja schön und gut, dass Eva für jeden ein offenes Ohr, eine liebkosende Hand und zwei weiche Busen hatte, aber wo blieb ich dabei?

»Das reicht jetzt!«, rief ich, packte das Kaninchen im Genick und setzte es ins Gras. »Geh spielen!«

Erfreut beobachtete ich, wie das Kaninchen tatsächlich davonhoppelte und Woff schwanzwedelnd hinterherlief.

Ich deutete auf Evas freien Busenplatz. »Darf ich?«

Sie rutschte näher an den Baum und lehnte sich mit dem Rücken an dessen Stamm. »Wenn du magst.«

Ich setzte mich zwischen ihre Beine, ließ mich auf sie herabsinken und legte mit einem genussvollen Stöhnen meinen Hinterkopf auf ihre Brüste. »Ah, endlich zu Hause«, seufzte ich.

Während Evas Finger durch mein Haar strichen und ich über ihren Unterarm streichelte, schaute Dezibel uns augenrollend zu.

»Wo ist eigentlich Josie?«, fragte Eva, und wir erzählten ihr die ganze Geschichte: Die Lügen der Schlange, von der wir annahmen, sie sei Luzifer, wie wir ihr mit Woffs

Hilfe gefolgt waren, unser Abenteuer im *Hungrigen Wald*, alles.

Ich spürte, wie Evas Körper unter mir anfing, leicht zu beben. »Das habt ihr für mich getan?«, schluchzte sie. »Ihr seid ja ... und ich dachte, ihr würdet mich nicht einmal ... ich bin so dumm! Eine eitle, gekränkte, dumme Närrin, die glaubte, sie müsste ein Engel werden, damit man sie mag. Ich ... ich habe alles kaputtgemacht!«

Ich nahm ihre Hand – ein kleiner, zitternder Vogel – und drückte sie sanft. »Du hast gar nichts kaputtgemacht, Eva. Hey, wir sind doch jetzt wieder zusammen, wir zwei.« Ich legte meinen Kopf in den Nacken, so dass ich ihr Gesicht über mir sehen konnte, und lächelte sie an. »Nun werden wir mit allem und jedem fertig.«

»Wie sollen wir denn mit Gott fertig werden, wenn er kommt, um mich zu ... bestrafen?«, fragte Eva mit brüchiger Stimme.

»Uns fällt schon etwas ein.«

»Was denn?«

»Das sehen wir dann schon.«

»Wann denn?«

Ich hatte ganz vergessen, wie hartnäckig Eva fragen konnte. Im Fragen war sie eindeutig besser als ich im Antworten. »Wir hauen einfach ab«, gab ich schließlich meine ultimative Lösung für knifflige Situationen zum Besten.

»Negativ.« Dezibel, der die ganze Zeit angelegentlich an seinem Gefieder gezupft hatte, unterbrach seine Tätigkeit, um uns meine ultimative Lösung madig zu machen. »Vor Gott kann man nicht davonlaufen.«

»Ich kann schnell laufen«, sagte ich. »Ich laufe schneller, als du fliegst.«

Eva gab mir einen Klaps auf den Hinterkopf. »Hör auf, dich über Dezibel lustig zu machen. Er wird schon bald wieder fliegen können. Und außerdem hat er recht: Vor Gott kann man sich nicht verstecken.«

»Vielleicht merkt er ja gar nichts«, wandte ich schwach ein. »Wir vergraben die Apfelreste, und wenn er fragt, behaupte ich einfach, dass du die ganze Zeit bei mir gewesen bist.«

»Er wird es wissen«, behauptete Eva mit Bestimmtheit. »Gott hat so viel Wirbel um diese Äpfel gemacht, dass ihm meine Verfehlung nicht entgangen sein wird. Ich kann nur versuchen, es ihm zu erklären, und ihn um Verzeihung bitten. Gott ist doch voll der Gnade und Barmherzigkeit, oder, Dezibel?«

»Na ja, im Prinzip schon.« Der Engel schaute skeptisch. »Aber er kann manchmal auch ganz schön – wie soll ich sagen? – pedantisch sein. Und wenn er Regeln aufstellt, also, entweder sind das gleich Naturgesetze oder dicht darunter. Hast du denn einen großen Bissen genommen?«

»Sie hat den ganzen Apfel weggeputzt«, brummte ich.

Dezibel zog zischend die Luft zwischen seine Zähne. »Das ist nicht so gut. Aber andererseits: wenn er ohnehin schon angebissen war ... Du sagst einfach, es war nur ein kleiner Biss und den Rest hast du nur gegessen, weil du den Apfel nicht einfach unnütz verfaulen lassen wolltest.«

»Gute Idee«, fand Eva. »Und die anderen beiden Äpfel? Was sage ich wegen denen?«

»Oh!« Der Engel schaute Eva entsetzt an. »Das ist nicht so gut.«

»Na ja, aber Gott wird sie nicht gleich umbringen wegen zwei Äpfeln mehr, oder? – Oder, Dezibel?«

Betreten blickte der Engel auf seine Stiefelspitzen. »Ich sehe mich mal in der Umgebung um«, murmelte er. »Vielleicht hält sich Luzifer noch irgendwo hier auf.« Mit herabhängenden Flügeln ging er langsam davon.

Evas Hand, mit der sie die ganze Zeit durch mein Haar gestrichen war, ballte sich zur Faust. Das konnte ich zwar nicht sehen, aber spüren.

Mit zusammengepressten Zähnen sagte ich: »Keine Sorge, Eva, ich rede mit Gott.« Daraufhin zog sie noch stärker an meinem Haar. Erst als ich aufstöhnte, ließ sie los.

»Was willst du ihm denn sagen?«

»Ich werde mich mit ihm ganz sachlich auseinandersetzen. Ein Gespräch unter Männern. Du wirst sehen, bestimmt kann ich ihn noch runterhandeln. Vielleicht macht er dich nur blind oder so.«

»Na, jetzt fühle ich mich gleich viel besser«, sagte Eva höhnisch.

Was erwartete sie? Wenn sie nicht den halben Baum abgeweidet hätte, wäre unsere Verhandlungsposition auch nicht so miserabel.

»Bitte schön! Wenn ich ohnehin sterben muss, dann esse ich so viel von den Dingern, wie ich nur kann.« Damit zog sie ihre Hand aus meiner und griff sich den Apfel, der neben uns im Gras lag.

Ehe ich reagieren konnte, hörte ich das knirschende Geräusch von Zähnen, die sich in festes Fruchtfleisch gruben, und ein süßsäuerlicher Geruch kitzelte meine Nase.

Ich fuhr herum und versuchte, Eva den Apfel wegzunehmen. »Lass das! Du machst doch alles nur noch schlimmer!«

»Ich habe mich von Luzifer blenden lassen, ich habe Gottes Verbot missachtet, ich werde sterben – wie kann es denn da noch schlimmer kommen?«, rief Eva aufgebracht. In ihren Augen sah ich Angst, Enttäuschung, Zorn und Scham in einem Meer aus Tränen.

»Her damit!« Verärgert riss ich ihr die Verbotene Frucht aus der Hand.

»Gib ihn mir zurück!« Eva boxte mich auf den Rücken, versuchte vergeblich über meine Schulter an den Apfel zu kommen, wollte aufstehen, sich von mir lösen, aber ich drückte sie mit meinem Kreuz fest gegen den Baumstamm, schützte den Apfel mit meinem Körper vor ihren Armen, die sich wie Schlangen um mich wanden, ihre Hände zwei zuschnappende Mäuler. »Lass ihn mir«, schluchzte sie. »Ich habe ihn mit meinem Leben bezahlt. Für den Preis darf ich ja wohl wenigstens noch ein Mal beißen!«

»Ja, beruhige dich«, rief ich über meine Schulter. »Du kriegst ihn ja wieder.«

Ich spürte ihren Atem in meinem Ohr, ihren Busen in meinem Rücken, ihre Hände überall. Diese Nähe wollte ich nie wieder missen.

Ich biss in den Apfel. Er schmeckte mehr süß als sauer.

»Was tust du denn da?«, schrie mich Eva an. »Adam! Was hast du gemacht?«

Ich reichte ihr den Apfel. Unsere beiden Bissspuren in seiner roten Wölbung sahen aus wie das Flügelpaar eines Engels. Zwei geschwungene Bögen, die sich nach unten verjüngten.

Mein Herz raste, meine Augen tränten, meine Arme zitterten. Eva schlug mir die Verbotene Frucht aus der Hand, ließ sie achtlos am Boden liegen. »Was hast du getan!« Ihre Finger in meinem Gesicht, an meinem Mund. »Spuck es wieder aus! Bitte, Adam! Bitte!«

Ich schluckte den Bissen hinunter. Es ging ganz leicht. Mein Körper nahm ihn an wie ein Geschenk. Ein Geschenk anlässlich einer Vereinigung. Biss in den Tod.

Eva weinte, ihr Haar fiel auf meine Schulter, ihre Tränen rannen mir über die Brust. »Adam – bitte spuck es wieder aus! Schnell! Beeil dich! Mach schon! Bitte, Adam!« Ihre

Fausthiebe waren leicht, Vogelschwingen, ein Streicheln nur im Vergleich zu Lukes hartem Schlag. Und irgendwann gab sie auf. Keine Schreie mehr, keine Schläge, nur ein verhaltenes Schluchzen und ein unablässiges Zittern aus den Tiefen ihres Körpers. »Warum hast du das gemacht?« Ihre Stimme war kaum zu verstehen.

Ich drehte mich um, sah ihr tief in die Augen. »Wenn Gott dich mit dem Tod bestrafen will, dann bitte auch mich. Und ich glaube nicht, dass er die ganze Menschheit auslöschen wird, nur wegen ein paar Äpfeln.«

»Und wenn doch?«

Ich zuckte mit den Schultern. »Gemeinsam gelebt, zusammen gestorben«, sagte ich leichthin, obwohl mir schon ein bisschen mulmig zumute war. Womöglich täuschte ich mich in Gott, und er war uns Menschen tatsächlich überdrüssig. Oder hatte vielleicht schon Ersatz für uns.

»Das war dumm von dir, Adam«, schimpfte Eva. »Warum hast du mich nicht vorher gefragt?«

»Ich befürchtete, du könntest es vielleicht dumm finden.«

Eva seufzte und schüttelte den Kopf. »Ich kann wenigstens sagen, dass die Schlange mich getäuscht hat. Aber du läufst sehenden Auges ins Verderben. Gott wird deine Motive wahrscheinlich hinterfragen. Dann sag ihm wenigstens, dass ich dich gezwungen habe, ja? Vielleicht drückt er dann bei dir noch einmal ein Auge zu. Sag ihm, dass du …«

»… dass ich ohne Eva nicht leben kann – das werde ich ihm sagen«, unterbrach ich sie. »Er hat dich mir schon einmal aus meiner Brust herausgerissen. Ein zweites Mal ertrage ich es nicht. Ich lasse nicht zu, dass er uns wieder trennt. Was immer er auch mit dir vorhat, ich bin an deiner Seite.«

»Oh, Adam, du bist …«, Eva schlug mir beide Hände gegen die Brust, »du bist …«, und wieder, »du bist so ein …

wunderbarer, wunderbarer Blödmann. Du hättest das nicht tun sollen. Ich weiß nicht, was ich …« Sie wischte sich mit dem Handrücken über Nase und Wangen, funkelte mich mit glänzenden Augen an, leckte sich über die Lippen. »Kurz?«

Lächelnd nahm ich sie in die Arme. »Ich dachte schon, du fragst nie.«

EVADAM

29

Wenn das der Tod ist, so will ich tausend Tode sterben!

Unsere Lippen schmecken nach Apfel – ein süßer, verbotener Geschmack, in dem sich unsere Zungen winden. Unsere Hände überall, Haar und Haut, ein zärtliches Streicheln, ein forderndes Packen, Weiche und Härte im süßsauren Apfeldunst unseres Atems.

Der Tanz der Zungen, Münder, Lippen, feuchte Erkundungen, Eroberungen. Ein neuer Mund, der sich öffnet, eine neue Zunge, die in ihn stößt, unerforschtes Territorium, Weiches und Hartes, warme, glitschige Umschließung, pulsierende Durchdringung.

Der Tanz der Körper, aufgewirbelte Gefühle, lustvolle Nähe, endlose Berührung. Rotflammige Zuckungen, das saftige Fleisch der Verbotenen Frucht.

Wenn das der Tod ist, so will ich tausend Tode sterben! In deinen Armen.

Wenn das der Tod ist, so will ich tausend Tode sterben! Tag für Tag.

EVA

30| Die Liebe setzt sich immer durch

Ich war die glücklichste Frau der Welt. Aber ich war auch die unglücklichste Frau der Welt. Denn sollte mich Gottes Strafe, der Tod, tatsächlich noch treffen, so würde das besonders schlimm werden, gerade jetzt, wo ich mich so lebendig fühlte wie nie. Vor ein paar Stunden noch hätte es kaum einen Unterschied gemacht, da hätte ich den Tod herbeigewinkt: *Hallo, Tod, auch allein unterwegs? Sollen wir uns nicht zusammentun?*

Aber nun nicht mehr. Nein, nun wollte ich leben! und leben! und leben! Eva, das Leben – ja so hieß ich und so hieß meine Bestimmung: Leben. Ich hoffte nur, dass Gott das genauso sehen würde.

Erschöpft lagen Adam und ich unter dem Apfelbaum. Der Widerschein des roten Feuers flackerte auf unserer Haut, verwischte die Konturen unserer Glieder, machte aus zwei Körpern einen einzigen. Aber das hatten wir vorhin auch ohne optische Hilfsmittel ganz gut hinbekommen.

»Hooa!«, machte ich.

»Das wollte ich auch gerade sagen«, meinte Adam.

Ungläubig schüttelte ich den Kopf. »Ich hätte nicht

gedacht, dass mich mein Körper noch so überraschen kann.«

»Mich hat dein Körper auch überrascht.« Adam schaute mich verzückt an. »Glaubst du, das lag an den Äpfeln?«

»Keine Ahnung. Vielleicht hatten wir uns auch einfach nur ziemlich vermisst und konnten uns deshalb nicht nah genug kommen.«

»Näher ging wirklich nicht.« Adam grinste, aber dann wurde er schlagartig ernst. »Oder es waren die ersten Symptome von … du weißt schon – Gottes Strafe.«

»Fühlte es sich für dich wie eine Strafe an?«, fragte ich stirnrunzelnd.

»Nein, das nicht. Es fühlte sich an wie …«, er überlegte eine Weile und fuhr fort: »… wie wenn man niesen muss und nicht kann und die Nase kribbelt und kribbelt, aber es tut sich nichts, und dann geht es auf einmal doch, und zwar gleich ein paarmal hintereinander. Ein tolles Gefühl! Und wie war es für dich?«

»Als hätte mir jemand zwischen die Beine gerotzt«, sagte ich eingeschnappt. »War es für dich wirklich nicht mehr als ein Schnupfen? Weißt du, Adam, mir war nämlich so, als würde ich von einer großen Welle in den Himmel getragen, als flöge ich durch meinen eigenen Körper. Es war unbeschreiblich schön. Und für dich war es nur ein blöder Nieser!«

Lachend nahm Adam mich in die Arme. »Aber doch kein gewöhnlicher Nieser, du kleine, dumme Quietschemaus! Ich meinte einen Nieser für jemanden, dessen Körper praktisch nur aus Nase besteht, einen Super-duper-galakto-rumrotz-Nieser, der einem eine unvorstellbare Erleichterung verschafft, so einen meinte ich.«

»Na dann: Gesundheit!«, sagte plötzlich jemand in unserem Rücken.

»Josie!« Erfreut sprang ich auf und fiel der Engelfrau um den Hals. Auch Adam begrüßte sie herzlich.

Es tat gut, Josie wiederzusehen. Sie war für mich eine echte Freundin geworden, mehr noch als Dezibel, den ich zwar auch mochte, der mit seiner dick aufgetragenen Schroffheit aber nicht ganz mein Fall war.

Offenbar hatte Dezibel seine Partnerin heranfliegen sehen, denn kurze Zeit später stieß er ebenfalls zu uns, als wir Josie gerade alles erzählten.

»Oh, ist das gemein!«, beklagte sich die Engelfrau. »Da ist man mal für kurze Zeit weg und schon verpasst man alles. Während ich in der blöden Höhle saß und Tropfsteine zählte, habt ihr Abenteuer im *Hungrigen Wald* erlebt, seid mit Luzifer unterwegs gewesen und habt vom Baum der Erkenntnis gegessen. Das ist total unfair. Und wegen dieser drohenden Strafe macht euch mal keine Gedanken. Das lasse ich nicht zu. Ich werde eine Fürbitteaktion starten, ich schreibe ein Protestlied, ich liege Gott so lange in den Ohren, bis er euch verschont.«

»Oder dich ebenfalls hopsgehen lässt«, knurrte Dezibel.

»Ach, wird er schon nicht«, winkte Josie ab und wurde blass im Gesicht.

»Woher wusstest du, wo du uns findest?«, fragte ich.

»Nun, nachdem mir endlich klar geworden war, dass Gabriel wohl nicht mehr kommen würde, bin ich von der Engelshöhle direkt zurück zum See geflogen. Ich habe mich richtig erschrocken, als ihr alle weg wart. Sophia hat mir dann zum Glück einen Hinweis gegeben, wo ihr seid.«

»Kannst du uns nach Hause fliegen?«, fragte ich hoffnungsfroh. Bislang hatte ich mich noch nicht so richtig getraut, einen der Engel zu bitten, mit mir einfach nur zum Spaß zu fliegen. Aber angesichts des langen Heimweges gab es nun einen berechtigten Grund für mein Ansinnen, so dass ich nicht länger zögerte. Womöglich würde ich heute noch über den See hinweggleiten und aus den Wolken ans Ufer herniederschweben – eine triumphale Rückkehr nach Hause.

»Natürlich, Süße, klar fliege ich dich.«

»Und Adam«, sagte ich.

»Na, den dürfen wir auf keinen Fall vergessen. Ich fliege eben zweimal.«

»Woff und das Kaninchen müssen auch mit«, sagte Adam.

»Kein Problem.« Josie winkte ab. »Dezibel ist schließlich auch noch da.«

»Dezibel musst du ebenfalls fliegen«, teilte ich ihr mit. »Schaffst du das alles?«

Verwundert schaute Josie ihren Kollegen an. »Was soll das heißen, Dezibel? Warum fliegst du nicht selbst? So zerrupft ist dein Flügel jetzt auch wieder nicht. Oder hast du dir etwas gebrochen?«

»Nein, aber meine Flügel sind zu klein.«

»Dein Hirn ist zu klein«, erwiderte Josie kopfschüttelnd. »Mit deinen Flügeln ist alles in Ordnung.«

»Ich bin zu schwer.« Zum Beweis schlug der Engel ein paarmal mit den Flügeln, ohne auch nur einen Fingerbreit vom Boden abzuheben. »Da ist nichts zu machen. Ich versuche es bereits seit zwei Tagen.«

»Und wie willst du dann wieder zurück in den Himmel kommen?«, wollte Josie wissen. »Das schaffst du nicht als Beiflieger.«

Mit gesenktem Kopf antwortete Dezibel: »Ein Engel, der nicht fliegen kann, hat im Himmel nichts verloren. Denkst du, ich weiß das nicht, Josie? Ich werde wohl oder übel hierbleiben.«

»Wie du meinst, Dezibel.« Josie zuckte gleichgültig mit den Schultern. »Dann bleibe ich auch.«

»Das ist nicht dein Ernst, oder?«

»Wir sind zusammen gekommen, wir werden auch wieder zusammen gehen – oder eben nicht. Bist du bereit, Eva? Mit dir fliege ich zuerst.«

Ich nickte, und Dezibel sagte verwundert: »Ich verstehe dich nicht, Josie. Du lebst doch so gerne im Himmel. Deine ganzen Freunde, die vielen Chöre, in denen du singst, deine Wolkensammlung – das würdest du alles aufgeben wegen mir? Du kannst mich doch gar nicht mal besonders leiden!«

Josie nahm mich in ihre Arme, breitete die Schwingen aus, zischte noch: »Du bist so ein Idiot, Dezibel!«, und flog mit mir davon.

Das Fliegen fühlte sich noch herrlicher an, als ich es mir vorgestellt hatte. Der Garten lag in seiner ganzen Schönheit mir zu Füßen, der Himmel drückte mir nicht mehr auf den Kopf, sondern hob mich, hielt mich, warf mich empor und fing mich wieder auf, der Wind in meinen Haaren, mein Lachen in den Wolken. Es ging viel zu schnell vorbei. Der Flug über den See war Höhepunkt und vorläufiger Abschluss meiner Fliegerkarriere. Und dann stand ich berauscht und ernüchtert zugleich am Ufer und schaute Josie hinterher, die sich aufmachte, Adam zu holen.

Als die Engelfrau eine ganze Weile später mit Adam am Himmel auftauchte, zappelte dieser so stark in ihren Armen, dass ich Angst bekam, er könnte aus Josies Griff herausfallen und in die Tiefe stürzen. Ich konnte gar nicht mehr hinschauen, so sehr sorgte ich mich um meinen Mann.

»Das war das letzte Mal!«, schimpfte Adam, als die beiden direkt neben mir landeten. »Wenn Gott gewollt hätte, dass ich fliege, dann hätte er mir einen anderen Magen gegeben.«

»Entschuldigung, Adam.« Josie Stimme klang schuldbewusst, aber sie blinzelte mir heimlich zu, als sie sagte: »Das mit dem Looping hätte ich nicht machen sollen.«

»Ach, der Looping!« Adam schaute sie böse an. »Der Looping war gar nichts. Den Sturzflug hättest du dir verkneifen können! Wieso hast du das gemacht?«

»Ich dachte, es würde dir gefallen.«

»Ach ja? Wie kamst du darauf? Wegen meiner Schreie?«

»Freudenschreie, dachte ich.«

»Und als ich mich übergeben habe? Was hast du da gedacht?«

»Ich hole dann mal Dezibel«, sagte Josie schmallippig und flog los.

Sie war noch beim Aufsteigen, als plötzlich ein weiterer Engel am Himmel erschien. Zum ersten Mal seit einiger Zeit zuckte der Name Gabriel wieder durch meine Gedanken. Aber es war nicht der Erzengel.

Josie kehrte um, und die beiden Engel landeten zusammen bei uns. Dezibel ließ Woff los und dieser sprang freudig davon. Dann holte er das Kaninchen aus einer Tasche seines Gewandes und setzte es ins Gras.

»Wieso kannst du auf einmal wieder fliegen?«, fragte Adam den Engel verärgert. »Kommt mir nicht so vor, als wären deine Flügel größer geworden.«

»Nein, aber ich bin nicht mehr so schwer.« Der Engel strahlte über das ganze Gesicht, ein ungewohnter Anblick bei ihm. Stand ihm aber gut.

»Was soll das heißen: Du bist nicht mehr so schwer?« Adam konnte sich noch nicht so richtig für den Engel freuen. »Vorhin warst du es doch noch.«

»Ja, aber plötzlich fühle ich mich viel leichter. Da sind nicht mehr so schwere Gedanken in meinem Kopf.«

»Hättest du deine scheißschweren Gedanken nicht schon früher aus deinem blöden Kopf schütteln können?«, fragte

Adam giftig. »Zum Beispiel, bevor wir in diesen Scheißwald gegangen sind?«

»Das habe ich doch versucht und versucht«, verteidigte sich Dezibel. »Es ist nicht so einfach, seine eigenen Gedanken zu beeinflussen. Ich weiß auch nicht, warum plötzlich der düstere Himmel in meinem Kopf aufgeklart hat. Eigentlich habe ich gar nichts gemacht. Und auf einmal kommt mir alles viel heller und leichter vor. Keine Ahnung, wieso.«

»Ja, seltsam, seltsam«, sagte Josie spöttisch. »Das wird wohl für immer ein Rätsel bleiben.«

»Vielleicht war es der Einfluss des Waldes«, vermutete Adam. »Diese Lichter, diese Impulse, die haben deine Gedanken eventuell aufgelockert.«

»Glaubst du? Aber als wir aus dem Wald herauskamen, konnte ich auch noch nicht fliegen.«

»Es dauert eben eine Weile, bis es wirkt.«

»Ja, das wäre eine Erklärung. Oder es ist ein Wunder. Gott wollte womöglich, dass ich wieder fliege, weil er noch große Dinge mit mir vorhat.«

Josie schaute mich an und verdrehte die Augen. »Männer!«, sagte sie nur, und ich wusste genau, was sie meinte.

Seite an Seite mit Gabriel lief ich die endlose Fenstergalerie entlang. Ein weißer Dunstschleier aus dem Raum hinter der Welt begleitete uns, machte uns unhörbar für jeden. Ab und zu blieben wir vor einem der Fenster stehen und schauten eine Weile in die Welt dahinter, schweigend.

Erst als wir an das Fenster gelangten, das uns Adam und Eva zeigen würde, sagte Gabriel: »Die beiden werden mir fehlen.«

»Irgendwie muss ich sie ja bestrafen, nicht wahr? Der Schlange ...«

»… die ja nun wirklich nichts dafür kann, dass Luzifer in ihrer Gestalt aufgetreten ist.«

»Luzifer? Ich weiß von keinem Luzifer? Du etwa? Solange er mir nicht offen entgegentritt, werde ich ihn nicht vernichten, sondern insgeheim versuchen, das Böse aus ihm und somit aus der Welt zu bringen. Für mich war es nur eine Schlange, die die Menschen verführt hat, nichts anderes. Und zur Strafe werde ich ihr die Beine nehmen.«

Der Engel blinzelte mir zu. »Was die Evolution über kurz oder lang ohnehin erledigt hätte, nicht wahr?«

»Ach, ist das so? Was du alles weißt! Jedenfalls ist das ihre Strafe. Und bei den Menschen lasse ich Gnade vor Recht ergehen. Sie behalten ihr Leben …«

»Na, so eine Überraschung.«

»… aber sie müssen den Garten Eden verlassen. Ich weiß, das klingt hart, aber sie werden ja nicht aus der Welt getilgt. Auch außerhalb des Paradieses geht das Leben weiter.«

»Ja, aber es wird anders sein. Sie entfernen sich ein Stück von uns. Wir werden uns nicht mehr so intensiv um sie kümmern können. Ich meine, so wie wir es taten, bevor wir uns wegen Luzifer zurückhielten.«

»Das wird ihnen nicht unbedingt wie ein Nachteil vorkommen, fürchte ich fast.«

»Besonders Adam nicht.« Gabriel lachte mit ernsten Augen, dann fragte er: »Gibt es wirklich keine andere Möglichkeit?«

Ich schaute ihn verwundert an. Diese Verzagtheit kannte ich gar nicht an ihm. Normalerweise lief er unbeirrt voran, wenn erst einmal ein Entschluss gefasst war.

»Mir gefällt das genauso wenig wie dir. Aber Luzifer wird genau beobachten, was weiter geschieht, nun, nachdem sowohl Eva als auch Adam mein Verbot missachtet haben. Er

wird enttäuscht sein, dass ich sie nicht, wie angekündigt, mit dem Tod bestrafe.«

»Er hat sich bestimmt schon darauf gefreut, zuzusehen, wie du dein eigenes Lieblingsprojekt eliminierst«, vermutete auch Gabriel.

»Aber wenn ich Adam und Eva aus dem Paradies vertreibe, wird ihn das über seine Enttäuschung hinwegtrösten. In seinen Augen hat er nun einen Keil zwischen mich und die Menschen getrieben. Er hat mir eine Wunde geschlagen und wird genüsslich Salz hineinreiben, indem er weiterhin seine Spielchen mit den Menschen treibt.«

Gabriel schaute zweifelnd zu dem Fenster. Noch hatte ich die Läden nicht geöffnet, nicht einmal einen Spaltbreit. Adam und Eva – noch brachte ich es nicht über mich, sie zu sehen.

»Und du glaubst wirklich, der Kontakt zu den Menschen wird Luzifer allmählich läutern?«

Ich lächelte zuversichtlich. »Sobald er den ersten Menschen liebt ...«

»Adam?«, unterbrach mich Gabriel ungläubig.

»Ihn oder Eva oder einen ihrer Nachfahren in der ersten, zweiten, zehnten oder tausendsten Generation«, erläuterte ich. »Sobald er den ersten Menschen liebt, und sei es auch nur ein wenig, wird er nicht mehr derselbe Luzifer sein, den wir kennen. Der Hass in ihm wird nicht mehr so heiß lodern. Das Gegenfeuer, einmal entfacht, wird stärker werden und die zerstörerischen Flammen durch wärmende ersetzen.«

»Mag sein.« Der Engel wirkte nicht überzeugt. Er hätte es wohl nach wie vor lieber gesehen, wenn ich Luzifer einfach aus dem Universum getilgt hätte. »Aber was ist, wenn die Menschen überhaupt keine Nachkommen wollen, wenn der Träumende Wald *sich irrt, wenn sie lieber vom Baum des*

Lebens essen möchten? Sie sind noch nicht dort gewesen, um sich zu entscheiden.«

»Diese Entscheidung wurde bereits getroffen, Gabriel, wenn auch unbewusst.« Er sah mich verständnislos an, und ich legte ihm eine Hand auf die Schulter und zog ihn ins Vertrauen: »Eva selbst ist zum Baum des Lebens geworden, verstehst du? Und dieser trägt sogar schon eine Frucht. Noch ahnt sie nichts davon.«

»Du meinst ...«

»Adam und Eva haben sich erkannt, ja. Nachdem sie von der Verbotenen Frucht gegessen hatten, vereinten sie ihre Leiber. Also, ich habe nicht direkt dabei zugeschaut, aber es blieb mir auch nicht verborgen.«

Gabriel schüttelte fassungslos den Kopf. »Sie hatten ein einziges Mal Sex und schon erwarten sie Nachwuchs?«

Ich zuckte die Schultern. »Das viele frische Obst ...«

»Aber dann ... Wir können doch nicht eine Schwangere heimatlos durch die Fremde irren lassen!«

»So etwas wird leider immer wieder vorkommen, glaube mir. Aber bis sie überhaupt merkt, dass neues Leben in ihr wächst, werden sie und Adam sich längst ein neues Zuhause außerhalb des Paradieses geschaffen haben, sei unbesorgt.«

»Wir sollten ihnen zumindest ein paar nützliche Dinge mitgeben«, schlug der Engel vor. »Kleidung, falls es sie in kühlere Gegenden verschlägt, und Feuer und vielleicht ein Messer und ...«

»Und einen Regenschirm und ein Kinderbettchen und ein Haus mit Whirlpool und Entertainmentcenter, sonst noch was?«

»Entschu... Entscheiden musst natürlich du, Herr.«

Versöhnlich lächelte ich ihn an. »Ich sorge mich auch um ihr Wohlergehen, das kannst du mir glauben. Aber die Bestrafung muss glaubwürdig wirken, sonst war alles umsonst.

Kleidung – von mir aus. Alles andere werden sie sich selbst erarbeiten müssen. Sie haben die Fähigkeiten dazu, sie sind schlau und anpassungsfähig. Und sie helfen sich gegenseitig, sind sich Stütze und Trost und können so auch schwierige Zeiten überstehen. Außerdem wäre ein Messer das Letzte, was ich ihnen geben würde. Mit dem Prinzip der Bewaffnung wird Luzifer sie früh genug vertraut machen, glaubst du nicht auch?«

»Sicher. Er wird aus der Welt der Menschen sein eigenes, blutiges Entertainmentcenter bauen.«

»Es wird immer so sein wie mit dem Apfel, Gabriel. Luzifer kann ihn den Menschen in die Hand drücken, aber ob sie reinbeißen oder nicht, entscheiden sie letztlich selbst. Wir werden ihnen dezent den richtigen Weg weisen – einige werden ihn einschlagen, andere nicht – und ansonsten auf das Beste hoffen. Am Ende wird die Liebe sich durchsetzen, du wirst sehen. Die Liebe setzt sich immer durch.«

Gabriel seufzte. »Ja, am Ende vielleicht. Aber bis dahin kann es noch ganz schön garstig werden für die Menschen. Wann willst du ihnen das Urteil verkünden?«

»Gleich, nachdem ich mich davon überzeugt habe, dass die Gelegenheit nicht allzu unpassend ist. Ich möchte nicht hinzukommen, während sie gerade … während sie sich gerade wieder erkennen. Ich will mir nicht nachsagen lassen, ein prüder Spaßverderber zu sein.«

»Ich möchte gerne mitkommen, Herr.«

Ich packte den Engel an den Schultern, schaute ihm eindringlich in die Augen und sagte: »Gabriel, das ist keine gute Idee. Das wird nämlich nicht gerade ein Höflichkeitsbesuch.«

»Ich habe Eva mein Wort gegeben«, entgegnete Gabriel trotzig. »An dem Tag, als sie Adam kennenlernte, fragte sie mich, ob sie mich wiedersähe. Und ich versprach es ihr.«

Nach kurzem Nachdenken schüttelte ich den Kopf. »Die Umstände haben sich geändert, also bist du an dein Versprechen nicht gebunden. Und möglicherweise wirst du sie irgendwann einmal außerhalb des Paradieses aufsuchen können.«

»Doch das ist ungewiss.«

»Wie alles, was in der Zukunft liegt.«

Betrübt blickte Gabriel zu Boden. Dann verhärteten sich seine Gesichtszüge, und seine blauen Augen funkelten vor Entschlossenheit. »Herr, es gab noch keinen Befehl von dir, den ich nicht mehr oder weniger freudig befolgt hätte, ist es nicht so?« Ich nickte, und der Engel fragte: »Wäre es nicht schön, wenn das so bleiben könnte?«

Überrascht schaute ich ihn an.

»Entschuldigung.«

»Schon gut«, sagte Gabriel. »Ich darf also mit?«

»Ich ahnte nicht, dass es dir so wichtig ist. Nur eines will ich dir noch zu bedenken geben, Gabriel. Eva hält sehr viel von dir, vielleicht mehr, als gut für sie ist. Wenn du dich nun an ihrer Verweisung aus dem Paradies beteiligst, wird ihre Meinung von dir nicht mehr so hoch sein.«

»Und das wird mein Abschiedsgeschenk an sie«, sagte Gabriel mit einem traurigen Lächeln.

Ich verstand, was er meinte. Gabriel war ein großartiger Engel. Sein Herz war größer als er selbst.

»Gut, dann wollen wir mal sehen, was unsere geliebten Menschen gerade treiben.«

Krachend schlug ich die Läden vor dem Fenster zurück.

ADAM
& EVA

31 |
O nein, nicht schon wieder die Liebe!

»NUN ABER BLEIBEN GLAUBE, HOFFNUNG, LIEBE, DIESE DREI; ABER DIE LIEBE IST DIE GRÖSSTE UNTER IHNEN.«

»Da hörst du es«, sagte Eva zu Adam, der neben ihr auf Sophia lag. »Es wird alles gut.«

»Das hat sie gesagt?«, zweifelte er. »Für mich klang das eher nach tröstenden Worten, die man spricht, wenn eben nicht alles gut wird.«

»Wenn man liebt, besteht immer Hoffnung. Und wir lieben uns. Und Gott liebt uns auch, daran glaube ich ganz fest. Und wir lieben Gott.«

»Na ja, kommt drauf an.« Adam wiegte seinen Kopf hin und her. »Wenn Gott uns tötet, liebe ich ihn nicht mehr so doll.«

Es wurde bereits dämmrig. Josie und Dezibel machten ihre Runde, auch wenn keiner glaubte, dass Luzifer sich so bald wieder blicken lassen würde.

»Niemand wird getötet«, sagte Eva mit fester Stimme. »Ich habe darüber nachgedacht. Gott ist nicht so rachsüchtig. Wir haben uns nur von seiner Drohung einschüchtern lassen. Aber vorher war er ganz anders zu uns, oder? Verständnisvoll, gutmütig, fürsorglich. Das mit dem Tod als Strafe meinte er bestimmt nicht so.«

»Dein Wort in seinem Ohr.«

Eva zog Adams Kopf auf ihre Brüste und fing an, seine Schläfen zu massieren. Er hatte heute zweimal sein Leben aufs Spiel gesetzt, um sie zu retten: zuerst, als er in den *Hungrigen Wald* ging, und dann, als er in den Apfel biss. Einen größeren Liebesbeweis konnte es gar nicht geben. Adam liebte sie, das stand fest. Wie hatte sie je daran zweifeln können?

Und jetzt, wo zwischen ihr und Adam alles so gut lief, wo ihr ganzer Körper zu kribbeln anfing, wenn sie ihn sah, jetzt wo sie beide diese neue Sache entdeckt hatten, dieses Kurzen nicht nur mit den Mündern, sondern mit ihren Leibern, wo sie sich selbst neu entdeckt, neu erkannt hatten, jetzt durfte Gott dem einfach kein Ende setzen nur wegen eines unsinnigen Verbotes. Das durfte einfach nicht sein!

»Ich habe mir überlegt, dass ich Gott morgen wieder ein paar Pilze opfere«, sagte sie. »Das wird ihn versöhnlich stimmen.«

»Wir sollten lieber nichts überstürzen«, meinte Adam, den sofort das schlechte Gewissen packte, als er daran erinnert wurde, wie er damals Eva hatte hereinlegen wollen. Wie hatte er nur so gemein sein können? Nein, das war nicht er, das war noch der Große Rumrotz gewesen, ein egoistischer Kerl, über den er heute nur noch den Kopf schütteln konnte. Jetzt rächte sich seine Aktion von damals. Nicht auszudenken, was Gott von ihnen halten würde, wenn sie, kurz nachdem sie die Verbotenen Früchte gegessen hatten, wieder fröhlich Pilze durch die Gegend kickten.

»Bestimmt fällt uns noch etwas Besseres ein.«

»Du findest die Idee nicht gut?«, fragte Eva erstaunt.

»Warum nicht? Das kann doch nichts schaden. Was meinst du dazu, Sophia?«

»GOTT IST DIE LIEBE, UND WER IN DER LIEBE BLEIBT, DER BLEIBT IN GOTT.«

»War das jetzt ein Ja oder ein Nein?«, fragte Eva. »Egal. Wenn Gott gerne Pilze geopfert bekommt, sollte ich es auf jeden Fall tun. Ich verstehe nicht, Adam, warum du meinst …«

»Warte einen Moment, ich habe eine Überraschung für dich!«, rief Adam, sprang auf und holte etwas unter dem Stein neben Sophia hervor. Das würde Eva eine Weile ablenken. Vielleicht vergaß sie ihre Idee mit den Pilzen wieder.

»Schau mal, was ich wiedergefunden habe.« Er drückte Eva eine weiße Feder in die Hand. »Deine Schwanenfeder – ich glaube, dir liegt mehr an ihr als mir. Behalte sie!«

Es widerstrebte ihm zwar, ihr das Andenken an diesen Gabriel zurückzugeben. Aber er mochte es auch nicht wegwerfen oder länger vor ihr verstecken. Die Feder hatte einen Teil dazu beigetragen, Eva zu finden. Ohne sie hätte Woff Luzifers Spur nicht folgen können. Vielleicht war sie ja eine Art Glücksbringer für Eva. Und Glück konnte sie gut gebrauchen. Evas Glück wog jedenfalls mehr als seine Eifersucht auf einen Engel, auf dessen Fürsprache sie vielleicht sogar noch angewiesen waren. Evas Glück wog mehr als alles.

Zwischen Daumen und Zeigefinger hielt Eva die Feder vor ihr Gesicht und betrachtete sie eine Weile stumm und andächtig. Gabriels Feder. Sie hatte sie größer in Erinnerung, heller, weißer, schöner. Aber sie war eher wie ein Traum: Solange man am Träumen ist, kommt er einem wunderbar vor, betrachtet man ihn aber mit wachen Augen, erkennt man die Brüche und Verwerfungen in seiner unwirklichen Struktur. Ein Traum fängt in der Wirklichkeit an zu stinken. Und wie hatte Gott einmal gesagt? Ganze Gärten voll blühender Träume verblassen vor der Pracht eines einzigen realen Gänseblümchens.

Dankbar lächelnd schaute sie Adam an, ihren Retter, ihr Gänseblümchen. Dann ließ sie die Feder los. Der Abendwind erfasste sie und trug sie in die Höhe.

»Oh, wie ungeschickt«, rief Eva. »Jetzt ist sie mir davongeweht.«

Adam wollte aufspringen, aber Eva hielt ihn fest. »Bleib! Das ist doch nur eine Feder von irgend so einem dummen Schwan.«

Dann lagen sie sich in den Armen, Adam strich Eva zärtlich durchs Haar, und sie streichelte mit den Spitzen ihrer Finger über sein Gesicht, als wollte sie es nachformen.

»DIE LIEBE HÖRT …«

»O nein, nicht schon wieder die Liebe!«, stöhnte Adam.

»Pssst!« Eva legte ihm einen Finger über die Lippen. »Lass Sophia ausreden. Liebe ist doch etwas Schönes. Ich mag Geschichten über die Liebe. Was wolltest du sagen, Sophia?«

»DIE LIEBE HÖRT …«

»Ja, so weit waren wir schon.«

»Adam! Lass das! Ich will wissen, was die Liebe hört.« Sie zog Adams Gesicht an das ihre, fragte: »Was hört die Liebe, Sophia?«, und presste ihre Lippen schnell auf Adams Mund.

Und während die beiden anfingen, sich zu erkennen, schwebte Sophias Stimme über ihren verschlungenen Körpern.

»DIE LIEBE HÖRT NIEMALS AUF.«

Als die Menschen das Paradies verlassen mussten, konnten sie Sophia und ihre Weisheiten nicht mitnehmen. Aber ein paar tausend Jahre später kehrten Sophias Sprüche zurück, allesamt nachzulesen in einem Buch, das von Adam, Eva, Jesus und noch so ein paar interessanten Typen handelt. Es ist das Buch der Bücher. Man findet es oft in Hotels in der Schublade unter der Fernbedienung für den Pornokanal.

Alles, was Gott geschaffen hat, ist gut, und nichts ist verwerflich, was mit Danksagung empfangen wird.

1. Timotheus 4, 4

Am Anfang war das Wort, und das Wort war bei Gott, und Gott war das Wort. Am Anfang war es bei Gott. Alles ist durch das Wort geworden.

Johannes 1, 1–3

Befiehl dem Herrn deine Wege und hoffe auf ihn, er wird's wohl machen.

Psalmen 37, 5

Der Herr hebe sein Angesicht auf dich und gebe dir Friede.

4. Mose 6, 26

Selig sind die Armen im Geiste, denn ihrer ist das Himmelreich.
Matthäus 5, 3

Wie lange noch muss ich Schmerzen ertragen in meiner Seele, in meinem Herzen Kummer Tag für Tag?
Psalmen 13, 3

Darum wird plötzlich das Verderben über ihn kommen, im Nu, ohne Rettung wird er zerschmettert.
Sprichwörter 6, 15

Wie goldene Äpfel auf silbernen Schalen ist ein Wort, gesprochen zur rechten Zeit.
Sprichwörter 25, 11

Er hat Böses im Sinn; er geht schwanger mit Unheil, und Tücke gebiert er.
Psalmen 7, 15

Ihr werdet Wasser schöpfen voll Freude aus den Quellen des Heils.
Jesaja 12, 3

Es ist ein Lärm wie das Brüllen des Löwen, wie wenn ein Junglöwe brüllt. Er knurrt und packt seine Beute, er schleppt sie fort, und niemand reißt sie ihm weg.
Jesaja 5, 29

Kommt her zu mir, die ihr mühselig und beladen seid, ich will euch erquicken.
Matthäus 11, 28

Einen fröhlichen Geber hat Gott lieb.
2. *Korinther 9, 7*

Dient einander, ein jeder mit der Gabe, die er empfangen hat.
1. *Petrus 4, 10*

Geben ist seliger als nehmen.
Apostelgeschichte 20, 35

Alle eure Dinge lasst mit Liebe geschehen.
1 Korinther 16, 14

Wie lang, du Fauler, willst du noch daliegen, wann willst du aufstehen von deinem Schlaf?
Sprichwörter 6, 9

Alles an dir ist schön, meine Freundin; kein Makel haftet an dir.
Hohelied 4, 7

Wie eine Palme ist dein Wuchs; deine Brüste sind wie Trauben.
Hohelied 7, 8

Deine Brüste sind wie zwei Kitzlein, wie die Zwillinge einer Gazelle, die in den Lilien weiden.
Hohelied 4, 5

Überrede dich selbst, und beschwichtige dein Herz, halte Verdruss von dir fern! Denn viele tötet die Sorge, und Verdruss hat keinen Wert.
Jesus Sirach 30, 23

Leg mich wie ein Siegel auf dein Herz, wie ein Siegel an deinen Arm! Stark wie der Tod ist die Liebe.
Hohelied 8, 6

Sorgt nicht für morgen. Es ist genug, dass jeder Tag seine eigene Plage hat.
Matthäus 6, 34

Wer ist, die da erscheint wie das Morgenrot, wie der Mond so schön, strahlend rein wie die Sonne, prächtig wie Himmelsbilder.
Hohelied 6, 10

Herzensfreude ist Leben für den Menschen. Frohsinn verlängert ihm die Tage.

Jesus Sirach 30, 22

Aus ihrem Mund kommt kein wahres Wort, ihr Inneres ist voll Verderben. Ihre Kehle ist ein offenes Grab, aalglatt ist ihre Zunge.

Psalmen 5, 10

Weh, treuloser Freund, wozu bist du geschaffen? Um die weite Erde mit Falschheit zu erfüllen?

Jesus Sirach 37, 3

Weißt du nicht von Urzeit her, seit Gott Menschen auf die Erde gesetzt hat: dass kurz nur währt der Frevler Jubel, einen Augenblick nur des Ruchlosen Freude?

Ijob 20, 4-5

Tu nichts ohne Rat und Überlegung, dann hast du dir nach der Tat nichts vorzuwerfen.

Jesus Sirach 32, 19

Nun aber bleiben Glaube, Hoffnung, Liebe, diese drei; aber die Liebe ist die Größte unter ihnen.

1. Korinther 13, 13

Gott ist die Liebe; und wer in der Liebe bleibt, der bleibt in Gott und Gott in ihm.

1. Johannes 4, 16

Die Liebe hört niemals auf.

1. Korinther, 13, 8

Martina Paura

Zwölf Männer hat das Jahr

Roman

ISBN 978-3-548-26419-6
www.ullstein-buchverlage.de

Nach der Trennung von ihrem Freund wettet Pia mit ihrer besten Freundin: Im Laufe eines Jahres wird sie einen Vertreter jedes Sternzeichens vernaschen, ohne sich dabei das Herz schmutzig zu machen. Doch auch One-Night-Stands sind nicht das reine Vergnügen, und Pias Gefühle funken immer wieder kräftig dazwischen. Nach zwölf Monaten erotischer Astrologie scheinen die Sterne gut zu stehen …

»Wissen Sie, das Kamasutra ist, glaube ich, mehr als eine Art Katalog gedacht, aus dem man sich Anregungen je nach Lust und Laune holen kann. Und nicht als Trimm-dich-Pfad durchs Schlafzimmer.«

UB310

ullstein

Martina Paura

Love Sheriffs

Roman

Originalausgabe

ISBN 978-3-548-26420-2
www.ullstein-buchverlage.de

Wenn die Kinder verrückt spielen, holt man sich die Supernanny ins Haus. Neurotischen Hunden und Katzen hilft der Tierpsychologe vor Ort wieder auf die Pfoten. Aber wer kommt zu Hilfe bei einem schwererziehbaren Mann? Pias Chefredakteur hat einen genialen Einfall: Leserinnen, die Ärger mit ihren Männern haben, rufen einfach den Love Sheriff. Leider hat er auch den weniger genialen Einfall, Pia und ihre beste Freundin Beate für diesen Leserinnenservice abzustellen. Und als dann auch noch Pias Freund Max beschließt, selbst einen Love Sheriff ins Haus zu holen, um seine Beziehung mit Pia zu retten, sind die Turbulenzen vorprogrammiert …

Der persönliche Wortwitz der Autorin ist phänomenal.« *Leipziger Volkszeitung*

UB517

ullstein